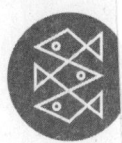

Hattie Kavanaugh liebt es, alte Gebäude zu restaurieren. Als professionelle Bauunternehmerin hat sie dafür eigentlich auch ein gutes Händchen, doch mit ihrem neuen Projekt hat sie sich ganz schön übernommen. Das alte Haus in Savannah weist unüberwindbare Mängel auf und Hatties finanzielle Mittel sind erschöpft. Wie praktisch, dass sie genau jetzt auf den TV-Produzenten Mo Lopez trifft, der dringend auf der Suche nach einem neuen Sendungs-Konzept ist und Hattie auf Anhieb anziehend findet. Die Idee ist schnell gesponnen: In der neuen Serie »Die Traumhaus-Profis« soll es um Hatties Hausprojekt gehen und darum, die große Liebe zu finden. Als Hattie und Mo dann ein altes Portemonnaie in einer der Wände finden, nimmt die Geschichte allerdings eine ganz andere Wendung, und auch die beiden müssen sich fragen, welche Gefühle sie wirklich füreinander hegen.

*Mary Kay Andrews* wuchs in Florida, USA, auf und lebt mit ihrer Familie in Atlanta. Im Sommer zieht es sie zu ihrem liebevoll restaurierten Ferienhaus auf Tybee Island, einer wunderschönen Insel vor der Küste Georgias. Seit ihrem Bestseller ›Die Sommerfrauen‹ gilt sie als Garantin für die perfekte Urlaubslektüre.

*Andrea Fischer* hat Literaturübersetzen studiert und überträgt seit über fünfundzwanzig Jahren Bücher aus dem britischen und amerikanischen Englisch ins Deutsche, unter anderem die von Lori Nelson Spielman, Michael Chabon und Mary Kay Andrews. Sie lebt und arbeitet im Sauerland.

*Weitere Informationen finden Sie auf www.fischerverlage.de*

Mary Kay Andrews

# Ein Fundament aus Liebe

Roman

Aus dem amerikanischen Englisch
von Andrea Fischer

FISCHER TASCHENBUCH

Deutsche Erstausgabe
Erschienen bei FISCHER Taschenbuch

Die Originalausgabe erschien 2023 unter dem Titel
»The Homewreckers« bei St. Martin's Press, New York.
© 2023 by Mary Kay Andrews
Published by arrangement with St. Martin's Publishing Group.
All rights reserved.
Für die deutschsprachige Ausgabe:
© 2025 S. Fischer Verlag GmbH,
Hedderichstr. 114, 60596 Frankfurt am Main
Die Nutzung unserer Werke für Text- und Data-Mining
im Sinne von § 44b UrhG behalten wir uns explizit vor.
Dieses Werk wurde im Auftrag von St. Martin's Publishing Group
durch die Literarische Agentur Thomas Schlück GmbH,
30161 Hannover, vermittelt.
Vignette: freepik.com
Satz: Dörlemann Satz, Lemförde
Druck und Bindung: CPI books GmbH, Leck
ISBN 978-3-596-71187-1

Kontaktadresse nach EU-Produktsicherheitsverordnung:
produktsicherheit@fischerverlage.de

*In Erinnerung an Katie, meine Kriegerprinzessin,
mit einem Herz voller Liebe*

# Prolog

EINE DUNKLE, STÜRMISCHE NACHT

**D**er Wind heulte und pfiff, die Wellen zerschellten wütend am Uferdamm, hoch aufgetürmte Wolken verdeckten den blassgelben Halbmond fast vollständig. Sie spürte, wie der Regen rasiermesserscharf gegen ihre nackten Beine peitschte.

Vorsichtig tastete sie sich an der Betonmauer entlang. *Es war eine dunkle, stürmische Nacht.* Eigentlich der blanke Hohn – noch vor kurzem hatte sie den Schülerinnen in ihrem Englischkurs erzählt, dass dieser Satz ein Klischee darstellte. Und trotzdem lief sie hier herum, in mehr als einer Hinsicht ein wandelndes Klischee.

Nur noch ein Mal. Das hatte sie sich vor fast einer Stunde geschworen, als sie unbemerkt aus dem Haus geschlüpft war.

Vor einigen Tagen war sie beichten gewesen – das erste Mal seit vielen Jahren – und hatte dem Pfarrer versprochen, der Geschichte ein Ende zu setzen.

»Sie begehen Ehebruch, das ist Ihnen doch klar«, hatte er streng gesagt. »Und Sie wissen, dass es aufhören muss.«

Noch immer brannte ihr Gesicht vor Scham, wenn sie an die Worte des Geistlichen dachte. Weinend hatte sie ihm zugesichert, die Affäre zu beenden. Die Frau zu sein, für die alle sie hielten: ihre Familie, ihre Freunde und ja, auch die Schülerinnen, die ihre Lehrerin anhimmelten und »cool« fanden.

Dabei war sie so vorsichtig gewesen. Hatte nie irgendwo eine Andeutung fallen lassen. Es durfte niemand wissen. Das hatte sie ihm hundertmal eingebläut. Zu viel stand auf dem Spiel. Sie hatten alle Vorsichtsmaßnahmen getroffen. Und trotzdem …

Die Haare schlugen ihr ins Gesicht. Wenn sie endlich da wäre, würde sie wie eine nasse Ratte aussehen. Doch das wäre ihm egal. Innerhalb einer Minute hätte er ihr die Kleider mit einer Leidenschaft vom Leib gerissen, die sie gleichzeitig belustigend und erschreckend fand.

Doch heute Abend würde es anders sein, nahm sie sich vor. Heute war Schluss.

Weiter vorn, ungefähr siebzig Meter entfernt, sah sie das flackernde Licht im Steghaus, das einzig Helle am gewitterschwarzen Horizont. Die Strandhäuser waren zu dieser Jahreszeit leer; still und stumm warteten sie darauf, dass ihre entschwundenen Besitzer im Frühjahr zurückkamen. Gedankenverloren stolperte sie über einen tiefen Riss im Beton und wäre fast ins Wasser gerutscht, doch irgendwie gelang es ihr, das Gleichgewicht wiederzufinden. Als sie stehen blieb, um sich zu orientieren, ging ihr Atem stoßweise, ihr Herz pochte heftig.

Und wenn sie gestürzt wäre? Was dann? Ironie des Schicksals, oder? Nach der Abmachung, die sie mit Gott getroffen hatte? Sie hatte ihm versprochen, ihr Leben in Ordnung zu bringen, nicht mehr so oft zu fluchen, netter zu ihren Kolleginnen zu sein, mehr Nachsicht mit ihrer Mutter zu haben und wieder zur Kirche zu gehen. Nur um dann auf dem Weg zum Abschied von ihrem Lover zu sterben, wahrscheinlich zu ertrinken, ihr Körper auf den Felsen zerschellt, vielleicht noch schlimmer, ihre blutige Leiche von Haien angefressen? Das wäre die endgültige göttliche Retourkutsche. Als würde das Universum ihr den Stinkefinger zeigen.

Vergiss es, ermahnte sie sich mit einem rauen Lachen. Sei nicht so eine Dramaqueen. Der hintere Abschnitt des Damms war tückisch. Als sich der letzte Hurrikan hier gegen die Küste geworfen hatte, war der Damm schwer beschädigt worden. Vorsichtig trat sie auf die unkrautüberwucherte Uferböschung und rutschte leicht auf dem nassen Gras aus. Weiter vorn blinkte das Licht. Er schickte ihr Morsezeichen. Die hatte er sich mit Hilfe eines alten Handbuchs der Marine beigebracht, das er irgendwo gefunden hatte, und es törnte ihn an, ihr anzügliche Sätze zu morsen, wenn er früher da war und wusste, dass sie sich dem Haus näherte. Wahrscheinlich war das seine Form des Vorspiels.

Mein Gott, wie ihr das fehlen würde! Der Spaß, die Spontaneität und ja, auch das Kribbeln, die Angst und Erregung, eine Grenze zu überschreiten, die Fassade der anständigen Frau hinter sich zu lassen, an der sie ihr Leben lang gearbeitet hatte. Nur der Sex nicht. Er war tatsächlich kein besonders geschickter Liebhaber, aber darum war es auch nie wirklich gegangen. Oder?

Direkt vor sich sah sie am Rand des Grundstücks die vertrauten Oleanderbüsche, die bis zum Damm reichten. Sie kam nicht ohne weiteres an ihnen vorbei. Also zog sie den Kopf ein und drückte einen Zweig zur Seite. Sie rutschte ab, der Zweig schnellte zurück und traf sie im Gesicht. Sie schrie auf, mehr vor Überraschung denn vor Schmerz, doch der Ruf blieb ihr im Hals stecken. Ein Arm legte sich um ihren Hals und drückte ihr die Luftröhre zu.

Das Letzte, was sie sah, bevor sie ohnmächtig wurde, war das blitzende Licht am Ende des Stegs, das das Wort S-C-H-N-E-L-L morste.

# 1.

## HEREINSPAZIERT

**A**ls Hattie Kavanaugh auf dem Rücken unter dem alten Fundament des Hauses in der Tattnall Street lag und sich vorsichtig
voranschob, bereute sie es bereits. Sie bereute, dass sie darauf
beharrt hatte, die rostigen gusseisernen Wasserrohre selbst zu
inspizieren, statt dem Wort ihres Klempners zu glauben. Sie
bereute, dass Kavanaugh & Sohn bereits so viel Geld in diese
wunderbare hundertsiebenundfünfzig Jahre alte Ruine gesteckt
hatte. Sie bereute, dass sie nicht so ein Teil mit Rollen besaß,
das Automechaniker immer hatten – wie hießen die noch mal?
Rollbretter? Doch vor allem bereute sie die zweite Tasse Kaffee,
die sie hinuntergestürzt hatte, kurz bevor sie zu diesem Haus
im historischen Viertel von Savannah gerufen worden war, das
sie momentan restaurierte.

Der Anruf war von einem Subunternehmer gekommen, der
ihr die unschöne Mitteilung gemacht hatte, dass in der Nacht
Metalldiebe zugeschlagen hatten: Sie hatten die Kupferrohre
der drei brandneuen Kompressoren für die Klimaanlagen gestohlen. Das riss ein Loch von elftausend Dollar in das bereits
arg strapazierte Renovierungsbudget. Und jetzt die Abfluss-
rohre.

Als Hattie mit Cassidy Pelletier, ihrer besten Freundin und
Vorarbeiterin, an jenem schwülen Samstagmorgen am Haus in

der Tattnall Street eintraf, lehnte der Klempner Ronnie Sewell an der Stoßstange seines Pick-ups. »Ähm, Hattie?«, sagte er. »Es gibt ein Problem.«

Zusammen mit Cass folgte sie dem Klempner ums Haus herum nach hinten, wo ein frisch ausgehobener Graben unter das Backsteinfundament des Hauses führte.

»Ich hatte so ein Gefühl, dass was nicht stimmt.« Ronnie wies auf den Graben. »Da habe ich gedacht, ich krieche mal drunter und guck nach.«

Hattie schluckte. »Spuck's einfach aus, Ronnie. Was stimmt nicht?«

»Na ja, die gusseisernen Rohrleitungen da unten sind komplett durchgerostet. Und du weißt ja, wie das Wasser bei Regen manchmal auf dieser Straße steht, nicht? Das läuft dann alles hinten auf dieses Grundstück. Da sammelt sich das Wasser schon seit Ewigkeiten. Also, die sind komplett hinüber. Verrostet, kaputt, Schrott.«

»O Gott«, stöhnte Hattie und sah den Klempner an. Er war Ende fünfzig und hatte eine Statur wie ein Hydrant; der dicke Bauch hing ihm über den Gürtel. »Sicher? Ich meine, warst du überall unter dem Haus?«

Ronnie zuckte mit den Schultern. »So weit, wie ich konnte. Dafür muss man nicht studiert haben.«

Ohne ein Wort zu sagen, ging Hattie davon. Als sie wiederkam, zog sie den Reißverschluss eines weiten weißen Overalls zu. Sie holte ein Bandana aus der Tasche und band es sich um die Stirn, dann setzte sie eine Schutzbrille auf.

»Was?« Ronnies Gesicht wurde rot vor Entrüstung. »Glaubst du etwa, ich lüge dich an? Hattie Kavanaugh, ich habe schon mit deinem Schwiegervater gearbeitet, da warst du noch gar nicht auf der Welt …«

»Reg dich ab, Ronnie«, unterbrach Hattie ihn. »Ich hatte einen Gutachter hier, bevor wir ein Angebot abgegeben haben. Da war nicht die Rede von alten Rohren. Ich behaupte nicht, dass du lügst, ich muss es nur mit eigenen Augen sehen. Das würde dir Tug auch sagen, wenn er hier wäre.«

»Dann guck halt selbst.« Ronnie wandte sich ab und marschierte vor sich hin schimpfend zu seinem Pick-up. »Verdammte Besserwisserin.«

Cass bückte sich und musterte den Graben inmitten von Schlamm und Bauschutt, dann sah sie ihre Freundin an. »Echt? Willst du wirklich in den Sumpf da unten kriechen?«

»Möchtest du das lieber übernehmen?«

»Wer, ich? Oh, Teufel, nein.« Cass schüttelte sich. »Matsch ist nicht mein Ding.«

Hattie ging zu einem mit einer Plane geschützten Holzstapel, wählte zwei Kanthölzer aus und lud sie sich auf die Schultern. Sie schob die Bretter unter das Haus, überlegte, dann holte sie noch mal zwei, die sie neben die ersten beiden legte.

Cass reichte Hattie ihre Taschenlampe.

»Bete für mich«, sagte Hattie und legte sich der Länge nach auf die Bretter. »Ich bin dann mal weg.«

Mo Lopez radelte langsam über die Fahrradspur. Die Gegend, durch die er gerade fuhr, war erkennbar im Umbruch begriffen. Auf der einen Straßenseite standen Backsteinhäuser oder Cottages in Holzbauweise, die offenbar vor kurzem restauriert worden waren; ihre Farbe leuchtete frisch, die Gärten waren neu angelegt. Dazwischen standen kleinere Häuser, bescheidene Handwerkerprojekte. Dort waren Fahrräder an schmiedeeiserne Zäune gekettet, auf den Veranden drängten sich Farne und andere Topfpflanzen, die Vorgärten waren weniger akkurat. In Mos Kopf entwickelte sich eine Idee.

Savannah, dachte er, war eine angenehme Überraschung. Um Rebecca Sanzone einen Gefallen zu tun, der stellvertretenden Programmleiterin des Fernsehsenders, für den Mo arbeitete, hatte er die Einladung des Savannah College of Art and Design angenommen, dort vor Studierenden der Fernseh- und Filmwissenschaften zu sprechen. Eine von Rebeccas ehemaligen Mitschülerinnen hatte eine Stelle bei der Zulassungsstelle des SCAD. Becca selbst war natürlich viel zu beschäftigt gewesen, um herzukommen, deshalb hatte sie die Einladung an Mo weitergereicht.

»Fahr doch dahin«, hatte sie ihn gedrängt. »Besser, als nur rumzusitzen und darauf zu warten, dass diese Idioten im Sender eine Entscheidung treffen.«

»Die Idioten«, das waren Rebeccas unmittelbare Vorgesetzte beim Home Place Television Network, kurz HPTV. Der bisherige Programmleiter war vor zwei Monaten unversehens gefeuert worden, und sein Nachfolger, Tony Antinori, prüfte das Programm des Senders angeblich sehr genau.

Verständlicherweise war Mo nervös. Die erste Staffel von *Garagen-Alarm* galt als Erfolg für das neue Format, doch in der zweiten Staffel waren die Zuschauer schon nicht mehr so fasziniert von den Autofreaks, die irrsinnige Geldsummen ausgaben, um sich ihre Werkstatt perfekt einzurichten, komplett mit Spielkonsole, Hebebühnen und Küchenzeile. Die Einschaltquoten, hatte Rebecca angedeutet, seien sicherlich nicht furchtbar, aber auch nicht furchtbar gut.

Mo brauchte eine neue Idee, und zwar schnell. Seine Gedanken schweiften zu Tasha von der Zulassungsstelle des SCAD, die ihm erzählt hatte, dass Savannah amerikaweit die größte intakte, zusammenhängende Ansammlung von Architektur aus dem neunzehnten Jahrhundert vorweise. In der Stadt würde stets eifrig renoviert und saniert.

Mos Gedanken liefen auf Hochtouren, er trat in die Pedale. In einer Straße namens Tattnall Street standen drei Fahrzeuge vor einem eindrucksvollen dreistöckigen viktorianischen Haus im Queen-Anne-Stil. Im Näherkommen las Mo den Aufdruck KAVANAUGH & SOHN auf den Türen von zwei Pick-ups.

Er blieb am Bordstein stehen und schaute zum Haus hoch. Offenbar wurde es gerade komplett restauriert. Auf der Ostseite des Hauses war ein Gerüst aufgebaut, dort war ein Teil der alten Holzverkleidung ersetzt worden, andere Abschnitte waren abgeschliffen und bereit für einen frischen Anstrich. Überall auf dem Grundstück stapelte sich Holz, Paletten mit Dachschindeln waren auf der Veranda abgeladen worden.

Dach wie Verandaüberdachung waren mit blauen Planen abgedeckt. Die Traufen und die Veranda waren mit kunstvoll gestalteten Holzelementen verziert wie ein Pfefferkuchenhaus.

Mo lehnte sein Fahrrad gegen einen Sägebock und stieg eine provisorische Holztreppe zur Veranda hinauf. Die Haustür, eine zeittypische, detailreiche Schnitzarbeit mit Bleiglasfenster, war nur angelehnt.

Mo blieb stehen und schob die Tür vorsichtig mit der Schuhspitze auf. »Hallo?«

Seine Stimme echote durch die hohe Eingangshalle. Keine Antwort. Schulterzuckend trat er ein. Das Innere des Hauses war im viktorianischen Stil gehalten. An den Wänden klebten Tapetenschichten aus verschiedenen Jahrzehnten übereinander. Sie schienen gerade abgetragen zu werden, so dass der nackte Putz darunter zum Vorschein kam. Über Mos Kopf hing ein gewaltiger verstaubter Kristallleuchter mit Milchglas-

kugeln. Die Decke war mit aufwendigen bröckelnden Stuck-
arbeiten verziert.

»Das Haus ist ein Fass ohne Boden«, murmelte Mo, wusste
aber gleichzeitig, wie überwältigend der Gegensatz zwischen
vorher und nachher sein konnte. Er ging in den hinteren Teil
des Hauses. Ein Blick nach oben offenbarte klaffende Löcher
in der Decke; ein im Fischgrätmuster verlegtes Eichenparkett
war unter dem in Jahrzehnten geschwärzten Lack kaum noch
zu erkennen.

»Hübsch.« Mo ging weiter, vorbei an einem Raum, der offenbar mal als Badezimmer gedient hatte. Die historischen
runden Mosaikfliesen auf dem Boden waren schmutzig, es
stand nur noch eine alte Badewanne mit Löwenfüßen darin,
in der sich abgefallener Stuck sammelte. Zwischen den Fliesen
ragten nackte Rohre hervor.

Am Ende des Flurs entdeckte Mo einen breiten Durchgang
zu dem Raum, der wohl mal die Küche gewesen war. Er blieb
in der Tür stehen und sah sich um. Die hohen Wände waren
ebenfalls bis auf die Grundmauern abgetragen und von Was-
serflecken übersät. Mehrere Schichten Linoleum lagen auf dem
Boden, einige waren schon bis zum Unterboden herausgeris-
sen.

Mo machte mehrere Schritte in die Küche, als plötzlich die
Welt unter seinen Füßen nachgab. Er hörte berstendes Holz
und versuchte vergeblich, sich festzuhalten. Dann wurde alles
dunkel.

Plötzlich schrie ihm eine empörte Stimme ins Ohr: »Was
soll der Scheiß?«


Auf der Suche nach den kaputten Rohren rutschte Hattie auf
dem Rücken so weit unters Haus, wie es möglich war. Sie

meinte, unter der Küche zu sein. Es war feucht und muffig, ihre Taschenlampe leuchtete auf ein freigelegtes Labyrinth aus verrosteten gusseisernen Rohren.

Über sich vernahm sie Schritte.

»Cass?« Nein, die Schritte waren zu schwer, das konnte nicht die schmale Cass sein. Vielleicht hatte es sich Klempner Ronnie anders überlegt? Aber der kannte sich doch aus und würde niemals die Küche betreten, wo Termiten die Bodenbalken praktisch zerfressen hatten.

*Rums!* Verrottetes Holz, Linoleumstücke und Staub aus mehr als einem Jahrhundert fielen ihr ins Gesicht. Gefolgt von einem Menschen. Einem großen, lebendigen Menschen, der auf ihr landete.

»Was soll der Scheiß?«, schrie Hattie.

Im schwachen Licht der Taschenlampe sah sie, dass es sich um einen Mann handelte.

»*Oooh*«, stöhnte er. Sein Gesicht war ganz nah, er wirkte benommen.

»Runter von mir!«, stieß Hattie durch zusammengebissene Zähne hervor. Mit Mühe gelang es ihr, den Kerl zur Seite zu rollen, bis er auf dem Rücken lag.

Wieder hörte sie Schritte. »Hattie?« Cass' Kopf erschien im Loch über ihr. Hattie richtete den Strahl der Taschenlampe auf ihre Freundin, dann auf den Körper des Eindringlings, der sich stöhnend versuchte aufzurichten. »Wer ist das? Und was zur Hölle ist da unten los?«

»Wüsste ich auch gern«, sagte Hattie und streckte ihrer besten Freundin die Hand entgegen. »Los, zieh mich mal hier raus! Ronnie hatte recht. Die Rohre sind im Arsch.« Sie wies auf den Mann. »Und der Typ auch. Ruf die Polizei. Sieht aus, als hätten wir den Metalldieb gefangen.«

# 2.

### DER VORSCHLAG

Hattie sah sich den Kerl genauer an, der ausgestreckt auf dem Küchenboden lag. Manche Frauen hätten ihn vielleicht attraktiv gefunden. Er trug eine schwarze Designerjeans und ein schwarzes Hemd mit offenem Kragen, konnte also nicht aus der Gegend sein, denn niemand mit nur ein bisschen Verstand zog hier in der brütenden Hitze des Sommers schwarze Klamotten an. Der Mann war schmutzüberzogen und sah sie böse an, als sei *sie* der Eindringling und nicht er.

Cass stieß mit der Stiefelspitze gegen Mos Bein und warf Hattie einen Blick zu, die sich schmierigen Dreck aus den Haaren zog. »Sieht nicht aus, wie ich mir einen Metalldieb vorstelle.«

»Stimmt«, sagte Hattie. »Zum einen hat er noch seine eigenen Zähne. Zum anderen ist er zu gut gekleidet.« Sie ließ das Licht der Taschenlampe über Mos ruinierte Tennisschuhe gleiten. »Sch… Guck dir das an! Die Nikes kosten an die sechshundert Dollar.«

»Sind vielleicht auch gestohlen«, mutmaßte Cass.

»Nett«, sagte Mo und versuchte sich stöhnend aufzurichten. »Echt witzig. Ihr zwei seid bestimmt die Stars der Comedyszene von Savannah.«

Er schielte an sich hinab und seufzte. Beide Arme waren

blutig zerkratzt. Seine Klamotten waren verdreckt, die Nikes voller Schlamm. Oder was auch immer das war. Er betastete seinen Hinterkopf und spürte, dass sich dort eine Beule bildete. Vielleicht hatte er eine Gehirnerschütterung? Würde zu diesem Tag passen.

»Die Haustür stand weit offen«, log er. »Woher sollte ich wissen, dass dieses Haus eine Todesfalle ist? Ich könnte Sie verklagen, wegen Gefährdung der Allgemeinheit.«

»Und wir könnten die Bullen rufen und Sie wegen unerlaubten Betretens einbuchten lassen«, schoss Cass zurück. »Stimmt's, Hattie?«

Doch Cass' beste Freundin musterte das Gesicht des Mannes. Sie wusste, dass sie ihn schon mal gesehen hatte: das bis zum Hemdkragen reichende dunkle Haar, der olivbraune Teint mit entsprechenden Haaren und Augen, die fast schon unverschämt dichten Augenbrauen und den hippen angedeuteten Bart. Als sie den Typen am Morgen gesehen hatte, starrte er die ganze Zeit auf sein Handy, doch Hattie war überzeugt, dass er ihrem Gespräch mit Tug gelauscht hatte.

Sie schnippte mit den Fingern. »Hey, Sie haben heute Morgen im Foxy Loxy am Nebentisch gesessen. Und uns wahrscheinlich zugehört.«

»Ich habe nicht zugehört«, verteidigte sich Mo. »Hab mich um meinen eigenen Kram gekümmert und gefrühstückt. Ist doch nicht meine Schuld, wenn Sie so laut reden, dass der ganze Laden zuhören kann.«

»Hm. Und keine Stunde später tauchen Sie hier auf? In dem Haus, über das ich kurz zuvor gesprochen habe? Ganz schön großer Zufall.«

Mo traf eine schnelle Entscheidung.

»Okay, das ist kein Zufall«, sagte er. »Ich habe Sie und – Ih-

ren Vater? – in dem Café reden gehört. Und fand es spannend.«
Mo griff in seine Tasche und holte ein dünnes Lederetui hervor, aus dem er eine Visitenkarte zog. Er reichte sie Hattie.

Mit zusammengezogenen Augenbrauen las sie: »Mauricio Lopez. Geschäftsführer und Produktionsleiter Toolbox Productions.« Sie gab die Karte an Cass weiter. »Das erklärt aber nicht, warum Sie mir hierher gefolgt sind und unerlaubt meine Baustelle betreten haben.«

»Toolbox ist eine Fernsehproduktionsfirma. Ich konzipiere Reality-Shows, momentan für das Home Place Television Network. Heute Morgen bin ich auf dem Fahrrad durch das historische Viertel von Savannah gefahren und hatte plötzlich eine Idee für ein Konzept, aus dem meiner Meinung nach eine neue Reality-Show werden könnte. Sie und Ihr Vater bauen dieses Haus um? Ich habe das Gefühl, es läuft nicht so gut.« Vielsagend sah sich Mo in der entkernten Küche um, dann schaute er auf das mannsgroße Loch im Boden.

Cass und Hattie wechselten einen Blick.

Hattie schnippte die Visitenkarte gegen Mos Brust, sie fiel auf den Boden. »Zuerst mal ist Tug nicht mein Vater, sondern mein Schwiegervater. Und zweitens geht Sie das einen feuchten Dreck an, aber mit dem Haus läuft alles wie geplant.«

Mo zuckte mit den Schultern. »Also haben Sie Ihr Budget nicht überzogen? Die Banken leihen Ihnen tatsächlich genug Geld, um die Renovierung durchzuziehen? Und Sie sind nur aus Jux und Dollerei unter dem Haus herumgekrochen, als der Boden unter mir eingestürzt ist?«

Hattie lief dunkelrot an. »Sie gehen jetzt besser, sonst werde ich richtig sauer.«

»Ich würde auf sie hören«, mahnte Cass. »Ernsthaft, Mann, gehen Sie einfach.«

»Wollen Sie sich meine Idee nicht wenigstens mal anhören?«, gab Mo zurück. »Es geht um ein neues, ungescriptetes Format. Sie und Ihre Handwerker würden richtige Stars! Indem sie ein altes Haus renovieren und wieder verkaufen.«

»Ooh!« Cass machte ein ausdrucksloses Gesicht und stieß Hattie mit dem Ellenbogen an. »Er will uns zum Film bringen. Hollywood, wir kommen!«

»Nicht zum Film. Ins Fernsehen. Und nicht nach Hollywood«, widersprach Mo. »Darum geht's ja gerade. Savannah ist die perfekte Kulisse für eine Reality-Show. Die historische Vergangenheit, die alten Häuser. Außerdem dürften Arbeitslohn und Material hier unten deutlich billiger sein. Was haben Sie überhaupt für diesen Kasten hingeblättert?«

»Das geht Sie gar nichts an«, sagte Hattie.

»Zweiundachtzigtausend«, verriet Cass. »Hier wohnten Hausbesetzer drin. Die Bank hat es zwangsversteigert. Und? Wollen Sie das Haus für Ihre Sendung kaufen?«

»Cass!« Hattie warf ihrer Freundin einen warnenden Blick zu.

»Nein. So läuft das nicht. Sie investieren Ihr eigenes Geld in eine Immobilie und streichen auch den gesamten Gewinn allein ein, wenn das Haus verkauft wird. Natürlich zahlen wir Ihnen und Ihren Handwerkern ein gängiges Honorar. Wir suchen nach Sponsoren, die gegen Nennung in der Sendung ihre Produkte kostenlos zur Verfügung stellen. Wie viel haben Sie schon in diesem Fass ohne Boden versenkt?«, fragte Mo.

»So, das reicht jetzt!« Hattie wies auf die Hintertür. »Gehen Sie! Dalli!«

Ungläubig schüttelte Mo den Kopf. »Wissen Sie, wie viele Leute für so eine Gelegenheit ihre Seele verkaufen würden? In einer neuen Reality-Show im Fernsehen auftreten zu können?

Auf dem Weg hierher bin ich an einem halben Dutzend historischer Häuser vorbeigekommen, die saniert werden.«

»Dann begehen Sie doch dort Hausfriedensbruch«, sagte Hattie. »Und fallen durch den Boden.« Sie fasste Mo am Ellenbogen und schob ihn nicht gerade sanft in Richtung Tür. »Abflug.«

Vor seinem Fahrrad drehte Mauricio Lopez sich noch mal um, holte sein Handy heraus, richtete es aufs Haus und machte eine ganze Reihe Fotos. Die beiden Frauen kamen in die Einfahrt und sahen zu, wie er davonfuhr. »Glaubst du, der Typ war echt?«, fragte Cass.

»Keine Ahnung, ist mir auch egal«, gab Hattie zurück. Sie zog den Reißverschluss ihres Overalls auf, schälte sich heraus und griff nach ihrem Handy. »Ich muss jetzt bei Ronny katzbuckeln, mich entschuldigen und ihn bitten, dass er wieder herkommt und die kaputten alten Rohre austauscht.«

Sie schaute am Haus hinauf. Als sie die Adresse in der Zwangsversteigerungsliste der Bezirksverwaltung gesehen hatte, hatte sie sich unglaublich gefreut. Seit zwei Jahren beobachtete sie diese Straße, fuhr fast täglich an diesem besonderen Gebäude vorbei, stalkte es wie ein eifersüchtiger Liebhaber.

Insgeheim nannte sie das Haus Gertrude, nach Gertrude Showalter, einer älteren Frau, die in Hatties Kindheit in diesem Haus gewohnt hatte, direkt gegenüber von Hatties Familie.

Sie hatte die kaputten Fenster, den Berg leerer Schnapsflaschen und den Müll registriert, der sich auf Gertrudes Veranda sammelte. Mit Bestürzung hatte sie verfolgt, wie bei einem Sommergewitter ein riesiger Ast aufs Dach gestürzt war. Es würde bald hereinregnen, die Bausubstanz würde sich noch weiter verschlechtern.

Als die Liste mit Zwangsversteigerungen letztlich öffentlich einsehbar war, war Hattie die Erste gewesen, die am Gericht auftauchte, wild entschlossen, sich das Haus zu sichern. Sie wollte die schicke alte Villa retten, aufpolieren und für einen hübschen Gewinn wieder veräußern.

Tug hatte sie gewarnt, kein Haus zu kaufen, in das sie noch nie einen Fuß gesetzt hatte, doch Hattie wollte ihn eines Besseren belehren.

Sie war direkt vom Gericht zu ihrem neuen alten Haus in der Tattnall Street gefahren, den Schlüssel fest in der Faust.

Gertrude schien ein guter Fang zu sein. Nicht mal die Tauben, die sich auf dem Dachboden eingenistet hatten, oder das mumifizierte Opossum, das sie unter einem kaputten Küchenschrank gefunden hatte, brachten Hattie zum Nachdenken.

Es waren nicht nur Geld und Schweiß, die Hattie in Gertrude investiert hatte. Sie hatte ihr Herz an dieses Haus gehängt. Doch jetzt sah sie es durch die Augen dieses unverschämten Fernsehfritzen.

Und plötzlich wurde ihr alles klar. Es war, als würde sich eine eiskalte Hand um ihre Kehle schließen. Sie hatte Tug Kavanaughs erstes Gebot bei Immobilieninvestitionen gebrochen, obwohl er es ihr eingebläut hatte, seitdem sie die Anzahlung für ihr erstes Projekt zusammengekratzt hatte. »Ein Haus ist lediglich ein Haufen Holz und Nägel, Hattie. Es ist nur ein Gegenstand. Verlieb dich nie in irgendwas, das dich nicht zurücklieben kann.«

Sie hatte in ihrem Leben eine große Liebe gehabt und sie in einem Augenblick auf den anderen verloren. Wann würde sie es lernen? Sie wusste, dass Tug recht hatte. Wie viel Liebe, Kreativität und Optimismus Hattie auch in Gertrude investierte, dadurch würde nicht das Schmuckstück aus dem Haus werden, das Hattie sich wünschte. Mit hängenden Schultern ging sie die Kontakte auf ihrem Handy durch.

Sie fand die Nummer des Klempners, tippte darauf und wartete. Das Telefon klingelte einmal, zweimal, dreimal. Beim vierten Klingeln nahm er ab.

»Ja?« Er war immer noch sauer.

»Ronnie? Hör mal, es tut mir leid. Du hattest recht, aber ich musste es mit eigenen Augen sehen. Alle Rohre unter dem Haus sind Schrott. Was kostet es, sie zu ersetzen?«

»Minimum?« Der Betrag, den er nannte, lag deutlich über dem, womit sie gerechnet hatte. »Hattie? Bist du noch dran?«

»Ja«, sagte sie düster. »Alles klar.«


Tugs Schritte wurden von den hohen Räumen zurückgeworfen. Es war früher Abend, eine leichte Brise wehte durch die offenen Fenster. Hattie folgte ihm, darauf vorbereitet, die bittere Pille zu schlucken.

Im Gehen murmelte er Zahlen vor sich hin, schüttelte den Kopf, verdrehte die Augen. Als er in die Küche kam, starrte er auf das klaffende Loch im Boden und sah seine Schwiegertochter fragend an.

»Letzten Monat habe ich beim Holzhandel zwei Typen getroffen, Investoren. Die kaufen Häuser in Midtown auf. Während ich drauf gewartet habe, dass meine Sachen aufgeladen werden, sind wir ins Gespräch gekommen. Ich habe dem Jüngeren von diesem Haus erzählt. Er meinte, er hätte unsere Arbeiten verfolgt. Er würde diese Straße mögen. Meinte, sie hätte großes Potenzial. Er hat mir seine Karte gegeben. Heißt Keith. Meinte, wenn wir Interesse hätten zu verkaufen …«

»Haben wir«, stieß Hattie aus.

»Die zahlen aber einen Fixpreis, der ist nicht verhandelbar. Dadurch verlieren wir eine Menge Geld. Das ist dir klar, Schätzchen, oder?«

Hattie nickte, bekam aber kein Wort heraus.

Tug fuhr fort. »Du machst das schon richtig. Es tut weh, ich weiß, aber wir machen alle mal Fehler. Das ist nicht das Ende der Welt.«

Hattie musste schlucken. »Was ist mit der Bank?«

Er klopfte ihr auf die Schulter. »Mit der rede ich. Mit den Halsabschneidern sind wir schon seit fast vierzig Jahren im Geschäft. Die haben bis jetzt noch nie minus mit mir gemacht. Das ist schon in Ordnung.«

Hattie strich ihm über die Hand. Tug hatte raue, faltige Haut, überzogen von Abschürfungen und Narben.

»Tut mir leid, Tug. Du hast mich gewarnt, aber ich wollte ja nicht hören.«

»Du brauchst dich nicht zu entschuldigen, Kleine«, erwiderte er mit belegter Stimme. »Merk dir, was du aus dieser Geschichte lernen kannst, und mach weiter. Du weißt, dass du dein Bestes getan hast, aber diesmal war es eben nicht genug.«

# 3.

MAN SIEHT SICH

**M**o fuhr zurück ins Hotel, duschte und zog sich um, dann stieg er wieder aufs Rad, um seine Tour durch das historische Viertel fortzusetzen. Es wollte ihm nicht gelingen, Hattie Kavanaugh aus dem Kopf zu bekommen.

Ehrlich gesagt war sie ihm aufgefallen, kaum dass er sich am Morgen an den Tisch im Café neben ihren gesetzt hatte. Er schätzte sie auf Anfang dreißig; sie hatte das ungekünstelte Gesicht des Mädchens von nebenan und die Haare zu einem nachlässigen Pferdeschwanz gebunden. Sie war schlank, aber hatte Rundungen an den richtigen Stellen.

In der Tattnall Street hatte sie sich kampfeslustig gegeben, geradezu rebellisch. Ihm gefiel, dass sie sich nicht von einem fremden Mann einschüchtern ließ, der wie aus dem Nichts auf sie gefallen war. Dass sie nicht sofort einen Rückzieher machte. Selbst in verschlammten Arbeitsstiefeln, einem schmuddeligen Overall und mit einem Bandana um den Kopf besaß diese Frau Präsenz. Und Mo wusste, dass die Kamera sie mit ihren grün-braunen Augen, den vollen Lippen und der kleinen Narbe an der Oberlippe lieben würde. Die Haare müssten heller werden, das stand allerdings fest.

Um vier Uhr nachmittags war Mo schweißüberströmt und erschöpft. Der Himmel wurde dunkler und die Luft so schwül, dass man sie fast auswringen konnte.

Doch aus Gründen, die er sich nicht erklären konnte, strampelte er wieder an dem Haus in der Tattnall Street vorbei. Jetzt stand nur noch der Pick-up von Kavanaugh & Sohn an der Bordsteinkante. Mo entdeckte die junge Frau mit bebenden Schultern auf der Verandatreppe, die Hände vors Gesicht geschlagen.

Im unbepflanzten Vorgarten stand ein Schild mit der Aufschrift »ZU VERKAUFEN VON PRIVAT«. Das war neu.

Langsam näherte sich Mo. Einige Meter vor der Veranda hustete er leise.

Die junge Frau hob den Kopf. Ihr Gesicht war rot und tränenüberströmt. Sie hatte ihren Overall ausgezogen und trug die ausgewaschene Jeans und das hellblaue Tanktop, das sie am Morgen im Café angehabt hatte.

»Was ist?«

»Hey«, sagte Mo. »Jetzt wollen Sie das Haus plötzlich verkaufen? Noch bevor Sie damit fertig sind?«

»Was interessiert Sie das?« Mit dem Handrücken wischte sie sich unter der Nase entlang.

Er hatte noch nie gut mit weinenden Frauen umgehen können. Eigentlich hätte er verschwinden sollen, aber irgendwas, vielleicht ihre unerwartete Verletzlichkeit, zog ihn näher heran.

Er setzte sich auf die Stufe neben sie, hielt aber wohlweislich einen halben Meter Abstand. »Das tut mir leid«, sagte er.

Sie schniefte und sah zur Seite. »Tug hatte recht. Das Haus ist ein Fass ohne Boden. Ich habe mich übernommen. Er hat ein paar Investoren an der Hand, die Interesse haben, aber wir dachten, wir versuchen es einfach mal und stellen es zum Verkauf. Vielleicht beißt noch mal so ein armes Schwein wie ich an.«

Hattie legte das Kinn auf die Knie.

»Ist das ein großer Verlust für Sie?«, fragte er.

»Allerdings. Geld, das wir nicht haben. Das ich nicht habe. Ich habe all meine Ersparnisse in dieses Projekt gesteckt, dumm, wie ich bin.«

»Und was machen Sie, wenn Sie das Haus verkauft haben?«

Sie zuckte mit den Schultern. »Einen Küchenanbau auf Wilmington Island, eine Dachterrasse in einem Haus drüben auf der Jones Street. Was Tug ›unser täglich Brot‹ nennt.«

»Also nichts mehr mit Immobilien aufhübschen?«

»Erst, wenn ich im Lotto gewonnen habe«, erwiderte Hattie. »Nach diesem Fiasko gibt uns keine Bank der Welt mehr einen Kredit.«

»Das ist schade«, sagte Mo. »Diese Reality-Show, von der ich Ihnen erzählt habe …«

»Nein!« Vehement schüttelte sie den Kopf. »Das habe ich doch schon gesagt. Kein Interesse! Suchen Sie sich ein anderes dummes Blondchen. Davon gibt's genug in Savannah. Jeder hier will ein Star sein. Ich aber nicht.«

»Ich brauche niemanden, der ein Star sein will. Ich brauche jemanden, der seine Aufgabe mit Leidenschaft erfüllt. Der eine Vision hat. Und keine Angst.«

»Sie kennen mich nicht«, entgegnete Hattie. »Tief in mir drin bin ich ein riesiger Schisshase. Ich habe Höhenangst. Und Angst davor, arm und allein zu sterben. Was momentan immer wahrscheinlicher wird.«

»Allein?« Mo hob eine Augenbraue. »Sie haben doch gesagt, dass dieser Tug Ihr Schwiegervater ist. Wo ist denn Ihr Mann?«

»Tot.«

Mo zuckte zusammen. »O Gott, das tut mir leid.«

»Schon gut.« Langsam atmete Hattie aus. »Niemand rechnet damit, dass eine Frau in meinem Alter Witwe ist. Die meisten Leute wissen nicht, wie sie mit so einer Information umgehen sollen.«

»Darf ich fragen … «

»Nein.« Abrupt stand sie auf. »Schluss jetzt mit der Heulerei. Ich fahre nach Hause, stell mich unter die Dusche und ertränke meinen Kummer in einer Flasche Bier. Normalerweise bin ich nicht so unhöflich, Mauricio … «

»Mo. Niemand nennt mich Mauricio.«

»Okay, Mo. Ich schließe hier jetzt ab, deshalb muss ich Sie bitten zu gehen.«

»Sie haben mir nicht mal Ihren Namen verraten«, protestierte er. »Ich dachte, Sie geben mir vielleicht eine zweite Chance, mich richtig vorzustellen?« Er hielt ihr die Hand hin. »Hallo, ich bin Mo Lopez. Furchtloser Eindringling, Altbau-Fan, auf der Suche nach einem neuen Knüller fürs Fernsehen.«

Hatties Oberlippe zuckte leicht. Am liebsten hätte Mo die Narbe berührt und gefragt, woher sie stammte, doch das traute er sich nicht. Die Frau senkte den Blick auf ihre Hände. Sie waren schmutzig, die kurzen Fingernägel hatten schwarze Ränder, dennoch wischte sie sich die Finger am Hosenboden ihrer Jeans ab und ergriff seine Hand. »Ich bin Hattie Kavanaugh. Hundefan, glücklose Bauunternehmerin. Nicht auf der Suche nach einer Karriere im Fernsehen.«

»Freut mich«, sagte Mo. »Dann können wir uns ja duzen, okay? Was ist mit deiner Freundin?«

»Mit Cass? Wir kennen uns schon seit unserer Kindheit und arbeiten beide für Tug. Auf dem Bau würde man sie als Polier bezeichnen. Beziehungsweise als Polierin. Bei Kavanaugh & Sohn haben wir's nicht so mit Titeln.«

»Also war dein Mann der Sohn von Kavanaugh & Sohn?«

»Tatsächlich hat mein Mann, Thomas Henry, in dritter Generation in der Firma gearbeitet. Tugs Vater hat sie gegründet, also war eigentlich Tug der Sohn in ›Kavanaugh & Sohn‹.« Hatties Gesichtsausdruck wurde weicher. »Hank und ich haben uns über die Firma kennengelernt. Auf der Highschool habe ich mir Geld dazuverdient, indem ich für seinen Vater Baustellen aufgeräumt habe, und irgendwann konnte ich Tug überreden, mir die einzelnen Gewerke näher zu zeigen. Angefangen habe ich als Tischlerlehrling.«

»Ein etwas ungewöhnlicher Job für eine junge Frau«, bemerkte Mo. »Warst du nicht an der Uni?«

»Ich habe ein paar Kurse an der Georgia Southern belegt – da kann man tatsächlich einen Studienabschluss in Bauleitung machen –, aber es hat nicht lange gedauert, da fand ich es sinnlos, Geld zu zahlen, um in einem Klassenraum zu sitzen und mir Vorträge über Tätigkeiten anzuhören, die ich längst konnte«, erklärte Hattie.

Mo zögerte, dann machte er noch einen Versuch, sie zu überzeugen.

»Hör mal, du würdest perfekt zu dem neuen Format passen, an dem ich gerade arbeite. Das ist ein völlig neuartiges Konzept. Wenn der Sender anbeißt, und ich wüsste nicht, was dagegenspricht, würden wir direkt hier vor Ort in Savannah drehen.«

»Danke, aber die Antwort bleibt Nein. Das mit diesem Haus habe ich im großen Stil verbockt. Jetzt ist Schluss mit Immobilien. Von jetzt an bleibe ich bei dem, was ich kann.« Hattie ging zur Haustür, holte einen Schlüsselring aus der Tasche und schloss ab. Sehnsüchtig fuhr sie mit den Fingern über die kunstvollen Schnitzarbeiten in der Tür, als würde sie sich von einer alten Freundin verabschieden.

»Man sieht sich, Mo«, sagte sie.

Als sie fort war, ging er zum Verkaufsschild, holte sein Handy heraus und machte ein Foto von der unten aufgeführten Nummer. Dann hörte er Donnergrollen, schaute hoch und sah einen silbernen Blitz in den sich drohend auftürmenden schwarzen Wolken. Mo lief zu seinem Fahrrad. Einen halben Häuserblock war er von dem viktorianischen Haus in der Tattnall Street entfernt, da öffnete der Himmel seine Schleusen, und große, warme Regentropfen prasselten auf ihn herab. Kräftig in die Pedale tretend fuhr er zurück zum Hotel.

# 4.

## DIE RETTER VON SAVANNAH

**W**ährend seines Aufenthalts in Atlanta auf dem Rückflug nach L.A. rief Mo Rebecca an. »Ich hätte da was für dich«, sagte er betont cool trotz der wachsenden Erregung, die er verspürt hatte, als er seinen Pitch im Hotelzimmer in Savannah vorbereitete. »Das Konzept für mein nächstes Format. Mal was ganz anderes.«

»Das ist schön«, sagte sie unverbindlich.

»Wann können wir uns treffen? Morgen?«

»Ich habe morgen früh als Allererstes ein wichtiges Meeting mit Krystee und Wills Leuten, am Abend kommt dann der Agent vorbei, nichts Besonderes, nur Drinks und Sushi, damit wir ein paar Sachen besprechen können …«

Mo schluckte seine Enttäuschung hinunter. »Gut, dann zum Mittagessen?«

»Ich habe von morgens bis abends Sitzungen. Den ganzen Tag. Melde dich doch bei Asha und sag ihr, dass sie uns einen Termin zum Frühstücken machen soll – nein, vergiss es, ich bin Mittwoch schon zum Frühstück verabredet. Sagen wir Kaffee am Vormittag. Schaffst du das?«

Mo seufzte. Asha Singh war Rebeccas langjährige Assistentin. An ihr vorbeizukommen war in etwa so, als wollte man Fort Knox stürmen. »Ja. Ich ruf sie an.«

»Super. Bis dann!«

Auf dem Flug von Atlanta nach L.A. schlief Mo unruhig. Nach zwei Stunden gab er es auf, holte seinen Laptop aus der Tasche des Sitzes vor ihm und ging seine Präsentation noch mal durch.

Müde rieb er sich das Gesicht, dehnte erst die eine, dann die andere Schulter. Eigentlich arbeitete er gern im Flugzeug, ihm gefiel die erzwungene Isolierung. Er setzte seine rauschunterdrückenden Kopfhörer auf und las, was er bis jetzt geschrieben hatte.

*Die Retter von Savannah.* Gut. Das war ein solides Konzept. Er hatte ein Dutzend Fotos runtergeladen, die er im historischen Viertel von Savannah gemacht hatte, und hängte sie nun als Slides an das Dokument: die Lebenseichen mit dem herabhängenden Louisianamoos, die Häuserfluchten aus dem neunzehnten Jahrhundert, die bunten Blumen auf Eingangstreppen und Fensterbänken und ja, das Haus in der Tattnall Street zusammen mit mehreren Aufnahmen von Hattie Kavanaugh und ihrer Polierin Cass.

Früh am Morgen war er noch mal zu dem Haus gefahren und hatte mit zwei Bechern Eiskaffee gewartet, bis der Vorarbeiter beziehungsweise die Vorarbeiterin eintraf.

Ihm blieb nicht viel Zeit. Er hielt ihr einen Becher hin. »Cass, richtig? Ich bin Mo.«

Cassidy Pelletier betrachtete den Eiskaffee im Becher von Foxy Loxy. Sie probierte ihn. Genau wie sie ihn mochte: Mochaccino auf Eis mit extra Zimt.

Argwöhnisch beäugte sie Mo. »Hallo Mo. Woher wusstest du, wie ich den Eiskaffee mag?«

»Gut geraten. Können wir uns unterhalten? Mein Flug geht in zwei Stunden. Deine Freundin hat mein Angebot abgelehnt, in meiner neuen Doku mitzumachen, aber ich dachte, du könntest sie vielleicht vom Gegenteil überzeugen?«

»Wenn du das glaubst, kennst du Hattie wirklich nicht«, erwiderte Cass.

»Sie hat einen finanziellen Engpass, oder?«, warf er ein.

»Ja.«

»Das könnte sich durch diese Serie komplett ändern. Sie würde ein regelmäßiges Honorar bekommen. Du auch. Und sobald die Sendung ausgestrahlt wird, sind Kavanaugh & Sohn in aller Munde, und der Laden wird durchstarten. Eure Firma wird sich vor Aufträgen nicht mehr retten können, so dass ihr den Preis diktieren könnt. Dann ist Schluss mit beschissenen Badezimmerrenovierungen, im wahrsten Sinne des Wortes.«

Cassidy Pelletier wirkte unbeeindruckt. »Sagst du.«

»Bei unseren Produktionen schaffen wir viele Jobs«, fuhr Mo fort. »Für die Dreharbeiten engagieren wir normalerweise mindestens zwanzig Personen, von Kameraleuten über Toningenieure, Assistenten, Fahrer, Haar- und Make-up-Spezialisten bis hin zu Bühnenbildnern und dem Catering. Ist immer ein schöner Impuls für die Wirtschaft.«

»Hört sich gut an, aber wenn Hattie nein sagt, meint sie das normalerweise auch so.«

»Vielleicht könntest du mir helfen, sie zu überreden«, sagte Mo.

»Warum sollte ich das tun?«

»Du bist doch ihre beste Freundin, oder?«

»Ja.«

Er wies auf das Haus. »Sie verliert hier Geld, die Firma auch. Und das nimmt sie persönlich, stimmt's?«

»Du hast ja keine Ahnung. Tug und Nancy, die sind nicht nur die Firma. Das ist Hatties Familie. Sie fühlt sich für sie verantwortlich. Tug steht kurz vorm Rentenalter. Hatte schon einen leichten Herzinfarkt. Das macht Hattie fertig.«

»Das sind doch eigentlich ihre Schwiegereltern, oder? Was ist mit ihrer eigenen Familie? Wo ist die?«

»Unten in Florida. Jedenfalls ihre Mutter. Von ihrem Vater weiß ich nichts. Hatties Eltern haben sich getrennt, als wir auf der Highschool waren. Ihre Mutter hat ihre Sachen gepackt und ist abgehauen, aber Hattie wollte bleiben und das Schuljahr an St. Mary's abschließen. Sie ist zu mir gezogen; eigentlich sollte es nur bis zum Sommer sein, am Ende blieb sie zwei Jahre. Nach dem Abschluss hat sie sich ein winzig kleines Kellerapartment gesucht. Tagsüber hat sie bei Tug gearbeitet, abends hat sie Kurse an der Georgia Southern besucht und alles selbst bezahlt, immer. Das ist Hattie. Sie ist Hardcore.«

»Und ihr Mann? Wie ist er gestorben?«

Cass sah ihn durchdringend an. »Sie hat dir von Hank erzählt?«

»Nur, dass er tot ist.«

»Er ist bei einem Motorradunfall gestorben. Vor fast sieben Jahren.«

Ein Pick-up hielt vor dem Haus und hupte. Cass sah auf ihr Handy. »So, meine Leute sind da. Ich kann hier nicht den ganzen Tag stehen und mit dir quatschen.«

Mo gab ihr seine Visitenkarte. »Ich fliege zurück nach L. A. und verkaufe dem Sender da dieses Doku-Format. Aber es funktioniert nicht ohne Hattie. Und dich. Könntest du nicht noch mal mit ihr sprechen? Sie überzeugen, dass es eine Möglichkeit wäre, das Steuer herumzureißen? Wenn nicht für sich selbst, dann für Tug?«

»Du hast noch nicht erzählt, was für eine Doku das genau werden soll«, sagte Cass.

»Sie soll *Die Retter von Savannah* heißen«, erklärte Mo. »Es geht um den Erhalt von Bausubstanz, und wie wichtig es für eine Gemeinde und ihre Geschichte ist, diese alten Häuser zu bewahren. Wir würden zeigen, wie Hattie, du und eure Leute sich eine Bauruine wie diese hier vornehmen und wieder zum Leben erwecken.«

Cass drehte sich um und zeigte auf den Altbau. »Aber nicht dieses Haus?«

»Nein«, entgegnete Mo knapp. »Das Format ist: finden, verschönern, verscheuern. Dieses Projekt ist schon zu weit fortgeschritten. Und ehrlich gesagt sieht es aus, als seien hier Fehler gemacht worden.«

»Ich habe es nie gemocht«, murmelte Cass.

»Warum nicht?«

»Ist zu groß. Das ist nicht unser Stil. Bisher haben wir immer kleinere Häuser gemacht.« Sie winkte ab. »Mir war einfach der Einsatz zu hoch. Zocken bedeutet für mich, an der Tankstelle ein Rubbellos für fünf Dollar zu kaufen. Ich konnte es nicht fassen, als Hattie unbedingt dieses Haus haben wollte. Tug war auch nicht begeistert.«

»Warum hat sie es dann durchgezogen?«

»Sie hat ihr Herz drangehängt«, antwortete Cass. »Irgendwann überzeugte sie Tug, dass es ein gutes Geschäft wäre. Ich meine, sie hat es zu einem guten Preis bekommen, das schon, aber inzwischen kennen wir auch den Grund. Dach kaputt, Rohre kaputt, Wasserschäden. Egal, welche Baumängel es gibt, diese Ruine hat sie alle.«

Mo ließ den Gedanken sacken. Falls – nein, wenn – die Dreharbeiten starteten, bräuchten sie ein kleineres Haus, eines, mit dem sich Zuschauer wie Cass Pelletier eher identifizieren konnten. Ein paar Probleme bei einem Haus waren in

Ordnung, sogar von Vorteil, weil es zeigte, dass selbst Fachleute sich irren konnten, wenn sie vor Herausforderungen gestellt wurden. Doch für die erste Staffel bräuchten sie ein Haus, das ein Selbstläufer war.

Er sah auf die Uhr. In einer Viertelstunde würde er abgeholt und zum Flughafen gebracht. »Sprichst du mit Hattie? Überrede sie, dass ihr diese Sendung echt machen müsst!«

»Ich kann's versuchen.«

Als Mo in den kleinen Empfangsbereich trat, war Asha am Telefonieren, ihr Blick huschte zur geschlossenen Tür von Rebeccas Büro hinüber. Sie hielt die Sprechmuschel zu. »Achtung! Sie hat schlechte Laune.«

»Was ist denn los?«

Asha schüttelte den Kopf. »Ich soll dir ausrichten, dass sie nur eine Viertelstunde Zeit hat. Eigentlich sollte ich euren Termin sogar canceln, aber ich habe sie überredet, dich noch dazwischenzuquetschen. Nicht dass ich das noch bereue!«

»Danke für die Warnung.«

Rebecca lief durch ihr Büro und telefonierte über Lautsprecher.

»Nein, jetzt hörst du mir zu! Das geht nicht. Ein beschissener Baustopp im Überschwemmungsgebiet geht mir so was von am Arsch vorbei! Ruf beim Amt an, Mensch! Sag denen, wenn du keine Genehmigung kriegst, musst du das gesamte Projekt einstellen. Dauerhaft. Mach denen klar, was auf dem Spiel steht. Kümmer dich darum, Byron! Sonst such ich mir jemanden, der das kann.«

Mo zog einen Stuhl an Rebeccas Schreibtisch, ein elegantes, weiß lackiertes Art-Déco-Möbelstück, auf dessen Sitzfläche sich unüblicherweise Aktenordner, Unterlagen, leere

Wasserflaschen und halbleere Behälter vom Lieferdienst türmten.

Rebecca legte auf, ohne stehen zu bleiben.

»Arschlöcher«, brummte sie, ging zu ihrem Platz und setzte sich. »Überall nichts als Arschlöcher und Stümper.«

»Was ist denn los?«

»Das gesamte Mittwochabendprogramm löst sich gerade in Luft auf.«

Die Tür zum Vorzimmer öffnete sich, und Asha kam mit einem Tablett aus Acrylglas herein, auf dem zwei Tassen Espresso standen. Sie setzte es auf der Konsole hinter dem Schreibtisch ab und verdrückte sich schnell wieder. Bevor sie die Tür schloss, warf sie Mo noch einen verständnisvollen Blick zu.

»Mittwochabend?« Mo runzelte verwirrt die Stirn. »Da läuft doch immer, warte, *Bauen in Bridgehampton* und *Handwerkertraum*, oder? Und dann *Küstenglück*. Ich dachte, du hattest gestern einen Termin mit Krystee und Wills Leuten. Drinks und Sushi?«

»Ich hatte gerade Byron von *Bridgehampton* am Telefon. Er sagt, das County erteilt keine Baugenehmigung für die Badelandschaft. Irgendwer in der Nachbarschaft hat ihn bei der Bauaufsicht angeschwärzt, und die haben die Bauarbeiten komplett eingestellt.«

»Das ist mies«, heuchelte Mo Verständnis. Hinter der Sendung *Bauen in Bridgehampton* stand Byron Atkinsons Firma B-Reel Productions. Normalerweise verfügte er über die magische Fähigkeit, Formate zu erfinden, die Rebecca begeisterten.

»Das Schlimmste weißt du ja noch gar nicht«, gab sie zurück, trank einen Schluck Espresso und legte eine Pause ein, um die Dramatik zu steigern.

»Krystee ist schwanger. Mit Zwillingen!«

»Ist doch super, oder? Nach dem ganzen Unfruchtbarkeitsdrama in der letzten Staffel? Zwillinge sind doch super für die Einschaltquoten. Nicht dass sie das nötig hätten.«

»Ja, theoretisch. Nur hat Krystees bescheuerter Arzt ihr sofortige Bettruhe verordnet. Sie ist erst in der zehnten Woche! Alan und Shayla wollten mir das lieber persönlich sagen. Sie haben die gesamte Sendung auf Eis gelegt.«

»Echt? Wie furchtbar. Könnte man nicht einfach für den Rest der Staffel Will hinstellen und ein paar Szenen mit Krystee drehen, wenn sie mit ihm am Telefon über das Haus spricht?«

»Schön wär's«, sagte Rebecca. »Aber jetzt mal ehrlich: Will hat so viel Ausstrahlung wie verkochter Rosenkohl. Wir wissen alle, dass der Glamour bei *Küstenglück* von Krystee kommt. Unsere Zuschauer wollen nicht sehen, wie sie mit geschwollenen Beinen rumläuft, Schwangerschaftsvitamine einwirft und Babystrümpfe strickt.«

»Und was hast du jetzt vor?«, fragte Mo. »Wiederholungen?«

»Nur im äußersten Notfall«, sagte Rebecca. »Wir brauchen frischen Content, und zwar jetzt. Ich bin noch mal ein paar Vorschläge durchgegangen, die wir in der Entwicklung hatten …«

»Was ist mit meiner neuen Idee?«, warf Mo ein. »Becc, ich schwöre dir, du wirst begeistert sein. Komm, ich zeig's dir mal.«

»Ich habe deine Mail bekommen. *Die Retter von Savannah*?« Sie zog die Nase kraus. »Klingt nicht besonders sexy. Klingt eher nach Oma.«

Mo holte sein Handy heraus und wischte durch die Fotos, bis er zu den Aufnahmen kam, die er heimlich von Hattie Kavanaugh im Café gemacht hatte, zusammen mit denen von Hattie und Cass vor dem Haus in der Tattnall Street. Er reichte Rebecca sein Handy. »Sieht die für dich nach Oma aus?«

Er hatte Hattie beim Reden geknipst. Ihr Haar wurde von einem Bandana zurückgehalten, ihre Wangen waren mit Sommersprossen übersät. Soweit Mo das beurteilen konnte, trug sie keinerlei Make-up, doch in ihren grünbraunen Augen schien ein besonderes Licht zu schimmern. Sie hatte nicht den Glamour von Krystee Brandstetter, die selbst mit Schutzhelm und Schutzbrille noch sexy aussah, auch nicht die Exotik von Hayden Horowitz, die glamouröse Immobilienmaklerin, die *Bauen in Bridgehampton* präsentierte, doch für Mo war Hattie ein Verkaufsargument.

»Niedlich.« Rebecca gab ihm sein Handy zurück.

»Guck sie dir noch mal an, Becc«, beharrte Mo und wischte zum nächsten Bild von Hattie weiter, das sie beim Einsteigen in ihren Pick-up zeigte. »Diese Frau hat wirklich was. Sie ist absolut unverstellt, hat nichts Künstliches an sich. Und sie ist willensstark. Geht keiner Herausforderung aus dem Weg. Das Publikum wird sie lieben. Die Frauen wollen so sein wie sie, die Männer wollen ihr an die Wäsche. Außerdem hat sie einen Südstaatenakzent, keinen sehr starken, schweren wie Zuckersirup, sondern eher wie eine Reiseführerin im Museum. Etwas feiner. Gebildeter.«

Rebecca ging die übrigen Fotos durch und verharrte etwas länger bei dem Haus in der Tattnall Street. »Ist das das Haus, das sie renoviert? Das ist ja furchtbar.«

»Das ist das Projekt, mit dem sie bald fertig ist.« Mo nahm sein Handy zurück. »Wir würden die Reihe natürlich mit einem neuen Haus anfangen. Etwas Kleineres, besser Vermittelbares.«

»Was ist ihre Story?«, fragte Rebecca. »Ich meine, wer ist sie? Wie hast du sie gefunden?«

»Ich habe in einem Laden in der Nähe meines Hotels gefrühstückt. Sie war auch da und sprach mit ihrem Schwiegervater über dieses Haus, an dem sie arbeiten. Ich bin hellhörig geworden, dann bin ich so lange rumgefahren, bis ich das Haus gefunden habe. Und die Frau.«

Er verschwieg, dass er durch ihren Küchenboden gesackt war.

Wieder rümpfte Rebecca die Nase. »Das heißt, sie ist verheiratet? Ich will nicht noch so eine Situation wie bei Krystee und Will.«

»Nicht verheiratet. Witwe«, erwiderte Mo. »Und wie ihre beste Freundin sagt, hat sie ihre Jugendliebe geheiratet. Der Mann starb aber vor ein paar Jahren bei einem Motorradunfall.«

»Eine Witwe. Hm. Gar nicht so schlecht. Tapfere junge Frau … die alte Häuser renoviert. Das ist eine Ausgangslage, an der unsere Zuschauer Anteil nehmen könnten.«

»Ja, oder?«

Rebecca tippte auf Mos Handy. »Wer ist die Frau, mit der sie da vor dem Haus steht?«

»Ihre beste Freundin, gleichzeitig ihre Vorarbeiterin.«

»Find ich gut«, sagte Rebecca. »Eine Schwarze, also haben wir direkt Diversität drin. Tony fände das auf jeden Fall gut.«

Mo holte den iPad aus seiner Kuriertasche, öffnete das Dokument mit der Präsentation von *Die Retter von Savannah*, und reichte Rebecca das Gerät.

»Der eigentliche Star des Formats ist Savannah«, erklärte er. »Die Stadt hat so eine dichte Atmosphäre! Und durch die Kunststudenten gibt es hier eine unglaublich viel kreative Energie. Da schlummern massenweise Talente, und wo man auch hinguckt, dreht irgendein Kamerateam gerade einen Film oder ein Fernsehprojekt.«

»In Georgia sind die Gewerkschaften zum Glück nicht so mächtig.« Rebecca klopfte mit dem Stift auf ihren Schreibtisch. »Das heißt, supergünstige Arbeitskosten, außerdem bietet der Staat Filmemachern besondere Steueranreize.«

»Das wäre mein nächster Punkt gewesen«, sagte Mo. Er spürte, wie sich Rebeccas Laune besserte. Sie hatte angebissen, hing am Haken.

Erneut hatte sie das Foto von Hattie aufgerufen, ihr Stift klopfte Stakkato.

»Was meinst du?«, fragte Mo.

»Ich brauche natürlich einen Teaser, damit wir sehen können, ob die Frau geradeaus laufen kann und drei Sätze auf die Reihe kriegt. Und ein Haus, das sie für die erste Staffel renovieren kann.«

»Überhaupt kein Problem«, log Mo. »Wie schnell?«

»Sofort.« Rebecca reichte ihm sein iPad zurück. »*Küstenglück* legt eine Pause ein. Das heißt, wenn du deine kleine Savannah-Sendung zusammenbekommst, könnte sie im Herbst auf den Sendeplatz gehen.«

Mo bekam einen trockenen Mund. »Aber … wir haben Mai.«

»Ist mir bekannt«, sagte Rebecca. Sie griff zu einer Mappe und blätterte darin herum. »Byron hat mir gestern Abend das hier geschickt. Irgendwie wusste er schon von Krystee und Will. Ist unheimlich, dass er immer weiß, was in dieser Stadt los ist. Natürlich hat er zufälligerweise auch direkt ein neues Format in der Entwicklung.«

»Klar hat er das«, sagte Mo. »Nur so aus Interesse: Was für einen Low-Budget-Scheiß will er dir diesmal andrehen?«

Rebecca hob eine Augenbraue. »Neid steht dir überhaupt nicht, Mo. Eigentlich etwas sehr Spannendes. Jede Woche bringt er einen aufstrebenden jungen Designer mit Kunden zusammen, die gerade eine üble Scheidung hinter sich haben, und gestaltet deren Schlafzimmer neu. *Mein Bett, dein Bett.* Ist das nicht herrlich?«

»Hört sich nicht schlecht an«, gestand Mo.

Rebecca warf die Mappe auf den Schreibtisch. »Ich habe ihm gesagt, ich denke drüber nach. So. Wann hast du den Teaser für mich fertig? Tony sitzt mir schon im Nacken wegen Ersatz für Krystee und Will.«

Mo holte tief Luft. »Ich brauche ein paar Wochen.«

Die Tür ging auf, Asha kam herein. »Rebecca? Dein Taxi ist da.«

Rebecca sprang auf und griff zu ihrer Jacke. »Wir sprechen uns. Ciao, Mo!«

# 5.

## HATTIE LÄSST AUSREDEN

Ribsy wartete an der Tür des Bungalows. Hattie ließ sich auf einen Adirondack-Stuhl auf der Veranda fallen. Hank hatte ihr den selbst gebauten Stuhl zum Geburtstag geschenkt, nachdem sie ihm Bilder auf Pinterest gezeigt hatte.

Es war nur ein Stuhl. Die Teile für den zweiten hatte Hank bereits zurechtgeschnitten und auf der Werkbank in der Garage zusammengelegt. Nachdem er den ganzen Tag an einem Haus auf der Isle of Hope gearbeitet hatte, hatte er nach dem Essen an einem schwülwarmen Augustabend beschlossen, mit seiner alten Kawasaki noch eine Runde zu drehen. Der Kunde war ein reicher Rechtsanwalt, jeden Morgen erwartete Hank auf der Baustelle dessen Frau mit einer frustrierend langen Liste von Änderungswünschen.

Hattie stand in der Küche an der Spüle und wusch das Geschirr vom Abendessen ab, als Hank mit seinem Helm unterm Arm hereinkam. »Ich mach noch eine kleine Spritztour nach Tybee«, hatte er gesagt. »Guck mir vielleicht den Sonnenuntergang über dem Back River an.«

»Lass uns zusammen fahren«, schlug Hattie vor. »Ich erledige schnell den Abwasch, dann … «

»Nee. Ich will nur mal kurz den Wind im Gesicht haben. Bin in einer Stunde zurück.« Er hatte sie auf die Wange geküsst.

Und dann war er weg. Die Einzelteile des zweiten Adirondack-Stuhls lagen bis heute so auf der Werkbank, wie er sie zurückgelassen hatte, nur mit Spinnweben überzogen.

Hattie zog die Schnürbänder ihrer Stiefel auf und streifte sich die Socken von den Füßen. Eine frühabendliche Ruhe breitete sich über die Straße. Hattie griff nach hinten, löste ihren BH und wand sich mit den Armen heraus, um ihn unter ihrem schmutzigen T-Shirt hervorzuziehen. Sie ließ ihn auf die verwitterten Holzbohlen fallen, streckte die Beine aus und lehnte sich auf dem Stuhl zurück.

Ribsy setzte sich neben sie und legte die Schnauze auf ihren Schoß. Sie kraulte seine seidigen Ohren und hörte, wie sein fedriger Schwanz freudig auf den Holzboden klopfte. In den endlosen, furchtbaren Monaten nach Hanks Tod hatte Cass darauf bestanden, dass Hattie etwas brauchte, um das sie sich kümmern konnte. Eines Tages hatte ihre Freundin mit einem wuseligen braun-weißen Fellknäuel auf dem Arm vor Hatties Tür gestanden. Ein Pfund Hund, hatte sie gesagt.

»Der gehört jetzt dir«, hatte Cass kurzerhand verkündet. »Wurde beschlagnahmt. Hab ihn schon impfen lassen, du kannst ihn also nicht zurückbringen.«

Hattie schloss die Augen und zwang ihren Körper zu entspannen. Doch es war, als verkrampfte sich jeder Muskel in ihr. Sie schaute zum Hund hinüber, der heruntergesprungen war. Er ahnte nichts von der Situation, in die sie ihn und sich manövriert hatte.

»Ach, Ribsy«, stöhnte sie, halb Seufzer, halb Ausatmen. »Wir sind dermaßen geliefert.«

Einer der Investoren, die Tug kennengelernt hatte, hatte ein Angebot für das Haus in der Tattnall Street abgegeben. Danach wären sie zwar noch nicht aus den roten Zahlen heraus, doch ihr Schwiegervater wollte die finanzielle Belastung unbedingt loswerden. Hattie hatte ihn angefleht zu warten. Nur noch eine Woche. Damit sie die Außenmauern streichen und das Dach fertigmachen konnte, so dass das Haus gepflegt genug aussah, um einen Käufer anzulocken, der so naiv war wie sie und einen Preis zahlte, der näher am Marktwert lag.

»Keinen einzigen Penny mehr.« Tug war unerbittlich geblieben. »Wir verkaufen es so, wie es ist, und schätzen uns glücklich.«

»Glücklich« war kein Wort, das Hattie benutzen würde, um ihre aktuelle finanzielle Situation zu beschreiben. Tug wusste es nicht, aber sie hatte alles, was sie hatte, auf die Tattnall Street gesetzt. Nicht nur ihre Ersparnisse.

Der Kloß in ihrem Magen fühlte sich im Moment wie ein Felsbrocken an. Eventuell würde sie ihr eigenes Haus verlieren, den Bungalow in Thunderbolt, einem ehemaligen Fischerdorf östlich der Stadtgrenze von Savannah. Sie hatte ihn zusammen mit Hank kurz vor der Hochzeit für 32 000 Dollar aus der Zwangsvollstreckung einer Bank gekauft. In etwas mehr als zwei Jahren hatten sie das Haus mit Hilfe von übrig gebliebenem Holz und anderen Materialien, das auf den Baustellen abfiel, auf Vordermann gebracht. Nachts hatten sie auf Paletten geschlafen und in jeder freien Minute am Haus gearbeitet. Die Hypothek hatte Hattie mit dem Versicherungsgeld von Hanks Unfall abbezahlt.

Sie wusste, dass er es so gewollt hätte. Doch sie hatte nicht die Zeit, redete sie sich zumindest ein, all die Projekte zu Ende zu bringen, die sie gemeinsam angefangen hatten. Die Holzschindeln an der Fassade trugen ein Dutzend unterschiedliche Farbschichten, weil Hattie sich nicht für einen Farbton entscheiden konnte. Die Arbeitsflächen in der Küche waren noch aus Sperrholz, obwohl der Granit dafür hinten in ihrem Garten lag. Und das Holz für das zweite Badezimmer, das sie hatten einbauen wollen, stapelte sich jetzt seit sieben Jahren in der Einfahrt.

Hattie starrte auf die Straße, Tränen ließen ihren Blick verschwimmen. Im Laufe der letzten Jahre war ein Haus nach dem anderen in diesem Block aufgekauft und renoviert worden. Als Hank den verfallenen Bungalow hinter riesigen Azaleenbüschen auf der Bonaventure Road entdeckt hatte, war sie entsetzt gewesen. Der Verkäufer hatte dort einen ungenehmigten Tattoo-Shop geführt und die Zimmer wöchentlich vermietet.

Was würde Hank von dem Tohuwabohu halten, in das sie sich manövriert hatte? Von der realen Möglichkeit, dass sie ihr gemeinsames Haus verlor, weil Hattie sich, wie er sich ausgedrückt hätte, »zu weit aus dem Fenster gelehnt hatte«?

Die Straßenlaternen sprangen an. Es war Zeit, ins Haus zu gehen, zu duschen und etwas zu essen. Wenn Hattie in der Wanne mit den Löwenfüßen stand, die sie aus dem Sperrmüll im Garten gerettet hatten, und das kalte Wasser über ihren Körper lief, würde ihr vielleicht eine Lösung für ihre missliche Lage einfallen. Oder sie würde sich einfach die Haare waschen, saubere Sachen anziehen und ins Bett fallen. Vielleicht würde sie dann endlich ein bisschen Schlaf bekommen.

Sie schielte zum Hund hinüber und kraulte ihn noch mal an den Ohren. »Komm, Junge«, sagte sie leise. »Gehen wir rein.«

»Hattie?« Cass räusperte sich.

Sie saßen an ihrem Stammtisch im Foxy Loxy.

»Hm?« Hattie kritzelte Zahlen auf einen Block, strich sie durch, schaute auf ihr Handy und las neue Textnachrichten.

Vorsichtig nahm Cass ihr das Handy aus der Hand.

»Hey! Ich bin hier gerade beschäftigt. Ich habe vielleicht einen Käufer für die ganzen Küchenschränke.«

»Super. Aber der kann kurz warten. Ich muss mit dir über etwas reden. Dazu brauche ich deine volle Aufmerksamkeit.«

»Bitte nicht noch mehr schlechte Nachrichten! Im Moment ertrage ich wirklich nichts mehr.«

»Das ist keine schlechte Nachricht. Ganz im Gegenteil. Ich glaube, es ist eine Möglichkeit, wie wir ganz geschmeidig aus der Nummer mit der Tattnall Street rauskommen. Aber du musst mir versprechen, mich ausreden zu lassen.«

»O-kay …« Hattie lehnte sich auf dem Stuhl zurück. »Schieß los.«

»Es geht um den Fernsehproduzenten. Der durch den Küchenboden gefallen ist.«

»Mauricio?« Hattie ließ den Namen noch mal über ihre Zunge gleiten. »Mo-ri-ß-i-o? Ich bitte dich! Als würde ich so einem Kerl glauben, der einfach reinkommt und mir erzählt, er würde mich zum Star machen.«

»Nein, hör zu.« Cass schob ihren Teller mit dem Muffin-Rest beiseite und legte ihr eigenes Handy auf den Tisch. »Ich habe ihn gecheckt. Im Internet gibt es eine Website, IMDb, die Internet Movie Database. Da steht alles über jeden drin, der auch nur entfernt mit dem Showgeschäft zu tun hat. Mauricio Lopez ist kein Fake. Er hat eine Firma, Toolbox Productions, die schon jede Menge Fernsehsendungen produziert hat. Guck hier!« Cass tippte auf das Display und las die Titel vor.

»*Fresnos fleißige Handwerker. Unser Traumhaus am Meer* und das mit der Werkstatt, das habe ich gesehen.«

»Ich kann mich an *Unser Traumhaus am Meer* erinnern«, sagte Hattie. »Konnte nicht fassen, welche wahnsinnigen Preise die Leute an der Westküste für Häuser am Meer hinblättern. Egal, interessiert mich nicht, dass dieser Mo echt ist. Ich habe ihm abgesagt. Tattnall Street ist verkauft. Wie Tug sagt, ich muss nach vorn schauen.«

»Mo Lopez war am Montag bei mir, und ich finde, du solltest dir seinen Vorschlag anhören.«

»Nein.« Hattie verschränkte die Arme vor der Brust.

»Du hast versprochen, mich ausreden zu lassen«, sagte Cass.

»War gelogen.«

»Du kannst mich nicht anlügen. Ich bin deine beste Freundin. Das haben wir uns versprochen, in der achten Klasse, weißt du noch? Wir würden uns nie anlügen.«

»Du hast gelogen, als du gesagt hast, du wärst noch Jungfrau«, bemerkte Hattie. »Im letzten Schuljahr.«

»Das war was anderes. Außerdem hast du gelogen, als du gesagt hast, ich hätte keinen dicken Hintern in der gelb-rot gestreiften Hose, die ich zum Jubiläumsspiel von Cardinal Mooney anhatte. Du hast zugelassen, dass ich wie ein scheiß Zirkuszelt durch die Stadt laufe.«

»Ich wollte dich nicht verletzen«, gab Hattie zurück.

»Genug alte Geschichten. Du hörst mir jetzt zu, und wenn ich dich auf dem Stuhl festbinden muss«, sagte Cass. »Er will eine Reality-Doku machen, die *Die Retter von Savannah* heißen soll. Darin geht's um die Geschichte von Savannah und die Bewahrung alter Bausubstanz, ein Haus nach dem anderen.«

»Trotzdem: nein.«

»Hörst du mal zu? Wir müssten ein kleineres, übersichtlicheres Haus erwerben. Und bei null anfangen. Darum geht es in dieser Doku. Und wir bekämen Geld. Für die Serie. Das wäre unbezahlte Werbung für Kavanaugh & Sohn. Mo meint, es gäbe Jobs, und zwar nicht nur für unsere Subunternehmer. Kameraleute, Tonfritzen, so was alles.«

»Mo?« Hattie warf ihr einen fragenden Blick zu.

Cass ignorierte sie. »Er kommt heute noch mal. Wir treffen uns mit ihm ...«

»Ich treffe mich mit niemandem«, unterbrach Hattie sie. »Nur mit dem Bauunternehmer aus Hilton Head, mit dem ich heute Nachmittag einen Termin am Lager habe.«

»Super. Aber bis dahin ...«

»Die Damen?«

Hattie schaute hoch. Mauricio Lopez stand mit zwei Eiskaffee in der Hand neben ihrem Tisch und wies auf einen leeren Stuhl. »Ist der noch frei?«

Hattie Kavanaugh war lächerlich leicht zu durchschauen, dachte Mo. Ihr freundlicher Gesichtsausdruck verschwand in dem Moment, als er sich an den Tisch setzte. Stattdessen schob sie die Lippen vor und setzte eine finstere, halb entrüstete Miene auf. Als Mo ihr den Styroporbecher mit der schwankenden Sahnehaube reichte, betrachtete sie ihn wie ein großes totes Nagetier.

»Du kannst dich gern setzen, aber ich habe Cass gerade noch mal versichert, dass ich nicht die Absicht habe, an einer angeblichen Fernsehsendung mitzuwirken«, sagte Hattie.

»Angeblich?« Mo legte die Hand auf die Brust. »Das tut mir echt weh.«

Cass kicherte, Hattie verdrehte die Augen. »Hör zu«, sagte sie. »Ich kenne ein paar Sendungen auf HPTV. Die sind lächerlich. Zum Beispiel die eine, wo zwei Fremde auf einer Insel ein Haus aus Palmwedeln und Treibholz bauen sollen.«

»*Schiffbrüchig*? Das war kein Konzept von mir, aber hatte su-

49

per Einschaltquoten. Und wenn nicht plötzlich dieser Tsunami gekommen wäre, gäb's die Sendung noch.«

»Habe ich nicht irgendwo was über diese Frau gelesen, Penny hieß sie, glaub ich? Dass sie den Sender anschließend verklagt hat?«

»Die Klage wurde abgewiesen. In ihrem Vertrag mit der Produktionsfirma stand ausdrücklich, dass der Auftraggeber nicht für irgendwelche Beziehungsprobleme verantwortlich ist, die sich aus der Sendung ergeben.«

Cass schnippte mit den Fingern. »Ich kann mich an die Sendung erinnern. Axel? Hieß der Typ nicht so? Voll der Hengst, aber dümmer als 'ne Tüte Mücken. Außerdem hatte ich immer den Verdacht, er wäre insgeheim schwul.«

»Nicht nur insgeheim«, sagte Mo. »Allein Penny hat nichts gemerkt. Aber können wir noch mal auf den Grund kommen, warum ich mich mit euch beiden treffen wollte? Zuerst mal ist *Die Retter von Savannah* keine ›angebliche‹ Fernsehsendung. Ich habe einen Auftrag vom Sender und eine unglaublich knappe Frist. Also, was sagt ihr?«

»Danke für den Kaffee, aber ich bleibe bei meinem Nein«, sagte Hattie.

»Darf ich fragen, warum du so absolut gegen meinen Vorschlag bist?«

»Ich habe einfach kein Interesse. Ich bin Bauunternehmerin, keine Figur in einer ausgedachten ›Reality‹-Show. Ich nehme meine Arbeit ernst, auch wenn du das vielleicht nicht tust. Ich stehe voll dahinter, alte Häuser zu renovieren, ihre Seele zu finden, sie wieder zum Strahlen zu bringen und ihnen neues Leben einzuhauchen.«

»Und ich gebe dir die Möglichkeit, genau das zu tun, mehr noch«, sagte Mo. »Dies ist deine Chance, deine Verluste wiedergutzumachen, nicht nur deine eigenen, sondern auch die deines Schwiegervaters. Ich schätze, dass auch er eine beträchtliche Summe in das Haus gesteckt hat, oder?«

»Ja. Und ich bin fest entschlossen, es ihm zurückzuzahlen.«

»In der Sendung mitzumachen, könnte dir dabei helfen. Du würdest Geld bekommen, und die Werbung für Kavanaugh & Sohn wäre unbezahlbar. Die Kunden werden euch die Bude einrennen. Das ist eine todsichere Sache.«

Hattie schien immer noch zu zweifeln. »Todsicher? Wirklich?«

»Ja«, sagte Mo. »Wenn wir einen Teaser drehen, und zwar sofort, und der Sender uns grünes Licht gibt.«

Cass tätschelte Hatties Hand. »Hörst du jetzt zu?«

»Was für einen Teaser?«, fragte Hattie.

Mo grinste. »Ich dachte schon, du fragst gar nicht mehr.«

# 6.

## WENN HATTIE EINEN TEASER DREHT

**W**as wir heute machen, ist kein richtiger Teaser, sondern eher ein Talent-Demo«, erklärte Mo. »Ich filme dich, nur mit dem Handy, und stelle dir ein paar Fragen zu deinen Erfahrungen in der Branche, solche Sachen. Ganz locker. Das ist nur, damit der Sender eine Vorstellung davon bekommt, wie du so bist. Als Mensch.«

»Als würde ich vorsprechen?« Das gefiel Hattie überhaupt nicht. Die ganze Geschichte gefiel ihr kein Stück. Es fühlte sich seltsam an. »Das ist mir zu persönlich«, beschwerte sie sich. Die beiden saßen im Wohnzimmer ihres Bungalows in Thunderbolt. Das war Mauricio Lopez' Idee gewesen. »Warum können wir das nicht im Büro machen?«

»Weil wir nicht nur dich verkaufen«, sagte er, »sondern auch deine Persönlichkeit, deine Ästhetik. Du hast dieses Haus renoviert, oder? Also ist es ein Spiegel deiner Persönlichkeit. Dein Look.«

Als er vor dem Haus geparkt hatte, hatten sich bei ihm erste Zweifel angemeldet. Die Schindelverkleidung war ein Patchwork aus vielen Farben, in der Einfahrt stapelten sich Holz und andere Baumaterialien, der Garten war ungepflegt und vernachlässigt.

Hattie hatte ihn einmal schnell herumgeführt und seine

erhobene Augenbraue angesichts des unfertigen Zustands der Küche bemerkt. »Du weißt ja, wie das ist«, sagte sie. »Der Schuster hat die schlechtesten Schuhe ...«

Das Wohnzimmer sah besser aus. Die verputzten Wände waren in einem warmen Weißton gestrichen, und das alte Walnussholz glänzte in der spätnachmittäglichen Sonne. Es gab einen Kamin mit einer ungewöhnlich geschwungenen Brennkammer, doch anstelle von Brennholz war sie bis oben hin mit großen ausgeblichenen Muschelschalen gefüllt. Eingebaute Regale links und rechts vom Kamin waren mit Büchern vollgestopft, hauptsächlich Taschenbücher. Dazwischen fanden sich Vogelnester, Geweihe, Korallen, gerahmte Vogeldrucke und noch mehr Muscheln. Und war das ein Rinderschädel?

Mo saß in einem Sessel mit weißem Schutzbezug und abgewetzten Armlehnen. Ein alter blau-weißer Quilt war über die Sitzfläche gebreitet. Das Sofa war ebenfalls weiß, fiel ihm nun auf, die Kissen waren eingedrückt. An den Wänden hingen Bilder, ausschließlich Seestücke.

»Von den Dingen, mit denen sich Menschen umgeben, kann man viel über sie erfahren«, sagte Mo. »Das möchte der Sender gerne sehen. Deine echte Persönlichkeit.«

»Ich weiß nicht, ob ich will, dass der Sender so viel über mich weiß«, gab Hattie zurück. »Warum kann ich nicht einfach das tun, was ich immer mache: alte Häuser renovieren? Warum muss es dabei um mich gehen?«

Mo seufzte. Seit inzwischen vierzig Minuten redete er auf Hattie ein, damit sie sich entspannte und öffnete. Genau genommen hatte er noch nie mit einem derart lustlosen Talent gearbeitet. Die meisten Menschen, auf die er bei seiner Arbeit traf, konnten es nicht erwarten, ins Showgeschäft zu kommen, sie überschlugen sich geradezu, um Fernsehstars zu werden. Mehr als eine Frau hatte angeboten, mit ihm zu schlafen. Sogar Männer. Hattie Kavanaugh war das komplette Gegenteil.

»Ich könnte zu jeder Baustelle in der Stadt gehen und jeden beliebigen Kerl mit Werkzeuggürtel und Bauunternehmerlizenz fragen, ob er mir zeigen kann, wie man ein Haus auf Vordermann bringt«, sagte Mo. »Aber ich habe *dich* ausgesucht. Weil du was Besonderes bist. Du hast Leidenschaft. Du bist klug. Du hast Haltung. Auch wenn die etwas überzogen ist. Und es schadet auch nicht, dass du verdammt attraktiv bist. Die Kamera wird dich lieben.«

»Mich?« Hattie wirkte überrascht.

»Deine Haare sind heute irgendwie anders, oder?«

Hattie errötete. Cass hatte sie gedrängt, sich im Salon in der Nähe ihres Büros eine Fönfrisur machen zu lassen. Das glatte Haar fiel ihr weich und glänzend in Wellen bis auf die Schultern. Den ganzen Vormittag hatte Hattie gegen den Wunsch angekämpft, sich wieder einen Pferdeschwanz zu machen. Außerdem war sie geschminkt. Nicht viel. Nur ein bisschen Rouge, Mascara und Lippenstift.

»Ich war beim Friseur«, gab sie zu.

Sie war nicht einfach attraktiv, dachte Mo. Sie war, ja, reizend. Vielleicht wirkte sie deshalb so, weil sie anders als die meisten schönen Frauen, die er kannte, sich dessen überhaupt nicht bewusst war oder weil sie sich gar nichts aus ihrem Äußeren machte.

Heute hatte sie auf die weite Carhartts-Hose, das verblasste T-Shirt und die Arbeitsstiefel verzichtet, stattdessen trug sie eine Jeans, die ihre schlanke Figur betonte, eine geblümte Baumwollbluse mit einer Kordel, die einen kleinen Blick in den Ausschnitt gewährte, und ziemlich neue Chucks.

»Okay, fangen wir an.« Mo zwang sich, zur vor ihm liegenden Aufgabe zurückzukehren. »Bist du so weit?«

»So weit, wie ich nur sein kann.«

Er hatte sein iPhone an einem Stativ mit einem Fernauslöser befestigt und das Stativ hinter seinen Sessel gestellt, weil er dachte, Hattie sei vielleicht weniger befangen, wenn er nicht die ganze Zeit das Handy auf sie richtete.

»Ich zähle bis drei und nicke. Dann geht es los.«

Hattie nickte ebenfalls, und er konnte ihre Anspannung deutlich spüren. Kerzengerade saß sie da, den Rücken an die Sofalehne gedrückt, den Mund zu einer wenig schmeichelhaften Parodie eines Lächelns verzogen.

»Versuch dich zu entspannen«, sagte Mo. »Dies ist keine Gerichtsverhandlung. Nur du und ich sind hier. Und wir reden über das Aufpeppen von alten Häusern, okay?«

»Denke schon.«

Genervt warf Mo die Hände in die Höhe. »Hör zu, willst du das jetzt machen oder nicht?«

»Ich habe gesagt, ich mach's.« Hattie starrte auf ihre Hände. Zum ersten Mal fiel Mo der schmale goldene Ehering an ihrer linken Hand auf.

»Woher der Sinneswandel? Ich meine, du verdienst zwar Geld mit der Sendung, das schon, aber du wirst nicht reich damit werden. Wenn du es also nur wegen des Geldes machst ... «

»Es geht nicht nur ums Geld. Ich meine, klar, sicher, zum Teil geht's natürlich auch darum.«

»Warum warst du dann doch damit einverstanden, die Sendung zu machen? Ernsthaft, Hattie. Ich muss das wissen.«

Sie sprang vom Sofa und lief wild gestikulierend durchs Wohnzimmer. Mit einem Klicken auf den Auslöser startete Mo die Aufnahme, ohne dass Hattie es zu bemerken schien.

»Vielleicht will ich mir selbst etwas beweisen. Dass ich gut in dem bin, was ich tue.« Sie funkelte ihn wütend an. »Ich kann das wirklich gut. Du glaubst das wahrscheinlich nicht, weil ich Tattnall Street so verbockt habe. Aber ich kann das. Ich bin eine Frau auf der Baustelle. Ich bin der Chef, aber keiner glaubt es mir. Weißt du, wie das ist? Jedes Mal, wenn ein neuer Subunternehmer auftaucht, jedes Mal, wenn ein Inspektor vom Bauamt aufkreuzt, gucken die durch mich durch und fragen, wo der Chef ist. Jedes – verdammte – Mal. Die sehen mich, und bei denen im Kopf läuft so ein Film ab: Wow, wer ist denn die süße Maus mit dem Schutzhelm? Sie machen mich an, aber sie glauben mir nicht. Wenn wir einen neuen Kunden haben, zum Beispiel für eine Küche, ein Bad oder eine Terrassenerweiterung, dann geht beim ersten Mal immer Tug zum Kunden und gibt eine ungefähre Einschätzung ab, weil sich keiner vorstellen kann, dass eine Frau weiß, wovon sie redet. Es reicht also nicht, dass ich so gut wie ein Mann bin. Ich muss besser sein. Und das muss ich beweisen. Jeden – verdammten – Tag. Vielleicht mache ich deswegen eure verdammte Sendung.«

Mo ignorierte ihren wütenden Blick. »Siehst du? So was will ich von dir hören. Das will die Kamera sehen. Ich brauche diese Ihr-könnt-mich-alle-mal-Haltung.«

Hattie blinzelte. »Hast du das gerade gefilmt?«

»Worauf du dich verlassen kannst.« Mo grinste. »Ich würde sagen, du bist auf Betriebstemperatur. Jetzt setz dich hin und beantworte meine Fragen.«


»Ich heiße Harriet Kavanaugh, aber alle nennen mich Hattie. Ich wohne in Savannah, Georgia. Schon mein Leben lang. Beruflich renoviere ich alte Häuser. Manchmal kaufe ich sie, bringe sie auf Vordermann und verkaufe sie wieder, aber beim aktuellen Immobilienmarkt renovieren wir nur für unsere Kunden. Unsere Firma heißt Kavanaugh & Sohn. Der Vater meines Schwiegervaters, Thomas senior, hat die Firma gegründet, und Tug – das ist mein Schwiegervater, die Abkürzung von Thomas junior –, hat sie später übernommen, und mein Mann, also, mein verstorbener Mann Hank kam dazu und dann auch ich.«

Mo unterbrach sie: »Seit wann renovierst du alte Häuser?«

»Fast mein Leben lang, würde ich sagen. Schon als ich auf der Highschool war, habe ich für Tug gearbeitet und die Baustellen aufgeräumt. Irgendwann habe ich die Männer gefragt, ob sie mir zeigen können, wie man dies und das macht. So habe ich alle Gewerke gelernt. Ich kann Rohbau, Schreinerarbeiten, Elektrik und im Notfall auch einfache Klempnerarbeiten.«

»Hast du mir nicht erzählt, dass du auf dem College warst und einen Abschluss in Bauleitung hast?«

»Ja, ich habe ungefähr ein Jahr lang Kurse belegt, aber das war teuer. Ich fand schließlich, dass ich bei der Arbeit selbst mehr lerne als im Hörsaal. Später habe ich dann die Prüfung für die Bauunternehmerlizenz abgelegt. Habe direkt beim ersten Mal bestanden.« Bei der Erinnerung strahlte Hattie.

Mo nickte anerkennend. »Was magst du am liebsten an deiner Arbeit?«

»Ehrlich gesagt, ist der schönste Teil an meiner Arbeit, durch ein altes Haus zu gehen. Es anzufassen, mir seine Vergangenheit vorzustellen, ihm zuzuhören und mir zu überlegen, wie ich es für eine neue Familie wieder zum Leben erwecken kann.«

Mo nickte und hielt Hattie den ausgestreckten Daumen hin. »Wie fühlt es sich an, wenn du mit der Renovierung eines Hauses fertig bist?«

Ihr Gesicht strahlte vor Begeisterung. »Einfach wunderbar. Mit manchen Häusern sind wir monatelang beschäftigt, zuerst mit den unschönen Aufgaben: rostige Rohre austauschen, alte Kiefervertäfelung und eklige Badezimmer herausreißen. Da denkt man immer, es würde kein Ende nehmen. Aber dann ist irgendwann alles verputzt und gestrichen und wir knipsen den Kristallleuchter an, den ich irgendwo auf dem Trödel gefunden habe, und *bamm!* Das fühlt sich an, als hätte ich im Lotto gewonnen. Dann vergisst man den ganzen Schweiß, die Tränen und den Mäusekot. Vielleicht ist das so wie bei einer Geburt. Wenn die Mutter ihr Baby sieht, verliebt sie sich ja auch sofort und vergisst, wie schwer es war, das Kind auf die Welt zu bringen.«

Mo hielt ihr zwei ausgestreckte Daumen hin. »Weiter!«, artikulierte er lautlos.

»Was soll ich noch sagen?«, fragte Hattie. »So interessant bin ich auch nicht.«

Er verdrehte die Augen. »Was machst du so, wenn du nicht arbeitest? Irgendwelche Hobbys? Interessen?«

Sie lachte. »Ich arbeite immer. Wenn ich nicht auf dem Bau bin, denke ich über meine Projekte nach. Seit kurzem bin ich auf der Suche nach einem alten Haus zum Renovieren. Ich fahre ständig in der Stadt herum, sehe die monatliche Liste der Zwangsversteigerungen durch, rede mit Immobilienmaklern über Angebote, die vielleicht bald auf den Markt kommen. Und für die Häuser selbst bin ich ständig auf der Suche nach günstigen Baustoffen. Wenn ich in einem Berg Bauschutt einen gut erhaltenen alten Kaminsims entdecke, grabe ich den aus.«

»Wo lagerst du die ganzen Sachen?«

»Ich habe einen Schuppen im Garten.«

»Und sonst gar keine Hobbys?« Mo wirkte nicht überzeugt.

»Ich treffe mich mit Freunden. Lese viel.« Sie wies auf die Bücherregale. »Ich mag alte Taschenbuchkrimis.«

»Du hast also eine Schwäche für Mord?«, fragte Mo.

»Ja, aber nicht für die brutalen Sachen. Mich interessiert eher, warum scheinbar anständige Menschen die Grenze überschreiten.«

»Was machst du sonst noch gern?«

Hattie musste länger nachdenken. »Mit Ribsy spazieren gehen. Wenn ich auf der Suche nach einem Haus bin, sitzt er auf dem Beifahrersitz.«

»Ribsy?«

»Mein Hund.« Sie pfiff, und nach einem kurzen Kratzen an der Tür am Ende des Flurs kam ein braun-weißes Fellknäuel ins Wohnzimmer gesaust und warf dabei fast das Stativ mit Mos Handy um. Der Hund stürzte sich auf Hattie, die ihn lachend umarmte, während er ihr das Gesicht abschleckte.

»Das ist der wichtigste Mann in meinem Leben.«

»Bevor wir mit dem Interview angefangen haben, haben wir schon ein bisschen darüber gesprochen«, sagte Mo. »Aber erzähl mir noch mal, warum du gern diese Sendung machen würdest: *Die Retter von Savannah.*«

Beim Nachdenken zog Hattie eine Grimasse. Sie wählte ihre Worte vorsichtig.

»Ich fahre jeden Tag in dieser Stadt an alten Häusern vorbei, die einfach nur dastehen und vor sich hin rotten. Sobald ein Haus leer steht, ist niemand mehr da, der es instandhält. Das Dach wird undicht, es kommen Wasserschäden, Schimmel, Termiten. Manchmal nisten sich auch Hausbesetzer ein. Im Winter machen sie Feuer, damit sie es warm haben, und reißen alles von den Wänden, was nicht niet- und nagelfest ist, weil sie ihr Geld für Alkohol oder Drogen brauchen. Irgendwann kommt der Punkt, da ist es zu spät, das Haus zu retten. Und das macht mich traurig. Das ist so eine Verschwendung.« Hattie legte die Hand auf die Brust. »Es tut mir im Herzen weh. Das ist unsere Geschichte, verstehst du? Die Geschichte unserer Stadt.«

»Und?«, fragte Mo.

»Vielleicht kann ich mit so einer Sendung ja dazu beitragen, die Einstellung der Menschen zu verändern. Damit sie sich in ihrer Gemeinde umsehen, ein Haus suchen, das Zuwendung braucht, und es renovieren. Es reicht schon, das Haus wertzuschätzen, in dem man lebt. Ich würde gerne eine Sendung machen, in der ich den Leuten zeige, wie man Holz richtig vorbereitet und streicht. Wie man ein Badezimmer fliest oder eine neue Scheibe in ein altes Fenster einsetzt. Vielleicht würde ich auch erklären, wie es *nicht* geht. Ich würde gerne – nahbar sein. Ist das das richtige Wort?«

»Ja, nahbar und zugänglich.« Mos Arbeit ähnelte immer mehr einem Coaching. »Was noch? Möchtest du noch was über Savannah sagen?«

»Was denn?«

»Zum Beispiel, dass du gerne zeigen würdest, wie schön deine Heimat ist, oder dass du der Stadt etwas zurückgeben willst, weil sie dir so viel geschenkt hat? Oder dass du einen verschwindenden Teil der Geschichte erhalten willst?«

Jetzt war es Hattie, die die Augen verdrehte. »Das habe ich doch längst gesagt! Als es darum ging, dass es mir im Herzen weh tut!«

Mo drückte auf die Fernbedienung und hielt die Aufnahme an.

»Ja, stimmt. So was Ähnliches hast du wirklich gesagt. Jetzt versuchen wir noch was anderes. Du schaust mir in die Augen, lächelst und stellst dich dann ungefähr so vor: ›Ich bin Hattie Kavanaugh. Und ich rette Savannah. Ein altes Haus nach dem anderen.‹«

Sie schüttelte den Kopf. »Das ist doch dämlich. Ich bin nur eine einzelne Frau. Wie soll ich Savannah retten?«

»Musst du alles hinterfragen, was ich sage? Mach es einfach, ja? Das ist so was wie eine Metapher. Im Fernsehgeschäft nennt man das *Tagline*. Die Verantwortlichen im Sender suchen in erster Linie nach einer Persönlichkeit. Du findest es vielleicht albern, aber der Zuschauer muss deine Energie spüren. Deine Begeisterung. Du musst dich verkaufen, Hattie.«

Hattie stieß einen langen Seufzer aus. Sie stellte sich vor den Kamin, zupfte ihre Haare zurecht und befeuchtete ihre Lippen. »Okay!«, sagte sie zu Mo.

Er drückte auf den Fernauslöser und zählte mit den Fingern rückwärts: *drei, zwei, eins*.

»Ich bin Hattie Kavanaugh. Und ich helfe dabei, meine Heimatstadt Savannah zu retten. Ein altes Haus nach dem anderen.«

»Perfekt!«, lobte Mo. »Siehst du, du kannst das wirklich gut, wenn du willst.«

Hattie ließ sich auf den nächsten Stuhl fallen. »Ich brauche ein kaltes Bier.«

# 7.

## AUF TYBEE

**D**as funktioniert nicht«, sagte Hattie zu Cass und klappte den Deckel ihres Laptops zu. »In unserer Preisklasse ist in dieser Stadt wirklich null auf dem Markt. Nichts, was auch nur entfernt als historisch durchgehen würde und preislich in unserem Budget liegt.«

In den vollgestellten, nüchternen Büroräumen von Kavanaugh & Sohn saß Cass Hattie am Schreibtisch gegenüber. Sie hatten nicht viel Platz, keine hundert Quadratmeter. Die Schaufensterfront ging auf die Bull Street. Im größten Büroraum standen drei ramponierte Metallschreibtische aus Armeebeständen, je einer für Cass, Hattie und die Büroleiterin Zenobia, zufälligerweise auch Cass' Mutter. Tug hatte seinen eigenen winzigen Raum.

»Wo suchst du denn?« fragte Cass.

»Da, wo ich immer suche: bei Zillow und auf den Websites der Immobilienmakler vor Ort.«

Zenobia Pelletier schaute von ihrem Computer hoch. »Hast du auch auf der Website des Countys nach Zwangsversteigerungen geguckt? Vielleicht gibt's ja einen süßen kleinen Handwerkertraum in Parkside oder in Live Oak.«

»Ja, klar«, sagte Hattie. »Habe ich überall geguckt. Kaum was im Angebot. Die einzigen Häuser, die in unser Budget passen, sind ein paar Split-Levels aus den Sechzigern auf der Southside und Ranch-Häuser aus den Siebzigern weit draußen auf dem Land. Nichts, was für Mo Lopez auch nur entfernt geeignet wäre oder gar – wie hieß das Wort noch mal?«

»Telegen«, half Cass aus. »Was ist mit Thunderbolt?«

»Machst du Witze? Unser kleines Fischerdorf ist inzwischen tierisch gefragt. Sobald was auf den Markt kommt, zack, ist es weg. Ein Nachbar von mir hat ein popeliges kleines Cottage aus den Dreißigerjahren – komplett unrenoviert, ohne Zentralheizung. Der hat letzte Woche ein Schild in den Garten gestellt: Privatverkauf, und bevor der Tag zu Ende war, lieferten sich sechs Interessenten eine Bieterschlacht.«

Zenobia nahm ihre rote Lesebrille ab und kniff sich in den Nasenrücken. Sie war Anfang fünfzig und hatte sorgfältig frisierte kurze blonde Haare mit Strähnen, ein paar Sommersprossen auf ihren hellbraunen Wangen und perfekt lackierte Acrylnägel.

»Was ist mit Tybee?«

»Was soll damit sein?«, fragte ihre Tochter zurück. »Wenn wir uns nichts in der Stadt leisten können, können wir uns schon gar kein Haus draußen am Strand leisten.«

»Ich meine nur, als ich Sonntag aus der Kirche kam, habe ich gehört, wie die alte Mavis Creedmore Pater Mike bat, für sie zu beten, weil sie und ihre Cousins kurz davor sind, ihr Strandhaus auf der Chatham Avenue zu verlieren.«

Hattie scrollte nicht länger durch die Immobilienanzeigen, sondern spitzte die Ohren. »Ist das die Oma von Katie Creedmore? Die hat ein Jahr nach uns ihren Abschluss an St. Mary's gemacht. Und Holland Creedmore hat in der Footballmannschaft auf der Cardinal Mooney gespielt, ein paar Jahre vor uns. Der war ein ganz schöner Schwerenöter, meine ich.«

Cass verdrehte die Augen, aber schwieg.

»Nein, Mavis war nie verheiratet. Ich glaube, Katie und Holland sind die Kinder ihres Cousins«, sagte Zenobia. »Als ich klein war, trieb sich eine ganze Rotte von Creedmores in der Stadt herum. Mavis ist jedenfalls die älteste, und eins könnt ihr mir glauben, sie hat das Sagen. Zwei ihrer Brüder sind früh gestorben, an Krebs. Sie hat alle überlebt und ist jetzt so was wie die Matriarchin.«

»Aber Chatham Avenue?« Hattie lachte höhnisch. »Ich bitte dich, Zen. Die Häuser da gehen auf den Back River, die haben Anleger und Bootshäuser. Schon ein Schuppen läge völlig über unserer Preisklasse.«

»Vielleicht ja nicht«, sagte Zenobia. »Warte mal. Ich guck mal in den Grundbucheinträgen nach.« Ihre langen Fingernägel huschten klickend über die Laptop-Tastatur.

»Hm. Hier ist es. 1523 Chatham Avenue. Als Eigentümer sind eingetragen Mavis Creedmore, Reeves Creedmore und Holland Farrell Creedmore. Das ist kein großes altes Strandhaus, wie du denkst, Hattie. Baujahr 1922. Knapp 160 Quadratmeter. Okay, zwei Stockwerke, Holzrahmenbau. Vier Schlafzimmer. Ein Bad.«

»Das müssen ja Schlafzimmer für Hobbits sein«, bemerkte Cass. »Und nur ein Badezimmer für vier Schlafzimmer?«

»Das ist ein Strandhaus, Schatz«, erwiderte Zenobia. »Wenn man zu meiner Zeit am Strand wohnte, dann *lebte* man auch am Strand. Man brauchte höchstens ein Bett, vielleicht einen Nachtschrank und ein paar Haken, um seine Sachen aufzuhängen.«

»Was steht da noch über das Haus der Creedmores, Zen?«, fragte Hattie.

»Hm. Da steht was von einer Steuerschuld. Oh, die sind

wirklich kurz davor, das Haus zu verlieren. Bei der letzten Schätzung war es 425 000 Dollar wert. Aber eher das Grundstück, nicht das Haus. Hier ist ein Kartenausschnitt. Sieht aus, als gäb's da eine Art Nebengebäude. Vielleicht ein Bootsschuppen oder so was Ähnliches?«

Hattie spielte mit einer Büroklammer, verdrehte sie nachdenklich. »Ich kann nicht glauben, dass ein Grundstück auf Tybee nicht mehr wert sein soll. Zen, bist du mit Mavis Creedmore befreundet?«

Zenobia zuckte mit den Schultern. »Wir waren beide lange in der Kirchengemeinde von Blessed Sacrament aktiv. Wir sind nicht näher befreundet, kennen uns aber schon seit Jahren.«

»Wie ist sie so?«

»Die Frau ist über achtzig. Launisch und starrsinnig. Du kennst ja die Generation. Die glauben alle, sie hätten die Weisheit gepachtet.«

»Hm.« Cass grinste ihre Mutter an. »An wen erinnert mich das bloß?«

Zenobia griff zu einer Fliegenklatsche mit dem Werbeaufdruck von Kavanaugh & Sohn und schlug damit nach ihrer Tochter. »Vergiss nicht, wer hier die Gehaltsschecks ausstellt, meine Liebe.«

Hattie schob ihren Schreibtischstuhl nach hinten. Er quietschte über den abgetretenen Linoleumboden. »Komm, Cass! Wir fahren mal raus nach Tybee und gucken uns das an.«

»Aber das Haus steht doch gar nicht zum Verkauf«, warf Cass ein.

»Noch nicht«, gab Hattie zurück. »Egal, wir können ja rumfahren und gucken, ob wir neue Verkaufsschilder sehen, die noch nicht auf Zillow zu finden sind.«

Auf der langen Fahrt raus nach Tybee Island war Hattie schweigsam. Es war Ebbe. Die Straßen waren frei. Jetzt, im Spätfrühling, leuchtete das Marschgras zu beiden Seiten der US 80 in einem grellen Chartreuse-Grün. Cass schielte zu ihrer Freundin hinüber.

Es war mild für Savannah, knapp dreißig Grad, doch Hatties Gesicht war blass und schweißüberzogen. Sie umklammerte das Lenkrad mit eiserner Faust.

Hanks Unfall hatte sich auf dem Abschnitt ereignet, den die Einheimischen Tybee Road nannten. Hinter Whitemarsh Island verschmälerte sich der Highway zu zwei Fahrbahnen. Wenn dort jemand liegen blieb, besonders auf einer der vier Brücken, gab es oft stundenlang Stau.

»Hey«, sagte Cass sanft. »Alles gut?«

Hattie nickte.

»Wir müssen das nicht machen«, bemerkte Cass.

»Ich schon«, gab Hattie zurück. Ihren Wangen glühten rot. »Das ist dämlich. Ich meine, es ist nur eine bescheuerte Brücke. Die hat Hank nicht umgebracht.«

Da hatte sie recht. Ein betrunkener Autofahrer, der den ganzen Tag in einer der zahllosen Bars der Insel getrunken hatte, hatte den Tod von Hank Kavanaugh herbeigeführt. Der Teenager war einem Gegenstand auf seiner Spur ausgewichen und auf die Gegenfahrbahn geraten, wo er frontal mit dem Motorradfahrer zusammenstieß. Sobald der junge Mann erkannt hatte, was passiert war, ließ er seinen Wagen – und den tödlich verletzten Hank – auf der Lazaretto Creek Bridge zurück und beging Fahrerflucht.

Eine Assistenzärztin, die zufällig in der Nähe war, rief die 911 und eilte dann dem Verletzten zu Hilfe. Hank habe noch geatmet, erzählte sie später der Polizei. Doch der Rettungswagen aus Savannah hatte über eine Stunde gebraucht, um sich durch den gestauten Verkehr zum Unfallort durchzuschlängeln. Bis dahin war Hank Kavanaugh im Alter von neunundzwanzig Jahren seinen schweren Kopf- und Brustverletzungen erlegen.

»Ich kann fahren, wenn du willst«, erbot sich Cass, doch Hattie schüttelte den Kopf.

»Wie kommt es, dass du auf einmal so heiß auf diese *Retter-von-Savannah*-Sache bist? Ich dachte, du fändest das furchtbar.«

Hattie trommelte mit den Fingern auf das Lenkrad des Pickups. »Fand ich auch. Find ich immer noch. Aber ich bin diejenige, die die Firma – und Tug – bei dem Haus in der Tattnall Street in die Miesen geritten hat. Also muss ich es wiedergutmachen, und mir fällt keine bessere Möglichkeit ein.«

Inzwischen hatten sie fast den höchsten Punkt der geschwungenen Lazaretto Creek Bridge erreicht. Wenn man nach rechts schaute, sah man Krabbenboote und die Schiffe für Delfintouren am Anlieger schaukeln. Links erkannte man gewaltige Containerschiffe, manche länger als ein Häuserblock, die auf dem Weg zum oder vom Hafen von Savannah vorbeiglitten.

Hattie merkte, dass sie die Luft anhielt. Reiß dich zusammen, mahnte sie sich.

Als sie das Ortseingangsschild von Tybee Island passierten, wurde sie langsamer. Sie musste über eine vierköpfige Familie lachen, die sich vor der riesigen Nachbildung einer Meeresschildkröte für ein Foto aufstellte. Hattie blieb auf dem Highway, der am Wasser nach Osten abbog und zur Butler Avenue wurde, der Hauptgeschäftsstraße der Insel.

»Welche Hausnummer suchen wir noch mal?«, fragte Hattie.

»1523«, erwiderte Cass mit Blick auf ihr Handy.

Hattie ließ die Scheiben des Pick-ups hinunter und atmete die salzige Meeresluft ein. Sie warf einen kurzen Blick auf die Landschaft, die Häuser und Geschäfte zu beiden Seiten der Butler Avenue. »Wow, sieht deutlich besser aus, als ich es in Erinnerung habe.«

Cass schniefte. »Wenn du mit ›besser‹ meinst, dass es jetzt mehr T-Shirt-Läden gibt und dass die Hotels neue Namen haben, dann stimmt das wohl. Tybee ist nicht so prollig wie Hilton Head. Aber ganz bestimmt ist es auch nicht St. Simons Island.«

»Du bist so ein verdammter Snob, Cassidy Pelletier«, sagte Hattie lachend. »Ich mag Tybee. Tybee ist so was wie der letzte verbliebene Strandort von früher. Keine Outletcenter, keine riesigen Apartmenttürme, keine Fast-Food-Läden … also, außer Arby's. Ich meine, Arby's gibt's doch noch, oder?«

»Wann warst du denn das letzte Mal hier?«, wollte Cass wissen.

Hatties Lachen verstummte. »Du weißt ja … aber jetzt, wo du das sagst, ist es, glaub ich, ziemlich lange her.«

»Das ist Zeitverschwendung, was wir hier machen«, murmelte Cass. »Ich weiß, dass du keine Hoffnung hast, was in Midtown zu finden, aber ich bin mir sicher, dass irgendein Makler ein Angebot aus dem Ärmel zaubert, wenn wir herumtelefonieren. Meinst du nicht? Irgendwas, das noch nicht online gestellt wurde.«

»Kann sein. Aber so lange wir hier sind, gucken wir uns mal um.«

Sie passierte die Tybrisa Street mit ihrer langen Reihe von Bars, Souvenirshops und Eisdielen, die sich über einen Block erstreckte, gefolgt von der Butler Avenue, die schließlich am südlichen Zipfel der Insel in die Chatham Avenue mündete.

Während Hattie langsam die Straße entlangrollte, spähte sie aus dem Fenster. Sie wies auf ein Verkaufsschild am Tor eines weitläufigen Hauses in Holzrahmenbauweise. »Scheiße, guck dir mal an, wie groß das ist! Cass, kannst du das mal checken?«

»Bin dabei«, erwiderte ihre Freundin und scrollte auf ihrem Handy durch die Immobilienanzeigen für Tybee Island. Sie lachte. »Das kostet schlappe 2,3 Millionen. Das Grundstück ist über einen halben Hektar groß und kann in vier Grundstücke unterteilt werden.«

»Das ist wohl nicht das Haus der Creedmores«, bemerkte Hattie.

Einen halben Straßenblock weiter wies Cass auf ein wetter-gegerbtes Holzschild, das fast vollständig von einem Büschel Palmettopalmen verdeckt wurde.

»Kannst du lesen, was da draufsteht?«

Hattie steuerte den Pick-up auf den unkrautbewachsenen Randstreifen.

»Hm, vielleicht könnte das ein C und ein M sein …«

»Das muss es sein«, sagte Cass. »Das Haus gegenüber hat die Nummer 1524. Das hier war wahrscheinlich mal die Einfahrt.«

Der schmale sandige Pfad war unter dem Gestrüpp aus wuchernden Strauchkiefern, Palmen und Wachsmyrten kaum zu erkennen. Hattie stieg über einen morschen Ast und verschwand in einem grünen Tunnel. Über die Schulter sah sie sich nach Cass um, die reglos dastand, beide Hände in die Hüften gestützt.

»Willst du da stehen bleiben?«

»Wer, ich? Sehe ich wie eine Frau aus, die durch einen gottvergessenen, schlangenverseuchten Dschungel wie den da trampeln will?«

Hattie zuckte mit den Schultern. »Na gut, dann gehe ich halt allein.« Sie kämpfte sich durch das Gebüsch, schob tiefhängende Zweige von sich und trat gegen die Ranken der Prunkwinde, die den Weg überwucherten.

»Verdammt«, hörte sie Cass murmeln. »Warte kurz, ja? Ich muss mir eben einen Schlangenstock suchen.«

# 8.

## ABBRUCHREIF

**H**attie suchte sich ebenfalls einen Schlangenstock, dann drückten die beiden Frauen mit ihren Stöcken die Pflanzen zur Seite und schoben sich langsam durch das Dickicht.

»Da hinten muss irgendwo ein Haus sein, oder?« Hattie wischte sich Spinnenweben aus dem Gesicht.

»Ja, es sei denn, Mom hat uns die falsche Adresse gegeben. Wie kann ein Grundstück so tief sein?«, sagte Cass.

Als sie gut hundert Meter weit gegangen waren, gelangten sie auf eine Lichtung. Das Haus oder was noch davon übrig war, stand vor ihnen.

»Heilige Scheiße!«, stieß Hattie aus.

Das Haus war mal weiß gewesen, doch im Laufe der Jahre hatten Wind, Salzluft und die Zeit auch die letzte Spur von Farbe beseitigt. Wie im Grundbuchauszug beschrieben, war es zweistöckig, aber auf dem Dach lag eine ausgeblichene blaue Plastikplane. Eine mit Insektengitter geschützte Veranda zog sich um die erste Etage, doch das Gitter war zerrissen und wehte in der milden Nachmittagsbrise.

»Das erinnert mich an die Geschichte von Edgar Allan Poe, die wir in der Highschool lesen mussten«, sagte Cass. »›Der Fall des Hauses Usher‹. Ich würde sagen, dies ist der ›Fall des Hauses Creedmore‹.«

»Wohl eher Creepmore«, bemerkte Hattie und ging ein paar Schritte auf das Haus zu, nur um wie angewurzelt stehen zu bleiben und nach vorn zu zeigen. »O-oh.«

Ein massiver Balken war quer vor die klapprig wirkende Treppe zur vorderen Veranda genagelt. Daran hing ein Schild mit schwarzer Schrift auf gelbem Untergrund.

ZUTRITT VERBOTEN, BESCHLAGNAHMUNG – GE-MEINDE TYBEE ISLAND.

Cass tippte Hattie auf die Schulter. »Okay, das reicht mir. Das ist kein Abrisshaus, sondern ein Einsturzhaus. Lass uns gehen. Ich habe hinten auf der Tybrisa Street eine Eisdiele gesehen. Ich gebe 'ne Runde aus.«

Hattie bewegte sich nicht vom Fleck. »Ich finde, es hat einen gewissen *shabby charme*, meinst du nicht?«

»Nein«, sagte Cass. »Ganz und gar nicht. Shabby ist nicht charmant. Das hatten wir schon mal. *Hallo*? Tattnall Street? Klingelt's da bei dir?«

»Das war was anderes. Wir hätten es besser wissen müssen, als so viel Geld in ein so großes Haus zu stecken. Ich hätte es besser wissen müssen. Dies hier hat ungefähr ein Viertel der Fläche von dem Haus in der Tattnall Street. Ich meine, wie schlimm soll das schon sein?«

»Wie schlimm? Siehst du die Plane da oben auf dem Dach? Hey, es hat nicht mal eine Eingangstür. Weiß Gott, was für Tiere sich da eingenistet haben. Oder was für Menschen. Vielleicht sitzt da ein Axtmörder drin.«

Hattie näherte sich dem Haus noch weiter. Cass blieb, wo sie war.

»Geh nicht in das Haus, Harriet Kavanaugh!«, rief sie. »Lass das! Ich folge dir nicht in dieses Horrorhaus. Nein, danke, Madame. Bleib hier!«

Hattie duckte sich unter dem Balken hindurch. »Sei nicht so ein Angsthase! Komm! Tut doch keinem weh, wenn wir uns mal kurz umsehen.«

Die Bodenbretter auf der Veranda stöhnten bei jedem zögerlichen Schritt von Hattie. »Nicht durchbrechen«, flüsterte sie. Wo die Eingangstür hätte sein sollen, war eine Sperrholzplatte vor die Öffnung genagelt.

Hattie spähte durch das salzverkrustete Fenster links von der Tür und erhaschte einen Blick auf ein düsteres Vorderzimmer mit zahllosen Möbeln.

Über die Schulter rief sie Cass zu: »Ich kann von hier so gut wie nichts sehen. Gehe mal zur Seite rum.«

Cass schob sich näher heran, bis zum Anfang des Hauses. »Mir gefällt es hier nicht.«

Vorsichtig tastete Hattie sich weiter zur Westseite des Hauses vor. Sie musste über das verrostete Skelett eines Fahrrads steigen.

Auf dieser Seite des Hauses hatten die gewundenen grünen Ranken einer Glyzinie das morsche Holzgeländer erobert und sich über den Boden und an der verkleideten Außenwand hoch geschlängelt. Malerisch zierten lavendelfarbene Blütenrispen die Wand.

»Glyzinie, urgs.« Hattie hatte in ihrem eigenen Garten in Thunderbolt gesehen, welche Schäden die hartnäckige Pflanze an Bäumen und Nebengebäuden anrichten konnte. Sie wagte sich weiter um das Haus herum und achtete dabei auf durchhängende Bodenbretter der Veranda.

»Ich wüsste ja gern, wie das Fundament aussieht«, brummte sie vor sich hin. Sie sah sich zu Cass um, die über die Glyzinie kletterte. »Da bist du ja. Ich dachte schon, du wärst von einer Schlange gebissen worden.«

Cass zeigte ihr den Mittelfinger. »Wie sieht es da hinten aus? Kann nicht schlimmer sein als vorn, oder?«

»Ich bin mir sicher, dass es Probleme mit dem Fundament gibt.« Hattie wies auf den Boden.

»Der Fluss ist irgendwo da hinten.« Cass deutete in die entsprechende Richtung. Eine dichte Wand aus Bambus, Palmen und Kiefern versperrte den Blick aufs Wasser.

Vorsichtig ging Cass auf Zehenspitzen ans hintere Ende der Veranda und hielt vor einer Tür mit einer Glasscheibe inne.

»Hey!«, rief sie und drückte das Gesicht ans schmutzige Glas. »Komm mal her! Wenn du jetzt immer noch nicht glaubst, dass dieses Haus ein Griff ins Klo ist, dann gebe ich auf.«

Das Erste, was Hattie auffiel, war die kaputte Decke in der Küche. Ein Großteil des Putzes war auf die Arbeitsfläche und auf den Boden gefallen.

»O-oh«, machte sie. »Um was wetten wir, dass das Badezimmer direkt über der Küche liegt und undicht ist?«

»Ich wette nicht, wenn ich mir sicher bin«, gab Cass zurück. »Aber was ist mit dem Rest dieser Horrorshow?«

Die Küche war mit Kiefernschränken eingerichtet. Die meisten Schranktüren hatten sich verzogen und standen offen, so dass man die Fächer mit Geschirr, Gläsern und Konserven sah. Die Arbeitsflächen waren mit sonnenblumengelbem Laminat überzogen. Der Vinylboden hatte ein Schachbrettmuster in Avocadogrün und Sonnenblumengelb. Herd und Kühlschrank waren ebenfalls avocadogrün und mit Rostflecken übersät.

»Wenn es einen Wettbewerb um die hässlichste Küche gäbe, würde diese gewinnen«, bemerkte Hattie.

»Wir haben hier schon genug Zeit verschwendet«, entgegnete Cass. »Du hast das Schild gesehen. Das Haus ist abbruchreif. Fahren wir zurück in die Stadt und gucken, ob Mom noch was anderes gefunden hat.«

Widerwillig folgte Hattie Cass um das Haus herum nach vorn. Sie warf einen letzten Blick über die Schulter, bevor sie zurück zu ihrem Pick-up ging. »Das Haus hat was, Cass. Es ist hundert Jahre alt. Es schreit danach, gerettet zu werden.«

»Aber nicht von uns«, sagte Cass.

Als sie wieder in Hatties Pick-up steigen wollten, klingelte Cass' Handy. »Das ist Mom.« Sie tippte auf das grüne Symbol und meldete sich.

»Hey, Mom, was gibt's?«

»Seid ihr noch draußen auf Tybee?«

»Wollten gerade zurück«, sagte Hattie.

»Habt ihr das Haus gefunden?«

»Das, was noch davon übrig ist«, erwiderte Cass. »Ist eine Bruchbude. Die Stadt hat es für abbruchreif erklärt, es ist mit Brettern vernagelt. Ist wohl besser, du rufst noch ein paar Immobilienmakler an.«

»Vielleicht doch nicht. Ich habe mich ein bisschen umgehört. Habe mit einer Frau gesprochen, die Mavis Creedmore schon seit Jahren kennt. Mavis und ihre zwei jüngeren Cousins haben das Haus gemeinsam geerbt. Ein Cousin wohnt hoch oben im Norden und war seit Jahren nicht mehr hier. Der andere, Holland senior, wohnt in Ardsley Park. Ich schätze, sein Sohn ist der Typ, der früher an der Cardinal Mooney Highschool Football gespielt hat. Holland senior war eine Art Börsenmakler, ist jetzt aber im Ruhestand.

Mavis behauptet, sie hätte nichts von Steuerschulden gewusst oder davon, dass das Haus für abbruchreif erklärt worden sei, bis einer der Nachbarn auf Tybee sie vor kurzem angerufen hätte und wissen wollte, warum die Familie das Anwesen dort so habe verfallen lassen. Sie ist stinksauer wegen der ganzen Geschichte.«

»Mich wundert, dass keiner der Verwandten sie je darauf angesprochen hat«, warf Hattie ein, die über Lautsprecher mitgehört hatte.

»Mit den Creedmores legt man sich besser nicht an. Wart ihr beide im Haus?«

»An der Veranda hängt ein dickes ›Zutritt-verboten‹-Schild«, verkündete Cass. »Aber wir haben durch die Fenster geguckt. Uah. Das Ding ist abbruchreif.«

»Immer mit der Ruhe«, sagte Zenobia. »Ich habe im Rathaus von Tybee Island angerufen und mit einer netten Dame namens Carol Branch gesprochen. Die Stadt hat das Grundstück beschlagnahmt, weil Nachbarn angerufen und sich beschwert haben, es sei ein Schandfleck und ein öffentliches Ärgernis.«

»Was heißt das genau?«, fragte Cass.

»In diesem Fall heißt es, dass die Stadt gerade Gelder vom Bund erhalten hat, um einen Anreiz für die Restaurierung von verfallenen historischen Häusern zu schaffen. Das Haus soll im Rahmen einer Erstpreisauktion mit versiegelten Angeboten versteigert werden. Das Mindestgebot liegt bei 28 000 und ein paar Zerquetschten. Das ist der Betrag, der noch an Steuerrückständen und Säumniszuschlägen offen ist.«

»Was?«, rief Hattie ins Handy. »Das ist ja verrückt! Ein Strandhaus auf Tybee für unter 30 000?«

»Es gibt einen Haken«, mahnte Zenobia. »Sogar mehr als einen. Der Käufer hat sämtliche Denkmalschutzbestimmungen einzuhalten. Der Grundriss des Hauses darf nicht verändert werden, das heißt, es darf nichts angebaut werden. Alle Änderungen an der Außenfassade müssen ›den historischen Charakter des ursprünglichen Hauses berücksichtigen‹, was auch immer das heißt.«

»Wir haben schon einige Häuser im historischen Viertel von Savannah restauriert und kennen diese Bestimmungen«, sagte Hattie. »Sie nerven, aber es ist machbar.«

»Alle Arbeiten im Haus müssen von der Stadt genehmigt werden. Und sie müssen innerhalb von zwölf Monaten abgeschlossen sein«, fuhr Zenobia fort.

»Was hat diese Carol Branch noch gesagt?«

»Der Bund verlangt, dass die Stadt das Haus einen Monat lang auf ihrer Website ausschreibt. Die Frist läuft diese Woche ab. Potenzielle Käufer müssen der Stadt bis Donnerstagmittag um zwölf ein versiegeltes Gebot mit bankbestätigtem Scheck vorlegen.«

»Das ist ja übermorgen«, stellte Cass fest. Sie sah Hattie an. »Selbst wenn du Interesse hättest, wie solltest du so schnell an so viel Geld kommen?«

Hattie klimperte mit den Autoschlüsseln, eine nervöse Angewohnheit, die sie sich von Hank abgeguckt hatte. »Zen, wie schnell können wir in das Haus, um uns da umzusehen?«

»Gar nicht. Das Haus wird verkauft wie gesehen.«

Cass fuchtelte mit dem Zeigefinger vor Hatties Gesicht herum. »Nein. Lass es! Ich weiß, dass du glaubst, du müsstest was beweisen, aber nicht mit diesem Haus. Es hat schlechte Vibes.«

»Schlechte Vibes gibt es nicht.« Hattie ließ den Pick-up an.

# 9.

## DIE ANDERE REBECCA

**M**o tigerte durch das kleine Wohnzimmer seiner angemieteten Remise auf der Charlton Street. Er hatte das alte Kutschenhaus online gefunden und sich in erster Linie durch die Lage im historischen Viertel Downtown, den Preis – günstig im Vergleich zu L.A. – und die Tatsache angesprochen gefühlt, dass ein Parkplatz vor dem Haus im Preis inbegriffen war.

Als Rebecca spät am Vorabend angerufen hatte, um ihm mitzuteilen, dass sie nach Savannah kommen würde, und zwar schon am nächsten Tag, war er unruhig geworden.

»Keine Sorge, ich habe nur gute Nachrichten«, hatte sie ihm versichert. »Tony ist von deiner Idee begeistert. So begeistert, dass wir sie auf die Überholspur setzen. Kannst du für mich ein Treffen mit deinem Star organisieren? Morgen? Sie hat doch keinen Agenten, oder?«

»Das ist ja super«, sagte er, zu überrascht, um weitere Fragen zu stellen. »Ein Treffen mit Hattie dürfte kein Problem sein. Und nein, ich bin mir ziemlich sicher, dass sie keinen Agenten hat.«

»Perfekt«, sagte Rebecca. »Schick mir die Adresse, wo du wohnst. Ich schreib dir, wenn ich gelandet bin. Brauchst mich aber nicht abzuholen. Ich nehme ein Taxi.«

Er hörte, wie ein Auto hinter der Remise vorfuhr, ging zur Hintertür und öffnete sie.

Dafür, dass Rebecca gerade einen Nachtflug von L.A. nach Savannah mit Zwischenstopp in Atlanta hinter sich hatte, sah sie erstaunlich frisch aus. Sie trug einen lässigen Power Suit in Schokobraun, dazu ihr Erkennungszeichen, die übergroße Jackie-O-Sonnenbrille aus Schildpatt.

»Was für ein Haus!«, rief sie aus und bewunderte den kleinen eingefriedeten Garten. »Wie aus dem Bilderbuch.«

»Tja, das ist Savannah«, sagte Mo. »Komm rein! Magst du was trinken? Ich habe Pellegrino im Kühlschrank.«

»Perfekt.« Sie folgte ihm durch die Küche in den Wohnraum. »Ooh! Wie süß! Kann deine Hattie auch ein Haus renovieren, das anschließend so aussieht?«

»Das bezweifele ich«, sagte Mo. »Dieses Haus wurde vor drei Jahren unrenoviert für 1,2 Millionen verkauft. Ist nur eine Vermutung, aber ich schätze, meine Vermieter haben noch mal eine halbe Million reingesteckt.«

»Also nicht die Preisklasse unseres Mädels«, bemerkte Rebecca.

»Nicht nur das. Historische Gebäude wie dieses von 1848 unterliegen einer Prüfung durch den Denkmalschutz. Man kann im historischen Viertel keine Türklingel auswechseln, ohne dass der sein Okay gibt. Was Monate dauern kann.«

»Für so ein Tamtam haben wir natürlich weder die Zeit noch das Budget«, mahnte Rebecca. »Das ist einer der Gründe, warum ich hergeflogen bin. Tony möchte, dass du sofort mit dem Dreh anfängst.«

»Das geht nicht. Du kennst meinen Zeitplan für die Vorproduktion, Becca. Sechs Wochen sind das absolute Minimum, und ich weiß nicht mal, ob ich es so schnell schaffe.«

»Musst du aber, wenn du den Sendeplatz am Mittwochabend haben willst«, überging Rebecca seinen Protest. »Noch was: Wir wollen dein Konzept leicht modifizieren. Minimal justieren.«

»Inwiefern?«

Sie trank einen Schluck Wasser. »Zuerst mal hält Tony nicht viel von dem Titel *Die Retter von Savannah*.«

»Aber darum geht's doch in dem Format«, widersprach Mo.

»Jetzt fühl dich doch nicht gleich angegriffen«, gab Rebecca zurück. »Es bleibt ja dabei, dass ein altes Haus gerettet oder bewahrt wird. Daran ändert sich nichts. Aber wir brauchen ein bisschen mehr Spannung, mehr Phantasie, mehr Vision.«

Mo seufzte in Erwartung des Unvermeidbaren.

»Genau!«, sagte Rebecca strahlend. »Deshalb hatte ich eine Idee. Wir könnten doch mal was ganz Neues machen. Was Originelles. Vielleicht sogar was … Provokantes?«

»Du redest aber nicht von nackten Handwerkern oder so was Verrücktem, oder?«

»Nackte Handwerker!« Rebecca lachte sich kaputt. »Ach, du bist schräg, Mo. Nein. Hör zu. Du wirst begeistert sein. *Die Traumhaus-Profis. Vom Abriss bis zum Happy End!*«

»Und das soll provokant sein?«, fragte Mo. Sein Magen brodelte.

»Stell dir das doch mal vor! Wir haben die kleine Hattie, so niedlich und bodenständig mit ihren süßen Sommersprossen. Der stellen wir einen umwerfenden Innenarchitekten aus L.A. an die Seite. Einen blonden Metro-Macher mit einem dicken Portfolio. Er heißt übrigens Trae Bartholomew, und deine Zuschauer werden regelrecht ausflippen, wenn sie ihn sehen. Er hat schon Fernseherfahrung.«

Mo griff zu seinem iPad und klickte auf den Reiter von

IMDb, gab den Namen ein, den Becca ihm gerade genannt hatte, und betrachtete das Foto. »Der sieht ja aus wie ein Model«, sagte er. »Und laut Vita war er der große Loser bei einem Designwettbewerb.«

»Er hat den zweiten Platz gemacht«, sagte Rebecca. »Aber darum geht's nicht. Trae hat Talent, er hat Erfahrung, und vor allem kommt er sehr gut bei unserer Zielgruppe an.«

»Ich begreife das Konzept immer noch nicht, Becca. Und wenn ich es nicht checke, tun's die Zuschauer auch nicht.«

Sie starrte ihn grimmig an. »Du machst gerade extra einen auf begriffsstutzig. Okay, ich erklär's dir noch mal: *Die Traumhaus-Profis* kommt auf einen Programmplatz zwischen einer Dating-Show und einer Bausendung. Stell dir eine Mischung aus *Bachelorette* und *Top oder Flop* vor. Verstehst du?«

»Das heißt … Hattie kauft ein Haus zum Umbauen, und wir geben ihr einen Designer an die Seite, der ihr sagt, wie sie das zu machen hat? Und dann? Verlieben sie sich und fallen ins Bett? So ein Schwachsinn! Soll das dein Ernst sein, Becc?«

»Du kennst mich gut genug, Mo. Ich mache keine Witze.«

Das, überlegte Mo trocken, war wohl die wahrste Aussage, die Rebecca je getroffen hatte. Er hatte noch nie einen Witz von ihr gehört, nicht mal eine ansatzweise lustige Anekdote.

»Ich meine es ernst«, fuhr sie fort. »Und Tony auch. *Die Traumhaus-Profis*, oder dieser ›Schwachsinn‹, wie du ihn nennst, ist die Sendung, die wir wollen. Und wenn du sie HPTV verkaufen willst, ist das die Sendung, die du lieferst.«

Mo funkelte sie über den Tisch hinweg zornig an, Rebecca funkelte zurück. Die Türglocke unterbrach das Wettstarren.

»Das wird Hattie sein, ja?«, sagte Rebecca. »Ich freue mich, sie persönlich kennenzulernen. Und noch was, Mo: Ich erwarte, dass du hinter mir stehst, was dieses Format angeht.

Die Uhr tickt. Wir haben keine Zeit für Meinungsverschiedenheiten.«

Während Rebecca Hattie gründlich musterte, bekam diese rote Wangen und hatte das Gefühl, in ihrer Kleidung zu schrumpfen, in der Designerjeans, die Cass ihr aufs Auge gedrückt hatte, der sorgfältig gebügelten Bluse und den Wildlederstiefeletten mit dem kleinen Absatz, die sie angezogen hatte, weil sie sich darin größer und selbstbewusster fühlte.

Doch unter dem forschenden Blick der Senderverantwortlichen, deren Outfit wahrscheinlich so viel wie Hatties erster Pick-up gekostet hatte, sah sie ihr Äußeres mit anderen Augen. Sie hätte sich für mehr Make-up, auffälligere Ohrringe und ein schöneres Oberteil entscheiden sollen. Sie hätte zur Maniküre, zum Friseur, zur Kosmetikerin gehen sollen. Sie hätte blonder und größer sein und auf jeden Fall einen kleineren Hintern und höhere Wangenknochen haben müssen.

»Hattie!«, gurrte Rebecca. »Unser neuster Stern am Senderhimmel! Ich freue mich so, dich kennenzulernen. Mo hat schon so viel von dir erzählt! Ich hoffe, es ist okay, wenn wir gleich Du sagen.«

»Ja, freut mich auch«, sagte Hattie und sah zu Mo hinüber, unsicher, wie es weiterging.

»Setzen wir uns an den Tisch«, schlug er vor und wies hinüber. An alle drei Plätze hatte er Notizblöcke gelegt, sein Laptop war aufgeklappt. »Hattie, Rebecca hat mir gerade von einigen … ähm … Abänderungen unseres Konzepts für *Die Retter von Savannah* berichtet.«

Rebecca räusperte sich und warf Mo einen kaum wahrnehmbaren warnenden Blick zu. »Ich habe Mo erklärt, dass ich heute hergeflogen bin, weil ich den gesamten Vorproduktionsprozess forcieren und beschleunigen möchte. Wie du vielleicht gehört hast, haben wir eine unerwartete Leerstelle in unserer Programmgestaltung.«

»Eine Leerstelle?«, wiederholte Hattie.

»Krystee Brandstetter ist schwanger, mit Zwillingen, aber es gibt Probleme, deshalb hat der Arzt ihr strenge Bettruhe verordnet. Wir haben gerade mit ihr die vierte Staffel abgedreht, aber jetzt muss *Küstenglück* mindestens sechs, vielleicht sieben Monate auf Eis gelegt werden. Eventuell sogar noch länger.«

Hattie zerbrach sich den Kopf. Musste sie diese Krystee kennen?

Offenbar spürte Mo ihre Hilflosigkeit. »*Küstenglück* ist die erfolgreichste Sendung von HPTV. Krystee und ihr Mann Will restaurieren alte Häuser oben in North Carolina. Krystee hat mal mit einem Blog über die Renovierung eines alten Bauernhauses angefangen, das sie in der Nähe von Wilmington gekauft hatten, und das ging viral. Ihre Sendung ist der Leuchtturm des Mittwochabendprogramms. Und genau da kommst du ins Spiel.«

»Und welch großes Glück für uns, dass Mo dich gefunden hat«, sagte Rebecca vergnügt. »Wir freuen uns alle so über die Möglichkeiten dieser Sendung.«

Rebecca Sanzone war ganz in ihrem Element. Sie schlug eine schmale Ledermappe auf und reichte Hattie einen Stoß Papier sowie einen Stift. »Dies ist unser Standardvertrag für Hauptdarsteller, beigefügt ist unsere Honorartabelle. Hier findest du deine Vergütung pro Folge.« Rebecca wies auf einen kleinen gelben pfeilförmigen Haftzettel auf dem Dokument.

»Und hier«, fuhr sie fort und zeigte auf einen grell orangefarbenen Haftstreifen, »ist eine Erklärung, dass die Immobilie, an der du arbeitest, dir beziehungsweise dir als juristischer Person gehört, dass du oder dein Unternehmen die volle Verantwortung für alle Schulden übernimmt, die durch das Projekt entstehen, dass du allein für alle Schäden oder Verletzungen haftest, die durch die Immobilie entstehen, und dass der Sender im Falle derartiger Schäden oder Verletzungen schadlos gehalten werden muss.«

Hattie nickte benommen und überflog den Vertrag. Auch wenn Mo ihr alles vorher erklärt hatte, schien ihr das Honorar immer noch schockierend wenig für etwas zu sein, das von ihr so hohe Investitionen und viel Risiko verlangte.

Sie zögerte. »Mo hat nichts davon gesagt, dass der Vertrag heute unterzeichnet werden soll. Ich dachte, wir würden uns erst mal kennenlernen. Muss da nicht erst mal ein Anwalt drübersehen?«

»Das steht dir völlig frei«, sagte Rebecca. »Es tut mir wirklich leid, dass Mo nicht deutlicher erklärt hat, was der Zweck dieses Treffens ist. Noch mal: Zeit ist gerade von entscheidender Bedeutung, aber wenn du wirklich das Gefühl haben solltest, dass noch mal ein Anwalt auf diesen Vertrag sehen sollte, der eigentlich unser Standard ist ... «

Hattie schielte zu Mo hinüber, der stumm mit den Backenzähnen malmte, zum einen vor Demütigung, so nebenbei vor den Bus gestoßen worden zu sein, zum anderen über die moralische Verpflichtung, die Rebecca ihm aufbürdete. Sie hatte ihm gegenüber nicht mal angedeutet, dass der Sender bereit war, Hattie einen Vertrag zur Unterschrift vorzulegen, denn hätte Rebecca das getan, hätte Mo Hattie tatsächlich geraten, sich einen Anwalt zu suchen, der das Schriftstück prüfte.

Jetzt war es jedoch zu spät, um noch auf die Bremse zu treten. Er nickte Hattie zu. »Ich denke, das ist in Ordnung.«

»Ich gehe davon aus, dass du das Haus schon gekauft hast, an dem du in der Sendung arbeiten willst, richtig?«, fuhr Rebecca fort. »Ich würde gerne Fotos sehen. Von außen und innen, damit mein Chef sich schon mal eine Vorstellung vom Umfang der Arbeiten machen kann.«

»Nein«, erwiderte Hattie überrascht. »Ich meine, dafür war keine Zeit. Ich habe erst vor gut zwei Tagen zugesagt, die Sendung überhaupt zu machen. Der Immobilienmarkt in Savannah ist unglaublich träge. Es wird dauern, ein Haus zu finden.«

»Zeit ist ein Luxus, den wir nicht haben«, sagte Rebecca streng und zeigte aus dem Wohnzimmerfenster auf die Charlton Street mit ihren eleganten Villen. »In dieser Stadt wimmelt es doch nur so von alten Häusern. Allein auf der Taxifahrt heute Morgen habe ich Dutzende von Möglichkeiten gesehen. Es muss doch ein alter Kasten dabei sein, den ihr zum Schnäppchenpreis ergattern könnt.«

»Du hast vielleicht jede Menge alter Häuser gesehen, aber was du nicht gesehen hast, waren Verkaufsschilder«, schoss Hattie zurück. »Nichts für ungut, aber ich mache das beruflich. Die richtige Immobilie zum richtigen Preis zu finden – das ist wie die Suche nach der Nadel im Heuhaufen. Und ich bin ja nicht die Einzige, die sucht. Sobald was auf den Markt kommt, liegt sofort ein halbes Dutzend Angebote von anderen Investoren auf dem Tisch – alle ohne Finanzierung und über dem angesetzten Verkaufspreis – und zwar innerhalb von Stunden, wenn nicht Minuten.«

Rebecca lächelte gönnerhaft. »Ich mache das auch beruflich. Ich gebe dir mal einen Tipp: Savannah hat einen Film- und Fernseh-Ausschuss oder so was Ähnliches. Ruf da mal an und erzähle den Leuten, dass du einen Vertrag für ein Fernsehformat unterschrieben hast, das Jobs und Prestige in Millionenhöhe für Savannah bringen kann. Ich bin mir sicher, dass die sich einen Arm ausreißen werden, um dir bei der Suche nach der richtigen Immobilie zu helfen.«

»Behalte ich im Hinterkopf«, sagte Hattie. »Aber was ist, wenn ich es nicht schaffe, ein Haus herbeizuzaubern bis … Wann läuft die Frist noch mal ab?«

»Jetzt«, sagte Rebecca. »Spätestens am Wochenende. Und um Tacheles zu reden: Wenn wir kein Haus zum Renovieren haben, gibt es keine Sendung. Was sehr schade wäre, weil wir dich wirklich sehr mögen, Hattie. Uns gefällt der Hintergrund von Savannah, die Idee für *Die Traumhaus-Profis* … «

Hattie blinzelte. »*Die Traumhaus-Profis*? Ich dachte, die Sendung heißt *Die Retter von Savannah*.«

»Kleine Planänderung«, sagte Rebecca. »Kann Mo dir erklären.« Über den Tisch schob sie Hattie zwei weitere Papiere zu. »Bis dahin sind hier die letzten beiden Dokumente, die du unterschreiben musst.« Rebecca tippte auf einen neonpinken Pfeil auf dem einen und einen neongrünen auf dem nächsten Blatt. »Hier und da.«

Hattie nahm das erste Papier und las stumm, bis sie zu dem offenbar wichtigsten Satz in dem verwirrenden Juristenlatein kam.

Sie las den Absatz laut vor: »Der Sender behält sich das Recht vor, diese Vereinbarung einseitig zu kündigen oder Strafmaßnahmen gegen die hierin genannte Person zu ergreifen, wenn diese sich verwerflich verhält oder ein Verhalten an den Tag legt, das sich negativ auf ihr öffentliches Ansehen und damit auf das öffentliche Ansehen der vertragsunterzeichnenden Parteien auswirken kann.« Hattie sah die Verantwortliche des Senders an. »Verwerfliches Verhalten? Also muss ich jetzt versprechen, nicht verhaftet zu werden? Oder geschwängert?«

»Das ist eine Ethikklausel«, wischte Rebecca Hatties Einwand zur Seite. »Eine Standardformel, die den Sender davor schützt, in Verlegenheit gebracht zu werden. Sie besagt lediglich, dass du diejenige bist, die du vorgibst zu sein. Niemand hat Lust auf eine Leiche im Keller.«

Hattie spürte, wie das Blut aus ihrem Gesicht schwand. Die Haftstrafe ihres Vaters wegen Unterschlagung und der daraus resultierende Skandal konnten den Sender doch nicht interessieren. Das war längst Geschichte. Sie hieß Harriet Laing Kavanaugh. Nach der Trennung der Eltern hatte sie den Mädchennamen ihrer Mutter angenommen, und dann, bei der Hochzeit, natürlich Hanks Nachnamen.

»Gut.« Hattie setzte ihren Namen neben den neonfarbenen Pfeil und blätterte zur nächsten Seite.

Rebecca nahm ihre nächste Frage vorweg. »Das ist eine Vertraulichkeitsvereinbarung. Ebenfalls Standard in der Branche. Darin steht nur, dass alles, was du mit dem Sender und seinen Angestellten zu tun hast, streng vertraulich bleiben muss. Das heißt, keine Interviews über Dramen am Set, keine Klatschgeschichten in der Boulevardpresse.«

Hattie unterschrieb über dem Strich neben dem Pfeil und reichte Rebecca die Unterlagen zurück.

Mo atmete vorsichtig aus. »Super! Was halten die Damen davon, wenn ich sie zum Mittagessen einlade, um den Beginn einer wunderbaren Geschäftsbeziehung zu feiern?«

»Danke, aber ich habe keine Zeit.« Hattie stand auf. »Tug fährt für mich durch die Gegend und hält Ausschau nach Häusern, und Zenobia und Cass durchforsten Immobilienanzeigen auf der Suche nach einem Schnäppchen.«

»Ich kann auch nicht bleiben«, sagte Rebecca und verstaute die Unterlagen in ihrer Aktentasche. »Mein Wagen müsste jede Minute hier sein.«

»Du fährst?«, fragte Mo überrascht. »Du bleibst nicht über Nacht?«

»Schön wär's«, sagte Rebecca. »Ich muss zurück nach L.A., habe jede Menge Meetings, das Übliche. Aber immerhin habe ich unseren neuen Star kennengelernt und den Vertrag mit ihr unterschrieben. Meine Arbeit ist getan.«

Ihr Handy plingte. »Mist, mein Wagen.« Sie umarmte Hattie kurz. »Kann es nicht erwarten, mit den *Traumhaus-Profis* loszulegen. Das wird umwerfend!«

# 10.

## MIT DIESEM RING

**D**avis Hoffman hob den Deckel vom Samtkästchen und hielt sich die Juwelierslupe vors Auge, um den großen Solitärdiamant zu untersuchen, der perfekt zwischen zwei Saphiren gefasst war. »Wunderschön«, murmelte er vor sich hin. »Erstklassig in Schliff und Reinheit.« Er fuhr mit dem Zeigefinger über den fein ziselierten Platinring mit der Gravur. »Auch hier hochwertige Verarbeitung. Topqualität.«

Hattie versuchte, den Kloß im Hals hinunterzuschlucken. Sie wischte ihre verschwitzten Hände an der Jeans ab.

»Davis? Ich … ich möchte ihn wirklich nicht verkaufen.«

»Hat Hank den dir geschenkt?«

Davis und Hank waren während ihrer gesamten Schulzeit an der Cardinal Mooney Highschool Freunde gewesen. Anschließend war Davis in den Norden gegangen, um in Princeton Architektur zu studieren. Doch nach dem Tod seines Vaters hatte seine Mutter ihn gedrängt, nach Hause zu kommen und im Familienbetrieb Heritage Jewelers zu arbeiten, dessen Schaufenster auf der Broughton Street ein Wahrzeichen von Savannah war, so lange Hattie denken konnte.

Sie nickte, Tränen in den Augen. »Er hat mal seiner Großmutter gehört. Tug sagt, dein Großvater selbst hätte den Ring angefertigt.«

»Ich hätte das Magnolienmuster erkennen müssen.« Davis fuhr mit dem Finger über die fein geschwungene Ziselierung. »Das war Grandads Erkennungszeichen. Diese Form der Handwerkskunst aus Europa gibt es gar nicht mehr.«

»Ich weiß«, flüsterte Hattie. »Es ist nur … «

»Du brauchst Geld.« Dave lächelte sie an. Nicht mitleidig, sondern verständnisvoll.

»Genau.« Ihre Wangen wurden vor Verlegenheit rot.

Sie erzählte ihm von der Sendung und dem Dilemma, vor dem sie stand. »Ich bin blank. Unser letztes Projekt war ein Reinfall, wir mussten es mit Verlust verkaufen. Aus diesem Loch komme ich nur raus, wenn ich diese Sendung mache. Aber ich kann kein Haus umbauen, das ich nicht habe.«

»Hast du denn schon eins gefunden, das du kaufen könntest?«

»Wir sind dran. Ich will nicht zu früh jubeln.«

Davis drehte den Ring an seinem Finger. »Schmuck aus Nachlässen ist gerade sehr gefragt. Die Millenial-Bräute sind ganz vernarrt in Schmuck mit Geschichte. Der Stil hat sogar einen eigenen Namen: Grand Millennial. Bei dem richtigen Kunden könnte ich wahrscheinlich fünfundsiebzigtausend für diesen Ring bekommen.«

Hattie hielt die Luft an. »So viel? Das wusste ich nicht. Seit Hanks Tod habe ich den Ring nicht mehr getragen. Auf der Arbeit krieche ich ständig unter Häusern herum, da habe ich Angst, ich könnte einen Stein verlieren.«

»Ich mach dir einen Vorschlag.« Davis beugte sich über die Glastheke. »Ich leihe dir vierzigtausend und nehme den Ring als Pfand. Hilft dir das weiter?«

Hattie musste schlucken. Sie schaute auf ihren Verlobungsring, der in seinem Satinnest funkelte, und dachte an den Abend, als sie ihn von Hank geschenkt bekommen hatte.

Sie hatten den ganzen Tag an dem Haus in Thunderbolt gearbeitet, hatten die neue Dusche gefliest. Hattie hatte Hunger, war verschwitzt und erschöpft, sie wollte nur noch eine Pizza bestellen und ins Bett fallen, doch Hank bestand darauf, dass sie an den Strand fuhren und sich den Sonnenuntergang ansahen. Sie parkten den Pick-up auf der 18. Street und nahmen dort den Strandzugang durch die Dünen. Eine Malerplane diente ihnen als Picknickdecke.

Auf dem Weg durch den Sand hatte es Hattie geschafft, in eine Glasscherbe zu treten und sich den Fuß aufzuschneiden. Sie hatte schlechte Laune. Als die Sonne sich langsam dem Horizont näherte, schimpfte sie noch immer über die Idioten, die trotz der Verbotsschilder Glas mit an den Strand nahmen. Da beugte sich Hank zu ihr herüber und gab ihr einen Kuss auf die Lippen.

»Könntest du bitte mal zuhören? Ich möchte dir nämlich etwas sagen.« Er griff in seine Jeanstasche und reichte ihr das Samtkästchen.

Beim Anblick des Rings hielt Hattie die Luft an. Als Hank ihn herausholte und an ihre linke Hand steckte, zitterte sie. »Und?«

»Ist der echt?« Hattie hatte noch nie so etwas Schönes gesehen. Die Saphire waren blauer als Hank Kavanaughs Augen. Und die waren schon sehr, sehr blau. Der Diamant war der größte, den sie je erblickt hatte.

»Ja, klar ist der echt! Glaubst du, ich würde dir einen Spielzeugring schenken?« Er tat so, als sei er beleidigt.

Hattie hatte ihm die Arme um den Hals geschlungen und zusammenhanglose Sätze gestammelt. »O mein Gott! Hank, der ist unglaublich. Wo hast du den her? Können wir uns den überhaupt leisten? Und jetzt? Heiraten wir?«

Sie waren am Strand geblieben, hatten gelacht, Wein getrunken, sich geküsst, sich unterhalten und noch andere Dinge getan, die zwar nicht explizit von der Stadtverordnung verboten waren, aber wahrscheinlich von den örtlichen Behörden nicht gern gesehen wurden.

Nun, am Verkaufstresen von Heritage Jewelers, wo Davis Hoffman geduldig auf ihre Antwort auf seine Frage wartete, musste Hattie an jenen Abend denken.

»Ja«, sagte sie schließlich. »Das wäre eine große Hilfe.« Sie streichelte das Kästchen. »Und ... du verkaufst ihn auch wirklich nicht? Ich zahle dir das Geld zurück, Davis, versprochen. Ich zahle alles zurück.«

»Ich verkaufe ihn nicht«, versprach er. »Warte kurz, dann bereite ich schnell den Papierkram vor.«

Er ließ das Kästchen auf dem Tresen liegen und ging hinten ins Büro. Hattie strich über den Ring, dann klappte sie das Kästchen zu.

Fünf Minuten später war Davis zurück. Er reichte Hattie ein ausgedrucktes Formular und einen Stift. »Hier ist der Ring genau beschrieben, außerdem habe ich den Wert geschätzt. Ich bin ausgebildeter Gemmologe, falls du dich das fragst. Und das sind die Vertragsbedingungen.«

Hattie schaute hoch. »Ich vertraue dir, Davis.« Sie unterschrieb über dem Strich unten auf dem Dokument und reichte es ihm über den Tresen zurück. Davis nahm die Kopie an sich, faltete sie und steckte sie in einen Umschlag. »Hier drin ist dein Scheck«, sagte er.

»Das ist es? Alles geklärt?«

»Alles geklärt. Ich lege den Ring in unseren Safe. Was treibst du sonst so?«, fragte er beiläufig. »Hattest du mal wieder ein Date seit ... Hank?«

»Nein. Ich ... ähm ... Hat mir leidgetan, das mit dir und Elise.«

Davis zuckte mit den Schultern. »Nicht so leid wie meiner Mutter. Ich glaube, bei der Scheidung hat Elise das Sorgerecht für sie bekommen.«

Hattie lachte. »Dann sind die beiden hoffentlich glücklich miteinander.«

»Das bezweifele ich. Ich befürchte, dass Elise überhaupt nicht glücklich sein kann. Wenn ich es recht bedenke, meine Mom auch nicht.«

»Ihr habt eine Tochter, stimmt's?«

Sein langes, ernstes Gesicht erhellte sich. »Ja, Ally. Sie ist vier, aber im Handumdrehen zwanzig.« Er holte sein Handy aus der Hosentasche, scrollte durch seine Bildergalerie und hielt Hattie das Display hin.

Ein kleines Mädchen saß auf einem Bürostuhl, ein Kätzchen auf dem Schoß. Das Kind hatte dunkelblonde Haare und große dunkle Augen.

»Total süß«, sagte Hattie. »Siehst du sie oft?«

»Du hast sie gerade verpasst. Sie spielt hier gerne einkaufen und ›hilft‹ mir.«

»Glückspilz.« Hattie nahm den Umschlag und verstaute ihn in ihrer Brieftasche. Dann streckte sie Davis die Hand hin, der sie mit seinen Händen umschlang.

»Davis ... ich ... « Sie biss sich auf die Lippen. »Egal, danke.«

»Freut mich, dir helfen zu können.« Er ließ sie los. »Wenn du mal was essen oder trinken gehen willst, ich komme mit. Jederzeit.«

»Okay«, sagte sie.

Er nahm eine Visitenkarte aus einem reich verzierten goldenen Behälter in seiner Auslage und kritzelte hinten etwas drauf. »Meine Handynummer. Ruf mich an. Sag Bescheid, wenn du das Haus bekommen hast.«

# 11.

## DADDYS MÄDCHEN

**S**ie merkte, wie sie die Kiefer aufeinanderpresste, als sie den Highway verließ, um auf eine holprige unbefestigte Straße zu fahren, die zum Haus ihres Vaters führte. Ribsy, der entspannt neben ihr saß und den Kopf aus dem Beifahrerfenster streckte, spürte ihre Nervosität. Er rekelte sich auf dem Sitz und legte seine Schnauze auf ihren Schoß.

»Braver Junge«, murmelte Hattie und kraulte ihn hinter den Ohren. Sein Schwanz schlug auf das Vinylpolster. Zumindest einer genoss diesen Ausflug.

Als ihr am späten Abend nach quälend langen Berechnungen klargeworden war, dass selbst das Geld von ihrem verpfändeten Verlobungsring nicht annähernd reichte, um das Creedmore-Haus zu kaufen und zu restaurieren, hatte sie schließlich in den sauren Apfel gebissen und Woodrow Bowers angerufen.

Er schien erfreut, wenn auch überrascht, von ihr zu hören, und lud sie sofort für den nächsten Tag zum Mittagessen in seine Hütte ein.

»Du kannst neuerdings kochen?«

»Ja, ich kann kochen. Was glaubst du denn, wie ich mich die ganzen Jahre ernährt habe?«

»Früher hast du nie gekocht …«

»Bevor ich im Gefängnis war«, beendete Woody den Satz für

sie. »Man kann das Wort ruhig aussprechen, Hattie: Gefängnis. Ruf mich an, wenn du am Tor bist, dann komme ich mit dem Caddie rüber und schließe dir auf.«

Während der halbstündigen Fahrt von Thunderbolt zu ihrem Vater ließ Hattie sich ihre Idee noch mal durch den Kopf gehen. Sie hatte nicht viel geschlafen und ihre Entscheidung bereits bereut, sich wegen eines Kredits an Woody zu wenden. Doch sie hatte keine anderen Optionen. Ihr Vater war ihre letzte Rettung.

Als sie am Viehgatter ankam, blieb sie stehen und griff zu ihrem Handy. An den Bäumen rechts und links vom Tor prangten Schilder, die vorm Betreten des Grundstücks warnten. An einem Strommasten hingen mehrere Überwachungskameras.

»Hi, Dad. Ich bin da«, sagte sie, als er sich meldete.

»Komme.«

Seit Jahrzehnten war Hattie nicht mehr an der Angelhütte ihres Großvaters gewesen. Als der alte Mann noch lebte, hatte sie ihn hier oft besucht. PawPaw war es gewesen, der ihr das erste Werkzeugset geschenkt hatte, damit sie zusammen mit ihm im Schuppen hämmern und sägen konnte. Damals war Hatties Papa immer zu beschäftigt gewesen, um Zeit bei seinem Vater zu verbringen. Er hatte immer dringend zurück in die Stadt gemusst, zu Besprechungen, Wohltätigkeitsveranstaltungen oder zur Arbeit.

Als Hattie vierzehn war, starb PawPaw, und die Besuche in der Angelhütte waren auf einen Schlag vorbei. Doch als Woody aus dem Gefängnis kam, verkündete er, die Hütte renovieren und dort leben zu wollen.

Sie hörte den Caddy fast lautlos näherkommen. Woodys englische Cocker, Roux und Deuce, saßen neben ihm auf dem Sitz und bellten, als sie Hattie erblickten.

Ihr Vater parkte den Caddy, nickte seiner Tochter zur Begrüßung zu, entriegelte das Tor und schwang es nach innen auf, um sie einzulassen. Sie fuhr durch, er sperrte wieder ab und überzeugte sich, dass es auch wirklich verschlossen war.

Seit seiner Entlassung aus dem Gefängnis war Woody paranoid. Er erklärte nie, von wem oder was er bedroht zu sein glaubte, aber wechselte regelmäßig die Handynummer und ließ sich alles zu einem Postfach in der Stadt schicken. Außer zum Abholen der Post oder um Besorgungen zu machen verließ ihr Vater, soweit Hattie wusste, nur selten das Gelände an der Angelhütte.

Sie folgte dem Caddy, der sich eine halbe Meile lang durch dichten Wald schlängelte, dann vorbei an einer eingezäunten Weide fuhr, auf der ein alter Esel und ein kastanienbraunes Pferd grasten, bis es schließlich über einen schmalen Feldweg zur Hütte ging.

Woody gab Hattie ein Zeichen, neben der Hütte zu parken, und als sie ausstieg, nahm er sie ungelenk in den Arm. Ribsy sprang aus dem Pick-up und wurde sofort von den Cockern umringt, die den Neuankömmling beschnupperten und zustimmend mit ihren kupierten Ruten wedelten.

»Die Hütte sieht nett aus, Dad«, sagte Hattie. Sie hatte die primitive Holzhütte mit dem schiefen Dach und der überdachten Veranda in Erinnerung, auf der sich immer ein oder zwei streunende Katzen herumtrieben. Daraus war nun ein hübsches Cottage mit echten Fenstern und dunkelgrün gestrichenen Rahmen und Läden geworden.

»Ich habe sie auf Vordermann gebracht«, sagte ihr Vater. »Hält mich auf Trab.« Er beugte sich vor und kraulte Ribsy am Kopf. »Du hast einen Hund.«

»Ja«, sagte sie. »Nach Hanks Tod war ich irgendwie einsam. Ribsy leistet mir Gesellschaft.«

»Gibt keine bessere Gesellschaft als Hunde«, sagte Woody. »Komm rein! Mittagessen ist fertig.«

Sie aßen vor einem Fenster mit Blick auf den Fluss. Die Angelhütte mit dem dazugehörigen Gelände war das Paradies eines jeden Junggesellen. Von einer weiblichen Hand war nichts zu sehen.

Hattie dachte darüber nach. Sie und ihr Vater hatten ein unausgesprochenes Übereinkommen. Er sprach nie von Amber – der anderen Frau, der Nutznießerin von Woodys unrechtmäßig erworbenen Gewinnen –, und Hattie fragte nicht nach ihr.

Ihr Vater hatte mit Salat dekorierte Schinkensandwiches aus Roggenbrot gemacht. Dazu gab es eingelegte Gurken, Kartoffelchips und Eistee.

Hattie biss vom Sandwich ab, kaute und wies auf das Brot, das nicht gekauft zu sein schein. »Hast du auch angefangen zu backen?«

Woody zuckte mit den Schultern. »Ist gar nicht so schwer. Man liest sich einfach das Rezept durch und macht, was darinsteht. Am besten finde ich das Kneten. Man kann sich so richtig am Teig auslassen, ohne dass er sich wehrt.« Er tippte auf das Glas mit den eingelegten Gurken. »Die habe ich auch gemacht.«

»Hätte nie gedacht, dass du noch mal zum Bäcker, Gärtner und Einmachprofi wirst, Dad. Nachdem du so viele Jahre in der Bank gearbeitet hast. Mom hat immer gesagt, bei dir würde sogar Wasser anbrennen.«

Er musste grinsen. Sein Gesicht war ledrig und faltig geworden. Die Haare waren silbern durchzogen, er trug sie inzwischen länger. Woodrow Bowers war immer schon ein gutaussehender Mann gewesen, aber jetzt, mit Mitte sechzig, hätte er Werbung für Wanderkleidung machen oder in kariertem Hemd und Anglerweste eine Outdoor-Sendung moderieren können.

»Wie geht's deiner Mutter?«

»Ganz gut, denke ich. Wir sprechen nicht viel.«

»Weiß sie, dass du diese Fernsehsendung machst?«

Bei ihrem Telefonat am Vorabend hatte Hattie ihm von den *Traumhaus-Profis* erzählt.

»Noch nicht. Ich wollte warten, bis ich den Vertrag für das Haus unterschrieben habe.«

»Erzähl mal von dem Projekt«, forderte Woody sie auf. »Hört sich an, als müsstest du eine Menge Geld reinpumpen. Dabei hast du doch gerade erst bei dem Projekt an der Tattnall Street dein letztes Hemd verloren. Bist du dir sicher, dass sich die Investition auszahlt?«

Bei seiner wenig einfühlsamen Erinnerung an ihr jüngstes Debakel stellten sich Hatties Nackenhaare auf. Ihr wurde klar, dass sie in Woodys Augen immer noch so alt war wie damals, als er ins Gefängnis wanderte.

»Weißt du, Dad, ich mache das Ganze jetzt beruflich, seit ich achtzehn bin. Ich habe eine Liste mit allen Küstenimmobilien in Tybee erstellt, die in den letzten achtzehn Monaten verkauft wurden, und sie miteinander verglichen. Das Grundstück allein, ohne das Haus, ist locker eine halbe Million Dollar wert.«

»Ich bitte dich! Tybee Island, eine halbe Million?«

»Das ist nicht mehr wie früher, Dad.«

»Okay, dann reden wir mal Tacheles.«

Hattie hatte einen Notizblock mitgebracht, in dem sie grob die geschätzte Summe eingetragen hatte, die sie für den Kauf aufbringen musste, dazu eine noch gröbere Schätzung der Renovierungskosten. »Der ganzen Kalkulation liegt lediglich eine Inaugenscheinnahme zugrunde«, erklärte sie und tippte mit dem Stift auf das Blatt. »Die Creedmores haben das Haus seit dem letzten Hurrikan quasi verkommen lassen.«

»Schwer zu glauben, dass Holland Creedmore sich einfach zurücklehnt und zulässt, dass ihm das Haus unterm Hintern weggekauft wird. Nimm dich in Acht vor dem Typen! Früher hatte er immer irgendwelche dubiosen Hinterzimmergeschäfte am Laufen.«

Hattie starrte ihren Vater an.

»Was ist? Glaubst du, dein Alter ist der Einzige, der Dreck am Stecken hat? Hör zu, Hattie. Der einzige Unterschied zwischen mir und Holland Creedmore sowie mindestens der Hälfte der einflussreichen Leute in Savannah besteht darin, dass ich gefasst wurde und für das, was ich getan habe, in den Knast gegangen bin.«

Sie malte im Notizblock herum, kritzelte Häuser, Bäume, Vögel und Kaninchen. Alles, um ihrem Vater bloß nicht in die Augen zu schauen.

»Guck mich an, junge Dame!«, sagte ihr Vater in dem strengen Ton, den er in ihrer Kindheit immer aufgesetzt hatte, wenn er sie wegen einer nicht perfekten Schulnote tadelte.

Hattie hob das Kinn und sah ihm kühl in die Augen. Früher waren seine Pupillen von einem tiefen, satten Braun gewesen. Jetzt waren sie heller, fast grünbraun.

»Ich habe vor langer Zeit Fehler gemacht. Aber ich habe das Geld zurückgezahlt. Seit ich draußen bin, bin ich ein vorbildlicher Bürger, und es gefällt mir nicht, von meiner Tochter immer noch verurteilt zu werden.«

Er hatte sich echt nicht verändert, wurde Hattie klar. Tief in seinem Herzen war Woody Bowers derselbe geblieben. Er hatte das Gefängnis überstanden, und er würde auch alles andere überstehen, was das Leben ihm vor die Füße warf, weil er sich nur für einen Menschen interessierte, und das war er selbst.

»Na, komm! Sag, was dir durch den Kopf geht!«, forderte er seine Tochter auf.

»Du hast das Geld zurückgezahlt, das du Waisenkindern, Witwen und krebskranken Kindern gestohlen hast. Und du glaubst, deine Haftstrafe macht das alles ungeschehen. Aber was ist mit dem, was du uns genommen hast, Mom und mir? Du hast unsere Familie zerstört, das hast du nie zugegeben, von einer Entschuldigung ganz zu schweigen. Was du getan hast, hat wie Scheiße an mir und ihr geklebt.«

»Du hast dich doch gut geschlagen«, widersprach Woody. »Du konntest eine teure Privatschule besuchen. Ich habe dafür gesorgt, dass du alles hattest, was du brauchtest. Und was ist jetzt, wenn du Geld brauchst? Schicke ich dich etwa weg?«

Hattie stand auf und schaute aus dem Fenster auf den Fluss, dann wechselte sie das Thema. »Wovor hast du Angst, Dad? Warum die ganzen Sicherheitskameras und Schlösser? Warum die Heimlichtuerei?«

»Es gibt Personen, denen es nicht gefällt, dass ich aus dem Gefängnis raus bin, außerdem verdiene ich wieder Geld. Ich muss auf der Hut sein.«

Er räumte das Geschirr ab. »Willst du was zum Nachtisch? Kekse?«

»Nein, danke. Ich fahre besser zurück in die Stadt.«

Ihr Vater zückte sein Scheckbuch und legte es auf den Tisch. Er trug die Ziffern mit so viel Druck ein, dass der Stift an einigen Stellen durchkam. Dann riss er das Blatt heraus und hielt es seiner Tochter hin.

»Das war's also, ja? Du tauchst hier auf, willst Geld geliehen haben, bekommst deinen Scheck und bist wieder weg?«

Hattie zuckte nicht mit der Wimper. »Was hast du erwartet? Eine rührselige familiäre Wiedervereinigung? Willst du mich emotional erpressen, damit ich bleibe? Das funktioniert nicht mehr, Dad. Ich hab's irgendwann verstanden. Für dich ist alles ein Geschäftsvorgang. Okay, in Ordnung. Ich brauche deine Liebe und deine Anerkennung nicht, nicht mal deinen Respekt. Aber ich nehme das Geld. Was ich dir zurückzahlen werde. Weil ich von dir gelernt habe, dass eine einwandfreie Bilanz der Schlüssel zum Glück ist.«

Hattie nahm den Scheck entgegen, faltete ihn und schob ihn in ihre Tasche. Dann zog sie die Hintertür auf und pfiff nach Ribsy. »Komm, mein Junge. Zeit, zurückzufahren.«

# 12.

## MOS WECKRUF

**D**as beharrliche Piepsen seines Handys riss Mo aus dem Schlaf. Er war am Esstisch eingedöst, mit dem Gesicht auf den Budgettabellen, die er am Abend zusammengestellt und überarbeitet hatte. Die Tinte auf den Ausdrucken war unter einer Lache aus Speichel verschwommen.

Er fand sein Handy, das unter einem fettigen Pizzakarton begraben war. »Herrgott«, brummte er. Es war Viertel nach zwei Uhr nachts. Er hatte vier neue Textnachrichten, alle von Rebecca.

*Traes Agent hat mich in die Mangel genommen, aber ich schätze, er macht mit. Ruf mich an, sobald du das liest.*

»Trae?« Ach, ja. Der gutaussehende Designer, den Rebecca für die neue Sendung rekrutiert hatte. Für *Mos* Sendung.

Er war zu müde, um nach oben ins Bett zu gehen, deshalb nahm er sein Handy und ließ sich aufs Sofa fallen. Während der fünf Minuten, in denen er aufs Klo gegangen war, seine Hände gewaschen und die Schuhe ausgezogen hatte, waren zwei weitere SMS von Becca eingetroffen.

*Hast du was vom Haus gehört? Wann kann ich es sehen?*

Er hielt sich das Handy vors Gesicht und sprach ebenso mit sich selbst wie mit Rebecca. »Ich habe keine Ahnung. Es ist nicht mal einen Tag her. Mensch, mach mal halblang.«

*Tony findet die Haare der Frau nicht gut. Er meint, sie sieht verhuscht aus. Finde ich auch. Kann sie heller färben? Dunkler? Extensions?*

»Sie heißt Hattie. Hattie Kavanaugh«, sagte Mo. Im Übrigen war mit Hatties Haaren alles okay. Sie sahen gut aus. Mehr als gut. Sie glänzten und gaben ihrem Gesicht einen weichen Rahmen.

*Steht dein Team schon? Wer moderiert das Ganze?*

Mo gähnte und schloss die Augen. Der Großteil seiner üblichen Crew in L.A. war bereits von anderen Produktionsfirmen engagiert worden, doch da in Georgia momentan so viel gedreht wurde, war es ihm gelungen, eine, wie er fand, ganz anständige Mannschaft von Ortansässigen zusammenzustellen. Das mit der Moderation war eine andere Geschichte.

Taleetha Carr, die für Mo die Moderation bei *Garagen-Alarm* gemacht hatte, passte perfekt zu den *Traumhaus-Profis*. Sie war klug, witzig, fleißig und kannte Reality-Shows wie ihre Westentasche. Alle liebten Taleetha. Nur Rebecca nicht, die von Anfang an eine Abneigung gegen sie gehabt hatte.

»Mach dir deshalb keine Sorgen, Süßer«, hatte Taleetha gesäuselt und Mos Wange getätschelt, nachdem sie bei einer Postprodukions-Besprechung zum ersten Mal mit Rebecca aneinandergeraten war. »Ich bin ja keine Guacamole. Nicht jeder kann mich mögen.«

Nachdem Mo grünes Licht für die Sendung bekommen hatte, die er stur, ja starrsinnig weiterhin *Die Retter von Savannah* nannte, hatte er nicht lange gefackelt und Taleetha angerufen.

»Momo!«, hatte sie ihn sofort nach dem ersten Klingeln gegrüßt. »Was geht?«

Er hatte vergessen, wie sehr ihm die unverwüstliche Taleetha Carr gefehlt hatte. »Was geht? Ich habe vielleicht einen Job für dich.«

Taleetha reagierte prompt. »Aber nicht für HPTV, oder? Du weißt, dass ich dich liebe, aber ich arbeite nicht noch mal für Rebecca Sanzone.«

»Du würdest für mich arbeiten«, widersprach er.

»Und du für sie.«

»Ich arbeite für mich selbst«, gab Mo zurück. »Egal, könnten wir kurz das Geschäftliche besprechen? Mir sitzt total die Zeit im Nacken, und ich brauche dich wirklich, Leetha. Hör es dir einfach an, dann kannst du immer noch Nein sagen.«

»Ich höre zu, aber das wird meinen Entschluss nicht ändern«, gab sie nach.

Mo erzählte ihr, wie er Hattie Kavanaugh kennengelernt hatte und wie ihm die Idee für eine Sendung über Savannah gekommen war.

»Warst du schon mal da?«, fragte er. »Die Stadt ist total faszinierend: ihre Geschichte, die prächtigen Häuser aus der Zeit vor dem Bürgerkrieg, die Blumen, die Bäume, das Louisianamoos ...«

»Und die Rednecks, die die alten Konföderiertenflaggen aufhängen? Hast du die vergessen?«

»Nein. Ich meine, ich gebe zu, die findet man hier natürlich auch, aber Savannah hat viel mehr zu bieten. Wie dem auch sei, wir müssen Anfang nächster Woche mit dem Dreh beginnen. Ich brauche dich, Leetha.«

»Nächste Woche? Schatzi, das kommt jetzt vielleicht überraschend für dich, aber ich habe einen Job.«

»Taleetha Carr, betrügst du mich etwa?«

»Und ob! Eine Frau muss Geld verdienen, weißt du doch. Cole Ryder sitzt gerade an dem Konzept für eine neue Show, die *Container Babes* heißen soll. Da geht es um mehrere Frauen aus L.A., die ihr Geld damit verdienen, Müll zu sammeln, ihn zu recyceln und wieder zu verkaufen.«

»Die Show ist aber noch in der Entwicklung«, sagte Mo. »Hat schon ein Sender zugegriffen?«

»Nicht endgültig«, gestand Taleetha.

»Aber was ich hier habe, ist bombensicher. Der Vertrag mit HPTV ist unterschrieben, die Crew steht bereit. Wir können mit dem Dreh loslegen, sobald du dich hier runterbewegst.«

»Nein«, sagte Taleetha. »Nicht mal dir zuliebe.«

»Ich maile dir mal das Demoband, das ich von Hattie gemacht habe. Du wirst sie lieben. Sie fährt einen Pick-up und führt mit ihrem Schwiegervater ein Bauunternehmen. Sie ist absolut kernig.«

»Die Antwort ist trotzdem Nein, Mo. Warum hast du es mit deiner neuen Sendung denn so eilig?«

»Ich habe endlich mal Glück«, erklärte er. »Krystee von *Küstenglück* ist mit Zwillingen schwanger und hat strenge Bettruhe verordnet bekommen, weshalb ihre Show mindestens sechs Monate lang auf Eis liegt.«

»Und deshalb ist der Programmplatz am Mittwochabend zu vergeben. Vorübergehend«, sagte Taleetha nachdenklich.

Mo spürte, dass er eine Chance hatte. »Du willst die Sendung doch machen, Taleetha! Ich fehle dir. Wir fehlen dir.«

Sie leugnete es nicht. »Und was ist mit dieser Bitch Rebecca? Hat die auch was dazu zu sagen, ob ich engagiert werde?«

»Die überlässt du mir«, sagte Mo. »Wie schnell kannst du hier sein?«

»In Savannah? Ich weiß nicht mal genau, wo das liegt.«

»Du fliegst nach Atlanta und steigst dort nach Savannah um. Ich buche dir einen Flug für heute Abend. Dann kannst du Freitag hier sein.«

Sie stieß einen langen Seufzer aus. »Okay, schick mir das Demoband und was du sonst noch hast.«

Mos Handy summte erneut, wie eine wütende Fliege, die hinter einer Fensterscheibe gefangen war. Er seufzte.

Mit einem Workaholic wie Becca zu arbeiten, nahm einem die Luft zum Atmen.

Sein Handy summte schon wieder.

*WO BIST DU? WAS IST LOS? WARUM ANTWORTEST DU NICHT?*

Er gähnte und tippte zurück.

*Bei mir ist es drei Uhr nachts. Alles gut mit der Sendung. Wir sprechen morgen.*

Er schob das Telefon unter das Sofakissen, legte sich drauf und schlief wieder ein.

# 13.

## THE WINNER TAKES IT ALL

Äh, hallo. Ich bin wegen des Creedmore-Hauses hier …«

Eine dicke Glasscheibe trennte Hattie von dem Beamten, der im Rathaus von Tybee an einem Schalter im Eingangsbereich saß. Der ältere Herr trug ein weißes Polo-Shirt und hatte einen säuerlichen Gesichtsausdruck. Über die halben Gläser seiner schwarzen Brille schaute er Hattie an.

»Wie bitte?«

Hattie hob die Stimme. »Das Creedmore-Haus!« Zwei Personen, die in der Nähe standen und die Zettel an einem großen Schwarzen Brett lasen, drehten sich verwundert um.

»Was ist damit?«

»Die Stadt hat das Haus beschlagnahmt, und ich habe heute Morgen ein Kaufangebot dafür abgegeben. Mir wurde gesagt, dass die Gebote um zwölf Uhr geöffnet werden«, sagte Hattie.

»Da drüben. Im Konferenzraum.« Der alte Mann wies auf eine Tür am hinteren Ende des Eingangsbereichs.

Als Hattie den großen Raum durchquerte, merkte sie, dass die beiden Personen, die sich dort ebenfalls aufgehalten hatten, ihr folgten. Der eine war ein kräftig gebauter Mann von geschätzt Ende dreißig mit blonden zurückgegelten Haaren und einem dicken Schnauzbart. Er trug Jeans und ein zerknittertes hellblaues Oberhemd aus feinem Stoff und humpelte leicht.

Der andere Mann war deutlich älter und so gekleidet wie Hattie bei der Arbeit: ein ausgeblichenes T-Shirt, beige Carhartts und Arbeitsstiefel mit Stahlkappe.

Heute trug sie allerdings eine schwarze Caprihose und eine schwarz-weiß gestreifte Bluse. Sie hatte sogar Lippenstift aufgelegt. Hattie wollte einen guten Eindruck machen, so als müsste sie den Stadtbediensteten versichern, dass sie sich gut um das verfallende Haus kümmern würde.

Der jüngere Typ überholte sie und ging vor ihr durch die Tür zum Konferenzraum. Hattie zog sie erneut auf, der alte Mann folgte ihr.

Eine Frau um die fünfzig saß auf einem gepolsterten Drehstuhl, vor sich auf dem Konferenztisch ein Stapel Umschläge und ein Klemmbrett. Waren das alles Gebote für das Creedmore-Haus? Hatties Mut sank.

»Nehmen Sie Platz«, sagte die Frau, ohne von dem Aktenordner hochzusehen, in dem sie herumblätterte. Hattie wählte einen Stuhl hinten rechts am Tisch. Der blonde Mann setzte sich Hattie direkt gegenüber, der andere ließ sich in der Nähe der Rathausangestellten nieder.

»So«, sagte die Frau und schielte kurz auf ihr Handy. »Ich bin Carol Branch. Es ist jetzt zwölf Uhr, also fange ich nun an und öffne diese Gebote.« Sie nickte den drei Personen im Raum zu. »Ich nehme an, Sie sind hier, weil sie ein Gebot abgegeben haben?«

»Richtig«, sagte der blonde Mann.

»Ja«, erwiderte der Ältere.

Die Angestellte griff zu einem Brieföffner und schlitzte langsam einen Umschlag auf, holte ein Blatt heraus, nickte und schrieb etwas auf ihr Klemmbrett. Dann griff sie zum nächsten Gebot.

Als Mrs. Branch fertig war, zählte Hattie acht Gebote. Der Gesichtsausdruck der Angestellten blieb immer gleich. Nachdem sie den letzten Umschlag geöffnet hatte, nahm sie ihren Stift und ließ ihn über die Liste auf dem Klemmbrett wandern.

Das Warten war pure Folter. Der blonde Mann trommelte mit den Fingern auf den Tisch, bis Hattie glaubte, den Verstand zu verlieren. Der Ältere starrte nach oben, offenbar fasziniert von der Schönheit und Symmetrie der Deckenplatten.

Hatties Handy summte: eine Textnachricht von Cass.

*Schon was passiert?*

Hattie stellte ihr Telefon schnell auf stumm, da kam schon die nächste Nachricht von Mo Lopez.

*Hast du das Haus bekommen? Ruf mich an, so schnell wie möglich!*

Schließlich nickte die Rathausangestellte, schaute hoch und registrierte die drei Anwesenden mit einem kurzen Nicken.

»Ist eine von Ihnen Harriet Kavanaugh?«

Harriets Herz klopfte. »Ja, ich.«

»Herzlichen Glückwunsch! Sie sind die Höchstbietende und jetzt Eigentümerin des Grundstücks Flur 12, Flurstück 36, auch bekannt unter der Hausnummer 1523 Chatham Avenue.«

»Scheiße!« Der blonde Mann schlug mit der flachen Hand auf den Tisch. »Wie hoch war das Höchstgebot?«

Die Angestellte spitzte die Lippen und senkte den Blick auf das Klemmbrett.

»He, kommen Sie! Das ist eine öffentliche Angelegenheit!«

»29 728 Dollar«, antwortete die Rathausangestellte. »Alle entsprechenden Informationen werden auf der Website der Gemeinde veröffentlicht.«

Sie erhob sich. »Miss Kavanaugh? Kommen Sie bitte mit in

mein Büro, dann können wir die Unterlagen fertig machen.«
Sie nickte den beiden Männern abschätzig zu.

»Hier stimmt doch was nicht!«, rief der Blonde und schob
seinen Stuhl geräuschvoll nach hinten. »Die ganze Aktion war
gezinkt. Sie kann mir nicht das Haus meiner Familie unter dem
Arsch wegkaufen.«

»Sir?«

»Holland Creedmore«, stellte sich der Blonde vor. Drohend
trat er auf Mrs. Branch zu, die jedoch nicht vom Fleck wich.
»Die Stadt kann doch nicht einfach so das Grundstück meiner
Familie verscheuern! Das ist nicht richtig, und das wissen Sie
genau!«

Hattie hatte sich schon den Kopf zerbrochen, warum ihr
der Mann so bekannt vorkam. Jetzt wusste sie es. Früher war
Holland Creedmore jun. der ganze Stolz der privaten Jun-
gen-Highschool gewesen. Er war eine Sportskanone, ein großer Footballheld und Baseballspieler. Fast jede Woche prangte
sein markiges Gesicht mit dem kantigen Kiefer auf der Sport-
seite der Zeitung.

Jetzt waren seine Züge fleischiger, das blonde Haar war zu-
rückgewichen, die Stirn breiter geworden, und die Muskeln aus
seiner Jugend schienen etwas geschrumpft zu sein.

Die Angestellte blieb ruhig. »Mr. Creedmore? Die recht-
lichen Vorschriften wurden peinlich genau eingehalten. Die
Eigentümer des Grundstücks wurden benachrichtigt, sobald
das Beschlagnahmungsverfahren eingeleitet wurde. Ihnen
wurde die erforderliche Frist eingeräumt, um den sich fort-
laufend verschlechternden Zustand des Grundstücks, das zu
einem öffentlichen Ärgernis geworden war, in Ordnung zu
bringen.«

»Blödsinn! Ihr habt nur so einen Schrieb mit irgendwelchem

Kauderwelsch an meine senile Großcousine geschickt, und die dachte, es wäre eine Mahnung für die Stromrechnung.«

»Die eingetragenen Eigentümer wurden per Einschreiben über jeden einzelnen Schritt des Verfahrens informiert, und die Stadt hat das Enteignungsverfahren in den amtlichen Mitteilungen des Bezirks veröffentlicht, die regelmäßig in der *Savannah Morning News* erscheinen.«

»Das Schundblatt liest doch keiner!«, rief Holland Creedmore. »Woher soll der Rest meiner Familie bitte schön wissen, was in dieser beschissenen Bananenrepublik abgeht?«

Mrs. Branch blieb ruhig. »Die entsprechenden Schilder wurden, wie gesetzlich vorgeschrieben, vor einem Jahr auf dem Grundstück aufgestellt. Wenn irgendein Mitglied Ihrer Familie zu irgendeinem Zeitpunkt eine irgendwie geartete Maßnahme zur Instandhaltung des Grundstücks hätte erkennen lassen oder die Grundsteuer beglichen hätte, hätte die Gemeinde das Enteignungsverfahren gestoppt.«

»Meine verrückte Großcousine hat die Schlösser austauschen lassen«, sagte Holland. »Sie und mein Vater führen eine Art Privatkrieg. Sie haben seit Jahren nicht mehr miteinander gesprochen.«

»So traurig das auch ist, ändert es nichts an der Verantwortung des Grundstückseigentümers oder an der Steuerpflicht«, gab Mrs. Branch zurück. »Tut mir leid, Mr. Creedmore, aber die Angelegenheit liegt nicht mehr in meinen Händen.«

Vor sich hinschimpfend stürmte Holland Creedmore aus dem Raum. Hattie stellte fest, dass sich der ältere Mann offenbar verdrückt hatte.

»Wenn Sie mir bitte folgen, dann erledigen wir den Papierkram«, sagte die Angestellte zu Hattie.

Eine gefühlte Stunde lang unterschrieb sie Formulare und Dokumente, in Wirklichkeit waren es nur vierzig Minuten. Jedes Mal, wenn Hattie eine Unterschrift geleistet hatte, drückte die Angestellte ihr schweres Notarsiegel darauf.

Als es vorbei war, steckte Carol Branch die Kopien der Unterlagen in einen grauen Plastikumschlag und reichte ihn Hattie.

»So. Glückwunsch.«

»Danke.« Sie drückte den Umschlag an ihre Brust.

»Ihnen ist klar, dass ab heute die Uhr für dieses Projekt tickt, ja? Die Voraussetzungen für den staatlichen Zuschuss sind sehr streng. Für die vollständige Restaurierung der Immobilie haben Sie zwölf Monate Zeit. Ich habe Ihnen die Denkmalschutzrichtlinien mitgegeben, die eingehalten werden müssen. Innerhalb einer Woche müssen Sie die Pläne für die Restaurierung einreichen, sonst bekommen Sie keine Baugenehmigung. Am Abschluss jeder einzelnen Bauphase muss eine Inspektion beantragt werden. Der für die Einhaltung der Bauvorschriften zuständige Beamte wird Ihren Fortschritt überwachen.«

»Verstanden«, sagte Hattie.

Carol Branch reichte ihr den Schlüssel. »Viel Glück!«

Mit heftig klopfendem Herzen setzte Hattie sich hinter das Lenkrad ihres Pick-ups.

*Was habe ich da nur getan? Habe ich wirklich meinen Verlobungsring versetzt, um ein zwangsenteignetes Haus zu kaufen, das ich noch nie von innen gesehen habe? Habe ich gerade mein Leben weggeworfen? Habe ich zugesagt, etwas aufzubauen, ohne die geringste Ahnung zu haben, wie das gehen soll? Wie, zum Teufel, soll ich das Geld zusammenkratzen?*

Ihr Handy vibrierte, und sie merkte, dass sie vergessen hatte, den lautlosen Modus auszustellen.

»O mein Gott, Cass!«, stöhnte sie in das Gerät. »Wir haben es bekommen. Ich war Höchstbietende. Ich habe gerade ein Strandhaus für unter dreißigtausend Dollar gekauft!«

Einen Moment schwieg Cass. Dann sagte sie: »Lieber Gott, übernimm du!«

Hattie löste die Lasche des Umschlags mit den Verkaufsunterlagen. »Hast ja recht. Du glaubst nicht, wie viel Papierkram ich gerade unterschrieben habe. Ich hatte keine Ahnung, dass es so ein bürokratischer Akt ist.«

Es klopfte zaghaft an das Fenster auf der Beifahrerseite. Mit einem zerknirschten Lächeln kam Holland Creedmore jun. zur Fahrerseite herum.

»Hallo? Könnte ich kurz mit Ihnen sprechen?«

»Ich ruf dich gleich zurück, Cass«, sagte Hattie und legte auf.

»Hi«, grüßte sie zögernd. »Was ist denn?«

»Hören Sie, ich sehe ein, dass ich … ähm … mich da drinnen ein bisschen wie eine Knalltüte verhalten habe, und wollte mich nur entschuldigen.«

»Schon gut.«

Mit gerunzelter, geröteter Stirn musterte er Hattie. »Hey, ähm, ich bin mit einem Typen namens Hank Kavanaugh zur Highschool gegangen. Verwandtschaft von Ihnen?«

»Das war mein Mann.«

»Oh. Mist. Ich glaube, wir haben zusammen in der Little League gespielt. Mensch, das war so eine verdammte Schande. Das mit dem Unfall, meine ich. Tut mir leid.«

»Danke.« Hattie ließ den Wagen an. »Hat mich gefreut.«

»Warten Sie!« Er ließ die Hand auf der Tür liegen. »Die Sache ist die: Das Haus hätte nie verkauft werden dürfen. Das ist alles ein großer Irrtum. Es ist schon seit … seit Ewigkeiten im Besitz der Creedmores.«

»Aber Ihre Familie hat die Steuern nicht gezahlt«, erinnerte Hattie ihn. »Das Grundstück sieht aus wie ein Dschungel. Von der Straße aus ist das Haus gar nicht mehr zu sehen. Es fällt in sich zusammen. Wie die Frau vom Rathaus eben sagte, Ihre Familie hatte ein Jahr Zeit, etwas daran zu ändern.«

»Tja, Sie kennen meine Familie nicht. Das ist kompliziert. Als mein Großvater starb, hat er das Haus nämlich meinem Vater, seiner Cousine und seinem Cousin hinterlassen, den ich nicht mal kenne. Von klein auf, als meine Großeltern noch lebten, hat meine ganze Familie mit allen Cousinen und Cousins, allen Tanten und Onkeln jeden Sommer in dem Haus auf Tybee verbracht. Aber Mavis und mein Vater haben sich nie gut verstanden, sie konnte meine Mutter nicht ausstehen. Es gab großen Streit um das Haus, weil Mavis zu geizig war, um Geld reinzustecken. Sie wollte zum Beispiel nicht mal, dass eine Klimaanlage eingebaut wird, obwohl mein Vater die bezahlen wollte. Nachdem Hurrikan Irma das Dach abgerissen hatte, stellte sich heraus, dass Mavis die Versicherungsprämie nicht bezahlt hatte. Ein neues Dach sollte um die Vierzigtausend kosten. Der Cousin im Norden weigerte sich, dafür zu blechen, und Mavis und mein Vater stritten sich wieder. Da hat sie dann die Schlösser auswechseln lassen, und das Haus ging so richtig vor die Hunde.«

Hattie wusste nicht, was sie sagen sollte. »Das tut mir leid, aber das ist nicht mein Problem. Es stand Ihrer Familie doch frei, das Haus zu retten. Haben Sie aber nicht getan. Sie hätten mehr Geld als ich bieten können, haben Sie aber nicht.«

Sie legte den Rückwärtsgang ein, doch Holland Creedmore rührte sich nicht von der Stelle. Seine großen fleischigen Hände lagen immer noch im Fenster. »Sie haben recht«, sagte er. »Absolut. Hören Sie, ich bin bereit, das Haus zurückzukaufen. Hier und jetzt.« Er grub in der Gesäßtasche seiner Jeans herum und zog ein Scheckbuch hervor. »Okay? Sagen wir, vierzigtausend? Da machen Sie sofort zehntausend Dollar Gewinn.«

»Nein, danke«, erwiderte Hattie. »Ich habe das Haus rechtmäßig erworben und möchte es restaurieren. Muss jetzt los.« Langsam fuhr sie rückwärts aus der Parklücke. Creedmore ließ die Wagentür los, lief aber weiter neben ihr her.

»Okay, dann fünfzigtausend. Ich stelle Ihnen direkt einen Scheck aus.«

»Kein Interesse«, wiederholte Hattie und bog auf die Butler Avenue ab. Als sie in den Rückspiegel sah, stand Creedmore mitten auf der Straße und rief ihr etwas nach. Sie gab Gas.

# 14.

VORSICHT BEIM KAUF

**U**m kurz nach zwölf Uhr am Donnerstag plingte Mo Lopez' Handy. Er schaute auf das Foto in der Nachricht.

Ein Haus. Eine große halbtote Palme verdeckte die Fassade des Holzgebäudes. Auf jeden Fall war eine Vorderveranda zu sehen. Zwei Stockwerke, in der oberen Etage noch die Reste einer mit Fliegengitter bespannten Veranda. Vernagelte Fenster und Türen und ein Schild mit der Aufschrift: ZUTRITT VERBOTEN – BESCHLAGNAHMUNG.

Die Nachricht war von Hattie Kavanaugh.

*Reicht das zum Renovieren? Kann es nur hoffen, hab es nämlich gerade gekauft.*

Mos Finger flogen über die Buchstaben.

*Wahnsinn! Das ultimative Vorher-Foto. Wo steht es? Bist du jetzt da? Fass nichts an! Warst du schon drinnen? Schick mir die Adresse.*

Eine Viertelstunde später war er auf der Straße nach Tybee Island.

Hattie und Cass saßen im Pick-up und warteten auf der sandigen Einfahrt. Die Ladefläche war mit Werkzeug beladen. Tugs Wagen stand auf dem unkrautüberwucherten Randstreifen.

Als Hattie ihn anrief und erzählte, was sie getan hatte, war er entsetzt.

»Ein abrissreifes Haus? Hast du vollständig den Verstand verloren? Ungesehen gekauft?«

»Es war das einzige Haus, das ich mir leisten konnte«, erklärte sie. »Sei bitte nicht sauer auf mich, Dad. Ich weiß, dass wir was daraus machen können. Überleg doch mal: ein hundert Jahre altes Haus am Back River! Wie viele Originalhäuser stehen noch auf dem Abschnitt der Chatham Avenue? Denk an den Ausblick zum Sonnenuntergang! An die Veranda mit Blick auf Little Tybee! Das wird magisch, ich verspreche es dir.«

»Ich soll an den Sonnenuntergang denken?« Tug schnaubte ungläubig. »Ich denke an Termiten. An Fäulnis und Verfall. An schlechte Leitungen, kaputte Rohre. Ich wette, das hat nicht mal eine Heizung, von einer Klimaanlage ganz zu schweigen. Muttergottes, Hattie! Denk mal dran, wie viel Geld das alles kostet! Dreißigtausend sind kein Schnäppchen mehr, wenn wir noch mal Fünfhunderttausend reinstecken müssen, nur damit es den Bauvorschriften genügt. Und keine Bank geht an so ein Projekt ran! Nicht mal mit einer langen Zange. Nicht mal auf zehn Meter Abstand.«

Hattie hatte mit dieser Reaktion ihres Schwiegervaters gerechnet.

»Mo sagt, die Werbekunden spenden ihre Produkte, wenn wir sie im Gegenzug dafür in der Sendung nennen. Das heißt, die gesamte Heizung, Lüftungs- und Klimatechnik bekommen wir von den Herstellern frei Haus. Dasselbe gilt für die

Küchenschränke und -geräte, den Parkettboden und die Isolierung. Ebenfalls für die Materialien zum Streichen und Dachdecken ...«

»Und unsere Subunternehmer? Glaubst du, die arbeiten umsonst?«

»Ich glaube, die werden sich zumindest für das Projekt frei nehmen, weil das super Werbung für sie ist. Und Mo sagt, der Sender lässt auch ein bisschen für Arbeitslohn und Baustoffe springen ...«

»Ein bisschen? Glaubst du wirklich, dass dieser Fernsehheini seine Versprechen hält?«

»Mir bleibt nichts anderes übrig«, sagte sie leise. »Kommst du nun her, um dir das Haus anzusehen, oder nicht?«

»Es gefällt mir nicht, aber ich komme«, sagte ihr Schwiegervater.


Hattie wechselte ihre Sachen im Pick-up, schlüpfte aus ihrer guten Hose in eine Jeans. Sie zog ein langärmeliges T-Shirt über den Kopf und schnürte ihre Arbeitsstiefel zu.

Mit einem missmutigen Gesichtsausdruck hatte Cass bereits die Kettensäge angeworfen und bearbeitete eine gefällte Kiefer, deren Äste die Zufahrt versperrten. Hattie zog Arbeitshandschuhe über und begann, die abgeschnittenen Äste aus dem Weg zu ziehen, während Tug dem wuchernden Gestrüpp mit einem Buschmesser und einer Baumschere zu Leibe rückte.

Mo erblickte den Berg aus Zweigen und Ästen schon aus einem halben Straßenblock Entfernung. Er lenkte den Wagen auf den Randstreifen und parkte hinter den Pick-ups von Kavanaugh & Sohn. Hattie und Cass waren gerade dabei, einen gewaltigen Eichenast die Einfahrt hinunter zur Straße zu schleppen.

Er sprang aus dem Auto, griff zu seiner Kamera und richtete sie auf die beiden. »Bleibt stehen!«, rief er den Frauen zu.

»Verdammt nochmal!«, schimpfte Cass. »Du kannst doch kein Bild von mir machen, wenn ich so aussehe. Total verschwitzt und dreckig, mit Blättern und allem möglichen Scheiß im Haar!«

»Du sollst so aussehen«, gab Mo zurück und schwenkte mit der Kamera auf Hattie, der das verschwitzte T-Shirt am Körper klebte. Sie hatte sich eine Baseballkappe aufgesetzt, ihre Unterarme waren dreckig und mit kleinen Schnitt- und Schürfwunden überzogen.

»Guck in die Kamera und erzähl mir, was du da machst«, forderte er sie auf.

»Ich versuche, die Zufahrt zu räumen. Im Moment kommt keiner rein«, sagte sie.

»Erzähl einfach weiter, was du gerade tust und warum. Die kleinen Filme nutzen wir für Social Media. Damit die Leute schon mal einen ersten Blick auf das erhaschen, was es zu sehen gibt, wenn *Die Traumhaus-Profis* ausgestrahlt werden.«

Hattie verdrehte die Augen.

»Du kannst so was sagen wie: ›Hallo, ich bin Hattie Kavanaugh, und ich habe ein richtiges Schätzchen gefunden. Warten Sie ab, bis Sie das Haus am Ende der Zufahrt sehen, die wir gerade freischneiden. Ich kann es nicht erwarten, endlich damit anzufangen.‹«

»Ich finde den Titel total blöd«, sagte Hattie. »Der hört sich an, als wäre das Ganze schon fertig.«

»Du wirst es überleben«, gab Mo zurück. Er schaute zu Tug hinüber, der die beiden kopfschüttelnd beobachtet hatte. »Kommen Sie, Mr. Kavanaugh, machen Sie auch mit?«

»Wer, ich? Sie wollen mit Sicherheit keinen dicken alten

Sack wie mich in Ihrem Film. Machen Sie lieber Fotos von den hübschen jungen Damen.«

»Das ist eine Reality-Show, Mr. Kavanaugh«, beharrte Mo. »Wenn Sie sich einfach zwischen Cass und Hattie stellen und so tun könnten, als würden Sie ihnen helfen, den Ast wegzutragen, das wäre super.«

»Wenn es Realität ist, warum sollen wir es dann spielen?«, fragte Hattie mürrisch und trat zur Seite, damit Tug einen Teil des Gewichts schultern konnte.

In einem kleinen Halbkreis standen sie vor dem Creedmore-Haus.

»Jesus, Maria und der heilige Fred«, rief Tug und wischte sich mit einem Taschentuch über die verschwitzte Stirn. »Hattie, was hast du uns da eingebrockt?«

Doch seine Schwiegertochter hörte nicht zu. Sie hievte Werkzeug von der Ladefläche des Pick-ups. Dann ging sie mit einem Kuhfuß zur Veranda und blieb vor der vernagelten Haustür stehen, was Mo mit der Kamera filmte.

»Warte noch!«, rief er. »Ich würde das Drama gerne filmen, wenn unser Kamerateam da ist.«

»Ich warte nicht auf ein Kamerateam, um mein eigenes Haus zu betreten«, sagte Hattie.

»Wir könnten um die Veranda herum zur Küchentür gehen«, schlug Cass vor. »Hast du im Rathaus vielleicht einen Schlüssel bekommen?«

Hattie schwenkte den Kuhfuß. »Das ist der einzige Schlüssel, den ich brauche. Achtet auf die morschen Bodenbretter!«, rief sie den anderen zu, die ihr am Haus entlang nach hinten folgten.

Während Hattie die Hintertür untersuchte, scharten sich

die anderen um sie. Das Holz war verfault und von der Feuchtigkeit aufgequollen. Sie trat gegen die Tür, das unterste Brett brach in der Mitte entzwei. Noch ein Tritt, und was von der Tür noch übrig war, schwang unter einem Ächzen der rostigen Scharniere auf.

»Brauchst eine neue Tür«, bemerkte Cass.

»Das wird der Hammer«, sagte Mo, der Hattie ins Haus folgte.

Er hatte die Küche filmen wollen, war aber völlig fasziniert von Hatties Gesichtsausdruck, der Begeisterung in ihren Augen, ihrer spürbaren Energie.

»Hammer am Arsch«, brummte Tug.

Hattie hörte nicht zu. Sie spürte den vertrauten Rausch, den sie immer zu Beginn eines neuen Projekts empfand, eine Mischung aus Vorfreude, Angst und Aufregung. Hank hatte immer gesagt, sie sei ein Adrenalinjunkie, und damit lag er nicht falsch.

Er hatte Hattie besser gekannt als jeder andere Mensch, besser als sie sich selbst. Hank war immer der Ruhepol gewesen, der Planer und Anstifter. Und Hattie? War stets dafür zu haben, die Tür zu einem neuen Projekt einzutreten und sich kopfüber hineinzustürzen. So gerne sie auch mit einer neuen Aufgabe wie dieser konfrontiert wurde, erinnerte es sie auch daran, dass sie das nächste Projekt ohne ihn in Angriff nahm. Es waren jetzt fast sieben Jahre, und er fehlte ihr immer noch.

Sie verspürte nicht mehr den schneidenden Schmerz, der sie im ersten Jahr gequält hatte, die Verzweiflung, wenn sie ohne ihn aufwachte oder nur noch ein statt zwei Sandwiches machte, wenn sie seine Kleidung in dem beengten Wandschrank zur Seite schob, um an ihre zu kommen.

Jener Schmerz war vergangen. An seine Stelle war ein dumpfer Kummer getreten, wie eine Narbe, die nie ganz verheilte. Thomas Henry Kavanaugh würde ihr bis in alle Ewigkeit fehlen, doch jetzt brauchte dieses alte Haus sie.

»Es sieht so aus, als hätten die Creedmores einfach eines Tages die Türen abgeschlossen und wären nie zurückgekommen«, bemerkte Cass mit Blick auf die Küchenschränke. »Hier steht sogar noch schmutziges Geschirr in der Spüle.«

Das stimmte. Die Spüle war mit fettverschmierten Tellern gefüllt, über die sich eine Schicht aus Staub und Spinnenweben zog.

»Kennt ihr die Familie, der das Haus gehört hat?«, fragte Mo.

»Savannah ist eine kleine Stadt, mein Junge«, sagte Tug. »Hier kennt so gut wie jeder jeden.«

»Die Matriarchin der Familie, Mavis Creedmore, geht zur selben Kirche wie meine Mutter«, erklärte Cass. »Dadurch haben wir überhaupt erfahren, dass das Haus zum Verkauf steht.«

Hattie klinkte sich ein. »Holland Creedmore war ein paar Jahre über uns an der Cardinal Mooney, das ist eine katholische Privatschule für Jungen hier in Savannah. Er war damals unglaublich beliebt.«

»Eher ein unglaubliches Arschloch«, murmelte Cass.

»Ihr redet über Creedmore junior. Sein Vater, Big Holl, ist mit mir zur Schule gegangen«, ergänzte Tug.

»Holland junior war heute im Rathaus«, berichtete Hattie. »Als er erfuhr, dass ich ihn überboten hatte, war er total angepisst. Hat die Rathausangestellte beschimpft und mit einer Klage gedroht. Er ist mir sogar zum Wagen gefolgt und hat mir angeboten, das Haus für fünfzigtausend zu kaufen.«

»Du hättest das Geld nehmen und zur Bank bringen sollen«, sagte Tug.

»Diese Küche hat eine vernünftige Größe«, überging Hattie den Spruch ihres Schwiegervaters. Sie wies auf die niedrige Decke mit dem feuchten Putz. »Als Erstes müssen wir die Decke rausnehmen. Hoffen wir nur, dass darunter ein paar schöne alte Holzbalken zum Vorschein kommen.«

»Hoffen wir, dass uns das verfluchte Teil nicht auf den Kopf fällt«, sagte Tug.

»Ist das ein Badezimmer? In der Küche?« Cass steckte den Kopf in eine Tür rechts neben der Küchentür und zuckte zurück. Mit beiden Händen hielt sie sich die Nase zu. »Bah! Alles voller Schimmel!«

Hattie machte sich selbst ein Bild. Es war eine schmale, lange Kammer, die sich über die Rückseite des Hauses zog. Irgendwie waren eine Waschmaschine und ein Trockner hineingequetscht worden, dazu eine Toilette, ein Waschbecken und eine Duschkabine aus Fiberglas. Auf dem Boden lag etwas, das wie dunkelgrüner Kunstrasen aussah.

»Die gute Nachricht ist, dass dieses Badezimmer nicht zum Originalzustand des Hauses gehört. Wahrscheinlich wurde es in den Siebzigern eingebaut, mit Sicherheit ohne Genehmigung.« Hattie drehte sich um und gab Mo ein Zeichen. »Mach mal Fotos. Das kommt als Allererstes raus.«

Sie gingen weiter zur Haustür. Mo knipste die ganze Zeit, um den »Vorher«-Zustand des Hauses zu dokumentieren. Hattie diktierte Notizen in ihr Handy.

»Großes Wohn-Esszimmer hier. Toller Kamin, aber die Fliesen drum herum passen überhaupt nicht. Und wir brauchen ein neues Sims.«

Tug kniete sich stöhnend vor die Feuerstelle und richtete seine Taschenlampe in den Schacht. »Gefällt mir nicht, wie der

Abzug aussieht. Der ist mit alten Zeitungen zugestopft. Und da ist was, das wie ein altes Eichhörnchennest aus.«

»Was ist mit dem Abzug?«, fragte Mo.

Der alte Mann hievte sich auf die Beine. »Zu schmal, um ein ordentliches Feuer zum Brennen zu bekommen, ohne den ganzen Raum einzuräuchern. Die haben die Zeitung da reingestopft, damit es nicht zieht. Entweder reißen wir ihn raus oder nehmen ihn als Deko. Oder blättern fünftausend für einen feuerfesten Innenbehälter hin.«

»Wir können den Kamin nicht rausreißen«, sagte Hattie. »Zu den Verkaufsbedingungen gehört, dass alles, was wir hier tun, den Vorschriften des Denkmalschutzes entspricht.«

»Ernsthaft?« Cass schüttelte den Kopf. »Das wird aber anstrengend.«

»Merk dir den Gedanken!«, rief Mo. »Wenn wir hier mit Trae durchgehen, könnt ihr das vor der Kamera diskutieren. Gibt einen super Konflikt.«

»Wer ist Trae?«, fragte Cass.

»Ach, ja. Das ist noch eine Formatanpassung, die der Sender fordert. Im Rahmen des Konzepts von *Die Traumhaus-Profis* wurde ein Designer engagiert, ein hervorragender Innenarchitekt namens Trae Bartholomew. Der wird sozusagen euer Kollege bei der Restaurierung dieses Hauses. Ihr lernt ihn nächste Woche kennen, zusammen mit dem Rest der Crew, die bis dahin hier sein wird.«

»Kollege? Ich brauche keinen Kollegen, und schon gar keinen Designer«, sagte Hattie. »Bei all unseren Projekten trage immer ich die Verantwortung.«

»Außer bei diesem«, sagte Mo mit Nachdruck.

Hattie stand mit dem Rücken zum Kamin, die Arme vor der Brust verschränkt. »Nichts da. Ich habe dieses Haus von meinem eigenen Geld gekauft. Niemand hat mir was von einem Kollegen oder einem Innenarchitekten gesagt. Wenn der Sender das so will, steige ich aus. Vertrag geplatzt.«

Mo seufzte. »Du weißt aber schon, dass du vertraglich verpflichtet bist, diese Sendung zu machen, oder?«

»Verklag mich doch.« Hattie schob den Kiefer vor, ihre Augen blitzten.

»Das könnte passieren«, sagte Mo. »Aber noch was anderes: Wenn du den Vertrag platzen lässt, verzichtest du auch auf die Baumaterialien, die unsere Sponsoren spenden, außerdem auf dein Honorar und das Geld, das der Sender für die Subunternehmer eingeplant hat.«

»Aber ich hätte immer noch das Haus. Und meine Freiheit«, giftete Hattie zurück.

»Viel Glück damit«, sagte Mo. Er nickte erst Cass, dann Tug zu. »Hat mich gefreut. Wäre schön gewesen, wenn's geklappt hätte.«

# 15.

## EIN SINNESWANDEL

Tug sah dem Produzenten nach. »Dann wäre das ja geklärt. Du rufst den kleinen Holland an und verkaufst ihm das Haus wieder. Mit einem hübschen Gewinn. Und wir sind mit diesem Fernsehquatsch durch.«

»Stimmt«, bekräftigte Cass. »Denk mal drüber nach, Hattie! Das ist ein Gewinn von zwanzigtausend Dollar. Wir könnten ein anderes Haus in einem deutlich besseren Zustand suchen.«

Doch Hattie hörte nicht zu. Sie war ins Wohnzimmer marschiert und hatte sich auf die mit Brandflecken übersäte Armlehne eines sonnenblumengelben Sofas gehockt. Schwere Balken zogen sich an der ursprünglichen hohen Decke des Zimmers entlang. Hattie stellte sich vor, wie der Raum einmal aussehen könnte: Holzboden, leicht im Wind wehende Vorhänge, vielleicht ein kleiner Tisch vor den Fenstern und rechts und links davon ein Sessel für eine Partie Scrabble oder ein Kartenspiel.

Sie ging auf die Veranda und griff zu der Machete, die sie dort liegen gelassen hatte, um sich wieder im Garten zu schaffen zu machen. Tug und Cass standen auf der rückwärtigen Veranda, wo sie sich leise unterhielten. »Hattie?«, rief Tug.

Die Machete hin und her schwingend, bahnte sie sich einen

Weg durch das Dickicht. Als sie an einem baufälligen Boots-schuppen vorbeikam, neben dem der Rumpf eines längst ver-gessenen Flachbodenboots lag, roch sie den Fluss, noch bevor sie ihn sah. Schließlich entdeckte sie die Reste eines bröckeli-gen asphaltierten Gehwegs, dem sie folgte, bis sie sah, wie die Sonne auf sanft plätschernden Wellen blitzte.

Hattie war überrascht, wie lang die Strandseite des Grund-stücks war: geschätzte siebzig Meter. Es war Ebbe; Holzstufen führten zu einem freiliegenden sandigen Strandabschnitt hin-unter. Ein Anleger streckte sich in den Fluss, an seinem Ende befand sich ein Steghaus. Die silbrigen Holzplanken waren ab-getreten und teilweise gebrochen. Hattie würde sich erst darauf trauen, wenn ihre Schreiner einige Planken ersetzt hätten.

»Verdammt.« Cass war ihr an den Fluss gefolgt und gesellte sich zu ihr.

Hattie wies auf eine baumgesäumte Landzunge am gegen-überliegenden Ufer. »Toller Blick auf Little Tybee, was?«

»Wenn man so was mag.«

Eine geschwungene Rückenflosse und ein silbergrauer Rü-cken durchbrachen die Wasseroberfläche, dann ein zweiter und zwei kleinere Rückenflossen.

»Haie«, sagte Cass hoffnungsvoll.

»Das sind Delfine, das weißt du genau«, gab Hattie zurück. »Eine ganze Schule.«

»Du hast nicht vor, das Haus wieder an Creedmore zu ver-kaufen, oder?«

»Nee.« Hattie schüttelte den Kopf. »Es hat was, Cass. Ich werde alles daransetzen, damit ich es behalten kann. Selbst wenn ich mich dafür im Fernsehen zum Affen machen muss.«

Ihre beste Freundin stieß einen langen, leidgeprüften Seuf-zer aus.

»Du musst mir einfach vertrauen.« Hattie griff zu ihrem Handy, um Mo Lopez anzurufen. »Wir kriegen das hin.«

Zwei Tage später saß Trae Bartholomew im Auto des Produzenten und sah sich an, was draußen vor sich ging.

Klimatisierte Wohnwagen waren aufgestellt worden, für die Versorgung der Handwerker hatte man ein Zelt eingerichtet, und Miet-Lkw mit Licht- und Kameraausrüstung säumten die tiefen Spurrillen in der Einfahrt aus Muschelsplitt. Vor dem Haus standen drei Wohnmobile. Doch es war das Haus selbst, das die Aufmerksamkeit des Innenarchitekten ganz besonders fesselte.

Er schaute Mo Lopez an. »Das soll ein Witz sein, oder? Das Teil sollen wir renovieren? Das war schon hässlich, als es gebaut wurde, jetzt ist es hässlich *und* Schrott.«

Mo lächelte angespannt. »Überleg mal, was für einen dramatischen Unterschied die Vorher- und Nachher-Bilder machen werden! Wie ungläubig die Leute staunen werden, wenn das Haus in Folge sechs präsentiert wird. Und vor allem, Trae, denk an den Sendeplatz zur Primetime am Mittwochabend. Lief *Der Top-Designer* nicht samstagvormittags?«

Traes überdimensionierte verspiegelte Pilotenbrille rutschte seine große Nase hinunter. Er überlegte. »Das Grundstück ist unglaublich groß.«

»Und liegt am Fluss«, fügte Mo hinzu.

»Könnte auch ein Vorteil sein, dass das Haus nicht mit zig unpassenden Achtzigerjahre-Anbauten versaut wurde.« Trae Bartholomew legte den Kopf schräg. »Okay, langsam sehe ich etwas klarer. Und ich kann es nicht erwarten, meine Kollegin kennenzulernen.«

»Sie auch nicht«, log Mo.

Hatties »Trailer« war lediglich ein gemieteter Wohnwagen. Eine Stunde lang war sie auf und ab getigert, abwechselnd sauer und dann wieder nervös, weil sie sich mit diesem berühmten Designer herumschlagen musste. Sie hatte Trae Bartholomew gegoogelt, hatte auf Architektur-Sites seinen sensationellen Entwurf für prestigeträchtige Skihütten gesehen sowie Berichte über seine weniger bekannten Projekte gelesen.

Schließlich klopfte es vorsichtig an der Wohnwagentür. »Hattie? Kann ich reinkommen?«

»Ja«, rief sie.

Trae Bartholomew füllte den Türrahmen vollständig aus. Er war größer, als sie erwartet hatte, mindestens eins neunzig. Seine Gesichtszüge waren an sich unauffällig: karamellbraunes Haar, tiefliegende, stechend blaue Augen, dazu ein goldbrauner kalifornischer Teint, ein längeres Gesicht und ein markanter Kiefer. Auf den Wangen hatte er einen hippen Bartschatten. Doch alles zusammen machte ihn zu einem auffälligen Hingucker.

Er trug eine weiße Jeans und ein Seidenhemd, das sich so über seiner muskulösen Brust spannte, dass Hattie instinktiv ihren schmalen Bauch einzog.

»Hattie!«, rief Trae, machte einen Schritt auf sie zu und nahm ihre Hand in seine beiden Hände. »Endlich!«

»Endlich«, murmelte sie. »Freut mich sehr.«

»Ich kann's nicht erwarten, dein Haus zu sehen«, sagte Trae. »Mo hat mir schon viel von seinem Potenzial erzählt.«

»Ja, Potenzial hat es«, stimmte Hattie zu. »Aber es gibt auch jede Menge Probleme.«

Trae rieb sich die Hände. »Dann mal los!«

Er blieb vor dem Haus stehen und betrachtete es gründlich. »Schon ein komisches kleines Ding, oder? Ich meine, das hat doch keine zweihundert Quadratmeter, oder? Komisch, dass es auf einem offensichtlich riesigen Grundstück am Wasser so wenig Platz beansprucht. Das Erste, was ich sehe, sind Seitenflügel, die rechts und links an die Veranda anschließen, vielleicht mit einer Holzverschalung. Im zweiten Stock setzen wir Erker rein ...«

»Nein.« Hattie schüttelte den Kopf. »Ganz bestimmt nicht.«

»Aber es ist so klein und unscheinbar. So ... nichtssagend«, protestierte Trae. »Es schreit geradezu nach einer großen Geste.« Er zog einen Stift und einen zusammengerollten Notizblock aus der Gesäßtasche seiner Jeans und begann zu zeichnen.

»Hat Mo dir nicht gesagt, dass wir ein sehr schmales Budget haben?«, fragte Hattie mit schneidender Stimme.

»Schon, aber ...«

»Eine große Geste kostet großes Geld. Hunderttausende, die wir nicht haben. Außerdem arbeiten wir hier unter sehr strikten Denkmalschutzbestimmungen. Die Grundfläche des Hauses darf nicht vergrößert werden. Keinen Quadratzentimeter.«

»Wir haben auch nur sechs Wochen zum Drehen«, fügte Mo hinzu.

»Bestimmungen und Richtlinien«, sagte Trae wegwerfend. »Wie der Name schon sagt: Das sind Linien, nach denen man sich richten kann. Ich habe noch keine Vorschriften kennengelernt, die sich nicht irgendwie umgehen ließen.«

»Das Denkmalsamt wird uns mit Argusaugen überwachen. Es kontrolliert die Einhaltung der Bestimmungen«, fuhr Hattie ihn an. »Wenn wir dabei erwischt werden, wie wir Vorgaben ›irgendwie umgehen‹, können die Bauarbeiten lahmgelegt werden.«

»*Wenn* wir erwischt werden«, betonte Trae.

Während Hattie den Innenarchitekten durchs Haus führte, versuchte sie, seine Kritik nicht persönlich zu nehmen.

»Tja«, sagte er im Wohnzimmer. »Immerhin sind die Proportionen okay.«

Er schob den Kopf durch die Tür zum Schlafzimmer im Erdgeschoss. »Ein großes Doppelbett passt hier nicht rein. Und was soll das winzige Waschbecken da in der Ecke?«

»Das ist die für diese Gegend typische Strandhausarchitektur aus den Zwanzigerjahren, denn da wurde das Haus gebaut. Im Schlafzimmer ist ein Waschbecken, weil es ursprünglich nur ein Badezimmer gab. So können sich die Leute auf dem Zimmer waschen und die Zähne putzen, bevor sie ins Bett gehen«, erklärte Hattie dem Designer.

Er war baff. »Willst du damit sagen, dass das Hauptschlafzimmer kein angeschlossenes Bad hat?«

»Genau.« Hattie ging hinein und öffnete eine schmale Wandschranktür. »Es grenzt an eine Art Vorraum auf der hinteren Veranda. Aber ich hatte gedacht, wir könnten ein paar Quadratmeter gewinnen, wenn wir den Wandschrank rausnähmen. Das Bad im ersten Stock ist direkt hier drüber, die Leitungen wären schon mal da. Wir könnten raumsparend eine Duschkabine, ein Waschbecken und eine Toilette einbauen, und zack, hätten wir ein Schlafzimmer mit Bad.«

»Aber ohne Wandschrank?«

»Das ist ein Strandhaus«, gab Hattie zurück. »Wir machen eine Hakenleiste in die Wand. Und wenn es absolut notwendig sein sollte, finden wir bestimmt einen alten Schrank, der zwischen die beiden Fenster passt.«

»Das könnte funktionieren«, sagte Trae. »Sehen wir uns mal das Bad hier unten an.«

Mo und Hattie tauschten einen bedeutungsschweren Blick, der dem Innenarchitekten nicht entging. »Was ist?«

»Das ist … ähm … ziemlich übel«, gestand Hattie. »Sag nicht, wir hätten dich nicht gewarnt.«

Vorsichtig schob sich Trae rückwärts aus dem Bad und stieß gegen die Arbeitsfläche der Küche. »Wer baut sich denn ein Badezimmer in die Küche?«, stöhnte er. »Und kommt dann noch auf die Idee, Waschmaschine und Trockner reinzuquetschen?«

»Keine Sorge, das kommt alles raus«, versicherte Hattie ihm. »Die Geräte bringen wir in einem neuen Hauswirtschaftsraum auf der hinteren Veranda unter, und diesen Raum hier schlagen wir der Küche zu.«

Mo spürte Hatties wachsende Ungeduld. »Irgendwelche Ideen in Bezug auf die Küche, Trae? Wir haben einen Kooperationspartner, der die Schränke liefert. Alle Küchenschränke gratis, die Geräte bekommen wir von Build-All. Das ist hier im Südosten ein großer Baustoff-Fachhändler mit zig Filialen. Deshalb ist ein bisschen Platz im Budget.«

»Aus dem Stegreif?« Trae schnippte ein Stück Putz von der gelben Resopalarbeitsfläche. »Eine Stange Dynamit und ein Streichholz sind das Einzige, was da noch hilft.«

»Jetzt reicht's«, schnaubte Hattie. »Mo, zeig du ihm den Rest des Hauses. Ich bin hier überflüssig.«

Sie saß im Verpflegungszelt für die Handwerker und pickte in einem Salat herum. Ein Tischler kam zu ihr an den Tisch. »Hey, Hattie, da ist ein Typ von der Stadt, der dich sprechen will.«

»Weshalb?«

Der Tischler wies zum Eingang des Hauses. »Ich glaube, der ist vom Ordnungsamt.«

»Scheiße.«

Sie eilte aus dem Zelt. Und wirklich, ein sichtlich erregter älterer Herr lief vor der Veranda auf und ab, ein Klemmbrett unter dem Arm.

»Hallo!«, grüßte sie. »Ich bin Hattie, die Eigentümerin dieser Immobilie. Gibt es ein Problem?«

»Howard Rice, Ordnungsamt Tybee Island.« Der Mann hatte einen schmalen Charlie-Chaplin-Schnurrbart. Er tippte auf einen Anstecker an der Brust seines gestärkten Uniformhemds. »Ja, es gibt ein Problem. Wer ist verantwortlich für die ganzen gefällten alten Bäume da vorne?«

»Alte Bäume? Das waren Palmettopalmen, Strauchkiefern, ein paar kümmerliche Magnolien und halb tote Wachsmyrte.«

»Nein. Ich habe mich selbst überzeugt anhand von Fotos, bevor Sie die Beweise beseitigt haben. Außerdem sind die Stümpfe ja noch da. Unter den Bäumen, die Sie gefällt haben, waren mindestens drei geschützte Arten. Das ist ein eindeutiger Verstoß gegen die Baumschutzverordnung dieser Stadt.«

»Wir haben keine ›Beweise beseitigt‹«, widersprach Hattie. »Wir wussten nicht mal, dass Tybee Island eine Baumschutzverordnung hat. Die gesamte Zufahrt zum Haus wurde durch mehrere morsche Bäume blockiert. Wir mussten uns den Weg freischneiden, um zum Haus zu gelangen.«

»Unwissenheit ist keine Entschuldigung.« Er fuchtelte ihr mit dem Finger vor dem Gesicht herum. »Die Baumschutzverordnung von Tybee Island findet sich auf der Website der Stadtverwaltung. Ich schlage vor, dass sie sich mit ihr vertraut machen, bevor ich den nächsten Strafzettel ausstellen muss.«

Er riss ein Blatt Papier von seinem Klemmbrett und hielt es

Hattie hin. »Dies ist ein Bußgeldbescheid über tausend Dollar. Zahlbar mit Scheck, bar oder per Scheckkarte im Rathaus.«

»Was?« Hattie starrte auf das Blatt. »Das ist doch irre! Die Stadt hat dieses Grundstück beschlagnahmt, weil sich Nachbarn darüber beschwert haben, dass es so zugewachsen ist. Und jetzt soll ich eine Strafe zahlen, weil ich das Gestrüpp zurückgeschnitten habe?«

»Das waren hochgewachsene Bäume«, wiederholte der Beamte. »Ich habe die Bilder gesehen. Und die Baumstümpfe. Habe sie eigenhändig vermessen. Eines sage ich Ihnen: Wenn ich noch mal einen derartigen Verstoß gegen die Vorschriften feststelle, werde ich nicht zögern, die Arbeiten einstellen zu lassen. Fernsehen hin oder her.«

# 16.

### EINSATZ: HAMMER

**H**attie stand vor der Wand im unteren Badezimmer, einen Vorschlaghammer auf der Schulter, und wartete auf Anweisung von Mo.

»Okay, jetzt guck Trae an, halt ihm den Hammer hin und mach einen Schritt zurück.«

»Moment mal«, protestierte Trae. Der Kameramann schielte zu Mo hinüber, der ihm ein Zeichen gab, noch nicht zu filmen.

»Das ist das Dümmste, was ich je gehört habe«, sagte Trae. »Ich bin Innenarchitekt, kein Bauarbeiter. Das nimmt mir doch niemand ab, wenn ich einen Vorschlaghammer schwinge.«

»Dann mach einen Witz darüber«, fuhr Mo ihn an. »So was nennt man Geplänkel, Mensch noch mal. Bring einen Spruch und schlag gegen die Wand, dann machen wir weiter.« Er sah auf die Uhr. »Wir haben nur noch eine Stunde Tageslicht, bis dahin muss die Zwischenwand raus sein, damit Hatties Leute mit der Isolierung und der Verkleidung anfangen können.«

»Es ist doch so: Wenn ich so tue, als würde ich einen Hammer schwingen, sehe ich albern aus«, sagte Trae. »Und ich habe keinen Bock, die lächerliche Pointe deiner lahmen Witze zu sein.« Er riss sich den Schutzhelm von Kavanaugh & Sohn vom Kopf und warf ihn zur Seite. Beinahe hätte er den Beleuchter getroffen. »Leck mich. Ich bin für heute durch.« Trae stolzierte aus der Küche, mitten durch die kleine Gruppe von Mitarbeitern, die sich dort versammelt hatte und darauf wartete, dass weitergedreht wurde.

Hattie verdrehte die Augen. »Hey, Mo, der Vorschlaghammer wird nicht gerade leichter!«

Der Produzent drehte sich zu ihr um. »Dann los, schlag zu! Tu so, als wäre es Traes Kopf.« Er gab dem Kameramann ein Zeichen. »Los geht's!«

Mit all dem tagsüber angestauten Frust, weil sie nur herumgesessen und gewartet hatte, dass etwas geschah, schwang Hattie den Vorschlaghammer gegen die Wand. Putz und Holz flogen in alle Richtungen.

Sie schielte zu Mo hinüber, der ihr ein stummes Zeichen gab, weiterzumachen. Hattie gehorchte und genoss das Geräusch des splitternden Holzes.

Als sie den Vorschlaghammer schließlich sinken ließ, war es ihr gelungen, ein ungefähr ein Meter zwanzig großes Loch in die Zwischenwand zu hauen. Mit behandschuhten Händen versuchte sie, weitere Latten zu entfernen.

»Oh, Mist«, murmelte sie und steckte den Finger in einen der freigelegten Balken. Das Holz zerfiel zu Mehl, wie ein alter Kuchen. »Das sieht nicht gut aus.« Hattie entfernte Putz und Holz und wies auf das Loch. »Termiten.«

Mo gab dem Kameramann ein Zeichen, näher heranzuzoomen.

»Erklär mal, warum das keine gute Nachricht ist«, forderte er Hattie auf.

Sie zog einen Schraubendreher aus ihrem Werkzeuggürtel und bohrte damit im beschädigten Pfosten herum. »Dieser Holzträger gleicht einem Schweizer Käse. Die Wahrscheinlichkeit ist groß, dass die übrigen Pfosten in demselben Zustand sind.« Sie wies auf die Ecke, wo die Wand auf die Decke traf. »Seht ihr, wie sie da durchhängt? Ich hatte gehofft, dass sich das alte Haus nur gesetzt hat, aber da war ich zu optimistisch. Wir müssen die ganze Außenmauer erneuern. Und weil es ein Termitenschaden ist, müssen wir mindestens einen Teil des Bodens rausreißen. Es könnte nämlich sein, dass es Probleme mit dem Fundament gibt.«

Sie warf Mo einen kurzen Blick zu, der ihr bedeutete, mit der Erklärung fortzufahren.

Hattie ließ die Schultern sinken und schaute direkt in die Kamera.

»An der Küste von Georgia haben wir es oft mit diesen Problemen zu tun. Hitze und Feuchtigkeit bieten ideale Bedingungen für Termiten. Wenn ein altes Haus seit Jahren nicht bewohnt und gepflegt wurde und die Substanz erst mal angegriffen ist, sieht es übel aus.« Sie machte eine ausholende Handbewegung in Richtung der Wand hinter ihr. »Hoffen wir, dass die Deckenbalken noch gut sind. Denn wenn nicht …« Sie verstummte.

Mo gab ihr Zeichen weiterzumachen.

»Wir hatten nicht den Luxus, dieses alte Haus vor der Ersteigerung begutachten zu können. Es war eine Beschlagnahmung. Das heißt, für uns ist das so was wie ein Blindflug. Wir könnten Probleme mit dem Fundament haben. Wir könnten Probleme mit den Deckenbalken haben. Unser Budget für dieses Projekt liegt bei insgesamt 150 000 Dollar, aber wenn wir ein neues Fundament gießen und die gesamte Rückwand sowie die Decke erneuern müssen, wären wir Zehntausende in den Miesen. Das gesamte Ausmaß der Schäden kennen wir sowieso erst dann, wenn wir alles rausgerissen und dahintergeguckt haben.«

Sie griff wieder zum Vorschlaghammer und schwang ihn gegen die Wand. »Attacke!«

»Hey, Hattie, guck mal hier!« Cass hielt ihr ein kleines blaues Portemonnaie hin. Das alte Leder war verblasst und hart.

Hattie saß auf der rückwärtigen Veranda und trank aus einer kalten Wasserflasche. Das Kamerateam positionierte sich neu, um die nächste Einstellung zu drehen. Mo saß in der Nähe und las seine E-Mails.

Hattie nahm das Portemonnaie in die Hand und drehte es um. »Wo hast du das gefunden?«

»Einer unserer Tischler, Donnie, hat es in der Badezimmerwand entdeckt«, antwortete Cass und wies auf die Rückwand, die jetzt zur Veranda hin komplett offen war. »Unter dem großen Schlitz für Rasierklingen. Darunter lagen, keine Ahnung, Hunderte rostiger Rasierklingen.«

Mo schaute hoch. »Ein Schlitz für Rasierklingen?«

»Die findet man oft in alten Häusern«, erklärte Hattie. »Meistens in der Rückwand dieser altmodischen Medizinschränke aus Metall, die in die Badezimmerwand eingelassen waren. Mir ist aufgefallen, dass der Schlitz hier im Bad ungewöhnlich groß ist, aber ich habe mir nicht viel dabei gedacht.«

»Ich frage mich, wie da ein Portemonnaie hineinrutschen kann«, sagte Cass. »Mal sehen, was drin ist.«

Hattie öffnete es. »Also, hiermit werden wir jedenfalls nicht reich.« Sie zog drei verblasste Ein-Dollar-Scheine und zwei Fünfer heraus, dazu zwei kleine, in Plastik gefasste Stoffvierecke, die mit einer grünen Schnur verbunden waren. Auf beiden Vierecken war die Gottesmutter abgebildet, auf der Rückseite ein brennendes Herz.

»Ist das ein Skapulier?«, fragte Cass und beugte sich vor, um den Gegenstand genauer zu betrachten.

»Ich komme nicht mehr mit«, sagte Mo. »Was ist ein Skapulier?«

»Ein religiöses Symbol«, erklärte Cass. »Die Katholiken haben unterschiedliche Skapuliere gegen dies und das. Sie werden von einem Priester gesegnet, damit sie vor dem Bösen schützen, glaube ich. Ich habe damals eins zur Firmung bekommen. Zenobia hat so eins wie dies im Portemonnaie, das hat meine Großmutter ihr zu meiner Geburt geschenkt. Ist eine altmodische Geschichte. Was ist da noch drin, Hattie? Kein Ausweis?«

Hattie zog einen Führerschein aus einem der für Kreditkarten vorgesehenen Fächer.

»Ich fasse es nicht«, flüsterte sie. Wortlos reichte sie Cass den Führerschein.

»O Gott«, murmelte die. »Lanier Ragan. Das muss unsere Lanier Ragan sein, oder?«

»Guck dir das Foto an«, sagte Hattie. »Das ist sie. Eindeutig.«

Die beiden Frauen sahen sich an und schauten dann auf den Führerschein.

»Ich würde sagen, das Skapulier hat Mrs. Ragan nicht unbedingt geholfen«, sagte Cass. »Denn wenn wir das Portemonnaie hier in der Badezimmerwand gefunden haben, ist ihr auf jeden Fall etwas Schlimmes zugestoßen.«

»Ich habe sowieso nie geglaubt, dass sie einfach abgehauen ist und ihre kleine Tochter zurückgelassen hat«, sagte Hattie.

Sie durchsuchte das Portemonnaie wieder, und holte ein kleines Foto heraus, eine gestellte Aufnahme aus dem Fotostudio: eine fröhliche junge Mutter, ein großer breitschultriger Mann, der seine Frau anstrahlt, eine Hand auf ihrer Schulter, die andere auf der Schulter eines kleinen Mädchens, vielleicht drei oder vier Jahre alt, eine blondere Version der Mutter in einer ähnlichen weißen Bluse und einem rot karierten Pulli.

»Guck mal.« Hattie zeigte ihrer Freundin das Bild. »Ist das nicht das Traurigste, was du je gesehen hast?«

»Mal langsam«, sagte Mo. »Wer ist diese Frau? Worüber sprechen wir gerade?«

»Das ist Lanier Ragan. Sie war Englischlehrerin an unsere Highschool, St. Mary's. Alle mochten sie. Wir wollten alle wie sie sein, verstehst du? Und eines Nachts ist sie einfach verschwunden«, sagte Hattie.

Mo machte große Augen. »Erzähl weiter!«

Cass betrachtete das Familienporträt. »Wann war das noch mal? In der elften Klasse?«

Hattie schnippte mit den Fingern. »Nein, in der zehnten. Ich weiß noch, dass es Winter war. Wir haben eine Mahnwache für sie abgehalten, draußen auf dem Schulhof, und es war so kalt, dass ich dachte, ich würde erfrieren.«

Mo nahm seinen Laptop und öffnete die Suchmaschine. »Sagt noch mal: Wie hieß die Frau? Und in welchem Jahr ist sie angeblich verschwunden?«

»Lanier Ragan.« Hattie buchstabierte den Namen. »Nicht angeblich. Sie ist verschwunden. Komplett. Ich meine, das müsste Winter 2005 gewesen sein.«

Mos Finger flogen über die Tastatur. Er öffnete einen Artikel der Savannah Morning News vom 9. Februar 2005.

## BELIEBTE LEHRERIN
### VERMUTLICH VERSCHWUNDEN

»Hier.« Er las den ersten Absatz des Artikels laut vor: »Die Polizei in Savannah ist auf der Suche nach Lanier Pelham Ragan, 25, einer beliebten Englischlehrerin der St. Mary's Academy, die zuletzt am Abend des sechsten Februars gesehen wurde.«

Cass seufzte. »Sie war damals erst fünfundzwanzig?«

Mo las weiter. »Die zierliche blonde Mrs. Ragan, Mutter eines Kleinkinds, wurde zuletzt am Sonntag gegen zwölf Uhr nachts von ihrem Mann gesehen.

Frank Ragan, der Ehemann der Vermissten, gab an, seine Frau und er seien am Sonntagabend auf einer Super-Bowl-Party in der Nachbarschaft gewesen und gegen halb zwölf gemeinsam nach Hause gegangen. Ragan, Cheftrainer der Footballmannschaft an der katholischen Privatschule Cardinal Mooney, teilte den Behörden mit, er sei direkt ins Bett gegangen, nachdem der Babysitter nach Hause gefahren sei, seine Frau hingegen sei noch aufgeblieben, um die Küche sauberzumachen und Wäsche zusammenzulegen.

Als er am Montagmorgen um sechs Uhr erwachte, habe er festgestellt, dass seine Frau nicht mehr da war. Die dreijährige Tochter schlief noch. Lanier Ragans Auto, ein weißer Nissan, stand nicht in der Einfahrt. Ragan habe seine Frau mehrmals angerufen, doch immer sei die Mailbox angesprungen. Nachdem er das Haus durchsucht und Nachbarn, Freunde und Kollegen gefragt hatte, ob sie seine Frau gesehen hätten, habe er eine Nachbarin gebeten, auf die Tochter aufzupassen, und sei dann alle Straßen in der Umgebung auf der Suche nach dem Nissan oder seiner Frau abgefahren, erfolglos.

Der Sprecher der Polizei von Savannah, Carey Filocchio, sagte, gegen 12:30 Uhr am Montag hätte Ragan seine Frau vermisst gemeldet.

›Wir bitten die Bürgerinnen und Bürger, bei der Suche nach

der schmerzlich vermissten Ehefrau und Mutter zu helfen, damit sie zu ihrer Familie zurückkehren kann‹, sagte Filocchio. ›Sie ist ein Meter siebenundfünfzig groß, wiegt einundvierzig Kilo, hat dunkelblonde Haare und blaue Augen. Zuletzt trug sie eine Jeans, ein Trikot der New England Patriots und weiße Tennisschuhe von Nike. Ihr Auto, ein silberner Nissan Altima von 2001 mit dem Kennzeichen PCH-678–3420 aus Georgia, hat eine Delle in der Stoßstange hinten rechts und einen Parkaufkleber an der Windschutzscheibe, der die Besitzerin als Mitglied des Lehrkörpers der St. Mary's Academy ausweist.‹

Filocchio wollte sich nicht zu der Frage äußern, ob nach Ansicht der Polizei eine Straftat hinter dem Verschwinden stecke.

Frank Ragan stand für einen Kommentar nicht zur Verfügung.

Nach Aussage einer engen Freundin der Familie war Lanier Ragan drei Jahre zuvor aus Fairhope, Alabama, nach Savannah gezogen. Die Absolventin der Universität von Mississippi lernte ihren zukünftigen Ehemann am College kennen, wo er Trainer für Leichtathletik war. Die beiden heirateten 2001.

›Das ist nicht die Lanier, die ich kenne‹, sagte ihre Freundin. ›Sie würde niemals einfach verschwinden und ihren Mann und ihre kleine Tochter zurücklassen. Niemals. Wir beten alle dafür, dass sie gesund zurückkehrt.‹«

Mo dachte kurz nach. »Und, wurde diese Lanier irgendwann gefunden?«

»Nein«, sagte Cass. »Damals machten alle möglichen Gerüchte die Runde. Ihre kleine Tochter müsste jetzt achtzehn oder neunzehn sein. Weißt du noch, wie sie hieß, Hattie?«

»Emma«, sagte Hattie, wie aus der Pistole geschossen. »Mrs. Ragan war doch ein riesiger Jane-Austen-Fan. Wir mussten alle den Film gucken, und dann hat sie *Clueless – Was sonst!* auf DVD mitgebracht. Weißt du nicht mehr, Cass? Bei Mrs. Ragan machte der Unterricht richtig Spaß.«

Mo schlug sich mit der flachen Hand gegen die Stirn. »Merk dir das mal, Hattie! Cass, steck das Portemonnaie wieder dorthin, wo es gefunden wurde. Ich lasse die Kameras noch mal aufbauen, dann stellen wir die Situation nach. Du ziehst das Portemonnaie heraus, Hattie, guckst es an und bist total schockiert, dass es der unter geheimnisvollen Umständen verschwundenen Lanier Ragan gehört. Erzähl die Geschichte noch mal, red mit Cass darüber, wie nett diese Lehrerin war, und so weiter.«

»Sollten wir nicht besser zur Polizei gehen?«, fragte Cass.

»Weil wir ein altes Portemonnaie gefunden haben? Das hat vielleicht gar nichts zu bedeuten«, sagte Mo. »Wann ist sie verschwunden? Vor über siebzehn Jahren?«

»Es könnte sehr viel bedeuten, besonders ihrer Familie«, sagte Hattie. »Wir können die Szene in der Küche drehen, Mo, aber sobald wir damit fertig sind, rufe ich die Polizei an. Dieses Haus gehört mir. Es muss einen Grund geben, warum das Portemonnaie in der Wand steckte. Es ist meine Aufgabe, herauszufinden, was das bedeutet.«

»Na, super«, brummte Mo im Weggehen. »Ruf die Bullen. Wahrscheinlich machen sie mir das Set zu. Das gibt nur Komplikationen und Verzögerungen. Genau das, was ich jetzt brauche.«

# 17.

## ZU VIELE KÖCHE

**D**arf ich mal sehen?«, fragte Trae. Er hatte sich abseits gehalten und belustigt verfolgt, wie Hattie und Cass die Entdeckung des Portemonnaies für die Kameras nachstellen mussten. Gerade war Drehpause, das Licht musste neu justiert werden.

Hattie zögerte. »Ich habe gerade gedacht, das könnte ja ein Beweismittel für ein Verbrechen sein. Die Polizei will es vielleicht auf Fingerabdrücke untersuchen oder so.« Sie hielt das Portemonnaie immer noch in der rechten Hand, hatte aber inzwischen einen Arbeitshandschuh übergezogen.

»Unglaublich, dass das Teil so lange in der Wand versteckt war. Wie lange genau?«, fragte Trae.

»Sie ist 2005 verschwunden. Wahrscheinlich war es mindestens seitdem da drin«, sagte Hattie.

»Vielleicht ist sie auch selbst seitdem hier drin.« Trae senkte die Stimme und sah sich in der inzwischen entkernten Küche um. »Was, wenn hier buchstäblich eine Leiche im Keller liegt? Hahahaha!«

Hattie schaute zur Seite und verzog das Gesicht. »Mach dich bitte nicht darüber lustig, Trae. Lanier Ragan war eine tolle Lehrerin. Sie hatte einen Mann. Und ein Kind.«

Er zuckte mit den Schultern. »Wollte euch nur ein bisschen aufheitern. Wusste nicht, dass ich damit einen Nerv treffe.«

»Hast du aber«, schoss Cass zurück. Sie hatte den kalifornischen Angeber von Anfang an nicht gemocht.

»Ähm, Leute?« Mo näherte sich mit einer sehr großen, sehr kahlen Schwarzen. »Ich wollte euch unsere Moderatorin vorstellen: Taleetha Carr. Sie ist die Beste. Leetha, das sind unsere Traumhaus-Profis, Hattie Kavanaugh und Trae Bartholomew.« Er nickte Cass zu. »Und das ist Cass Pelletier. Hatties Vorarbeiterin.«

Taleetha trug eine zerrissene Jeans und ein übergroßes Trikot der Lakers. Sie gab allen die Hand, und als sie zu Hattie kam, fiel der auf, dass die Moderatorin ein auffälliges Tattoo am rechten Unterarm hatte, eine aufgerollte Schlange. Hattie war beeindruckt. Ungefähr dreißig Sekunden lang.

»Hallo zusammen«, sagte Leetha. »Momo hat mir schon ein Video geschickt, damit ich auf dem Laufenden bin, wie es hier vorangeht. Tut mir leid, dass ich so lange gebraucht habe, von L.A. herzukommen. Aber jetzt bin ich da, das heißt, wir können Gas geben und den alten Kasten auf Vordermann bringen, ja?«

Sie stieß die Hauptdarstellerin an. »Hattie Paletti – darf ich dich so nennen?« Leetha wartete die Antwort nicht ab. »Gefällt mir hier. Ich meine, im Moment ist es natürlich noch eine Ruine, aber dafür sind wir ja da.«

Sie drehte sich langsam im Kreis, musterte die entkernte Küche. »Wow. Hier ist die Kacke am Dampfen, was? Hab gehört, ihr habt heute schon schwer was mitgemacht.«

»Ach, ist doch besser, wenn wir es jetzt wissen, oder? Ob wir Probleme mit der Substanz haben«, ergänzte Trae. »Warte, bis du siehst, was ich mir für die Küche ausgedacht habe. Das wird der Wahnsinn.«

Leetha lachte laut mit ihrer Reibeisenstimme. »Nee, nee,

Ashtray, ich spreche nicht von Termiten. Ich meinte das Portemonnaie in der Wand.«

Traes Miene verdunkelte sich. »Nenn mich bitte nicht so.«

Leetha boxte ihm spielerisch gegen den Arm. »Oh, sei doch nicht gleich eingeschnappt, TraeTrae. Ich denke mir für jeden einen Spitznamen aus. So wie für Mo hier. Er ist Momo.«

Leetha beobachtete Cass einen Moment. »Hm. Ich glaube, du bist Cash. Wie in Cashflow, weil du wie eine Frau aussiehst, die aufs Geld achtet.«

Cass lachte. »Ist das so offensichtlich?«

»Supi!« Leetha klatschte in die Hände. »Legen wir los!« Sie wies auf Trae. »Ich möchte gerne, dass du deine Entwürfe da drüben auf dem Tisch ausrollst und Hattie Paletti die Zeichnungen erklärst. Dann gehst du in die Küche und zeigst ihr, was wohin kommt.«

»Bin bereit«, sagte Trae.

»Moment, ich tupfe denen noch eben den Glanz von der Stirn und sprühe ein bisschen was in Traes Haar«, rief Lisa, die für die Maske zuständig war. Sie kam aus der anderen Ecke des Raums, eine Umhängetasche und einen Werkzeuggürtel um die Taille, in dem keine Hämmer und Schraubendreher, sondern Bürsten, Kämme, Lippenstifte und Rouge steckten.

»Mach sie nicht zu schön«, mahnte Leetha. »Soll ja realistisch wirken. Apropos realistisch, ihr braucht nicht alle so höflich zu sein. Hattie, ich weiß, dass du ein anständiges Mädchen aus den Südstaaten bist und so, aber wehr dich mal ein bisschen, wenn der gute Trae wieder übertreibt. Ich will Drama, Leute!«

Trae ging mit Hattie durch die entkernte Küche. »Hier«, er wies auf die Rückwand, »bauen wir ein maßgefertigtes Flügelfenster ein, durch das man aufs Wasser gucken kann, davor kommen Unterschränke mit einer Doppelspüle.«

»Find ich gut«, sagte Hattie. »Wer auch immer hier irgendwann das Geschirr abwäscht, wird den besten Ausblick im ganzen Haus haben.«

Ihre Gedanken wanderten zu dem Satz aus dem Zeitungsartikel, den Mo vorgelesen hatte: Dass Lanier Ragan in der Nacht ihres Verschwindens noch den Abwasch gemacht hatte, nachdem ihr Mann sich ins Bett gelegt hatte. Hatte sie damals auch aus dem Küchenfenster geschaut? Und wenn ja, was hatte sie gesehen? Lauerte in der Dunkelheit Gefahr? Oder hatte Mrs. Ragan – ihre lustige, kluge Englischlehrerin – ihr eigenes Verschwinden von langer Hand vorbereitet?

»Hattie?« Trae wartete auf ihren nächsten Satz, den sie vorher abgesprochen hatten.

»Okay.« Hattie konzentrierte sich wieder. »Ein maßgefertigtes Fenster? Warum nehmen wir nicht Standardfenster mit passendem Rahmen? Die sind doch viel günstiger!«

Trae verzog die Oberlippe. »Das sieht aber billig aus. Nein, ich habe schon ein maßgefertigtes Fenster für die Ecke bestellt. Der Hersteller gibt uns einen dicken Rabatt.«

»Kann ich mir vorstellen.« Hattie schien zu zweifeln. »Was hast du dir denn für Arbeitsflächen vorgestellt? Durch den Termitenschaden haben wir schon ein großes Loch im Budget.«

»Granit«, lautete Traes Antwort. »Ich habe auf einem Friedhof in Savannah einen wunderschönen Stein gesehen.« Er zeigte ihr ein Muster. »Ist der nicht wunderbar? Erinnert mich an das Innere einer Muschel. Ich glaube, ich lasse ihn matt polieren. Das sieht sensationell aus.«

Hattie schüttelte den Kopf. »Rosa Granit? Ist das dein Ernst? Wir sind hier nicht in Versailles, Trae. Dies ist ein schlichtes historisches Strandhaus auf Tybee Island. Wir können uns eh keinen Granit leisten.«

»Der ist doch nicht rosa«, echauffierte sich Trae. »Der Granit wird dieser Küche den ganz besonderen Touch geben. Wenn ich schon schlichte weiße Schränke von der Stange und Standardfenster habe, brauche ich irgendwas anderes, das meine Handschrift trägt.«

»Auf jeden Fall kein Granit«, sagte Hattie mit Nachdruck. Sie sah zu Cass hinüber, die neben der Kamera stand.

»Cass, kannst du das Trae vielleicht noch mal erklären?«

»Gern.« Cass war vor der Kamera noch immer befangen. Sie wusste nicht, wohin mit den Händen. Doch Leetha schob sie sanft nach vorn, und schon stand Cass mitten in der Szene.

»Hör mal, Trae«, setzte sie an. »Wir können doch auch eine schöne Platte aus Kunststein nehmen, die kostet deutlich weniger. Du hast es selbst gesagt: Der Blick aus dem Küchenfenster ist der eigentliche Star.«

»Gut.« Der Innenarchitekt ging zurück an den Werktisch – eigentlich nur eine Sperrholzplatte auf zwei Sägeböcken – und wies auf die dort ausgerollten Zeichnungen. »Hier ist der Plan für die Schränkeaufteilung.«

Hattie tat so, als sei sie fasziniert. Sie hatte den Entwurf natürlich schon gesehen. »Den Speiseschrank hier find ich wirklich schön«, sagte sie und tippte darauf. »Und mir gefällt deine Idee, den Korpus im Kontrast dunkelblau zu streichen.«

Trae hielt ein Muster der Schranktüren hoch. »Die bleiben ganz schlicht. Traditioneller Shaker-Stil, alles in weiß.«

»Nun zur Kücheninsel«, sagte Hattie. »Ich habe einen alten Apothekenschrank, den ich aus einem alten Laden im Zentrum von Savannah gerettet habe. An dem wäre Platz für vier Barhocker, wie du sie hier eingezeichnet hast. In so einem Strandhaus sitzt man doch gern in der Küche herum. Und guck mal, was ich darüber hängen würde.«

Sie griff in eine Holzkiste und reckte triumphierend eine massive Hängelampe aus Messing in die Höhe. Die Kette rasselte. »Davon habe ich zwei. Sie wurden aus alten Liberty-Frachtern unten im Hafen gerettet. Was meinst du?«

»Die sind echt cool«, gab Trae zu. »Der nautische Stil passt perfekt ins Strandhaus. Jetzt zu den Fliesen. Der Fliesenspiegel soll der Oberkracher werden, das absolute Highlight.« Er schmunzelte über seine Wortwahl.

»Wie laut soll's denn krachen?«, fragte Hattie.

Mit schwungvoller Geste präsentierte Trae eine quadratische Fliese in grünblauen Schattierungen. »Ist das nicht das Schönste, was du je gesehen hast? Handgefertigte Importware. Das wirkt später wie Meerglas, so wie man es hier am Strand direkt vorm Fenster findet.«

Hattie sah sich die Fliese genauer an, tat so, als sähe sie sie zum ersten Mal. »Hübsch«, gestand sie. »Aber ist die auch robust? Ich habe schon zweimal Glasfliesen in Küchen eingesetzt, aber wenn was dagegenstößt, gehen sie schnell kaputt. Außerdem: Was kosten die?«

»Nebensächlich«, sagte er. »Denn die werden der Eyecatcher sein.«

»Nein, nein, nein. Das gibt unser Budget nicht her. Trae, ich weiß, dass du es gewöhnt bist, in Kalifornien Küchen für eine Million Dollar zu bauen, aber wir sind hier auf Tybee Island. Such was Günstigeres.«

Er warf die Fliese auf den Tisch. »Toll. Du hast gewonnen. Wir nehmen stinklangweilige, stinknormale weiße Metrofliesen – wie in jeder amerikanischen Durchschnittsküche.«

Hattie gab nach. »Wie wär's denn hiermit: Du setzt die Glasfliesen als Akzent über den Herd. Für den Rest nehmen wir eine schöne weiße Metrofliese. So, jetzt zum Boden«, fuhr sie fort. »Bitte sag nicht, dass du Marmor verlegen willst.«

»Nein«, gab er zurück. »Unter dem alten Vinyl ist Holz. Ich würde den Boden gerne streichen – in einem großen Rautenmuster. Weiß und Jadegrün, darüber eine matte Versiegelung.«

»Endlich eine kostengünstige und relativ einfache Lösung«, sagte Hattie anerkennend.

»Endlich etwas, worauf wir uns einigen können.« Trae verdrehte die Augen.

»Schnitt!«, rief Leetha, klatschte in die Hände und sah auf die Uhr. »Wir haben nicht mehr genug Licht. Morgen machen wir eine Besprechung über das Wohn- und Esszimmer. So, Hattie Paletti und Cashflow, ihr müsst noch die Bretter von den Fenstern holen, die hässlichen alten Möbel entsorgen und den Teppich rausreißen. Morgen um acht Uhr seid ihr wieder dran.«

»Bis morgen!« Trae verließ das Set.

Hattie und Cass sahen sich an. »Das ist ein ganzer Container voll alter Möbel«, bemerkte Hattie.

»Der Eichentisch im Esszimmer wiegt bestimmt eine Tonne«, fügte Cass hinzu. »Und was ist mit dem ekeligen gelben Zottelteppich? Wer reißt den ganzen Mist raus?«

»Sind die Handwerker schon nach Hause gegangen?«, fragte Hattie und trat auf die Veranda. »Tug, bis du noch da?«

Keine Antwort. Die Techniker waren gerade dabei, ihre Ausrüstung einzuladen. Trae winkte, stieg in seinen Mietwagen und fuhr davon.

»Sieht aus, als wären nur noch du und ich da, Süße«, sagte Cass.

»Allein mit der schweren Arbeit. Mal wieder. Ach, was ich

noch nicht erzählt habe: Wir hatten heute Besuch von einem Inspector vom Ordnungsamt. Der hat uns einen Strafzettel über tausend Dollar ausgestellt, weil wir die Bäume in der Einfahrt gefällt haben.«

»Was? Woher wusste der das denn? Ich habe die Jungs doch fast alles zur Müllkippe bringen lassen.«

»Er meinte, er hätte Fotos vorliegen. Ich glaube, irgendwer hat uns verpfiffen.«

»Wahrscheinlich ein Nachbar, der sich bei der Stadt beschwert hat, dass das Grundstück so zugewuchert ist«, rief Cass. »Warum sind die Leute so gemein?«

»Keine Ahnung.« Hattie holte ihr Handy aus der Tasche.

»Rufst du die Möbelpacker von der Uni an?«, fragte Cass.

»Nein, aber das ist eine gute Idee. Ich rufe die Polizei an und melde, dass wir Lanier Ragans Portemonnaie gefunden haben.«

# 18.

## BLAULICHTEINSATZ

**H**attie lief gerade zum dritten Mal zum Container, als ein Streifenwagen mit blitzendem Blaulicht langsam über die Zufahrt rollte. Sie warf die verschimmelten, feuchten Bücher auf den Müll, wischte die Hände am Gesäß ihrer Jeans ab und wartete.

Der Beamte parkte neben ihrem Pick-up, stieg aus und sah sich in aller Ruhe um. Er war weiß, Mitte fünfzig und fast kahl, hatte nur einen Halbkreis grauer Haare und einen ebenfalls grauen, sorgfältig getrimmten Schnurrbart und Spitzbart. Er trug die Uniform der Polizei von Tybee: eine khakifarbene Hose und ein dunkelblaues Poloshirt mit dem Logo der Stadt. An seinem Gürtel hing ein goldenes Abzeichen.

»Hi«, sagte Hattie und ging zu ihm hinüber. »Ich bin Hattie Kavanaugh.«

»Al Makarowicz«, stellte der Beamte sich vor, ohne seine Pilotenbrille abzunehmen. »Waren Sie das, die wegen des Portemonnaies angerufen hat?«

»Ja.«

»Können Sie es mir zeigen?«

»Liegt drinnen«, sagte Hattie.

Er sah sich kopfschüttelnd um. »Wie alt ist das Haus?«

»Es ist von 1922, aber wurde mehrmals umgebaut.« Sie ging auf das Gebäude zu, der Polizist schloss sich ihr an.

»Wie lange gehört es Ihnen schon?«

»Erst seit einer Woche. Es wurde zwangsversteigert, ich habe es von der Stadt gekauft. Wir haben heute mit den Bauarbeiten angefangen. Wir drehen eine Reality-Fernsehsendung über die Renovierung.« Die beiden blieben in der Eingangstür stehen.

»Das wurde uns mitgeteilt. Wird wohl viel Verkehr auf der Chatham Avenue geben.«

Cass kam mit einer Schubkarre voller Holz und Putz ins Wohnzimmer gefahren.

»Das ist Cass Pelletier. Sie ist diejenige, die das Portemonnaie tatsächlich gefunden hat. Cass, das ist Officer Mak…«

»Detective Makarowicz«, sagte er. »Aber das ist zu kompliziert auszusprechen. Die Leute nennen mich einfach Mak. Oder Al Mak. Oder Detective Mak.«

»Hallo«, sagte Cass. »Das Portemonnaie ist drüben in der Küche.«

»Sieht ja noch schlimmer aus hier«, sagte der Polizist, als er den Frauen in den entkernten Raum folgte. »Glauben Sie wirklich, dass Sie das Haus wieder bewohnbar machen können?«

»Das ist unser Beruf«, erklärte Hattie. »Alte Häuser retten und sie wieder zum Leben erwecken.«

»Wenn Sie mich fragen, ist das hier ein Rohrkrepierer«, sagte Makarowicz.

»Da liegt das Portemonnaie.« Cass deutete auf den improvisierten Tisch auf den Sägeböcken.

»Wie viele Personen haben es angefasst, seit Sie es gefunden haben?« Makarowicz zog sich dünne Latexhandschuhe über.

»Nur Hattie und ich«, antwortete Cass.

Er nahm es entgegen und untersuchte es. »Ich habe gehört, Sie kannten die Frau, der es gehörte? Lanier Ragan?«

»Sie war unsere Lehrerin an der St Mary's Academy«, erklärte Hattie. »Aber sie ist seit 2005 verschwunden.«

Der Polizist zog den Führerschein heraus und studierte ihn. »So jung«, murmelte er vor sich hin, steckte den Führerschein zurück und ließ das Portemonnaie in eine Beweismitteltüte fallen.

»Zeigen Sie mir bitte, wo Sie es gefunden haben«, forderte er Cass auf.

Sie ging zur rückwärtigen Küchenwand, wo sie eine blaue Plane festgetackert hatte.

»Hier war ein altes Badezimmer, das wir abgerissen haben«, sagte sie. »Irgendwann muss hier ein Waschbecken und ein Medizinschrank gewesen sein. Neben dem Medizinschrank war ein Schlitz in der Wand, in den man benutzte Rasierklingen werfen konnte. Wir hatten den alten Putz und das Holz abgeschlagen, und da fanden wir das Portemonnaie, zwischen den Wandbalken.«

»Im Haus meiner Großmutter war auch so ein Schlitz im Medizinschrank«, bemerkte Makarowicz und kniete sich auf den Boden. »Irgendeine Idee, wie das Portemonnaie dorthin gekommen ist?«

»Wir können uns nur vorstellen, dass es jemand durch den Schlitz gestopft hat«, sagte Hattie.

Der Polizist erhob sich langsam. »Möchte ich wissen, was mit der Öffnung passiert ist?«

»Die ist weg«, sagte Hattie entschuldigend. »Die habe ich sozusagen mit dem Hammer zertrümmert. Der Rest davon liegt draußen im Container.«

»Unter zig Ladungen Schutt«, fügte Cass hinzu.

»Klar.« Er zeigte auf die Hintertür. »Was ist da draußen?«

Hattie öffnete die Tür, und die drei traten auf die rückwärtige Veranda. »Sie sehen's ja selbst. Ich weiß nicht, wann das letzte Mal jemand in diesem Haus gewohnt hat. Aber hinter dem Dschungel ist ein kleiner Strand und natürlich der Back River. Da ist ein alter Anleger mit einem Steghaus, aber ich bin noch nicht draufgegangen, weil ich nicht weiß, ob er hält.«

»Oh, klar. Ich habe vergessen, dass das Grundstück am Wasser liegt.« Makarowicz warf Hattie ein zögerndes Lächeln zu. »Ich bin noch relativ neu auf Tybee. Kann mich noch nicht richtig orientieren.«

»Ach, ja?«

»Bin vor sechs Monaten hergezogen, nachdem ich bei der Polizei von Atlanta pensioniert wurde. Da war ich siebenundzwanzig Jahre im Dienst. Die letzten achtzehn als Detective, aber der Stress und der Verkehr in Atlanta haben mir zugesetzt. Hoher Blutdruck. Meine Frau hatte die Idee, wegen der Ruhe und dem Frieden runter nach Tybee zu ziehen.«

»Sie sind in Pension gegangen und hier unten direkt wieder eingestiegen?«

»Zuerst nicht. Verrückte Geschichte. Wir ziehen wegen meiner Gesundheit hier runter, und dann ist Jenny diejenige, die ... «

Hattie sah den gequälten Blick in seinen Augen. Sie wartete.

Mak schaute Richtung Fluss. »... die mir weggestorben ist. Herzinfarkt.« Er schnippte mit den Fingern. »Zack. Einfach so. Auf einmal hatte ich viel zu viel Zeit zur Verfügung.«

»Ich weiß, wie das ist.« Hattie strich ihm über den Arm. »Ich habe vor sieben Jahren meinen Mann bei einem Motorradunfall verloren.«

»Unglaublich«, rief Mak. »Sie sind noch so jung. Keine dreißig, oder?«

»Ich bin dreiunddreißig«, sagte sie. »Aber nach Atlanta muss Tybee ganz schön langweilig sein.«

»Oh, nein, hier ist jede Menge los! Heute habe ich mir schon so einen Rabauken geschnappt, der einer alten Dame auf der Jones Street in den Vorgarten gepinkelt hat, dann habe ich die Anzeige einer College-Schülerin aufgenommen, deren Fahrrad gestohlen wurde, wobei sich dann herausstellte, dass sie furchtbar betrunken war und sich nicht erinnern konnte, dass der Fahrradverleih gestern Abend bei ihr war und es abgeholt hat.«

»Eine richtige Verbrechensserie«, bemerkte Hattie.

»Noch was.« Makarowicz hob die Tüte mit dem Portemonnaie hoch. »Wurde die Frau je gefunden?«

»Nicht, dass wir wüssten«, erwiderte Cass. »Und wir müssten es gehört haben.«

»St. Mary ist die katholische Highschool für Mädchen, richtig?«, fragte er.

»Ja«, bestätigte Hattie. »Meine Mutter und meine Großmutter haben sie besucht.«

»Meine Mutter auch«, fügte Cass hinzu.

»Ich habe eine Tochter, die ungefähr in Ihrem Alter ist«, sagte Makarowicz. »Kann mich noch gut erinnern, als Lorna auf der Highschool war. Da gab's immer viel Gerede. Viel Theater. Was glaubten die Mädchen damals, was mit Mrs. Ragan passiert war?«

»Manche dachten, sie wäre mit einem Mann durchgebrannt«, sagte Cass.

»Also, eine verheiratete Frau läuft mit einem anderen Typen davon. Nicht gerade originell.«

»Ich habe das nie geglaubt«, sagte Hattie. »Sie war mit dem heißen Football-Trainer von der Cardinal Mooney verheiratet, das ist die katholische Privatschule für Jungen. Die beiden waren ein Vorzeigepaar.«

»Und sie hatten eine kleine Tochter«, fügte Cass hinzu. »Mrs. Ragan hat im Unterricht oft von Emma erzählt.«

Makarowicz hatte ein kleines Notizbüchlein aus der Tasche geholt und schrieb etwas hinein. »Hatte sie irgendwas mit diesem Haus zu tun, soweit Sie wissen?«

»Kann sein«, sagte Hattie. »Die Kinder der Familie, der dieses Haus gehörte – die Creedmores –, gingen sämtlich auf die St. Mary oder die Cardinal Mooney, und ich glaube, Holland hat unter Trainer Ragan Football gespielt. Er war ein paar Jahre älter als wir.«

»Creedmore? Wohnen von denen noch welche in der Gegend?«

»Ja, klar«, sagte Cass. »Mavis Creedmore, so was wie das Familienoberhaupt. Sie gehört zu derselben Gemeinde wie meine Mutter.«

»Holland junior wohnt auch noch hier«, erklärte Hattie. »Ich hatte letzte Woche im Rathaus eine kleine Auseinandersetzung mit ihm.«

»Worum ging's dabei?« Makarowicz schrieb weiter mit.

»Er war nicht gerade begeistert davon, dass ich das Haus gekauft hatte. Nachdem seine Familie es letztlich hatte verkommen lassen, beschlagnahmte die Stadt das Grundstück und versteigerte es über eine Erstpreisauktion. Das lief alles rechtlich völlig korrekt ab, aber er war trotzdem fuchsteufelswild. Drohte damit, die Stadt zu verklagen, dann schrie er mich nieder, nur um mir kurz darauf fünfzigtausend anzubieten, um mir das Haus direkt wieder abzukaufen.«

»Warum hat die Familie das Haus denn verfallen lassen?«

»Nach Hollands Aussage wurde das Dach bei einem Hurrikan beschädigt, aber sie konnten sich untereinander nicht einigen, wer die Reparaturkosten übernimmt, deshalb kümmerte sich die Familie nicht mehr drum und zahlte auch keine Steuern mehr.«

Makarowicz sah sich zweifelnd um. »Sieht nach 'ner Menge Arbeit aus.«

»Die Restaurierung im Erdgeschoss ist in sechs Wochen abgeschlossen«, erklärte Hattie zuversichtlicher, als ihr zumute war.

»Wenn Sie das sagen.« Er reichte ihr sein Notizbuch. »Tragen Sie dort bitte Ihre Kontaktdaten ein. Auch die von Ihrer Kollegin. Und den Namen des Typs, den Sie im Rathaus von Tybee getroffen haben. Holland …?«

»Creedmore«, ergänzte Hattie.

Sie schrieb ihre und Cass' Handynummern in das Büchlein und reichte es dem Beamten zurück.

»Gut. Ich gebe das an die Kollegen in Savannah weiter. Sie hören von uns. Falls Sie bis dahin noch irgendwas von dieser Frau finden …« Er holte eine Visitenkarte heraus. »Rufen Sie mich an!«

# 19.

HINWEIS FÜR DIE PRESSE

**N**a, das ist auf jeden Fall eine Premiere für mich«, sagte Molly Fowlkes. Sie saß mit Al Makarowicz in einer verschrammten Holzsitzecke im Pinkie Masters, einer Nachbarschaftskneipe im Zentrum von Savannah, vor sich ein Pabst Blue Ribbon. Der Polizist trank kaltes Wasser.

»In einer Kneipe zu sein?«, fragte er.

Sie lachte heiser, was gar nicht passen wollte zum Äußeren der zierlichen Frau von Ende vierzig mit den kurzen hellbraunen Haaren. Ihr Pony fiel immer wieder auf den Schildpattrahmen ihrer Brille.

»Nein, ich bin Reporterin. Kneipen sind für Leute wie uns Kathedralen. Ich meine, dass mich ein Cop mit einer Story anruft. Das passiert nie. Schon gar nicht in Savannah.«

»Um ehrlich zu sein, habe ich auch nie zuvor bei der Zeitung angerufen, also ist das auch für mich eine Premiere«, gestand Al. Er hatte Fowlkes' Namen auf einem Zeitungsausschnitt in der Fallakte gesehen, die ihm ein Detective aus Savannah so lange ausgeliehen hatte, dass er sie unter der Hand hatte kopieren können.

»Ich habe Sie recherchiert, Sie waren ganz schön erfolgreich in Atlanta«, sagte Molly. »Wie sind Sie auf Tybee Island gelandet?«

»Hatte genug vom Verbrechen und dem Verkehr in Atlanta«, antwortete Makarowicz. »Ein Kumpel erzählte mir, dass es hier eine offene Stelle gäbe, ich habe mich beworben, und jetzt bin ich hier und lebe meinen Traum.«

»Und, Detective Makarowicz, Sie sagten, Sie hätten Neuigkeiten für mich? Über die vermisste Englischlehrerin?«

»Nennen Sie mich einfach Mak. Ja. Lanier Ragan. Kannten Sie die Frau?«

»Nicht persönlich. Ich bin erst seit zwölf Jahren bei der Zeitung.«

»Erst«, wiederholte er spitz.

»In Savannah ist man damit ein Neuling«, sagte sie. »Sie wissen doch, wie das ist: Wenn man nicht gebürtig aus Savannah kommt«, sagte sie, »ist man ein Außenseiter. Aber mich hat diese Geschichte interessiert, seit ich zum ersten Mal davon gehört habe. Also spannen Sie mich nicht so auf die Folter. Was haben Sie für Neuigkeiten?«

»Wir haben diese Woche das Portemonnaie von Lanier Ragan gefunden.«

Fowlkes beugte sich vor, die Augen groß vor Spannung. »Wo?«

»In einem alten Haus auf Tybee Island, das gerade restauriert wird. Zwei Handwerkerinnen haben es hinter altem Wandputz entdeckt, es klemmte zwischen zwei Holzpfählen.«

»Irgendeine Idee, wie es dort gelandet ist?«

Er schüttelte den Kopf. »Angeblich war in der Wand ein Schlitz für Rasierklingen, in dem man früher benutzte Klingen entsorgt hat, um sie nicht in den Hausmüll zu werfen. Die Leute glauben, es hätte jemand dort reingesteckt.«

»Oh – mein – Gott.« Molly kritzelte etwas in ihren Stenoblock, den sie aus ihrer Tasche gezogen hatte. »Wer ist das genau, der das Portemonnaie gefunden hat?«

»Die Frau heißt Hattie Kavanaugh. Sie hat das Haus erst letzte Woche gekauft, und jetzt drehen sie da so eine Art Heimwerker-Sendung. Eine Mitarbeiterin von ihr hat das Portemonnaie entdeckt. Die Frau hat ihren Schulabschluss an der St. Mary's Academy gemacht. Sie hatte Lanier Ragan als Englischlehrerin.«

»Interessant«, sagte Molly Fowlkes. »Erzählen Sie mal von der Fernsehsendung. Die wird draußen auf Tybee gedreht? Das ist ja an sich schon was Besonderes.«

»Darüber weiß ich nicht viel«, gab Mak zu. »Sie haben gesagt, sie würde *Die Traumhaus-Profis* heißen. Meine Frau hat solche Sendungen immer gern geguckt.« Er lächelte schwach. »Und sie hat sich nie Ihre Kolumne entgehen lassen.«

»Vergangenheitsform?«, fragte Molly.

»Ja.«

»Oh, das tut mir leid. Also *Die Traumhaus-Profis*. Worum geht's da?«

Er zuckte mit den Schultern, und sein ganzer Körper zuckte mit. »Es geht darum, ein altes Haus zu renovieren. Ein weiterer Zufall: Die Familie, der das Haus vorher gehört hat, ungefähr die letzten sechzig Jahre, hat einen Sohn, der Football an der Cardinal Mooney spielte, und zwar unter Lanier Ragans Mann.«

»Frank Ragan«, sagte Molly sofort. »Dieser Mistkerl. Er war so fertig, als seine Frau verschwand, dass er kein Jahr später mit einer Nachbarin zusammenzog.«

»Echt? Woher wissen Sie das?«

Sie drehte die Bierdose im Kreis. »Hab doch gesagt, dass mich der Fall interessiert. Was wollen Sie sonst noch wissen? Meine letzte Information ist, dass Frank Immobilienmakler in Orlando ist. Von der Nachbarin hat er sich vor einer Weile getrennt.«

»Und die Tochter?«

»Emma? Das ist eine traurige Geschichte. Sie ist von der Highschool geflogen, machte eine Reha. Als ich das letzte Mal nach ihr gesucht habe, arbeitete sie in einem Tattoo-Studio in Savannah.«

»Ist sie nicht mit ihrem Vater nach Florida gezogen? Wieso nicht?«

»Keine Ahnung. Sie redet nicht. Ich habe es ein paarmal versucht, aber hatte kein Glück.«

»Haben Sie den Namen des Tattoo-Studios?« Jetzt holte Makarowicz seinen Block hervor.

»*Tintenfleck*«, sagte Molly. »Soll ich Ihnen die Nummer schicken?«

»Ja, das wäre gut. Was wissen Sie sonst noch?«

Sie sah ihn nachdrücklich an. »So funktioniert das nicht. Sie müssen mir Sachen verraten, damit ich einen umwerfenden Artikel schreiben kann. Vielleicht einen Pulitzer-Preis bekomme, aber zumindest eine Lohnerhöhung.«

»Ich schwöre: Es gibt nicht mehr zu erzählen. Das Portemonnaie wurde gefunden. Jetzt wird es ins Labor geschickt, aber nachdem es so lange in einer schimmeligen Wand gesteckt hat, können Sie sich ja vorstellen, was dabei noch rauskommt.«

Mollys Stift schwebte über ihrem Block. »Wie heißt der Sohn, der unter Frank Ragan Football gespielt hat?«

Mak überlegte, ob er den Namen für sich behalten sollte, gab dann aber nach. »Holland Creedmore. Ich meine, er arbeitet irgendwo als Vertreter.«

»Creedmore. Kommt mir bekannt vor, der Name.« Sie gab ihn in die Suchleiste ihres Handys ein. »Ah, ja. In dieser Stadt wimmelt es nur so von Creedmores.« Sie hielt Mak das Display hin, damit er die Suchergebnisse sehen konnte.

»Holland Creedmore senior war der Präsident des Rotary Clubs, er saß im Stadtrat von Savannah … «

Molly hob die Augenbraue. »Vorsitzender des Ehemaligenverbands der Cardinal-Mooney-Schule.« Sie lachte. »Und Mavis Creedmore. Daher kannte ich den Namen. Eine absolute Xanthippe. Schreibt empörte Leserbriefe über Hunde ohne Leine, die überall ihre Haufen hinterlassen. Mit der Schreibmaschine, nur Großbuchstaben. Regelmäßig, jeden Monat. Wurde einmal festgenommen, weil sie einen Touristen bedrängt hat, dessen Chihuahua vor die Kathedrale gekackt hatte. Ist mit ihrem Stock auf den armen Kerl losgegangen.«

»Klingt nach einer äußerst feinen Familie«, sagte Mak. »Ich denke, ich rede mal mit Holland junior. Vielleicht auch mit dem Senior.«

»Was für eine Theorie haben Sie zu Lanier? Meistens ist der eigene Mann der Mörder, oder?«

»Ist noch zu früh für eine Theorie«, erwiderte Mak. Er schaute auf seine Notizen und auf das, was er aus den Meldungen in der alten Fallakte abgeschrieben hatte:

*Frank Ragan gibt an, sich nur ungern bei der Polizei gemeldet zu haben, als er merkte, dass seine Frau verschwunden war. Er dachte, sie sei vielleicht abgehauen, »weil sie sauer war, dass er auf der Super-Bowl-Party am Abend davor zu viel getrunken hatte.« Ragan sagte aus, eine Nachbarin gebeten zu haben, auf die schlafende Tochter aufzupassen, damit er herumfahren und nach dem Auto seiner Frau suchen konnte, einem weißen Nissan Altima von 2001. Als er wieder nach Hause kam, rief er die engsten Freundinnen seiner Frau und auch deren Mutter an und fragte, ob sie Lanier gesehen hätten. Seine Schwiegermutter drängte ihn dann, die Polizei zu benachrichtigen, da es ihrer Tochter nicht ähnlich sähe, einfach so zu verschwinden.*

»Ich hatte noch keine Gelegenheit, mit dem Mann zu sprechen«, erklärte Mak. »Mal sehen.«

»Besteht die Möglichkeit, dass sie noch am Leben ist?«, fragte Molly.

»Sie sagen, Sie verfolgen die Geschichte seit Jahren. Was glauben Sie denn?«, gab Mak zurück.

»Tot, auf jeden Fall«, sagte Molly. »Ich habe mit ihren ehemaligen Schülerinnen von St. Mary's gesprochen, auch mit ein paar Kolleginnen und Kollegen, sogar mit ihrer alten Mitbewohnerin an der Ole Miss. Alle waren sich einig, dass Lanier niemals ohne ihre kleine Tochter abgehauen wäre, wenn die Ehe auf der Kippe gestanden hätte.«

»*War* das denn so? Laniers Mutter gab zu Protokoll, dass Frank zu viel Zeit mit seiner Mannschaft verbrachte und zu viel trank, aber er sei nie aggressiv geworden.«

»Ich glaube nicht, dass es eine perfekte Ehe war. Frank war ein Macho, ein Pascha. So wie ich gehört habe, war Lanier eher eine Träumerin, sie liebte Bücher. Die beiden waren ein ungleiches Paar, und Lanier war kaum zweiundzwanzig, als sie heirateten.« Molly wollte noch etwas hinzufügen, besann sich aber eines Besseren.

Mak hakte nach. »Was denn?«

»Als sich ihr Verschwinden zum zehnten Mal jährte, habe ich das letzte Mal was drüber geschrieben. Da bekam ich einen Anruf in der Redaktion. Am Telefon war eine Frau, die mir ihren Namen nicht nennen wollte. Sie sagte, sie wäre es leid, dass alle immer aus Lanier eine Heilige machten. So drückte sie sich aus. Sie deutete an, dass Lanier ihren Mann betrogen hätte. Ich fragte geradeheraus: Mit wem hat sie ihn betrogen? Die Frau lachte und sagte, ich würde es bestimmt nicht glauben, aber es sei ihr eigener Freund gewesen. Ihr *Highschool*-Freund.«

»Laniers Highschool-Freund?« Mak war verwirrt.

»Nein. Der Freund dieser anonymen Anruferin. Der damals zur Highschool ging und unter Frank Ragan Football spielte.«

»Und das haben Sie nie an die Kollegen in Savannah weitergegeben? Oder drüber geschrieben?«

»Das mögen Sie vielleicht kaum glauben, aber ich schreibe keine Artikel auf Grundlage von Gerüchten oder anonymen Tipps«, sagte Molly. »Ich habe mich umgehört, konnte die Aussage aber nicht verifizieren.«

»Glauben Sie denn, es könnte mehr gewesen sein, auch in Anbetracht der Quelle?«

»Damals habe ich mir nicht viel dabei gedacht, aber wissen Sie was? Im Frühjahr habe ich einen Artikel über eine örtliche Theatergruppe geschrieben, die *Little Women* aufgeführt hat. Ich habe mich mit der Regisseurin unterhalten, einer Frau namens Deborah Logenbuhl, die mal an St. Mary's Theaterpädagogin war. Sobald sie mir das erzählte, spitzte ich die Ohren. Ich fragte sie, ob sie Lanier gekannt hätte, und sie sah aus, als würde sie jeden Moment weinen. Wie sich herausstellte, war Lanier ihre beste Freundin.«

»Und?«

»Sie war ziemlich verschlossen, als ich sie fragte, ob die Gerüchte über Lanier stimmen könnten. Sie meinte, sie sei in den Monaten vor ihrem Verschwinden anders gewesen. Launisch, sogar geheimniskrämerisch.«

Molly beugte sich vor. »Die beiden Frauen hatten eigentlich am Samstagvormittag einen festen Termin zum Kaffeetrinken. Aber in dem Herbst sei Lanier ein paarmal nicht gekommen.«

»Davon steht nichts in der Polizeiakte«, bemerkte Makarowicz. »Warum hat sie das nicht den Kollegen erzählt, die den Fall bearbeiteten?«

»Sie war damals im Mutterschutz und ihr Kind wurde zu früh geboren. Es war sechs Wochen auf der Intensivstation, und niemand meldete sich bei ihr oder fragte sie nach Lanier.«

»Eins-a-Ermittlungen.« Makarowicz schüttelte den Kopf und tippte mit dem Stift auf den Block. »Haben Sie die Daten dieser Theaterfrau?«

»Deborah Logenbuhl«, wiederholte Molly und zückte ihr Handy. »Ich schicke Ihnen den Kontakt.«

»Gut«, sagte Mak. »Das ist schon mal ein guter Anfang für mich. Haben Sie, was Sie brauchen?«

»Machen Sie Witze? Lanier Ragans Portemonnaie taucht in einem alten Strandhaus auf Tybee auf, siebzehn Jahre nach ihrem Verschwinden? Ja, das ist Stoff für die Titelseite. Ich fahre wohl besser zurück in die Redaktion und klemme mich ans Telefon.«

Sie legte einen Fünf-Dollar-Schein auf den Tisch und stand auf. »Hey, ähm, Mak? Danke.«

»Kein Problem. Und Sie melden sich, falls Sie noch mehr anonyme Hinweise bekommen, ja?«

»So lange das keine Einbahnstraße ist, ja.«

# 20.

## EILMELDUNG

**E**s war noch dunkel, als Hattie ihr Cottage in Thunderbolt verließ, doch die ersten rosavioletten Streifen durchzogen schon den Himmel, während sie nach Osten Richtung Tybee Island fuhr.

Sie konzentrierte sich auf die nächste vor ihr liegende Aufgabe – den Neubau der Treppe im Creedmore-Haus. Die Originaltreppe war unfassbar schmal und steil und führte seltsamerweise direkt hinter der Eingangstür nach oben.

Trae hatte die Idee gehabt, die Treppe in den Gang vor dem Schlafzimmer zu versetzen und in dem Raum darunter ein kleines Gäste-WC abzuteilen. Durch diesen Schachzug würde das Wohnzimmer vergrößert, man hätte besseren Zugang zum ersten Stock und unten eine zweite Toilette. Insgeheim hatte Hattie sich eingestehen müssen, dass Traes Vorschlag genial war.

Als sie die Lazaretto Creek Bridge überquerte, spürte sie den vertrauten Stich der Erinnerung, dieses abgespeicherte Gefühl – an Hank, an seine Kawasaki, auf der er an jenem Abend davonfuhr, mit nur einem flüchtigen Blick auf Hattie. Sie blinzelte die unvermeidlichen Tränen zurück und zwang sich, sich auf die nächste Herausforderung zu konzentrieren.

Der Sender gab ihr nur fünf Wochen, um die Arbeit am

Haus fertigzustellen. Es schien unmöglich. Zusammen mit Cass und den Zimmerleuten hatte sie am Vorabend bis elf Uhr gearbeitet. Sie hatten ein Loch in die Decke im Flur gestemmt, damit sie an diesem Morgen damit anfangen konnten, die neue Treppe einzubauen. Die Anstreicher waren von Sonnenauf- bis -untergang beschäftigt, sie schliffen, grundierten und flickten die alte Hausverkleidung, und irgendwann in dieser Woche würden die Klempner damit anfangen, die alten gusseisernen Rohre auszutauschen.

Selbst Trae war bei den Arbeiten eingespannt worden. Den ersten Teil der Woche hatte er damit verbracht, eine Tapetenschicht nach der anderen von den Zimmerwänden im ersten Stock zu schälen. Dabei hatte er die Fernsehleute mit coolen Sprüchen über die hässlichsten Muster unterhalten.

»Das hier«, hatte er gesagt und ein Exemplar aus den Siebzigern mit grellorangen explodierenden Sonnen vor einem Hintergrund aus grellen pinken Linien hochgehalten, »ist ein Verbrechen gegen die Menschlichkeit. Eines Tages wird der Schöpfer dieser Grausamkeit hoffentlich für die Beleidigung unserer Augen eingesperrt werden.«

»Mach weiter, Trae«, hatte Leetha ihn ermutigt. »Die Zuschauer lieben dieses Geschimpfe.«

Hattie wusste nicht genau, ob sie immun gegen Trae Bartholomews aggressive Persönlichkeit geworden war oder ob er ihr irgendwie langsam ans Herz wuchs.

Als sie auf das Haus zuging, erschrak sie sich, denn am Straßenrand neben der Abbiegung zu ihrem Grundstück parkte ein halbes Dutzend Fahrzeuge. Sie sah zwei Streifenwagen der Polizei von Tybee sowie Übertragungswagen der drei lokalen Fernsehsender mit auf dem Dach montierten Satellitenantennen.

Hattie steuerte den Pick-up über die Einfahrt mit den wgefurchten Spurrillen, die durch all den Lkw- und Baumaschinenverkehr noch tiefer geworden waren. Der Weg würde gepflastert werden müssen, und zwar bald. Noch mehr Kosten.

Ihr Handy klingelte, im Display erschien Cass' Name.

»Wo bist du?«, fragte Cass.

»Halte gerade vor dem Haus. Was ist los?«

»Offensichtlich hast du heute Morgen noch nicht Zeitung gelesen«, erwiderte Cass. »Auf der Titelseite ist ein riesiger Artikel über Lanier Ragans Portemonnaie. Dieser Bulle von Tybee, mit dem wir gesprochen haben – Makarowicz, hat die Ermittlungen wieder aufgenommen.«

Hattie war noch rund siebzig Meter vom Haus entfernt, als sie die kleine Gruppe von Menschen auf der Veranda entdeckte. »Ich bin jetzt da. Wo bist du?«

»Gehe auf dich zu.« Sie sah Cass mit ihrem Handy näher kommen.

Hattie stellte den Pick-up in Parkposition und sprang heraus. Cass lief zu ihr hinüber.

»Willkommen im Chaos«, sagte Cass zur Begrüßung und wies auf den Menschenauflauf vor der Veranda. »Mo gibt gerade tatsächlich eine Pressekonferenz. Wir haben auf dich gewartet.«

»Auf mich?«

»Du bist der Star von *Die Traumhaus-Profis*. Alle Reporter wollen es von dir hören.«

Hattie machte einen Schritt zurück. »Hey, ich hab das Portemonnaie ja gar nicht gefunden. Ich will nicht ins Fernsehen. Ich will nur meinen Job machen und dieses alte Haus renovieren.«

»Eilmeldung, Hattie: Du *bist* längst im Fernsehen. Deshalb wollen sie ja mit dir sprechen. Je früher du mit ihnen redest, desto schneller sind sie wieder weg und lassen uns in Ruhe arbeiten.«

»Was ist Ihrer Meinung nach mit Lanier Ragan passiert? Könnte sie hier sein? In diesem Haus?«

Hattie erkannte den Reporter von WTOC, der an CBS angeschlossenen lokalen Anstalt. Er war groß und schlank und hatte dunkles, zurückgegeltes Haar. Seine Kamera hatte er direkt auf sie gerichtet. Wie hieß er noch gleich? Aaron Soundso.

»Ich weiß nicht …«, setzte Hattie an.

»Spukt es in diesem Haus?«, rief eine andere Reporterin.

»Was? Nein!«, gab sie zurück. »Es geht alles mit rechten Dingen zu. Es ist ein altes Haus, und wir wollen es renovieren. Hier hat mal eine Familie gewohnt. Die Menschen haben gelacht, getanzt, sich Sonnuntergänge angeguckt und die Kerzen auf dem Geburtstagskuchen ausgepustet. Babys haben ihre ersten Schritte am Strand da unten gemacht, Pärchen haben sich verliebt und verlobt. Fast hundert Jahre lang.«

»Aber was ist mit Lanier Ragan?« Aaron Soundso ließ nicht locker. »Könnte ihr hier etwas zugestoßen sein? Warum sonst sollte ihr Portemonnaie hier versteckt sein, in der Wand, so viele Jahre lang?«

»Das kann ich nicht beantworten.« Hattie schüttelte den Kopf. »Aber ich hoffe, dass die Polizei Antworten findet. Ich bin mir sicher, dass ihre Familie sich das auch wünscht.«

»Kannten Sie Lanier Ragan?« Die Frage kam von einer zierlichen Schwarzen mit einem Wust von Zöpfen. Hattie erkannte Nya Davies vom WSAV, dem lokalen Ableger der NBC.

Sie merkte, dass sie rot wurde. »Ja, Mrs. Ragan war meine

Lieblingslehrerin an der St. Mary's Academy. Sie war wundervoll. Alle Schülerinnen mochten sie.«

Mo klatschte in die Hände und schob sich mit ausgefahrenen Ellenbogen durch den Pulk von Journalisten. »So, Leute, wir müssen jetzt zum Ende kommen. Die Polizei ermittelt, sie hat natürlich unsere uneingeschränkte Unterstützung. Wir möchten auch, dass dieses Rätsel gelöst wird, aber bis dahin haben wir eine sehr kurze Frist für die Arbeit an diesem Haus. *Die Traumhaus-Profis* werden schon im Herbst auf HPTV ausgestrahlt.«

Mo legte Hattie die Hand auf den Rücken und steuerte sie zielstrebig von den Reportern fort, die ihr fortwährend Fragen zuriefen. Er schloss die Haustür auf und ging mit ihr hinein.

»Danke«, sagte sie mit bebender Stimme. »Das war ... anstrengend.«

»Du hast das super gemacht«, sagte er. »Wie ein gestandener Profi.« Seine Stimme hallte durch den leeren hohen Raum. »Du hast ihnen das gesagt, was du wusstest, und du warst überzeugend.«

»Sind die Chefs vom Sender ... Rebecca zum Beispiel ... Machen die sich Sorgen wegen des Portemonnaies?«, wollte Hattie wissen. »Das ist doch bestimmt schlechte Werbung, oder?«

»Du hast nicht viel Ahnung von der Unterhaltungsbranche, was? In dem Zeitungsartikel wurden *Die Traumhaus-Profis* und der Sender erwähnt. Er ist viral gegangen. Was HPTV angeht, ist jede Werbung gute Werbung.«

»Ganz schön brutal«, sagte Hattie ausdruckslos.

»Ist auch ein ganz schön brutales Business«, gab Mo zu. »Übrigens, die Reporterin von der Zeitung möchte mit dir sprechen.«

»Du hast sie hoffentlich abgewimmelt. Ich habe wirklich

schon alles gesagt, was ich über das Portemonnaie weiß.« Hattie zeigte auf das Gerüst, das sie zusammen mit Cass im Flur vor dem Schlafzimmer aufgebaut hatte. »Wir müssen heute die neue Treppe einsetzen. Und ich dachte, du wolltest drehen, wie ich mit Trae über Farben und Lacke diskutiere.«

»Das Kamera-Team ist mit Trae auf dem Weg in die Stadt, um ihn beim Farbenkauf zu drehen. Er bringt Proben mit, damit streicht ihr ein kleines Stück der hinteren Veranda, und wir filmen das. Bis dahin habe ich der Reporterin versprochen, dass du ihr zehn Minuten deiner kostbaren Zeit schenkst.«

»Wann soll ich das denn noch machen?«

»Was du heute kannst besorgen …« Mo deutete auf die Rückseite des Hauses. »Sie wartet in der Küche auf dich. Sei nett, ja?«

# 21.

## FRAGEN ÜBER FRAGEN

**A**ls Hattie hereinkam, kniete die Reporterin vor der hinteren Küchenwand und strich mit den Fingern über die neu verschraubte Rigipsplatte, fast so als wolle sie erspüren, was sich unter der Oberfläche verbarg.

»Hattie Kavanaugh, das ist Molly Fowlkes«, stellte Mo vor und entfernte sich rückwärts aus der Küche. »Ich … ähm … ich lasse euch zwei mal allein, aber in circa einer Viertelstunde musst du in der Maske sitzen, Hattie.«

»Alles klar«, sagte sie.

Molly pochte auf die Wand. »Haben Sie das Portemonnaie hier gefunden?«

»Mehr oder weniger«, antwortete Hattie. »Das klemmte weiter unten zwischen den Balken.«

»Dürfte ich ein Foto machen?« Die Reporterin wartete die Antwort nicht ab, sondern holte eine sperrige schwarze Kamera aus ihrer Schultertasche und knipste sofort los. »Könnten Sie sich da drüben an die Wand stellen?«

Im Kopf Mos Mahnung, freundlich zu sein, zuckte Hattie mit den Schultern, fuhr sich mit den Fingern durchs Haar und posierte brav.

»Erzählen Sie mir von Lanier Ragan!«, forderte Molly sie auf. »Wie war sie so?«

Hattie spielte auf Zeit. Sie ging zur provisorischen Werkbank und rollte mehrere Zeichnungen aus, die liegen geblieben waren, beugte sich darüber und legte sich im Kopf eine Antwort zurecht.

»Sie wissen ja, wie das auf der Highschool ist – man findet die Lehrer total alt, selbst wenn ich jetzt im Rückblick begreife, dass die meisten Mitte dreißig oder vierzig waren. Aber Mrs. Ragan war anders. Sie war wie *wir*.«

»Wie genau?«

»Sie kleidete und benahm sich jung. Ich meine, sie trug immer coole Sachen, keine Alte-Oma-Pullover, Röcke und Gesundheitsschuhe, sondern Klamotten, die wir gerne selbst zur Schule angezogen hätten. Wir mussten ja die blöden karierten Uniformröcke, Strümpfe und Collegeschuhe anziehen. Sie hörte auch dieselbe Musik wie wir – sie kannte die Texte von allen Popsongs. Bei ihr machte es einfach … Spaß.«

»Inwiefern?«

Hattie zögerte nicht. »Als wir damals bei ihr den Englischkurs auf Collegeniveau machten, sagte sie, falls wir alle die Prüfung bestehen würden, würde sie als Britney Spears verkleidet zur Schule kommen und genau wie im Video zu ›Baby One More Time‹ tanzen.«

Molly wirkte beeindruckt. »Katholische Schulen müssen sich seit meiner Zeit sehr geändert haben.«

»Es war der Hammer«, sagte Hattie. »Sie hatte sich die Haare zu Zöpfen geflochten und diese aufreizende Schuluniform an. Sie sang Playback, und ich schwöre Ihnen, man hätte glauben können, sie wäre Britney.«

»Sie war bestimmt sehr beliebt bei den Mädchen.«

Hattie stieß einen langen, leisen Seufzer aus. »Ja, sie gehörte zu den Lehrerinnen, die uns wirklich ernst nahmen. Die sich für das interessierte, was in ihren Schülerinnen vorging. Man konnte ihr alles Mögliche erzählen, weil man wusste, dass sie einen nicht verurteilte. Sie hatte sehr viel Empathie, verstehen Sie?«

»Hätten Sie ein Beispiel dafür?«, fragte die Journalistin und beobachtete Hatties Gesichtsausdruck. »Wenn es zu persönlich wird, verwende ich es nicht. Ich versuche nur, ein Gefühl dafür zu bekommen, wer sie war und was sie ihren Schülerinnen bedeutet hat.«

Hattie merkte, wie ihr das Blut in die Wangen stieg. »Ich weiß nicht …«

»Versprochen.«

»Na gut.« Hattie holte tief Luft und atmete langsam aus. »In meinem zweiten Jahr an der Schule trennten sich meine Eltern. Es war ein großer Skandal. Meine Mutter zog nach Florida, aber ich wollte lieber in Savannah bleiben. Deshalb bin ich bei der Familie meiner Freundin Cass eingezogen. Das war eine unglaublich schmerzhafte Zeit für mich.«

»Das glaube ich gerne.«

»Ich musste eine ziemlich harte Phase durchmachen. Manche Mädchen, die ich für meine Freundinnen gehalten hatte – nicht Cass, andere –, wandten sich von mir ab. Und Mrs. Ragan begriff, was mit mir los war. Nach dem Unterricht ging ich manchmal in ihrem Klassenzimmer vorbei, wenn sie gerade Arbeiten korrigierte, dann unterhielten wir uns. Ein paarmal waren wir zusammen im 7-Eleven, dem auf der Drayton Street, holten uns eine Cola, setzten uns da hin und quatschten.«

»Und das half?«

Hattie nickte. »Sie sagte, dass jeder mal eine schlechte Phase hat. Dass jede Familie Geheimnisse hätte – also, schlechte Geheimnisse. Und sie machte mir klar, dass es nicht meine Schuld war. Sie hat etwas gesagt, was ich nie vergessen habe: ›Augen zu und durch. Die Vergangenheit ist passé. Sei nachsichtig mit dir.‹«

Molly klopfte gedankenverloren mit dem Stift. »Was für Geheimnisse Lanier selbst wohl hatte?«

»Das frage ich mich heute auch. Damals war ich viel zu sehr mit mir selbst beschäftigt, um danach zu fragen. Wahrscheinlich habe ich gedacht, sie ist so cool, sie bekommt ihr Leben bestimmt super auf die Reihe.«

Molly nickte und notierte sich etwas in ihrem Block. »Hat sie mit den Schülerinnen über ihr Privatleben gesprochen?«

»Sie hatte ein Foto von ihrem Mann und ihrer kleinen Tochter auf dem Schreibtisch. Und sie erzählte uns lustige Anekdoten über Emma und ihre Sprüche.«

»Was ist mit ihrem Mann, dem Footballtrainer? Hat sie viel über den geredet?«

Hattie strich mit den Händen über die Zeichnungen. »Manchmal. Ich nehme an, Sie haben die alten Geschichten gehört, dass sie einen heimlichen Lover hatte? Damals gab es alle möglichen Gerüchte – dass sie mit einem anderen Mann durchgebrannt wäre, dass ihr Mann eine Affäre hätte und sie dahintergekommen sei, weshalb er sie umgebracht und ihre Leiche in den Sumpf geworfen hätte. Sie können sich nicht vorstellen, was für schreckliche Geschichten sich verklemmte katholische Schülerinnen so ausdenken können.«

»Und ob. Ich war auf einer konfessionellen Mädchenschule in Baltimore und dann am College of the Holy Cross in Massachusetts.« Molly kaute eine Weile auf der Kappe ihres Stifts herum. »Ich habe praktisch ein Diplom in sexueller Verklemmtheit. Eine Frage hätte ich noch: Haben Sie mal Gerüchte gehört, dass Lanier etwas mit einem Highschool-Schüler hatte?«

»Was?« Hatties Hand schoss nach vorn und stieß einen halb-vollen Styroporbecher mit Kaffee um. Die lauwarme Flüssig-keit verteilte sich auf den Zeichnungen. Schnell nahm sie ein Putztuch und tupfte den Kaffee weg. »Wo haben Sie denn das gehört?«

»Ich habe zum zehnten Jahrestag des Verschwindens einen Artikel für die Zeitung geschrieben, 2015 war das, worauf ich einen anonymen Anruf von einer Frau bekam, die behauptete, Lanier hätte damals mit ihrem Highschool-Freund geschla-fen – und der hätte in Franks Footballmannschaft gespielt.«

»Du meine Güte!«, rief Hattie aus. »Das ist einfach … abar-tig. Ich meine, klar, es wäre natürlich vorstellbar, dass sie was mit einem anderen Mann hatte, aber mit einem Schüler? Nein. Nein, solche Vibes habe ich bei Mrs. Ragan nie gespürt. Nein. Auf gar keinen Fall. Igitt!«

Molly lachte. »Jetzt klingen Sie wirklich wie eine katholische Internatsschülerin. Denken Sie doch mal kurz drüber nach. Lanier Ragan war erst fünfundzwanzig. Wenn sie tatsächlich eine Affäre mit einem Highschool-Schüler gehabt hätte, wäre der Altersunterschied gar nicht so groß gewesen. Wenn der Be-treffende im Abschlussjahrgang gewesen wäre, vielleicht nur sechs oder sieben Jahre. Ich habe recherchiert. Frank Ragan war zehn Jahre älter als Lanier. Sie haben sich kennengelernt, als sie im dritten Jahr an der Uni war und er Leichtathletiktrai-ner.«

»Das wusste ich nicht«, gestand Hattie. »Damals fanden wir ihn alle total heiß. Die beiden waren so ein schönes Paar.«

»Und er war schon verheiratet, als sie sich kennenlernten«, fügte Molly hinzu. »Frank und Lanier heirateten dann in der Woche, nachdem sie an der Ole Miss ihren Abschluss machte.«

»So viel zum Thema Vorzeigepaar.« Hattie seufzte. »Ich weiß

nicht, warum, aber das macht mich wieder unglaublich traurig.«

»Vielleicht stimmt es ja nicht«, sagte Molly. »Die Anruferin wollte mir ihren Namen nicht nennen, auch nicht den von ihrem Freund. Ich habe damals dezent Erkundigungen eingeholt, aber es kam nichts dabei heraus, deshalb habe ich es fallen lassen. Aber jetzt …«

»Hattie?« Lisa steckte den Kopf in die Küche. »Du musst in die Maske.«

»Okay. Ich komme.« Sie lächelte die Reporterin entschuldigend an. »Tut mir leid. Ich hoffe wirklich, dass Sie herausfinden, was mit Lanier Ragan passiert ist. Egoistischerweise hoffe ich auch, dass es nichts mit diesem Haus zu tun hat.«

»Ach, wegen des Hauses«, sagte Molly schnell. »Ich weiß, dass es bis vor ein paar Wochen im Besitz der Familie von Holland Creedmore war. Und dass er Football unter Frank Ragan an der Cardinal Mooney spielte. Könnte es da noch einen anderen Zusammenhang geben?«

»Wer weiß? Holland war älter als ich, er war mit ganz anderen Leuten unterwegs.«

»Mit was für welchen denn?«, wollte Molly wissen.

»Ach, aus reichen Familien, Sportskanonen, Kiffer.«

»Und mit wem hingen Sie so herum?« Die Reporterin lächelte.

»Meistens mit Cassidy Pelletier. Vielleicht kennen Sie sie, sie arbeitet für mich. Wir sind beste Freundinnen seit der Grundschule. Ein paar andere Mädchen waren auch dabei.«

»Hattie!«, rief Mo durch die Hintertür. »Dalli!«

»Ich muss los.« Hattie verdrückte sich schnell.

# 22.

VERKLEIDET

**H**attie saß auf dem Schminkstuhl, Lisa machte sich Gedanken über ihre Haare. »Wie wäre es, wenn wir heute einen französischen Zopf flechten, oder was anderes? Die Senderchefs haben das Video von Anfang der Woche gesehen und wollen, dass du weiblicher wirkst.«

»Weiblicher?« Hattie starrte in den Spiegel. Bereits seit einer halben Stunde spachtelte, puderte und malte Lisa in ihrem Gesicht herum. Unter dem dichten Halbkreis von Extensions, die Lisa penibel an Hatties kurze Wimpern geklebt hatte, erkannte sie sich fast selbst nicht wieder. »Was verlangen sie als Nächstes? Dass ich ein Schlauchtop und knappe Hotpants anziehe?«

Jodi, die Assistentin der Kostümbildnerin, kam mit einer Kleiderhülle über dem Arm hereingerauscht. »Nicht ganz.« Lachend zog sie den Reißverschluss auf und hielt einen kurzen Overall aus Distressed Denim und ein pinkes ärmelloses, bauchfreies Top hoch. »Aber fast.«

»Neiiiin«, stöhnte Hattie. »Ich kann in dem Aufzug nicht arbeiten. Ist auch nicht mein Stil. Weiß Leetha das?«

»Keine Ahnung«, sagte Jodi. »Aber du bist in fünf Minuten dran, deshalb müssen wir dich jetzt in die Klamotten stecken, bevor Leetha mir die Hölle heiß macht. Und ich soll dir noch sagen, dass du auf die Arbeitsstiefel verzichten sollst.«

Als Hattie ins Wohnzimmer schlich, steckten Mo und Leetha die Köpfe mit einem Kameramann zusammen.

»Halloooo«, sagte Leetha anerkennend angesichts Hatties neuen glamourösen Outfits. »Hat mir jemand vergessen zu sagen, dass wir heute eine Pole-Dance-Folge drehen?«

»Lisa hat angeblich Anweisung vom Sender bekommen, mich aufzudonnern, und dann hat Jodi mir diese affigen Sachen gegeben, weil ich die Carhartts nicht mehr anziehen darf.« Sie wies auf Mo. »War das deine Idee?«

»Nein. Das kam von Rebecca. Sie hat mit Tony ein Video von dir gesehen und hatte dann diese Idee. Und nur um das klarzustellen: Ich bin genauso entsetzt wie du.«

»Ich komme mir absolut lächerlich vor«, sagte Hattie. »Dieser verfluchte Overall engt mich total ein, und jedes Mal, wenn ich mich bewege, habe ich Angst, dass meine Möpse rausfallen.«

»Wäre das so schlimm?«, fragte Trae in der Tür.

Hattie drehte sich zu ihm um.

»Könnte die Quoten schön nach oben treiben«, sagte er mit gedehntem Südstaatenakzent. »Dann bist du hier nur noch die heiße Hattie.«

»Schon gut.« Leetha schaut auf ihre Notizen. »Sprechen wir über heute. Wir müssen die Szene auf der hinteren Veranda von gestern noch mal neu drehen.«

»Aber da sind schon die neuen Bodendielen festgenagelt«, wandte Hattie ein.

Leetha grinste düster. »Nicht mehr. Aber reg dich nicht auf. Ich habe nur einen kleinen Teil wieder herausnehmen lassen. Du stellst dich in das Loch, das da jetzt ist, zeigst den Zuschauern, wo ihr die alten kaputten Backsteinsäulen durch Betonblöcke ersetzt habt, und das ist es auch schon.«

»Was ist mit mir?«, fragte Trae.

»Du bist im unteren Badezimmer. Fliesen, Waschtisch, Duschkabine, Spiegel«, erklärte Leetha ihm. »Geh zu Jodi. Sie hat heute ein anderes T-Shirt für dich, denn du musst deine Künste als Fliesenleger unter Beweis stellen.«

»Ich?«

Die Kostümbildnerin winkte ihm mit einem blauen Jeanshemd zu.

»Das ist ungerecht«, sagte Hattie. »Wenn ich ein bauchfreies Oberteil tragen muss, müsste er mindestens ein Feinrippunterhemd anziehen.«

Leetha grinste träge. »Super Idee. Sorgen wir dafür, dass die Zuschauerinnen einen Blick auf Ashtrays Muckis werfen können. Jodi, wir brauchen eine Schere!«

Trae stand in der neuen Dusche und hielt eine Metrofliese in der einen und eine Kelle in der anderen Hand, während Hattie ihm die Feinheiten des Fliesens erklärte. Schweiß lief ihm übers Gesicht, und sein durch die abgeschnittenen Ärmel freigelegter Bizeps glänzte im grellen Licht der Kamera. Er sah heiß aus, in jeder Hinsicht.

»So, und jetzt nimmst du die flache Seite der Kelle und verteilst damit eine dünne Schicht Mörtel auf der Wand. Als würdest du Zuckerguss auf einen Kuchen streichen.«

»Ich habe noch nie was mit Zuckerguss gemacht«, sagte Trae. »Ich esse keine Kohlenhydrate.«

Hattie verdrehte die Augen. »Warum wundert mich das nicht? Gut, dann stell dir vor, es ist Erdnussbutter, das sind doch Proteine, oder? Irgendwann in deinem Leben hast du dir doch schon mal ein Brot mit Erdnussbutter gemacht, oder?«

»Nee. Das hat immer unsere Haushälterin übernommen,

und der Butler hat es mir serviert.« Traés Stimme triefte vor Ironie. »Ja, Hattie. Ich verstehe den Vergleich.«

Kurz funkelte er sie böse an, dann schnippte er einen Klecks Mörtel in ihre Richtung, der auf ihrer Nase landete. »Ist das zu dick, Hattie Paletti?«

# 23.

## EIN MANN MIT VIELEN BEGABUNGEN

**S**ie saßen in einer Sitzecke beim Italiener, unweit von Mos Remise. Rebecca wartete, bis der Kellner ihnen die Getränke serviert hatte: einen Aperol Spritz für sie selbst, einen Bourbon für Mo.

»Mo, ich bin wirklich nicht begeistert, dass du Taleetha Carr geholt hast. Du weißt, was ich von ihr halte.«

Seit Rebecca ihm geschrieben hatte, dass sie auf dem Weg nach Savannah war, hatte er mit so einer Konfrontation gerechnet. Der erste Blick auf Rebecca sagte ihm schon alles. Sie hatte diesen angespannten, gekränkten Gesichtsausdruck, den Mo inzwischen nur zu gut kannte. Er trank einen großen Schluck Whiskey und genoss das eiskalte Brennen in seiner Kehle, während er sich seine Antwort zurechtlegte.

»Tja, es wäre nett gewesen, wenn du mir früher Bescheid gesagt hättest, dass du heute herüberfliegst. Du hast mich ziemlich aus dem Konzept gebracht. Ist das der Grund für diesen Überfall? Leetha? Sie ist super in ihrem Job. Das ist mir wichtig. Sie hat eine stabile Beziehung zu Hattie und Trae aufgebaut, und die Kameraleute lieben sie auch. Vielleicht könntest du eure persönlichen Differenzen einfach mal hintanstellen. Meiner Sendung zuliebe.«

Rebecca tippte mit dem Fingernagel an ihr Glas. »Überfall?

Dies ist kein Überfall. Ich hatte geschäftlich in New York zu tun, und da dachte ich, wenn ich schon mal an der Ostküste bin … Aber zu der Sendung. Was hältst du von der Chemie zwischen Hattie und Trae? Ich glaube, es funktioniert.«

»Ist noch zu früh, um das zu sagen. Sie schlagen sich ständig wegen des Budgets und der Einrichtung die Köpfe ein.«

»Super. Das muss weiter ausgebaut werden. Wegen so was bleiben die Zuschauer am Ball. Da können sie Partei ergreifen. Eine sich langsam entwickelnde Romanze wird auch immer gern genommen.«

Mo lachte ungläubig. »Was erzählst du da? Die Chance ist gleich null, dass die zwei je zusammenkommen.«

»Sehe ich anders. Trae hat eine unglaubliche Anziehungskraft. Ich glaube, dass Hattie sich in ihn verliebt, so richtig. Ich setze sogar darauf.«

Mo starrte sie an, während die Bedeutung von Rebeccas Worten bei ihm ankam. »Willst du damit sagen, dass Trae den Auftrag hat, sie zu verführen? O Mann, Becca. Das ist … pervers.«

»Wer spricht denn von verführen? Das sind zwei erwachsene Menschen. Ich habe nur darauf hingewiesen, dass Trae ein sehr attraktiver Mann ist. Und Hattie ist süß. Und solo. Komm, wir wissen doch beide, dass es in dieser Sendung nur zu zehn Prozent ums Renovieren geht. Der Rest ist Liebe. Die Leute sind ganz verrückt nach Liebe. Sie sind gebannt von diesem Tanz. Und den bekommen sie von uns, den Tanz. Ich sage ja nur, steh der Geschichte nicht im Weg. Fördere sie. Pushe sie. Wenn sie sich vor der Kamera streiten, dreh mit. Und wenn der Funke überspringt … lass ihn nicht ausgehen.«

Mo trank noch einen Schluck.

»Was mich betrifft, geht es in dieser Sendung tatsächlich um die Renovierung eines alten Hauses. Ich mache mir ein bisschen Sorgen wegen der Geschichte mit der verschwundenen Frau. Dass die Bullen auftauchen und die Produktion stilllegen ist das Letzte, was wir gebrauchen können. Das ist jetzt schon alles unglaublich eng gestrickt, da wir Probleme mit der Bausubstanz haben.«

Während Mo ausführte, was alles noch am Haus gemacht werden musste, hörte Rebecca aufmerksam zu.

»Du hast nur fünf Wochen«, erinnerte sie ihn. »Das Marketing sitzt bereits an der Werbekampagne, Mo. Es gibt kein Zurück mehr. Hat auch Hattie verstanden, dass das Haus am Ende der Dreharbeiten auf jeden Fall fertig sein muss?«

»Hat sie«, sagte Mo müde. »Haben wir alle.«


»Brauchst du Hilfe?«

Hattie hatte nicht gehört, dass Traes Wagen in die Einfahrt gerollt war, auch nicht seine Schritte im inzwischen leeren Wohnzimmer. Sie hatte sich auf den alten Teppichboden konzentriert, dem sie zuerst mit einem Cuttermesser zuleibe gerückt war, um ihn schließlich vom Boden zu reißen.

Trae Bartholomew hatte seine makellose weiße Jeans und sein Designer-T-Shirt zu Hause gelassen und trug wie sonst Hattie eine Arbeitshose von Carhartt, dazu ein farbbeklecktes T-Shirt und ausgetretene Tennisschuhe, die keine Schnürsenkel mehr hatten. Hattie fand, er sah verdammt gut aus.

»Du bist echt wiedergekommen, um zu helfen?« Sie richtete sich auf und drückte den schmerzenden Rücken durch.

»Warum nicht?« Trae sah sich im Wohnzimmer um. Die alten Möbel und der Bauschutt waren verschwunden. Der aus der Mode gekommene Messingleuchter aus den Siebzigern, der über dem Esstisch gehangen hatte, war abgenommen worden. Jetzt beleuchteten Baustrahler den gähnend leeren Raum.

»Wow! Hast du das alles mit Cass geschafft?«

»Cass hat eine Firma angerufen, die ein paar Studenten rübergeschickt hat. Die haben die ganzen Möbel und den Müll in den Container geworfen. Ohne die hätten wir das nicht geschafft.«

»Wo ist Cass jetzt?« Trae sah sich suchend um.

»Pizza holen. Wir haben bei Lighthouse bestellt, aber die haben so viel zu tun und wir hatten solchen Hunger, dass sie hingefahren ist.«

»Wenn ich das gewusst hätte …«, sagte Trae. »Dann hätte ich etwas aus der Stadt mitgebracht.«

Argwöhnisch beäugte Hattie ihn. »Ja? Warum solltest du das tun?«

Er lachte. »Du meinst, warum sollte ein hochnäsiger Designer aus L.A. sich dazu herablassen, sich tatsächlich wie ein menschliches Wesen zu verhalten?«

»Ja, genau.«

»Ich bin im wahren Leben nicht so ein Arschloch, Hattie. Das spiele ich nur im Fernsehen. Wir sitzen doch alle zusammen hier drin. Wenn dieses Projekt nicht in jeder Hinsicht ein Volltreffer wird, kann ich meine Karriere und meinen Ruf vergessen. So, und jetzt zeig mir mal, was ich machen soll.«

Sie deutete auf die Essecke, wo der Teppichboden schon entfernt worden war. »Wenn du wirklich willst … Die Schaumstoffschicht unter dem ekeligen Teppich ist so alt und brüchig, dass sie noch in großen Teilen auf dem Boden klebt. Wir schleifen ihn später ab, aber zuerst müssen wir die gummierten Stellen abkratzen. Außerdem müssen die Klebestreifen rundum entfernt werden. Kannst du das machen?«

»Ich hol nur eben meinen Werkzeuggürtel«, sagte Trae.

»Du hast einen eigenen Werkzeuggürtel? Echt?«

»Ich bin ein Mann mit vielen Begabungen«, gab er zurück.

Als Cass mit einer großen Pizza und einem Sixpack Bier zurückkehrte, entfernte Trae bereits mit einem Spachtel die letzten Klebestreifen vom Esszimmerboden.

Sie legte den Pizzakarton auf den Arbeitstisch, den sie ins Wohnzimmer gestellt hatten. »Was macht der denn hier?« Cass wies auf den Innenarchitekten.

»Ich bin zurückgekommen, um zu helfen«, sagte Trae. »Warum will mir das keiner glauben?«

Cass ignorierte ihn, öffnete mit einem Plopp eine Bierdose und reichte sie Hattie. »Vielleicht, weil er sich bis jetzt wie ein Arsch verhalten hat?«

»Er ist nicht so schlimm, wie wir dachten«, sagte Hattie und nahm einen großen Schluck aus der Flasche. »Außerdem hat er eigenes Werkzeug.«

»Ich stehe hinter euch«, protestierte Trae. »Kommt, Mädels, seid nicht so streng mit mir!«

# 24.

## DAS VERLORENE MÄDCHEN

**M**akarowicz saß im Streifenwagen und ging seine Notizen durch, als ihn Dawna Gaines von der Leitstelle der Polizei von Tybee anfunkte. »Hey, Mak, hier ruft schon den ganzen Nachmittag ein junges Mädchen an, das mit dir über den Artikel in der Zeitung sprechen will. Sie heißt Emma Ragan.«

»Gib mir bitte mal ihre Nummer.« Makarowicz nahm sein Handy und tippte die Nummer ein, die Dawna ihm diktierte. »Noch weitere Anrufe?«

»Nur die üblichen verdächtigen Irren«, sagte sie heiter. »Ich habe dir die Nummern auf den Tisch gelegt, aber das Mädchen klingt okay. Und verzweifelt.«

»Hallo?« Sie meldete sich direkt beim ersten Klingeln.

»Miss Ragan? Ich bin Detective Makarowicz von der Polizei Tybee. Ich habe gehört, Sie würden gerne mit mir sprechen?«

»Ja«, sagte sie leicht atemlos. »Ich bin bloß noch auf der Arbeit und habe erst um neun Uhr Feierabend. Könnten wir uns vielleicht anschließend treffen?«

»Ich mache schon um sechs Uhr Schluss, aber klar, das bekommen wir hin«, beeilte er sich zu sagen.

»Wie wär's im Crystal Beer Parlor im Zentrum?«, fragte sie.

»Ich sag meinem Chef, dass was Wichtiges dazwischengekommen ist. Ist acht Uhr in Ordnung?«

Er entdeckte sie an einem kleinen Zweiertisch in der hinteren Ecke des Hauptraums. Sie hatte kurze, silbrig-weiß gefärbte Haare mit violetten Spitzen und las gerade in der Speisekarte. Obwohl beide Unterarme mit Tätowierungen überzogen waren, wirkte sie wie eine Zwölfjährige.

»Emma?«

Sie schaute hoch. Ihre strahlend blauen Augen waren mit schwarzem Eyeliner umrandet, außerdem hatte sie einen kleinen silbernen Ring in der Nase. Emma Ragan war so zierlich, dass Mak versucht war, die Kellnerin nach einer Sitzerhöhung für sie zu fragen. Sie sah aus wie ein Waisenkind aus einem Dickens-Roman.

»Detective ... Ich weiß nicht genau, wie man Ihren Namen ausspricht.«

»Makarowicz, aber nennen Sie mich einfach Mak.«

Die Kellnerin erschien. Der Detective bestellte einen Burger und eine Diet Coke, Emma einen Salat und einen Kräutereistee. »Den Salat bitte ohne Käse. Ich bin Veganerin.« Sie hatte die Hände vor sich auf dem Tisch gefaltet.

»Ich habe mich darüber gefreut, dass Sie Kontakt zu mir aufgenommen haben, Emma«, sagte er. »Tut mir leid, dass der Artikel erschienen ist, bevor ich mich melden konnte.«

»Ist das also wirklich das Portemonnaie meiner Mutter? Sind Sie sicher?«

»Sieht ganz so aus. Das Foto im Führerschein passt, die Kreditkarten auch. Es steckt auch ihre Mitgliedskarte vom Lehrerkollegium von St. Mary's drin. Und ein Familienfoto von Ihnen und Ihren Eltern. Dann noch eins von Ihnen mit Ihrer Mutter sowie eins von Ihnen allein, vielleicht aus der Vorschulzeit?«

»Oh.« Emma zog eine Papierserviette aus dem Spender und knetete sie in den Händen.

Langsam zerpflückte sie die Serviette. Sie hatte kurze, schwarz lackierte Fingernägel. Die Nagelhaut war eingerissen und gerötet, als würde sie daran kauen.

»Warum war das Portemonnaie in dem Haus?«, fragte sie.

»Das versuche ich gerade herauszufinden. Sagt Ihnen der Name Creedmore irgendwas? So heißt die Familie, der das Haus zu der Zeit gehörte, als Ihre Mutter verschwand.«

»Nein, eigentlich nicht. Aber ich habe ein bisschen recherchiert, nachdem ich den Artikel gelesen hatte. Die Creedmores hatten was mit der Cardinal-Mooney-Schule zu tun, wo mein Vater früher Trainer war, richtig?«

»Richtig. Haben Sie Ihren Vater danach gefragt?«

»Wir reden nicht miteinander. Ich habe nicht mal seine Nummer.«

»Angeblich lebt er unten in Florida. In Orlando? Kann das sein?«

»Vielleicht …«

»Gab es einen Streit? Ich frage nur, Emma, weil ich versuche, Ihre Familiendynamik besser zu verstehen.«

»Einen Streit?« Ihr Lachen klang zerbrechlich. »Also, nur einen? Nein. Mein Vater und ich, wir sehen die Welt einfach unterschiedlich. Also, immer schon. Nachdem Mom nicht mehr da war, wurde es richtig schlimm. Meine Großmutter wurde sehr krank, Krebs, sie konnte nicht mehr auf mich aufpassen. Als sie starb, lachte er sich schnell diese Tussi unten an der Straße an, Rhonda. Sie war geschieden, ihre Kinder lebten beim Vater. Also zog Rhonda bei uns ein.«

Emma grinste spöttisch. »Eine große glückliche Familie. Ich bin so schnell wie möglich abgehauen.«

»Und wie?«

»Hab die Schule geschmissen, bin zu meinem Freund gezogen und hab mir einen Job bei Taco Bell besorgt. Der wurde aber mies bezahlt, deshalb habe ich zu einer Bar unten an der River Street gewechselt und da gekellnert. Da war ich schon sechzehn.«

»Das ist sehr viel Verantwortung für eine Sechzehnjährige«, bemerkte Mak.

»Ich war schon vorher auf mich allein gestellt.« Sie zuckte mit den Schultern. »Sie wissen doch, wie das Leben eines Footballtrainers im Süden aussieht, oder? So wie in der Serie *Friday Night Lights*, nur auf Steroiden. Ihm ging es immer nur um Football. Das Spiel gewinnen, die regionale Meisterschaft gewinnen, Meister im Bundesstaat werden. Dafür sorgen, dass seine Spieler einen Platz am College bekommen. Für mich hat er sich einen Scheißdreck interessiert.«

Mak blinzelte. »Das klingt hart.«

»Ich gebe zu, dass ich ihm das Leben nicht leicht gemacht habe. Rhonda und ich haben uns nicht verstanden. Ich bekam Ärger, weil ich die Schule geschwänzt habe, Gras geraucht habe. Das Übliche. Ich glaube, er war erleichtert, als ich weg war.«

Die Gerichte wurden serviert. Makarowicz strich Senf auf seinen Burger und gab Ketchup auf die Pommes. Emma schaute auf ihren Salat und entfernte seufzend die Käsewürfel. »Sie denken nie daran, den Käse wegzulassen«, murmelte sie.

»Emma …«, setzte er an. »Ich weiß, dass Sie damals erst drei Jahre alt waren, aber hatten Sie den Eindruck, dass Ihre Eltern glücklich verheiratet waren? Ich meine, können Sie sich an Streitigkeiten erinnern oder so?«

»Ich war vier. Nein. Ich kann mich nicht erinnern, dass sie gestritten hätten. Ich erinnere mich an das Lachen meiner Mutter. Glockenhell war das. Sie hat oft gesungen. Zum Beispiel wenn sie das Mittagessen machte. Dann setzte sie mich auf den Küchenschrank und brachte mir Lieder bei. Und sie tanzte dazu. Viel später habe ich mal ein Video auf YouTube gesehen und gemerkt, dass sie immer den Song von Britney Spears gesungen hat, ›Baby One More Time‹. Ich habe das Video bestimmt tausend Mal geguckt, weil es mich so an sie erinnert. Ich habe das Lied sogar als Klingelton auf meinem Handy.«

»Schön, dass Sie so positive Erinnerungen haben«, sagte Mak. »Hat die Polizei damals mit Ihnen gesprochen, als Ihre Mutter verschwand?«

»Ich glaube nicht«, antwortete Emma. »Die gesamte Zeit damals … Ich war ja noch so klein! Ziemlich kurz danach ist meine Großmutter gestorben, und ich weiß nur, dass ich meistens traurig war. Ich habe meinen Dad immer gefragt, ob ich zu meiner Grandma kann, aber er meinte, das ginge nicht, weil Grandma bei Jesus wäre.«

Sie schnaubte verächtlich. »So ein Bullshit! Als hätte er jemals an Gott geglaubt.«

Mak aß seinen Burger, Emma pickte weiter in ihrem Salat herum.

»Was glauben Sie denn, was mit Ihrer Mutter passiert ist?«, fragte er.

»Früher habe ich gedacht, er hätte sie umgebracht«, sagte sie, ohne zu blinzeln. »Das ist einer der Gründe, warum ich so schnell wie möglich von ihm wegwollte. Ich habe ihm die Schuld gegeben.«

»Tun Sie das immer noch?«

»Vielleicht. Als ich zum ersten Mal in der Reha war, hatte ich eine ziemlich coole Therapeutin. Wir haben viel darüber gesprochen, warum ich so wütend bin. Auf meine Mutter. Auf meinen Vater. Auf Rhonda. Meine Therapeutin meinte, ich hätte Verlassensängste. Tja.« Emma beugte sich über den Tisch. »Vielleicht hat er sie nicht mit eigenen Händen getötet. Aber eins weiß ich: Sie hat mich geliebt. Und sie hat meine Großmutter geliebt. Wenn sie hätte weglaufen wollen, hätte sie uns mitgenommen oder uns nachgeholt. Aber das hat sie nicht.«

»Hat Ihr Vater mal mit Ihnen darüber gesprochen, was seiner Meinung nach mit Ihrer Mutter geschehen ist?«

»Nie. Na gut, es gab eine Situation, da hatten wir einen dicken Streit, weil ich über Nacht bei meinem Freund gewesen war und er mich erwischte, als ich durch mein Zimmerfenster ins Haus steigen wollte. Das war ein Samstagmorgen und er hatte schlechte Laune, weil seine Mannschaft am Vorabend verloren hatte, ausgerechnet gegen ein eher durchschnittliches Team. Ich wusste, dass er was getrunken hatte, er hatte nämlich ganz rot unterlaufene Augen. Er packte mich am Arm und griff richtig fest zu. So fest, dass ich Angst bekam. Vorher hatte ich nie Angst vor ihm gehabt. Ich hasste ihn, aber ich hatte keine Angst, verstehen Sie?«

»Vorher war er nie handgreiflich geworden?«

»Nein. Er schrie zwar herum oder redete nicht mit mir, aber er war kein Schläger. Jedenfalls war er an dem Morgen, wie ich eben sagte, schon ziemlich blau und regte sich echt auf. Er beschimpfte mich als Schlampe und meinte, ich wäre genau wie meine Mutter, würde mich herumtreiben und -huren ...«

Emma traten Tränen in die Augen, der schwarze Eyeliner rann ihr in einem dünnen Strich über die Wange.

»Ich bin ausgerastet. Ich habe ihn geboxt und getreten und geschrien, wenn Mom das wirklich getan hätte, dann bestimmt nur, weil er so ein Arschloch ist. Sein Gesicht – ich vergesse niemals seinen Gesichtsausdruck. Ich dachte echt, er würde mich schlagen. Aber er meinte nur, wenn ich nicht wieder auf die richtige Bahn käme, würde ich im Gefängnis landen. Ein paar Wochen danach erzählte ihm Rhonda, ich hätte ihre Xanax geklaut, und das war dann der Anlass für ihn, mich rauszuwerfen, worüber ich aber froh war.«

Mak tunkte eine Pommes in Ketchup. »Emma, die nächste Frage ist ziemlich hart, aber ich habe den Eindruck, dass Sie ziemlich hart im Nehmen sind. Glauben Sie, dass es stimmt, was Ihr Vater sagte? Dass Ihre Mutter sich herumtrieb?«

»Das habe ich mich auch immer gefragt«, gestand sie. »Vor ein paar Jahren habe ich sogar mal versucht, mit einer von Moms besten Freundinnen zu sprechen, einer Kollegin von St. Mary's, Mrs. Logenbuhl. Sie war immer sehr nett zu mir. Zum Beispiel ging sie an meinem Geburtstag mit mir Eis essen und so. An dem Abend habe ich sie rundheraus gefragt, ob meine Mutter eine Affäre gehabt haben könnte, und sie hat total schockiert reagiert und schnell das Thema gewechselt.«

»Das ist interessant«, sagte Mak. »Gibt es sonst noch was? Irgendwelche Mutmaßungen, welche Verbindung sie zu dem Haus auf Tybee Island gehabt haben könnte?«

»Eigentlich nicht. Aber wenn Sie etwas herausfinden, sagen Sie mir Bescheid, ja?«

»Versprochen.«

Mak gab der Kellnerin ein Zeichen, die Rechnung zu bringen.

»Wo wohnen Sie jetzt?«, fragte er.

»Ich bin tatsächlich letztes Jahr wieder nach Hause gezogen.«

»Zu Ihrem Vater?« Mak konnte seine Überraschung nicht verhehlen.

»Von wegen! Nein, ich wohne nur wieder in unserem alten Haus. Ich hab's gekauft«, erklärte Emma stolz.

»Schön für Sie«, sagte Mak. »Wie kam es dazu?«

»Als meine Großmutter starb, hat sie mir ein bisschen Geld hinterlassen. Eigentlich war es fürs College gedacht, als ob da was draus geworden wäre … Aber als ich achtzehn wurde, bekam ich das Erbe ausgezahlt. Da habe ich unser Haus zurückgekauft.«

»Das war bestimmt ein gutes Gefühl.«

»Ich habe auch einen Detektiv beauftragt. Der sollte Mom suchen. Er hat Haar von Moms Bürste zu so einer Firma geschickt, die DNA-Proben vergleicht. Also, für den Fall, dass … ihre Leiche gefunden würde.«

»Ich nehme an, dabei kam nichts heraus?«

»Nein. Der Typ hat mich mit Sicherheit abgezockt.«

Makarowicz schaute düster drein. Gab es Menschen, die so mies waren, dass sie ein trauerndes Kind betrogen?

»Ich bin immer wieder dahingeschlichen, wissen Sie? Nachdem mein Vater das Haus verkauft hatte. Nachts bin ich über den Zaun geklettert und hab mich auf die Schaukel gesetzt, die mein Opa in einen großen Baum im Garten gehängt hatte. Manchmal dachte ich, ich könnte meine Mutter in der Küche singen hören, wirklich! Das habe ich auch meiner Therapeutin erzählt, und sie meinte, das sei eigentlich eine sehr gute Technik zur Selbstberuhigung gewesen.«

Emma nickte und stand auf. Sie wandte sich zum Gehen, kam dann aber noch mal zurück.

»Hey, Mak? Wäre es wohl möglich, die Fotos zu bekommen? Die aus dem Portemonnaie? Ich habe so gut wie keine Bilder von mir und meiner Mutter. Bitte!«

Ihre Stimme war so voller Sehnsucht, dass sie tief in sein abgehärtetes Polizistenherz drang. »Im Moment müssen wir das Portemonnaie und seinen Inhalt noch aufbewahren, weil es Beweisstücke sind, aber da Sie die nächste Angehörige sind, werde ich dafür sorgen, dass sie an Sie zurückgehen.«

# 25.

### INSPECTOR GADGET KEHRT ZURÜCK

**A**m Montag der zweiten Woche standen Hattie und Cass auf der vorderen Veranda des Hauses und überprüften, welche Fortschritte der neue Boden machte. »Sieht super aus«, sagte Hattie und strich mit den Händen über die Holzbohlen.

»Muss es auch. Die Zimmerleute waren gestern Abend fast bis zwölf Uhr hier. Das Kamerateam hat ihnen Bühnenbeleuchtung aufgestellt, damit sie genug sehen konnten. Ich habe den Jungs gesagt, sie bräuchten heute nicht vor zehn Uhr anzutanzen. Habe Angst, dass wir sie verheizen, wenn sie so lange arbeiten.«

Hattie ging an den Rand der Veranda und hielt schützend die Hand über die Augen, während sie den Morgenhimmel nach guten Nachrichten absuchte. Als sie das Knirschen von Reifen in der Einfahrt hörte, sah sie sich um und entdeckte einen offiziellen weißen Pick-up, der langsam auf das Haus zurollte.

»O-oh.« Cass stellte sich neben sie. »Ist das schon wieder der Typ vom Ordnungsamt?«

»Inspector Gadget, der Rächer des Gestrüpps«, bestätigte Hattie. »Was hat er diesmal?«

Rice war offensichtlich auf hundertachtzig. Mit zuckendem Schnurrbart marschierte er auf die Veranda zu, in der ausgestreckten Hand wieder einen Zettel.

»Miss Kavanaugh?«

Sie nickte. »Gibt es ein Problem?«

»Nach Ansicht Ihrer Nachbarn auf jeden Fall. Wir hatten mehrfach Anrufe und Beschwerden über Sie und Ihre Leute, die hier die ganze Nacht hämmern und sägen und Elektrowerkzeuge benutzen. Und diese Jupiterlampen, oder wie Sie die nennen, leuchten in die Häuser der Nachbarn. Ist Ihnen bekannt, dass die Stadt eine Lärmschutzverordnung hat?«

»Ähm, weiß ich nicht genau«, erwiderte Hattie.

»Ich lege Ihnen nahe, sich mal gründlich auf der Website umzusehen. Zwischen zehn Uhr abends und sieben Uhr morgens ist Nachtruhe einzuhalten«, sagte er und überreichte ihr den Bußgeldbescheid. »Das kostet zweihundert Dollar.« Neugierig sah er sich auf der Veranda um.

»Ah, dabei fällt mir ein: Ich sehe hier nirgends eine Drehgenehmigung. Haben Sie überhaupt eine?«

»Allerdings«, meldete sich Cass zu Wort. »Die klebt an der Tür unseres Bauwagens.«

»Sie hat gut sichtbar am Eingang angebracht zu sein«, fuhr Rice sie an, machte auf dem Absatz kehrt und stolzierte zu seinem Dienstwagen zurück.

Hattie kniff die Augen zusammen und versuchte, das Kleingedruckte auf dem Strafzettel zu lesen. »Ich frage mich, wer uns ständig das Amt auf den Hals hetzt.«

»Wie er sagte: die Nachbarn«, erwiderte Cass. »Die meisten Häuser hier sind schon seit Generationen in Familienbesitz. Die Leute sind alt und in ihren Gewohnheiten festgefahren.«

»Vielleicht sind es nicht nur die Nachbarn«, überlegte Hattie. »Vielleicht ist der kleine Holland noch immer sauer auf mich, weil ich das Haus gekauft habe. Vielleicht macht er Ärger, um mir eins auszuwischen.«

»Privilegierte weiße Wichser wie Creedmore junior sind es gewöhnt, ihren Willen zu bekommen.«

Hattie faltete den Zettel zusammen und steckte ihn in die Tasche. »Wer auch immer dahintersteckt, wir können es uns nicht leisten, ständig Bußgeld zu bezahlen. Als Inspector Gadget das erste Mal hier war, hat er damit gedroht, die Dreharbeiten stillzulegen, falls wir uns nicht an die Vorschriften halten. Sag den Leuten Bescheid, Cass: Abends um zehn Uhr ist Feierabend. Und in der Zwischenzeit laufe ich mal den Block hoch und runter und mache mich ein bisschen beliebter.«

# 26.

## GESINNUNGSWANDEL

**H**attie!« Davis Hoffman hielt neben Hatties Pick-up, als sie nach dem Tanken in den Laden gehen wollte, um zu bezahlen.

Es war noch früh am Morgen, keine acht Uhr. »Hallo, Davis«, sagte sie und ging zu seinem schwarzen Mercedes-Cabrio hinüber. »Was machst du denn hier auf Tybee?«

»Ich schaue nach dem Haus meiner Mutter.« Davis verdrehte die Augen. »Hey, ich habe in der Zeitung gelesen, dass du Lanier Ragans Portemonnaie gefunden hast. Du hast mir nicht erzählt, dass du das alte Haus der Creedmores gekauft hast. Wow! Wenn ich gewusst hätte, dass es zum Verkauf steht, hätte ich selbst zugeschlagen. Das liegt nur zwei Grundstücke neben unserem. Dann sind wir jetzt wohl Nachbarn.«

»Sei froh, dass du es nicht gemacht hast«, erwiderte Hattie. »Das Haus ist eine Katastrophe. Apropos Nachbarn, mit denen haben wir ständig Schwierigkeiten. Wir wurden schon zweimal beim Ordnungsamt angezeigt.«

»O Mann, was sollt ihr denn gemacht haben?« Davis lehnte sich aus dem Autofenster.

»Es geht immer nur um so dämliche Kleinigkeiten«, antwortete sie. »Aber die Bußgelder machen mich fertig.«

»Kann ich dir irgendwie helfen?«, fragte er. »Ich kenne die meisten Leute in der Straße.«

»Schon gut. Ich habe mich entschuldigt und Präsentkörbe verteilt. Muss jetzt los. Wir haben heute einen engen Drehplan.«

»Kann's nicht erwarten zu sehen, was du mit dem Haus machst«, sagte Davis. »Würde ich mir gerne mal angucken.«

»Ich melde mich«, versprach Hattie. »Bald.«

Als Hattie in den Wohnwagen kam, saß Trae in der Maske, einen Plastikumhang um den Hals. Er scrollte durch die E-Mails auf seinem Handy, flirtete gleichzeitig mit Lisa und machte Bemerkungen zur Arbeit der Maskenbildnerin, während sie gekonnt Highlights auf seine Wangen und sein Kinn setzte und beigen Concealer unter seinen Augen verklopfte.

»Hey, Hübsche«, sagte er und strahlte Hattie mit seinem Hundert-Watt-Lächeln an.

»Bin sofort bei dir, Hattie«, sagte Lisa und griff zu einem elektrischen Rasierer. »Muss nur noch schnell die Koteletten ein bisschen anschneiden.«

»Aber nicht zu stark!«, mahnte Trae. »Ich mag den natürlichen Look.«

Hattie prustete los. »Natürlich? Du hast gerade mehr Schminke und Haarpflegemittel drauf als ich zu meinem Abschlussball!«

»Kann sein, aber wem steht es besser?«

»Fertig!« Lisa zog Trae den Umhang von den Schultern und gab Hattie ein Zeichen. »Du bist an der Reihe.«

Trae räumte den Stuhl, aber blieb im Wohnwagen. Mit verschränkten Armen lehnte er sich an die Wand und sah zu, wie sich Lisa an Hatties Haare machte. Er trug eine kunstvoll verblichene Jeans und ein weißes Baumwoll-T-Shirt, das eng genug war, um seinen muskulösen Körperbau zu unterstreichen. Unter den Arm hatte er eine aufgerollte Zeitung geklemmt.

»Schon wieder ein Artikel über die vermisste Frau mit dem Portemonnaie«, bemerkte er.

»Was steht denn da?«

Trae rollte die Zeitung aus und wollte sie Hattie geben.

»Nein, sag mir einfach, was da steht.«

»Es geht um diesen Polizeibeamten von Tybee, der letztens hier war. Angeblich hat er offiziell die Ermittlungen von den Kollegen in Savannah übernommen. Wir werden auch erwähnt. Sogar mein Name ist richtig geschrieben. Deiner auch.«

»Das ist wahrscheinlich gut«, sagte Hattie.

»Wie lief dein Gespräch mit der Reporterin?«, fragte Trae.

»Ganz okay. War ja nicht so, als hätte ich ihr viel über das Portemonnaie erzählen können.«

»Aber ihr habt ziemlich lange gesprochen«, bemerkte er.

»Mich interessiert nur, warum das nach, keine Ahnung – sechzehn Jahren? – immer noch so eine große Geschichte ist.«

Hattie schaute im Spiegel zu, wie Lisa ihre Haare geschickt zu französischen Zöpfen flocht und mit dem Kammstiel einzelne Ponysträhnen herauszog.

»Siebzehn Jahre. Lanier hat vielen Menschen etwas bedeutet. Ja, es ist lange her, dass sie verschwunden ist, deshalb ist es ja umso rätselhafter. Wo ist sie damals hingegangen? Was ist mit ihr passiert?«

»Tja, du kanntest sie doch. Was glaubst du denn?«

»Wie Cass schon sagte: nichts Gutes. Ich glaube nicht, dass sie weggelaufen ist und ihre kleine Tochter zurückgelassen hat. Molly, so heißt die Journalistin, kannte alle Gerüchte – auch, dass Lanier eine Affäre gehabt haben soll. Das war ein Gerücht, das damals schon umging, als wir noch auf der Highschool waren ...«

Die Tür des Wohnwagens ging auf, Cass kam herein. »Hey,

Lisa, Mo sagt, du sollst mich für meine nächste Szene aufbrezeln.«

»Jep«, sagte Lisa. »Ich kümmere mich um dich, sobald ich mit Hattie fertig bin. Deine Sachen hängen da drüben im Schrank, wenn du dich erst umziehen willst.«

»Neiiiin«, stöhnte Cass. »Was stimmt denn nicht mit meinen Klamotten?« Sie trug ein ausgeblichenes olivgrünes T-Shirt, eine weite Cargohose, die ihr bis kurz über die Knie reichte, und Sneaker von Converse.

Trae warf Hattie einen Blick zu. »Wo soll ich anfangen. Zuerst mal, Cassandra …«

»Ich heiße Cassidy.«

»Okay, Cassidy. Nichts für ungut, aber drüben an der Tankstelle ist eine Obdachlose, die ihre Sachen zurückhaben will. Was du da anhast, erfüllt den Tatbestand der vorsätzlichen Hässlichkeit.«

Hattie räusperte sich. »Hör nicht auf Trae. Ich glaube, er will dir sagen, dass dein Outfit zwar bequem und praktisch ist, aber nicht unbedingt deine Vorzüge hervorhebt.«

»Keine Sorge, Cass«, sagte Lisa. »Jodi hat mir gezeigt, was du anziehen sollst. Ist nur eine enge Jeans und ein T-Shirt. Du hast einen süßen Hintern. Warum zeigst du ihn nicht?«

»Vielleicht zeige ich ihn nicht, weil ich nicht will, dass die perversen Bauarbeiter auf falsche Gedanken kommen.« Cass zog eine Schnute.

»Ich verspreche dir, dass es nichts Provozierendes oder Freizügiges ist«, sagte Lisa.

Nach fünf Minuten war Cass wieder da. Sie trug eine enge Jeans und ein kurzärmeliges korallrotes T-Shirt mit V-Ausschnitt.

»Das habe ich gemeint«, sagte Trae anerkennend. »Eine

Hose, die richtig passt, und eine Farbe, die dir wirklich steht, nicht so wie das grässliche Khaki.«

»Jetzt bist du also auch noch Modeexperte, was?«, ätzte Cass.

»Nur ein Designer mit angeborenem Farbgefühl«, gab er zurück.

»Auch wenn er nervt, aber er hat recht«, sagte Hattie. »Sorry.«

Die Trailertür ging auf, und Mos Assistent Gage schob den Kopf herein. »Hattie? Trae? Wir warten im Haus auf euch.«

Während die Kamera lief, tunkte Trae einen Pinsel in die erste Farbdose und strich damit ein kleines Stück der Außenverkleidung. Dann sah er zu Hattie hinüber. »Und, was meinst du?«

Sie schüttelte den Kopf. »Zu stark. So ein Türkiston würde gut zu den Betonblockhäusern aus den Fünfzigerjahren passen, aber bei so einem alten Haus wie dem hier sieht das nicht aus.«

Trae nickte und öffnete die nächste Dose, doch bevor er damit streichen konnte, rief Hattie: »Iih. Nee.«

»Aber das ist eine historische Farbe«, protestierte er. »Cappuccino.«

»Schmeckt super im Café, aber wer will denn so ein Braun am Strand? Nein, auf gar keinen Fall!«

Er hielt die nächste Dose hoch. »Weiß. Mir ist aufgefallen, dass viele Holzrahmenhäuser aus der Zeit schlicht weiß gestrichen sind. Dieser Farbton ist ein klein wenig abgetönt, man könnte dann was Spannenderes mit den Schmuckelementen und den Fensterläden machen. Sie vielleicht in einem dunklen Charleston-Grün streichen.«

Hattie sah zu, wie er die Farbe auf die Verkleidung strich, zurücktrat und sie betrachtete.

»Okay, es passt zu der Zeit, aber es ist langweilig, findest du nicht?«

»Sehe ich auch so«, sagte Trae. »Deshalb habe ich mir die beste Farbe bis zum Schluss aufgespart.«

Er ließ die letzte Farbdose mit einem dramatischen »Ta-da!« aufploppen. »Hier kommt Tybee Strandglas!«

Ohne Hatties Kommentar abzuwarten, strich er einen breiten Streifen der Verkleidung damit an.

Es war ein weiches, leicht ins Gräuliche spielende Blaugrün.

»Gefällt mir«, sagte Hattie, machte einen Schritt nach hinten und legte den Kopf schräg.

»Ich war unten am Bootsschuppen und habe das alte Holzboot gesehen. Das hatte ein unheimlich schönes verblasstes, salzverkrustetes Blaugrün. Erinnerte mich an Meerglas. Habe ein bisschen von der Farbe abgekratzt und sie heute Morgen mit zum Malerbedarf genommen.«

»Perfekt!« Hattie strahlte. »Dann wird es Tybee Meerglas.«

»Die Zierelemente dann in Weiß? Und die Türen korallrot?«

Hattie sah zweifelnd drein. »Korallrot?«

Trae griff zu einer kleineren Farbdose, öffnete sie und hielt sie ihr hin, dann malte er ein kleines Viereck der Hausverkleidung an. »Erinnert mich an eine Hibiskusblüte.«

»Die Farbe hätte ich niemals für die Tür gewählt, aber eigentlich finde ich sie echt schön«, sagte Hattie.

»Moment!« Trae tat entsetzt. »Heißt das, wir sind tatsächlich mal einer Meinung?«

»Ich bin genauso überrascht wie du«, sagte Hattie, nahm den Pinsel und malte ihm einen schmalen korallroten Streifen auf den Nasenrücken.

»Witzig«, sagte Trae, als die Kameras nicht mehr liefen, und rieb sich die Nase mit einem Handtuch ab.

»Das war super, Leute«, lobte Leetha. »Endlich gibt es ein bisschen Chemie zwischen euch. Findest du nicht, Mo?«

Der Produzent saß am Rande des Geschehens und sah sich auf seinem Laptop das Video vom Vormittag an. Er schaute nicht hoch. »Doch, doch. Viel besser. Wirkte natürlicher, weniger gespielt. Hattie, wir müssen ein paar Szenen mit dir und Cass von heute Morgen noch mal neu drehen. Die Beleuchtung war mies, und du brummst die Hälfte so vor dich hin, dass kaum was zu verstehen ist.«

Augenblicklich war Hattie im Verteidigungsmodus. »Ich habe gar nicht vor mich hin gebrummt.«

»Gut, dann hattest du vielleicht noch Maisgrütze im Mund oder so. Egal. Muss trotzdem neu gemacht werden. Du und Cass, ihr müsst zu Lisa zum Nachschminken. Ich lasse die Jungs wieder hier drin aufbauen, in zwanzig Minuten sind wir so weit.«

Mo ging zurück ins Haus.

»Aha«, sagte Trae. »Er hasst also nicht nur mich. Sondern euch auch.«

»Nehmt es nicht persönlich«, riet Leetha. »Während der Dreharbeiten mag Mo niemanden.«

Als Hattie in den Wohnwagen stieg, saß Cass bereits in einem Schminkstuhl. Lisa puderte ihr die Wangen, immun gegenüber Cass' Klagen.

»Mit dieser Kriegsbemalung seh' ich doch furchtbar aus!«

»Im Film sieht das hinterher total natürlich aus«, versicherte Lisa ihr. »Und du hast eine tolle Haut. Welche Feuchtigkeitscreme benutzt du?«

»Bratenfett«, entgegnete Cass. »Und als Peeling nehme ich Maismehl.«

Lisa sah sie entsetzt an.

»Nein, nein«, sagte Cass lachend. »Ich nehme die Creme, die schon meine Mutter und Großmutter benutzten: Pond's.« Sie stand auf und überließ ihren Sessel Hattie.

»Hey, hast du schon gesehen, dass wieder ein Artikel über uns in der Zeitung steht?«, fragte Cass und griff zu einer alten Ausgabe der Zeitschrift *People*. »Ist wohl nicht viel los momentan.«

»Als ich letztens mit dieser Reporterin Molly Fowlkes gesprochen habe, hat sie mir erzählt, dass sie richtig besessen von Lanier Ragan ist. Und auf einmal wollte sie wissen, ob ich damals Gerüchte gehört hätte, dass Lanier eine Affäre mit einem Footballspieler ihres Mannes hatte.«

»Hm?« Cass hörte auf, in der Zeitschrift zu blättern.

»Verrückt, oder? Molly hat mir erzählt, als sie vor ein paar Jahren eine Kolumne zum zehnten Jahrestag des Verschwindens geschrieben hat, bekam sie einen anonymen Anruf von einer Frau, die behauptete, ihr damaliger Freund, ein Footballer der Jungenschule, hätte mit Lanier geschlafen. Die Frau hätte gesagt, sie wolle nur klarstellen, dass Lanier keine Heilige war.«

»Und sie hatte keine Ahnung, wer diese Frau war?«, fragte Cass.

»Nein. Damals gab es noch keine Anrufererkennung. Molly meinte, sie hätte das nie in ihren Artikeln erwähnt, weil sie die Angaben der Frau nicht hätte überprüfen können. Hab nie was in der Richtung gehört. Du?«

Cass betrachtete eine Aufnahme von Jennifer Lopez in einem knallengen Satinkleid und hielt sie Hattie hin. »Kannst du glauben, dass diese Chica über fünfzig ist? Wie oft die wohl ins Fitnessstudio geht?«

»Keine Ahnung. Aber das ist ihr Job. Die bekommt eine Fantastillion pro Jahr, damit sie so aussieht. Du hast meine Frage nicht beantwortet. Hast du mal irgendwelche Gerüchte gehört, dass Lanier Ragan was mit einem Schüler von der Highschool hatte?«

»Glaub nicht.« Cass nahm einen Stift und fing an, das Promi-Kreuzworträtsel auf der Rückseite der Zeitschrift auszufüllen.

»Guck mal hierher, Hattie«, sagte Lisa. »Ich muss dir noch ein paar Wimpern ankleben.«

Am Ende des Nachmittags sackte Hattie in einen Klappstuhl auf der Veranda vorm Haus und trank aus einer kalten Wasserflasche. Ein spätnachmittäglicher Gewitterregen kam herunter, im Osten donnerte es unheilvoll. Trae ließ sich auf den Stuhl neben sie sinken.

»Mist«, sagte er und zog das nasse Hemd von seiner Brust. »Wie könnt ihr in diesem Klima leben? Kommt mir vor wie der Klarspülgang in einer großen Spülmaschine.«

»Willkommen in Savannah«, gab Hattie zurück. »Warte den Oktober ab! Dann ist es nicht mehr so schwül, aber noch warm genug, um am Strand zu sitzen. Weihnachten ist es kühler, aber der Himmel – o Mann, der ist so blau, und die Luft so frisch, und die Kamelien blühen so schön. Solche Kamelien wie bei uns gibt es in L.A. bestimmt nicht. Und im Februar dann, um den Valentinstag herum, fangen die Azaleen an zu blühen. Jeder Platz in Savannah sieht aus wie auf einer Postkarte. Ich habe auch eine Azalee im Garten – tatsächlich hat sie eine Farbe, die ziemlich nah an das Korallrot drankommt, mit dem du die Haustür streichen willst ...«

»Okay, überredet«, sagte Trae lachend. »Wo wohnst du denn? Hier auf Tybee?«

»Nein. Ich habe einen kleinen Bungalow in Thunderbolt.«

»Thunderbolt? Gibt es wirklich einen Ort, der Donnerkeil heißt?«

»Allerdings. Früher war das ein Fischerdorf, da lagen die Krabbenboote im Wilmington River. Wir haben das Haus noch vor der Hochzeit gekauft, und seitdem renoviere ich es.«

Trae war überrascht. »Ich wusste nicht, dass du verheiratet bist. Und jetzt, bist du geschieden?«

»Nein. Ich bin … o Gott, ich hasse das Wort. Ich bin Witwe. Jung geheiratet, jung verwitwet.«

Trae lief rot an. »Das tut mir leid. Das vorschnelle Urteil wie dein Verlust. Ich weiß, es geht mich nichts an, aber wie ist das denn passiert?«

»Ein betrunkener Jugendlicher hat auf der Lazaretto Creek Bridge einen Unfall verursacht und Fahrerflucht begangen«, antwortete Hattie. »Hank saß auf dem Motorrad.«

»Du meine Gute«, flüsterte Trae. »Das tut mir leid, Hattie. Aber sie haben den kleinen Scheißer doch gefasst und in den Knast gesteckt, oder?«

»Schön wär's«, sagte Hattie. »Es ist jetzt sieben Jahre her. Der Polizist, der den Fall bearbeitet hat, meldet sich immer noch von Zeit zu Zeit. Und jedes Mal, wenn er anruft, ist das ein neuer Stich ins Herz.«

Trae griff nach Hatties Hand und drückte sie. Etwas länger als notwendig ließ er seine Hand auf ihrer liegen. Sie war warm, und Hattie merkte, dass sie sich getröstet fühlte.

»Hey«, unterbrach er das unbehagliche Schweigen. »Ich sterbe vor Hunger. Aber heute will ich nichts mehr aus dem Verpflegungszelt. Wie wär's mit Essen gehen? Gibt es einen

Laden auf dieser Insel, wo ich einen ordentlichen Martini bekomme?«

»Das Sundae Café«, sagte Hattie sofort.

»Was hältst du davon, wenn wir uns diese Schminke aus dem Gesicht wischen und zusammen hinfahren?«

»Okay«, sagte Hattie, von sich selbst überrascht. »Ich frag kurz Cass, ob sie mitkommen will.«

»Super«, sagte Trae, doch sein Ton verriet ihn.

»Schon gut«, erwiderte Hattie lachend. »Gib mir zehn Minuten, dann bin ich fertig.«

# 27.

**T**rae verdrehte ungläubig die Augen, als er sah, wo das Restaurant lag – in einem kleinen Einkaufszentrum, eingequetscht zwischen einem Supermarkt und einem Spirituosenladen. »Dein Ernst? Gibt's da Barbecue, Pizza oder Pizzabarbecue?«

»Stell dich nicht so an«, sagte Hattie. »Das Essen dort ist genauso gut wie in Savannah oder Charleston.«

Sie fanden einen Tisch, bestellten Getränke – einen Dirty Martini für Trae, ein Glas Chardonnay für Hattie – und wollten gerade ihre Gerichte wählen, als eine sonnenverbrannte Frau mittleren Alters aufgeregt auf sie zusteuerte.

»Ich habe gerade zu meinen Freundinnen gesagt« – sie wies auf einen Tisch mit fünf Frauen –, »den kenne ich. Das muss er sein. Sie sind Trae Bartholomew, richtig? Von *Der Top-Designer*?«

Trae strahlte sie an. »Ja, richtig.«

Sie klatschte in die Hände. »Yeah! Ich wusste es. Wir fanden alle, Sie hätten gewinnen müssen. Diese Frau, die stattdessen den Preis bekommen hat, Jovannah? Das war ja wohl das kitschigste Zimmer, das ich je gesehen habe. Ich meine, wer klebt sich Alufolie an die Wand? Äh! Also, Ihr Zimmer war wirklich besser. Wir sind alle große Fans, wir folgen Ihnen auf Instagram und sind ganz gespannt auf Ihre neue Sendung!«

Die Frauen am Nebentisch winkten synchron und hielten prostend ihre Weingläser hoch.

»Oh, danke«, sagte Trae in dem vergeblichen Versuch, bescheiden zu wirken. »*Der Top-Designer* hat großen Spaß gemacht und war gute Werbung für mich, deswegen würde ich sagen, letztendlich habe ich doch gewonnen.«

»Wir haben die Bilder von dem neuen Projekt gesehen, an dem Sie arbeiten«, sagte die Frau. »Die Küche ist ja übel!« Bedeutungsvoll sah sie Hattie an. »Ist das ein Projekt in Savannah? Ist sie so was wie Ihre Assistentin?«

»Nein, das ist meine Fernsehpartnerin«, beeilte er sich zu sagen. »Hattie Kavanaugh.« Trae senkte die Stimme. »Wir drehen ein neues Format für HPTV. Aber erzählen Sie's nicht weiter, ja?«

»Wirklich?«, kreischte die Frau. »Hier auf dem piefigen Tybee?«

»Tybee ist nicht piefig«, gab er zurück. »Die Insel ist reizend. Idyllisch. Bodenständig. Und warten Sie die Verwandlung ab. Das wird das schönste Strandhaus, das Sie je gesehen haben.«

»Wo steht das Haus denn? Wann wird die Show gesendet?«

Kapitulierend hob Trae die Hände. »Die Adresse darf ich Ihnen natürlich nicht nennen, aber ich kann Ihnen sagen, dass es ein historisches Haus direkt am Wasser ist, und die Sendung wird ab Herbst mittwochabends laufen.«

»Ich kann's gar nicht erwarten.« Die Frau zauberte eine Speisekarte und einen Stift hervor. »Wäre es unhöflich von mir, um ein Autogramm zu bitten?«

»Ich fände es eher unhöflich, wenn Sie nicht danach fragen.« Trae schrieb seinen Namen auf die Speisekarte. »Und, wie wär's mit einem Foto?«

»O mein Gott!«, jubelte sie und sah Hattie an. »Würden Sie …?«

»Natürlich«, sagte Hattie und stand auf, doch anstatt sich zum Fotografieren vor Hattie zu stellen, reichte die Frau ihr das Handy.

Trae erhob sich ebenfalls und legte der Frau den Arm um die Schultern. »Sagen Sie *Die Traumhaus-Profis*!«, forderte er die Fremde auf und strahlte sie an.

Hattie machte drei, vier Bilder und gab das Handy zurück.

»Das war unangenehm«, bemerkte Trae, als die Frau sich wieder zu ihren Freundinnen gesetzt hatte. »Sorry. Diese Hardcore-Fans sind manchmal ganz schön aufdringlich.«

Er griff zur Speisekarte. »Kannst du hier was empfehlen?«

»Regionale Meeresfrüchte«, sagte Hattie und sah sich über die Schulter zu dem Tisch mit den Frauen um, die angeregt plauderten und herüberzeigten. »Passiert dir so was öfter?«

Trae zog eine Grimasse. »Hin und wieder. *Der Top-Designer* wurde schon vor drei Jahren gedreht, aber ist durch die Wiederholungen immer noch aktuell. Das bedeutet, dass ich immer wieder neu erleben darf, wie Jovannah, eine Hundefriseurin-Schrägstrich-Innenarchitektin aus Terra Haute, mir die Fünfzigtausend vor der Nase wegschnappt.«

»Autsch«, machte Hattie.

»Schon gut. Sie hat eine eigene Sendung bekommen, aber davon wurden nur sechs Folgen ausgestrahlt, dann zog der Sender den Stecker. So ist das Showbusiness, nicht?«

»Da kenne ich mich nicht aus.« Hattie stützte die Ellenbogen auf den Tisch und lehnte sich vor. »Was glaubst du, wie stehen die Chancen, dass unsere Sendung gut läuft?«

»Ich glaube, wir sind eine erfolgreiche Kombination«, antwortete Trae. »Mo und Leetha sind gut in ihrem Job. Wenn

wir mit dem Haus fertig sind, wird es umwerfend aussehen.«
Er zwinkerte. »Und du kannst nicht leugnen, dass die Chemie
zwischen uns stimmt.«

Hattie errötete und trank einen Schluck Wein.

»Hör zu. Rebecca Sanzone will, dass unsere Sendung ein
Erfolg wird. Es gibt ja Gründe dafür, dass sie uns auf den Sendeplatz am Mittwochabend setzt, und damit meine ich nicht
Krystee Brandstetters Zwillinge. Ich will nicht unbescheiden
sein, aber ich habe sechshunderttausend Follower auf Social
Media, Leute wie die Dame und ihre Freundinnen am Nebentisch. Also nur unter uns beiden: Wir sind eine sichere Bank.«

»Wirklich?« Hattie strich sich eine Haarsträhne hinters Ohr
und dachte darüber nach, welche Auswirkungen eine beliebte
Fernsehsendung haben könnte.

Trae tätschelte ihre Hand. »Lach doch mal. Vielleicht wird es
ein Flop. Oder das Haus brennt ab. Oder wir finden die Mumie
dieser Lehrerin auf dem Dachboden.«

Hattie entriss ihm ihre Hand. »Das ist nicht witzig.«

»Sorry.« Er schüttelte den Kopf. »Du hast recht. Schlechter
Scherz. Geschmacklos. Liegt wahrscheinlich an meinem Bammel.«

Der Kellner erschien. »Bestell du für uns«, schlug Trae vor.
»Meeresfrüchte klingen gut.«

Hattie wählte als Vorspeise Krabbenküchlein, danach für
beide kross gebratene Flunder. Und noch ein Glas Wein.

»Bammel?«, fragte sie, als der Kellner gegangen war.

»Ja. Wegen uns beiden.«

»Ach, bitte. Spar dir deine Schmeicheleien für deine Fans
auf«, sagte Hattie.

»Ich bin vollkommen ehrlich zu dir«, beharrte Trae. »Ist
nicht einfach, dich für mich zu gewinnen.«

»Warum hast du das Gefühl, du müsstest mich für dich gewinnen? Wir haben heute einen großen Teil geschafft, ohne dass ich mit dem Vorschlaghammer auf dich losgehen wollte. Das nenne ich Fortschritt.«

Er lachte. »Liegt es daran, dass du mich nicht magst, oder dass du mir nicht traust – oder beides?«

Sie spürte, wie ihre Wangen warm wurden. »Ich kann dich mittlerweile ganz gut leiden.«

»›Ganz gut‹ klingt nicht gerade berauschend.«

Der Kellner stellte einen Korb mit warmem Brot auf den Tisch, dazu eine Schale mit Olivenöl. Hattie nahm sich eine Scheibe, riss ein Stück ab und tunkte es in das mit Kräutern verfeinerte Öl.

Sie kaute das Brot und trank einen Schluck Wein. Trae hob fragend eine Augenbraue. »Das ist alles? Mehr hast du nicht für mich übrig?«

»Na gut«, gab sie nach. »Vielleicht wächst du mir ein bisschen ans Herz.«

»Wie ein Schimmelpilz? Soll das was Gutes sein?«

»Trae! Ich finde, wir haben ein gutes Arbeitsverhältnis, und es sieht so aus, als seien Leetha und Mo zufrieden. Ich weiß wirklich nicht, was du sonst noch von mir willst.«

Er beugte sich über den Tisch und küsste sie zart auf die Lippen. »Das«, murmelte er ihr ins Ohr. »Das will ich von dir. Zur Vorspeise.«

Hattie riss die Augen auf. Gerade rechtzeitig, um zu sehen, wie am Frauentisch Kameras blitzten. Die weiblichen Fans kicherten und stießen sich an.

Sie entzog sich ihm. Es fühlte sich an, als stände ihr Gesicht in Flammen. »Verdammt.«

Trae sah sich über die Schulter nach den Frauen um, dann

konzentrierte er sich wieder auf Hattie. »Ignorier sie einfach. Hier geht es um uns.«

Sie trank wieder einen Schluck. »Um uns? Ich weiß nicht, was ich davon halten soll.«

»Als Erstes könntest du mir vielleicht sagen, ob dir der Kuss gefallen hat.«

»Wow.« Hattie versuchte, ihre Reaktion in Worte zu fassen. »Du hast mich völlig überrumpelt. Das war eine Art Kussüberfall, findest du nicht?«

»Nicht ganz. Du hast mich gefragt, was ich sonst noch von dir will, und ich habe es dir gezeigt. Ganz spontan. Du hast zugegeben, dass wir vor der Kamera eine gute Chemie haben. Ich wollte dir zeigen, dass wir auch hinter der Kamera eine gute Chemie haben können. Eine sehr gute sogar.« Trae hob eine Augenbraue. »Es sei denn, du findest das abartig. Also, Gott bewahre, dass du meine Aufmerksamkeit unangenehm findest oder denkst, dass ich dich sexuell belästige.«

»Sexuell belästigen? Nein!«, beeilte sie sich zu sagen. »Und du bist nicht vollkommen abartig.«

Wieder dieses Lächeln. Klar, das hatte er auch bei seinen Fans aufgesetzt, aber jetzt, redete Hattie sich ein, war es anders. Es war echt. Und völlig entwaffnend. Sie spürte, wie ihre Abwehrkräfte schwanden.

Schon stand der Kellner mit den Vorspeisen am Tisch. Hattie schickte ein stummes Dankesgebet für die willkommene Unterbrechung in den Himmel.

Trae probierte das Krabbenküchlein. »Hey! Das schmeckt super.« Er tauchte es in den grellroten Soßenklecks auf seinem Teller. »Was ist das? Angenehm würzig.«

»Scharfes Paprika-Gelee. Typische Südstaatenküche, Süßes kombiniert mit Scharfem.«

»Süß und scharf. Wenn das eine Metapher für Südstaaten-mädels ist, finde ich sie gut.«

Hattie schüttelte den Kopf. »Du bist unverbesserlich.«

»Ich glaube, das ist das Netteste, was du heute Abend zu mir gesagt hast.«

Als die Hauptspeise kam, gelang es Hattie, das Gespräch von Diskussionen über Chemie wegzusteuern, indem sie Trae nach seinen Lieblingsprojekten fragte.

»Die mit den größten Budgets machen natürlich am meisten Spaß«, erwiderte er. »Diese Tech-Jungs aus dem Silicon Valley haben so viel Geld, dass sie es zum Fenster rauswerfen. Die sind für die gewagtesten, überzogensten Ideen offen, die mir so einfallen. Jeder will den anderen übertreffen. Für einen habe ich tatsächlich mal ein freistehendes Multiplexkino gebaut, komplett mit einer Konzession für einen Stand mit vollem Service und einem Holzofen für Pizza.«

»Wahnsinn«, sagte Hattie.

»Und du? Was war dein Lieblingsprojekt?«

»Hm.« Es dauerte nicht lange, bis Hattie die Antwort wusste. »Vor zwei Jahren hat uns ein Freund von Tug das Haus seiner verstorbenen Schwiegermutter in Ardsley Park verkauft. Das ist ein sehr begehrter Stadtteil unweit des Zentrums, der erste Vorort von Savannah, der mit der Straßenbahn zu erreichen war. Es war ein heruntergekommenes Haus aus den Zwanzigern im Georgian-Revival-Stil, das auf einem wunderschönen Doppelgrundstück stand. Die Familie ist gar nicht erst zum Immobilienmakler gegangen.«

Hattie lächelte bei der Erinnerung. »Im Garten standen hundert Jahre alte Lebenseichen und Buchsbaumhecken, das Haus lag zurückgesetzt von der Straße und war riesengroß – knapp dreihundertsiebzig Quadratmeter Wohnfläche, inklusive eines unglaublichen Wintergartens mit Kamin, original Bleiglasfenstern und kubanischen Fliesen auf dem Boden.«

»Und?«, fragte Trae.

Mit leuchtenden Augen beschrieb Hattie den Umbau. »Wir haben die Küche komplett neu gemacht, haben die meisten Wände rausgerissen. Damals hatten wir einen sehr guten Schreiner, der für uns arbeitete. In der Frühstücksecke standen Schränke mit Glasfronten, die er nachgebaut hat, und den Stil haben wir dann bei allen Oberschränken übernommen. In der Vorratskammer haben wir bestimmt zwölf Lackschichten abgekratzt, bis wir die Eichenvertäfelung darunter freigelegt hatten. Da haben wir dann eine Spüle aus Kupfer eingebaut. Und unser Elektriker hat es geschafft, die Technik aus dem begehbaren Zwanzigerjahre-Eisschrank auszubauen und einen neuen Kompressor und Motor einzusetzen.«

Sie seufzte. »Das war die traumhafteste Küche, die ich je gemacht habe. Der Rest des Umbaus war nichts Besonderes. Aus dem ehemaligen Fernsehzimmer und den Dienstbotenzimmern haben wir ein großes Schlafzimmer gemacht, und die vier Schlafzimmer oben haben wir zu dreien mit jeweils angrenzendem Bad umgebaut. Auf dem Grundstück stand auch eine alte Remise. Die Garage unten haben wir in ein Poolhaus umgebaut, die obere Etage in eine Gästewohnung.«

»Ich bin beeindruckt«, sagte Trae. »Und wie viel Gewinn habt ihr gemacht, als ihr es verkauft habt?«

»Nicht so viel, wie geplant«, gestand Hattie kleinlaut. »Mir ist das passiert, wovor Tug mich immer warnt: Ich habe mich in das Haus verliebt und zu viel ausgegeben. Wir haben es für 235 000 Dollar gekauft und noch mal 200 000 reingesteckt. Das war die höchste Summe, die wir damals je lockergemacht haben.«

»Klingt mir nicht nach so viel.«

»Für dich vielleicht nicht, für uns schon. Wir hätten wahrscheinlich mehr dafür bekommen können, wenn wir zusätzlich einen Außenpool eingebaut und den Garten nach meinen Entwürfen hätten gestalten lassen, aber Tug sprach ein Machtwort, also haben wir das Haus für 779 000 zum Verkauf angeboten und schließlich 750 000 dafür bekommen, worüber ich mich total gefreut habe.«

»Ihr habt fast das Doppelte rausbekommen«, sagte Trae. »Gut gemacht.«

»Nicht so gut wie der Typ, dem wir es verkauft haben«, gestand Hattie. »Der hat wahrscheinlich noch mal fünfzigtausend draufgelegt, wirklich einen Pool eingebaut und den Kasten sechs Monate später für 1,2 Millionen verhökert.«

Hattie seufzte. »Jedes Mal, wenn ich an dem Haus vorbeifahre, bin ich versucht, an der Tür zu klopfen und die neuen Besitzer zu fragen, ob sie mich mal rumführen.«

»Wer seine Kinder liebt, muss sie gehen lassen«, sagte Trae. »Ich bin übrigens der gleichen Meinung wie dein Schwiegervater. Verlieb dich in nichts, das dich nicht zurücklieben kann. Es ist nur ein Haus. Und an der nächsten Ecke wartet das nächste Projekt.«

»Du hast leicht reden«, sagte Hattie. »Für jemanden wie mich, der dazu neigt, sein Herz zu verlieren, ist das nicht so leicht.«

Er musterte ihr Gesicht im Schein des Kerzenlichts. »Das hätte ich bei dir nicht gedacht. Aber gut zu wissen.«

Trae nahm ihre Hand, und diesmal ließ Hattie ihn gewähren. Er beugte sich vor und gab ihr noch einen Kuss.

»Ähm …«

Der Kellner stand wieder neben ihnen, diesmal mit einem

Teller, auf dem ein großer Schokoladenbrownie mit Eis, Karamellsoße und Schlagsahne angerichtet war. Er stellte ihn vor Trae auf den Tisch.

»Das haben wir nicht bestellt«, sagte der, sichtlich verärgert über die Unterbrechung.

»Mit vielen Grüßen von Ihren Fans«, verkündete der Kellner und nickte in Richtung der Frauen, die in fröhlicher Erwartung zu ihnen rübersahen und die Kameras gezückt hatten.

Trae stand auf und verbeugte sich andeutungsweise. »Vielen Dank, die Damen!«, rief er, während die Handykameras blitzten.

Er setzte sich wieder und teilte mit der Gabel einen Teil des Brownies ab, um ihn mit schmelzendem Eis und tropfender Karamellsoße zu Hatties Mund zu führen.

»Aufmachen«, befahl er.

»Aber ich will nicht …«, protestierte sie hilflos und tat dann doch, wie ihr geheißen.

Neue Kamerablitze.

Verlegen tupfte Hattie ihren Mund mit der Serviette ab.

»Da ist noch was«, sagte Trae. Er berührte ihre Unterlippe mit dem Finger und ließ ihn ein klein wenig länger dort liegen, als nötig war.

Dann schaute er zum Kellner hinüber, der noch in der Nähe war und das Schauspiel verfolgte. »Wir würden gerne zahlen.«

»Das haben die Damen bereits getan«, sagte der Kellner.

»Wenn ich gewusst hätte, dass sie das tun, hätte ich eine ganze Flasche Wein bestellt«, gab Trae zurück. Er winkte den Frauen zu, probierte noch mal eine Gabel vom Nachtisch und legte dann seine Serviette auf den Tisch.

»Komm, gehen wir.«

## 28.

### DAS FEUER IN DEINEN AUGEN

**W**ie wär's mit einem Absacker?«, fragte Trae, als Hattie auf den Beifahrersitz seines gemieteten Lexus rutschte.

»Ist schon nach neun«, erwiderte sie. »Außerdem gibt es meines Wissens nur einen Laden auf Tybee, in dem zu dieser Uhrzeit noch was ausgeschenkt wird, und das ist eine Touristenbar mit Drinks, die im Dunkeln leuchten.«

»Wir könnten nach Savannah fahren«, schlug Trae vor. »Mein Hotel hat eine Dachterrasse mit Bar, von da hat man einen super Blick auf den Fluss. Und es gibt ganz normale Cocktails.«

»Ich denke nicht«, sagte Hattie. »Von hier nach Savannah sind es dreißig Minuten, und ich muss ja noch zurück nach Thunderbolt. Ich muss morgen um sieben Uhr am Set sein.«

»Du könntest ein Lyft nehmen. Oder wir trinken einfach noch was in Ruhe bei dir? In Thunderbolt? Jedes Mal, wenn ich auf dem Weg zur Arbeit durch den Stadtteil fahre, frage ich, warum er so heißt.«

»O nein«, ruderte Hattie instinktiv zurück. Bei ihr zu Hause? Ein Kuss war eine Sache; Trae zu sich einzuladen und womöglich mit ihm im Bett zu landen, wenn sie ihn richtig verstand, ging ihr viel zu schnell.

Er roch verführerisch, nach einer gefährlichen Mischung

aus Sandelholz, Leder und Bergamotte, und es wäre so leicht, ihm nachzugeben. Aber nicht heute Nacht.

»Bring mich bitte einfach zurück zur Chatham Avenue, dann fahre ich mit meinem eigenen Wagen weiter. Ich muss wirklich nach Hause. Ribsy war den ganzen Tag allein. Ich habe ihm versprochen, mit ihm rauszugehen, wenn ich zurück bin. Und, wie gesagt, ich muss morgen früh raus.«

»Ich muss erst um neun da sein«, sagte Trae und setzte den Lexus rückwärts aus der Parklücke, um auf die Butler Avenue zu fahren.

»Weil du ein Mann bist. Du musst nichts weiter tun, als dir die Haare zu kämmen und sicherzustellen, dass der Hosenstall zu ist, dann bist du fertig für die Kamera. Ich dagegen muss Lisas Glätteisen und ihre Pinsel über mich ergehen lassen. Von meiner Kleidung ganz zu schweigen.«

»Wir wissen beide, dass das nicht stimmt«, sagte er mürrisch. »Also verschieben wir es?«

»Mal sehen«, sagte Hattie.

Trae schielte zu ihr hinüber. »Ist das die feine Südstaatenart zu sagen: Lass uns Freunde bleiben?«

Sie gähnte ungeniert. »Nein, das ist Hattie, die sagt, dass sie schon seit vierzehn Stunden auf den Beinen ist und einfach nur noch nach Hause, duschen und ins Bett will.«

Die nächsten Straßenblocks legten sie schweigend zurück. Trae schwenkte den Lexus auf die Chatham Avenue und wurde langsamer, als sie sich der Einfahrt zum Grundstück näherten.

Auf der Zufahrt zum Haus reckte Hattie die Nase in die Luft und schnüffelte. »Riechst du das auch? Da brennt was.«

»Vielleicht grillt jemand?«

Sie ließ die Scheibe hinunter. »Nee, das ist was anderes.«

»Hat die Crew heute Müll verbrannt?«, fragte Trae.

»Nein. Alle sind nach Hause gefahren.« Hattie wies auf eine weiße Rauchwolke, die hinter dem Haus aufstieg. »Halt mal an!« Schon sprang sie aus dem Auto und lief los, noch ehe Trae den Lexus in Parkposition gestellt hatte. »Ruf die Feuerwehr!«, rief sie über die Schulter.

Orange Flammen züngelten aus dem Müllcontainer, der anfänglich weiße Qualm wurde schwarz und ölig. In Panik rannte Hattie zur Veranda und suchte den Wasserschlauch, mit dem die Bauarbeiter immer alles abspritzten, doch die starke Hitze trieb sie zurück.

Hustend und mit brennenden Augen konnte sie nur hilflos dastehen und zusehen, wie die Flammen aus dem Container an der frisch abgeschliffenen Holzverkleidung des Hauses emporzüngelten.

Dann hörte sie das Geheul der Feuerwehrwagen. Trae kam auf sie zugelaufen. »Hattie, geh da weg!« Er zog an ihrem Arm, doch sie stand wie angewurzelt da, konnte den Blick nicht abwenden. »Komm!«, beharrte Trae. »Das ist gefährlich.« Er wies auf die roten Lichter, die von der Fassade des Hauses zurückgeworfen wurden.

Kurz darauf rollte ein Löschzug langsam auf die beiden zu, und einer der Feuerwehrleute sprang aus der Fahrerkabine.

»Ist jemand im Haus?«, rief er.

»Nein, nicht dass wir wüssten«, sagte Hattie. »Das ist eine Baustelle.«

»Was ist da drin?« Der Feuerwehrmann deutete auf den Container. »Irgendwelche Chemie?«

Stark hustend nickte Hattie. »Die Maler waren hier«, sagte sie keuchend. »Und Bauschutt ist da drin. Die Dachdecker haben die alten Schindeln und die Teerpappe reingeworfen.«

Drei weitere Feuerwehrmänner stiegen aus dem Wagen und begannen, die Schläuche auszurollen.

»Sie müssen den Bereich hier verlassen«, sagte der Feuerwehrmann. »Und die Autos wegfahren.«

Am Ende der Zufahrt hatte sich bereits eine Schar Schaulustiger eingefunden. Ein halbes Dutzend Autos hielt auf dem Randstreifen der Chatham Avenue. Radfahrer standen nebeneinander, unterhielten sich aufgeregt und zeigten hinüber. Ein Pick-up parkte auf der anderen Seite, auf seiner Ladefläche drängten sich die Gaffer. Ein Teenager mit freiem Oberkörper stellte sich mitten in die Auffahrt und hielt sein Handy in die Höhe, um das Feuer zu filmen.

Hattie hupte den Jugendlichen wütend an. Der drehte sich um und zeigte ihr einen Vogel, um dann betont langsam zur Seite zu schlendern. Sie fuhr an ihm vorbei und parkte den Pick-up einige Meter hinter dem nächsten Auto auf dem Randstreifen. Trae stellte den Lexus hinter ihr ab, stieg aus und stieg zu ihr vorne in den Truck.

»Alles gut?«, fragte er.

Hattie liefen die Tränen über das rußgeschwärzte Gesicht. Sie nickte, dann vergrub sie das Gesicht an seiner Schulter. »Wenn ich das Haus verliere …«

Er strich ihr über den Rücken. »Keine Sorge. Ist sicher nur eine brennende Mülltonne. Wir sind wahrscheinlich gerade rechtzeitig gekommen. Fünf Minuten später …«

Sie schniefte und nickte, wischte sich mit dem Ärmel über die laufende Nase. »Wenn wir keinen Nachtisch bekommen hätten, wären wir …«

»Pssst. Niemand weiß, wann das Feuer sich entzündet hat. Das kann schon seit Stunden geschwelt haben.«

Es klopfte an der Scheibe auf der Beifahrerseite. Hattie schaute hinüber und wurde von einem Kcamerablitz geblendet. Eine Frau von Mitte zwanzig hielt grinsend ihr Handy hoch. »Wusst ich's doch, dass du das bist, Trae!«

»Verzieh dich, aber dalli!«, knurrte er. »Los!«

Langsam entfernte sich die junge Frau.

»Unglaublich«, murmelte er. »Die Leute sind echt unmöglich.«

Sie hörten das unverwechselbare Geheul der Sirenen, und kurz darauf tauchten zwei Streifenwagen der Polizei von Tybee mit Blaulicht auf.

»Was wollen die hier?« Hattie reckte den Hals, um zu verfolgen, wie der eine Streifenwagen über die Einfahrt zum Haus bretterte. Der andere blieb stehen, fuhr rückwärts und stellte sich quer auf die Chatham Avenue. Ein Beamter in Uniform stieg aus und lief auf der Straße auf und ab, um die Zuschauer zu vertreiben. »Los, weiter, nicht stehen bleiben!«, rief er.

Wieder klopfte es an der Scheibe. Hattie ließ sie runter. »Officer …«

»Sie fahren jetzt alle schön nach Hause«, sagte der Polizist und beugte sich vor, um in den Pick-up zu schauen.

»Das ist mein Haus«, konnte Hattie sich nicht verkneifen zu sagen. »Das ist mein Haus, was da brennt.«

»Oh.« Er zuckte mit den Achseln. »Das tut mir leid. Dann ist es wahrscheinlich okay, wenn Sie bleiben. Achten Sie nur darauf, dass Ihr Fahrzeug die Zufahrt komplett freihält, falls wir den Rettungswagen brauchen.«

»Machen wir«, sagte Trae und beugte sich vor. »Gibt es was Neues? Warum wurde die Polizei gerufen?«

»Standardvorgehen bei Haus- und Wohnungsbrand«, sagte der Beamte.

»Wissen Sie schon Genaueres? Ist das Feuer gelöscht?«, fragte Hattie.

»Ich funke mal meinen Kollegen an und sage Ihnen dann Bescheid«, erbot sich der Polizist. »Warten Sie.«

Für Hattie gefühlte Stunden später stand er wieder neben dem Pick-up. »Ma'am? Das Feuer ist gelöscht, aber Sie können noch nicht wieder rein. Da ist alles voller Löschschaum. Mein Vorgesetzter ist auf dem Weg hierher, er würde gerne mit Ihnen sprechen.«

»Okay«, sagte Hattie. »Wir sind ja da.«

Zehn Minuten vergingen quälend. »Ich kann es nicht ertragen, wenn ich nicht weiß, was los ist.« Hattie öffnete die Tür und sprang aus dem Auto.

»Aber der Bulle hat gesagt ...«

»Ist mir egal«, gab sie zurück. »Ich pass schon auf, aber ich muss mit eigenen Augen sehen, ob mein Haus noch steht.«

Trae stieß einen langen, genervten Seufzer aus.

Auf halber Höhe der Auffahrt erblickte Hattie endlich in einem Nebel gräulich weißen Qualms das Haus. Die blitzenden roten Lichter des Feuerwehrwagens beleuchteten es von hinten.

Sie hustete und rieb sich die Augen. Es war keine Fata Morgana. Das Haus war unversehrt.

Hattie entdeckte einen Feuerwehrmann, der vor dem Haus am Stamm einer Eiche lehnte und aus einer Flasche Gatorade trank. Er hatte seine schwere Schutzkleidung abgelegt und nur noch ein durchschwitztes T-Shirt und eine Sporthose an. Als sie näher kam, schaute er ihr entgegen und nickte in Erwartung ihrer Frage.

»Wir haben es gelöscht bekommen«, sagte er. »Meine Kollegen räumen hinten nur noch auf. Alles in allem haben Sie verdammtes Glück gehabt.«

»Wie schlimm ist es?«, fragte sie.

»Nicht so schlimm, wie es hätte sein können. Es gibt einen kleinen Schaden an der Holzverkleidung und an der Veranda, aber wir haben es ziemlich schnell in den Griff bekommen.«

»Danke. Vielen, vielen Dank«, sagte Hattie.

»Wird bestimmt mal ein cooles Haus«, bemerkte der Feuerwehrmann mit Blick über die Schulter. »Ich komme ständig mit dem Fahrrad hier vorbei, aber hab bei dem ganzen Gestrüpp und Müll nicht geahnt, dass so was Schönes hier hinten steht.«

»Es ist fast hundert Jahre alt«, sagte Hattie.

»Irgendjemand meinte, ihr dreht hier einen Film oder so?«

»Eine Fernsehsendung. Über die Restaurierung des Hauses. Nennt sich *Die Traumhaus-Profis.*«

Er lachte, wandte den Blick ab, hustete und spuckte ins Gras.

»Sie sollten mal ein Wörtchen mit dem Bauunternehmer reden, Ma'am. Der müsste eigentlich wissen, dass man keine ölverschmierten alten Lappen und so in einen offenen Container wirft. Wenn wir zehn Minuten später gekommen wären, ständen wir jetzt vor einem großen Berg Asche.«

»Ich bin die Bauunternehmerin«, sagte Hattie. »Und ob ich mit meinen Mitarbeitern sprechen werde.«

Sie hörte Reifen auf der Zufahrt und drehte sich um. Ein roter SUV kam auf sie zu. »Das ist unser Chef«, sagte der Feuerwehrmann und trank den letzten Schluck Gatorade. »Könnten Sie kurz zu ihm gehen, wegen des Einsatzberichts?«

Hattie war noch dabei, beim Einsatzleiter ihre Kontaktdaten anzugeben, da rumpelte der Streifenwagen der Polizei von Tybee über die Zufahrt.

Der Einsatzleiter winkte, der Polizeiwagen hielt neben ihm. Die Fensterscheibe des Streifenwagens senkte sich, und Hattie erkannte den Fahrer. Es war Makarowicz, der Detective, den sie eine Woche zuvor kennengelernt hatte, als Lanier Ragans Portemonnaie in der Wand gefunden worden war.

»So sieht man sich wieder«, sagte er. »Alles in Ordnung?«

»Der Container hat gebrannt«, erklärte der Einsatzleiter der Feuerwehr. »Meine Leute sind so gut wie fertig.« Er nickte Hattie zu. »Wir melden uns, wenn wir noch was von Ihnen brauchen. Morgen schicke ich einen Brandermittler her, reine Formsache.«

»Wollen Sie mal gucken?«, fragte Makarowicz.

»Schon, aber ich habe Angst davor, was mich erwartet«, gestand Hattie.

»Wir bekommen Besuch.« Der Polizist hielt die Hand vor die Augen, um sich vor den Scheinwerfern eines heranrollenden Wagens zu schützen.

»Trae!«, rief Hattie. »Den habe ich total vergessen.«

Der weiße Lexus hielt in einigen Metern Entfernung. Hattie war schon an der Fahrertür, als der Innenarchitekt ausstieg.

»Wie sieht es aus?«, fragte er. »Ich habe mir allmählich Sorgen gemacht.«

»Guck selbst!« Hattie wies hinüber. »Das Haus steht noch. Die Feuerwehr sagt, letzten Endes hat nur der Container gebrannt. Tut mir leid, der Einsatzleiter brauchte meine Angaben für seinen Bericht, dann kam Detective Makarowicz, der schon letzte Woche da war, und wollte mit mir sprechen.«

Trae trat ungeduldig von einem Bein aufs andere.

»Du kannst ruhig nach Hause fahren«, schlug Hattie vor. »Hier kannst du eh nichts mehr ausrichten.«

»Wirklich nicht?«

»Nein. Tut mir leid, dass der Abend so unschön zu Ende gegangen ist. Wir sehen uns morgen früh.«

»Gut.« Trae beugte sich vor und streifte ihre Wange mit einem Kuss.

Als Hattie und Makarowicz sich der Rückseite des Hauses näherten, wurde der stechende Geruch von Chemikalien und verkohltem Holz stärker.

»Ihr Freund?«, fragte Mak.

»Trae? Nein. Das ist, ähm … der Innenarchitekt der Sendung. Wir waren was essen, und er hat mich zu meinem Wagen zurückgebracht. Da habe ich den Qualm gerochen.«

Makarowicz ließ den Strahl seiner Taschenlampe über die Rückseite des Containers wandern, jetzt nur noch eine geschwärzte Stahlmasse. Die Vorderklappe war geöffnet, unkenntliche Schlacke hatte sich auf den verbrannten Boden davor ergossen.

»Da ist das Feuer also ausgebrochen?« Makarowicz ging näher heran. Er schlurfte durch die Wasserpfützen, die die Schläuche hinterlassen hatten, und schwenkte das Licht aufs Haus. Hattie stieß einen leisen Schrei aus.

Ein Teil der Holzverkleidung, ungefähr zwei mal vier Meter, wies ölig schwarze Brandspuren auf, doch die Träger und Bohlen der Veranda wirkten intakt.

Hattie stieg auf die Veranda, um den Schaden genauer zu untersuchen. Der Strahl der Taschenlampe folgte ihr. »Sieht nicht allzu schlimm aus«, berichtete sie. »Aber ich habe Angst, ins Haus zu gehen und nachzusehen, wie hoch da das Wasser steht.«

»Warten Sie bis morgen«, riet Makarowicz ihr. »Heute Nacht können Sie eh nichts mehr tun.«

»Wahrscheinlich nicht«, stimmte sie ihm zu.

Er schlug nach einem Moskito auf seinem Arm und sah Hattie ernst an.

»Wissen Sie, vielleicht war das kein Zufall.«

Der Gedanke war ihr auch schon gekommen, als sie gesehen hatte, wie sich die Schaulustigen auf der Straße vor dem Haus drängten, doch sie hatte ihn nicht aussprechen wollen, um ihn nicht noch zu verstärken.

»Meinen Sie, es könnte sein, dass das Feuer gelegt wurde? Mit Absicht?«, fragte sie. »Könnte das was mit Lanier Ragan zu tun haben?«

»Ich bin kein Brandermittler. Aber es kam überall in den Nachrichten, dass die Ermittlungen zu ihrem Verschwinden wieder aufgenommen wurden. Vielleicht möchte jemand nicht, dass Sie an diesem Haus rumbasteln.«

»Kennen Sie Howard Rice? Den Inspector vom Ordnungsamt? Er hat uns zwei Bußgeldbescheide ausgestellt, weil wir gegen die Vorschriften verstoßen hätten. Irgendjemand hat uns bei der Stadt angezeigt, weil wir angeblich alten Baumbestand gefällt hätten. Waren aber keine alten Bäume. Das war nur Gestrüpp: krüppelige Buschkiefern, Palmettopalmen und Unkraut. Tausend Dollar Bußgeld. Ein paar Tage später kam er wieder und brummte mir ein Bußgeld von zweihundert Dollar auf, weil wir gegen die Lärmverordnung verstoßen hätten. Angeblich hätten sich Nachbarn beschwert. Aber mir gegenüber hat niemand was gesagt.«

»Nee, den kenne ich nicht«, sagte Mak.

»Sie möchten ihn auch nicht kennenlernen. Ich frage mich, ob derjenige, der uns ständig bei Inspector Gadget verpfeift, so sauer geworden ist, dass er einen Brand im Container gelegt hat.«

»Sie meinen, als Warnung?«, fragte Mak.

»Vielleicht wollte er das ganze Haus abfackeln. Der Feuerwehrmann hat gesagt, wenn wir den Qualm nicht so früh entdeckt hätten, wäre das Haus abgebrannt.«

Der Polizist schwieg eine Weile. »Wer würde denn so was tun? Und warum?«

»Zum Beispiel ein schwer angepisster Nachbar. Oder jemand, der stinksauer ist, weil ich ihm das Haus unterm Hinterm weggekauft habe, wie er sich ausdrückte.«

»Sie sprechen von Holland Creedmore«, sagte Mak. »Vielleicht wird es Zeit, dass der Junior und ich uns mal unterhalten.«

## 29.

FAST BERÜHMT

**A**ls Mo im Badezimmer stand und sich rasierte, hörte er sein Handy klingeln.

*Da-dum. Da-dum, da-dum, dum, dum, dum.* Der Klingelton war unverkennbar. Jedes Mal, wenn er ihn vernahm, sah er Roy Scheider in den haiverseuchten Gewässern vor Cape Cod vor sich, der von der Reling des Fischerboots zurückweicht. Es war noch keine sechs Uhr in Savannah. Was trieb Rebecca zu dieser unchristlichen Uhrzeit an der Westküste?

»Rebecca?«

»Mo! Du bist ein Genie! Oh, mein Gott, die Fotos sind wirklich unbezahlbar!«

»Welche Fotos meinst du?« Er ging ins Badezimmer zurück, stellte den Rasierapparat aus und schaute in den Spiegel. Sein Gesicht glich einem ungemachten Bett. Er versuchte sich zu entsinnen, von wem der Spruch stammte, aber es war noch zu früh am Morgen.

»Die auf TMZ. Deine Stars. Hattie und Trae. Wie sie sich tief in die Augen sehen, sich küssen, sich berühren. Auf frischer Tat ertappt. Die Bilder sind genial!«

Mo stellte das Gespräch auf Lautsprecher und gab »TMZ« in den Suchbalken seines Handys ein. Direkt unter den Schlagzeilen über die spektakuläre Scheidung eines Hollywoodstars und eine noch spektakulärere Geschichte über einen verheirateten Senator der Demokraten, der mit einem Geliebten erwischt worden war, entdeckte er die Überschrift: FLOTTER HPTV-ARCHITEKT UND CO-STAR AUS SAVANNAH: ES KNISTERT!

Die Fotos hatten die für die Klatschpresse übliche verschwommene, anrüchige Qualität, die hohe Werbetarife garantierte und die Karriere von Prominenten beflügeln oder ruinieren konnte, je nach Stimmung der Leserschaft am jeweiligen Tag. Und genau, wie Rebecca gesagt hatte, sah man auf mehreren ungestellten Aufnahmen bei Kerzenlicht, wie Hattie Trae Bartholomew küsste und anhimmelte, der sie wiederum wie ein hungriger Leopard belauerte. Offensichtlich waren die Bilder in einem Lokal aufgenommen worden. Und es wirkte nicht so, als hätte Hattie sich mit einem Steakmesser gegen Trae gewehrt.

Im ersten Moment sah Mo rot.

»Verdammt.«

Der dazugehörige Text hatte einen sensationslüsternen Ton und war mit Übertreibungen und schlüpfrigen Andeutungen gespickt. Es lief darauf hinaus, dass Trae eine neue erfolgreiche Reality-Show namens *Die Traumhaus-Profis. Vom Abriss bis zum großen Glück* für HPTV drehte und dass er und seine Fernsehpartnerin, ein hübsches, unbekanntes Nachwuchstalent aus der Gegend, sich bereits so gut verstanden, »als hätten sie Feuer gefangen«.

»Mo! Siehst du die Fotos im Netz? Wie hast du das bloß geschafft?«

Er schloss das Browserfenster. »War nicht schwer. Du hattest recht. Die Chemie zwischen den beiden stimmt, ich musste nur noch ein Streichholz dranhalten.«

»So war es gedacht! Hör zu, ich habe schon Andrea von der PR angerufen und sie drauf angesetzt. Wir gehen mit dieser Story zu allen Medien: *People*, die *Today Show, Headline Hollywood, Entertainment Weekly, Good Morning America* …«

»Und vergiss nicht den *National Enquirer*«, warf Mo ein.

»Ja! Natürlich! Die Supermarktblätter haben genau unsere demographische Gruppe im Visier.«

»Das war ein Witz.«

»Bei mir nicht«, gab Rebecca zurück. »Und was ist das mit dem Feuer? Du hast doch nicht zu Werbezwecken einen Brand gelegt, oder? Ich meine, nicht dass ich das für eine schlechte Idee halten würde, aber aus Versicherungsgründen …«

»Was für ein Brand?«

Rebecca seufzte. »Mo, hast du keine Google-Alerts eingerichtet? Letzte Nacht hat es beim Haus gebrannt. Ich habe nur eine kurze Zusammenfassung bekommen, aber ich meine, es lief bei euch in den Lokalnachrichten.«

Mo ging ins Wohnzimmer, stellte den Fernseher an und schaltete so lange herum, bis er einen Sender fand, der nicht über den Fang eines drei Meter langen Alligators im Swimmingpool einer Familie berichtete.

»Und weiter geht es mit einem Feuer, das die Restaurierung eines historischen Hauses auf Tybee Island bedroht.« Mit großen Augen verfolgte Mo, wie orangerote Flammen in den Nachthimmel stiegen. Die nächste Einstellung zeigte das Creedmore-Haus von vorn. Hinter dem Haus qualmte es.

Der Moderator war der Typ mit den zurückgegelten Haaren, der nach der Entdeckung von Lanier Ragans Portemonnaie am Haus aufgetaucht war. Aaron Soundso.

»Nach offiziellen Berichten der Feuerwehr wurde der Brand gegen neun Uhr dreißig am Vorabend gemeldet. Offenbar brach er im Container aus und kam dem leerstehenden, hundert Jahre alten Haus bedrohlich nah. Zum Glück brachten die Einsatzkräfte der Feuerwehr Tybee die Flammen schnell unter Kontrolle. Die Brandursache wird noch ermittelt. Ein aufmerksamer Nachbar hat uns dieses Video geschickt, Näheres dazu in unseren Sechs-Uhr-Nachrichten.«

»Du lieber Himmel! Rebecca, ich muss auflegen.«

»Alles klar. Aber halt mich auf dem Laufenden. Ehrlich, diese Geschichte wird von Minute zu Minute besser. Ich rufe gleich Tony an, weil ich denke, dass wir eine große Werbekampagne für den Herbst starten.«

Mo schrieb Hattie. Keine Antwort. Er zog sich an, nahm seine Autoschlüssel und ging noch mal ins Bad, um sich die Zähne zu putzen. Wieder sah er sich kurz im Spiegel an. »Ein Gesicht wie ein ungemachtes Bett.« Er schnippte mit den Fingern. »Genau, Orson Welles.«

# 30.

## NACH DEM BRAND

**E**s war Ribsy, der Hattie um kurz nach sechs am nächsten Morgen weckte. Er sprang aufs Bett und stupste sie mit der Pfote am Rücken. Als sie sich umdrehte, kletterte er auf ihren Oberkörper und legte den Kopf unter ihr Kinn.

»Uh!« Vorsichtig schob sie seine Schnauze zur Seite. »Junge, du hast Mundgeruch!«

Ihr Blick fiel auf ihr Handy, das sie auf lautlos gestellt hatte, bevor sie fünf Stunden zuvor ins Bett gefallen war. Auf dem Display sammelten sich die Textnachrichten.

Zwei waren von Cass, zwei von Mo, eine kam von Trae.

Cass: 05:42 Uhr. OMG! Hast du wirklich öffentlich mit Ashtray rumgeknutscht?

Cass: 05:45 Uhr. Was ist da los? Am Haus hat es gebrannt? Ruf mich an. SOFORT!

Mo: 05:36 Uhr. Hey, wenn Trae und du viral gehen wollt, wäre es nett, vorgewarnt zu werden.

Als Hattie alles gelesen hatte, setzte sie sich im Bett auf. »Wieso viral?«

Mos nächste Nachricht, nur fünf Minuten zuvor geschickt, hatte denselben Inhalt wie die von Cass:

*RUF MICH AN!*

Das Telefon vibrierte in ihrer Hand. Mo.

»Es hat *gebrannt*? Und dir ist nicht in den Sinn gekommen, mir Bescheid zu sagen?«

Hattie rieb sich die Augen. »Wie hast du es denn erfahren?«

»Rebecca hat einen Alert auf ihrem Handy und hat mich angerufen. Und gerade habe ich es in den Nachrichten gesehen.«

»Das kommt in den Nachrichten? O Mann. Der Container hat gebrannt. Wir haben es rechtzeitig gemerkt, das Haus steht noch«, erklärte sie. »Ich dachte, du wärst nicht gerade erfreut über einen Anruf um ein Uhr nachts, da war ich nämlich erst zu Hause.«

»Du kannst mich immer anrufen, wenn es um die Sendung geht«, sagte Mo. »Wie schlimm ist es denn?«

»Nun, es war dunkel, deshalb kann ich nicht viel sagen. Auf jeden Fall gibt es einen Rauchschaden an der Hausverkleidung hinten, vielleicht auch auf der Veranda. In der Nacht bin ich nicht mehr im Haus gewesen.«

»Aber dir geht es gut, ja?«, fragte er. »Ich meine, Trae und du, ihr wart doch nicht gerade im Haus und habt rumgemacht, als das Feuer ausbrach, oder?«

»Sehr witzig«, fuhr sie ihn an. »Woher hast du überhaupt diesen Blödsinn mit dem Rummachen und dem Viralgehen? Wir waren zusammen essen, und Trae hat mich zurück zum Haus gefahren, damit ich den Pick-up abholen konnte. Da habe ich Qualm gerochen und die Feuerwehr gerufen.«

»Offenbar hast du nicht bei TMZ reingeguckt«, bemerkte Mo.

»Bis vor fünf Minuten hatte ich noch nichts anderes gesehen als meine Augen von innen.«

Sie stellte Mo auf Lautsprecher und tippte »TMZ« in den Suchbalken ihres Handys. Als sie die Schlagzeile sah, spürte sie, wie ihr das Blut aus dem Gesicht wich: REALITY-STAR TRAE BARTHOLOMEW UND CO-STAR BEIM DREH IN SAVANNAH: ES WIRD HEISS! Direkt unter der Überschrift prangten mehrere verschwommene Schnappschüsse: Trae, der sich über den Tisch beugt, Hattie in die Augen sieht, sie küsst, der ihr eine Gabel vom Nachtisch in den Mund schiebt. Und ja, Hattie auf dem Fahrersitz ihres Pick-ups, den Kopf an Traes Schulter gelehnt.

»O Gott«, stöhnte sie. »Am Nebentisch saß eine Frauen-clique. Und als wir später vor dem Haus parkten und auf die Rückmeldung des Feuerwehrmanns warteten, hat ein Mädel einfach in meinen Pick-up fotografiert. Tolle Fans. Die müssen die Fotos an die Medien geschickt haben. Es tut mir leid, Mo. Mir ist nie in den Sinn gekommen …«

»Du brauchst dich nicht zu entschuldigen«, sagte er brüsk. »Auf genau so was hat der Sender gehofft.«

»Aber das ist furchtbar«, protestierte sie. »Auf diesen Bildern sieht es aus …« Sie schüttelte sich. »Als würden wir jeden Moment zusammen ins Bett steigen. Dabei war das gar nicht so. Es war nur ein Kuss.«

»Hör zu, Hattie«, sagte Mo. »Gewöhn dich besser an so was. Je mehr Augen auf Trae und dich gerichtet sind, desto mehr Augen richten sich im Herbst auf die Sendung. Ich muss jetzt los. Wir sehen uns am Haus.«

»Warte! Können wir heute überhaupt drehen? Ich meine, als ich gestern Nacht gefahren bin, herrschte da ein Riesendurch-einander.«

»Natürlich drehen wir heute. Feuer heißt Drama. Wir müs-sen jetzt nur noch herausfinden, wer dieses Video von dem Brand aufgenommen hat, das heute Morgen in den Nachrich-ten war.«

»Ich muss dir noch was sagen, Mo.«

»Was denn?«

»Dieser Polizist, Makarowicz, ja? Der kam gestern Abend vorbei, als das Feuer gelöscht war, weil er mit mir sprechen wollte. Er hat überlegt – ich übrigens auch –, ob das Feuer möglicherweise gelegt wurde. Von derselben Person, die uns wegen Verstößen gegen die Vorschriften bei der Stadt angeschwärzt hat.«

»Sprichst du von Brandstiftung? Wer würde denn so was tun?«

»Keine Ahnung. Vielleicht der Typ, dessen Familie das Haus vorher gehörte?«

»Dieser Creedmore? Ach, komm, Hattie. Das ist ein bisschen weit hergeholt, findest du nicht?«

»Weiß nicht«, erwiderte sie. »Makarowicz meinte, er würde mal mit ihm sprechen.«

»Wenn es wirklich Creedmore war, bekommt er angesichts der Polizei vielleicht Muffensausen und lässt uns in Ruhe.«

Mo legte auf, und Hatties Handy meldete einen Anruf von Cass.

»Hallo«, grüßte sie.

»Sind wir beste Freundinnen oder nicht?«, rief Cass.

»Natürlich sind wir das. Ich habe dich nach dem Brand nicht angerufen, weil … «

»Wen interessiert der Brand? Ich habe in den Nachrichten gesehen, dass niemand verletzt wurde und das Haus noch steht. Ich rede davon, dass es zwischen dir und Trae ›geknistert‹ hat.«

»Das war nur ein Kuss!«, protestierte Hattie. »Wir waren im Sundae Café essen, und am Nebentisch saßen total aufdringliche Fans, die Fotos von uns gemacht haben. Reg dich ab, Cass. Ich schwöre dir, es ist nicht so, wie es aussieht.«

»Wer hat wen geküsst?«, fragte Cass. »Ich will alles wissen.«

Hattie stand auf und ging in die Küche. Ribsy folgte ihr auf dem Fuß. Sie legte eine Kapsel in die Kaffeemaschine und gab Trockenfutter in Ribsys Napf.

»Er hat mich geküsst«, sagte sie widerstrebend. »Was sollte ich tun? Ihm eine Ohrfeige geben?«

»War das denn okay für dich? Wenn man sich die Fotos ansieht, meint man schon, es würde dir gefallen.«

»Keine Ahnung«, brummte Hattie. »Von einem gutaussehenden Mann wie Trae geküsst zu werden … Als Folter kann man das nicht bezeichnen. Andererseits …«

»Was? Hast du Angst davor, was die Leute sagen?«

»Ja.« Hattie schob ihren Becher unter die Kaffeemaschine. »Was ist, wenn Tug und Nancy diese Fotos sehen? Was sollen sie denken?«

»Süße? Ich habe eine Neuigkeit für dich: Hank ist tot. Aber du lebst. Es ist jetzt sieben Jahre her. Tug und Nancy würden wahrscheinlich nicht gerade jubeln bei der Vorstellung, dass du einen neuen Mann hast, aber sie sind gute Menschen. Sie werden sich dran gewöhnen. Die Frage ist: Kannst du dich dran gewöhnen? Hattie, bist du noch da?«

»Ja, ja. Hör mal, Cass«, antwortete sie. »Die Sonne ist noch nicht mal aufgegangen. So lange ich noch nicht meinen Koffeinpegel habe, kann ich nicht über so grundsätzliche Sachen reden.«

Cass legte auf, Hattie trank ihren Kaffee und versuchte, ihre Gedanken zu ordnen. Sie schaute auf die einzige noch nicht gelesene Textnachricht auf ihrem Handy: die von Trae.

*Ich habe letzte Nacht von dir geträumt.*

»Was soll das denn bedeuten?«, fragte Hattie den Hund und schüttete den Rest des Kaffees in die Spüle. Sie tätschelte Ribsy den Kopf. »So, mein Junge. Nichts für ungut, aber ich hasse Männer.«

# 31.

## THE SHOW MUST GO ON

**H**attie beförderte Ribsy in den Pick-up und brach nach Tybee auf, die Haare noch nass unter dem zum Turban umfunktionierten Handtuch. Ihr Handy im Becherhalter plingte, um ihr mitzuteilen, dass sie eine Textnachricht bekommen hatte. Sie stammte von Cass. Als Hattie sie las, spürte sie einen Stich hinter dem linken Auge.

*INSPECTOR GADGET IST WIEDER DA.*

Die Zufahrt war mit Fahrzeugen gesäumt, darunter ein kleiner weißer Pick-up mit dem Wappen der Stadt Tybee auf der Tür.

Hattie parkte, sprang heraus und marschierte zur Veranda. Ribsy lief hinterher. »Was ist jetzt schon wieder?«

Howard Rice stand, das Klemmbrett unter dem Arm, auf der vorderen Veranda dicht vor Mo, der eine angeregte Diskussion mit dem Inspector führte.

Beim Näherkommen hörte Hattie ihn schimpfen. »Das ist Schikane, schlicht und einfach«, empörte sich der Produzent. »Haben Sie nichts Besseres mit Ihrer Zeit anzufangen?«

»Ich habe eine Treuhänderpflicht gegenüber der Stadt«, erwiderte Rice, ohne zurückzuweichen. »Wenn mir ein Verstoß gegen die Vorschriften zur Kenntnis gelangt, ist es meine Aufgabe, auf die Einhaltung des Gesetzes zu pochen.« Er hielt sein Klemmbrett hoch und zeigte es Mo. »Dieses Foto zeigt eindeutig, dass der Müllcontainer offen war. Darauf steht ein Bußgeld von tausend Dollar.«

Hattie stampfte auf die Veranda und riss Rice das Klemmbrett aus der Hand.

Daran hing der Ausdruck eines Farbfotos von einem dunkelgrünen Container, der dem in ihrem Garten ähnelte. Wahrscheinlich war es nachts mit Blitz aufgenommen worden. »Woher haben Sie das?«, wollte Hattie wissen.

Ribsy setzte sich zu ihren Füßen, spürte Gefahr aufziehen.

»Ein besorgter Bürger hat es mir gestern Abend geschickt.« Rice nahm das Klemmbrett wieder an sich. »Man sieht ja eindeutig, dass der Container nicht abgedeckt ist, schließlich ragen Bretter und Teerpappe über den Rand.«

»Gestern Abend? Zu welcher Uhrzeit war das bitte?« Eine weißglühende Wut stieg in Hattie auf.

»Da müsste ich nachgucken«, sagte Rice. »Ist auch unwichtig. Das verstößt gegen die Vorschriften.« Er wollte ein Strafmandat aus seinem an das Brett geklemmten Block reißen, doch Hattie hielt ihn auf.

»Der Container steht weit hinten auf meinem Grundstück. Wir wissen beide, dass man ihn von der Straße aus nicht sehen kann. Wer auch immer das Foto gemacht hat, hat sich unbefugt Zutritt zu meinem Privatbesitz verschafft. Ihnen ist sicherlich bekannt, dass wir da hinten gestern Abend einen Brand hatten, der das ganze Haus in Schutt und Asche hätte legen können. Meine Leute und ich haben hier bis ungefähr halb neun gearbeitet, dann bin ich essen gegangen. Als ich um kurz vor zehn wieder herkam, stand der Container bereits in Flammen.«

»Was wollen Sie damit sagen?«

»Sind Sie blind und taub?«, rief Mo. »Sie will damit sagen, dass Ihr ›besorgter Bürger‹ ein verfluchter Brandstifter ist, der vorsätzlich in dem Container Feuer gelegt hat.«

Der Inspector war klug genug, einen Schritt nach hinten zu machen. »Das können Sie nicht wissen.«

»Und ob!«, rief Hattie und zog das Handy aus ihrer Hosentasche. »Bleiben Sie hier! Ich rufe jetzt Detective Makarowicz von der Polizei Tybee an. Er muss dieses Foto sehen.«

Rice riss das Strafmandat vom Block und drückte es Hattie in die Hände, die es auf den Boden der Veranda warf und darauf herumtrampelte.

»Schon lustig, wie der Tag heute anfängt«, bemerkte Cass, die, ans Verandageländer gelehnt, Hatties Auseinandersetzung mit Inspector Gadget beobachtet hatte.

»Mein Kopf fühlt sich an, als würde er explodieren.«

Hattie rief die Handynummer an, die Makarowicz ihr gegeben hatte, doch es sprang sofort die Mailbox an.

»Detective Mak? Hier ist Hattie Kavanaugh. Rufen Sie mich bitte an. Es ist wichtig.«

Sie legte auf und sah zu Mo Lopez hinüber. »Wie schlimm sieht es aus?«

Er öffnete die Eingangstür und bedeutete ihr, einzutreten. »Guck selbst.«

Der vordere Teil des Hauses war vom Brand unberührt.

»Die Feuerwehrleute haben gestern Abend den Strom abgestellt«, erklärte Hattie.

»Ich habe den Hauptschalter gefunden und ihn wieder angestellt, als ich herkam«, sagte Mo.

Sie hörten Stimmen aus der Küche. »Die Maler«, sagte Cass. »Jorge und seine Männer haben ein total schlechtes Gewissen.

Sie haben im Radio von dem Brand gehört und waren ungefähr zur selben Zeit hier wie ich.«

»Aber es steht doch gar nicht fest, dass es ihre Schuld war«, mahnte Hattie.

»Eins ist aber klar: Es ist eine Katastrophe«, gab Mo zurück.

Hatties Mut sank, als sie das Wasser im Flur sah.

Jorge und sein Sohn Tomas waren in der Küche und hantierten mit einem Abzieher, um das gut zwei Zentimeter hoch stehende Wasser zur geöffneten Hintertür hinauszuschieben. Ein großer Baulüfter stand auf der provisorischen Werkbank, und Jorges Neffe Eddie zerrte gerade einen Industriesauger herein, der ebenfalls Feuchtigkeit wegsaugte. Die gesamte Rückwand der Küche war mit einem öligen schwarzen Film überzogen, genauso die noch nicht aufgehängten Schränke.

Jorge sah sie mitfühlend an.

»Es tut mir so leid«, sagte er. »Wir waren vorsichtig, Hattie. Tomas sagt, er hätte alle Lappen in einen großen Eimer getan und zugemacht. Er hatte ihn auf die hintere Veranda gestellt, aber jetzt ist er weg.«

Tomas nickte. »Die Dose mit Terpentin, mit dem wir die Pinsel saubergemacht haben, ist auch weg.«

»Heilige Scheiße«, flüsterte sie. »Das Feuer wurde wirklich vorsätzlich gelegt.«


»Wie geht es jetzt weiter?«, fragte Hattie. »Müssen wir aufhören? Gibt uns der Sender eine Verlängerung, um fertig zu werden?«

Mit einem Kaffee in der Hand standen sie auf der vorderen Veranda, während die Kameracrew damit beschäftigt war, den Brandschaden für die Versicherungsgesellschaft zu dokumentieren.

»Nein und nein«, sagte Mo bestimmt. »Rebecca rief an,

kaum dass wir zwei miteinander telefoniert hatten. Sie war unnachgiebig. Es bleibt alles beim Alten. Wir beziehen den Brand in die Story ein. Wer hat schon was gegen eine ordentliche Katastrophe einzuwenden – so lange sie jemand anderen trifft, nicht?«

»Das ist Wahnsinn«, entgegnete Hattie. »Das Wasser hat die ganze Nacht in der Küche gestanden. Es ist gut möglich, dass sich die alten Holzböden verzogen haben. Und die hintere Veranda sieht schlimm aus. Ich fürchte, dass die alten Pfeiler stärker beschädigt sind als auf den ersten Blick ersichtlich.«

»Wir müssen uns überlegen, wie es gehen kann. Trae könnte etwas entwerfen, das genauso gut oder sogar besser aussieht. Wo ist er überhaupt? Es ist gleich neun Uhr.«

»Keine Ahnung«, sagte Hattie. »Er hat mir zwar heute Morgen schon geschrieben, aber ich hatte keine Zeit, zu antworten oder ihn anzurufen.«

»Ach, Süße«, sagte Leetha. »Nachdem ich eure Fotos auf TMZ gesehen hatte, dachte ich, ihr kommt hier heute Morgen Hand in Hand reingeschlendert.«

Hattie stieß einen langen, genervten Seufzer aus. »Wie oft muss ich das noch richtigstellen? Wir sind kein Paar, okay? Ist das jetzt klar?«

»Wenn du das sagst«, murmelte Leetha.

Cass gesellte sich zu ihnen, in der Hand einen Pappteller voller Obst und Muffins aus dem Verpflegungszelt.

»Mom hat bei der Versicherung angerufen, es müsste heute noch ein Gutachter kommen.«

»Wann können wir den verkohlten Container abholen lassen?«, fragte Leetha und nahm sich einen Muffin. »Das Ding stört gewaltig.«

»Erst wenn der Brandermittler da war«, sagte Cass. »Der hat sich für heute Vormittag angekündigt.«

»Ich habe dem Polizisten von Tybee schon zweimal auf die Mailbox gesprochen«, erklärte Hattie. »Ich möchte gerne, dass er sich anhört, was Jorge und Tomas uns über den verschwundenen Eimer mit alten Lappen und das Terpentin erzählt haben.«

»Wer sollte denn dieses Haus anstecken wollen, Leute?«, fragte Leetha. »Wem bist du auf den Schlips getreten?«

»Das herauszufinden überlassen wir der Polizei. Wir müssen jetzt anfangen zu drehen.« Mo zerdrückte seinen Pappbecher. »Mit oder ohne deinen neuen Schatz.«

Die Filmcrew hatte die Ausrüstung im Flur vor der Küche aufgebaut.

Die Kameras hatten gerade angefangen zu drehen, da erschien Trae am Set. »Sorry«, sagte er zu Mo, der demonstrativ auf die Uhr sah. »Die Typen vom Parkservice im Hotel haben mein Auto nicht gefunden, dann hat ein Zug den Bahnübergang blockiert. Eine verfluchte Viertelstunde lang.«

Mo schüttelte den Kopf und wandte sich wieder an Hattie. »Sobald du hier fertig bist, sprechen wir mit Trae über das Problem mit den Schränken. Falls er nicht zu beschäftigt ist.«

Trae stand nur wenige Zentimeter entfernt. »Was soll das denn heißen?«

»Das heißt, dass ich nichts von lahmen Ausreden halte«, gab Mo zurück.

»Okay, ihr zwei«, drängte sich Leetha zwischen die Männer. »Genug jetzt mit dem Imponiergehabe. Können wir anfangen?«

# 32.

## UNTER VERDACHT

**M**akarowicz parkte den Streifenwagen am Straßenrand vor dem Haus, dessen Anschrift er im Internet gefunden hatte. Es sah nicht so aus, wie er es beim Sprössling einer alteingesessenen, wohlhabenden Familie erwartet hätte.

Es war das schäbigste Haus auf der East 48. Street. Ein Backsteinbau mit verblichenem blassgrünem Anstrich, ungepflegtem Garten und wucherndem Gebüsch, das die Vorderfenster fast vollständig verdeckte. Der glänzende Pick-up in der Einfahrt wirkte hingegen ziemlich neu.

Makarowicz drückte auf die Klingel und wartete. »Wer ist da?«, rief eine Männerstimme.

»Holland Creedmore? Ich bin Detective Makarowicz von der Polizei Tybee, und ich wäre Ihnen dankbar, wenn Sie ein paar Minuten Zeit für mich hätten.« Er hielt seine Dienstmarke vor das Guckloch in der Holztür.

»Scheiße«, murmelte die Stimme.

Die Tür wurde wenige Zentimeter weit geöffnet, bei vorgelegter Kette. Holland junior hatte eine hohe Stirn, zurückweichende blonde Haare und einen dicken Schnäuzer. »Um was geht's?«

»Wenn ich reinkommen darf, verrate ich es Ihnen«, gab Mak zurück.

Creedmore öffnete die Tür und winkte ihn herein. »Gut, aber ich habe nicht viel Zeit. In einer halben Stunde habe ich einen Termin.«

»Aha.«

»Setzen Sie sich da hin.« Holland junior wies auf einen schwarzen Ledersessel gegenüber einem passenden schwarzen Ledersofa.

Creedmore setzte sich auf das Sofa. Er war barfuß und trug eine weite khakifarbene Hose zu einem dunkelblauen T-Shirt, das seine Speckrolle am Bauch mehr schlecht als recht verdeckte.

»Ich habe in der Zeitung gesehen, dass Lanier Ragans Portemonnaie in unserem alten Haus auf Tybee gefunden wurde.« Creedmores Stimme klang kampfeslustig. »Es gehört nicht mehr uns, das wissen Sie doch, oder? Die Fernsehleute haben es uns unterm Hintern weggekauft.«

»Ist mir bekannt«, sagte Mak.

»Im Rathaus von Tybee wird immer schön rumgekungelt«, sagte Creedmore. »Sie sind doch bei der Polizei, da bekommen Sie bestimmt einiges an Korruption mit.«

»Nein«, sagte Mak. »Aber ich bin auch erst seit ein paar Monaten dabei.«

»Warten Sie's ab«, erwiderte Creedmore. »Die Leute im Rathaus sind so korrupt wie in der letzten Bananenrepublik.«

»Werde ich mir merken.« Mak holte sein Notizbuch und den Stift heraus. »Ich habe gehört, dass Sie Lanier Ragan persönlich kannten? Diese Lehrerin, die damals verschwand?«

»Ich habe unter ihrem Mann, Frank Ragan, Football an der Cardinal Mooney gespielt«, antwortete Creedmore. »Ich kannte sie von Spielen und so, aber ich habe keine Ahnung, wie ihr Portemonnaie dahin gelangt ist.«

»Wissen Sie denn, ob Mrs. Ragan mal im Strandhaus Ihrer Familie war?«

»Mein Vater war jahrelang Vorsitzender des Fördervereins, meine Eltern haben unzählige Partys für die Footballmannschaft samt Familien und Trainern geschmissen. Es kann gut sein, dass sie mit ihrem Mann zu einer dieser Partys gekommen ist.«

»Okay. Wann waren Sie das letzte Mal in dem Haus?«

»Das muss nach dem letzten Hurrikan gewesen sein. Welcher war das, Irma? Vielleicht 2017? Nach Hurrikan Matthew 2016 war ein Teil des Dachs weg. Mein Vater ist nur Mitbesitzer des Hauses. Es gehört zu gleichen Teilen seinem Cousin aus dem Norden, aber der war seit Jahren nicht mehr hier, und seiner schrecklichen Cousine Mavis. Wir hatten das Dach gerade halbwegs instandgesetzt, als Hurrikan Irma es wieder runterriss. Da stellte sich dann heraus, dass Mavis die Versicherungsprämie nicht bezahlt hatte. Mein Vater und ich sind noch hingefahren, um uns anzusehen, wie schlimm es das Haus getroffen hatte. Es war heftig. Mein Vater und Mavis gerieten aneinander, und ehe wir uns versahen, hatte sie die Schlösser ausgewechselt. Wir kamen nicht mehr in unser eigenes Haus.«

»Das heißt also, das letzte Mal, als Sie wirklich *im* Haus waren, muss circa 2017 gewesen sein?«

»Prüfen Sie es nach, aber ich glaube, das war im September«, sagte Creedmore.

»Weiß nicht, ob Sie's gehört haben, aber da draußen hat es letzte Nacht gebrannt«, sagte der Detective.

»Hab ich in den Nachrichten gesehen. Diese Idioten hätten fast eines der ältesten Häuser der Insel abgefackelt. Eine Schande, was die mit dem Haus machen.«

»Also haben Sie gesehen, was da los ist?«

»Bin ein paarmal vorbeigefahren. Hab gehört, dass unsere alten Nachbarn sich mächtig beschwert haben, weil da immer so viel Krach und jede Menge Verkehr ist.«

»Hattie Kavanaugh wurde beim Ordnungsamt von Tybee angezeigt. Sie hat bereits zwei Strafmandate bekommen und musste hohe Geldstrafen zahlen«, sagte der Detective.

Creedmore lachte. »Geschieht ihr recht, der dummen Kuh.«

»Wissen Sie«, sagte Mak und starrte Creedmore ausdruckslos nieder, »es sieht ein bisschen danach aus, als würde sie ganz gezielt belästigt. Und der Brand im Container sieht sehr nach Brandstiftung aus.«

»Darum geht es also? Sie glauben, ich würde ihr Stress machen? So ein Quatsch. Ich habe Besseres zu tun.«

Makarowicz änderte seine Taktik. »Was ist Ihrer Meinung nach mit Lanier Ragan passiert?«

»Woher soll ich das wissen?«, schoss Creedmore zurück. »Ich war damals noch Schüler. Fragen Sie ihren Mann.«

»Oh, das mach ich«, sagte Mak. »Nur aus reiner Neugier: Wann haben Sie Lanier Ragan das letzte Mal gesehen?«

»Ich denke, wir sind hier fertig. Ich habe noch einen Termin.« Creedmore ging zur Tür und riss sie auf.

# 33.

## WIESO, WESHALB, WARUM?

Im Display stand »Unbekannter Anrufer.« Er nahm ab. »Makarowicz.«

Eine Frauenstimme. »Detective Makarowicz? Ich bin Deborah Logenbuhl. Sie haben mir über Facebook eine Nachricht geschrieben, ob ich Sie anrufen könnte. Ich habe mit Lanier Ragan an der St. Mary's Academy gearbeitet.«

»Ah, ja. Danke, dass Sie sich melden«, sagte Mak.

»Ich hatte mich schon gefragt, ob ich was von der Polizei hören würde«, sagte sie. »Ich habe in den Nachrichten gesehen, dass Laniers Portemonnaie in dem Haus auf Tybee Island gefunden wurde. Ich habe sogar überlegt, ob ich selbst anrufen soll, aber ich wollte die Polizei nicht wie ein Spinner mit einer verrückten Verschwörungstheorie nerven.«

»Ist es in Ordnung, wenn ich unser Gespräch aufnehme?«

»Ja, doch.«

Makarowicz drückte auf die Aufnahmetaste seines Handys.

»Ich habe es so verstanden, dass Sie Lanier Ragan nahestanden?«

»Wir waren Freundinnen«, antwortete sie. »Ihr Klassenzimmer lag neben meinem. Lanier war wirklich ein Sonnenschein. Es war ein großer Schock, als sie verschwand. Ich glaube, das habe ich nie so richtig verwunden.«

»Was dachten Sie damals, was mit ihr geschehen war? Hat sie jemals davon gesprochen, ihren Mann zu verlassen? Oder wegzugehen?«

»Weggehen? Nein«, sagte Deborah.

»War sie unglücklich? Zu Hause oder in der Schule?«

Die Anruferin dachte nach. »Ich habe das erst begriffen, als sie weg war, aber in dem Herbst damals war irgendwas mit ihr. Sie hatte sich verändert.«

»Wie?«

»Sie war irgendwie … verschlossen. Mit den Gedanken woanders, könnte man sagen. In jenem Herbst war Lanier ständig auf dem Sprung zu einer Besprechung, einer Konferenz oder einer Nachhilfestunde. Vorher hatten wir uns oft samstagvormittags zum Kaffee getroffen, aber in der Zeit versetzte sie mich mehrmals. Das letzte Mal gesehen habe ich sie auf der Weihnachtsfeier des Kollegiums. Sie hatte eine rote Schaumstoffnase und so einen albernen Haarreifen mit Rentiergeweih auf. Am nächsten Morgen bekam ich Wehen.«

»Sie sagten gerade, sie hätte Nachhilfe erteilt?«

»Ja, bei einigen Schülerinnen, um sie auf den Zulassungstest für die Uni vorzubereiten, und Frank hatte dafür gesorgt, dass sie auch einigen Jungs aus seiner Footballmannschaft Nachhilfe gab. Dazu noch Emma und das Haus, das war einfach viel, verstehen Sie? Frank war ja nie da, es war Football-Saison.«

»Hat sie sich über Frank beschwert? War die Ehe in Ordnung?«

»Sie brauchte es gar nicht zu sagen. Ich hab's selbst gesehen. Er wollte, dass sie die perfekte Hausfrau war: kochen, putzen, für Emma sorgen, ihrer kranken Mutter helfen. Eine Heilige in der Küche und eine Hure im Bett.«

»Klingt ganz so, als seien Sie kein Fan von Frank Ragan gewesen.«

»Eher nicht.«

»Könnte er etwas mit Laniers Verschwinden zu tun gehabt haben?«

»Möglich … Aber bei mir setzten in der Woche vor Weihnachten die Wehen ein, sechs Wochen zu früh, dann hatte ich ein krankes Frühchen auf der Kinder-Intensiv im Memorial liegen. Ich kann mich gar nicht richtig an die Zeit erinnern.«

»Aber Ihr Kind hat sich durchgekämpft, ja?«

»Der Kleine ist jetzt fünfzehn Zentimeter größer als ich und absolviert gerade sein letztes Jahr an der Highschool.«

»Das freut mich«, sagte Mak. »Sie sagten eben, Lanier hätte auch einigen Spielern von Frank Nachhilfe gegeben?«

»Zwei oder drei«, antwortete Deborah. »Hohle Muskelprotze, die einen Quarterback nicht von einem Plusquamperfekt unterscheiden konnten.«

»Wissen Sie noch die Namen der Jungs? Den Football-Spielern?«

»Ist das wichtig?«

»Könnte sein. Wir haben einen Tipp bekommen, dass Lanier eine Affäre mit einem Highschool-Schüler hatte.«

Die Theaterpädagogin gab ein Geräusch von sich, als würde Luft aus einem schlaffen Ballon entweichen. »Ohhh.«

»Vielleicht ist da gar nichts dran«, warf Mak ein.

»Ich würde sagen, das ist nicht zu weit hergeholt. Lanier war noch jung – zehn Jahre jünger als ich –, und sie war noch so nah dran an den Schülerinnen und ihrem Leben. Vielleicht zu nah. Also, ja, sie könnte was mit einem Footballer gehabt haben. Aber einen Namen kann ich Ihnen beim besten Willen nicht nennen.«

»Was wäre, wenn ich Ihnen eine Auflistung aller Spieler in dem Jahr vorlegen würde?«, hakte Mak nach. »Wenn Sie die Namen sähen, würden ihnen die der Footballer ja vielleicht wieder einfallen.«

»Tut mir leid, Sport war nie so mein Ding. Ich habe nicht auf die Namen geachtet.«

»Schon gut«, sagte Makarowicz. »Danke, dass Sie zurückgerufen haben.«

»Hier ist Frank. Ihr wisst, was zu tun ist.«

Makarowicz zögerte. Er hatte Frank Ragan schon dreimal auf die Mailbox gesprochen, ohne dass der ehemalige Trainer zurückgerufen hätte. Der Polizist hatte keine große Hoffnung, dass er von Ragan hören würde, trotzdem würde er es noch einmal versuchen.

»Mr. Ragan, hier ist Al Makarowicz von der Polizei Tybee Island. Es gibt neue Entwicklungen in den Ermittlungen zum Verschwinden Ihrer Frau, ich müsste wirklich dringend mit Ihnen sprechen.«

Er buchstabierte seinen Nachnamen, nannte seine Nummer und legte auf. Makarowicz saß in der winzigen Nische, die im Polizeirevier auf der Van Horne Avenue als sein Büro diente.

Auf der Rückfahrt nach seinem Treffen mit Holland Creedmore hatte er über die Information der Theaterpädagogin nachgedacht, dass Lanier Ragan im Herbst vor ihrem Verschwinden Schülern Nachhilfe gegeben hatte, darunter auch Footballspielern, die von ihrem Mann trainiert wurden. Könnte einer von diesen »hohlen Muskelprotzen« ihr Lover gewesen sein? Holland Creedmore junior war in der Mannschaft, aber hatte er Nachhilfe gebraucht? Auf wen würde die Beschreibung noch zutreffen?

Er öffnete den Suchbalken auf seinem Desktop und gab »Footballteam Cardinal Mooney Highschool 2004« ein. Er erhielt Dutzende von Treffern. Beispielsweise erfuhr er, dass die Knights in jenem Jahr ungeschlagen geblieben waren und die Meisterschaft im Bundesstaat gewonnen hatten. Frank Ragan war zum besten Highschool-Trainer in Georgia gewählt worden, und zwei seiner älteren Spieler, André Coates und Holland Creedmore jun., waren in die Auswahlmannschaft von Georgia berufen worden.

Er fand ein Foto der zwei Vorzeigespieler, auf dem sie ihre Auswahlabzeichen grinsend in die Kamera hielten. Coates war ein bulliger Defensive-Linespieler, Creedmore jun., nicht gerade überraschend, Außenstürmer. Im entsprechenden Artikel stand, dass Coates auf die Universität nach Florida wollte, während Creedmore an der Privatuni Wake Forest unterschrieben hatte.

»Wake Forest, hm?« Mak betrachtete das Foto des achtzehnjährigen Holland Creedmore. Seine blonden Haare reichten ihm fast bis auf die Schultern. Er trug ein weißes Oberhemd, eine rot gestreifte Krawatte und einen blauen Blazer. Gutaussehend, klarer Blick, der Traum aller Schwiegermütter.

Makarowicz scrollte durch weitere Treffer, bis er einen Artikel aus der *Savannah Morning News* fand, in dem die Footballspieler der Cardinal Mooney von 2004 gerühmt wurden. Acht Mitglieder der Meisterschaftsmannschaft, die von der Schule abgegangen waren, wurden in dem Artikel namentlich genannt. Mak druckte ihn aus und las weiter.

Nach dreißig Minuten hatte er einige Ideen und eine Mappe mit Ausdrucken. Auf dem Weg nach draußen ging er beim Büro des Angestellten vom Ordnungsamt vorbei, Howard Rice.

Rice telefonierte gerade, deshalb lehnte sich Makarowicz in

den Türrahmen und scrollte durch seine Handynachrichten. Hattie Kavanaugh hatte ihm bereits ihre Auseinandersetzung mit dem Mann geschildert, den sie Inspector Gadget nannte, doch Mak wollte das Foto des brennenden Containers mit eigenen Augen sehen.

»Brauchen Sie was?« Rice hatte aufgelegt.

»Ich bin Detective Al Makarowicz«, stellte Mak sich vor. »Bin erst seit ein paar Monaten hier, deshalb kennen wir uns noch nicht. Ich würde gerne mit Ihnen über den Brand gestern Abend auf der Chatham Avenue sprechen. Habe gehört, Sie haben gestern ein Foto von dem Container bekommen?«

»Richtig«, sagte Rice. »Von einem besorgten Bürger.«

»Hat der Bürger auch einen Namen?«

»Nein«, sagte Rice. »Er zog es vor, anonym zu bleiben. Wir haben eine Website für Tippgeber, so dass die Bürger solche Verstöße direkt anzeigen können.«

Mak seufzte. Schon oft hatte er während seiner Zeit im Gesetzesvollzug mit dieser Sorte von wichtigtuerischen Beamten zu tun gehabt. Fast alle waren verhinderte Polizisten, die es genossen, Macht auszuüben.

»Kann ich das Foto mal sehen, das sie Hattie Kavanaugh gezeigt haben?«

Rice zögerte. Makarowicz spürte, dass der Inspector nach einem Grund suchte, ihm die Bitte abzuschlagen.

»Ich treffe mich heute Nachmittag drüben am Haus mit dem Brandermittler. Das Foto könnte ein Beweismittel sein, dass der Brand mit Absicht gelegt wurde.«

»Das ist ein Verstoß gegen die Vorschriften …«, setzte Rice an.

»Ich interessiere mich nicht für kleinliche Verstöße. Ich interessiere mich für Brandstifter.« Mak streckte die Hand aus. »Das Foto, bitte.«

»Gehst du mir aus dem Weg?«, fragte Trae.

Hattie saß am Rand des Damms und schaute auf den Back River. Mo hatte eine Mittagspause angeordnet, und sie hatte sich ein Sandwich und eine Wasserflasche mitgenommen und genoss nun die leichte Brise, die die Wasseroberfläche nur sanft kräuselte.

Hattie hatte überlegt, sich auf den Steg zu wagen, um sich das Steghaus anzusehen. Die Holzbohlen waren verrottet, einige fehlten oder hingen durch. Sollte sie es riskieren? War ihr Budget groß genug, um auch den Anleger zu renovieren?

Trae setzte sich neben sie und biss in einen Pfirsich. »Ich bekomme so Vibes von dir, dass ich mich besser fernhalte«, sagte er. »Oder irre ich mich?«

»Du irrst dich nicht«, gab sie zu. »Es ist einfach … unangenehm. Ich dachte, unser Essen gestern Abend … also … «

»Meinst du den Kuss? Für mich war der nämlich nicht unangenehm.«

»Du weißt, was ich meine. Das war ein intimer Moment. Und jetzt sind Fotos davon im Netz. Jeder hat sie gesehen. Sie sind überall. Irgendwie fühle ich mich deswegen schmutzig. Als hätten wir was Verbotenes getan.«

»Das war doch nur ein Kuss. Zwischen zwei Erwachsenen.« Mit dem Finger fuhr Trae die Kontur ihrer Wange nach, und Hattie erschauderte unfreiwillig. »Auch wenn du wahrscheinlich weißt, dass ich mir mehr gewünscht hätte.«

»Wie hältst du das bloß aus?«, fragte sie abrupt. »Das meine ich ernst.«

»Was? Jung, ein bisschen berühmt und ein bisschen reich zu

sein? Ich liebe es. Ich lebe meinen Traum. Ich kann mir meine Auftraggeber und Projekte aussuchen. Ich komme in der Welt herum, sehe neue Orte und lerne immer wieder neue Leute kennen. Zum Beispiel dich. Was soll daran schlecht sein?«

»Ich möchte aber nicht berühmt sein«, platzte es aus Hattie heraus.

»Was willst du dann?« Er legte das Kinn auf ihre Schulter.

»Ich will nicht beobachtet werden. Ich will nicht, dass mich Fremde anstarren oder mir eine Kamera vors Gesicht halten. Ich will nicht, dass mein Privatleben im Internet ausgebreitet wird. Ich will meine Arbeit machen und genug Geld verdienen, um das zu tun … was mir Spaß macht.«

Trae lachte. »In anderen Worten: Du willst reich sein.«

»Will ich überhaupt nicht«, widersprach Hattie. Sie konnte ihm nicht erzählen, wie sie früher gelebt hatte. Bevor ihr Vater erwischt wurde und ins Gefängnis kam. Bevor ihre Familie zersprengt wurde. Bevor die Leute bei der Erwähnung ihres Nachnamens hinter ihrem Rücken tuschelten.

Hinter ihnen raschelte es. Als sie sich umdrehten, sahen sie Gage, einen von Mos Produktionsassistenten, der sich nervös räusperte.

»Hey, ähm … Leetha und Mo schicken mich. Sie sind jetzt so weit, dass die nächste Szene gedreht werden kann.«

Trae stand auf und half Hattie auf die Füße. »Reden wir später weiter.«


Jorge und Tomas hatte sich neue weiße Malerhosen und frisch gebügelte Arbeitshemden angezogen, auf deren Brusttasche der Name ihrer Firma gestickt war. Ein sichtlich nervöser Jorge deutete auf die vom Brand beschädigte Veranda und die Verkleidung der Außenwand.

»Zuerst entfernen wir möglichst gründlich diesen schwarzen Ruß. Dafür verwenden wir ein professionelles fettlösendes Produkt. Wenn wir abschätzen können, wie groß der Schaden ist, überlegen wir uns, welcher Teil der Außenwand eventuell ersetzt werden muss.«

Hattie fuhr mit der flachen Hand über die Wand neben der Küchentür und hielt ihre schwarz verschmierte Handfläche in die Kamera. »Uah! Jorge, wie lange dauert es, bis deine Leute diesen Dreck entfernt haben?«

»Wenn wir heute Nachmittag mit vier Mann anfangen und richtig ranklotzen, würde ich sagen: drei, vier Tage.«

»In der Zwischenzeit«, sagte Hattie seufzend, »ist genug zu tun. Die Zimmerleute müssen mit dem Rohbau der neuen Treppe fertigwerden, und die Klempner sind schon dabei, die Gästetoilette im Flur unter der Treppe einzubauen.«

Cool schob sich Trae ins Bild. »Nehmen wir die Leute mal mit rein und zeigen ihnen, welche Fortschritte wir im Schlafzimmer unten gemacht haben.«

Der Gutachter der Versicherung schrieb gerade in der Küche seinen Bericht, als Hattie und Trae mit dem Dreh vor dem Haus fertig waren. Der Mann war Mitte fünfzig, hatte silbergraue Haare und blassblaue Augen hinter einer Brille mit silberner Fassung.

»Und wie lange dauert es, bis wir den Schaden ersetzt bekommen?«, fragte Cass. »Wie Sie sehen, stehen wir unheimlich unter Zeitdruck.«

»Ich muss zurück ins Büro und ein paar Zahlen nachsehen, aber ich denke, Anfang nächster Woche müsste der Scheck kommen«, sagte der Gutachter. Er schaute zu Trae hinüber, dann wieder auf seinen Bericht, um Trae erneut verlegen anzusehen. »Sie sind Trae Bartholomew, oder? Wahrscheinlich können Sie's schon nicht mehr hören, aber meine Frau ist ein großer Fan von Ihnen. Riesenfan. Besonders von Ihrer letzten Sendung.«

»Danke«, sagte Trae. »Ich freue mich immer, von meinen Fans zu hören. Wie heißt Ihre Frau?«

»Dani. Also, Danielle.« Der Gutachter nahm ein Blatt Papier hinten aus seinem Notizblock und hielt es Trae hin. »Würden Sie mir ein Autogramm geben? Ich meine, nur falls es keine zu große Zumutung ist.«

»Überhaupt nicht. Sagen Sie Ihrer Frau, sie darf auf keinen Fall *Die Traumhaus-Profis* verpassen. So heißt die Sendung, die wir hier gerade drehen. Wird im September ausgestrahlt.«

»Das mache ich«, sagte der Gutachter. »*Die Traumhaus-Profis*. Merk ich mir.« Er sah Hattie an. »Bis Anfang nächster Woche hören Sie etwas von mir zur Schadensregulierung.« Er ging zur Tür und war schon fast weg, da drehte er sich noch mal um. »Geben Sie mir doch bitte ebenfalls ein Autogramm, junge Dame«, sagte er und reichte Hattie das Blatt Papier. »Wer weiß? Eines Tages sind Sie vielleicht auch berühmt, und dann ist das richtig was wert.«

Der Brandermittler hieß Steven Parkman. Er war klein und rund und hatte einen prächtigen weißen Bart. Parkman trug eine schwarze Baseballkappe mit dem Wappen der Stadt Tybee. Zusammen mit Makarowicz hatte er den Container schon mehrmals umrundet, eine Schaufel reingebohrt und Fotos gemacht, während Hattie im Haus mit dem Versicherungsmann beschäftigt war.

»Hattie, das ist Steve Parkman«, stellte Mak vor, als sie nach draußen kam.

»Mr. Parkman«, grüßte sie. »Danke, dass Sie gekommen sind.« Ihr fiel auf, dass beide Männer dünne Latexhandschuhe trugen.

»Sparky«, sagte Parkman. »Alle nennen mich Sparky.«

»Typischer Feuerwehrhumor«, sagte Mak, ohne mit der Wimper zu zucken. Er wies auf einen deformierten Klumpen, den die beiden Männer aus dem Inhalt des Containers gerettet hatten. »Ihr Maler hat mir versichert, dass sein Sohn die öligen Lappen in einem Eimer entsorgt hat, der hier hinten auf der Veranda stand. Wir haben den Rest davon gefunden. Im Container.«

Mit der Stiefelspitze stieß Sparky gegen einen verkohlten rechteckigen Gegenstand. »Und da haben Sie den Brandbeschleuniger. Eine Vier-Liter-Dose Farbverdünner.«

»Wir hatten recht. Das Feuer wurde absichtlich gelegt«, folgerte Hattie.

»Brandstiftung«, sagte Sparky. »Ich habe das Foto von dem Feuer gesehen, das unser anonymer ›besorgter Bürger‹ gemacht hat. Ich werde mit Howard Rice sprechen, ob er noch mehr Informationen hat, aber ich schätze mal, das ist eine Sackgasse.«

»Und jetzt?«, fragte Hattie.

Der herzlich wirkende Brandermittler antwortete ernst: »Jetzt finden wir heraus, wer das Feuer gelegt hat. Und warum.«

Als Sparky gefahren war, schaute Makarowicz zu den Malern hinüber, die bereits die Rückseite des Hauses bearbeiteten. »Wie schlimm ist es im Haus?«

»Sehen Sie selbst«, lud Hattie ihn ein und führte ihn zusammen mit Cass in die Küche. Zwei große Bautrockner waren auf den Holzboden gerichtet, ein Mitarbeiter von Jorge bearbeitete die neuen Küchenschränke mit einem stinkenden Fettlöser.

»Also keine Vollkatastrophe«, bemerkte Makarowicz.

»Schlimm genug«, sagte Cass. »Wir können es uns nicht leisten, diese Schränke zu verlieren. Wenn der Brandschaden nicht behoben werden kann, müssen wir neue bestellen. Dabei können wir uns wirklich keine weiteren Verzögerungen leisten.«

»So ein Mist«, sagte Makarowicz.

»Haben Sie irgendwas Neues über Lanier Ragan herausgefunden?«, fragte Hattie.

»Kannten Sie eine Lehrerin an St. Mary's namens Deborah Logenbuhl?«

»Mrs. Logenbuhl!«, rief Hattie. »Wie konnte ich die vergessen? Knallrote Haare, verrückte Brillen und bunte Klamotten? Sie war wie ein Paradiesvogel in einem Schwarm grauer Tauben.«

»Ich habe mit ihr telefoniert«, erklärte der Detective. »Offenbar war sie eng mit Lanier befreundet.«

»Stimmt. Die beiden haben immer zusammen Mittag gegessen«, sagte Hattie.

»Ah. Sie hat mir erzählt, dass Lanier im Herbst 2004 schwer beschäftigt war, dass sie Nachhilfe gab, ihre Schülerinnen auch privat unterstützte, damit sie bessere Noten erzielten und auf entsprechende Colleges kamen. Und sie meinte, Frank Ragan hätte seine Frau überredet, einigen Footballspielern Nachhilfe zu geben.«

»Oh«, machte Hattie. »Also glauben Sie, es stimmt vielleicht, was Molly Fowlkes gehört hat?«

»Möglich«, sagte Mak. »Vielleicht hat Lanier mehr unterrichtet als nur Adjektive und Adverbien.«

»Tja«, warf Cass ein. »Vielleicht hat sie einem Schüler ja Anschauungsunterricht in Sexualkunde gegeben.« Ihr Ton war eher bitter als ernst. Hattie sah überrascht zu ihr hinüber.

»Sorry, not sorry«, murmelte Cass und verließ die Küche.

»Wusste Mrs. Logenbuhl noch, welchen Footballspielern Lanier Nachhilfe gegeben hat?«, fragte Hattie.

»Nein. Nur dass Lanier schwer beschäftigt war.«

»Haben Sie eine Liste aller Spieler, die in dem Jahr in der Footballmannschaft waren?«

Makarowicz griff in seine Gesäßtasche und zog mehrere ordentlich gefaltete Blätter heraus. »Wie auch immer man das findet, aber das Internet vergisst nichts.« Er faltete den Ausdruck eines alten Schwarz-Weiß-Fotos auseinander und legte es auf den Werktisch.

»Frank Ragans Footballmannschaft wurde 2004 Meister in Georgia. Stand in allen Zeitungen.« Er tippte auf das Bild. »Ich glaube, einer von denen könnte etwas mehr als ein Lieblingsschüler gewesen sein.«

## 34.

ALTE SEILSCHAFTEN

**A**ls Hattie nach Hause kam, duschte sie erst einmal lange heiß, zog sich dann eine Boxershorts und ihr altes Lieblings-T-Shirt an und wärmte sich einen Teller mit Makkaroni und Käse auf, den sie anschließend auf ihrem Lieblingssessel im Wohnzimmer verspeiste.

Ihr Blick wanderte zu den Taschenbuchkrimis im Regal hinüber. Nach Hanks Tod waren Bücher, vor allem Krimis, ihre Zuflucht geworden. Sie mochte die Vorhersehbarkeit, das stumme Versprechen, dass es am Ende des Buchs einen gewissen Abschluss gab, egal wie hässlich, gewalttätig oder tragisch es zwischendurch auch wurde. Letztendlich siegte die Gerechtigkeit.

Träge blätterte sie in einer zerlesenen Ausgabe von *Im Schatten des Mondes*, ihrem Lieblingsroman von Michael Connelly, als ihr Handy eine neue Textnachricht ankündigte. Vorsichtig stieg sie über Ribsy hinweg, der zu ihren Füßen schlief, und holte das Handy aus der Küche. Die Nachricht war von Davis Hoffman.

*Hey, hab von dem Brand gehört. Alles okay bei dir?*

Hattie sank wieder in ihren Sessel.

*Mir geht's gut. Bin nur kaputt. Und besorgt.*

Die kleinen Punkte auf dem Display verrieten ihr, dass er eine Antwort tippte.

*Kann ich dir irgendwie helfen?*

Vor ihrem inneren Auge erschien ein Bild: Der steife, fast schon aristokratische Davis Hoffman krempelte die Manschetten seines feinen Hemds hoch, um mit seinen langen, eleganten Fingern, an denen er einen goldenen Siegelring mit Monogramm und den schweren Klassenring der Cardinal-Mooney-Highschool trug, verschimmelten Teppich herauszureißen und die pfirsichfarbenen Porzellanfliesen im Badezimmer herauszuschlagen.

*Vielleicht. Aber nicht beim Haus.*

Wieder Punkte.

*???*
*Hast du früher auch Football gespielt? Unter Frank Ragan?*
*Wenn es zählt, dass ich in einem Trikot zum Training gegangen bin, ja, dann könnte man sagen, theoretisch gehörte ich zur Mannschaft. Hab meistens Linksaußen gespielt.*
*Weißt du noch, welchen Mitspielern Lanier Ragan in deinem letzten Jahr Nachhilfe gegeben hat?*

Hattie kratzte die letzten Käsereste von ihrem Teller, gab ihn in Ribsys Napf und stellte ihn dem Hund vor die Nase. Begeistert wedelnd machte der sich darüber her.

*Geht es immer noch um das Portemonnaie? Was hat das*
*mit ihrer Nachhilfe bei den Footballern zu tun?*

Ribsy schob den Napf mit der Nase über den Boden, um auch
die letzten Käsereste zu erwischen. Als er aufsah, hatte er einen
Käsefleck auf der schwarzen Nase. Hattie grinste und griff wieder zu ihrem Handy.

*Die Polizei geht dem Gerücht nach, dass Lanier eine Affäre*
*mit einem aus der Football-Mannschaft hatte. Vielleicht*
*mit jemandem, dem sie Nachhilfe gab? Einem Schüler aus*
*dem Abschlussjahrgang? Könnte was mit ihrem Ver-*
*schwinden zu tun haben.*

Minuten vergingen. Hattie schlug *Im Schatten des Mondes* auf
und verlor sich in der Geschichte der Fassadenkletterin, die
durch die Hotelzimmer der Casinos in Las Vegas schlich.

*Keine Ahnung, wem sie Nachhilfe gegeben hat. Tut mir*
*leid, keine große Hilfe.*

Hattie ging ins Schlafzimmer und holte das zusammengefaltete
Foto des damaligen Footballteams, das sie von Al Makarowicz
bekommen hatte.

Sie strich es glatt und überflog die Bildunterschrift. Vielleicht war es besser, am Telefon darüber zu sprechen, als Nachrichten auszutauschen. Sie tippte Davis' Nummer ein, er meldete sich sofort.

»Hey!« Er klang überrascht, ihre Stimme zu hören.

»Hi. Hast du kurz Zeit? Um über Football zu sprechen?«

»Ganz ehrlich, Hattie, mein letztes Schuljahr? Daran erinnere ich mich nur noch verschwommen. Ich habe mich damals fürs College beworben und im Laden ausgeholfen …«

»Und du warst mit Elise zusammen. Ich weiß. Aber ich habe hier eine alte Mannschaftsaufstellung. Ich dachte, wenn ich dir die Namen vorlese, fällt dir vielleicht wieder ein, wer von denen Nachhilfe bekam.«

»Findest du das nicht ein bisschen übertrieben?«, fragte Davis.

War das seine Art, ihr zu sagen, sie solle sich »abregen«? Wie oft hatte Hattie im Laufe der Jahre von Männern, auch von Hank und Tug, die sie beide liebte, gehört, sie solle »cool bleiben« oder »sich entspannen«? In Wirklichkeit war das nur eine nicht besonders höfliche Art, Frauen zu sagen, sie sollten gefälligst den Mund halten.

»Vor anderthalb Wochen wurde Laniers Portemonnaie in dem Haus gefunden, das jetzt mir gehört«, sagte sie, bemüht, höflich zu bleiben. »Das ist der erste und einzige Anhaltspunkt, den die Polizei seit dem Tag ihres Verschwindens vor siebzehn Jahren hat. Und seit die Nachricht bekannt ist, werde ich schikaniert. Zuerst wurde mir das Ordnungsamt auf den Hals gehetzt, und jetzt wurde im Container hinter dem Haus ein Feuer gelegt. Das halte ich nicht für Zufall.«

»Brandstiftung? Bist du dir sicher?«, fragte Davis.

»Der Brandermittler der Feuerwehr und die Polizei sind davon überzeugt«, sagte Hattie. »Im Container wurde eine Dose mit Verdünner gefunden, mit der der Brand gelegt wurde.«

»Kommt mir trotzdem ziemlich weithergeholt vor.«

»Ich habe ein altes Foto der Mannschaft aus dem betreffenden Jahr«, kam Hattie aufs Thema zurück. »Wie wär's, wenn ich dir alle Namen vorlese, und du sagst einfach, wer deiner Meinung nach Nachhilfe bekommen haben könnte?«

»Das ist doch albern«, protestierte Davis. »Ich habe seit Jahren nicht mehr an diese Typen gedacht.«

»Gehst du nicht zu den Klassentreffen? Oder zu den Ehemaligenabenden bei Footballspielen?«

»Nein.«

»Bitte!«

Hattie fuhr mit dem Finger unter den Namen her, die unter dem Bild gedruckt waren, und las laut vor: »Larry Albritton. Tommy Boylan. André Coates. Holland Creedmore, Matt Ellis …«

»Ellis auf gar keinen Fall. Der war ein Superhirn. Ich glaube, er ist jetzt Richter in Washington.«

Hattie las weiter: »Braydon Jackson.«

»Nicht gerade ein Genie.« Davis schmunzelte. »Er sah mit vierzehn schon aus wie dreißig, deswegen haben wir ihn immer Bier holen geschickt.«

»Also eventuell ein Kandidat«, sagte Hattie. »Tyler Minshew?«

»Shew war total zielstrebig. Ist direkt anschließend nach West Point gegangen. Starb im Kampfeinsatz im Irak.«

»Anthony Sapenza?«

»Tony eher nicht. Der ging direkt nach der Highschool aufs Priesterseminar.«

Hattie musterte nochmals das Foto. Sie hatte die Namen durchgestrichen, die Davis ausgeschlossen hatte. »Was ist mit Holland Creedmore?«

»Ich weiß es nicht, Hattie. Ich sage doch, ich kann mich kaum an das Jahr erinnern. Was ist mit dem guten alten Coach Ragan? Hat die Polizei ihn ausgeschlossen?«

Hattie schaute auf das Foto. Frank Ragan stand inmitten seiner Mannschaft. Er war groß, hatte eine breite Brust und markante Gesichtszüge und starrte forsch in die Kamera. »Ich weiß nicht, ob er jemals verdächtigt wurde«, gab sie zu.

»Ich verstehe, dass dich das interessiert, aber wenn die Bullen den Fall nach so vielen Jahren nicht gelöst haben, kann ich mir nur schwer vorstellen, dass das hier was zu bedeuten haben soll.«

»Dann können wir uns wohl nur darauf einigen, dass wir in dem Punkt unterschiedlicher Meinung sind«, sagte Hattie und gähnte.

»Wo ich dich gerade am Telefon habe, hast du mal über meine Einladung zum Essen nachgedacht? Oder bist du zu sehr mit deinem neuen Fernsehpartner beschäftigt? Sieht ja aus, als wärt ihr zwei euch ziemlich nah gekommen.«

Hatties Wut flackerte auf. »Glaub nicht alles, was du im Internet siehst, ja?«

»Ups. War ein Witz«, beeilte er sich zu sagen.

»Gute Nacht, Davis.« Sie legte auf.

Aus Spaß pickte sie sich noch einen Namen aus der Football-Mannschaft heraus, griff zu ihrem Handy und scrollte durch ihre Kontakte, bis sie den betreffenden Namen gefunden hatte.

André Coates war ein herausragender Spieler der Cardinal-Mooney-Highschool gewesen, der für eine Auswahlwahlmannschaft der Atlanta Falcons nominiert worden war. Nachdem er mit dem Football aufgehört hatte, war er nach Savannah zurückgekehrt und ein erfolgreicher Autohändler geworden. Vor zwei Jahren hatte André seine alten Kontakte von der sogenannten »Mooney-Mafia« spielen lassen, sprich, auf seine alten Bekannten zurückgegriffen und Kavanaugh & Sohn den Auftrag erteilt, das Haus seiner Eltern zu renovieren.

Andrés Stimme dröhnte: »Hattie, Mädel, was gibt's?«

»Hi, André. Wie geht's deinen Eltern?«

»Sehr gut. Sie sind begeistert vom Haus, dank dir.«

»Das freut mich. Grüß sie lieb von mir. Hey, André, hast du die neusten Entwicklungen im Fall Lanier Ragan mitbekommen?«

»Oh, ja. Echt verrückt, dass du das Portemonnaie im Strandhaus der Creedmores gefunden hast. Was ist denn da los?«

»Die Polizei ermittelt. Ich hätte eine kurze Frage an dich. Hat Frank Ragan dafür gesorgt, dass Lanier dir oder anderen Jungs aus der Mannschaft in eurem letzten Schuljahr Nachhilfe gab?«

»Allerdings!« André schmunzelte. »Der Trainer wollte sichergehen, dass wir unsere Hochschulzugangsprüfungen bestehen. Ich bin Legastheniker, Lesen und Schreiben war bei mir immer ein Problem. Ms. Lanier hat mir damals echt geholfen.«

»Okay. Hat sie noch anderen Nachhilfe gegeben?«

»Auf jeden Fall Tommy Boylan und ja, Holland Creedmore. Samstagmorgens mussten wir zum Lernen kommen und anhand von alten Zulassungsprüfungen üben. Wieso?«

»Ähm, also, das Gerücht kam auf, dass Lanier vielleicht etwas mit einem von Franks Footballspielern gehabt haben könnte, und das könnte wiederum was mit ihrem Verschwinden zu tun haben.«

»Oh, Scheiße«, sagte André. »Da hatte meine Mutter wohl doch den richtigen Riecher.«

»Wieso?«

»Es war ihr sehr wichtig, dass die Nachhilfestunden in der öffentlichen Bibliothek stattfanden. Sie wollte unbedingt verhindern, dass jemand auf komische Ideen kommt, wenn ein schwarzer Junge mit der hübschen kleinen blonden Lehrerin zusammensitzt.«

»Deine Mutter ist eine kluge Frau«, sagte Hattie. »Was ist mit

den anderen Jungs? Haben die sich auch mit ihr in der Bibliothek getroffen?«

»Das musst du die fragen«, antwortete André. »Tommy war
okay, aber mit dem kleinen Holland hatte ich es nie so.«

»Gibt's Gründe, warum ihr keine Freunde wart?«, fragte
Hattie.

Es folgte längeres Schweigen am anderen Ende der Leitung.
»Holland machte gern mal Ärger. Den konnte ich nicht gebrauchen. Er feierte immer Partys im Strandhaus – mit Mädchen,
Alkohol, Gras. Ich wollte unbedingt ein Stipendium ergattern,
deshalb habe ich mich da rausgehalten. Für Leute wie mich gel-
ten andere Regeln, weißt du?«

»Versteh ich«, sagte Hattie. »Okay, gut. Danke. Pass auf dich
auf, André.«

»Immer!«

Sie gähnte. Ribsy lag bereits zusammengerollt auf dem Teppich zu ihren Füßen. Hattie rief Makarowicz an, um ihm mitzuteilen, was ihre abendliche Detektivarbeit ergeben hatte.

# 35.

IN DER STILLE DER NACHT

Im alten Bootsschuppen am Ende des Grundstücks fand Mo einen verrosteten Alu-Strandstuhl und schleppte ihn auf die vordere Veranda des Hauses, wo er ihn in die dunkelste Ecke unter den Dachüberstand stellte. Er sprühte sich großzügig mit Mückenschutzmittel ein, legte sich hin und wartete.

Es war die zweite und, wie er beschlossen hatte, auch letzte Nacht, in der er Wache schob.

Es war ruhig, im Hintergrund surrten die Heuschrecken, gelegentlich fuhr ein Auto auf der Chatham Avenue vorbei. Allmählich bereute er sein persönliches Engagement.

Es war ihm zu peinlich gewesen, Leetha, Hattie oder Cass seine spätabendliche Mission zu beichten, denn die Frauen hätten sich über sein Vorhaben lustig gemacht, den Brandstifter bei einem erneuten Besuch in flagranti zu ertappen. Mo war kein Bulle, er hatte keine Waffe, nur eine Brechstange, die er sich von einem der Tischler geliehen hatte. Es ging ihm auch nicht darum, Selbstjustiz zu üben. Doch die Vorstellung, dass jemand hier absichtlich Feuer legte und dadurch Leben gefährdete, ließ ihn nicht mehr los, seit die Feuerwehr abgefahren war.

Was ihm ebenfalls zu schaffen machte, war Hatties Reaktion auf den Brand. Die ganze Zeit sah er vor sich, wie ihr die Tränen übers rußgeschwärzte Gesicht gelaufen waren, während ihre Träume in Flammen aufgingen. Seit sie das Haus gekauft hatte, hatte sie nicht groß über ihre Finanzen gesprochen, doch Mo war sich ziemlich sicher, dass sie ihren letzten Cent in das Haus gesteckt hatte, und es ärgerte ihn, dass so ein bösartiger Drecksack ihr das alles mit einem angezündeten Streichholz nehmen konnte.

Während sich die feuchte Nacht wie ein Umhang um ihn legte, kämpfte Mo gegen seine wachsenden Gefühle für Hattie. Sie war völlig anders als die Frauen, die er bisher gekannt hatte: lustig und furchtlos, kratzbürstig und kampfeslustig, dazu hatte sie ein zartes, verletzliches Herz, das sie nur selten zeigte.

Gähnend schaute Mo auf sein Handy. Es war kurz nach zwölf, und er war schon ziemlich müde, trotz des konzentrierten Koffeins in dem Red Bull, den er getrunken hatte.

Plötzlich hörte er Reifen in der Einfahrt knirschen. Er rutschte vom Stuhl und kroch an den Rand der Veranda, um über das Geländer zu spähen. Ein dunkles Auto rollte mit ausgeschalteten Scheinwerfern langsam auf das Haus zu.

Mos Puls ging schneller. Er hatte eine kleine Taschenlampe in der Gesäßtasche, nach der er jetzt tastete.

Der Wagen fuhr an ihm vorbei um das Haus herum, und als er außer Sicht war, griff Mo nach der Brechstange, ging ins Haus und lief nach hinten durch zur rückwärtigen Veranda.

In seiner Eile stieß er mit dem Knie gegen einen Küchenschrank und fluchte leise vor sich hin. Er zog die Hintertür auf und schlich auf die Veranda. Der Wagen stand mit laufendem Motor wenige Meter entfernt im Schatten einer Lebenseiche. Mo hörte, wie die Autotür geöffnet wurde. Eine schmale dunkle Gestalt stieg aus. Sie hielt einen dicken Knüppel in der rechten Hand.

Mit hochgezogenen Schultern tastete die Gestalt sich Richtung Veranda vor, die Augen auf den unebenen Boden gerichtet. Mo setzte sich ebenfalls in Bewegung; auf Zehenspitzen wagte er sich in den Garten, versteckte sich hinter einer riesengroßen Azalee und wartete. Er hörte knackende Zweige und das schwere, ungleichmäßige Atmen des näherkommenden Eindringlings.

Mo lief der Schweiß über den Rücken. Mücken umschwärmten sein Gesicht, das Herz schlug wild in seiner Brust. Er spähte aus seinem Versteck: Der Eindringling war zum Greifen nah.

Er holte tief Luft, stürzte sich aus seinem Unterschlupf auf die Gestalt und warf sie zu Boden.

Ein schriller Schrei gellte durch die Nacht. Mo zog die Taschenlampe aus seiner Gesäßtasche und leuchtete ins Gesicht des Eindringlings. Entsetzt zuckte er zurück.

Es war eine ältere Frau, die sich eine schwarze Strickmütze tief in die Stirn gezogen hatte. Ihr faltiges Gesicht war wutverzerrt. »Runter von mir!«, schrie sie und wehrte sich mit Händen und Füßen. »Auaaa, runter von mir!«

Mo rollte zur Seite, hielt aber mit der rechten Hand den linken Arm der Alten fest. Mit der linken riss er ihr die Mütze vom Kopf. Ein silberner Haarschopf kam zum Vorschein. Die Frau holte aus und traf ihn am Kinn. »Pack mich nicht an, du Scheißkerl!«

Plötzlich erstrahlte die Lampe auf der hinteren Veranda und tauchte den Garten in helles Licht. »Wer ist da? Was ist da los?«

Es war Hattie.

Die alte Frau setzte sich auf und funkelte die beiden zornig an. Dann wies sie auf Mo. »Dieser Mistkerl hat mir die Hüfte gebrochen! Den verklag ich auf den letzten Penny!«

»Mavis? Mavis Creedmore?« Hattie warf Mo einen kurzen Blick zu. »Das verstehe ich nicht. Was machst du denn noch so spät hier?«

»Ich habe ihr aufgelauert.« Er wies auf die alte Dame. »Ich wusste bloß nicht, dass sie es war. Ich habe mir gedacht, dass unser Brandstifter vielleicht noch mal wiederkommt. Die letzten beiden Nächte habe ich hier geschlafen, auf einem Liegestuhl vorn auf der Veranda. Und tatsächlich ist heute Abend jemand aufgetaucht.«

Hattie schüttelte den Kopf. »Komm, helfen wir ihr hoch und gucken, ob sie sich verletzt hat.«

»Natürlich bin ich verletzt«, fuhr Mavis sie an. »Dieser Spinner hat mich umgeworfen. Ich hätte tot sein können.«

Hattie und Mo ergriffen je einen Arm und zogen die alte Frau vorsichtig auf die Füße.

»Auuuu«, jammerte sie, als sie endlich aufrecht stand. Sie rieb sich die knochigen Hüften und klopfte den Sand von ihrer weiten schwarzen Stoffhose.

»Mavis«, sagte Hattie. »Was suchen Sie hier? Was soll das?«

»Hab nur nach meinem Haus geguckt«, antwortete Mavis Creedmore mit düsterem Blick. »Das ist nicht verboten.«

Mo schnaubte ungläubig. »Geguckt? Um ein Uhr nachts? In absoluter Dunkelheit?« Er richtete seine Taschenlampe auf einen hölzernen Baseballschläger, der auf dem Boden lag, und hob ihn auf. »Hiermit?«

»Den hatte ich nur zum Schutz dabei«, sagte sie. »Und wenn ich nicht aus dem Hinterhalt angegriffen worden wäre, hätte ich Ihnen den bei Gott über den Kopf gezogen.«

»Dies ist nicht mehr Ihr Haus, und das wissen Sie genau«, sagte Hattie. »Ihre Familie hat es verkommen lassen. Und weil Sie die Grundsteuer nicht bezahlt haben, wurde es beschlagnahmt und zwangsversteigert, so dass ich es kaufen konnte.«

»Das ist eine verdammte Lüge«, rief Mavis. »Dieses Haus ist seit siebzig Jahren im Besitz der Creedmores. Mein Onkel hat es mir vererbt, und ich will verdammt sein, wenn ich zulasse, dass so eine dahergelaufene Göre wie du es mir unterm Hintern wegstiehlt.« Die alte Frau verzog die Lippen zu einem gehässigen Grinsen.

»Hattie Bowers, du bist ein verfluchter Dieb! Du kannst deinen Namen so oft ändern, wie du willst: Jeder in dieser Stadt weiß, wer du bist und woher du kommst. Du bist hinterhältig und verschlagen, genau wie dein verdorbener Vater.«

Hattie zuckte und schwieg eine Weile, den Blick auf die orthopädischen Schuhe der alten Frau gesenkt.

Als sie wieder hochsah, war ihre Stimme leise, aber fest. »Mavis, ich weiß, dass Sie diejenige sind, die sich bei der Stadt über uns beschwert hat. Sie steigen jetzt in Ihr Auto und verschwinden, aber schleunigst, bevor ich es mir anders überlege und Sie der Polizei übergebe.«

»Du willst sie laufen lassen?«, fragte Mo ungläubig. »Sie ist eine Brandstifterin. Sie hat illegal das Grundstück betreten und hier randaliert. Wahrscheinlich ist sie heute hergekommen, weil sie das zu Ende bringen wollte, was sie vor zwei Nächten angefangen hat.«

»Brandstifterin?« Die alte Frau schniefte und bohrte ihren knochigen Finger in Mos Brust. »Wenn ich dieses Haus hätte niederbrennen wollen, Junge, kannst du mir glauben, dass hier nichts mehr stehen würde. Ich habe kein Feuer gelegt, beweis mir mal das Gegenteil!«

Sie nahm ihm den Knüppel aus der Hand und hinkte zu ihrem Auto, wo sie die Scheinwerfer anstellte, den Rückwärtsgang einlegte und über eine Schaufel und einen Plastikeimer fuhr. Dann gab sie Gas und raste über die Zufahrt davon. Hinter ihr blieb eine große Sandwolke zurück.

Hattie seufzte. »Tug meinte, dieses Haus hätte ein schlechtes Karma. Cass findet das auch. Allmählich glaube ich, dass sie vielleicht recht haben.«

»Blödsinn«, sagte Mo und wies auf die roten Rücklichter der Limousine. »Glaubst du der alten Krähe? Oder war es gelogen, als sie sagte, sie hätte das Feuer nicht gelegt?«

»Ich weiß nicht genau, was ich denken soll«, gestand Hattie.

»Wer soll es sonst gewesen sein?«, fragte Mo.

Trotz der Hitze erschauderte Hattie. Sie berührte Mo leicht am Kinn, wo sich bereits ein blauer Fleck bildete. »War sie das?«

»Hat mir gut einen verpasst«, sagte er kleinlaut. »Ich bin nur froh, dass sie den Knüppel fallen gelassen hat, als ich sie umgeworfen habe.«

»Mavis Creedmore war nicht zum Spaß hier«, bestätigte Hattie. »Tu mal besser Eis drauf, wenn du zu Hause bist.«

### 36

### WIE DER VATER, SO DER SOHN

**D**ie Frau, die an die Tür des eleganten roten Backsteinhauses im Georgian-Revival-Stil auf der East 54. Street kam, musterte Makarowicz durch die gläserne Sturmtür.

Sie trug ein Baumwollkleid in bunten Pastellfarben und eine geschmackvolle Perlenkette, doch ihre silberblonden Haare waren leicht zerzaust und der rosa Lippenstift verschmiert.

»Hallo«, sagte sie blinzelnd und sah an Mak vorbei auf die Straße. »Habe nicht damit gerechnet, dass die Bestellung so schnell kommt. Können Sie das Essen hinten rum zur Küche bringen?«

»Das würde ich tun, wenn ich vom Lieferdienst wäre, aber leider bin ich das nicht«, sagte Mak und hielt ihr seine Dienstmarke hin. »Ich bin Detective Al Makarowicz von der Polizei Tybee. Ich hatte gehofft, ich könnte ein paar Worte mit Ihnen und Ihrem Ehemann wechseln.«

Die Frau machte einen halben Schritt zurück. »Oh. Also, ähm … «

»Sind Sie Mrs. Creedmore?«, fragte Mak.

»Ja, bin ich. Nennen Sie mich Dorcas. Holl ist nicht … also … im Moment ist er nicht da.« Sie lächelte entschuldigend. »Aber ich richte ihm aus, dass Sie hier waren.«

In der Auffahrt standen zwei identische silberne Buick-

Modelle. Beide hatten einen Aufkleber der Ehemaligenvereinigung von Cardinal Mooney auf der Heckscheibe. Der Kofferraum des Autos, das näher an der Straße stand, war offen, ein Set Golfschläger lehnte an der Stoßstange.

»Ist das da vorne nicht das Auto Ihres Mannes?«

Die Frau öffnete die Tür und trat auf die Schwelle, um hinüberzuschauen.

»Oh, dann ist er wohl gerade nach Hause gekommen. Manchmal geht er direkt durch in die Remise, wo er … ähm … da hat er sein Büro. Dann kommt er nicht extra ins Haus.«

»Gut. Können Sie ihm vielleicht Bescheid sagen, dass ich hier bin?«

Eine Stimme hallte durchs Haus. »Dorcas? Wer ist da an der Tür? Ich sage dir eins, wenn du nicht aufhörst, diesen Scheiß bei Amazon zu bestellen …«

Sie ging rein. »Holl, hier ist ein Polizist von Tybee. Er möchte mit uns sprechen.«

»Über was denn?« Creedmore senior erschien im Foyer. Die Ähnlichkeit mit seinem Sohn war frappierend: dieselbe hohe Stirn, der zurückweichende Haaransatz, die Hängebacken, das rote Gesicht, allerdings hielt sich der ältere Mann ein wenig gebeugt, und sein Haar war vollkommen ergraut.

»Ich würde gerne mit Ihnen über das Haus auf der Chatham Avenue sprechen, das Ihrer Familie gehört«, sagte Mak.

»Gehört hat. Die Stadt hat es einfach verkauft. Größter Landraub des Jahrhunderts«, knurrte Creedmore.

Mak war sich ziemlich sicher, dass die amerikanischen Ureinwohner das anders sahen.

»Gut«, sagte er. »Die neue Besitzerin renoviert das Haus gerade, und dort wurde ein Portemonnaie entdeckt, das Lanier Ragan gehörte, der Lehrerin, die …«

»Ich weiß, wer Lanier Ragan war«, fuhr Creedmore ihn an. »Oder ist. Kann ja auch sein, dass sie mit schwarz gefärbten Haaren in L.A. lebt und sich bester Gesundheit erfreut. Wüsste nicht, was das mit uns zu tun haben sollte.«

»Wenn Sie mir ein paar Minuten Ihrer Zeit schenken, würde ich das gern erklären«, sagte Mak. »Für Sie ist es bestimmt angenehmer, wenn wir hier reden, als wenn Sie mit mir nach Tybee aufs Revier kommen müssen. Wir sitzen zwar in einem neuen Gebäude, aber die Fahrt dauert länger, und ich möchte Ihnen keine Umstände machen.«

Dorcas Creedmore öffnete die Tür. »Ich mache Kaffee.«

»Nein!« Holland senior legte ihr die Hand auf die Schulter. »Das machst du nicht. Dies ist kein Treffen vom Bridge-Club.«

Das Wohnzimmer war groß und hatte eine hohe Decke. Auffällig über dem Kaminsims platziert hing das goldgerahmte Porträt eines ungefähr sieben- oder achtjährigen Jungen in einem Matrosenanzug mit kurzer Hose. Klein Holland, als er noch wirklich klein war, dachte Makarowicz.

Dorcas Creedmore und ihr Mann saßen so weit voneinander entfernt wie möglich: sie auf der Kante eines kunstvoll verzierten, französisch wirkenden Stuhls, er am hinteren Ende eines gesteppten Sofas aus grüner Seide.

»Ich komme direkt zur Sache«, sagte Mak. »Der Fund dieses Portemonnaies nach so vielen Jahren bringt mich zu der Frage, welche Verbindung Lanier Ragan mit dem Haus und der Familie gehabt haben könnte, der es noch bis vor wenigen Wochen gehörte.«

»Verbindung?« Big Holland runzelte die Stirn. »Was soll das heißen? Werfen Sie uns irgendwas vor? Muss ich meinen Anwalt rufen?«

»Ja!«, ließ sich Dorcas vernehmen. »Das ist eine gute Idee, Holl. Lass uns Web Carver anrufen.«

Ihr Mann verdrehte die Augen. »Web Carver hat seine Kanzlei vor drei Jahren verkauft und ist in die Highlands gezogen, Dorcas.«

»Oh. Habe ich vergessen.«

»Die einzige Verbindung, die diese junge Frau mit unserer Familie beziehungsweise mit dem Haus auf Tybee hatte, bestand darin, dass sie mit Frank Ragan verheiratet war, der der Football-Trainer unseres Sohns auf der Cardinal Mooney war«, sagte Creedmore. »Als Vorsitzender des Ehemaligenverbands und des Football-Fördervereins habe ich die gesamte Mannschaft im Laufe der Jahre mehrmals dorthin eingeladen. Es ist gut möglich, dass sie ihren Mann bei einigen Anlässen begleitet hat, aber sicher kann ich das nicht mehr sagen.«

»Austernessen«, sagte Dorcas. »Am Sonntag nach Thanksgiving hatten wir immer ein Austernessen für die komplette Mannschaft samt Angehörigen.«

Mak kritzelte ein paar zusammenhanglose Wörter in seinen Block. Er fragte sich, ob er es sich nur einbildete, ober ob Dorcas Creedmore tatsächlich leicht glasige Augen hatte. War sie angetrunken?

»Was macht das für einen Unterschied? Das ist alles lange her.« Ihr Mann trommelte mit den Fingern auf einen Beistelltisch mit Glasplatte und dünnen Beinen.

»Das macht einen großen Unterschied, weil wir Gerüchte gehört haben, dass Lanier Ragan mit einem Mitglied von Frank Ragans Football-Mannschaft geschlafen haben soll.«

Dorcas stieß einen spitzen Schrei aus. Ihr Mann warf ihr einen giftigen Blick zu.

»Gerüchte besagen doch gar nichts«, gab Creedmore zurück. »Jedes Jahr gehen ungefähr siebzig Jungen von der Cardinal Mooney ab. Suchen Sie all die Eltern auf und stellen so unverschämte Fragen?«

»Ja, wenn es sein muss«, gab Mak zurück. »Natürlich frage ich mich, wie es kam, dass Mrs. Ragan einen dieser Teenager so intim kennenlernen konnte. Wie ich gehört habe, hat Lanier Ragan Ihrem Sohn in seinem letzten Schuljahr Nachhilfe erteilt.«

»Das weiß ich nicht mehr«, sagte Creedmore.

»Ich habe das damals für Holland organisiert«, meldete sich Dorcas kleinlaut zu Wort. »Im letzten Jahr waren seine Noten leicht abgefallen. Trainer Ragan schlug seine Frau als Nachhilfelehrerin vor. Sie hat auch anderen geholfen.«

Ihr Mann warf ihr einen verärgerten Blick zu. »Ist doch nichts Schlimmes dran.«

»Vielleicht nicht. Ich frage mich aber, ob Sie von den Partys wussten, die Ihr Sohn in dem Haus auf der Chatham Avenue geschmissen hat?«

Creedmore winkte ab. »Nichts Neues. Das waren Jugendliche! Haben Sie nicht mal ein paar Bier getrunken, als Sie auf der Highschool waren?«

»Doch, klar«, sagte Mak. »Ich hatte nur keinen Freund, dessen Eltern so ein schickes Strandhaus hatten wie Sie.«

»Ich weiß nicht, worauf Sie hinauswollen«, sagte Dorcas. »Das waren alles nette Jungen aus guten Familien. Die haben doch nichts mit dieser Tragödie zu tun.«

»Worauf ich hinauswill, Mrs. Creedmore, ist Folgendes«, sagte Mak spitz. »Lanier Ragan wurde zuletzt am sechsten Februar 2005 um kurz vor zwölf Uhr nachts von ihrem Mann gesehen. Dann löste sie sich quasi in Luft auf. Ihr Auto wurde einige Tage später ausgeschlachtet auf dem Parkplatz eines

Einkaufszentrums gefunden, das in einer Gegend mit einer hohen Kriminalitätsrate liegt. Es wurde nie jemand verhaftet. Jetzt finden wir viele Jahre später Ragans Portemonnaie in der Wand eines alten Hauses auf Tybee Island. In einem Haus, das bis vor kurzem Ihrer Familie gehörte. Und das, wie Sie selbst sagten, Mrs. Ragan wahrscheinlich mehr als einmal besucht hat. Und wie Sie selbst bestätigten, gab Lanier Ragan Ihrem Sohn, der in Frank Ragans Footballmannschaft spielte, privat Nachhilfe.«

»Ich habe jetzt genug von diesem Scheiß«, sagte Creedmore. Vor Anstrengung grunzend stemmte er sich vom Sofa hoch. »Sie beleidigen meine Frau und mich mit Ihren Anspielungen auf unseren Sohn. Ich kann Ihnen nur raten, diese Verleumdungen nicht zu wiederholen, sonst sehe ich mich gezwungen, mir anwaltliche Unterstützung zu holen.«

# 37.

GENERALPROBE

**D**a-dum. *Da-dum, da-dum, dum, dum, dum* ... Mo zuckte zusammen, als er den Klingelton hörte. Es war fast zwölf Uhr nachts. *Da-dum, da-dum, da-dum.* Er seufzte und ging dran.

»Hallo, Rebecca. Was gibt's?«

»Mo. Ich habe fabelhafte Neuigkeiten. Jada Watkins möchte ein Exklusivinterview für eine Story über *Die Traumhaus-Profis* machen!«

Mo kniff sich in den Nasenrücken. »Muss ich wissen, wer das ist?«

»Das *solltest* du, aber es wundert mich eigentlich nicht, dass du sie nicht kennst. Sie ist die Korrespondentin von *Headline Hollywood* für die Ostküste. Das ist ein Riesending für uns. Besonders, dass sie herkommt, um Trae, Hattie und dich zu interviewen.«

»Hierher, meinst du? Nach Savannah?«

»Natürlich. Wir mussten Himmel und Erde in Bewegung setzen, um das einzutüten, aber sie kommt schon morgen mit dem Flieger und ist Freitag bei euch am Set.«

Mo blinzelte. »Nicht diesen Freitag, oder? Da geht nämlich gar nichts. Ich habe die letzten drei Stunden herumjongliert ...«

»Natürlich diesen Freitag. Um neun Uhr vormittags läuft sie

mit ihren Leuten bei euch auf. Sie will mit Sicherheit über die jüngsten dramatischen Entwicklungen in dem Fall mit dem Portemonnaie in der Wand sprechen, natürlich auch über den Brand und sicherlich über die ›knisternde Romanze‹ zwischen Trae und Hattie.«

»Rebecca, ich glaube nicht, dass Hattie besonders scharf darauf ist, Auskunft über ihr Privatleben zu erteilen.«

»Dann musst du ihr erklären, warum sie scharf darauf zu sein hat, denn ich kann dir garantieren, dass es das erste Thema ist, das Jada ansprechen wird. Und sag Hattie Bescheid, dass wir ihr morgen ein paar Sachen zum Anprobieren rüberschicken. Jodi vom Kostüm kann ihr helfen, dann FaceTimen wir und gucken, was ihr am besten steht.«

Bei der Vorstellung, wie Hattie auf eine Anprobe vor einem Ausschuss reagieren würde, zog Mo den Kopf ein.

»Was ist mit Trae? Wer entscheidet, was der anzieht?«

»Ach, du bist süß. Trae hat einen tadellosen Geschmack. Um das, was er anhat, müssen wir uns nie Gedanken machen.«

»Gut. Aber hör zu, wenn du unseren Terminplan durcheinanderbringst, verschiebt sich unser Drehplan nach hinten. Die gesamte Holzverkleidung auf der Rückseite des Hauses hat einen Brandschaden. Und ob der Küchenboden zu retten ist, wissen wir erst, wenn er völlig abgetrocknet ist. Das könnte Montag werden.«

»Geht nicht«, sagte Rebecca. »Tony will alles schnellstmöglich in der Postproduktion haben. *Die Traumhaus-Profis* hat absolut das Potenzial, ein ganz großer Hit zu werden. Wir müssen alles schnell abgedreht und geschnitten haben, um mögliche neue Sponsoren an Land zu ziehen.«

»Ich denke nicht, dass es so schnell fertig ist«, warf Mo ein. »Wir brauchen eine Woche länger. Mindestens.«

Rebecca unterbrach ihn. »Ihr schafft das. Mach einfach. Bitte, Mo! Du hast doch auch Interesse daran, dass es ein Erfolg wird, oder? Und es geht nur so, verstanden?«

»Okay«, sagte er. Doch sie hatte schon aufgelegt.

Jodi nahm den ersten Bügel von der Kleiderstange und hielt ein Kleid mit Blumenmuster zur Begutachtung vor sich. Es war aus fließendem Chiffon, vorne tief ausgeschnitten und hatte überkreuzte Träger auf dem Rücken.

»Nein.« Hattie schüttelte entschieden den Kopf. »Auf gar keinen Fall.«

»Süße, das würde ganz reizend an dir aussehen«, sagte Jodi. »Mit deinem Teint und deinen tollen muskulösen Armen ...«

»Wer trägt ein Partykleid auf der Baustelle? Das sieht albern aus. Außerdem ist es viel zu kurz. Soll mir etwa die ganze Welt zwischen die Beine gucken?«

Die Kostümbildnerin kicherte und machte einen Schritt nach hinten. »Wow. War nicht meine Idee.«

Hattie bereute ihren Ausbruch sofort. »Ach, Jodi. Tut mir leid. Das war unangebracht. Ich habe einfach schlechte Laune. Dass diese Zicke Rebecca die Kleidung für mich aussucht, als würde ich in den Kindergarten gehen, regt mich total auf.«

»Das stört mich auch«, gestand Jodi. »Als ich heute Morgen herkam, stand hier dieser Riesenkarton mit Klamotten aus New York. Egal, wir müssen es schlucken und etwas raussuchen, das du nicht ganz so furchtbar findest.«

Sie prüfte die Kleidung an der Stange und zog etwas heraus, das wie ein blauer Jeansoverall aussah.

»Der?«, fragte Hattie. »Den würde man am ehesten in einer Werkstatt tragen. Das ist das komplette Gegenteil von dem Partykleid. Gibt es nicht irgendwas in der Mitte?«

»Das ist ein Jumpsuit«, erklärte Jodi und wies auf das Etikett. »Von LaLa Tarabella. Das ist im Moment eine total angesagte Marke. Auf dem Bügel sieht der vielleicht nach nichts aus, aber probier ihn mal an.«

Hattie nahm den Jumpsuit und zog sich hinter den Vorhang zurück. Sie betrachtete sich im Spiegel. Der Overall hatte einen extra großen orangen Industriereißverschluss und lange Puffärmel, dazu auffällige orange Ziernähte. Die Taille war gerafft. Es sah nicht ... unmöglich aus.

»Komm mal raus und lass sehen«, rief Jodi.

Hattie trat aus der Kabine.

»Oh, ja!«, rief Jodi begeistert. Sie zog den Reißverschluss zehn Zentimeter weiter auf und krempelte die Ärmel bis zum Ellenbogen hoch. »Dreh dich mal!«, befahl sie.

Hattie machte eine Vierteldrehung. »Hm. Ein bisschen weit am Po, aber das kann ich ja ändern«, sagte Jodi. Sie nahm eine Handvoll Nadeln und steckte den überflüssigen Stoff ab. »Drehst du dich noch mal? Schon besser, aber ich glaube, wir nehmen an der Oberweite noch mal anderthalb Zentimeter ab. Dann sieht das nicht mehr so stark nach Werkstatt aus.« Jodi ging zur Stange mit den Accessoires und zog ein geometrisch gemustertes Seidentuch in kräftigem Orange, Pink, Limettengrün und Gelb herunter. »Pucci, Second Hand«, sagte sie und zwinkerte Hattie zu. »Aus meiner eigenen Sammlung.« Sie knotete das Tuch um Hatties Taille und trat zurück, um ihr Werk zu begutachten.

»Super«, sagte Hattie. »Das Tuch macht den Unterschied.«

»Tja, du weißt ja, was Dolly Parton in *Magnolien aus Stahl* sagt«, erinnerte Jodi sie. »Das Einzige, was uns von den Tieren unterscheidet, ist unsere Fähigkeit, Accessoires zusammenzustellen.«

Hattie schaute auf ihre nackten Füße. »Du zwingst mich doch nicht, so furchtbare High Heels zu tragen, oder?«

»Nein.« Jodi ging wieder zum Accessoire-Ständer und reichte Hattie zwei schicke limettengrüne Tennisschuhe. »Lanvin«, sagte sie.

Hattie stieß einen tiefen zufriedenen Seufzer aus und schlang die Arme um die Kostümbildnerin. »Jetzt geht's mir deutlich besser. Diese Sachen fühlen sich genau richtig an. Das bin ich. Nur in schicker. Und in süß.«

»Super. Jetzt zieh den Jumpsuit aus, damit ich mit den Änderungen anfangen kann«, befahl Jodi. »Sobald ich fertig bin, müssen wir Rebecca über FaceTime anrufen, damit du das fertige Outfit vorführen kannst.«

»Was?«

»Ich habe mir die Regeln nicht ausgedacht, ich sorge nur für ein umwerfendes Ergebnis«, sagte Jodi. »In einer Stunde kommst du zurück, ja?«


»Hm.« Rebeccas Stimme füllte den kleinen Wohnwagen. »Was ist mit dem Kleid, das wir geschickt haben?«

Jodi kam Hattie zuvor. »Viel zu kurz«, sagte sie. »Und nicht genug Stoff, um die Säume rauszulassen.«

»Was ist mit diesem süßen Overall? Ich dachte, darin würden ihre Beine schön zur Geltung kommen.«

»Hattie hat seltsame Proportionen. In dem Einteiler sah sie wie ein Papageientaucher aus. Unvorteilhaft. Wirklich.«

»Der Overall ist nicht übel«, gab Rebecca zu. »Hattie, kannst du dich drehen, damit ich den Rücken sehen kann?«

Hattie gehorchte und hielt ihren Rücken in die Kamera. In dem Moment zwinkerte Jodi ihr verschwörerisch zu, ohne dass Rebecca es mitbekam.

»Ja, der passt«, gab Rebecca zu. »Dreh dich doch bitte noch mal!«

Hattie tat, wie ihr geheißen.

»Ist das der LaLa Tarabella, den wir mitgeschickt haben?«, fragte Rebecca. »Der wirkt ganz anders als der, den ich auf der Website gesehen habe.«

»Ich habe ihn leicht abgeändert«, sagte Jodi. »Oben herum und an der Hüfte etwas enger und die Ärmel gekürzt, damit ihre schönen gebräunten Arme zur Geltung kommen. Zusätzlich habe ich unten an den Hosenbeinen Verzierungen angebracht.«

Rebecca stieß einen langen Seufzer aus. »Das ist wahrscheinlich das Beste, was wir so kurzfristig hinbekommen. So, Hattie, ich habe bereits mit Lisa über deine Haare und das Make-up für morgen gesprochen. Sie wird die Augen ein bisschen dramatischer schminken als sonst. Wir wollen ja nicht, dass du neben Jada Watkins wie eine kleine Feldmaus aussiehst. Gut gemacht, die Damen! Tschüs!«

Jodi beendete das FaceTime-Gespräch und sah Hattie an. »Kleine Feldmaus, am Arsch!«

# 38.

## BLITZSCHLÄGE

**D**etective Mak?« Emma Ragans leise Stimme bebte vor Gefühl.

»Hallo, Emma«, sagte er. »Stimmt was nicht? Kann ich Ihnen helfen?«

»J…j…ja. Ist eine lange Geschichte. Ich fände es angenehmer, wenn wir persönlich sprechen könnten.«

»In Ordnung«, sagte er schnell. »Sagen Sie einfach, wo und wann. Ich komme, egal wohin.«

»Kennen Sie den Platz im Zentrum mit der großen Statue von General Oglethorpe? Ich habe mich heute krankgemeldet, könnten wir uns dort in, sagen wir, einer Stunde treffen?«

»Alles klar«, sagte Makarowicz.


Im Schatten einer großen Eiche saß sie auf der Kante der Parkbank, die blassen knochigen Schultern vorgebeugt, und verfütterte Popcorn an eine Schar Tauben. Sie sah selbst wie ein zerrupfter Vogel aus.

»Hi!« Mak lächelte dem Mädchen im Näherkommen entgegen. Emma schaute hoch, und er sah, dass sie geweint hatte. Ihre Augen waren rot umrandet, die Nase lief. Sie trug ein Kleid, das wie das ärmellose T-Shirt eines alten Mannes aussah und sie noch zarter wirken ließ. Seine Tochter nannte so was »Muskelshirt«.

Makarowicz setzte sich auf die Bank und wartete. Emma wischte sich mit einer Papierserviette aus der Tasche auf ihrem Schoß die Nase.

»Sind Sie wirklich krank?«, fragte er. »Ich muss sagen, Sie sehen nicht so gut aus.«

»Ich habe meinem Chef gesagt, dass ich meine Tage habe. Wenn man das sagt, fragen Männer nicht nach. Ich bin nur total durch den Wind, weil mein Vater gestern Abend da war.«

»Hat er sich angemeldet?«

»Kein Stück! Ist das zu fassen? Er hat sich von der Frau getrennt, mit der er in Florida zusammenlebte, und wohnt jetzt in Richmond Hill. Gestern Abend gegen acht klingelt es bei mir an der Tür, und er meinte, wir müssten reden.«

»Über Ihre Mutter?«

»Ja. Er wusste schon, dass diese Frau Moms Portemonnaie in dem Haus auf Tybee gefunden hat. Und er meinte, ein Polizist hätte ihm Nachrichten draufgesprochen. Er war echt sauer auf mich.«

»Warum sollte er auf Sie sauer sein?«, fragte Mak.

»Dafür braucht er keinen Grund. Er ist immer sauer. Er wollte wissen, ob ich mit Ihnen gesprochen habe. Ich habe natürlich gelogen und nein gesagt.«

»Warum haben Sie gelogen?«

»Gewohnheit. Ich lüge meinen Vater schon so lange an, ist wohl ein Reflex. Er und ich sind nie ehrlich zueinander, wahrscheinlich schon, seitdem Mom nicht mehr da ist.«

Makarowicz bediente sich von der Popcorntüte, die zwischen ihnen auf der Bank stand. »Vielleicht ist es Zeit für ein ehrliches Gespräch über jene Nacht damals?«

»Jetzt reden Sie wie meine Psychologin«, sagte sie.

»Polizisten sind so was Ähnliches wie Psychologen. Manchmal«, gab Mak zurück.

Emma beobachtete die Tauben. Es waren acht oder neun, die hektisch in den Popcornkrümeln auf dem Asphalt herumpickten. Emma warf ihnen eine Handvoll zu, und sie flatterten aufgeregt umher.

»Ich habe meinen Vater gefragt, was damals passiert ist. In der Nacht, als Mom verschwand. Er hat natürlich einen auf dumm gemacht und meinte, er wüsste es nicht. Es sei ein großes Rätsel.« Sie ließ ihre Hände in der Luft kreisen. »Uu-uh-uuuh. Niemand weiß irgendwas. Aber ich habe ihn festgenagelt. Endlich. Ich habe ihn so richtig in die Zange genommen.«

Emma wischte sich die Hände am Kleid ab, sie hinterließen fettige Streifen auf dem Stoff. Sie schlug die Beine übereinander, und Makarowicz bemerkte eine Tätowierung auf der Innenseite ihrer Wade, die ihm beim letzten Gespräch nicht aufgefallen war. Ein großer gezackter Blitz. Hatte wahrscheinlich was mit Harry Potter zu tun, dachte er.

Emma folgte seinem Blick und wies auf das Tattoo. »Gefällt es Ihnen?«

»Ehrlich gesagt bin ich kein großer Tattoo-Fan. Aber … doch.«

Sie fuhr die Form mit dem Finger nach. »Wissen Sie, in der Nacht gab es ein heftiges Gewitter. Echt schlimm. Blitz und Donner.«

»In der Nacht, als Ihre Mutter verschwand? Können Sie sich daran erinnern?«

»Und ob. Dad dachte, ich wüsste es nicht mehr.« Emmas Stimme triefte vor Verachtung. »Weiß ich aber. Ungefähr seit einem Jahr.«

»Aha?«

»Mein ganzes Leben lang hatte ich Angst vor Blitzen. So schlimm, dass ich ins Bett gemacht habe. Einmal, als ich ungefähr zehn war, gab es ein heftiges Sommergewitter. Die Blitze zuckten nur so über den Himmel. Ich bin total durchgedreht. Hab mich zitternd und heulend in die Badewanne gekauert. Rhonda hat mir schließlich eine von ihren Tabletten gegeben, damit ich mich endlich abrege. Das war das erste Mal, dass ich Benzos bekommen habe.«

Emma schaute in die Ferne. »Das Gefühl war irgendwie magisch. Als würde ich in der Badewanne herumtreiben und nichts könnte mir was anhaben. Oder mir weh tun.« Sie sah Makarowicz an, die blauen Augen zusammengekniffen. »Ganz schön abgefuckt, oder? Wenn dir die Freundin deines Vaters mit zehn Jahren Benzos gibt?«

»Nicht gerade das Verhalten von Vorzeigeeltern«, gab Mak zu.

»Mein ganzes Leben lang wusste ich nicht, warum ich Angst vor Blitzen habe. Warum die mich immer so fertig machen.«

Wieder sah sie den Tauben zu. Die größte im Schwarm, die etwas blasser gefärbt war, pickte nach den kleineren Vögeln, bis sie weghuschten oder wegflogen.

Emma hob ein Steinchen auf und warf damit nach der großen Taube. »Lass das! Hör auf damit!« Der Vogel wich zurück, verschwand jedoch nicht. Emma nahm noch einen Kiesel und warf ihn näher an den Vogel, der daraufhin wegflog.

»Sie haben eben erzählt, dass Blitze Ihnen so viel Angst gemacht haben«, erinnerte Mak sie.

»Ja. Der Grund war mir nie klar. Als ich dann das erste Mal in der Klinik war, gab es ein schlimmes Gewitter, und ich bin fast durchgedreht. Als ich mich endlich beruhigt hatte, schlug die Betreuerin meiner Wohngruppe vor, dass ich mit meiner Therapeutin darüber spreche. Klar – warum auch nicht? Irgendwann wird es öde, immer nur darüber zu reden, warum man Drogen genommen hat, sich selbst verletzt oder seine Familie hasst.«

»Und was meinte Ihre Therapeutin dazu?«

Emma rieb über den Blitz an ihrer Wade. »Sie hat mich gefragt, ob ich noch wüsste, wann ich das erste Mal Angst gehabt hätte. Ich erzählte ihr von der Geschichte mit der Badewanne, und sie meinte: Okay, aber das war nicht das erste Mal, dass du ausgeflippt bist, oder?«

»Und da ist Ihnen eingefallen, dass es in der Nacht, als Ihre Mom verschwand, ein Gewitter gab? Aber Sie waren damals erst drei Jahre alt!«

»Ich war vier, aber so war es.«

Makarowicz starrte sie an. »Moment mal! Sie waren vier, als Ihre Mutter verschwand?«

»Ja, das weiß ich genau.«

»Alle Zeitungen, die ich gelesen habe, geben Ihr Alter mit drei Jahren an«, sagte Mak langsam. »Wenn ich mich recht entsinne, stand das auch in den Polizeiberichten.«

»Wahrscheinlich, weil mein Dad das behauptet hat. O Mann! Was für ein Vater weiß nicht, wie alt sein einziges Kind ist?«

»Vielleicht ein Vater, der nicht möchte, dass sein Kind von der Polizei befragt wird«, gab Mak zu bedenken. »Der möchte, dass die Leute denken, das Kind sei zu jung, um sich zu erinnern oder um zu verstehen, was in der Nacht geschah, als die Mutter verschwand.«

Emma stellte die Beine nebeneinander und schlug sie wieder über. »Sehr lange habe ich mich wirklich nicht erinnert. Meine

Therapeutin sagt, so was nennt man infantile Amnesie. Das Gehirn von kleinen Kindern ist noch nicht weit genug entwickelt, um Erinnerungen abzuspeichern.«

»Kann gut sein«, sagte Mak. »Emma, was wissen Sie noch über die Nacht, als Ihre Mutter verschwand?«

Ihre Finger wanderten zu ihrer rechten Wade und knibbelten an dem verschorften Tattoo. »Es war ein echt heftiges Gewitter. Ich bin von den Blitzen aufgewacht. Normalerweise kam meine Mutter in mein Zimmer und legte sich zu mir ins Bett. Sie nahm mich in den Arm und summte irgendwas, bis ich wieder einschlief. Aber in der Nacht kam sie nicht. Deswegen bin ich zu meinen Eltern gegangen. Aber sie lagen nicht im Bett.«

Emma sah Makarowicz kurz an. »Beide waren weg. Ich bin nach unten gelaufen, hab in der Küche nach Mom gesucht, aber sie war nicht da. Er auch nicht.«

»Sind Sie sich sicher?«, fragte Mak. »Vielleicht ist Ihr Vater vor dem Fernseher eingeschlafen? Das ist mir ständig passiert, meine Frau hat mir immer die Hölle heißgemacht.«

Emma schüttelte heftig den Kopf, und ihre winzigen goldenen Muschelohrringe schwangen wie zwei kleine Kronleuchter gegen ihre weißblonden Haare. »Das hat er behauptet, als er schließlich in mein Zimmer kam. Er meinte, ich hätte nur schlecht geträumt, und hat sich zu mir ins Bett gelegt, bis ich wieder eingeschlafen bin. ›Mommy und Daddy sind da‹, sagte er. ›Du hast nur schlecht geträumt, das ist alles.‹«

Abrupt stand Emma auf. Die weiße Taube war wieder da und pickte nach einem kleineren, dunkleren Vogel. »Scht! Scht!« Wild fuchtelte Emma mit den Armen herum, bis sie alle Vögel vertrieben hatte. Sie drehte sich zu Makarowicz um und funkelte ihn finster an. »Ich hasse solche beschissenen Mobber.«

Als habe sie alle Energie verbraucht, sackte sie in sich zusammen.

»Und Sie sind überzeugt, dass Ihr Vater in der Nacht, als Sie vom Gewitter aufwachten, nicht im Haus war?«, fragte Mak.

Emma nickte. »Ja.«

»Seit wann können Sie sich an jene Nacht erinnern?«

»Die ersten Erinnerungen kamen zurück, als ich das letzte Mal mit meiner Therapeutin sprach. Wegen meiner Arbeitszeiten machen wir jetzt Video-Calls. Das könnte letztes Jahr gewesen sein. Ich verliere ständig das Zeitgefühl. Kurz davor hatte es ein starkes Gewitter gegeben, ich hatte eine Panikattacke. Die Therapeutin schlug mir vor, in ein Tagebuch zu schreiben, was ich mit Blitzen in Verbindung bringe. Nur übelste Sachen. Dunkelheit. Einsamkeit. Den Verlust meiner Mutter.«

»Haben Sie sich deshalb die Tätowierung machen lassen?« Mak wies auf den Blitz.

»Ja. Meine Therapeutin sagte, ich könnte nur dann mit meinem Trauma klarkommen, wenn ich mich endlich damit auseinandersetzte, anstatt es ständig zu verdrängen. Oder mich mit Drogen wegzuballern. Ich habe das Tattoo angezeichnet, aber es ist an einer ungünstigen Stelle, deshalb hat meine Freundin es letztendlich gestochen.«

»Sie zeichnen gerne?«

»Ja. Ich überlege schon länger, ob ich ein paar Kurse an der SCAD belege. Viele Studenten lassen sich von uns stechen, und die sagen mir oft, wie cool meine Entwürfe sind.«

»Also, vor ungefähr einem Jahr konnten Sie sich wieder an jene Nacht erinnern. Dass es gewittert und geblitzt hat, als Ihre Mutter verschwand. Ist das alles?«

»Ja. Was Genaueres wusste ich nicht, bis ich diese Geschichte in der Zeitung las. Über das Portemonnaie meiner Mom. Irgendwie war mir klar, dass ich mit jemandem darüber reden musste. Meine Therapeutin meinte, ich sollte Sie anrufen. Und das habe ich schließlich getan.«

»Aber als wir uns trafen, haben Sie mir nichts von irgendwelchen Erinnerungen an die Nacht damals erzählt«, bemerkte Mak.

»Ich hatte das noch nicht zusammengebracht. Außerdem habe ich nicht besonders gute Erfahrungen mit den Bullen gemacht. Ich wusste nicht, ob ich Ihnen vertrauen kann. Aber als wir uns kennengelernt hatten, fand ich Sie ganz cool.«

»Für einen Bullen.«

Emma lächelte verzagt. »Ich schlafe in ihrem ehemaligen Zimmer, wissen Sie? Im Elternschlafzimmer. Das Haus sieht jetzt anders aus, weil mein Vater es damals verkauft hat. Aber an dem Abend, nachdem ich mit Ihnen gesprochen hatte, fügte sich alles zusammen. Ich bin in den Garten gegangen, hab mich auf die Schaukel gesetzt, und alles kam zurück – *wusch!* Das Gewitter, dass ich heulend aufgewacht bin und auf der Suche nach meinen Eltern durchs Haus gelaufen bin. Dann mein Vater, der in mein Zimmer kam. Er war ganz nass, die Haare, die Klamotten, alles. Da ist mir das zum ersten Mal wieder eingefallen.«

»Und Ihnen wurde klar, dass es kein schlechter Traum war?«, hakte Mak nach. »Dass es wirklich so war?«

»Ich habe überlegt, was ich damit anfangen soll. Und dann tauchte *er* gestern Abend bei mir auf. Aus dem Nichts. Seit Monaten schon wohnt er keine Dreiviertelstunde von mir entfernt, aber gestern Abend kommt er vorbei. Wegen Ihnen.«

Sie zeigte auf Makarowicz. »Er hat Angst vor Ihnen, und davor, was ich Ihnen erzählen könnte.«

Maks Puls wurde schneller. Das hatte er schon lange nicht

mehr erlebt. Nicht, seit er die Polizei in Atlanta verlassen hatte und nach Tybee Island gezogen war. Dort war der aufregendste Fall in all den Monaten ein Dieb gewesen, der den Leuten ihre Amazon-Pakete vor der Haustür gestohlen hatte. Seit Jennys Tod hatte sein Herz nicht mehr so schnell geschlagen.

»Sie haben eben gesagt, Sie hätten ihn gestern Abend zur Rede gestellt?«

»Ja. Ich habe ihm alles erzählt, was ich Ihnen gerade gesagt habe.«

»Und wie hat er darauf reagiert?«

»Wie immer: Frank Ragan leugnet alles. Ich wäre in der Nacht nicht allein gewesen, er wäre höchstens eine Minute lang draußen gewesen, weil er ein krachendes Geräusch gehört und Angst gehabt hätte, dass ein Baum aufs Haus gefallen war.«

»Haben Sie ihn gefragt, wo Ihre Mutter damals war?«

»Er hat so getan, als würde ich spinnen. Angeblich hätte sie im Bett gelegen. Ich wäre zu jung gewesen, um mich an irgendwas zu erinnern.«

Wieder kniff Emma die Augen zusammen. »Er meint, mein Gehirn wäre kaputt von den ganzen Drogen, mir würde eh niemand mehr glauben.«

Makarowicz umklammerte die Kante der Bank. Irgendwann in naher Zukunft, dachte er, würde er gerne die Gelegenheit haben, Emmas Vater in die Eier zu treten.

»Und was haben Sie dazu gesagt?«, fragte er.

»Ich habe ihn rausgeworfen. Aus *meinem* Haus. Fühlte sich geil an.«

Sie griff in die Popcorntüte und warf eine Handvoll auf den Asphalt, dann stand sie auf und klopfte sich die Reste vom Kleid.

»Detective Mak, ich möchte, dass Sie herausfinden, was mit

meiner Mutter passiert ist. Wenn sie mit einem anderen durchgebrannt ist und mich zurückgelassen hat, komme ich damit klar. Wenn sie tot ist, komme ich auch damit klar. Ich komme ebenfalls damit klar, wenn es mein Vater war. Wie Sie gesagt haben, bin ich ganz schön hart im Nehmen. Womit ich nicht mehr klarkomme, ist dieses In-der-Luft-Hängen.«

»Gut«, sagte er. »Ich tue mein Bestes. Ich denke, als Nächstes müsste ich mal mit Ihrem Vater reden. Haben Sie vielleicht seine Adresse?«

»Nein. Wir sind an dem Abend nicht gerade im gegenseitigen Einvernehmen auseinandergegangen.«

»Schon gut«, sagte Makarowicz. »Ich häng mich ans Telefon.«

# 39.

## AUF GUT GLÜCK

**M**ak sah, dass er einen Anruf von Mickey Lloyd bekam, einem seiner Kollegen von der Polizei in Atlanta, den er am Vormittag angerufen hatte, um um Hilfe bei der Suche nach Frank Ragan zu bitten.

»Mak? Dein Footballtrainer wohnt offenbar in einer Mobil-heim-Siedlung in Richmond Hill«, sagte Lloyd. »Ich schicke dir die Adresse und die Telefonnummer. Meine Quelle sagt, er arbeitet da im Einkaufszentrum in einem Laden namens Elite Feet.«

Frank Ragan war leicht zu erkennen. Er war der älteste Ver-käufer im Sportgeschäft. Die übrigen Mitarbeiter, allesamt in schwarz-weiß gestreiften Pseudo-Schiedsrichtertrikots, waren im Highschool- oder Universitätsalter. Der ehemalige Trainer schien gut in Form zu sein. Seine Haare waren noch voll, wenn auch in einem künstlichen Kastanienton gefärbt, sein Bauch war flach, und sein Bizeps wölbte sich unter dem Ärmel des Schiri-Trikots.

Makarowicz stand im Einkaufszentrum, direkt vor dem La-den, und beobachtete Ragan. Während er die Tennisschuhe einer Kundin kassierte, flirtete er unverhohlen mit ihr. Ragans Blick folgte ihr nach draußen, checkte sie ab.

Mak ging zur Kasse und sprach den ehemaligen Trainer an, als der gerade die Proteinriegel in der Auslage ordnete.

»Frank Ragan?«

Überrascht schaute der Verkäufer auf. »Ja?«

Makarowicz sprach mit tiefer, monotoner Stimme. »Ich bin Detective Makarowicz von der Polizei Tybee Island. Ich versuche schon länger erfolglos, Sie zu erreichen. Hätten Sie vielleicht ein bisschen Zeit für mich?«

»Tut mir leid, aber ich muss arbeiten.«

Mak schaute sich im Laden um. »Sieht mir gerade nicht danach aus. Ich kann auch Ihren Geschäftsführer fragen, ob Sie kurz eine Kaffeepause machen können?«

»Schon gut. Ich bin der diensthabende Manager. Ich muss nur kurz jemanden für die Kasse holen. Wir treffen uns in fünf Minuten am Starbucks-Kiosk.«

»Schon gut«, sagte Mak. »Ich warte hier auf Sie.«

Sie setzten sich an einen Zweiertisch in einer Ecke des Gastronomiebereichs. Makarowicz bestellte einen Kaffee, Ragan einen grünen Smoothie.

»Hat Emma Ihnen gesagt, wo Sie mich finden?«, fragte Ragan.

»Nein. Ihre Tochter hat mir mitgeteilt, dass sie nicht über Ihre Anschrift oder die Ihres Arbeitsplatzes verfügt. Ich nehme an, Sie stehen sich nicht besonders nah, richtig?«

»Ihre Entscheidung. Ich war als Vater so gut, wie sie es zugelassen hat. Sie als Polizist wissen wahrscheinlich, wie stark Drogen das Gehirn von Minderjährigen schädigen können. Durch die Kosten für ihren Entzug bin ich so gut wie pleite gegangen, wissen Sie. Ich wette, davon hat sie nichts erzählt.«

»Ich bin nicht hier, um mir ein Urteil über Ihre Fähigkeiten als Vater zu bilden«, sagte Mak. »Es wundert mich allerdings schon ein bisschen, dass Sie mich noch nicht nach Ihrer Frau gefragt haben und dass Sie es nicht für nötig erachtet haben, auf meine Nachrichten zu reagieren, obwohl ich Ihnen ausgerichtet habe, dass es eine neue Entwicklung im Fall gibt.«

»Ich verfolge die Nachrichten«, sagte Ragan. »Wenn Lanier aufgetaucht wäre, hätte ich eine Meldung auf mein Handy bekommen. Ist sie aber nicht, oder?«

»Nein. Wir haben allerdings mehrere neue Anhaltspunkte, die ich mit Ihnen besprechen wollte. Als Erstes frage ich mich natürlich, warum das Portemonnaie Ihrer Frau in der Wand dieses Hauses auf Tybee gefunden wurde.«

»Gute Frage«, sagte Ragan. »Falls Ihre nächste lautet, ob Lanier überhaupt mal da war, ist die Antwort: ja. Als das Haus noch den Creedmores gehörte, luden sie die ganze Mannschaft, die Trainer und deren Familien zu Grillpartys und so ein. Im Laufe der Jahre sind wir bestimmt vier- oder fünfmal da gewesen.«

»Wissen Sie, ob Ihre Frau mal ohne Sie dort war?«

»Keine Ahnung. Theoretisch möglich.«

»Ich habe gehört, dass Lanier damals im Herbst einigen Ihrer Spieler Nachhilfe gab. Auf Ihre Anregung hin?«

Ragan sah ihn durchdringend an. »Schon wieder dieser Scheiß? Ja, ich kenne die Gerüchte, dass sie mit einem meiner Spieler rumgemacht haben soll. Ich kann weder das noch das Gegenteil beweisen, schließlich ist sie nicht mehr da, stimmt's?«

»Ja. Sie ist weg. Mich würde interessieren, was Ihrer Meinung nach mit Ihrer Frau geschehen ist. Emma hat mir erzählt, Sie hätten mal erzählt, Ihre Frau hätte ›herumgehurt‹. Trifft das zu?«

»Ja, ein Mal. Ich habe Emma erwischt, als sie sich ins Haus

schleichen wollte, weil sie die ganze Nacht bei ihrem Freund gewesen war. Mensch, da war sie fünfzehn! Ich wollte ihr nur Angst machen. Vielleicht habe ich ein bisschen übertrieben. Ich schwöre Ihnen, ich weiß nicht, was mit Lanier geschehen ist. Wir waren vorher auf einer Super-Bowl-Party. Als ich am nächsten Morgen aufgewacht bin, war sie weg. Das ist alles. Seitdem sind siebzehn Jahre vergangen, und ich bin immer noch nicht schlauer.«

»Emma hat das etwas anders in Erinnerung. Sie hat mir heute erzählt, dass sie mitten in jener Nacht aufgewacht ist – weil es draußen gewitterte – und Angst hatte. Sie ist zu Ihrem Schlafzimmer gegangen, aber weder Sie noch Lanier waren da.«

»Nein«, sagte Ragan ausdruckslos. »Das stimmt nicht.«

»Sie sagt, sie hätte große Angst gehabt und geweint, weil sie allein war, sei im Haus herumgelaufen und hätte ihre Eltern gesucht. Schließlich wären Sie in ihr Zimmer gekommen. Durchnässt. Sie hätten erzählt, Sie hätten einen Ast auf das Haus fallen gehört, sie solle weiterschlafen.«

Ragan beugte sich vor, seine Hände krallten sich um die Tischkante. »Wie kommt es, dass ihr das jetzt erst eingefallen ist, hä? Jahrelang ist sie zu Psychologen und Therapeuten gelaufen – wieso rückt sie ausgerechnet jetzt mit diesem Märchen heraus? Emma war drei Jahre alt, als ihre Mutter verschwand. Was für eine Erinnerung soll eine Dreijährige bitte an so was haben? Das sagen Sie mir mal!«

Makarowicz wartete, bis Ragan fertig war. »In allen alten Polizeiberichten steht, Emma sei drei Jahre alt gewesen, als Lanier verschwand. Emma selbst sagt aber, dass sie damals schon vier war. Ich habe das auf der Führerscheinstelle überprüft, und ja, Emma sagt die Wahrheit. Sie ist wirklich ein zartes Mädchen, nicht? Ich wette, die Kollegen haben das damals nicht in Frage gestellt, weil Ihre Tochter so jung wirkte. Und weil Sie ein falsches Alter angegeben haben!«

»Meine Frau war gerade verschwunden!« Ragans Gesicht wurde rot vor Wut. »Vielleicht habe ich mich mit ihrem Alter vertan, verdammt nochmal! Wen interessiert das?« Er schlug mit der flachen Hand auf den Tisch. »Haben Sie eine Vorstellung, wie es mit *meinem* Leben weiterging? Mit meiner Karriere, als Lanier verschwand? Zuerst waren alle ja so besorgt. Der arme Trainer. Die arme kleine Emma. Es gab Suchaktionen und Mahnwachen. Essen vor der Haustür. Mein Gott, ich dachte, ich kann keinen Nudelauflauf mehr sehen. Dann gingen die Gerüchte los. Im darauffolgenden Herbst riss sich mein Quarterback das Kreuzband, zwei der Spieler aus dem letzten Jahrgang wurden mit Alkohol am Steuer erwischt und von der Schule verwiesen, alles ging den Bach runter. Am Ende des Schuljahrs rief mich der Direktor zu sich und sagte, ich sei eine zu starke Belastung für die Schule geworden. Mein Vertrag würde nicht verlängert. Erst ein Jahr zuvor hatte ich die Meisterschaft im Bundesstaat gewonnen. In dem Jahr unterschrieben drei von meinen Spielern bei Colleges aus der ersten Liga, und ich wurde bester Nachwuchstrainer des Jahres. Und das war plötzlich alles unwichtig, weil ich eine ›Belastung‹ war. Ich hatte Schwierigkeiten, eine neue Stelle zu finden – schließlich wurde ich Assistenztrainer und Lehrer für Fahrunterricht an einer beschissenen öffentlichen Schule im Nachbarbezirk. Seit siebzehn Jahren krebse ich herum und halte mich mit Mühe und Not über Wasser. Und warum? Weil meine *Frau* – die *heilige* Lanier Ragan – zu dem Schluss kam, dass unser Kind und ich ihr scheißegal sind.«

Ragan lehnte sich auf dem Stuhl zurück, schlug ein Bein

übers andere und stieß einen langen Seufzer aus. »Kommen Sie nicht noch mal an meinen Arbeitsplatz, Detective! Hinterlassen Sie keine Nachrichten mehr auf meiner Mailbox. Lassen Sie Emma und mich in Ruhe!«

# 40.

## MO BLICKT DURCH

**T**rae saß in seinem Make-up-Sessel und starrte auf sein iPad, während Lisa ihm die Haare machte.

»Du bist als Nächster dran«, sagte sie zu Mo und wies auf den leeren Sessel neben Trae.

Mo setzte sich und spähte auf Traes Bildschirm. »Ist das ein Drehbuch?«, fragte er. »Film oder Fernsehen?«

Sofort klappte Trae das handgemachte Lederetui des iPads zu. »Ach, das ist gar nichts. Nur ein Konzept, mit dem ich herumspiele. Aber mein Agent meint, es hätte Potenzial.«

»Schön«, sagte Mo. »Ich hoffe, es funktioniert.«

»Versteh mich nicht falsch, ich stehe trotzdem gern vor der Kamera. Das ist meine Leidenschaft, aber wenn man in dieser Branche Erfolg haben will, muss man seine eigenen Sachen schreiben. So sehe ich das.«

Trae beugte sich vor und senkte die Stimme fast zu einem Flüstern. »Ich würde mich sehr freuen, wenn du mal einen Blick drauf werfen könntest, nachdem ich das Ganze noch ein bisschen aufpoliert habe. Du weißt schon, was du davon hältst und so.«

»Über was für ein Format sprechen wir? Umbauprojekte, Scripted Reality?«

»Weder noch. Über eine romantische Komödie«, sagte Trae.

»Über einen Typen, der eine Scripted-Reality-Sendung produziert und sich in seinen Star verliebt, aber es gibt Komplikationen, weil *sie* sich in den Muskelprotz von Schreiner verliebt hat.«

»Darf ich raten? Du spielst den Schreiner?«

Trae zuckte mit den Schultern. »Wer sonst?«

»Fertig!«, rief Lisa und reichte dem Designer einen Handspiegel. »Guck mal, ob es dir gefällt, auch von hinten.«

Trae stellte den iPad auf die Arbeitsfläche, hielt den Spiegel hoch und betrachtete sich darin. »Schön. Was meinst du zu meinen Augenbrauen? Müssten die noch etwas in Form gebracht werden?«

»Deine Augenbrauen könnten einen Emmy gewinnen, so perfekt sind die. Jetzt raus mit dir!«

Lisa wartete, bis Trae den Wohnwagen verlassen hatte. »Klingt, als hätte er einen Film über dich mit sich selbst in der Hauptrolle geschrieben.«

»Ein bisschen schon«, stimmte Mo zu. »Abgesehen von der Liebesgeschichte mit dem Star.«

Lisa drückte sich Feuchtigkeitscreme auf die linke Handfläche, gab ein bisschen Selbstbräuner hinzu und mischte beides mit der Fingerspitze, um die Creme anschließend auf Mos Gesicht aufzutragen.

»Hm«, machte sie. »So was kommt im wahren Leben natürlich niemals vor.«

Nach Mos Recherche waren Jada Watkins Wahnsinnsbeine der wahre Grund für ihre Berühmtheit. Sie waren superlang und wohlgeformt und kamen in ihrem knappen, hautengen schulbusgelben Kleid hervorragend zur Geltung.

Der Star von *Headline Hollywood* hatte eine glänzende kastanienbraune Mähne und dunkle, mandelförmige Augen, dazu eine auffällig große Nase und einen üppigen Mund. Kurz nannte Mo ihr die Eckdaten der *Traumhaus-Profis*, dann begab sich Jada zur Hauptattraktion.

»Da sind ja die beiden!«, rief sie und nahm Hatties und Traes Hand in ihre. »Habe gehört, ihr seid in Savannah Stadtgespräch! Ich kann es nicht erwarten, alles über das Haus und natürlich über die Geschichte mit der verschwundenen Frau zu hören.«

Hattie war zurückhaltend, sie schien sich in Jadas Nähe nicht wohlzufühlen. Sie trug einen Nietenanzug, den Reißverschluss vorn weit genug aufgezogen, um einen Blick in den Ausschnitt zu gewähren, dazu ein Seidentuch als Gürtel. Irgendwie gelang es ihr, gleichzeitig sexy und bodenständig auszusehen.

Trae war so wie immer. Er verlor keine Minute, um Jada Watkins in den Hintern zu kriechen. Vielleicht hatte er ja vor, sie in seiner Rom-Com zu besetzen?

Mo musste zugeben, dass Jada ernsthaft interessiert an dem Projekt zu sein schien. Auf ihren hohen Pantoletten, die auf den alten Holzböden ein klapperndes Geräusch machten, eilte sie Hattie hinterher.

Hatties Kiefernmuskeln schmerzten vom Lächeln. Annähernd zwei Stunden lang hatte sie brav den Fernsehstar gegeben, hatte für Alex, den Produzenten von *Headline Hollywood*, und seine strahlende Reporterin in einem Take nach dem anderen gezwinkert, geplaudert und gelacht.

Jetzt reichte es ihr mit dem Blendwerk; Hattie konnte es nicht erwarten, dass das Martyrium endlich vorbei war. Nachdem sie die Gäste durchs Haus geführt und die von Trae und ihr geplanten Änderungen erklärt hatte, waren sie in der Küche angelangt, wo die Kollegen über Nacht Wunder gewirkt hatten. Sie hatten den Boden abgeschliffen, den schlimmsten Ruß von den Wänden geputzt und Platz für die Kameracrew geschaffen.

Hattie hatte kurz zusammengefasst, wie sie das Portemonnaie in der Wand gefunden hatten und was das bedeutete.

»Lanier Ragan war eine anerkannte und beliebte Lehrerin. Ich habe ihren Verlust persönlich sehr bedauert, weil sie meine Lieblingslehrerin war. Vor allem aber war sie Ehefrau und Mutter einer kleinen Tochter, Emma, die seit siebzehn Jahren darauf wartet zu erfahren, was mit ihrer Mutter geschehen ist.«

Jadas teilnahmsvolles Gesicht wurde ernst. »Hattie, was glauben Sie, wie wird dieses mysteriöse Rätsel gelöst werden? Wo *ist* Lanier Ragan bloß?«

»Ich weiß es nicht«, sagte Hattie. »Aber ich glaube nicht, dass sie freiwillig gegangen ist und ihre Tochter zurückgelassen hat.«

»Schnitt!«, rief Alex. »Das war perfekt, Hattie. So, noch eine Frage für Trae und dich, dann sind wir fertig. Ich hätte euch gerne draußen auf der Veranda, okay?«

Hattie sah kurz auf die Uhr. Es war fast Mittag, sie hatten bereits einen wertvollen halben Arbeitstag verloren. Doch Mo, der direkt neben Alex stand, nickte ihr unauffällig zu.

»Okay«, sagte sie.

Alex wies sie an, sich in den Schaukelstuhl neben Trae zu setzen, gegenüber von Jada.

»So, ihr beiden«, sagte Jada in verschwörerischem Tonfall und beugte sich vor. »Ich möchte euch nach den Fotos fragen, die diese Woche im Internet hochgekocht sind – so, wie es aussieht, hattet ihr ein gemütliches privates Dinner. Was hat es denn mit den Gerüchten über eine Romanze am Set auf sich?«

Trae warf Hattie einen wissenden Seitenblick zu. »Ich kann nur sagen, Jada, dass Hattie und ich in den letzten Wochen ein erstaunlich enges Arbeitsverhältnis entwickelt haben. Ich meine, wer würde sich nicht in jemanden wie Hattie Kavanaugh verlieben? Sie ist hinreißend und fleißig – und ich muss mich nicht ständig fragen, was ihr durch den Kopf geht, weil sie keine Probleme hat, es mir ins Gesicht zu sagen!«

»Ooh«, flötete Jada. »Hattie? Wie ist es so, mit einem Frauenschwarm wie Trae Bartholomew zusammenzuarbeiten?«

Hattie spürte, dass ihre Wangen vor Verlegenheit brannten, und kämpfte um Fassung.

»Super«, brachte sie heraus. »Aber im Moment konzentriere ich mich absolut auf *Die Traumhaus-Profis* und die Arbeit am Haus. Herzensangelegenheiten müssen leider erst mal zurückstehen, bis wir die Ziellinie überquert haben.«

»Hm«, machte Jada. »Wenn wir wissen wollen, ob es was Ernsteres ist, müssen wir wohl warten, bis *Die Traumhaus-Profis* im September ausgestrahlt werden.«

»Und Schnitt!«, rief Alex. »Super Abschluss, Jada. Gut gemacht, Leute.«

Cass suchte Hattie im Wohnwagen der Kostümbildnerin, wo sie sich aus ihrem Overall schälte. »Ist die Luft rein? Sind die schrecklichen Menschen endlich weg?«

»Ja, endlich.« Hattie zog ihre eigene Jeans und ein T-Shirt an. »Was ist draußen los? Warum ist alles so still?«

»Die Handwerker machen Pause. Du hast doch den Sattelschlepper gesehen, der den alten Container abholen soll, oder? Das hätte während des Interviews eine Menge Lärm gemacht, weshalb Mo den Fahrer bestochen und ihm Burritos zum Frühstück ausgegeben hat.«

Hattie hatte ihre Arbeitsstiefel fertig geschnürt. »So, schicken wir die Leute wieder an die Arbeit. Wir brauchen den neuen Container. Ich will nicht, dass die ganze verkokelte Außenfassade abgerissen und auf den Boden geworfen wird. Hier herrscht schon genug Chaos.«

Während sie um das Haus herum zum Ende der Zufahrt gingen, hörte sie das Röhren eines Dieselmotors. Mo stand an einer Seite der Zufahrt und dirigierte den Lkw-Fahrer, der seinen Anhänger über die leicht abschüssige Fläche rückwärts auf den kaputten Container zusteuerte.

Hattie beobachtete Mo fasziniert. So unangenehm ihm sein kurzer Gastauftritt bei Jada gewesen war, war er jetzt in seinem Element. Er jonglierte die Unwägbarkeiten der aufwendigen Produktion mit einer Selbstsicherheit, die zeigte, dass sich der Mann in seiner Haut absolut wohlfühlte. Nicht großspurig, sondern souverän, fand Hattie.

Der Lkw-Fahrer reckte den Kopf aus dem Fenster und sah in den Rückspiegel, während er den Anhänger nach hinten manövrierte. Schwarzer Qualm stieg aus dem Auspuff.

Mo dirigierte ihn: »Weiter, weiter! Ist noch jede Menge Platz. Los!«

Als der Sattelschlepper erneut zurücksetzte, musste Mo zur Seite springen, um nicht umgefahren zu werden. Kreischend knallte Metall auf Metall. Der Schlepper rammte den Container und schob ihn gegen den Stamm einer gewaltigen Lebenseiche. Hattie stieß einen unfreiwilligen Schrei aus. Der Baum erbebte, neigte sich langsam nach hinten und kippte in den Garten.

»O Gott!«, rief Mo. Er kam wieder auf die Beine und sah sich um. Dann lief er zur Fahrerkabine des Sattelschleppers. Der Fahrer hing zusammengesunken über dem Lenkrad, Blut rann aus einer Platzwunde auf seiner Lippe.

»Hey, hey! Alles in Ordnung?« Mo riss die Tür auf und rüttelte an der Schulter des Fahrers. Benommen sah der Mann hoch.

»Ja, Mann. Alles gut. Ich habe mich, glaub ich, am Kopf gestoßen, als der Anhänger gegen den Container knallte.«

Er kletterte aus der Kabine und stützte sich schwer auf die Tür. »Irgendwas stimmte nicht mit dem Gaspedal. Als ob es klemmte.« Auf seiner Stirn bildete sich bereits eine dicke Beule, dennoch ging er auf unsicheren Beinen um den Schlepper herum nach hinten.

»Scheiiiiße«, brummte er und begutachtete den Schaden, die Hände links und rechts an den Schläfen. »Ich bin am Arsch.«

Durch die Wucht des Zusammenstoßes war der Anhänger in der Mitte zusammengedrückt worden. Der Container war schräg gegen die Eiche gerutscht und auf die Seite gekippt, so dass sich sein Inhalt auf den Boden ergoss. Mitten in dem Chaos stand der geborstene Stumpf der geköpften Eiche. Eichenblätter rieselten auf die Trümmer.

Hattie holte eine Flasche Wasser aus der nächsten Kühlbox und brachte sie dem Fahrer, der gefährlich blass aussah und schwankte. Sie öffnete die Flasche und reichte sie ihm. »Hier! Kommen Sie, Sie müssen sich hinsetzen.«

Er wehrte sich nur schwach und ließ sich schließlich in den Schatten des nächsten Zelts führen, wo Mos Assistent Gage mit einem Erste-Hilfe-Set wartete.

Hattie und Cass gingen zu Mo, der stumm auf die Wracks von Anhänger und Container starrte.

»O mein Gott«, sagte Hattie. »Ich dachte, es könnte nicht schlimmer kommen, kann es aber doch. Was machen wir mit diesem Scheiß?«

Cass zog ihr Handy aus der Tasche und scrollte durch ihre

Kontakte. »Zuerst rufen wir die Container-Firma an und sagen, sie sollen den neuen Container noch zurückhalten. Dann, denke ich, brauchen wir einen Bagger und jemanden, der den Baum abholt.« Sie schaute zum gefällten Baum hinüber. »Die gute Nachricht ist, dass man jetzt einen super Blick auf den Fluss hat. Und mit ein wenig Glück zahlt die Versicherung für die Entsorgung der Eiche.«

»Ich guck noch mal nach dem Fahrer«, sagte Hattie. »Ich habe Sorge, dass er eine Gehirnerschütterung hat.«

»Was für ein Schlamassel«, sagte Mo. »Ja, einen Unfall mit Todesfolge, das können wir wirklich nicht gebrauchen. Drama hatten wir heute schon genug.«

# 41.

## ÄRGER LIEGT IN DER LUFT

Tug Kavanaugh war normalerweise kein leicht erregbarer Mann, aber dies war ein außergewöhnlicher Tag.

»Jesus, Maria und Fred«, rief er, zog seine Baseballkappe ab und schlug sich damit aufs Knie. »Seit vierzig Jahren bin ich in diesem Geschäft, und in der ganzen Zeit ist mir so was noch nicht passiert. Ein Brand, ein Wasserschaden, ein gefällter Baum. Was kommt als Nächstes? Blitze? Heuschrecken?«

»Du kannst dieses Haus wirklich nicht leiden, oder?«, sagte Hattie. »Warum eigentlich nicht? Die Lage ist der Hammer. Du wirst niemals ein Grundstück von dieser Größe am Back River finden, nicht mal wenn du das Zehnfache zahlst wie ich. Und das Haus ist solide. Wir schaffen das, Dad. Du musst an mich glauben.«

»Tu ich auch, aber manche Dinge liegen einfach außerhalb unseres Einflussbereichs«, sagte er betrübt.

»Meine Mutter hat immer gesagt: ›Je schwerer die Geburt, desto gesünder das Kind‹.«

Hattie merkte, dass er sich über die Erwähnung ihrer Mutter wunderte.

»Wie geht es deiner Mom? Hast du in letzter Zeit mal von ihr gehört?«

»Ich denke, ihr geht's gut. Sie schreibt mir hin und wieder.

Keine Nachrichten sind gute Nachrichten, wenn's um sie geht, oder?«

»Glaubst du, dass sie ihren Freund irgendwann heiratet?«

Hattie schüttelte den Kopf. »Über so was reden wir nicht. Aber du hast mir immer noch nicht erzählt, warum du so sehr gegen dieses Projekt bist.«

Tug trat gegen den Baumstamm. »Ich habe mich nie für diese Creedmores interessiert. Big Holland war in meiner Klasse auf der Cardinal Mooney. Er war ein Rabauke und ein Angeber. Eigentlich hat sich daran nichts geändert. Er dachte, mit dem Geld seiner Familie könnte er sich alles leisten.«

»Also ist es die süße Rache des Schicksals, dass sie das Haus nicht halten konnten, das seit Generationen in ihrem Besitz war«, sagte Hattie. »Weißt du, was ich mache?«

»Ein Streichholz anzünden und die Sache zu Ende bringen?«, sagte er hoffnungsfroh.

»Ich gehe zu dem Hippie-Kräuterladen in Midtown und kaufe einen großen Bund getrockneten Salbei, dann räuchere ich das Haus aus, um das schlechte Karma zu vertreiben.«

Das entlockte dem alten Mann ein Lachen. »Immer optimistisch. So ist mein Mädchen.«

Hattie glaubte nicht, dass sie seine Zweifel zerstreut hatte. »Komm, spuck's aus. Was stört dich noch?«

»Ich kann diesen schnieken kalifornischen Innenarchitekten nicht leiden«, sagte er und schob störrisch das Kinn vor.

Hattie war peinlich berührt. »Du kennst die Bilder aus dem Internet, was?«

»Pah! Den Scheiß guck ich mir nicht an. Aber Nancy hat sie gesehen.«

»Dad …«

»Ich glaube, der Typ tut dir nicht gut, Hattie.«

»Du fandest auch, dass Jimmy Cates nicht gut für mich ist, als ich mit dem ausgegangen bin«, erinnerte sie ihren Schwiegervater.

»Jimmy Cates kann wenigstens ein Dach auf ein Haus setzen«, gab er zurück. »Dieser Trae, was hat der schon vorzuweisen? So, wie ich das sehe, zieht er sich nur affig an und grinst verlogen.«

»Das war nur ein Kuss«, sagte Hattie und drückte die Schulter ihres Schwiegervaters. »Komm, wir gehen mal runter zum Wasser. Ich möchte, dass du einen Blick auf den Anleger wirfst.«

Es war Ebbe, der steile Strand unter dem Damm lag offen da. Es war ein klarer Tag. Die beiden beobachteten, wie eine Gruppe Kajakfahrer Richtung Little Tybee Island paddelte.

»Allein das hier könnte reichen, um das Haus zu verkaufen«, räumte Tug ein. »Das Steghaus ist einigermaßen in Ordnung. Bau ein, zwei Davits ein, dann könnte man dort mehrere Boote unterstellen.«

Er machte kehrt und ging zurück zum Haus, hielt dann jedoch inne. »Du willst wissen, was mir bei diesem Haus am meisten Sorgen macht? Ich kenne dich zu gut, Hattie Kavanaugh. Du machst aus deinem Herzen keine Mördergrube. Und was schärfe ich dir immer ein?«

»Verlieb dich nie in etwas, das dich nicht zurücklieben kann«, zitierte Hattie ihn pflichtschuldig. »Aber diesmal liegst du falsch. Wir drehen *Die Traumhaus-Profis*, ziehen das Projekt durch und verscherbeln die Hütte für einen netten Gewinn. Dann ist Schluss.«

Als sie vom Strand zurückkamen, hatte sich der Großteil der Crew versammelt und guckte zu, wie der kaputte Anhänger auf einen Abschleppwagen geladen wurde. Hattie hielt den Atem an, bis der Vorgang abgeschlossen war und der Abschleppwagen langsam davonrumpelte.

»Eins von drei erledigt«, bemerkte Cass.

»Mein Herz kann so viel Aufregung nicht mehr ertragen«, sagte Tug. »Zenobia hat angerufen und braucht mich im Büro.«

Cass sah ihm nach und schüttelte länger den Kopf. »Was hat er denn?«

»Nancy hat die Bilder von Trae und mir gesehen«, erklärte Hattie. »Er hält Trae für einen Aufschneider, konnte die Creedmores noch nie leiden und glaubt, das Haus ist ein großer Fehler.«

»Typisch Tug«, sagte Cass. »Bei ihm ist das Glas nicht halbleer, sondern hat einen Riss und läuft aus.«

Hattie lächelte sie dankbar an. »Sag mir, dass alles gut wird.«

»Wird es. Der Fahrer des Sattelschleppers hat eben angerufen, er steht vorn an der Straße und wartet, dass Anhänger Nummer eins das Gelände verlässt. In einer Viertelstunde wird der alte Container abgeholt, und kurz danach bekommen wir einen nagelneuen und können zurück an die Arbeit.«


»Ich kann mir das nicht angucken.« Hattie stand auf der vorderen Veranda und sah zu, wie der dritte Anhänger des Tages zentimeterweise mit einem Container die Auffahrt entlangrückte.

»Ich schon«, sagte Mo. Er nahm das Funkgerät aus dem Gurt an seiner Taille und schaltete es ein. »Jack, stell eine Kamera auf, damit wir drehen können, wie sie den neuen Container abladen.«

»Echt?« Hattie zog die Nase kraus. »Ist das nicht so, als würde man Farbe beim Trocknen zugucken?«

»Nein. Die Zuschauer lieben anderer Leute Katastrophen. Wir können das ganze Material für Social Media nutzen, das steigert die Vorfreude auf die Ausstrahlung. Hör zu, ich brauche Trae und dich jetzt da draußen.«

»Guck mich an!«, protestierte sie. »Ich habe eine alte Jeans und ein T-Shirt an. Bekommt Rebecca keinen Anfall, wenn du mich so filmst?«

»Umso realer«, sagte Mo. »Los!«

Bei laufender Kamera stand Hattie vor der geborstenen Lebenseiche. Trae war neben der Lkw-Kabine positioniert. »Fertig?«, rief er.

»Ja, dirigier ihn rückwärts! Aber diesmal vorsichtig.«

Trae gab dem Fahrer ein Zeichen, zurückzusetzen. »Ein bisschen gerader«, rief er. »Ein bisschen nach links. So ist gut. Okay. Jetzt geradeaus zurück.«

Der Anhänger mit dem neuen Container rollte vorsichtig rückwärts, vorbei an dem verkohlten Stück Land, wo zuvor der andere Container gestanden hatte.

»Weiter!« Hattie wedelte mit den Armen über dem Kopf. »Sind noch mindestens zwanzig Meter!«

»Gut so«, sagte Trae zum Fahrer.

»Noch drei Meter«, rief Hattie.

Der Anhänger fuhr weiter rückwärts.

»Fast geschafft«, erklärte Trae.

»Ho!« Wieder fuchtelte Hattie mit den Armen und sprang zur Seite. Der Lkw kam quietschend zum Stehen. Hydraulische Greifarme hoben den Container hoch.

Mit einem ohrenbetäubenden Krachen brach der Boden unter dem Anhänger ein.

*RRRUMS!*

Der Container rutschte in eine Vertiefung im Gras.

Im ersten Moment war Hattie zu schockiert, um sich zu bewegen oder etwas zu sagen. Sie machte ein paar zögerliche Schritte nach vorn, hatte aber Angst, dass die Erde unter ihren Füßen ebenfalls einbrechen würde. Der Container ruhte mit der Öffnung nach unten in einer Art Betongrube im Boden.

Der Lkw-Fahrer war ausgestiegen. Gemeinsam mit Trae starrte er ungläubig auf die Szene.

Mos Kameramann ging ebenfalls nach vorn und hielt alles fest.

»Was zur Hölle ist das?« Trae zeigte auf die Grube.

»Das«, sagte der Lkw-Fahrer und tastete sich bis an den Rand vor, hielt sich mit beiden Händen Nase und Mund zu und starrte in den Abgrund, »ist eine Sickergrube.«

# 42.

## VERGRABENE GEHEIMNISSE

**E**in derart überwältigender Gestank breitete sich aus, dass Hattie würgend zur Seite taumelte.

»Oh, verdammt, nein«, stieß Leetha aus. »Momo, du weißt genau, dass das nicht in meinem Vertrag steht.«

»Gütiger Gott«, murmelte Mo. »Und ich dachte, es könnte nicht schlimmer werden.«

Der Kameramann wartete auf Anweisungen, und Mo machte ihm ein Zeichen, weiterzufilmen. »Halt voll drauf, Junge. Echter als hier wird's nicht.«

Mo wies auf Hattie, die das T-Shirt hochgezogen hatte, um ihre Nase zu bedecken. »Kannst du kommentieren?«

Sie ließ ihr T-Shirt sinken und tat, wie ihr geheißen. »Das muss die ursprüngliche Sickergrube dieses Hauses sein. Ich meine, die Stadt hätte schon vor zig Jahren Abwasserrohre in der Chatham Avenue verlegt. Zumindest ist die Grube nicht … ähm … aktiv.« Hattie drehte sich zu Cass um.

»Was machen wir jetzt?«

»Was weiß ich? Im Laufe der Jahre haben wir allen möglichen Scheiß, ich meine, allen möglichen Kram freigelegt, aber dies ist, glaub ich, das erste Mal, dass uns ein Container in eine alte Sickergrube gefallen ist.«

Cass entfernte sich aus dem Kamerabereich und fing an, die

Kontakte in ihrem Handy zu durchsuchen. In der Zwischenzeit ging der Fahrer zurück zu seiner Kabine und holte sein eigenes Handy heraus, mit dem er langsam um den Container herum ging, um die Katastrophe festzuhalten. »Das glaubt mir mein Chef sonst nicht.«

Der Chef des Fuhrunternehmens hieß Milt. Das las Hattie an der Brusttasche seines Arbeitshemds ab. Als er am Schauplatz auftauchte, hatte er sich bereits ein aufgerolltes T-Shirt um die untere Gesichtshälfte geschlungen. Fachmännisch begutachtete er die Situation.

»Wahrscheinlich war es so«, Milt drehte sich, wie von Mo erbeten, zur Kamera um. »Direkt hier muss ein alter Schachtdeckel gewesen sein.« Er stampfte mit dem Fuß auf den Boden, um seine Aussage zu unterstreichen. »Der war aber unter Erde, Laub und was sonst noch von zwanzig Jahren begraben.« Er deutete auf den Fahrer des Lkw, der betreten neben ihm stand. »Du hast es geschafft, den Anhänger mit dem alten Container über genau diese Stelle zu manövrieren, und leck mich, wenn das ganze Ding nicht eingekracht ist, Schacht, Stahlbewehrung, Beton und alles.«

Auch Hattie hatte ihre Instruktionen bekommen. »Wie wollen Sie den Container da wieder rausholen? Und was machen wir anschließend mit der alten Sickergrube?«

Das T-Shirt dämpfte Milts Lachen. »Tja, Ma'am. Dieser alte Junge und ich« – er schlug seinem Mitarbeiter auf den Rücken –, »wir befestigen die Winde vorn am Schlepper, dann geben wir Gummi und beten zum lieben Jesuskind, dass es funktioniert.«

»Aha.« Hattie tat, als sei das genau die Antwort, mit der sie gerechnet hatte.

»Und was passiert, wenn wir ihn rausbekommen haben? Tja, dann setzen wir den Container woanders ab. Was Sie dann mit der stinkenden alten Sickergrube machen? Nicht mein Problem.«

Sie fanden Trae im Verpflegungszelt, das Gesicht blass unter der Schminke.

»Grauenhaft«, sagte er, als Hattie, Cass und Mo auf ihn zukamen. »Absolut grauenhaft.« Er erschauderte demonstrativ.

Die anderen drei ließen sich auf die anderen Stühle am Tisch sinken. »Dieser Tag nimmt einfach kein Ende«, sagte Mo, und die anderen nickten zustimmend.

»Egal, wie widerlich die neuste Entwicklung auch ist, unser Drehplan ist vollgepackt. Ich möchte heute Nachmittag oben weitermachen. Trae, kann das obere Badezimmer gefliest werden?«

»Ich muss noch die neuen Armaturen für Waschbecken und Dusche aussuchen, außerdem brauchen wir ein WC.«

»Ich melde dich bei Sandpiper an, die haben eine Sanitärausstellung in der Stadt«, sagte Cass. »Dann erwarten die dich. Aber Trae, du musst was aussuchen, was sie entweder auf Lager haben oder sofort besorgen können. Nichts Ausgefallenes, keine Sonderanfertigungen. Und die schließen um vier Uhr, mach dich also besser auf den Weg.«

»Was passiert mit den Schlafzimmern oben?«, fragte Leetha.

»Meine Jungs bauen gerade zwei kleinere Wandschränke rechts und links von der Tür ein. Das könnten wir heute Nachmittag drehen. Ich habe zwei alte Fensterläden, die wir als Türen für die Schränke nehmen könnten«, erklärte Hattie. »Sobald die Schränke drin sind, können wir dort streichen.«

»Was ist mit dem hinteren Schlafzimmer?«, fragte Leetha.

»Die Jungs haben schon das Holz für zwei Etagenbetten zurechtgeschnitten und mit dem Einbau angefangen«, erklärte Hattie. »In das Zimmer kommen Spinde, die ich aus einer alten Grundschule gerettet habe. Die werden einfach in der Wand verschraubt. Mit ein bisschen Glück könnten wir das alles noch schaffen, nachdem die Einbauschränke fertig sind.«

»Glück?« Mo schnaubte verächtlich. »Was ist das?«

Hattie und Cass schauten von der rückwärtigen Veranda in Richtung Fluss. Abgesehen vom Sattelschlepper war die Aussicht jetzt fast unverstellt.

Milt und sein Fahrer hatten es geschafft, den Anhänger samt Container aus der alten Sickergrube zu befreien. Jetzt standen beide hinter dem Sattelschlepper und schauten in die Grube.

»Ich habe rumtelefoniert und eine Baufirma gefunden. Da ist einer mit einem Radlader auf dem Weg hierher«, sagte Cass. »Zuerst dachte ich, wir fragen sie einfach, ob sie den Eichenstumpf herausreißen können, aber jetzt denke ich, wir könnten sie auch fragen, ob sie die Sickergrube füllen. Füllmaterial haben wir hier mehr als genug.«

»Je eher, desto besser«, sagte Hattie und wies zu den beiden Männern hinüber, die aufgeregt mit den Armen herumfuchtelten. »Was wollen die?«

»Will ich gar nicht wissen«, sagte Cass. »Kann nichts Gutes sein.«

Als Cass hinüberging, um nachzusehen, kam der Jüngere der beiden ihr schon entgegen. Atemlos riss er die Augen auf.

»Ma'am? Sie müssen mal kommen. Ich glaube, da liegt eine Leiche in der Sickergrube.«

# 43.

## NUR NOCH EIN SKELETT

**D**etective Mak?« Hattie Kavanaughs Stimme überschlug sich fast. »Wir haben gerade ein Skelett im Garten gefunden.«

Makarowicz stand auf. »Am Strandhaus? Wo da?«

»In der alten Sickergrube draußen im Garten.«

»Hören Sie, Hattie«, sagte Makarowicz. »Setzen Sie sich hin, fassen Sie nichts an. Halten Sie Ihre Leute von der Grube fern. Rufen Sie niemanden an und erzählen Sie keinem davon. Ich bin schon unterwegs.«

Makarowicz meldete sich bei der Leitstelle und bat darum, einen Streifenwagen zum Haus zu schicken. Dann rief er die Außenstelle des FBI in Georgia sowie die Rechtsmedizin von Chatham County an und teilte dort mit, neben einem Wohnhaus auf der Chatham Avenue 1523 seien skelettartige Überreste gefunden worden.

Er betätigte den selten genutzten Sirenenschalter an seinem Armaturenbrett und raste zum Creedmore-Haus.

Als Makarowicz um die Ecke auf die Chatham Avenue bog, stellte er die Sirene ab. Überflüssig, die Aufmerksamkeit der Anwohner auf einen wahrscheinlich schon jetzt unübersichtlichen Tatort zu lenken. Vor dem Haus und auf der Zufahrt zählte er über ein Dutzend Autos und Pick-ups.

Kaum war er ausgestiegen, war Hattie Kavanaugh bei ihm. Ihr Fernseh-Make-up war verschmiert, sie war blass und zitterte. Ihr Produzent-Schrägstrich-Regisseur war bei ihr.

»Alles in Ordnung?«

»Nicht so ganz«, sagte sie mit zittriger Stimme. »Ich glaube, es ist Lanier, Sie auch?«

»Wir wollen keine voreiligen Schlüsse ziehen«, sagte er. »Aber ja, ich denke, davon können wir ausgehen.«

»Und jetzt?«, fragte Mo Lopez. »Ich habe schon mal dafür gesorgt, dass unsere Crew die Ecke räumt, auch wenn wir da natürlich wochenlang herumgetrampelt sind.«

»Ich habe das GBI, also den FBI-Ableger in Georgia, und die Rechtsmedizin benachrichtigt, die schicken ein Team, das die sterblichen Überreste abholt. Es wird eine Autopsie durchgeführt, dann wird die Rechtsmedizin die Leiche anhand von zahnärztlichen Unterlagen und anderen sichergestellten Gegenständen identifizieren.«

»Haben Sie die Kontaktdaten von allen Mitarbeitern, die hier waren, als der Container in die Sickergrube fiel?«, fragte Makarowicz.

»Klar«, sagte Mo. »Soll ich sie nach Hause schicken?«

»Zuerst trommeln Sie mal alle zusammen, damit ich ein paar Worte sagen kann«, bat Mak. »Ich habe einen Streifenwagen bestellt, der Schaulustige vertreiben soll, aber bis der hier ist, könnten Sie vielleicht jemanden an die Straße schicken, der eventuelle Zaungäste verscheucht?«

»Das übernimmt mein Assistent Gage«, sagte Mo. »Die anderen sind in fünf Minuten hier.«

Die Fernsehcrew und die Handwerker bildeten eine Traube um Makarowicz.

»Sie wissen alle, dass hier heute die sterblichen Überreste eines Menschen gefunden wurden, das ist eine sehr ernste Angelegenheit«, sagte er mit strengem Blick. »Der Bereich um die Sickergrube ist ein Tatort. Wir wissen noch nicht, um wessen Leiche es sich handelt, werden diese sterblichen Überreste aber natürlich mit dem gebührenden Respekt behandeln. Und ich wäre dankbar, wenn Sie bis auf weiteres nicht über diesen Fund sprechen würden. Das heißt: keine Erklärungen gegenüber der Presse, keine Beiträge in den Sozialen Medien, vor allem keine Fotos. Wir werden versuchen, die Beweisaufnahme so schnell wie möglich abzuschließen, damit Sie alle wieder an die Arbeit können, aber haben Sie bitte Geduld.«

Donnie, einer der Tischler, hob die Hand. »Hey, ähm, glauben Sie, das ist die Leiche von der Frau, wo wir das Portemonnaie gefunden haben?«

»Weiß ich noch nicht«, sagte Mak. »Aber die Frau hat eine Tochter, die seit siebzehn Jahren auf Antworten wartet. Ich möchte nicht, dass sie irgendwo auf Instagram lesen muss, dass die Leiche ihrer Mutter in einer Sickergrube gefunden wurde. Das würden Sie auch nicht wollen, oder?«

Die Leute murmelten zustimmend.


Hattie saß auf den Stufen der hinteren Veranda und schaute zu, wie ein Streifenwagen der Polizei von Tybee Island vorfuhr, gefolgt von einem Krankenwagen. Mo setzte sich zu ihr und bot ihr eine Flasche kaltes Wasser an.

Sie trank einen Schluck. »Ich bin froh, dass du alle nach Hause geschickt hast. Wäre irgendwie makaber, wenn die Leute hier arbeiten würden, während die Leiche geborgen wird.«

»Bringt unseren Drehplan natürlich enorm durcheinander«, bemerkte Mo.

»Was wird Rebecca dazu sagen?«

»Sie wird nicht erfreut sein. Aber es ist nicht zu ändern. Hoffentlich wird das Interview im *Headline Hollywood* sie besänftigen.«

Hattie knibbelte an dem Papieretikett der Wasserflasche. »Hast du sie dir angeguckt? Die sterblichen Überreste?«

»Ja. Habe ich. Da ist nicht viel zu sehen, nur … «

Sie hielt sich die Ohren zu. »Nicht! Ich ertrage es nicht, sie mir so vorzustellen. Wenn sie es ist. Aber wer sollte es sonst sein?«

»Entschuldigung«, sagte Mo. »Hör mal, du musst hier nicht länger bleiben, wenn du nicht möchtest. Ich frag mal Makarowicz, ob er jemanden abstellen kann, bis einer der Handwerker eine provisorische Schranke einrichten kann.«

Er überlegte. »Wenn ich das schon vor zwei Wochen gemacht hätte, hätten wir vielleicht keinen Containerbrand und keinen mehrere tausend Dollar teuren Schaden am Haus gehabt.«

»Aber dann hätten wir auch nicht Lanier Ragans Leiche gefunden«, erinnerte Hattie ihn. »Das hat schon alles seinen Grund.«

Mo seufzte. »Das war kein Unfall. Sie wurde umgebracht und hier entsorgt.«

»Von jemandem, der wusste, dass dort ein Schachtdeckel ist«, ergänzte Hattie. »Ich wusste es auf jeden Fall nicht, und ich bin in den letzten zwei Wochen wahrscheinlich fünfzig Mal darüber weggegangen.« Mit einem Schaudern dachte sie daran, dass sie buchstäblich über das Grab ihrer ehemaligen Lehrerin gelaufen war.

»Erzähl mal noch ein bisschen über die Familie, der das Haus vorher gehört hat«, forderte Mo sie auf. »Du hast gesagt, der Sohn wäre ein Spinner, aber wäre er wohl zu so was fähig?«

Die Crew packte ihre Ausrüstung zusammen und ging zu den Autos. Hattie senkte die Stimme, um sicherzugehen, dass niemand sie hörte. »Mak, also, Detective Makarowicz, hat sich die Footballspieler angeguckt, die in dem Herbst damals von Lanier Nachhilfe bekamen. Da war auch der kleine Holland dabei.«

»Hm. Könnte es auch einer von den anderen Jungs gewesen sein?«

»Es waren noch ein paar andere Namen, bloß wie sollte jemand, der dieses Grundstück nicht kennt, von der Sickergrube wissen?«

»Aber hat nicht jemand gesagt, die Familie hätte hier draußen große Feste für die Football-Mannschaft gefeiert?«, fragte Mo.

»Ja, schon. Nur kannst du dir eine Party vorstellen, wo einer beim Cocktail zum anderen sagt: ›Hey, wir haben da draußen doch die alte Sickergrube‹?«

»Unter testosterongesteuerten Teenagern wurden schon seltsamere Dinge besprochen«, bemerkte Mo.

Hattie legte den Kopf schräg und betrachtete den Produzenten eine Weile. »Hast du früher Sport getrieben, Mo?«

»Ja, im zweiten Studienjahr habe ich Leichtathletik gemacht. Ich war sauschlecht. Aber meine Eltern wollten unbedingt, dass ich nicht den ganzen Tag im Keller hocke und Dungeons and Dragons spiele, sondern noch was außerhalb des Lehrplans mache, deshalb bin ich schließlich in den Theaterkurs gegangen.«

»Wolltest du Schauspieler werden? Echt?«

»Nein, ich wollte nur mit den richtig heißen Chicas abhängen, und in meiner verdrehten Logik gab es die im Theaterkurs.«

»Hat es funktioniert? Hattest du viele Dates?«

»Der Teil meines Plans scheiterte leider elendig«, sagte Mo. »Aber der Theaterkurs hat mein Interesse am Erzählen geweckt, und das hat mich letztlich an die Filmhochschule geführt.«

»Das Erzählen?«

»Ja, letztlich ist Filmen nichts anderes als Erzählen. Ich habe gern geschrieben, tue es immer noch, aber ich erzähle meine Geschichten lieber visuell, deshalb ist das Fernsehen das perfekte Medium für mich.«

»Wie bist du zum Produzieren gekommen?«

»Hab mich hochgearbeitet. Nach der Filmhochschule war ich zuerst stellvertretender Nachrichtenredakteur bei einem lokalen Fernsehsender in Fresno. Dann erzählte mir ein Freund von einem Pilot für eine neue Heimwerkersendung, wo sie noch Mitarbeiter suchten. Die Sendung kam leider nie richtig ans Laufen. Während ich da arbeitete, war ich mit einem Mädel zusammen, deren Bruder jemanden bei HPTV kannte. Der hat mir ein Vorstellungsgespräch vermittelt. Später habe ich dann meine eigene Produktionsfirma gegründet.«

Mo schlug nach einem blutrünstigen Moskito, der ihn schon seit einer Stunde piesackte. »Lass uns drinnen weiterreden. Es sei denn, du willst fahren? Ich meine, die anderen sind auch alle weg.«

Hattie stand auf und sah sich um. »Schätze, Cass hat sich auch verdrückt, was? Aber ich kann nicht einfach gehen. Es kommt mir nicht richtig vor, die Leiche da so liegen zu lassen … in der Grube.«

»Ich bleibe auch«, sagte Mo. »Wir können doch im Wohnwagen warten, oder?«

»Mit Klimaanlage.« Hattie nickte. »Gute Idee.«

»Ich guck nur noch mal schnell, ob Makarowicz irgendwas braucht, dann komme ich rüber«, sagte Mo.

»Detective?« Der Kriminaltechniker kam aus der Sickergrube die Leiter hochgeklettert. Er schälte sich aus seinem Papieroverall und den Stiefeln und knüllte die Sachen auf dem Weg zu Makarowicz, der den Tatort aus jedem Blickwinkel fotografiert hatte, zusammen.

»Was Brauchbares dabei?« Mak atmete, durch den Mund.

»Lange Haare, eine violette Windjacke und ein Paar Tennisschuhe legen nahe, dass das Opfer weiblich war«, sagte der Techniker. »Sieht nach einer Fraktur auf der Vorderseite des Schädels aus.« Er machte einen Schritt zurück und schüttelte den Kopf. »O Mann, ich muss unter die Dusche. Vielleicht krieg ich den Gestank nie mehr von mir runter.«

»Schon eine Idee, wie schnell wir was erfahren können?«, fragte Mak.

»Sprechen Sie mit dem GBI«, sagte der Techniker und wies auf eine Bahre, die in die Grube herabgelassen wurde. »Wir holen sie jetzt hoch.«

Makarowicz entfernte sich. Er hatte genug gesehen. Emma Ragan sollte die Neuigkeit nicht von einem Fremden erfahren, deshalb rief er die Nummer an, die sie ihm gegeben hatte. Die Mailbox sprang an, doch bevor er eine Nachricht hinterlassen konnte, rief sie ihn schon zurück.

»Detective Mak? Gibt's was Neues? Haben Sie mit meinem Vater gesprochen?«

»Hallo, Emma«, sagte er mit Bedacht. »Ja, ich habe mit Ihrem Vater gesprochen. Aber deshalb rufe ich nicht an.«

»O mein Gott«, stieß sie aus. »Sie haben sie gefunden, stimmt's? Sie haben meine Mom gefunden.«

»Wir haben eine Leiche geborgen«, sagte er. »Noch ist nichts sicher, aber wir glauben, dass es die sterblichen Überreste einer Frau sind, und der Fundort ...«

»Oooh.« Emma verstummte und begann zu weinen. »Mommy. Meine arme Mommy.«

»Ist alles in Ordnung?«, fragte Mak besorgt. »Haben Sie jemanden, der zu Ihnen kommen kann? Sind Sie auf der Arbeit?«

»Ich ... ich bin ...« Sie bekam es nicht heraus. »Warten Sie bitte.«

Er hörte, wie Emma sich die Nase putzte und etwas Unverständliches murmelte.

»Okay. Mein Chef sagt, ich kann eine Pause machen. Ich setze mich ein paar Minuten ins Auto und warte, bis ich mich wieder im Griff habe. Sie legen nicht auf, ja?«

»Nein, versprochen«, sagte Makarowicz.

»Mak?« Emmas Stimme klang fester.

»Es tut mir leid, dass ich Sie damit auf der Arbeit belästige, Emma, aber nach dem Fund hatte ich Sorge, es könnte sich herumsprechen, und ich wollte nicht, dass Sie es von jemand anderem hören.«

»Danke«, sagte sie schniefend. »Was können Sie noch sagen? Wo war sie?«

Makarowicz biss sich auf die Lippe. Er wollte diesem fragilen jungen Mädchen nicht mitteilen, dass die Leiche der Mutter in einer Sickergrube entsorgt worden war. Wenn er es ihr schon beibringen musste, dann persönlich. »Vielleicht ist sie es gar nicht. Aber der Fundort ergibt Sinn.«

Emma sprang sofort darauf an. »Auf Tybee? Wurde sie in der Nähe des Portemonnaies gefunden?«

»Ja«, bestätigte er widerstrebend. »Auf demselben Grundstück.«

»In dem alten Haus? Das kann doch nicht sein.«

»Nein. Sie war … begraben.«

»Oh.« Die Stimme schien leiser zu werden. »Können Sie mir sagen, was passiert ist?«

»Noch nicht. Eventuell dauert es ein bisschen, bis wir es wissen. Aber hören Sie, haben Sie mir nicht erzählt, dass Sie eine DNA-Probe Ihrer Mutter an eine Firma geschickt haben?«

»Ja«, bestätigte Emma. »Nicht ich, sondern der Detektiv, den ich vor ein paar Jahren beauftragt hatte, nachdem eine Frauenleiche im Okefenokee-Sumpf gefunden wurde. Wie sich herausstellte, war es jemand anders.«

»Falls Sie diese Haarbürste noch haben, könnte es das Prozedere etwas beschleunigen. Das GBI braucht die DNA Ihrer Mutter, um sie mit der der Leiche zu vergleichen. Und wir besorgen uns auch die zahnärztlichen Unterlagen.«

»Gut. Ähm, Mak?«

»Ja?«

»Weiß mein Vater Bescheid?«

»Hab ihn noch nicht angerufen. Soll ich das übernehmen?«
Es folgte ein langes Schweigen, dann weinte sie wieder.

»Und wenn er es war? Was, wenn er ihr das angetan hat?«

»Wir können noch abwarten, und Sie entscheiden das später, Emma. Noch ist nichts geklärt. Überlegen Sie es sich in Ruhe, und dann sagen Sie mir Bescheid, ja?«

»Okay. Ich lege jetzt auf. Muss zurück an die Arbeit.«

»Machen Sie's gut, Emma.«

# 44.

VERDACHTSMOMENTE

Ich habe uns Abendessen besorgt.« Mo hielt Hattie eine in Alufolie gewickelte Rolle hin.

Sie betrachtete sie argwöhnisch. »Was soll das sein?«

»Hotdogs. Aus Chus Supermarkt. Ich hoffe, du magst Senf.«

»Liebe ich.« Sie wickelte die noch warme Folie ab und biss so begeistert in den Hotdog, dass Mo lachen musste.

»Was ist? Habe ich Senf im Gesicht?« Hattie wischte sich mit einer Serviette übers Kinn.

»Nein. Wahrscheinlich habe ich einfach nicht erwartet, dass du einen Hotdog aus dem Supermarkt essen würdest. Ich kenne nicht viele Frauen in L.A., die das mitmachen würden.«

»Ich bin nicht aus L.A.«, sagte Hattie. »Falls dir das noch nicht aufgefallen sein sollte.« Sie biss wieder ab und kaute genüsslich. »Und ich hatte kein Mittagessen, von daher: Ja, ich habe Hunger.«

Mo vernichtete seinen eigenen Hotdog mit drei großen Bissen.

»Wie sieht es da draußen aus?« Hattie deutete in Richtung der Grube, die jetzt mit gelbem Absperrband umspannt war. Im grellen Licht von Scheinwerfern waren die Kriminaltechniker immer noch am Fotografieren und Vermessen.

»Sie wollen die Leiche jetzt abtransportieren.«

Hattie wurde leicht übel, sie schob den halb gegessenen Hotdog von sich.

»Ich muss die ganze Zeit an die Tochter denken. Emma. Wie es ihr gehen wird, wenn sie hört, dass ihre Mutter gefunden wurde. Nach so vielen Jahren.«

»Vielleicht ist es ja eine Erlösung für sie«, bemerkte Mo.

»Es sei denn, sie erfährt, dass ihr Vater hinter dem Verschwinden ihrer Mutter steckt, oder dass ihre Mutter tatsächlich etwas mit einem Highschool-Schüler hatte. Das würde ganz neue Probleme aufwerfen. So oder so wird ihre Familie durch den Dreck gezogen.« Hattie verzog das Gesicht. »Ich weiß, wie sich so was anfühlt.«

»Diese Hexe Mavis Creedmore hat echt miese Sachen über deinen Vater gesagt«, erinnerte sich Mo. »Möchtest du darüber reden oder lieber nicht?«

Hattie nestelte an dem kleinen Tisch herum. »Ich kann kaum glauben, dass es schon fast zwanzig Jahre her ist.«

Sie holte tief Luft. »Mein Vater war der stellvertretende Vorstandsvorsitzende der Integrity Bank. Ironie der Geschichte, was? Besonders, wenn man bedenkt, dass er auch noch der Schatzmeister war, was so ähnlich ist wie bei The United Way. Letzten Endes wurde Dad mit der Hand in der Keksdose erwischt. Im Lauf von sechs Jahren hatte er fast 1,2 Millionen Dollar veruntreut. Dann kam ein neuer Vorsitzender ins Amt, der auch den Posten des Schatzmeisters übernahm. Er warf einen kurzen Blick in die Bücher und veranlasste eine Kontenprüfung.«

»Und dann?«

»Der Aufsichtsrat schlug meinem Vater vor, das Geld stillschweigend zurückzuzahlen, weil es bestimmt ein ›Missverständnis‹ gewesen sei, denn die Familie meines Vaters gehört quasi zu den Gründern von Savannah, die sitzen in allen möglichen Gremien und Vereinen. Aber dem Neuen war der Stammbaum meines Vaters scheißegal. Er weigerte sich, alles unter den Teppich zu kehren.«

»Und dann?«

»Man bot ihm einen Deal an. Aber mein Vater lehnte ab, weil er überzeugt war, dass er ungeschoren davonkommen würde. Er musste vor Gericht, und die ganze schmutzige Wäsche wurde öffentlich zum Trocknen aufgehängt. Dabei brauchte er das Geld nicht mal! Meine Mutter und er fuhren immer die neuesten Modelle. Wir hatten ein schönes Haus, ich ging auf eine Privatschule. Er hat den Witwen, Waisen und krebskranken Kindern Geld gestohlen, um das neue Auto seiner Geliebten und ›Geschäftsreisen‹ nach Bermuda und Palm Beach zu finanzieren.«

Mo grinste schwach. »Wie alt warst du, als das passierte?«

»Nicht ganz fünfzehn. Ist natürlich nichts im Vergleich zu einer Mutter, die verschwindet, wenn man erst vier ist, aber es hat meine Welt erschüttert. Während sich die Geschworenen zurückzogen, besorgte sein Anwalt irgendeinen Quacksalber, der unter Eid aussagte, mein Vater habe Schizophrenie, weshalb er dieses Doppelleben geführt hätte.«

»Hast du das damals ansatzweise begriffen? Ich meine, das muss heftig gewesen sein für ein Kind in deinem Alter.«

»Meine Mutter hat mir nichts erzählt.« Hattie klang verbittert. »Nur dass Dad ›Ärger‹ hätte und sie sich scheiden lassen würden. Das meiste habe ich erfahren, wenn ich die anderen Kinder auf der Schultoilette belauschte.«

»Kinder in dem Alter sind echt mies«, bemerkte Mo.

»Ja. Ganz besonders Privatschulmädchen. Mit Ausnahme von Cass. Immer wenn die anderen zu sehr auf mir rumhackten, wurde sie zum Berserker. Lanier Ragan hat mir auch geholfen. Sie hatte wirklich ein großes Herz. Ich kann mir vorstellen, dass sie es damit übertrieben hat.«

»Und wie ging es mit deinem Vater weiter?«

»Er hat drei Jahre im Bundesgefängnis abgesessen. Kaum war die Scheidungsurkunde ausgestellt, änderte meine Mutter unseren Nachnamen in ihren Mädchennamen um und zog nach Sarasota.«

Mo stand auf und öffnete die Tür des Wohnwagens. Es wurde allmählich dunkel, das Zikadenkonzert war ohrenbetäubend. »Der Krankenwagen fährt gerade los.« Er drehte sich zu Hattie um. »Du hattest es echt schwer in der Schule, wieso bist du nicht mit deiner Mutter gegangen? Neuer Name, neue Schule, neues Leben?«

Hattie stand auf und spähte in dem Moment über Mos Schulter, als der Krankenwagen mit den sterblichen Überresten von Lanier Ragan leise über die Zufahrt zur Straße glitt. Seit Hanks Beerdigung war Hattie nicht mehr in der Kirche gewesen, dennoch schlug sie nun hastig ein Kreuzzeichen.

»Ich war sauer auf meine Mom. War immer ein Papakind gewesen. Ich war mir sicher, dass sie irgendwas getan hatte, was ihn von uns wegtrieb. Und ich schätze, für eine Vierzehnjährige ist die Hölle, die sie kennt, besser als der Himmel, den sie nicht kennt. Cass ging zu ihren Eltern und bat sie, mich aufzunehmen, zumindest bis zum Schuljahresende im Mai. Zenobia hat ein riesengroßes Herz. Sie hätte mich niemals abgewiesen. Es wurde Mai, und ich … bin einfach geblieben.«

»Wo ist dein Dad jetzt?«

»In der Nähe. Er wohnt in der Angelhütte meines Großvaters, draußen am Little Ogeechee River. Er betreibt einen Onlinehandel und macht sich ständig Sorgen, dass seine alten Feinde ihn aufspüren könnten.«

»Siehst du ihn hin und wieder?«

»Fast nie. Aber nachdem ich fast all mein Geld in dem Haus auf der Tattnall Street versenkt hatte und keine Bank in der Stadt mir einen Kredit geben wollte, bin ich zu ihm gefahren. Ich habe mir fünfzigtausend Dollar von ihm geliehen, damit ich genug Cash habe, um dieses Haus zu renovieren.« Hattie holte tief Luft. »Cass weiß das nicht. Du bist der Einzige, dem ich das erzählte.«

»Warum ist das ein Geheimnis? Er ist doch dein Vater, oder?«

»Geld von ihm anzunehmen, selbst wenn es nur geliehen ist, fühlt sich … schmutzig an.«

Mo war äußerst bewusst, wie nah sie nebeneinanderstanden. So nah, dass er Hatties Parfüm riechen konnte. Nah genug, um den Arm um ihre Schulter zu legen und ihr ein wenig verspäteten Trost anzubieten. Er hätte es gern getan, tat es aber nicht.

Hattie schaute noch immer aus der offenen Tür des Wohnwagens. Glühwürmchen schwebten in den dunklen Baumwipfeln. Die Welt war vollkommen still, abgesehen vom Zirpen der Zikaden. Ob sie die Luft anhielt?

»Ich fahre besser nach Hause«, sagte Hattie schließlich und stieß einen kurzen, schrillen Pfiff aus. Ribsy hob den Kopf von der Bank, auf der er den Großteil des Tages gedöst hatte.

»Ich auch. Fahr ruhig, ich gehe noch mal durchs Haus und schließe ab. Ich überlege noch, wo wir morgen früh anfangen. Vorausgesetzt, die Bullen machen uns keinen Strich durch die Rechnung.«

Hattie ließ die Schultern sinken. »Darüber kann ich jetzt nicht nachdenken.«

»Geh ruhig!« Mo wies auf die Tür. »Ähm, triffst du dich heute mit Trae?«

»Nein. Warum?«

»Als ich eben im Verpflegungszelt war und was Essbares gesucht habe, habe ich sein iPad gefunden. Ich dachte nur, wenn du ihn siehst ...«

»Tu ich nicht. Ich fahre jetzt nach Hause, dusche heiß und wasche diesen *Gestank* ab.«

Demonstrativ schnüffelte Mo an ihr. »Du stinkst nicht. Du riechst nach Regenbogen und ... Fugenmasse.«

Sie lächelte. »Weißt du, Mo, du bist nicht annähernd so ein Arschloch, wie ich dachte, als wir uns kennengelernt haben.«

»Versuch bloß nicht, mich mit deinen charmanten Südstaatensprüchen einzuwickeln, Hattie Kavanaugh. Sag mir, was du wirklich denkst.«

Sie tätschelte seinen Arm und drückte dann spontan einen kleinen Kuss auf seine Wange, bevor sie mit Ribsy zu ihrem Pick-up ging.

Vor sich hin fluchend sah Mo ihr nach.


Seine Nerven schienen vor aufgestauter Energie zu knistern. Er fuhr nach Hause in die Remise, duschte und suchte im Kühlschrank nach etwas Gehaltvollerem als einem Hotdog, doch sein unregelmäßiger Drehplan führte dazu, dass sich die Auswahl auf eine Tüte mit welkem braunem Salat und einen steinharten, zwei Tage alten Bagel beschränkte.

In Savannah gab es jede Menge guter Restaurants, das wusste er, deshalb würde er sich vielleicht trotz der späten Stunde ein anständiges Abendessen leisten. Sein Blick fiel auf Traes iPad auf der Küchenarbeitsfläche, und er beschloss spontan, die sechs oder sieben Häuserblocks zum Whitaker zu gehen, dem teuren Hotel, in dem er mit seinem Geld den Aufenthalt seines

Stars finanzierte. Er könnte das Tablet abgeben und im Restaurant etwas essen.

Mo hatte die Hitze und Luftfeuchtigkeit der Sommernacht in Savannah unterschätzt. Als er das Whitaker erreichte, klebten ihm die Haare am Kopf und das Hemd am Rücken. Er blieb direkt hinter den Türen zur eisgekühlten Lobby stehen und sah sich um. Er hatte überlegt, Trae anzurufen und ihm zu sagen, dass er in der Lobby war, aber war zu dem Schluss gekommen, dass er für heute genug von dem eingebildeten Schnösel hatte.

Stattdessen ging er zur Rezeption und gab das iPad bei einem Angestellten dahinter ab, verbunden mit der Bitte, das Gerät an Mr. Bartholomew weiterzureichen.

Als Belohnung für die schweißtreibende Tour begab er sich in die Lounge, wo es entsprechend dunkel war. Mit den Ledersitzecken und kerzenbeleuchteten Tischen sah sie aus wie ein Club. Mo setzte sich an die Bar und bestellte ein New York Strip Steak, blutig, mit Sauce béarnaise, Pommes frites und einem Glas Cabernet, der nach Angaben des Barkeepers phänomenal sein sollte.

Als er sich auf den Korb mit warmem Brot stürzte, hörte er das vertraute Lachen einer Frau durch den hohen Raum hallen.

Langsam drehte sich Mo auf dem Barhocker um und erstarrte. Das kehlige Lachen kam ihm bekannt vor, weil es von der Journalistin des *Headline Hollywood* stammte, die ihn Stunden zuvor im Haus auf der Chatham Avenue interviewt hatte. Sie war nicht allein. Ganz im Gegenteil, sie stand Arm in Arm mit Trae Bartholomew da.

Bevor Trae ihn entdeckte, drehte Mo sich schnell wieder zurück. In der verspiegelten Rückseite der Bar beobachtete er, wie die beiden zum Fahrstuhl schlenderten. Als sich die Aufzugtüren öffneten, traten sie in die Kabine, die Körper in intimer

Umarmung so nah aneinandergepresst, dass Mo die Augen schloss und einen Schluck von seinem Cabernet trank.

Der eingebildete Schnösel, dachte er, würde Hattie an der Nase herumführen. Ihr vielleicht das Herz brechen. Und es gab nichts, was Mo dagegen tun konnte.

# 45.

## DER RING DER WAHRHEIT

**A**m nächsten Morgen um neun saß Makarowicz zu Hause am Schreibtisch in seinem kleinen Arbeitszimmer. Jenny hatte den Raum mit einem Schreibtisch, einem Bürostuhl und einer Liege eingerichtet, für die Tochter, wenn sie zu Besuch kam. Eine Katze in der Farbe von Orangenmarmelade rekelte sich gelangweilt darauf.

Die Katze war in der Woche nach Jennys Beerdigung auf Maks Veranda aufgetaucht und zeigte ein bemerkenswertes Talent, sich in sein Haus zu schleichen, sobald er die Tür öffnete. Er hatte nie viel für Katzen übriggehabt, aber er handelte verantwortungsbewusst und machte Nägel mit Köpfen. Der Tierarzt bestand darauf, dass die Katze einen Namen bräuchte, und so hieß sie jetzt Agent Orange Makarowicz.

Eigentlich hatte er heute frei. Aber was sollte er sonst tun?

Er blätterte durch die dicke Akte über Lanier Ragan, die er sich bei den Kollegen in Savannah »ausgeliehen« hatte, bis er fand, was er gesucht hatte: Frank Ragans Angaben zu der Kleidung, die seine Frau vermutlich in der Nacht ihres Verschwindens getragen hatte.

*Vermisste trug zuletzt dunkelblauen oder schwarzen Trainingsanzug, dazu Laufschuhe von Nike oder eine blaue Jeans und einen roten Kapuzenpulli*, stand dort.

Mak verglich die Angaben mit der Auflistung von Gegenständen, die bei Lanier Ragans Überresten sichergestellt worden waren: violette Skijacke, rosa Damensportschuhe von Nike, Größe 34. Ehering in der Jackentasche. Das GBI hatte Fotos sämtlicher Beweisstücke geschickt.

Mak legte die Fotos zusammen. »So, Orangey«, sagte er zur Katze. »Du passt jetzt darauf auf. Lass dich nicht von Fremden ansprechen.«

Emma Ragan war nicht überrascht, als er ihr sagte, er müsse ihren Vater noch mal befragen.

»Ich muss ihm Kleidungsstücke zeigen, die wir gefunden haben«, erklärte er. »Je früher wir das machen, desto früher können wir die Leiche identifizieren.«

»Gut«, sagte sie schließlich. »Verstehe ich.«

Frank Ragan blickte finster drein, als der Detective wieder in seinen Sportartikelladen kam. »Ich habe Ihnen schon gesagt, dass ich nicht mehr mit Ihnen spreche. So lange Sie keine Vollmacht oder so haben.«

Mak zuckte mit den Schultern. »Ich dachte, Sie wüssten gerne, dass wir gestern ein Skelett gefunden und Grund zur Annahme haben, dass es sich bei der Leiche um Ihre Frau handelt.«

Ragan war baff. »Sie haben Lanier gefunden?« Sein gerötetes Gesicht wurde blass. Er schwankte leicht und hielt sich an einem Hosenständer fest, um nicht das Gleichgewicht zu verlieren.

»Können wir an einen ruhigeren Ort geben, um das zu besprechen?«, fragte Makarowicz. »Gibt es hier ein Büro oder ein Hinterzimmer?«

Er folgte Ragan durch ein Lager in ein schuhkartongroßes Büro, in dem kaum genug Platz für einen kleinen Tisch und zwei Stühle war.

»Wo … wo war sie?«, fragte Ragan.

»Darüber sprechen wir später.« Makarowicz öffnete seine Aktentasche und holte die Mappe heraus. Dann drückte er auf die Aufnahmetaste seines Handys. »Von der Kleidung, die wir gefunden haben, war nur noch sehr wenig erhalten, hauptsächlich die Jacke und die Sportschuhe.« Er legte zwei Fotos vor Ragan auf den Tisch. »Erkennen Sie die Jacke?«

Mit zitternden Händen nahm Ragan das Foto hoch und starrte es lange an. »Ja, das war Laniers.« Er wies auf einen kleinen Metallanhänger, der am Reißverschlussöffner baumelte. »Ich glaube, das ist so ein Lift-Dings, das sie aus unserem Skiurlaub in Beaver Creek mitgenommen hat, ein Jahr nach unserer Hochzeit.« Er seufzte. »Typisches Südstaatenmädel. Sie hasste Skifahren, aber liebte den heißen Grog beim Après-Ski.«

Makarowicz reichte ihm das nächste Foto. Die Laufschuhe waren verfärbt, aber der geschwungene Nike-Haken an der Seite war noch erkennbar.

»Die sehen wie ihre aus«, sagte Ragan mit erstickter Stimme. »Größe 34. Sie hatte total kleine Füße. Emma auch. Hat sie immer noch«, verbesserte er sich.

Ragan sah Makarowicz an. »Ist sie es wirklich? Ich meine, es kann nicht sein, dass es jemand anders ist?«

»Die Rechtsmedizin führt die offizielle Identifizierung anhand von zahnärztlichen Unterlagen und DNA durch«, erklärte Makarowicz. »Aber es gibt noch etwas, das ich Ihnen gerne zeigen würde.«

Er hielt Ragan das Bild eines Platin-Eherings hin, der rundherum mit einem Kranz aus winzigen Diamanten besetzt war. Mak hatte recherchiert, wie sich dieser Stil nannte: Eternity.

»O mein Gott.« Ragan hielt die Tränen zurück. »Das war Laniers. Sie ist es wirklich.«

Er senkte den Kopf auf den Tisch und schluchzte. Seine Schultern bebten. »O Mann, Lanie.«

An diesen Aspekt seiner Arbeit hatte sich Makarowicz nie gewöhnen können. Mit den Angehörigen zu reden, war immer schwierig, und es war noch schwieriger, wenn ein Angehöriger als Mordverdächtiger galt.

»Ich bedaure Ihren Verlust, Mr. Ragan.«

Der Mann hob den Kopf und stieß einen langgezogenen Seufzer aus. »Ich muss Emma anrufen.«

»Sie weiß es schon«, sagte Makarowicz.

Der Trainer wischte sich mit dem Unterarm übers Gesicht. »Wie hat sie es aufgenommen?«

»Sie war natürlich erschüttert. Ich habe versprochen, ihr Bescheid zu sagen, wenn es offiziell ist.«

»Okay.« Ragan drückte die Schultern durch. »Gut. Wissen Sie … ich meine, können Sie mir sagen, was passiert ist?«

»Nicht richtig. Nach siebzehn Jahren haben wir nur noch ein Skelett, wie Sie sich vorstellen können.«

»Mein Gott.«

»Ich hätte ein paar Fragen, wenn es Sie nicht stört«, versuchte es Makarowicz.

»Ich war das nicht.« Ragan schob den Kiefer vor. »Ich war vielleicht nicht der beste Ehemann, und unsere Ehe war vielleicht nicht perfekt, aber ich hätte ihr nie, niemals etwas angetan.«

»Gut«, sagte Mak. »Das können Sie am besten beweisen, wenn Sie jetzt völlig ehrlich zu mir sind.«

»War ich die ganze Zeit«, sagte Ragan.

Der Detective griff zum Foto des Eherings und wedelte damit vor dem Trainer herum.

»Wir konnten diesen Ring nur sicherstellen, weil Ihre Frau ihn an dem Abend nicht am Finger trug. Sie hatte ihn in die Reißverschlusstasche ihrer Jacke gesteckt. Was glauben Sie, warum sie das getan hat?«

»Ich weiß es nicht«, antwortete Ragan. »Ich bin an dem Abend ins Bett gegangen, und als ich am Morgen aufwachte, war sie fort.«

»Hatten Sie sich gestritten?«

»Nein!«

»Um wie viel Uhr haben Sie festgestellt, dass sie nicht da war?«

»Weiß ich nicht, Mensch. Gegen sechs oder so.«

»Das glaube ich nicht. Emma sagt, sie sei mitten in der Nacht von einem Gewitter aufgewacht und zu Ihnen ins Schlafzimmer gegangen, aber Sie wären beide nicht da gewesen. Sie *und* Lanier.«

»Stimmt nicht. Den Blödsinn hat sie sich ausgedacht. Um mir zu schaden. Sie war noch ein kleines Kind. Konnte die Uhr noch gar nicht lesen.«

»Sie wusste, dass es gewitterte, und sie wusste, dass Sie nass waren, als Sie kurze Zeit später zu ihr ins Zimmer kamen. Was ist passiert, Frank? Hatten Sie sich gestritten? Gab es einen Unfall?«

»Verdammt nochmal, nein! Ich sage Ihnen doch, ich habe sie nie angerührt! Ich war das nicht.«

»Trotzdem halten Sie etwas zurück«, beharrte Mak. »Ich weiß, dass Sie in der Nacht das Haus verlassen haben, während des Gewitters. Warum sagen Sie nicht die Wahrheit?

Wollen Sie nicht, dass wir denjenigen finden, der es getan hat?«

Ragan drehte den großen goldenen Siegelring an seiner rechten Hand. Er schaute auf den kleinen Bilderrahmen auf seinem Schreibtisch. Makarowicz reckte den Hals, um das Foto besser zu sehen. Die Farben waren verblasst, doch die Aufnahme war noch klar zu erkennen. Es war kein altes Familienfoto, auch kein Bild seines einzigen Kindes. Es war die Football-Mannschaft der Cardinal-Mooney-Schule, die vor einem Banner mit der Aufschrift MEISTERSCHAFT stand. Der einzige persönliche Gegenstand in dem überfüllten kleinen Büro.

Ragan nahm den Rahmen in die Hand und tippte auf das Glas. »In dem Jahr haben drei aus dem Abschlussjahrgang bei Colleges unterschrieben, die in der ersten Liga spielen. Zwei weitere gingen anschließend auf solide Colleges der zweiten Liga. Wissen Sie, was das für eine Leistung ist? Wie hart ich gearbeitet habe? Training, den Gegner beobachten, den Ehemaligen in den Arsch kriechen, um ihnen mehr Geld für Ausrüstung, Transport und einen anständigen Kraftraum aus dem Kreuz zu leiern? Von August bis nach Saisonende war ich abends nie zu Hause.«

»Lanier hatte was gegen Ihren Job«, versuchte es Makarowicz. »Vielleicht wusste sie auch, dass Sie nebenbei was laufen hatten. Vielleicht fühlte sie sich einsam.«

»Vielleicht war sie auch eine egoistische Schlampe. Vielleicht war sie eine beschissene Mutter. Darüber hat nie jemand geredet«, gab Ragan zurück. »Getuschelt wurde nur über *mich*. Darüber, was der Trainer wohl getan hat, um seine Frau zu vertreiben. Vielleicht war er es selbst. Meine ganze Karriere war im Arsch. Weil sie die Beine nicht zusammenhalten konnte.«

»Sie glaubten, Ihre Frau würde sie betrügen«, stellte Makarowicz fest. »Aber mit wem?«

»Ich merkte, dass etwas nicht stimmte. Im Herbst war ich mal nach Hause gekommen, und Lanier war nicht da. Eine Babysitterin passte auf Emma auf. Lanier hatte immer irgendwelche Ausreden. Sie sagte, sie hätte eine Konferenz in der Schule, würde mit einer Freundin ausgehen oder wäre bei ihrer Mutter. Der ging es damals ziemlich schlecht wegen der Chemo, deshalb habe ich Lanier in Ruhe gelassen.«

»Und wie kamen Sie dahinter?«

»Durch ihr Telefon. Normalerweise ließ Lanier ihr Handy immer herumliegen, auf dem Autositz, dem Küchenschrank. Aber auf einmal war sie total vorsichtig. Manchmal wachte ich mitten in der Nacht auf, und sie war im Bad und flüsterte mit irgendwem.«

»Haben Sie sie je darauf angesprochen?«

»Ich wollte warten, bis ich Beweise hatte. Ich glaube, sie merkte, dass ich misstrauisch wurde, denn eine Zeitlang lief es wieder wie vorher. Aber um Weihnachten herum wurde sie auf einmal total launisch und heimlichtuerisch.«

Makarowicz hatte noch ein Foto in seinem Aktenordner. Es war das Bild, das er selbst gemacht hatte, nachdem die Kriminaltechniker das Skelett herausgeholt und auf eine blaue Plane am Rand der Sickergrube gebettet hatten. Er legte es auf den Schreibtisch und tippte mit dem rechten Zeigefinger auf den Schädel.

»Der Schädel Ihrer Frau wurde eingeschlagen. Waren Sie das? Erzählen Sie mir von der Nacht, als Ihre Frau verschwand. Und keinen Blödsinn mehr, Frank. Denn je mehr Sie lügen, desto schuldiger wirken Sie.«

# 46.

### GESTÄNDNIS EINER NACHT

**O** Gott!« Ragan drehte das Foto um und wandte den Blick ab. Er musste schlucken, dann stürzte er aus dem Büro. Kurz darauf hörte Makarowicz eine Toilettenspülung, dann laufendes Wasser.

Als der Trainer zurückkam, wischte er sich das Gesicht mit einem feuchten Papiertuch ab. Schwer atmend ließ er sich auf seinen Stuhl sinken.

»Das können Sie nicht Emma zeigen«, flüsterte er. »Bitte zeigen Sie ihr das nicht.«

Immer wieder drehte Ragan den Siegelring um seinen Finger. Makarowicz sah, dass es der Meisterschaftsring war. Das Symbol für den Höhepunkt seiner Karriere als Trainer, die kurz nach dem Absturz seines Privatlebens zusammenbrach.

»Okay. Ich war in der Nacht draußen. Gegen zwölf hat mich irgendwas geweckt. Lanier war nicht da. Ich bin nach unten gegangen, dachte, vielleicht würde sie Wäsche zusammenlegen oder so. Aber sie war nicht im Haus. Da hörte ich, wie ihr Auto vom Hof fuhr.«

»Laniers Auto.«

»Ja. Ich bin quasi durchgedreht. Ich habe mir meine Schuhe und die Autoschlüssel geschnappt und bin ins Auto gesprungen, um ihr hinterherzufahren. Das Gewitter war total heftig.

Blitze und Donner, dazu regnete es so stark, dass die Scheiben-wischer nicht dagegen ankamen.«

»Hatten Sie eine Vorstellung, wo Ihre Frau hinwollte?«

Ragan drehte wieder am Ring. »Nein. Zuerst dachte ich, es ginge ihrer Mutter schlecht, aber warum hatte sie mich dann nicht geweckt und mir gesagt, dass sie rüberwollte? Dann wurde mir klar, dass es in die entgegengesetzte Richtung von ihrer Mutter ging. Sie fuhr auf dem Victory Drive Richtung Osten.«

»Wohin, Frank?«

»Ich weiß es wirklich nicht. Ich habe mich etwas zurückge-halten, weil ich nicht wollte, dass sie mich bemerkt. Sie fuhr über eine gelbe Ampel an der Kreuzung Skidaway Road. Ich wollte auch noch rüber, aber ein Linksabbieger kam mir ent-gegen und nahm mir die Vorfahrt. Ich ging in die Eisen und rutschte über die Straße. Der Wagen drehte sich um dreihun-dertsechzig Grad, und ich dachte, ganz ehrlich, mein Ende wäre gekommen. Ich schoss über den Bürgersteig und verfehlte knapp einen Laternenmasten. Da kam ich wieder zur Vernunft. Was machte ich da? Wie konnte ich mein Kind allein zu Hause lassen? Was auch immer Lanier im Schilde führte, würde ich am nächsten Morgen mit ihr klären. Ich bin umgedreht und nach Hause gefahren. Als ich heimkam, war Emma in unserem Schlafzimmer und weinte hysterisch. Ich konnte sie schließlich beruhigen und wieder ins Bett bringen.«

Ragan zuckte mit den Schultern. »Das war's. So ist es gewe-sen. Gott ist mein Zeuge.«

»Warum haben Sie das nicht der Polizei gesagt?«

»Ich habe mich geschämt«, sagte Ragan. »Und war super sauer. Zuerst kam mir gar nicht in den Sinn, dass Lanier et-was zugestoßen sein könnte. Als es immer später am Vormittag wurde, bekam ich Panik. Ich habe alle angerufen, die ich kannte, bin durch die Gegend gefahren. Ich war sogar noch mal an der Kreuzung von Skidaway und Victory, weil ich dachte, sie wäre vielleicht liegen geblieben oder so. Schließlich machte ihre Mutter mir Druck. Sie sagte, wenn ich Lanier nicht bei der Polizei vermisst meldete, würde sie es tun. Ich hatte keine andere Wahl.«

»Und trotzdem haben sie den Kollegen nicht gesagt, was Sie vermuteten«, sagte Makarowicz.

»Wie hätte ich denn dagestanden?«, fragte Ragan erzürnt. »Als hätte ich meine Frau nicht im Griff. Oder unsere Ehe. Ich habe mir immer wieder gesagt, egal, wo sie ist, sie wird sich beruhigen und zurückkommen, dann klären wir das.«

Makarowicz nahm die Fotos vom Schreibtisch und legte sie wieder in die Aktenmappe. »Wissen Sie, Ihre Geschichte klingt so dumm, dass ich sie fast glaube.«

Ragan massierte seine Schläfen. »Das ist die Wahrheit. Aber es ändert nichts, weil ich nicht weiß, wer Lanier umgebracht hat.«

»Vielleicht können Sie mir helfen, es herauszufinden«, sagte Makarowicz. Er holte sein Handy aus der Aktentasche und legte es auf den Schreibtisch.

# 47.

## UNTEN AM FLUSS

**A**ls Hattie am nächsten Morgen zum Haus fuhr, stand ein Streifenwagen der Polizei Tybee bei der Einmündung an der Chatham Avenue, daneben ein Beamter.

»Hallo, Officer«, sagte sie, als sie sich mit ihrem Pick-up näherte. »Ich bin Hattie Kavanaugh, die Eigentümerin.«

Der Polizist schaute auf ein Klemmbrett, das er unter dem Arm hatte. »Okay. Sie können durch.«

Hattie wies zum Haus hinüber. »Alles okay da drüben?«

»Soweit ich weiß, ja. Detective Mak hat nur gesagt, ich soll Wichtigtuer und Touristen fernhalten.«

Mo hatte allen von der Crew und der Besetzung gemailt, dass für acht Uhr ein Treffen angesetzt war. Sie versammelten sich im Verpflegungszelt, tranken Kaffee und warfen besorgte Blicke in den Garten, wo die Leiche gefunden worden war.

»So, Leute«, begann Mo. »Für die von euch, die nicht dabei waren: Was ist euer letzter Stand?«

Schnell ratterte er herunter, was sich am Vortag ereignet hatte. Er schloss mit dem Fund der Leiche und der Vermutung, dass es sich dabei um die vermisste Lehrerin handelte.

»Ich weiß, dass es grausam klingt, aber der Sender weigert sich, unser Zeitfenster zu verlängern.«

Mo drehte sich um und deutete auf Trae. »Hattie und dich brauche ich heute in der Küche, da sprecht ihr darüber, was mit den Schränken passieren soll. Leetha kann euch erklären, was sie genau will. Später drehen wir noch ein bisschen oben in den Schlafzimmern.« Er wandte sich wieder den anderen zu, ließ den Blick schweifen, bis er an Cass hängen blieb, die hinten im Zelt stand und völlig erschüttert wirkte.

»Cass, kannst du uns einen Sichtschutz für die Baustelle besorgen? Die Polizei will leider noch nicht, dass wir die Sickergrube füllen, aber sie ist eine Unfallgefahr und ehrlich gesagt auch unansehnlich.«

»Ja.« Cass zog ihr Handy aus der Tasche ihrer Arbeitshose. »Ich kümmere mich drum.«

Leetha trat vor. »Also, Hattie und Trae, ich brauch euch gleich sofort in der Maske. Wir drehen noch ein paar Außenaufnahmen von der Fassade, aber das kann bis nach den Szenen in der Küche warten. Cass, kannst du deine Leute zum Fliesen in die Badezimmer schicken, und vielleicht kann alles so weit vorbereitet werden, dass heute Nachmittag das neue Kaminsims angebracht werden kann?«

Cass nickte.

Mit ernsten Gesichtern begaben sich die Handwerker zurück ins Haus. Hattie sah, dass Cass mit großen Schritten in Richtung Fluss marschierte und dabei einen beträchtlichen Bogen um das klaffende Loch in der Erde machte.

Hattie ging ihrer besten Freundin nach und entdeckte sie am Damm. Sie hatte die Schultern hochgezogen und schluchzte unkontrolliert.

»Cass?« In all den Jahren, die Hattie Cassidy Pelletier kannte, hatte sie ihre Freundin nicht in so einem Zustand gesehen. Sie setzte sich auf die Betonmauer und legte ihr einen Arm um die Schultern.

»Alles gut?«

»N…n…nein«, brachte Cass heraus. Sie schlug die Hände vors Gesicht. »Mir geht's überhaupt nicht gut. Nie wieder.«

Hattie wartete eine Minute. »Was ist denn los?«, fragte sie. »Willst du mit mir darüber reden?«

Cass schüttelte den Kopf, holte tief Luft und sah Hattie mit rot umrandeten Augen an.

»Ich schaff das nicht mehr.«

»Was denn?«

»Dich anlügen. Alle anlügen. Ich bin so eine verdammte Betrügerin.«

»Hey!« Hattie versuchte, die Besorgnis in ihrer Stimme zu unterdrücken. »Du bist keine Betrügerin und auch keine Lügnerin. Komm, Cass, ich bin's. Du kannst mir alles sagen.«

Cass wischte sich mit dem Ärmel über die Augen. »Es ist so furchtbar. Ich weiß nicht, ob ich das schaffe.«

»Wie?« Hattie versuchte, ihre Freundin aufzuheitern. »Willst du mir etwa beichten, dass du Lanier Ragan ermordet hast?«

»Nein. Aber ich glaube, dass ich weiß, wer es war.« Cass stieß einen langen Seufzer aus. »Und das ist genauso schlimm. Weil ich nichts gesagt habe. Ich hab's keinem erzählt. Weil ich ein verdammter Feigling und eine Betrügerin bin. Du wirst mich hassen, auch wenn ich mich selbst noch viel mehr hasse.«

»Nie würde ich dich hassen«, versicherte Hattie. »Nach allem, was du mit mir durchgestanden hast? Das Fiasko mit meinem Vater und dann, als Hank starb … Du und deine Familie, ihr habt mir buchstäblich das Leben gerettet. Ich weiß nicht, was ich ohne euch getan hätte. Also sprich bitte mit mir, ja?«

Cass starrte über den Fluss. »Holland Creedmore. Der verfluchte Holland Creedmore junior. Ich ertrage es nicht, seinen Namen zu hören. Hattie, ich glaube, dass er es war. Der sie umgebracht hat. O Mann, was habe ich mir bloß dabei gedacht?«

»Moment. Langsam! Wovon redest du?«

»In der Highschool. Zweites Jahr. Da … Ich hatte was mit ihm.« Cass sah Hattie in die Augen, die erwiderte den Blick entsetzt. »Und ich wusste, dass er gleichzeitig was mit ihr hatte.«

»Woher?« Mehr brachte Hattie nicht heraus.

»Ich war mit Sophie Dorman und einer Freundin von ihr, die zur Country Day School ging, auf einer Cheerleader-Show. Wie hieß die Freundin noch mal? Sarabeth Soundso. Ihren Nachnamen habe ich vergessen. Sarabeth hatte ein Auto und wollte anschließend zu einer Party, weil da die ganzen heißen Typen sein würden. Das war ungefähr in der zweiten Woche nach den Ferien.«

»Du bist ohne mich zu einer Party mit heißen Typen gefahren?«, scherzte Hattie. »Jetzt hasse ich dich doch.«

»Die war auf der Isle of Hope bei einem, dessen Eltern richtig Knete hatten. Die waren natürlich nicht da. Die anderen hatten eine Flasche Captain Morgan dabei … «

»O Gott.« Hattie wurde übel. »Ich glaube, ich weiß, wie es weitergeht.«

»Sophie drehte ein bisschen durch und rief ihren Bruder an, er sollte sie abholen. Ihr Glück. Ich wollte einen auf cool machen und beschloss zu bleiben. Hab ein paar Cola-Rum getrunken, und dann quatschte mich so ein süßer blonder Typ an … «

»Der verdammte Holland Creedmore«, schloss Hattie.

»Tja. Ich meine, er war der gefragteste Typ an der Cardinal Mooney. Abschlussjahrgang, Star der Football-Mannschaft.

Und der kam und redete mit einer aus dem zweiten Jahr wie mir. Flirtete mit mir. Er hatte eine Flasche Jägermeister dabei, und es dauerte nicht lange, da saßen wir in seinem Auto ... «

Hattie umklammerte Cass' Hand. »Cass, sag nicht, dass er dich vergewaltigt hat!«

»Nein.« Cass schüttelte den Kopf. »Er war ein absoluter Gentleman. Zuerst. Sagte, ich sei ihm schon von weitem aufgefallen. Ich hätte coole Sachen an. Er hatte eine Dose Cola dabei, die haben wir mit dem Jägermeister gemischt. Ich weiß noch, dass ich dachte: Das glaubt mir keiner. Dass ich mit Holland Creedmore flirte und rummache. Ich habe weitergetrunken, mir wurde schwindelig, und ich dachte: *Mir ist schwindelig vor Liebe!*«

»Eher betrunken vom Jägermeister. Und vom Rum.« Hattie schüttelte sich.

»Tja, was wusste ich schon? Ich war fünfzehn und hatte noch nie was Stärkeres getrunken als den Wein in der Kirche«, sagte Cass. »Es wurde spät, und ich war wohl noch klar genug im Kopf, um mir Sorgen zu machen, wie ich nach Hause komme, weil Sarabeth Soundso nicht mehr da war. Holland meinte, das wäre kein Problem. Er würde mich nach Hause bringen.«

Cass schniefte und wischte sich wieder über die Nase: »Den Rest kannst du dir wahrscheinlich denken. Auf dem Heimweg fuhr er auf einen Parkplatz am Daffin Park. Er fing an, mich zu küssen ... fasste mich an. Und ich sollte ihn anfassen. Er meinte, er hätte noch nie was mit einer Schwarzen gehabt, und seine Freunde sagten alle, Schwarze wären am heißesten ... «

»Du meine Güte«, flüsterte Hattie.

»Ich habe nicht alles zugelassen, in erster Linie, weil ich Angst hatte, schwanger zu werden«, sagte Cass verbittert. »Hinterher meinte er, ich sei total schön und was Besonderes ... der übliche Mist. Am nächsten Morgen fühlte ich mich so schmutzig. Ich habe mich so geschämt. Ich wäre lieber gestorben, als dir etwas zu erzählen. Aber nach zwei Wochen rief er mich an. Ich hatte ihm meine Nummer gar nicht gegeben, er sagte, er hätte sie von Sarabeth. Er wollte mit mir ins Kino. Mit mir!«

»Als wir im zweiten Jahr auf der Highschool waren, durftest du dich doch noch gar nicht mit Jungen treffen«, bemerkte Hattie.

»Stimmt. Zenobia hätte nie im Leben erlaubt, dass ich auf ein Date gehe. Schon gar nicht mit einem Weißen wie Holland Creedmore.« Sie zuckte mit den Schultern. »Ich habe ihr erzählt, ich würde zum Lernen zu Sophie gehen. Er hat mich da abgeholt. Hatte wieder eine Flasche Jägermeister dabei ... Wir waren bei McDonald's, von Kino war keine Rede mehr.« Cass seufzte. »Mit fünfzehn Jahren war ich zu dämlich, um zu wissen, dass er nicht mit einer Schwarzen gesehen werden wollte. Er wollte nur einer Schwarzen an die Wäsche, verstehst du?«

»Wie lange lief das?«, fragte Hattie. »Hey, ich hatte wirklich keine Ahnung.«

»Vielleicht einen Monat? Zweimal haben wir uns auf jeden Fall noch gesehen. Ich habe mich so verdammt cool gefühlt. Dann kam der Freitagabend nach dem Lokalderby, wo Cardinal Mooney Country Day schlug. Du warst damals dabei, aber ich habe mir eine Ausrede ausgedacht und gesagt, dass ich bei Sophie schlafen würde. In Wirklichkeit habe ich gewartet, bis alle weg waren, und bin ich zu seinem Auto gegangen. Es stand weit hinten hinterm Stadion. Ich wollte ihn überraschen, verstehst du? Stattdessen wurde ich überrascht. Er war nämlich nicht allein.«

»Willst du damit sagen, dass er mit Lanier zusammen war?« Cass schniefte und nickte. »Ich habe mich hinter einem anderen Auto versteckt und gewartet. Ich musste wissen, mit wem er da war. Nach ungefähr fünf Minuten stieg sie aus seinem Auto und verschwand in ihrem eigenen, das direkt daneben parkte. Ich war total schockiert, bin fast gestorben.«

»Bist du dir sicher, dass die beiden …?«

»Absolut«, sagte Cass. »Die Scheiben waren beschlagen, sie kicherte und sammelte ihre Klamotten zusammen. Ich wusste genau, was das bedeutete.«

»Ach, Süße.« Hattie lehnte sich an Cass' Schulter. »Tut mir so leid, dass du das Gefühl hattest, mir das nicht sagen zu können.«

»Es ging einfach nicht. Ich habe mich so geschämt. Wenn uns jemand entdeckt hätte? Zum Beispiel meine Eltern? Meine Mom hätte mich umgebracht. Und was hättest du von deiner besten Freundin gedacht? ›Die Schlampe?‹«

»Ich hätte gedacht, dass dieser Wichser von Holland abgemurkst werden muss«, sagte Hattie erzürnt. »Ich hätte sein Auto zerkratzt … Nein. Ich hätte seine Reifen zerstochen. Moment mal« – Hattie riss die Augen auf – »Warst du das? Die anonyme Anruferin, die Molly Fowlkes sagte, Lanier würde mit ihrem Freund von der Highschool schlafen?«

»›Freund‹ war eine schamlose Übertreibung«, sagte Cass. »Aber ich hatte was getrunken und war so sauer, weil ich gerade ihre Geschichte zum zehnten Jahrestag ihres Verschwindens gelesen hatte. Ich bin ein bisschen durchgedreht.«

Cass wischte sich wieder über die Nase und legte die Hand aufs Herz. »Aber ich schwöre dir, Hattie, ich schwöre dir bei der jungfräulichen Muttergottes, dass ich nie auf die Idee gekommen bin, Lanier könnte tot sein. Die Leute meinten, sie wäre mit einem anderen durchgebrannt. Ich bin nie auf den Trichter gekommen, dass *er* etwas mit ihrem Verschwinden zu tun haben könnte. Ich dachte einfach … ich schätze, ich habe mir einfach den Gedanken verboten, ich meine … was sagt es über mich aus, dass ich nie erzählt habe, was ich getan habe? Nicht mal meiner besten Freundin.«

»Was *du* getan hast? Du warst ein fünfzehnjähriges Mädchen. Er hat dich betrunken gemacht und dann mit dir getan, was er wollte. Das war Unzucht mit Minderjährigen.«

Trotz der Hitze erschauderte Cass und rieb sich über die Arme. »Ich hätte was sagen sollen, als wir ihr Portemonnaie gefunden haben. Ich wollte auch, konnte bloß einfach nicht …« Sie sah sich über die Schulter zum Haus um. »Ich hätte etwas sagen sollen.«

»Vielleicht«, räumte Hattie ein. »Aber was hätte das für einen Unterschied gemacht? Makarowicz hat gesagt, ihre Leiche lag seit Jahren da unten. Wahrscheinlich seit der Nacht, als sie verschwand. Vielleicht hat Holland sie umgebracht und die Leiche dann dort versteckt. Wer sollte sonst von der alten Sickergrube wissen? Wir sind zig Mal über den Schachtdeckel gelaufen und haben nichts geahnt.«

»Was machen wir jetzt?«, fragte Cass.

Hattie stand auf und hielt ihrer besten Freundin die Hand hin. »Wir rufen Makarowicz an und erzählen ihm, was du mir gerade gesagt hast. Und wir sorgen dafür, dass Holland Creedmore für das büßt, was er dir angetan hat. Und Lanier.«

# 48.

### DIE SCHLINGE ZIEHT SICH ZU

**D**er Detective meldete sich nach dem zweiten Klingeln. »Hier Makarowicz«, sagte er. »Was gibt's, Hattie?«

Hattie sah sich über die Schulter nach Cass um, die nickte.

»Mak, ich bin mit Cass Pelletier am Haus. Sie hat mir gerade etwas über Lanier Ragan und Holland Creedmore erzählt, das Sie meiner Meinung nach wissen sollten.«

»Ich höre«, sagte Makarowicz. »Tatsächlich bin ich gerade auf dem Weg zu Creedmore, um ihm einen Besuch abzustatten.«

Hattie stellte das Handy auf Lautsprecher, und Cass beugte sich vor, um die Geschichte zu wiederholen, die sie Hattie anvertraut hatte. Ihr Gesicht war angespannt, ihre Stimme brüchig.

»So ein Arschloch«, sagte Mak, als Cass' demütigendes Geständnis fertig war. »Ein Riesenarschloch.«

»Tja«, sagte Cass tonlos.

»Es tut mir leid, Cass, aber ich muss Ihnen ein paar Fragen stellen.«

»Fragen Sie ruhig!«

»Sind Sie absolut sicher, dass es Lanier Ragan war, die Sie an dem Abend gesehen haben? Die aus Holland juniors Auto stieg?«

»Ja, bin ich.«

»Wissen Sie eventuell noch das Datum?«

»Nicht das Datum, aber ich weiß, dass Cardinal Mooney an dem Tag gegen Country Day gespielt hatte, weil das immer was Besonderes war. Ich war im zweiten Jahr an der Highschool, also müsste es 2004 gewesen sein.«

»Das hilft mir«, sagte Mak. »Das kann ich problemlos rausfinden.«

»Haben Sie Holland junior gegenüber je erwähnt, dass Sie ihn mit Lanier Ragan gesehen haben?«

»Nein!«, sagte Cass mit Nachdruck. »Lieber wäre ich gestorben. Er hat mich eh nie wieder angerufen. In den letzten siebzehn Jahren habe ich versucht, diesen Albtraum aus meinem Kopf zu verbannen.«

»Kann ich Ihnen nicht verübeln«, sagte Makarowicz. »Nur noch eine Frage. Hat er Sie mal zum Haus seiner Eltern auf Tybee mitgenommen? An dem Sie jetzt alle arbeiten?«

»Meinen Sie das Bunga-Haus? Nein. Mit mir war er nur auf dem Parkplatz«, sagte Cass.

»Schon gut«, sagte Makarowicz. »Ich brauche eine schriftliche Aussage von Ihnen, aber zuerst mal bin ich Ihnen dankbar, dass Sie so ehrlich zu mir waren. Ist sicher nicht leicht, diese furchtbare Geschichte wieder hervorzukramen.«

»Nein. Das ist ätzend.« Cass rieb sich die Augen. »Und mir tut Laniers Tochter leid.«

»Ich habe mit Emma gesprochen«, entgegnete Mak. »Es ist natürlich schwer für sie, aber sie ist hart im Nehmen. Eine Überlebenskünstlerin. So ähnlich wie Sie, Ms. Cass.«

»Wir werden sehen«, sagte Cass und verstummte.

Makarowicz parkte seinen Wagen in der Auffahrt, direkt hinter dem Auto von Holland Creedmore junior. Als er über den rissigen asphaltierten Bürgersteig zur Haustür ging, gestattete er sich ein grimmiges Lächeln. Es war gerade mal acht Uhr morgens. Ein Set Golfschläger lehnte an der Wand, neben der Fußmatte stand ein Paar Golfschuhe mit Spikes.

Makarowicz drückte auf die Klingel und wartete. Nichts geschah. Er drehte sich um und schaute die ruhige Straße hoch und runter. Es war ein Wochentag. Die meisten Nachbarn waren arbeiten oder im Haus und schauten Nachrichten. Vor dem Haus auf der anderen Straßenseite richtete ein älterer Mann einen Gartenschlauch auf ein Beet mit verwelkten Blumen. Eine Mutter schob einen Kinderwagen vorbei und zog einen kläffenden kleinen Hund an der Flexileine hinter sich her. Sie blieb an der Bordsteinkante stehen und wartete, bis der Hund ein Bein am ungemähten Gras gehoben hatte.

Mak klingelte erneut und schlug dann mit der Faust gegen die Tür.

»Moment, ich komme ja.« Die Tür öffnete sich einen Spaltbreit, das Schloss war vorgehängt.

»Mr. Creedmore«, setzte er an.

Die Tür wurde ihm vor der Nase zugeschlagen. »Verzieh dich, du Arschloch«, rief Creedmore junior.

Makarowicz lehnte sich gegen die Tür. »Gestern Nachmittag wurden die sterblichen Überreste von Lanier Ragan auf dem ehemaligen Grundstück Ihrer Familie gefunden. Sie müssen die Tür öffnen, sonst nehme ich Sie fest und schleppe Sie vor den Augen Ihrer Nachbarn in Handschellen zum Auto.«

Die Tür flog auf. Holland junior sah ihn mit zusammengekniffenen Augen an. »Was haben Sie gerade gesagt?«

»Wir haben Lanier Ragan gefunden«, wiederholte Mak laut

und deutlich. »Genau da, wo Sie sie vor siebzehn Jahren entsorgt haben.«

Creedmore spähte auf die Straße. Der alte Mann von gegenüber lehnte sich an sein Auto und beobachte unverfroren die Szene, die sich ihm darbot, während aus seinem Schlauch Wasser auf die Einfahrt tröpfelte. Die Frau mit dem Kinderwagen und dem Hund war ebenfalls stehen geblieben.

»Sie sind doch verrückt«, sagte Holland junior. »Ich habe nie ...«

»Sie müssen mich jetzt begleiten«, sagte Mak. »Sonst rufe ich auf der Dienststelle an und bestelle ein paar Streifenwagen an diese Adresse. Die kommen dann mit Blaulicht und Sirene.«

»Unglaublich«, murmelte Creedmore kopfschüttelnd. »Ich hatte nichts mit dem Scheiß zu tun.« Er stopfte sein Poloshirt in die Hose. »Warten Sie, ich muss erst mein Handy holen. Ich muss meinen Anwalt anrufen.«

Makarowicz deutete auf den Streifenwagen. »Später. Jetzt müssen wir losfahren.«


»Sie wissen, dass ich Sie wegen rechtswidriger Festnahme verklagen kann, nicht?«, sagte Creedmore, als sie die Dienststelle betraten.

»Wer redet denn von Festnahme?«, gab Mak zurück. »Wir unterhalten uns doch nur.«

Er schob Creedmore den Gang hinunter in ein kleines Vernehmungszimmer und wies auf einen der drei Stühle. Creedmore setzte sich mit durchgedrücktem Rücken hin. Makarowicz nahm ihm gegenüber an einem kleinen Tisch Platz. Er legte sein Handy auf den Tisch und drückte auf die Aufnahmetaste.

»Ich bin Detective Allan Makarowicz von der Polizei Tybee

Island. Heute ist der 26. Mai, neun Uhr morgens, dies ist die Vernehmung von Holland Creedmore junior.«

Mak schlug die Beine übereinander und lehnte sich auf seinem Stuhl zurück. »So, Junior. Erklären Sie mir mal, wie ein rotznasiger Neunzehnjähriger es schafft, eine fünfundzwanzigjährige verheiratete Englischlehrerin zu verführen.«

»Ist ja Blödsinn«, entgegnete Creedmore. »Ich weiß nicht, wer Ihnen das erzählt hat, aber das sind bescheuerte Gerüchte.«

»Ich habe mit einer Frau gesprochen, die Lanier Ragan mit Ihnen gesehen hat, in Ihrem Auto, spätabends nach einem Football-Spiel. Das war zehn Wochen, bevor sie verschwand«, sagte Makarowicz. »Am 26. November sah diese Zeugin, wie Lanier lachend aus Ihrem Wagen stieg, ihre Kleidung zurechtrückte, sich in ihr eigenes Auto setzte und davonfuhr.«

Creedmores Augen flackerten. »Was für eine Frau? Wie heißt die? Die lügt.«

»Das glaube ich nicht«, gab Makarowicz zurück und beugte sich vor. »Lanier sollte Ihnen Nachhilfe in Englisch geben. Aber was wurde da tatsächlich unterrichtet? Wie lange lief das damals schon?«

»Alles Blödsinn«, wiederholte Creedmore.

»In dem Herbst ahnte Lanier Ragans Mann, dass sie eine Affäre hatte«, beharrte Makarowicz. »Spätabendliche Telefonate im Flüsterton, geheimnisvolle ›Termine‹ nach Schulschluss. Die Termine hatte sie mit Ihnen, stimmt's?«

»Nein.«

»Gut«, sagte Makarowicz. »Dann erklären Sie mir, wie Laniers Leiche in die alte Sickergrube auf dem Grundstück Ihrer Familie gelangt ist. Bis gestern wusste niemand von der Schachtabdeckung, dann ist ein Container darauf gefallen. Und da haben wir sie gefunden.«

Creedmore starrte auf seine Hände, die er immer wieder zur Faust ballte und öffnete.

»Wer wusste noch von der alten Sickergrube?«, fragte der Detective.

»Keine Ahnung …« Creedmores Stimme brach. »Ich war noch ein kleines Kind, als mein Großvater die abpumpen ließ.« Er wischte sich mit dem Handrücken über die Nase.

»Lanier hat sich in der Nacht mit Ihnen getroffen«, mutmaßte Makarowicz. »Schlich sich aus dem Haus, als ihr Mann und ihre Tochter schliefen und traf sich mit Ihnen am Strandhaus Ihrer Familie, stimmt's? Wie wurde es noch mal bei den Football-Spielern genannt? Das Bunga-Haus? Wussten Ihre Eltern überhaupt, was da lief?«

»Ich habe nicht …« Unter seiner künstlichen Bräune lief Creedmore an Hals und Wangen tiefrot an.

»Lanier trug eine violette Skijacke, die ihr Mann bereits identifiziert hat. Wir haben ihren Ehering in der mit einem Reißverschluss gesicherten Tasche ihrer Jacke gefunden. Den hat er ebenfalls identifiziert. So wie ihre Sportschuhe. Mehr war von Ihrer Geliebten nicht übrig. Außerdem war ihr Schädel eingeschlagen.«

»O Gott«, flüsterte Creedmore. Seine Stirn glänzte vor Schweiß. Seine krampfenden Hände hinterließen feuchte Flecken auf den Knien seiner Hose.

»Ich habe genug in der Hand, um Ihnen einen Mord anzuhängen«, sagte Makarowicz. »Aber ich würde gerne Ihre Sicht der Dinge hören. Warum haben Sie sie umgebracht? Und sie in die Sickergrube geworfen?«

»Das war ich nicht«, presste Creedmore hervor, seine Stimme kaum mehr als ein Flüstern. »Ich hätte ihr niemals etwas angetan. Niemals.«

Er sah Makarowicz in die Augen. »Es muss Frank gewesen sein. Ich war das nicht.«

»Sprechen Sie endlich!«, forderte Makarowicz. »Ich höre zu.«

Creedmore leckte sich die Lippen und sah sich um. »Okay, also gut. Wir waren … ich meine, es war keine schnelle Nummer. Jedenfalls nicht für mich. Ich habe sie wirklich geliebt. Ich konnte nicht glauben, dass eine so schöne und kluge Frau wie Lanier sich für mich interessiert. Beim ersten Mal dachte ich, okay, wir haben halt Sex. Es war der Wahnsinn.«

»Wie lange lief das Ganze?«, fragte Makarowicz.

»Es fing im August an. Frank wollte, dass sie mir half, meine Englischnoten zu verbessern. Ein paar Colleges mit Teams in der ersten Liga hatten Interesse an mir, aber mein Ergebnis im Hochschulzugangstest war super mies. Am Anfang haben wir uns in der Schulbibliothek getroffen, aber da war es immer so voll. Jedenfalls hatte ich dann die Idee, uns draußen im Strandhaus zu treffen.«

»Wussten Ihre Eltern, dass Sie dort waren?«

»Doch. Die waren damit einverstanden. Hauptsache, ich kam in eine gute Football-Mannschaft. Alles andere hat die nicht interessiert.«

»Weiter!«, sagte Makarowicz. »Wann wurde es sexuell?«

Creedmore zog den Kopf ein. »Ich habe doch gesagt, so war es nicht. Es entwickelte sich langsam. Irgendwann bekam ich eine gute Note in einer Hausarbeit, bei der sie mir geholfen hatte, und ich konnte es nicht erwarten, ihr das zu erzählen. Sie kam zum Haus und nahm mich mehr oder weniger in den Arm, und auf einmal küssten wir uns … «

»Und bald war nicht mehr viel mit Nachhilfe«, ergänzte Mak.

»So ähnlich. Nach dem ersten Mal war sie ziemlich neben

der Spur und meinte, das dürfte sich nicht wiederholen. Wir würden beide Ärger bekommen, sie würde ihren Job verlieren. So was.«

»Aber sie hat sich weiter mit Ihnen getroffen und Sie haben weiter miteinander geschlafen?«, fragte der Detective. »Im Strandhaus?«

»Anfangs ja. Aber dann bekamen meine Eltern spitz, dass ich dort mit meinen Kumpels Partys gefeiert hatte, und wechselten die Schlösser aus. Danach traf ich mich mit Lanier im Steghaus.«

Creedmore drehte den Ring an seinem Finger. »Es war Wahnsinn. Ich konnte nur noch an sie denken. Ich schrieb ihr ständig oder hinterließ Nachrichten an ihrem Auto.« Creedmore sah Makarowicz an. »Ich hätte ihr niemals ein Haar gekrümmt. Nie im Leben. Ich sage Ihnen, das war Frank.«

»Hat sie mit Ihnen über ihn gesprochen?«

»Verdammt, ja. Sie wusste, dass er sie betrog.«

»Ist er ihr gegenüber mal gewalttätig geworden?«

Creedmore dachte nach. »Gewalttätig nicht, aber wenn er ein paar Bier getrunken hatte, war er ziemlich mies zu ihr. Betrunken, meine ich, verstehen Sie?«

»Wusste Lanier, dass Frank ihr gegenüber misstrauisch war?«

»Ja. Gegen Ende wurde sie total paranoid. Ein paarmal glaubte sie, er würde ihr folgen.«

»Und, tat er das?«

»Vielleicht.«

»Erzählen Sie mir von der Nacht, in der sie verschwand«, forderte Mak.

Creedmore drückte die Finger in seine Augenwinkel. Der Meisterschaftsring glänzte am Ringfinger seiner linken Hand.

Er sah Makarowicz an. »Sie hatte mit mir Schluss gemacht, ja? Sie meinte, das Ganze wäre außer Kontrolle geraten, sie würde sich für das schämen, was wir getan hätten. Ich sollte mir ein Mädchen in meinem Alter suchen.«

»Wann war das?«

»Nachdem wir die Meisterschaft klargemacht hatten. Sie hatte mir eine Nachricht im Auto hinterlassen, aber an dem Abend, nach dem Spiel, bin ich zu ihrem Haus gefahren und habe auf sie gewartet. Und dann waren wir sozusagen wieder zusammen.«

»Sie hatten Sex, meinen Sie?«, hakte Makarowicz nach. »Da draußen? Am Strand?«

»Nein. In meinem Auto auf dem Parkplatz um die Ecke von ihrem Haus. Dann sagte sie, es wäre das letzte Mal gewesen, und das meinte sie ernst.«

»Stilvoll«, brummte Mak. »Erzählen Sie mir von dem Abend des Super Bowl.«

Creedmore starrte auf seinen Ring, drehte ihn immer wieder. »Danach reagierte sie eine Zeitlang nicht. Ich schrieb ihr SMS, hinterließ Nachrichten an ihrem Auto, fuhr zu ihrem Haus, aber sie kam einfach nicht raus. Am Tag des Super Bowl schrieb sie mir dann: Sie wäre schwanger.

Jetzt machte Makarowicz große Augen. »Von Ihnen?«

»Ja. Frank hatte eine Vasektomie. Nach Emma. Ich meine, was sollte der Scheiß? Ich wollte nach Fordham, Football spielen. Ich war neunzehn Jahre alt, verdammt nochmal! Was sollte ich bitte schön mit der Information anfangen?«

»Deshalb also haben Sie sie umgebracht? Damit es niemand erfuhr?«

»Nein!«, rief Creedmore. »Wie oft muss ich es noch sagen? Ich war es nicht. Sie sollte an dem Abend nach Tybee kommen, damit wir darüber reden konnten, aber sie kam nicht. Ich habe im Steghaus gewartet und mir den Arsch abgefroren, aber sie ist nicht aufgetaucht. Schließlich bin ich eingeschlafen. Als ich wieder aufwachte, noch vor Sonnenaufgang, bin ich nach Hause gefahren. Ich habe sie nie wiedergesehen.«

»Sie lügen«, stellte Makarowicz ruhig fest. »Ich weiß, dass Sie mit ihr zusammen waren. Frank Ragan bekam damals mit, dass Lanier das Haus verließ. Er folgte ihr bis zur Kreuzung Victory und Skidaway.«

»Sehen Sie?«, rief Creedmore. »Ich sage doch, es war Frank. Er muss ihr zum Strandhaus gefolgt sein und sie dann umgebracht haben. Er war's. Ich schwöre bei Gott, ich habe sie an dem Abend nicht gesehen.«

»Erklären Sie mir, wie Frank Ragan von der Sickergrube in Ihrem Garten wissen sollte«, sagte Makarowicz und verschränkte die Arme vor der Brust. »Weiter! Ich höre.«

Creedmore ließ den Kopf auf die Brust sinken. »Ich will meinen Anwalt sprechen. Sofort.«

# 49.

## EINE MUTTER SPÜRT DAS

**M**akarowicz ging zur Tür des Vernehmungszimmers.

»Moment mal! Wie geht es jetzt weiter?«, rief Creedmore. »Was ist mit meinem Anwalt?«

»Ruf ihn doch an, du Mistkerl«, brummte Makarowicz, öffnete die Tür und verließ das Zimmer. Seinetwegen konnte Holland Creedmore, wie seine verstorbene Mutter gesagt hätte, »in seinem eigenen Saft schmoren«.

»Ich habe mein Handy nicht mitgenommen.«

»Das tut mir aber leid.«

Makarowicz verließ die Dienststelle und fuhr direkt zum Haus von Dorcas und Holland Creedmore senior in Ardsley Park.

Diesmal kam der Herr des Hauses an die Tür. Kaum hatte Holland senior sie geöffnet, wollte er sie wieder zudrücken, doch Makarowicz hielt ihm seine Dienstmarke entgegen. »Mr. Creedmore, ich muss Ihnen mitteilen, dass auf Ihrem Grundstück die sterblichen Überreste eines Menschen gefunden und als die von Lanier Ragan identifiziert wurden. Ihr Sohn ist zur Befragung auf der Dienststelle. Sie und Ihre Frau müssen mir jetzt sagen, was Sie wissen, sonst muss ich Sie ebenfalls beide in Gewahrsam nehmen.«

»Dorcas!«, brüllte Creedmore.

Sie kam aus dem hinteren Teil des Hauses ins Wohnzimmer und wischte sich die Hände an einem Geschirrtuch ab.

»Draußen am Strandhaus wurde eine Leiche gefunden. Die von Lanier Ragan.«

Dorcas Creedmore ließ das Geschirrtuch fallen und sackte auf den nächsten Stuhl.

Nervös sah sie zu ihrem Mann hinüber. »Wir müssen nicht mit ihm reden, oder?«

Makarowicz gab ihr die Antwort. »Nein, müssen Sie nicht. Dass ich hier bin, ist reiner Anstand von mir. Ich dachte, dass Sie als aufrechte Stützen der Gesellschaft uns vielleicht dabei behilflich sein möchten, herauszufinden, wer Lanier Ragan umgebracht hat.«

»Woher sollen wir das denn wissen?«

»Die Leiche wurde auf dem Grundstück gefunden, das jahrzehntelang im Besitz Ihrer Familie war. Sie haben mir selbst erzählt, dass Sie und Ihr Mann dort Partys gegeben haben. Und es geht ja auch um Ihren Sohn, der damals noch keine zwanzig war und ein Verhältnis mit Mrs. Ragan hatte.«

Dorcas schnappte nach Luft. »Wer erzählt denn so was?«

»Das hat Ihr Sohn selbst gestanden. Ich habe ihn heute Morgen abgeholt. Er hat zugegeben, dass er ein sexuelles Verhältnis mit Lanier Ragan hatte, das bis zu der Nacht andauerte, in der sie ermordet wurde.«

Holland senior streckte die Hand aus wie ein Schülerlotse, der den Verkehr aufhält. »Wer sagt, dass sie ermordet wurde?«

Makarowicz seufzte. »Sir, ihr Skelett wurde in einer ehemaligen Sickergrube gefunden. Der Schädel hatte ein Trauma durch stumpfe Gewalteinwirkung. Der gesunde Menschenverstand sagt mir, dass sie sich nicht selbst den Schädel eingeschlagen, anschließend begraben und einen schweren gusseisernen Schachtdeckel über sich zugezogen hat.«

»Darüber wissen wir überhaupt nichts«, beharrte Dorcas. »Und ich kann Ihnen versichern, dass unser Sohn nichts mit dem zu tun hatte, was dieser Frau zugestoßen ist.«

»Wollen Sie etwa behaupten, Sie haben nicht mitbekommen, dass er Sex mit der Frau seines Football-Trainers hatte?« Mak sah Dorcas Creedmore in die Augen.

Ihr Mann antwortete für sie. »Wir haben damals herausgefunden, dass Holland mit einigen Freunden Partys in unserem Haus feierte, ohne unser Wissen und ohne Erlaubnis. Was Jungen in dem Alter so machen – trinken, vielleicht haben sie Gras geraucht. Mädchen waren wohl auch dabei.

Als wir das erfuhren, haben wir ein Machtwort gesprochen. Wir haben mit Holland geredet, ihm gesagt, dass wir enttäuscht seien und damit nun Schluss wäre«, erklärte Creedmore. »Wir haben die Schlösser am Haus ausgetauscht und angenommen, dass wir damit dem Ganzen ein Ende gesetzt hatten.«

»Aber falsch gedacht«, sagte Mak. »Wussten Sie, dass Holland eine Beziehung mit Lanier Ragan hatte?«

Dorcas kam allmählich in Fahrt. »Wir hätten Sie anzeigen sollen, wegen Beihilfe zur Straftat eines Minderjährigen! Was glauben Sie denn, wer den Alkohol gekauft hat? Sie war eine Erwachsene in einer Autoritätsposition. Holland war minderjährig. Was sie gemacht hat, ist gesetzlich verboten.«

»Soweit ich weiß, war Ihr Sohn zu dem Zeitpunkt, als die Beziehung aufgenommen wurde, neunzehn Jahre alt«, gab Makarowicz zurück, »weshalb er praktisch nicht mehr minderjährig war. Sie haben meine Frage aber noch nicht beantwortet: Seit wann wussten Sie, dass die beiden ein sexuelles Verhältnis hatten? Und wie haben Sie darauf reagiert?«

»Ich habe eine Packung Kondome in seiner Jeanstasche gefunden«, gestand Dorcas zögernd. »Aber ich wusste nicht, wer das Mädchen war.«

»Wir waren nur froh, dass er Vorkehrungen traf«, sagte Holland senior. »Wir kannten einen Jungen, den Sohn eines Freundes, der im zweiten Collegejahr ein Mädchen geschwängert hat. Der musste von der Schule abgehen und das Mädchen heiraten. Holland kannte ihn auch. Wir haben uns darüber unterhalten, wie der sein Leben versaut hatte. Meine Frau regte sich auf, als sie die Kondome fand, aber ich fand, er zeigte Verantwortungsbewusstsein.«

Makarowicz hatte Schwierigkeiten, sich zusammenzureißen. »Noch mal: Wann und wie haben Sie herausgefunden, dass Ihr Sohn mit Lanier Ragan schlief?«

Holland senior schielte zu seiner Frau hinüber. »Dorcas hat Textnachrichten gesehen. Auf seinem Handy.«

»Mrs. Creedmore?«

»Diese Nutte! Ich konnte kaum glauben, was für unanständige Sachen sie schrieb. Ich hätte am liebsten in der Schule angerufen und sie rauswerfen lassen, aber Holl wollte das nicht.«

»Wann haben Sie die Nachrichten gesehen?«

»Am Thanksgiving-Wochenende«, antwortete Dorcas. »Wir waren draußen am Strandhaus. Zum Austernessen. Holland ging laufen und ließ sein Handy zu Hause. Ich wusste, dass etwas im Busch war, und nahm an, dass es mit einem Mädchen zu tun hatte, also bin ich in sein Zimmer gegangen, hab das Handy gesucht und die Textnachrichten durchgelesen. Als ich sah, was sie geschrieben hatte, hätte ich mich fast übergeben. Was für eine Frau schreibt einem Jungen in dem zarten Alter derart schmutzige Dinge?«

»Haben Sie ihn darauf angesprochen?«, fragte Makarowicz.

»Nein.«

»Warum nicht?«

Anklagend wies sie auf ihren Mann. »Weil sein Vater es nicht wollte. Ich wollte Klartext reden und alles Notwendige veranlassen, aber Holland verbot mir schlichtweg, mit unserem Sohn über diese Frau zu sprechen.«

Makarowicz blinzelte ungläubig. »Wie bitte?«

»Wissen Sie, Frank Ragan hat sich ein Bein ausgerissen, um unseren Sohn zu unterstützen, damit er von einem College mit einem Football-Team in der ersten Liga genommen wurde«, sagte Holland senior. »Er fuhr mit Holland zu den entsprechenden Nachwuchswettbewerben, stellte einen Sommertrainingsplan für ihn zusammen. Blieb an seinen Noten dran. Er schickte eine Zusammenstellung von Hollands besten Spielszenen an alle großen Colleges an der Ostküste, auf eigene Kosten. Er war derjenige, der dafür sorgte, dass Holland für Wake Forest spielen konnte. Wie hätte es ausgesehen, wenn sich herumgesprochen hätte, dass Holland mit der Frau des Trainers rummacht?«

»Und deshalb haben Sie nichts getan?«

Creedmore zuckte mit den Schultern. »Wir waren uns einig, dass es das Beste sei. Holland wechselte seine Freundinnen wie die Unterwäsche. Wir dachten, die Affäre würde sich von selbst erledigen.«

»Wir waren uns *überhaupt* nicht einig«, sagte Dorcas mit einem vernichtenden Seitenblick auf ihren Mann. »Ich habe dir sofort gesagt, dass die Frau nur Ärger bringt. Dass sie ihm seine Chancen kaputtmacht und sein Leben zerstört, aber nein, der supertolle Holland Creedmore wusste es ja besser.«

»Dorcas?« Die Stimme ihres Mannes klang warnend. »Der Detective interessiert sich nicht für die alten Geschichten.«

»Eigentlich interessiere ich mich nur dafür, wer Lanier Ragan umgebracht hat«, sagte Makarowicz. »Und so lange ich nichts anderes höre, ist Ihr Sohn im Moment mein Hauptverdächtiger. Er hat schon gestanden, dass er in der Nacht, als die Frau verschwand, im Haus auf der Chatham Avenue war.«

»Das hat er Ihnen gesagt?«, fragte Creedmore.

»Ja. Er sagte, Lanier hätte ihm am Tag des Super Bowl eine Nachricht geschrieben, dass sie sich mit ihm treffen wollte. Weil sie schwanger wäre.«

Dorcas Creedmore sackte auf dem Stuhl zusammen. Sie schlug die Hand vor den Mund und stieß einen gequälten Laut aus.

»Dorcas!«, rügte sie ihr Mann. »Reiß dich am Riemen!«

Sie schüttelte den Kopf. »Ich k…k…kann nicht mehr. Es reicht. Holland, es reicht! Wir müssen erzählen, was passiert ist. Los!«

Makarowicz holte sein Handy aus der Tasche, legte es auf den kleinen Beistelltisch neben sich und drückte auf Aufnahme.

»Sie haben diese Textnachricht gelesen, nicht wahr, Mrs. Creedmore?«

Sie nickte. »Wir hatten Freunde zu Besuch. Alle saßen vorm Fernseher und guckten das Spiel. Ich habe meinen Sohn beobachtet. Er schrieb ständig Nachrichten, noch als das Spiel anfing. Ich wusste, dass es um sie ging.«

»Lanier Ragan?«

»Ja.«

»Dorcas!«, mahnte Creedmore. »Kein Wort mehr, bis ich unseren Anwalt angerufen habe.«

Makarowicz sah ihn an. »Mr. Creedmore, dass ich hier in

Ihrem Haus mit Ihrer Frau rede, ist reine Höflichkeit von mir. Wenn es Ihnen lieber ist, fahre ich mit ihr zur Dienststelle in Tybee, dann kann ich dort in Ruhe mit ihr sprechen.«

»Das dürfen Sie gar nicht«, erboste sich Creedmore.

»Und ob ich das darf«, gab der Detective ruhig zurück. »Ihre Anwesenheit scheint Ihre Frau zu beunruhigen. Ich würde vorschlagen, dass Sie sich, so lange wir uns unterhalten, anderweitig beschäftigen, in einem anderen Zimmer.«

»Dies ist mein Haus«, protestierte Creedmore, hievte sich jedoch aus seinem Sessel. »Sie haben mir nicht zu sagen, was ich tun und lassen soll. Ich möchte, dass Sie mein Haus verlassen, auf der Stelle.«

»Wenn ich gehe, nehme ich Ihre Frau mit«, sagte Makarowicz. »Wollen Sie das wirklich?«

Dorcas legte ihrem Mann die Hand auf den Arm. »Bitte, Holl. Ich will ihm erzählen, was in der Nacht passiert ist. Ich muss. Geh doch rüber in dein Arbeitszimmer, hm?«

Er schob ihre Hand beiseite. »Ich geh rüber in mein Büro und rufe Web Carver an.«

Dorcas Creedmore wartete, bis sie hörte, wie die Hintertür zugeworfen wurde. »Ich muss was trinken«, verkündete sie, stand auf und verließ das Zimmer. Als sie zurückkam, hatte sie ein großes Glas mit einem Strohhalm in der Hand. Es war mit einer klaren Flüssigkeit gefüllt, die nach Wodka roch. Beim Gehen klirrten Eiswürfel.

»Sie wollten gerade erzählen«, erinnerte Makarowicz sie.

Sie setzte sich wieder auf den schmalen Stuhl neben dem Kamin und leerte erst mal ein Drittel des Glases.

»Mütter wissen, wenn ihr Kind Probleme hat«, begann sie. »Ich wusste an dem Sonntag des Super Bowl, dass etwas nicht stimmt, und ich wollte unbedingt lesen, was er ihr geschrieben hatte. Deshalb habe ich ihn in die Küche geschickt, er sollte den Müll rausbringen, und als er weg war, habe ich schnell sein Handy genommen.«

»Sie haben die Nachrichten gesehen?«

Dorcas trank noch einen Schluck Wodka und nickte. »Da stand, sie wäre schwanger. Er hatte ihr zurückgeschrieben, sie sollten sich am Strandhaus treffen.«

»Ich habe meinem Mann nicht sofort von der Nachricht erzählt«, fuhr Dorcas fort. »Ich stand völlig neben mir und wusste, dass er wieder behaupten würde, ich übertreibe. Wenn ich vielleicht … «

»Was haben Sie stattdessen gemacht?«, fragte Mak.

»Kurz vor der Halbzeit verschwand mein Sohn. Er meinte, er wollte zu seinem Freund Scotty, aber ich wusste natürlich, dass er sich mit ihr treffen würde. Unsere Freunde fuhren nach Hause. Ein Gewitter war im Anzug, alle wollten schnell heim, bevor es schlimmer wurde. Ich habe Holl irgendwas erzählt, weiß nicht mehr, was, und bin ins Auto gestiegen. Ich hatte keinen Plan. Ich wusste nur, dass ich hinfahren muss.«

Dorcas kippte noch einen Schluck Wodka hinunter. Das Glas war jetzt fast leer. Sie betrachtete es und klimperte mit den Eiswürfeln, als wollte sie den letzten Tropfen Alkohol herausschütteln.

»Es stürmte heftig. Als ich nach Thunderbolt kam, war die Brücke wegen eines Unfalls gesperrt. Die Polizei war da, Feuerwehr und Rettungswagen, auch die State Patrol. Ich musste fast zwei Stunden warten! Vor Nervosität bin ich fast durchgedreht. Als ich endlich zum Strandhaus kam, stand Hollands Auto noch in der Einfahrt. Das Haus selbst war dunkel. Ich habe nachgeguckt, es war fest verschlossen. Von *ihr* war nichts zu sehen. Ich habe mich wieder ins Auto gesetzt und vielleicht eine halbe Stunde gewartet.«

»Was hatten Sie vor?«, fragte Mak.

»Was ich vorhatte? Ich wollte Lanier Ragan sagen, dass sie meinen Jungen in Ruhe lassen soll. Er hatte noch seine ganze Zukunft vor sich. Ich wollte nicht, dass er sein Leben für diese kleine Nutte wegwarf.«

Makarowicz hätte gerne darauf hingewiesen, dass der neunzehnjährige Holland Creedmore junior kein Junge mehr war. Er war alt genug, um Sex mit einer verheirateten Frau zu haben, die sechs Jahre älter war als er. Aber er wollte die Mutter des »Jungen« nicht in die Defensive treiben.

»Um wie viel Uhr war das?«

Dorcas überlegte. »Da muss es schon an die zwei Uhr gewesen sein. Je länger ich wartete, desto mehr regte ich mich auf. Irgendwann bin ich ausgestiegen und ums Haus herumgegangen nach hinten. Ich hatte eine kleine Taschenlampe an meiner Schlüsselkette, die habe ich angemacht, weil es so stark regnete und stockduster war.«

Wieder schüttelte Dorcas Creedmore die Eiswürfel in ihrem Glas. Ohne ein Wort stand sie auf und verließ das Zimmer. Als sie zurückkam, war das Glas wieder aufgefüllt.

»Ich bin raus an den Anleger gegangen. Ich dachte … keine Ahnung, was ich dachte. Ich stand völlig neben mir. Absolut. Auf einmal bin ich im Dunkeln über etwas gestolpert. Ich dachte, es wäre ein toter Waschbär oder eine verwilderte Katze. Aber … es war sie.«

Dorcas hatte den Strohhalm herausgenommen und trank den Wodka direkt aus dem Glas, die andere Hand auf der Brust. Dann sah sie Makarowicz an, der wartete.

»Es war sie. Sie rührte sich nicht. Ich habe sie mit der Taschenlampe angeleuchtet und konnte sehen, dass sie Blut im Gesicht hatte. Ich habe sie berührt und wusste sofort Bescheid. Ich wusste, dass sie tot war.«

»Wo war Holland? Ihr Sohn? Wo war der?«

»Keine Ahnung.« Sie fing an zu weinen. Ihre Schultern hoben und senkten sich bei jedem Schluchzer.

»Was haben Sie dann getan, Mrs. Creedmore?«

»Ich … ich habe Holl angerufen. Er schlief schon tief und fest. Ich habe ihm gesagt, etwas Furchtbares sei passiert, er müsste sofort herkommen. Ich war hysterisch. Es regnete so stark. Ich habe das Haus aufgeschlossen und gewartet.«

»Sie sind nicht auf die Idee gekommen, die Polizei zu verständigen?«, fragte Makarowicz. »Sie hatten gerade eine tote Frau auf Ihrem Grundstück gefunden und benachrichtigen nicht die Polizei?«

»Ich habe doch eben gesagt, dass ich neben mir stand.«

»Wie ging es weiter?«

»Als Holl endlich da war, hatte es aufgehört zu regnen. Ich zeigte ihm die Leiche. Wir konnten nichts mehr für sie tun. Sie war tot. Also haben wir beziehungsweise hat Holl sie in das alte Bootshaus gebracht. Sie wog ja nichts.«

»Und wo war Ihr Sohn, während all das vor sich ging?«

»Wie sich herausstellte, war er im Steghaus. Und schlief. Neben ihm lag eine fast leere Halbliterflasche Rum. Holl meinte, wir sollten ihn einfach seinen Rausch ausschlafen lassen. Er hatte ein Auto gesehen, ich glaube, es war ein Nissan, der hinter den Bäumen in der Einfahrt unserer Nachbarn stand. Das Haus war zu verkaufen und stand leer. Holl holte eine Taschenlampe aus unserem Haus und sah sich um. Er fand ihr Portemonnaie im Gebüsch in der Nähe, und da waren die Schlüssel drin. Holl meinte … «

»Dorcas!« Holland Creedmore stürmte ins Zimmer und sah das fast leere Wodkaglas in der Hand seiner Frau. »Verdammt nochmal! Halt den Mund! Ich habe mit Web gesprochen. Er gibt jemandem aus seiner alten Kanzlei Bescheid. Hör auf zu reden.«

Dorcas hob ihm trotzig das Glas entgegen. »Zu spät, Holl. Ich habe ihm alles erzählt. Er weiß, dass unser Junge sie nicht umgebracht hat. Und wir auch nicht.«

Creedmore seufzte. »Verdammt.«

Makarowicz deutete auf sein Handy, das immer noch aufzeichnete. »Ihre Frau hat recht. Es ist zu spät. Ich weiß schon genug, um Sie beide in Verbindung mit dem Mord an Lanier Ragan festzunehmen. Ich schlage vor, Sie setzen sich hin und erzählen mir ganz genau, wie es dann weiterging.«

Creedmore blieb mit dem Rücken zum Kamin stehen.

»Wir wussten, dass es schlecht für unseren Sohn aussah. Er hätte der Frau niemals etwas zuleide getan, aber er lag total weggetreten im Steghaus, und ihre Leiche nur zweihundert Meter weiter.« Creedmore rieb sich die fleischigen Wangen. »Ich fand ihre Autoschlüssel und hab ihren Wagen weggefahren, Dorcas kam in meinem Auto hinterher. Wir haben ihren Nissan bei einem Einkaufszentrum abgestellt, sind zurück nach Tybee, haben nach Holland geguckt, der immer noch nicht ansprechbar war ...«

»Ich hatte Angst, er wäre vergiftet worden oder so«, unterbrach Dorcas ihren Mann. »Aber Holl meinte ...«

»Lass ihn seinen Rausch ausschlafen«, führte Creedmore den Satz weiter. »Wir sind nach Hause gefahren und haben gewartet.«

Makarowicz beobachtete Dorcas, die zusah, wie ihr Mann die furchtbare Nacht mit eisiger, distanzierter Kälte schilderte.

Immer wieder musste Mak an die vierjährige Emma Ragan denken, die in jener Nacht vom Gewitter geweckt worden war und feststellte, dass ihre Mutter nicht mehr da war, und die für immer von Blitz und Donner traumatisiert sein sollte.

»Nach Hause?«, wiederholte er.

»Ja, hierher«, sagte Creedmore.

»Verstehe ich das richtig? Sie haben Ihren Sohn ausgeknockt im Steghaus und Lanier Ragans Leiche im Bootsschuppen liegen lassen?«

»Ich hatte eine Plane über sie gebreitet«, bemerkte Creedmore.

»Und dann sind Sie einfach ... nach Hause gefahren, als sei nichts geschehen?«

»Es war nicht unsere Schuld«, sagte Dorcas flehentlich, fast weinerlich. »Wir haben sie nicht umgebracht. Und wir wussten, dass es auch nicht unser Sohn war. Wir mussten ihn schützen.«

Makarowicz schlug die Beine übereinander und stellte sie wieder nebeneinander, kämpfte um seine Fassung.

»Gut«, sagte er. »Dann erklären Sie mir, wie Lanier Ragans Leiche in der Sickergrube gelandet ist.«

## 50.

### NIEMAND WEISS ETWAS

**W**ir wissen es nicht!« Dorcas Creedmore drehte sich zu ihrem Mann um. »Sag es ihm, Holl.«

»Ich weiß wirklich nicht, wie die Leiche dort gelandet ist, Gott ist mein Zeuge«, versicherte Creedmore.

»Sie erwarten doch nicht, dass ich Ihnen das glaube, oder?«

Creedmore fing an, auf und ab zu laufen. »Ich bin am nächsten Morgen gegen acht wieder zum Strandhaus gefahren. Dorcas ist zu Hause geblieben. Sie war völlig durch den Wind.«

Makarowicz war fasziniert von der Dynamik dieses dysfunktionalen Paars. Die Frau war eine Meisterin des passivaggressiven Verhaltens, der Mann ein Kontrollfreak. Kein Wunder, dass ihr Sohn so verkorkst war.

»Was hatten Sie denn mit Lanier Ragans Leiche vor?«

Creedmores Gesicht bekam einen gequälten Ausdruck. »Ich hatte keinen Plan. Erst habe ich überlegt, ob ich die Leiche in unser Boot legen und im Sumpf über Bord werfen soll. Ist aber auch egal, weil sie nicht mehr da war, als ich zum Bootsschuppen kam.«

»Wie, sie war nicht mehr da?«

»Sie war weg! Wirklich, einfach verschwunden. Ich dachte, ich bekomme einen Schlag, als ich die Tür aufmachte und nichts mehr da war, weder die blaue Plane noch die Leiche.«

»Und wo war Ihr Sohn da?«

»Das hat Holl vergessen zu erzählen. Irgendwann in der Nacht hatte er seinen Rausch ausgeschlafen und ist nach Hause gefahren«, berichtete Dorcas. »Am nächsten Tag habe ich ihn natürlich nicht in die Schule gehen lassen.«

»Natürlich nicht. Er war ja wahrscheinlich ganz schön fertig, nachdem er in der Nacht seine schwangere Freundin umgebracht hatte.« Makarowicz' Stimme triefte vor Sarkasmus. »Haben Sie ihm seinen Schnuller weggenommen und ihn auf die Stille Treppe gesetzt?«

»Reden Sie nicht so mit meiner Frau!« Creedmore ballte die Fäuste.

»Okay«, ruderte Makarowicz zurück. »Erzählen Sie mir, was Sie am nächsten Morgen zu Ihrem Sohn gesagt haben.«

Hilfesuchend sah Dorcas wieder ihren Mann an. »Eigentlich nichts Besonderes. Hab ihm eine Aspirin gegeben und gesagt, er soll heiß duschen.«

»Was haben Sie mit seiner Kleidung gemacht?«, fragte Makarowicz.

»Was hat das denn damit zu tun?«, warf Creedmore ein.

»Mrs. Creedmore?«

Dorcas schaute in ihr leeres Glas. »Ich glaube, die habe ich weggeworfen.«

»Sie glauben?«

Sie sah hoch. »Holl meinte, ich soll sie loswerden. Ich habe sie mit nach draußen genommen und im Außenkamin verbrannt.«

»Was man so macht, wenn man belastendes Beweismaterial loswerden will«, bemerkte Mak.

»Ich habe nur versucht, meinen Sohn zu schützen«, knurrte Creedmore kampfeslustig. »Das würden Sie an meiner Stelle auch tun.«

»Falsch.« Makarowicz zeigte mit dem Finger auf den älteren Mann. »Wenn ich glaubte, dass mein Sohn fälschlicherweise eines Verbrechens bezichtigt würde, dann würde ich mit Sicherheit keine Beweise zerstören, die möglicherweise seine Unschuld untermauern könnten. Und wenn ich dächte, dass er jemanden umgebracht hat, würde ich ihn höchstpersönlich zur Polizei bringen.«

»Wir sind keine Cops«, warf Dorcas ein. »Wir hatten Angst.«

»Haben Sie Ihren Sohn mal rundheraus gefragt, ob er Lanier Ragan umgebracht hat?«

Sie stand auf und griff nach ihrem leeren Glas. Leicht schwankend ging sie in die Küche.

Creedmore sah ihr nach und stieß einen langen gequälten Seufzer aus. »Mein Gott. Noch keine zwölf Uhr, und sie ist schon betrunken.«

»Mr. Creedmore, hat Ihre Frau oder haben Sie mit Ihrem Sohn besprochen, was mit Lanier Ragan passiert ist? Haben Sie ihm erzählt, dass Sie die Leiche gefunden hatten? Und dass Sie sie weggebracht hatten?«

»Nein.«

»Sie haben also keine Ahnung, ob er etwas mit dem Mord zu tun hatte oder nicht.«

»Wir wussten, dass er es nicht gewesen sein kann. Er war nie gewalttätig. Hatte nie irgendwelchen Ärger.«

»Soweit Sie wissen«, bemerkte Makarowicz. »Die Sache ist die: Ich habe mit einer Frau gesprochen, an der er sich vergriffen hat, als sie fünfzehn war und er neunzehn.«

»Das glaube ich nicht«, sagte Creedmore tonlos. »Wer soll das sein? Warum kommt sie erst jetzt mit so einer Anschuldigung um die Ecke?«

»Sie hat sich geschämt. Wie die meisten Frauen, die Opfer

eines sexuellen Übergriffs werden. Ihr Name tut hier nichts zur Sache. Sie ist glaubwürdig, und sie ist diejenige, die wusste, dass Ihr Sohn etwas mit Lanier Ragan hatte, was Ihr Sohn jetzt auch nicht mehr leugnet.«

»Was soll das?« Dorcas Creedmore stand in der Tür, in der Hand das Glas, das wohl wieder mit Wodka gefüllt war. »Behaupten Sie, unser Sohn wäre ein Vergewaltiger?«

»Das ist so ein ›Me-too‹-Scheiß«, sagte Creedmore. »Wahrscheinlich war sie in Holland verknallt und hat ihn angemacht. Er war der Beliebteste auf dem Campus. Hätte es gar nicht nötig gehabt, sich an einer ›zu vergreifen‹.«

»Das stimmt«, bekräftigte Dorcas leicht lallend. »Unser Sohn hätte jede haben können. Die Mädchen riefen hier ständig an, tauchten bei den Football-Spielen auf, himmelten ihn an.«

»Erzählen Sie mir von der Sickergrube«, wechselte Makarowicz schnell das Thema.

»Die Stadt hat, soweit ich weiß, in den Neunzigern Abwasserrohre an der Chatham Avenue verlegt. Meine Mutter ließ die Grube auspumpen. Sie fand es primitiv, dass die alten Häuser bis dahin noch Sickergruben benutzten«, sagte Creedmore.

»Wer wusste denn von dieser Sickergrube?«, fragte der Detective. »Nachdem das Portemonnaie gefunden wurde, bin ich oft über das Grundstück gelaufen. Der Schachtdeckel war komplett zugewuchert. Wer die Leiche dort entsorgt hat, wusste auf jeden Fall von ihrer Existenz.«

»Das liegt über dreißig Jahre zurück. So weit kann ich mich nicht erinnern«, murrte Creedmore.

»Deine Mutter wusste es, aber die ist tot.« Dorcas trank ihren Wodka mit einem leisen Lächeln.

»Und der Rest der Familie? Wusste Holland junior davon? Oder jemand anders?«

»Der Kleine war immer ganz fasziniert von dem Wagen, der zum Abpumpen kam«, sagte Dorcas verträumt.

»Dorcas!«, fuhr ihr Mann sie an. »Ruhe jetzt!«

»Aber das stimmt doch! Als kleiner Junge war er ganz verrückt nach Lkw, schweren Maschinen und so. Ich dachte immer, er würde mal irgendwann in die Baubranche gehen.«

»Jeder hätte von der alten Sickergrube wissen können«, sagte Creedmore. »Die Firma, die sie ausgepumpt hat, die Landschaftsgärtner, die dort jahrelang Gras mähten. Verdammt, selbst die verrückte alte Krähe Mavis kannte die Grube.«

»Sie und Ihre Frau auch, oder?«, fragte Mak.

»Es reicht«, sagte Creedmore. »Wir haben mit Ihnen kooperiert, Ihnen alles gesagt, was wir wissen, und zwar gegen den Rat unseres Anwalts, wenn ich das hinzufügen darf. Jetzt ist Schluss. Auch mit Holland. Ich schicke unseren Anwalt zu Ihrer Dienststelle. Wir sagen kein Wort mehr.«

# 51.

## MANCHMAL LÜGT DIE KAMERA

**T**rae kam in die Maske spaziert, als Lisa gerade die heißen Lockenwickler aus Hatties Haaren holte. Er drückte ihre Schulter. »Morgen, Hübsche.«

Cass verdrehte unbemerkt die Augen. Hattie lief vor Verlegenheit rot an.

»Habe ich was Falsches gesagt?« Trae stellte einen Becher Kaffee auf den Make-up-Tisch und band sich einen Umhang um den Hals.

»Es war nur … ein komischer Vormittag«, sagte Hattie. »Makarowicz wollte Holland Creedmore abholen und ihn wegen Lanier Ragan befragen.«

»Cool.« Trae beugte sich vor, um sein Spiegelbild zu begutachten. »Also, irgendwas muss hier in Savannah im Wasser sein. In Kalifornien hatte ich nie dunkle Ringe unter den Augen.«

»Ich bitte dich«, sagte Lisa. »Deine Haut ist doch perfekt. Aber wenn du willst, mische ich dir ein bisschen Concealer an.« Sie sprühte Hattie mit Haarspray ein und wandte sich dann Trae zu.

Er schloss die Augen, und Lisa trug Gesichtswasser, Feuchtigkeitspflege und Concealer auf. »Das heißt, die Polizei glaubt, er war es? Hat er diese Lehrerin aus Jux umgebracht und in die alte Sickergrube geworfen? Leck mich.« Sie erschauderte. »Heftig.«

»So ähnlich«, sagte Hattie.

»Hey, Cass«, rief Trae. »Ich würde sagen, mit der Elektrik und den Wasserleistungen in der Küche sind wir so gut wie fertig. Kannst du für morgen den Inspector bestellen? Damit die Maler loslegen können?«

»Jetzt schon?« Cass runzelte die Stirn.

»Ja, klar«, gab er zurück. »Der Dampfer tuckert schön vor sich hin. Heute lasse ich Hatties alte Laternen über der Kücheninsel aufhängen.«

»Ich dachte, die neuen Schränke wären noch nicht da«, warf Hattie ein.

»Wir behalten die Unterschränke und lackieren sie neu, dann müssen wir nur auf die Hängeschränke warten. Der Lieferant hat mir heute Morgen geschrieben, dass sie bis heute Mittag hier sein müssten. Wir lassen sie anbringen, passen heute die Arbeitsflächen mit Spüle und Wasserhahn an, morgen kommen dann die Geräte rein. Spritzschutz wird auch morgen gefliest. Easy-peasy.«

»Das ist nur easy, wenn nichts dazwischenkommt«, bemerkte Cass.

Trae setzte sich auf und grinste. »Das sind eure Subunternehmer. Die könnt ihr ja wohl ein bisschen anspitzen, damit sie rechtzeitig fertig sind.«

»Warten wir, bis wir sicher wissen, dass alles fertig wird, und bestellen dann den Inspector«, schlug Cass vor. Ihr Tonfall signalisierte Hattie, dass ihre Freundin tierisch genervt und kurz vorm Ausflippen war. »Wenn Inspector Gadget hier auftaucht und auch nur eine Schraube am falschen Platz ist, rasseln wir durch, und Gott weiß, wann er dann wieder rüberkommt.«

»Das muss zum Wochenende abgenommen sein«, sagte Trae. »Übers Wochenende klebe ich den Boden ab und male das Rautenmuster darauf, dann trampeln mir nicht ständig alle drüber und tragen den ganzen Dreck rein.«

Hattie erlaubte sich einen leisen Seufzer. »Okay, Trae. *Falls* die Schränke heute Mittag hier sind, und *falls* sie eingebaut werden und die Arbeitsflächen samt Spüle dann fertig sind, beantragen wir die Abnahme durch den Inspector. Aber wir versprechen nichts. Und kein Gezicke, wenn es nicht in deinen Zeitrahmen passt.«

»Mehr verlange ich auch nicht«, sagte Trae. »Dazu braucht man sich hier gar nicht so aufzuspielen.«

Cass stürmte aus dem Wohnwagen.


»Das ist wirklich das absolute Chaos«, sagte Hattie zu Mo, während die Kameraleute am späten Nachmittag die Vorbereitungen für einen Außendreh am Haus trafen. »Wir können die Subunternehmer nicht so einsetzen, wie wir das normalerweise tun. Jetzt lasst Trae die Küchenbauer neben den Elektrikern und Installateuren arbeiten. Jeder ist jedem im Weg. Ich habe keine Ahnung, wie es das Pärchen aus *Küstenglück* schafft, auch nur ein Projekt fertigzustellen bei allem, was um die herum los ist, aber die schaffen sogar sechs pro Staffel!«

»Man gewöhnt sich dran. Außerdem sind deren Projekte nicht so zeitraubend wie euers. Bei denen geht es immer um Neubauten, du hingegen restaurierst ein Haus, das fast hundert Jahre alt ist. Und zwar mitten in einer Mordermittlung, vor der es in dem Haus gebrannt hat.«

»Kann schon sein.« Hattie knabberte an einem Energieriegel. »Ich arbeite seit über fünfzehn Jahren an alten Häusern, aber so was wie hier ist mir noch nie untergekommen. Nicht mal ansatzweise. Wenn ich morgens aufstehe, frage ich mich, was als Nächstes passiert.«

»Ich auch«, sagte Mo. »Aber das macht es auch so interessant, oder?«

»Langweilig wäre mir lieber. Stinknormal und langweilig wäre völlig in Ordnung.«

»Du weißt ja«, erinnerte Mo sie, »wenn die Show gut läuft, wird der Sender eine neue Staffel bestellen. Das heißt, du musst dir ein neues altes Haus zum Renovieren suchen, sobald dieses hier verkauft ist.«

»Wenn ich es überhaupt verkauft bekomme«, gab Hattie zurück. »Wer will denn so ein Haus haben, wo eine Leiche im Garten lag?«

Mo dachte darüber nach. »Es muss einfach so umwerfend sein, dass der Käufer bereitwillig darüber hinwegsieht.«

»Was glaubst du, wie sie laufen wird? Die Sendung, meine ich. Und erzähl mir keinen Blödsinn.«

»Rebecca ist ganz begeistert von dem, was sie bisher gesehen hat«, antwortete Mo. »Und dank dir und Trae läuft die Vorberichterstattung in den Medien ja richtig gut.«

»Ich werde mich nie im Leben daran gewöhnen, dass mir jemand eine Kamera vors Gesicht hält«, sagte Hattie. »Das ist so ein heftiger Eingriff in die Privatsphäre.«

»Gewöhn dich besser dran, Hattie. Ich sag's nicht gern, aber sobald sich die Nachricht herumspricht, dass hier eine Leiche gefunden wurde, wird in den Medien die Post abgehen.«

»Erinnere mich nicht dran.« Hattie aß den Rest des Energieriegels und zerknüllte die Verpackung. »Davor habe ich jetzt schon Angst.«

»Wenn es sein muss, bestelle ich einen Cop, der die Presse

vom Haus fernhält«, sagte Mo. »Makarowicz macht doch einen ordentlichen Eindruck. Ich bin mir sicher, dass er alles dafür tut, kein Spektakel zu verursachen.«

Leetha erschien im Eingang zum Verpflegungszelt. »Okay, Hattie Paletti. Wir warten vor dem Haus auf Ashtray und dich.«

Vor laufender Kamera untersuchte Trae die altmodischen Kutschenlampen aus Messing, die rechts und links der Haustür angebracht worden waren.

Er ging die Stufen zur Veranda hoch und blieb einen Meter entfernt stehen. »Die hängen viiiel zu hoch«, verkündete er. »Die müssen mindestens fünfzehn Zentimeter tiefer, wahrscheinlich eher zwanzig.«

»Aber du hast dem Elektriker gesagt, dass er sie auf diese Höhe hängen soll«, wandte Hattie ein.

»Da hatte ich noch nicht gesehen, wie mickrig sie in Wirklichkeit sind. Du hast mir nur ein Foto von denen gezeigt, ohne Größenangabe.«

»Wenn wir die versetzen, haben wir Löcher in der Hausverkleidung. Und müssen noch mal streichen.«

»Dann such größere Lampen«, schlug Trae vor. »Die da sehen einfach nicht wertig genug aus. Die haben nicht den Wow-Effekt, den ich am Eingang haben will.«

Hattie presste die Kiefer aufeinander.

Trae schnippte mit dem Finger gegen den Türknauf. »Und wenn wir schon beim Thema sind: Diesen Griff hier müssen wir auch ersetzen. Der erinnert mich an billiges Gusseisen aus den Achtzigern.«

»Das ist der Original-Türknauf dieser Tür, und die ist ebenfalls original«, zischte Hattie erbost. »Ich habe ihn abgeschraubt und selbst poliert. In der Salzluft oxidiert das Messing schnell.«

»Kann von mir aus original sein, sieht aber billig aus«, wiederholte Trae. »Wir brauchen ein fettes, klobiges Statement-Teil.« Er griff zu seinem iPad und scrollte durch Fotos, bis er fand, was er suchte.

»So was wie das hier!« Er präsentierte Hattie das Foto eines schweren Messingtürknaufs, in den ein aufwendiges Muster aus Adlern und Ankern graviert war. »Ich kann meinen Lieferanten in Kalifornien anrufen, der schickt den über Nacht.«

»Achthundert Dollar? Für einen Türknauf? Hast du jetzt endgültig den Verstand verloren?«, rief Hattie. »Dafür haben wir kein Geld.« Sie starrte Trae vernichtend nieder. »Der Türknauf bleibt. Wir kaufen keine größeren Lampen. Und *diese* Lampen werden nur dann versetzt, wenn du eine Möglichkeit findest, die Löcher in der Wand zu verkleiden, weil die Elektriker die auf deine Weisung hin gebohrt haben.«

»Wie du willst«, erwiderte Trae. Der Innenarchitekt und die Bauunternehmerin standen dicht voreinander und funkelten sich wütend an.

»Schnitt!«, rief Leetha. »Das war super, Kinder! Ich konnte die Anspannung richtig spüren. Die Luft war so dick, die konnte man mit dem Messer schneiden.«

»Ich auch«, sagte Hattie. »Ich weiß ja, dass wir den Streit für die Kameras in Szene setzen, aber Trae, du kannst die Lampen jetzt wirklich nicht mehr versetzen.«

»Habe ich schon alles geklärt«, sagte er. »Ich lasse mir vom Tischler zwei größere schildförmige Unterlegplatten mit schicker abgeschrägter Kante aus Fichtenholz schneiden und verdecke damit die oberen Löcher. Wir lackieren die Platten in derselben Farbe wie die Verkleidung, dann sieht es aus, als sei es von Anfang an so geplant gewesen.«

»Und das konntest du mir gerade nicht vor der Kamera erklären?«, fragte Hattie.

»Nein. Wie Leetha schon sagte: Großes Drama garantiert hohe Einschaltquoten.«

Er legte Hattie den Arm um die Schulter und wandte sich an Leetha. »Ist schon nach sechs. Können wir für heute Schluss machen? Ich würde die Damen gerne zum Essen ausführen.«

Leetha zuckte mit den Schultern. »Mit dem Drehen sind wir durch, würde ich sagen, aber ich weiß ja nicht, was ihr alles noch im Haus vorbereiten müsst, damit ihr im Zeitplan bleibt.«

»Es ist viel zu tun, wir liegen weit zurück«, sagte Hattie. »Ich habe mir eine Schleifmaschine für den Boden ausgeliehen und wollte heute Abend den Boden im Esszimmer und Wohnzimmer rausholen.«

»Heute Abend?« Trae schüttelte den Kopf. »Auf gar keinen Fall. Du bist schon zwölf Stunden hier. Verschieb das auf morgen.«

»Kann ich nicht«, sagte Hattie. »Ich will die Böden abschleifen und abdecken, damit die Maler sie hoffentlich nächste Woche beizen und versiegeln können. Auf solchen Böden trage ich mindestens vier oder fünf Lackschichten auf, die ich zwischen den einzelnen Anstrichen einen Tag trocknen lasse, schließlich werden sie später schwer von dem Sand beansprucht, den die Leute vom Strand reinschleppen.«

»Das ist Wahnsinn«, sagte Trae. »Zwei Lackschichten reichen. Das Haus wird verkauft, schon vergessen? Über Sand auf dem Boden kann sich der Käufer später Gedanken machen. Deine Aufgabe ist es, das Haus aufzuhübschen. Mehr nicht.«

»Nein. Meine Aufgabe ist es, das ordentlich zu machen. Alles. Auch die Sachen, die nicht im Fernsehen gezeigt werden. Mein Name steht hier auf dem Spiel. Und der von Tug.«

»Schon gut«, gab Trae nach. »Schätze, ich weiß, wo ich den Abend verbringe.«

# 52.

## DIRTY DANCING

**W**illst du den Boden wirklich selbst abschleifen?« Trae stieß mit dem Turnschuh gegen den wuchtigen Trommelschleifer.

»Nein. *Wir* schleifen den Boden ab«, sagte Hattie. »Du und ich, zusammen.«

Sie wies auf die gemieteten Schleifmaschinen. »Hast du schon mal mit so einer gearbeitet?«

»Noch nie. In Kalifornien haben wir Leute, die das für uns übernehmen.«

»Große Neuigkeit: Du bist hier nicht in Kalifornien. Du bist auf Tybee, und hier schleifen echte Männer den Boden selbst. Und fliesen das Badezimmer. Und machen auch sonst alles, was ansteht.«

Hattie holte ihren Werkzeugtrolley, den sie auf die unterste Treppenstufe gestellt hatte. »Okay, da du Anfänger bist, übernehme ich die Schleifmaschine und du die Kleinarbeiten.«

Sie reichte ihm einen Spachtel und einen Klauenhammer. »Ich möchte, dass du rundgehst und die Profilleisten entfernst. Dann guckst du, dass nirgendwo mehr Nägel hervorstehen, an denen die Schleifmaschine hängen bleiben könnte.«

Hattie holte einen verstaubten Ghettoblaster herbei, den einer der Zimmerleute dagelassen hatte. Sie drückte auf eine Taste, und sofort dröhnte laute Mariachi-Musik durch den hohen Raum. Nachdem sie eine Weile am Senderknopf herumgedreht hatte, fand sie einen Radiosender, der Oldies aus den Neunzigern spielte.

»Jetzt schau gut zu«, sagte sie. Sie setzte sich eine Schutzbrille mit einem damit verbundenen Atemgerät auf und stellte die Schleifmaschine an. Dann drehte sie das Radio auf volle Lautstärke, warf sich das lange Stromkabel der Schleifmaschine über die Schulter und senkte das Gerät vorsichtig ab, bis die Trommel den Boden berührte. Langsam und methodisch schob Hattie die Maschine diagonal über die verschrammte Fläche aus Kiefernkernholz. Kurz vor der Zimmerecke blieb sie stehen und schaltete die Schleifmaschine aus. »Okay?«

Trae kniete auf dem Boden und bearbeitete die Fußleisten mit Spachtel und Hammer. »Gehst du nicht mit der Maserung des Holzes?«

»Am Anfang nicht. Auf diesem Boden ist alter Lack von neunzig Jahren. Zuerst gehe ich da diagonal drüber, dann noch mal mit und gegen die horizontale Maserung der Bretter. Am Ende noch mal alles von vorn mit einer feineren Körnung, bis ich auf dem nackten Holz bin.«

»Das dauert ja die ganze Nacht«, murrte Trae und hockte sich auf die Fersen. »Ich verstehe immer noch nicht, warum du die Böden nicht einfach von deinen Handwerkern machen lässt.«

»Weil wir keine Zeit dafür haben«, wiederholte Hattie. »Meine Leute können übernehmen, was Cass und ich nicht beherrschen, zum Beispiel Tischlerarbeiten. Mit ein bisschen Kraft kann jeder Böden abschleifen. Dafür braucht man nur Zeit und Willen. Das habe ich heute Abend beides.«

Zwei Stunden später schob Hattie die Schleifmaschine über die vorletzte Gerade im Esszimmer, als das Ding plötzlich ausging. Sie drehte sich um, und Trae stand mit dem herausgezogenen Stromkabel in der Hand da.

»Hey!«

»Selber hey«, rief er laut, um sich trotz der Spice Girls verständlich zu machen. »Ist schon bald neun Uhr. Hast du keinen Hunger?«

»Doch, ehrlich gesagt sterbe ich fast vor Hunger. Hast du einen Vorschlag?«

Er stellte das Radio leiser. »Mein Vorschlag wäre gewesen: ein ruhiges Abendessen in einem schicken Restaurant in Savannah, in der Lounge spielt ein Jazzpianist. Vielleicht ein Cocktail vor dem Essen, dann Zackenbarsch oder gedämpfter Red Snapper, eine schöne Flasche Wein …«

»Dafür ist es jetzt zu spät«, sagte Hattie. »Würdest du dich auch mit Pizza und Bier zufriedengeben?«

Trae seufzte übertrieben. »Von Lighthouse oder Huc-a-Poos?«

»Such du aus!«


Als Trae zurückkam, hatte er eine große flache Schachtel und eine braune Papiertüte dabei, in der es verdächtig klirrte. »Komm, wir essen draußen auf der Veranda«, schlug er vor. »Ich habe dabei nicht gerne den Geschmack von Sägemehl im Mund, wenn das für dich okay ist.«

Er legte den Pizzakarton auf den provisorischen Werktisch, den die Tischler tagsüber aus Sägeböcken und einer Platte gebaut hatten, und deckte ihn mit Papptellern und Servietten. Dann holte er eine Flasche Veuve Clicquot aus der Papiertüte, gefolgt von zwei in Papier eingewickelten Champagnerflöten. Die Flasche war bereits beschlagen.

»Champagner? Zur Pizza?« Belustigt hob Hattie eine Augenbraue.

»Vertrau mir.« Trae verließ die Veranda und kam mit einem kleinen Kühler zurück, den er sich aus dem Verpflegungszelt geliehen hatte. Mit einer geübten Bewegung entkorkte er die Flasche, schenkte ein wenig Champagner in jedes Glas und steckte die Flasche in den Kühler mit halb geschmolzenem Eis.

Er holte sein Handy aus der Tasche, wischte durch seine Apps, bis er die fand, die er suchte, und tippte auf das Icon. Der milde Klang eines Saxophons schwebte durch die schwüle Nachtluft.

»Nett«, sagte Hattie. Trae reichte ihr ein Glas, schnitt die Pizza in Stücke und legte je eins auf einen Pappteller.

»Essen ist fertig«, verkündete er, setzte sich auf die oberste Verandastufe und klopfte neben sich. »Darf ich bitten?«

Sie nippte vorsichtig am Champagner und machte ein anerkennendes Geräusch. »Ich muss gestehen, so guten Champagner habe ich noch nie getrunken. Ich nehme normalerweise die Flasche für 9,99 Dollar.«

Trae lachte. »Halt dich an mich, Mädel! Ich zeige dir, wie man die schönen Seiten des Lebens genießt.«

Er probierte ein Stück von der Pizza und zog die Augenbraue hoch. »Die ist tatsächlich nicht übel.«

»Für Tybee.«

»Du nimmst mir das Wort aus dem Mund«, gestand er.

Hattie versuchte sich zurückzuhalten, doch der Champagner war so kalt und kribbelig-lecker und die Pizza – nun, die Pizza war heiß und käsig-fettig, so dass die Kombination irgendwie funktionierte.

Seufzend lehnte sie sich zurück und stützte sich auf die Ellenbogen. »Danke, Trae. Das war super. Jetzt kann ich wahrscheinlich nie wieder das billige Zeug trinken.«

Er beugte sich vor und küsste sie. »Das war die Idee dahinter.«

»Davor hatte ich Angst.« Sie stand auf. »Wird Zeit weiterzumachen.«

Stöhnend erhob sich Trae und reckte sich. »ich habe keine Ahnung, woher du die Energie nimmst. Wir sind schon seit Stunden dabei.«

»Ist doch gleich fertig«, sagte Hattie schwungvoller, als ihr zumute war.

Anderthalb Stunden später stellte sie die Schleifmaschine aus.

»Sind wir fertig?«, fragte Trae.

»So gut wie. Ich muss noch mit der anderen Schleifmaschine in die Ecken und an die Kanten, aber das dauert nicht mehr so lange. Das kann ich als Erstes morgen früh machen.«

Ohne ein Wort zu sagen, ging Trae auf die Veranda und holte die Champagnerflasche und die Gläser herein. »Zeit für einen Absacker.« Er drehte am Radio, aus dem immer noch Hardrock aus den Neunzigern dröhnte, und suchte so lange, bis er einen Sender fand, der angeblich »die Seele der Achtziger« war.

»Viel besser.« Er schenkte Hattie und sich wieder ein Glas Champagner ein.

Sie trank vorsichtig und ließ sich das Kribbeln in die Nase steigen.

»Oh!« Trae zeigte auf das Radio. Dort lief ein Lied, das Hattie vage bekannt vorkam.

»Was ist das?«, fragte sie.

»Der beste Filmsong der Welt«, sagte er. »›The Time of My Life‹. Bill Medley und Jennifer Warnes. Die ultimative Tanzszene aus *Dirty Dancing*.«

»Ah, ja«, erwiderte Hattie. »Jetzt weiß ich wieder. Ich glaube, den Film habe ich mir mal vor zig Jahren nachts im Fernsehen angeguckt.«

»Nur einmal?« Trae tat entrüstet. »Wie geht das? Ich habe den zuerst im Kino gesehen und mir dann die DVD geholt, damit ich ihn sehen konnte, wann immer ich wollte.« Er überlegte. »Soll ich dir ein total peinliches Geständnis machen?«

»Ja, los!«

Er holte tief Luft. »Okay. Das Finale, wo Johnny und Baby den einstudierten Tanz aufführen, den mit der Hebung, habe ich bestimmt hundert Mal gesehen. Damals an der Highschool habe ich sogar meine Freundin überredet, das mit mir zu üben. Auf mich zulaufen, springen, hochheben und drehen – das hatten wir perfekt drauf. Wir waren die Stars des Abschlussballs.«

»Und was passierte dann?«

»Wie meinst du das?«

»Bist du mit deiner Freundin losgezogen und hast die Nummer öffentlich gezeigt? Habt ihr euch Jobs in einer Ferienanlage in … Wo spielte der Film angeblich noch mal?«

»In den Catskills. Nein. Wir … ähm … lebten uns wohl auseinander.«

Hattie beäugte ihn misstrauisch. »Du hast sie betrogen, stimmt's?«

»Nein! Also, jedenfalls nicht richtig. Ich habe mich einfach umorientiert. Ich war siebzehn.«

»Schon gut.«

»Ich fasse es nicht, dass du *Dirty Dancing* nur einmal gesehen hast.«

»Diese Achtziger-Sachen sind einfach nicht meine Ära«, gab Hattie zurück.

»Wir müssen es machen«, verkündete Trae.

»Junge, Junge, das ist die unromantischste Anmache, die ich je gehört habe. Dabei arbeite ich seit fünfzehn Jahren mit testosterongesteuerten Kerlen zusammen.«

Trae lachte leise. »Ich meinte den Tanz. Aus *Dirty Dancing*.« Er holte sein Handy aus der Gesäßtasche und suchte etwas. Plötzlich erfüllte Bill Medleys tiefer Bariton den Raum. »*Now, I've had the time of my life …*«

»Ah, ja. Das ist auch das Lied aus *Crazy, Stupid, Love*. Mit Ryan Gosling und Emma Stone. Also, *den* Film habe ich mir runtergeladen und ungefähr tausend Mal geguckt.«

Trae griff zum Lichtschalter und dimmte die Deckenleuchte. »Los, wir tanzen.« Während die Musik lauter wurde, zog er Hattie in seine Arme.

»Ich komme mir blöd vor«, protestierte sie, nahm dennoch widerwillig seine Hand und erlaubte ihm, sie nach hinten zu kippen und sie langsam zu drehen.

»*Huuuu!*« Hattie wusste nicht, ob ihr das Blut in den Kopf stieg oder ob es der Champagner war, doch auf einmal war ihr schwindelig.

Schnell zog Trae sie wieder in die Senkrechte. »So, jetzt setz den linken Fuß nach vorn, verlagere das Gewicht nach hinten auf den rechten, dann kurz nach links und mit rechts wieder zurück«, erklärte er. »Mambo-Grundschritt.«

Während Hattie versuchte, seine schnellen Schritte nachzuahmen, kicherte sie unkontrolliert. »Soll das ein Witz sein? Ich habe keine Ahnung, wie man Mambo tanzt.«

»Mach einfach mit«, wiederholte Trae und zog sie enger an sich. Mühelos Hüften und Schultern zu der Musik bewegend, glitten die beiden über den frisch abgeschliffenen Boden. Nach einer Weile merkte Hattie, dass sie sich entspannte, und sang sogar die Zeilen von Jennifer Warnes mit.

»*You're the one thing I can't get enough of*«, schmetterte Trae, machte einen Schritt nach hinten und presste Hattie wieder an sich. »So, noch ein paar Zeilen, dann läufst du auf mich zu und springst hoch.«

»Auf gar keinen Fall«, stieß Hattie atemlos aus.

»Doch. Komm! Vertrau mir einfach.«

»Ich habe gehört, dass Emma Stone gesagt hat, in *Crazy, Stupid, Love* hätte sie eine Stuntfrau gehabt, die diesen Tanz mit Ryan Gosling tanzt.«

»Wir brauchen keine bescheuerte Stuntfrau«, gab Trae zurück. »Los! Lauf einfach auf mich zu und spring. Ich fange dich auf, heb dich hoch und drehe dich. Du fällst nicht runter.« Er sang die nächste Zeile: »*I swear, it's the truth …*«

»O Gott, O Gott, O Gott«, jammerte Hattie.

»Ich zähle rückwärts.« Trae bewegte sich im Takt der Musik. »Drei … zwei … eins …«

»Jetzt!«

Hattie sprang auf ihn zu und schloss die Augen. Er fing sie in der Taille auf, und sie spürte, wie sie wie durch ein Wunder in die Luft gestemmt und gedreht wurde …

… und dann herunterfiel.

»*Aauuuuuuuu!*« Traes Schrei übertönte den von Hattie und machte ihr genauso viel Angst wie die Tatsache, dass sie plötzlich der Länge nach auf ihm lag.

Im ersten Moment war sie reglos, bekam keine Luft.

»*Ooooh.*« Trae stöhnte laut. Langsam drehte sich Hattie auf die Seite.

Trae stemmte sich in eine halb sitzende Position. »Das … war nicht so gedacht.«

»Alles in Ordnung?«

Vorsichtig betastete er zuerst die eine Hüfte, dann die andere. Er hob das Becken an und klopfte sich auf den Po. »Mein Steißbein tut verdammt weh.«

»Glaubst du, es ist gebrochen?«

»Kann sein. Aber ich kann mich bewegen, das ist wahrscheinlich ein gutes Zeichen, oder?«

»Dreh dich um und zieh die Hose runter«, befahl Hattie.

Trae hob eine Augenbraue. »Dein Ernst, Mädel? Wenn das deine Vorstellung von Anmache ist, müssen wir dringend reden.«

»Ich will mir nur dein Steißbein angucken, ob es rot ist oder blau … oder sonst was.«

Stöhnend zog er seinen Reißverschluss auf, rollte den Bund der Jeans bis zur Hüfte hinunter und drehte sich auf den Bauch. »So habe ich mir diesen Abend *nicht* vorgestellt.«

»Jammer nicht rum.« Hattie zog seine Jeans und seinen Slip noch tiefer, bis sie das Steißbein sehen konnte.

Mit den Fingern betastete sie das Ende der Wirbelsäule. »Tut das weh?«

Seine Haut war weich und gebräunt, und was sie von seinem Hintern sehen konnte, war genauso fit und sexy wie der Rest von Trae Bartholomew.

»Alles tut weh.«

»Sei nicht so eine Heulsuse.« Sie ließ die Finger an der Wirbelsäule hinunter bis zu seinem Steißbein wandern, das leicht gerötet, aber sonst völlig unversehrt war. Vorsichtig drückte sie mit den Daumen darauf.

»Wie ist das? Stechende Schmerzen? Siehst du Sterne? Wirst du gleich ohnmächtig?«

»Äh, nein.«

Hattie kicherte und gab ihm einen Klaps auf den Po. »Gute Nachrichten: Ich glaube, du wirst es überleben.«

Stöhnend drehte er sich um und zog den Reißverschluss der Hose zu. »Bist du dir sicher? Nichts gebrochen?«

»Ich enttäusche dich nur ungern, aber: nein. Wenn du dir was gebrochen hättest, würdest du vor Schmerzen schreien.«

Trae setzte sich wieder auf und stützte die Ellenbogen auf die angezogenen Knie. »Weißt du was? Ich habe mir noch nie einen Knochen gebrochen.«

Hattie sah ihn überrascht an. »Dein Ernst? Noch nie? Nicht mal beim Sport?«

»Nee. Ich hatte noch nicht mal eine Zerrung. Ich bin nicht besonders sportlich.«

Sie dachte kurz nach. »Hm. Ein Hetero, der zugibt, nicht sportlich zu sein. Hatte ich auch noch nicht.«

»Als Nächstes fragst du mich, ob ich auch wirklich hetero bin, was?«

»Bin mir ziemlich sicher, dass das nicht zur Diskussion steht.«

»Gut, okay.« Er hielt ihr die Hand hin. »Hilf mir mal hoch, ja? Das ist das Mindeste, was du tun kannst, nachdem du auf mich draufgesprungen bist.«

Hattie stand auf, griff nach Traes Ellenbogen und riss ihn mit Schwung auf die Füße.

»*Auuu.*«

Sie verdrehte die Augen, ließ seine Hand aber nicht los. Das war verrückt. Sie wusste es, aber es war ihr egal.

»Da fällt mir was ein: Wie alt bist du genau?«

Er dachte über die Frage nach. »Okay, ich verrat's dir, aber es ist streng geheim.«

»Was ist daran so wichtig? Alter ist doch nur eine Zahl, oder?«

»Nur jemand in deinem Alter – Mitte dreißig? –, nur jemand in deinem Alter kann behaupten, Alter wäre unwichtig. In meiner Branche ist es eine riesengroße Sache. Ich will nicht, dass mich die Leute für alt halten. Oder für unwichtig. Aber da du gefragt hast: Ich bin zweiundvierzig. Genau genommen, wenn ich ganz ehrlich bin, sechsundvierzig.«

»Im Ernst?« Hattie beugte sich vor, um sein Gesicht zu begutachten. »Das hätte ich nie gedacht.«

Trae legte ihr die Hände auf die Wangen und küsste sie auf die Stirn, dann auf die gesenkten Augenlider. »Botox«, murmelte er.

»Hm. Interessant. Hast du noch mehr Geheimnisse für die ewige Jugend?«

Seine Lippen suchten ihre. »Kollagenfüller. Wirst du bei deinen Lippen niemals brauchen.«

Hatties Augenlider flatterten. »Wirklich?«

Er küsste sie wieder, innig. »Hmmm. Deine Lippen waren das Erste, was mir an dir aufgefallen ist. Sehr erotisch.«

Sein Mund verweilte auf ihrem, und Hattie fragte sich, was berauschender war – der gute Champagner oder die Küsse von einem Könner wie Trae Bartholomew.

Er widmete sich ihren Ohrläppchen, dann ihrem Hals.

»Halscreme«, flüsterte er, und seine Hände strichen über ihre Schulterblätter. »Die Leute denken nie an die Falten am Hals, aber die verraten alles. Du hast eine makellose Haut, aber ich kann dir nur raten, jetzt schon mit der Halscreme anzufangen. Wirst es mir später danken.«

Küssend und streichelnd schob Trae Hattie langsam auf die Wohnzimmerwand zu, bis sie mit dem Rücken am Kaminsims lehnte. Sie hatte die Arme um seinen Hals geschlungen, er drückte sich gegen sie. Seine Hände schoben sich unter ihr Shirt.

# 53.

WER FEIERN KANN …

**W**as machen wir mit der Leiche?«

Mo kniff die Augen zu und massierte sich die Schläfen. Er hatte Rebecca auf Lautsprecher gestellt, und sie bombardierte ihn mit Fragen über die neuesten Entwicklungen am Set.

»*Wir* machen gar nichts mit den sterblichen Überresten«, gab er zurück. »Die Polizei kümmert sich darum. Ich habe mit dem Detective gesprochen. Die Familie hat die Tote unter Vorbehalt als die vermisste Lehrerin identifiziert. Ich habe gehört, dass es morgen so was wie eine Pressekonferenz geben soll.«

Rebecca sprang sofort auf das Wort »Presse« an. »Werden da auch *Die Traumhaus-Profis* erwähnt?«

»Das weiß ich nicht. Es ist eine Mordermittlung, keine Medienveranstaltung. Glaubst du wirklich, dass der Fund einer Leiche gute Presse für die Sendung ist?«

»Das ist erstklassige Werbung«, erwiderte Rebecca. »Das gesamte Land hat diese Geschichte verfolgt, seit das Portemonnaie gefunden wurde. Das ist ein klassischer Krimi-Plot. Die Leute werden das Haus sehen wollen, wo das alles passiert ist. Ich denke sogar, dass wir das Merchandising für *Die Traumhaus-Profis* auf der Website vorantreiben sollten.«

»Was für ein Merchandising?«

»Das Übliche. Kaffeebecher mit der Aufschrift, Weingläser, Hoodies, T-Shirts, Babystrampler, Kühlschrankmagneten. Oh, ich habe eine Idee: Portemonnaies! Und kleine Schaufeln.«

Fast hätte Mo den Bourbon ausgespuckt, den er gerade getrunken hatte. »Mein Gott, Rebecca! Wie makaber kann man sein?«

»Nimm doch nicht alles so ernst, Mo«, sagte sie lachend. »Wo ist dein Humor geblieben? Wie du selbst gesagt hast: Die Frau ist seit siebzehn Jahren tot.«

Er tupfte den Bourbon auf, den er auf der Tastatur seines Laptops verschüttet hatte. »Ich versuche, dran zu denken, wenn ich in der viel zu kurzen Frist, die du uns gesetzt hast, durch dieses verfluchte Haus hetze.«

»Ich sorge dafür, dass die *Traumhaus-Profis*-T-Shirts so schnell wie möglich in Produktion gehen, und lasse sie zu dir runterschicken«, sagte Rebecca. »Ihr könntet sie auf eurer Insel an die Cops und die Feuerwehrleute verteilen. Vielleicht schaffen wir es ja, dass *Die Traumhaus-Profis* auf Social Media trenden.«

»Okay, ja«, sagte er müde. »Sonst noch was?«

»Wie läuft die Romanze zwischen unseren beiden Stars? Gibt's was Neues?«

Mos Augenlid zuckte. Er trank noch einen Schluck Bourbon, dann schob er das Glas von sich, weil ihm bei dem Gedanken an Hattie und Trae Bartholomew übel wurde.

»Du meinst, ob sie schon zusammen in die Federn gekrochen sind? Gibt's dafür auch eine Frist, oder was?«

»Heute hast du aber wirklich schlechte Laune«, bemerkte Rebecca. »Ich denke nur an deine Sendung und deine Karriere, weißt du. Wenn sie durchstartet, könntest du bei Tony einen dicken Stein im Brett haben.«

»Gut«, sagte Mo. »Ich halte dich auf dem Laufenden. Über alles.«

Er arbeitete sich wieder durch die endlosen E-Mails auf seinem Computer, sortierte, priorisierte und löschte. Es war schon fast zwölf, und seine Augen brannten vom stundenlangen angestrengten Starren auf den Bildschirm. Aber er war noch nicht fertig. Er ging zu dem kleinen Tisch neben der Küchentür, denn er hatte sich angewöhnt, seine Schlüssel, die Sonnenbrille und, am wichtigsten, sein Notizbuch dort abzulegen.

Schon seit Jahren benutzte er ein kleines Lederbüchlein von Moleskine für Notizen, Skizzen und Kritzeleien, die im Lauf der von ihm konzipierten Sendungen entstanden. Jeden Tag schrieb er etwas in sein Notizbuch: To-do-Listen, Erinnerungen, Ideen, sogar Einkaufslisten. Die Bücher bewahrten seine Fernsehlaufbahn wie eine Zeitkapsel.

Er konnte sein Notizbuch nicht finden. Mo ging ins Esszimmer, suchte auf der Arbeitsfläche in der Küche, schaute im Schlafzimmer nach und grub in den Taschen der kurzen Hose, die er ausgezogen hatte, als er nach Hause kam. Nichts. Er holte seine Autoschlüssel und ging raus zu seinem Mietwagen, der auf dem gemieteten Platz in der Straße hinter der Remise stand.

Mo suchte im Fußraum vor und hinter den Sitzen, unter den Sitzen, sogar im Handschuhfach, obwohl er wusste, dass er das Notizbuch dort nicht verstaut hatte. Eine Weile saß er reglos auf dem Fahrersitz und versuchte sich zu erinnern, wo er sich zum letzten Mal etwas aufgeschrieben hatte.

Er schnippte mit den Fingern. Im Strandhaus. Auf der hinteren Veranda, direkt neben der Küchentür. Er war überzeugt, dass es dort lag. Und auf keinen Fall wollte er es dort in der feuchten Meeresluft liegen lassen.

Mo holte sein Portemonnaie aus der Kommode im Schlafzimmer und fuhr in die Nacht. Raus nach Tybee.

Im Osten donnerte es, Blitze zuckten durch die überhitzte Wolkendecke. Regen lag in der Luft, das konnte er riechen, in der schwülen Luft fast schmecken. Mo gab Gas, um beim Haus – und bei seinem Notizbuch – zu sein, bevor es richtig schüttete.

Unterwegs ließ er das Gespräch mit Rebecca noch mal Revue passieren. Er wusste, dass sie ihm weiter Druck machen würde, die potenzielle fernsehtaugliche Romanze zwischen Hattie und Trae oder die Tragödie, die sich offenbar am Creedmore-Haus ereignet hatte, bestmöglich auszuschlachten. Irgendwann würde er die Gelegenheit ergreifen müssen, Rebeccas abwechselnd makabren oder voyeuristischen Instinkten einen Dämpfer zu verpassen, ohne die Erfolgschancen seiner Sendung aufs Spiel zu setzen.

So spät herrschte nicht viel Verkehr; es war fast zwölf Uhr, und Mo erreichte Tybee in einer Rekordzeit von zwanzig Minuten. Auf der Insel war es ruhig.

Der Polizist von Tybee, der noch immer an der Einmündung im Auto saß, nickte ihm zu, als er Mo beim Abbiegen in die Zufahrt erkannte. Nach ein paar Metern hörte Mo plötzlich einen durchdringenden Schrei.

Er drückte das Gaspedal durch und raste zum Haus. In der Dunkelheit erkannte er Hatties Pick-up. Mo parkte daneben und griff zur Taschenlampe.

Das Herz schlug ihm bis zum Hals, als er die Stufen zur Veranda hochlief und die Haustür aufstieß.

»Hattie? Ist alles in Ordnung?«

Er ließ das Licht der Taschenlampe durch den Raum schwei

fen, bis der Strahl auf Trae Bartholomew fiel, der Hattie gerade an die Wand neben dem Kamin drückte.

Sie zupfte hastig ihre Kleidung zurecht und schob Trae von sich.

»Mensch noch mal!«, knurrte Trae und hielt die Hand vor die Augen. »Mach das Ding aus!«

Mo knipste die Deckenbeleuchtung an. »Was ist denn hier los?«, wollte er wissen. »Ich habe vorn in der Zufahrt Schreie gehört. Ich dachte, jetzt würde der Nächste ermordet.«

Hattie merkte, dass ihre Wangen vor Verlegenheit rot anliefen. »Alles gut. Wir haben den ganzen Abend die Böden abgeschliffen. Wir haben herumgealbert und es wohl ein bisschen übertrieben, da ist Trae … äh … hingefallen.«

»Was suchst du hier?«, fragte Trae und klopfte sich das Sägemehl von der Kleidung.

»Ich habe mein Notizbuch vergessen«, antwortete Mo und sah Trae genauso böse an. »Ich könnte dich dasselbe fragen, weil ich genau weiß, dass du die Böden bestimmt nicht abgeschliffen hast.«

»Er hat mir geholfen«, sagte Hattie lahm. Ihre Jeans und ihr T-Shirt, selbst ihre Haare waren mit Sägemehl überzogen.

Mos Blick wanderte von Hatties schmutziger Kleidung zu ihrem roten Gesicht. »Na, klar.«

»Was bist du, ihr Aufpasser?« Trae sah zu Hattie hinüber. »Diesen Scheiß brauch ich nicht. Ich fahr in die Stadt. Wir sehen uns morgen früh.«

Als er auf dem Weg zur Haustür an Mo vorbeiging, zischte er ihm zu: »Leck mich.«


Hattie ließ sich gegen die Wand sacken. »Ich muss auch nach Hause«, verkündete sie und wich Mos fragendem Blick aus, der an dem Pizzakarton und der leeren Champagnerflasche hängen blieb.

»Kannst du denn fahren?«, erkundigte er sich.

»Ja, ja«, sagte sie. »Mir geht's gut.« Sie sah sich um. »Ich muss nur meine Schlüssel und mein Handy finden. Und meinen Hund.«

»Ribsy? Den hattest du doch heute gar nicht mit, oder?«

»Aaah, stimmt. Ribsy hatte heute frei. Der Glückliche.« Sie musste kichern und bekam einen Schluckauf. Leicht unsicher ging sie in die Küche. Mo folgte ihr und machte das Licht an.

»Da seid ihr ja!«, rief sie triumphierend und nahm Autoschlüssel wie Handy von der Arbeitsfläche, die ihr postwendend aus der Hand fielen. »Ups!«

Mo ging auf die hintere Veranda und fand das Moleskin-Büchlein genau dort, wo es seiner Erinnerung nach sein musste. Er steckte es in die Jeanstasche.

»Hey«, sagte er und strich Hattie über den Arm. »Ich glaube, ich fahre dich besser nach Hause. Es ist spät, und ich habe den Eindruck, dass du vielleicht ein bisschen zu viel Champagner getrunken hast.«

»Neiiiin«, stöhnte sie und seufzte dann. »Okay. Du hast recht.«


Er hielt neben dem wachhabenden Polizisten an, der neben seinem Wagen stand und aus einem Styroporbecher trank.

»Danke, Officer«, sagte Mo. »Das Haus ist jetzt versperrt und verriegelt. Heute dürfte eigentlich niemand mehr herkommen.«

Der Cop nickte und reckte den Daumen.

Hattie auf der Rückbank sah geradeaus nach vorn.

»Ich bin eine erwachsene Frau, ja?«, sagte sie unvermittelt.

»Was Trae und ich in unserem Privatleben machen, geht dich gar nichts an.«

»Du hast Zeter und Mordio geschrien«, wehrte er sich. »Was sollte ich davon halten? Das Haus war dunkel, dein Pick-up stand davor. Ich dachte, da würde dich jemand in Stücke schneiden. Entschuldige, dass ich mir Sorgen um dich gemacht habe.«

»Am Anfang. Dann hast du voreilige Schlüsse gezogen und wurdest komisch«, sagte Hattie. »Gib's zu! Du kannst es nicht ertragen, dass ich was mit Trae habe.«

Mo umklammerte das Lenkrad so fest, dass seine Fingerknöchel knackten. »Das geht mich *wirklich* nichts an«, sagte er schließlich. »Ich habe überhaupt keine Meinung zu deinem Privatleben.«

»Gut«, sagte sie und gähnte. »Bin froh, dass wir das geklärt haben.«

Mo hielt den Blick auf die Straße gerichtet, doch nach einer Weile schielte er in den Rückspiegel und sah, dass Hatties Kinn auf ihre Brust gesackt war. Sie schnarchte leise.


Zum Glück wusste er noch den Weg zu ihrem Haus in Thunderbolt. Er parkte in der Auffahrt, ging zur Beifahrerseite herum und tippte ihr auf die Schulter. »Aufwachen, Hattie! Du bist zu Hause.«

Flatternd öffnete sie die Lider. Sie sah sich um und gähnte. »Hm?«

»Gib mir mal deine Schlüssel!«

Sie reichte sie ihm. Mo hakte Hattie unter und half ihr aus dem Auto.

»Das schaffe ich schon«, sagte sie und machte sich von ihm los. »Mir geht es gut.«

»Okay, ich bringe dich noch zur Tür, denn ein guter Mann macht das so.«

»Gut.« Hattie tat einen Schritt nach vorn und stolperte über einen Riss im Asphalt. Bevor sie fallen konnte, fing Mo sie auf.

»Wie viel Champagner hast du denn getrunken?«, fragte er.

»Weiß ich nicht. Aber ich bin nicht betrunken.« Sie gähnte wieder. »Einfach nur hundemüde. War ein langer Tag.«

Vor der Haustür angekommen, hörten sie wildes Bellen aus dem Haus.

»Ribsy!«, rief Hattie. »O mein Gott! Der arme Kerl.«

Mo schloss auf, und sie trat ein. Der Hund sprang Hattie an, riss sie fast um. Er bellte, wedelte mit dem Schwanz und leckte ihr übers Gesicht.

»Ribsy. Mein Schatz, es tut mir so leid.« Hattie sank auf den Boden und nahm ihn in die Arme. »Dachtest du, ich wäre weggegangen und käme nie wieder?«

Bellend sprang er um sie herum, dann blieb er wieder stehen, um ihr übers Gesicht zu lecken.

Mo versuchte, im dunklen Wohnzimmer etwas zu erkennen. »War er den ganzen Tag im Haus?«

»Nein! Er hat eine Hundeklappe. Aber er hat Trennungsangst. Außerdem will er sein Abendessen.«

»Wo ist denn sein Hundefutter?«, fragte Mo. »Ich gebe ihm was.« Er ging in die Küche und sah sich um. Auf einer Plastikmatte neben der Hintertür standen Ribsys Wasserschale und ein leerer Futternapf. In der Nähe entdeckte Mo eine aufgerissene Packung Hundefutter auf dem Boden. Überall lag Trockenfutter herum.

»Sieht aus, als hätte er sich schon selbst bedient«, murmelte Mo und hob die leere Tüte hoch. »Hey, Hattie, hast du irgendwo einen Besen?«

Keine Antwort. Er ging ins Wohnzimmer und fand Ribsys Frauchen schlafend auf dem Boden, den Hund zusammengerollt daneben.

»Eigentlich müsste ich dich da so liegen lassen«, sagte er. Doch er beugte sich vor, schob die Arme unter sie und hievte sie aufs Sofa. Dann ging er ins Bad, machte einen Waschlappen nass und kehrte ins Wohnzimmer zurück.

Er stieg über den Hund, kniete sich neben Hattie und betupfte vorsichtig ihr Gesicht und ihre nackten Arme, um die letzten Spuren von Sägemehl und getrocknetem Schweiß zu entfernen. »Wie du aussiehst«, sagte er leise.

Hattie rührte sich, ohne die Augen zu öffnen. »Hm?«

Mo schnürte ihre Arbeitsstiefel auf und streifte sie ab.

»Danke«, murmelte sie. »Ich bin sooo müde.«

Er ging zurück in die Küche und fand den Besenschrank. Er fegte das Hundefutter auf und gab noch ein bisschen in Ribsys Napf, den er auf die Arbeitsfläche stellte. Dann schaute er wieder im Wohnzimmer nach, wo Hattie weiterschnarchte. Mo beugte sich vor und schob ihr das Haar hinters Ohr.

»Er ist nicht gut genug für dich«, flüsterte er. »Er hätte dich nach Hause fahren müssen, der feige Kerl. Statt darauf zu achten, dass dir nichts passiert, hat er dich abgefüllt. So würde ich dich nie behandeln.«

Hattie rührte sich ein wenig und drehte ihm das Gesicht zu. »Küss mich«, brummte sie. Mo zögerte, dann drückte er einen Kuss auf ihre leicht geöffneten Lippen.

»Hmm, schön«, sagte sie seufzend.

Mo verweilte kurz in der Position, musterte ihr vor Schlaf gerötetes Gesicht, ihre mit Sägemehl bestäubten Augenlider. Er überlegte, wie es wäre, jeden Morgen neben diesem wunderbaren Gesicht aufzuwachen.

Dann schob er den Gedanken beiseite und verließ das Haus, nicht ohne die Tür zuzuschließen und Hatties Schlüssel in einem Blumentopf mit Farnen auf der Veranda zu deponieren.

Sie hörte, wie der Schlüssel im Schloss umgedreht wurde, dann die sich entfernenden Schritte, und berührte ihren Mund. Hatte sie den Kuss nur geträumt? Hattie gähnte und schlief wieder ein.

# 54.

## PRESSEKONFERENZ

Unbeholfen stand Makarowicz vor dem Mikrophon in dem Raum, wo normalerweise Anhörungen des Verkehrsgerichts von Tybee abgehalten wurden. Er wischte sich mit einem Taschentuch übers Gesicht und überflog noch einmal die Notizen, die er sich eine Stunde zuvor hastig auf einer Karteikarte gemacht hatte.

Er zählte acht Journalisten in der ersten Reihe. Die meisten waren von lokalen Fernsehsendern. Einer war von CNN, was ihn überraschte, und vier Reporter hatten lediglich Notebooks und Kameras dabei, was bedeutete, dass sie von den Printmedien waren. Molly Fowlkes saß direkt mittig Mitte vor ihm.

Mak hatte seinen Teil des Deals eingehalten.

»Wir, ähm, haben auf einem Grundstück auf Tybee Island menschliche Überreste gefunden«, hatte er gesagt, als Molly sich am Telefon meldete. »Es ist Lanier Ragan. Morgen um neun ist eine Pressekonferenz im Gerichtsraum auf der Dienststelle.«

Jetzt war er von Journalisten umringt und fühlte sich nicht wohl in seiner Haut. Er räusperte sich und klopfte aufs Mikro.

»Guten Morgen. Ich bin Detective Allan Makarowicz. Vor zwei Tagen wurde auf einem Grundstück hier auf Tybee Island ein Skelett gefunden. Es lag in einer stillgelegten Sickergrube auf einem Privatgrundstück. Die Überreste wurden spät am gestrigen Tag als die von Lanier Ragan identifiziert, einer Frau aus Savannah, die im Februar 2005 im Alter von fünfundzwanzig Jahren verschwand. Die Leiche war offenkundig stark verwest, konnte aber durch Mrs. Ragans zahnärztliche Unterlagen identifiziert werden. Die Todesursache ist unklar, es liegen noch keine Ergebnisse aus der Rechtsmedizin vor.«

Er schob die Hände in die Taschen. »Gibt es Fragen?«

Molly Fowlkes' Hand schoss hoch. »Wurde Laniers Tod schon zum Tötungsdelikt erklärt?«

»Nein.«

Mak hörte das Klicken mehrerer Kameras.

Molly war noch nicht fertig. »Detective, Sie sagten eben, die Überreste seien auf einem Privatgrundstück hier auf der Insel gefunden worden. Handelt es sich um dasselbe Grundstück, wo vor kurzem Mrs. Ragans Portemonnaie aufgetaucht ist? Das Haus auf der Chatham Avenue, wo momentan eine Reality-Show fürs Fernsehen gedreht wird?«

Makarowicz trat von einem Fuß auf den anderen. »Ja, das ist richtig.«

»Wie wurde die Leiche entdeckt?«, hakte Molly nach.

Mak räusperte sich wieder. »Ähm, auf dem Grundstück wurde schweres Gerät bewegt, das brach durch den Schachtdeckel ein. Dadurch wurden die alte Sickergrube und die menschlichen Überreste aufgefunden.«

Ein dunkelhaariger Reporter vom lokalen Ableger der ABC meldete sich zu Wort. »Das Haus gehörte noch bis vor kurzem Mr. und Mrs. Holland Creedmore, einer angesehenen Familie aus Savannah, nicht wahr?«

»So ist es«, sagte Mak.

»Haben Sie die Creedmores schon befragt, wie die Leiche auf ihr Grundstück gelangen konnte?«

»Kein Kommentar«, sagte Mak.

»Was ist mit dem Ehemann?«, rief der Reporter der örtlichen NBC-Anstalt. »Frank Ragan? Wurde der schon vernommen? Ist er ein Verdächtiger?«

»Ich kann keinen Kommentar zu laufenden Ermittlungen abgeben«, sagte Mak.

»Detective, können Sie denn darüber sprechen, wann Lanier Ragan zuletzt gesehen wurde?«

Mak nickte. »Sie war mit ihrem Mann bei einer Super-Bowl-Party in der Nachbarschaft. Mr. Ragan gibt an, dass seine Frau nicht mehr da war, als er am nächsten Morgen aufwachte. Er rief Bekannte und Verwandte an, fuhr die Gegend ab, und nachdem er keine Spur von seiner Frau hatte finden können, meldete er sie bei der Polizei von Savannah als vermisst.«

Die Reporterin von der CNN stand auf. »Es gibt Gerüchte, dass es in der Ehe der Ragans Probleme gab und sie eventuell eine Beziehung zu einem anderen Mann hatte. Was wissen Sie darüber? Ist bekannt, um wen es sich handelt?«

»Die Gerüchte werden untersucht«, erwiderte Mak. »Mehr kann ich Ihnen nicht sagen.«

Er schaute auf die Uhr an der Wand hinter dem Richtertisch. »Das ist erst mal alles. Danke für Ihre Aufmerksamkeit.«

Während er den Raum verließ, riefen die Reporter ihm weitere Fragen nach.

## 55.

### EIN LICHT GEHT AUF

**O**jemine!« Hattie setzte sich vorsichtig hin und schaute sich um. Ihr Kopf dröhnte, ihr Magen drehte sich. Ribsy lag zusammengerollt neben ihr auf dem Boden, und sie wurde erneut von Schuldgefühlen überwältigt, als sie sah, wie glücklich er sie begrüßte, obwohl sie ihn am Vortag vergessen hatte.

Ribsy sprang aufs Sofa und schmiegte sich an ihren Hals, bis sie seinen Kopf, die Ohren und das Kinn kraulte. »Guter Junge«, flüsterte sie. »Kannst du mir verzeihen?« Als Antwort warf er sich auf den Rücken, damit sie seinen Bauch streichelte.

Hattie lehnte den Kopf an die Sofalehne, dann tastete sie auf dem Boden nach ihrem Handy. Sie hatte eine Nachricht von Mo, die er noch in der Nacht abgeschickt hatte: *Schlüssel im Blumentopf.* Es war fast sieben Uhr, die Sonne ging auf. Zeit, zur Arbeit zu fahren.

In der Dusche dachte sie über die überraschenden und teilweise auch beunruhigenden Wendungen des vorigen Abends nach. Trae und sie waren nah dran gewesen, es zu tun. Ihr jetziger Zustand machte ihr klar, dass sie viel zu viel Champagner getrunken hatte. Hatte er sie mit Absicht abgefüllt, um ihr an die Wäsche zu gehen?

Andererseits: Sie war eine erwachsene Frau und fühlte sich

zu ihrem Fernsehpartner enorm hingezogen. Wahrscheinlich wäre sie auf seinen Charme angesprungen. Oder?

Als sie sich die Haare föhnte, dachte sie an Mo und was er in der Nacht geflüstert hatte, als er sie zudeckte und glaubte, sie bekäme nichts mit. *Er ist nicht gut genug für dich.* Und dann der Kuss. Im Vergleich zu anderen war der ziemlich zurückhaltend gewesen. Doch es hatte eine Zärtlichkeit darin gelegen, die sie sich bestimmt nicht eingebildet hatte. Was hatte Mo noch gesagt? So würde ich dich nie behandeln? Es war alles sehr verwirrend. Erwärmte Mo sich gerade für sie? Oder sie sich für ihn?

Hattie war schon fast fertig angezogen, als ihr einfiel, dass ihr Pick-up immer noch auf Tybee Island stand.

Sie versuchte, Cass zu erreichen, damit die sie mitnahm, doch der Anruf sprang direkt auf die Mailbox. Hattie überlegte, aber verwarf sofort die Idee, Trae anzurufen. Widerstrebend rief sie ein Uber, dann nahm sie Ribsy an die Leine und wartete mit ihm vor der Tür auf den Wagen.


Der Uber-Fahrer war nicht gerade begeistert, erklärte sich gegen einen Zehner extra letztlich aber doch einverstanden, Ribsy auf dem Beifahrersitz mitfahren zu lassen, der fröhlich den Kopf aus dem Fenster hielt.

»Geht's an den Strand?«, fragte der Mann.

»Zum Arbeiten«, gab Hattie knapp zurück.

So wollte sie das Haus auf der Chatham Avenue von jetzt an sehen, nahm sie sich vor. Als Baustelle, auf der sie zu arbeiten hatte. Schluss mit der Schwärmerei für einen Haufen Holz und Steine. Es war eine rein geschäftliche Beziehung. Oder etwa nicht?

Der Cop, der sich Geld hinzuverdiente, stand immer noch

an der Einmündung zum Haus. Hattie lehnte sich auf der Rückbank aus dem Fenster und winkte ihm zu. Er gab ihr ein Zeichen, durchzufahren. Als sie sich dem Haus näherte, stellte sie mit Genugtuung fest, dass offenbar alle Beschäftigten vor Ort und im Einsatz waren. Die Maler standen auf dem Gerüst und strichen die Zierelemente der Fassade. Auch die Installateure, Elektriker und der Typ mit der Klimaanlage waren da. Mo und Leetha standen an der Seite des Hauses und sprachen mit einem Mann, den Hattie nicht erkannte.

»Lassen Sie mich einfach hier raus«, sagte sie zum Fahrer.

Trae hängte sich an sie, kaum dass sie das Haus betreten hatte. »Kann ich kurz mit dir reden?« Er öffnete die Tür zum großen Schlafzimmer unten. »Hier drin?«

Als sie allein waren, strich er ihr mit seiner freien Hand über die Wange. »Können wir darüber sprechen, wie es gestern ausgegangen ist? Ich dachte, wir würden super Sex haben, und dann kam Mo reingestürmt, um deine Tugend zu verteidigen.«

Darüber hatte Hattie nachgedacht, seit sie am Morgen auf dem Sofa erwacht war.

»Ich will nicht leugnen, dass ich gestern das Gleiche dachte, in dem Moment. Es sah aus, als ginge es in die Richtung. Aber ich hatte viel zu viel getrunken. Mein Urteilsvermögen war … ähm … beeinträchtigt. Wenn beziehungsweise falls ich mit dir schlafen würde, Trae, möchte ich einen klaren Kopf haben. Und Mo hat nichts damit zu tun.«

Sie sprach ihn nicht auf den Punkt an, der ihr den ganzen Tag durch den Kopf gespukt war: dass Trae einfach abgehauen und zurück in die Stadt gefahren war, offenbar ohne sich darum zu kümmern, wie sie in ihrem Zustand nach Hause käme.

»Wir können das Gespräch ja heute Abend bei einem Essen fortsetzen.« Er drückte ihre Hand. »Ich verspreche dir, diesmal lassen wir den Champagner aus.«

»Hattie!«

Das war Tug. Sie öffnete die Tür und ging ins Wohnzimmer.

»Hey, Dad«, sagte sie. »Seit wann bist du denn hier?«

»Hallo, Mr. Kavanaugh«, grüßte Trae.

»Trae.« Tug nickte dem Innenarchitekten flüchtig zu.

»Bin gerade gekommen. Ich muss dir was in der Küche zeigen.«

»Leetha hat gesagt, ich soll in die Maske kommen, weil wir gleich oben drehen«, erklärte Trae. »Wir sprechen später. Sag mir Bescheid wegen heute Abend, ja?«


Pete Savapoulis, der Tischler und Trockenbauer, wartete neben Hatties wertvollem antiken Apothekenschrank, der zu einer Kücheninsel umfunktioniert worden war. Auf der Marmorarbeitsfläche stand eine Trittleiter, und in Petes Gesicht lag eine Mischung aus Verlegenheit und Verdruss.

»Hallo, Pete. Was ist los?«

»Zeig's ihr!« Tug wies auf die Decke.

»Was soll er mir zeigen?«, fragte Hattie.

»Ähm, also, Trae wollte, dass ich als Erstes heute Morgen Rigipsplatten unter die Decke mache, weil Cass die Abnahme der Baustelle beantragen soll, und da ist mir was aufgefallen, das nicht so gut aussieht.«

»Was denn?«

»Wie ich schon Tug erklärt habe, werden die alten Schiffslaternen, so wie die angeschlossen sind, nie im Leben abgenommen werden.«

»Warum nicht?«, fragte Hattie.

»Steig mal auf die Leiter und guck selbst«, schlug Tug mit vorgeschobenem Kiefer vor.

Er half seiner Schwiegertochter auf die Arbeitsfläche, und sie stieg auf die Trittleiter und betrachtete die Decke.

»Was genau soll ich hier sehen?«, fragte sie.

»Guck dir an, wie die Lampen angeschlossen sind«, sagte Tug. »Siehst du, was da fehlt?«

Hattie reckte den Hals und erkannte sofort, wo das Problem lag.

»Da ist keine Verteilerdose«, rief sie nach unten. »Das geht nicht.«

»Allerdings«, sagte Tug. »Guck noch genauer hin! Siehst du die verschmorten Stellen, wo die Kabel Funken gesprüht haben?«

»O Gott«, stöhnte Hattie. »Die Anschlüsse sind ja nur notdürftig zusammengeklemmt. Das ist eine potenzielle Brandgefahr.«

»Darauf kannst du deinen Arsch wetten«, sagte Tug. »Komm mal wieder runter. Wir müssen uns unterhalten.«

Hattie lehnte sich gegen die Kücheninsel und ließ den Blick über die Arbeiten schweifen, die in der Küche schon gemacht worden waren. Die Maler hatten wahre Wunder bewirkt, hatten die vom Rauch beschädigten Schränke gestrichen und die neuen angebracht. Die Schranktüren lehnten an den Wänden und warteten darauf, eingebaut zu werden.

»Pete, erzähl Hattie, was du mir gesagt hast«, wies Tug den Tischler an.

»Also, ähm, als ich vorher drin war und den Raum für die Rigipsplatten ausgemessen habe, da ist mir schon aufgefallen, wie die Lampen da oben angeschlossen sind. Ich meine, ich bin kein Elektriker, aber ich treib mich schon lange genug auf

Baustellen herum und weiß, wenn was nicht in Ordnung ist. Besonders, als ich die Brandflecke gesehen hab«, sagte Pete. »Ich habe Erik drauf hingewiesen, einen von den Elektrikern, und der meinte, Trae hätte ihm gesagt, er sollte die Laternen so miteinander verbinden. Sie hätten keine Zeit, um in die Stadt zu fahren und Verteilerdosen zu besorgen, weil die Decke fertig sein muss, bevor der Inspector kommt.«

Hattie wurde übel, noch übler als am Morgen auf dem Sofa.

»Danke, Pete«, sagte Tug. »Wir machen die Rigipsplatten hier erst dran, wenn Erik wieder da war und die Lampen ordentlich angeschlossen hat. Ich habe ihn in die Stadt geschickt, damit er ein paar Verteilerdosen holt.«

»Okay«, sagte Pete. »Ich glaube, Cass braucht mich oben in einem der Schlafzimmer.«

Als er weg war, verschränkte Tug die Arme vor der Brust. Er trug seinen bevorzugten Jeans-Overall, aus dessen Brusttasche die Bleistiftstummel ragten. »Das ist nicht gut, Hattie.«

Sie seufzte. »Ich weiß. Ich spreche mit Trae. Er hat es halt eilig, weil uns der Brand zeitlich so zurückgeworfen hat. Bist du deshalb heute Morgen hergekommen?«

»Ja. Cass hat mich angerufen, als Pete ihr die Anschlüsse in der Decke gezeigt hat. Sie meinte, vielleicht würdest du nicht auf sie hören, weil du und Trae sozusagen … Wie nennt man das heutzutage? Rummachen?«

Hatties Wangen brannten vor Scham, von ihrem Schwiegervater durchschaut worden zu sein. Sie kannte ihn seit ihrer Jugend, und seine Anerkennung damals und heute bedeutete ihr mehr, als sie sich selbst erklären konnte. Sie war verdammt nochmal eine erwachsene Frau, aber wenn sie der Zorn des alten Mannes traf, wollte sie sich am liebsten in einem Loch verstecken.

»Wir machen nicht rum. Und natürlich hätte ich auf Cass gehört. Sie ist die Vorarbeiterin. Ich will, dass vernünftig gearbeitet wird. Du weißt, wie ich das sehe, Tug.«

»Ich wusste immer, wie du das siehst, jetzt bin ich mir nicht mehr so sicher«, entgegnete er. »Mir ist es egal, dass es um eine Fernsehsendung geht. Wir können uns keine Schlampereien auf einer Baustelle leisten. Da steht unser guter Ruf auf dem Spiel, nicht der von diesem Fernsehfuzzi und auch nicht der von diesem Trae.«

»Habe ich verstanden«, sagte Hattie. »Ich rede mit Trae.«

»Und du redest auch besser mal mit deiner Freundin Cass«, sagte Tug. »Ihr seid viel zu lange befreundet, als dass sich so ein aalglatter Fiesling aus Kalifornien zwischen euch drängen könnte.«

»Mach ich«, sagte Hattie erschöpft. »Und jetzt?«

»Weiß ich noch nicht«, erwiderte Tug. »Ich guck mir noch mal die Baustelle an und prüfe alles ganz genau.« Kopfschüttelnd wollte er das Zimmer verlassen. »Ach, ja. Zenobia hat angerufen. Sie sagt, bei dir im Büro sitzt eine Frau, die mit dir sprechen will.«

»Wer soll das denn sein? Ich hatte heute nicht vor, ins Büro zu fahren, und habe mich auch mit niemandem verabredet.«

»Sie wollte Zen nicht sagen, wie sie heißt, sondern meinte nur, du würdest auf jeden Fall mit ihr reden wollen.«

# 56.

### DER ZWEITE RING DER WAHRHEIT

**A**ls Hattie aus der Küche kam, trat Leetha zu ihr. »Hattie Paletti!«

Sie fuhr herum und sah die Moderatorin an. »Was ist denn jetzt schon wieder?«

»Hoho!« Leetha wich einen Schritt zurück. »Wer hat dir denn die Cornflakes versalzen?«

»Keiner. Ich habe nur … einen schlechten Morgen«, sagte Hattie. »Wie sieht der Drehplan heute aus?«

»Genau darüber wollte ich mit dir sprechen. Deine Handwerker müssen an der Rückseite des Hauses weitermachen, damit die Verkleidung dort fertig wird, wir wollen da nämlich drehen. Ach ja, was passiert mit der grässlichen alten Sickergrube? Ich krieg jedes Mal Gänsehaut, wenn ich daran vorbeigehe.«

Hattie machte sich nicht die Mühe, ihre Verärgerung zu verbergen. »Du willst also, dass ich die Maler von der Vorderseite des Hauses abziehe. Ich dachte, die hätte Priorität. Hast du selbst gesagt!«

»Habe ich, aber dann wurde der Plan geändert. Es gibt eine Firma, die Bodenbeläge aus recyceltem Plastik herstellt, und unser Marketing hat diese Firma überreden können, das Material für die Ausbesserung des alten Anlegers zu spenden. Aber weil das Unternehmen mit unserem Projekt und den Filmausschnitten werben will, müssen wir schnellstmöglich mit den Dreharbeiten anfangen. Cool, oder?«

»Echt? Ich hatte die Ausbesserung des Anlegers gar nicht auf dem Plan, weil ich wusste, dass das unser Budget sprengt. Das ist ja der Hammer!«

»Dafür muss das Haus allerdings von hinten fertig sein, weil es dabei von hinten gezeigt wird.«

»Besprich das besser mit Cass«, sagte Hattie.

Leetha hob die Augenbraue. »Bist du nicht Cass' Chefin?«

»Red mit Cass, sag ihr, dass du das mit mir besprochen hast. Du könntest sie auch bitten, mal bei der Polizei nachzufragen, ob wir die alte Sickergrube nun endlich zuschütten lassen können. Ich guck da genauso ungern drauf wie du.«

»Ja, gut.«

»Wann bin ich denn nun heute dran?«, hakte Hattie nach.

»Erst am späten Nachmittag«, sagte Leetha. »Wir drehen gleich mit Trae oben im Badezimmer und Gästezimmer, die sind eh zu klein für zwei Personen.«

»Gut. Ich muss mal schnell in die Stadt, bin aber nach dem Mittagessen zurück.«


Zenobia Pelletier saß an ihrem Schreibtisch im kleinen Büro von Kavanaugh & Sohn.

»Hey, Zen«, grüßte Hattie die Sekretärin hinter dem gewaltigen Metallschreibtisch. »Tug meinte, hier wäre jemand, der mich sprechen will?«

»Hmm«, machte Zenobia, ohne beim Tippen innezuhalten oder aufzusehen. »Hinten in seinem Büro. Sieht aus, als hätte sie in eine Zitrone gebissen.«

»Super. Genau das, was ich heute brauche: noch mehr Ärger.«

Tugs Büro war nicht viel größer als ein Kabuff, und es quoll nur so über vor Sachen, die Zenobia am liebsten weggeworfen hätte.

Die Frau, die vor Tugs Schreibtisch saß, hatte Hattie den Rücken zugewandt, doch ihre aufrechte Haltung und die Art, wie sie den Kopf hielt, erinnerten sie vage an jemanden.

»Hallo«, sagte Hattie. Langsam drehte sich die Frau um. Sie hatte schulterlange blonde Haare, ein langes, schmales, herzförmiges Gesicht mit einem spitzen Kinn und, wie Zenobia gewarnt hatte, einem säuerlichen Ausdruck.

»Elise? Das ist ja eine Überraschung.«

Elise Hoffmans Lippen zogen sich leicht nach oben. Hattie hatte Davis' Frau seit vielen Jahren nicht mehr gesehen. Elise war dünner als damals und deutlich blonder. Und hatte sie etwas um die Augen herum machen lassen?

»Hallo, Hattie«, sagte Elise. »Hör zu, ich bin nur kurz vorbeigekommen, um mich mal mit dir auszusprechen.«

»Worüber?«

»Über Davis.«

»Was ist mit ihm? Alles in Ordnung?«

»Nein, es ist nicht alles in Ordnung«, entgegnete Elise. »Mein brillanter Exmann hat es irgendwie geschafft, das Juweliergeschäft seiner Familie vor die Wand zu fahren. Es hat sich herausgestellt, dass er unser Haus an einen ›Investor‹ verkauft hat, der den ganzen Block sofort an einen Bauunternehmer aus Atlanta verhökert hat, und der hat jetzt die Miete für unseren Laden verdreifacht. Davis ist mit dem Kindesunterhalt und den Alimenten in Rückstand, und wer weiß, wie viel Geld er noch anderen Leuten schuldet, von denen ich nichts weiß.«

»Du meine Güte«, sagte Hattie. »Das tut mir leid zu hören.«

»Tja, mir auch. Also, was ich gerne wissen möchte und weshalb ich hier bin, ist Folgendes: Wie kann er dir bitte einen Scheck über Vierzigtausend ausstellen, wenn er nicht mal die Kosten für die Vorschule unseres Kindes zahlen kann?«

Elise griff zu ihrer Louis-Vuitton-Handtasche und kramte darin herum, bis sie fand, was sie suchte: ein Blatt Papier. Sie hielt es Hattie vor die Nase. »Und versuch nicht, es zu leugnen. Dies ist der Beweis.«

Es war die Kopie der Quittung, die Davis ihr für den Verlobungsring gegeben hatte.

»Wo hast du die her?« Hattie war zuerst fassungslos, dann wütend. »Das ist eine vertrauliche Geschäftsangelegenheit zwischen Davis und mir.«

»Das glaube ich gern.« Elise schlug die Beine übereinander und lehnte sich auf dem Stuhl zurück. »Um deine Frage zu beantworten: Der Richter hat angeordnet, dass er seine Bücher offenlegen muss. Und das erste Warnsignal, das ich sehe, ist eine Zahlung über vierzigtausend Dollar an Hattie Kavanaugh.«

»Hör auf, Elise! Zwischen deinem Exmann und mir läuft überhaupt nichts. Und selbst wenn, würde dich das nichts angehen.«

»Wenn es was mit Geld zu tun hat, geht es mich durchaus was an«, gab Elise zurück. Obwohl sie die Stirn runzelte, bewegte sich ihr Gesicht nicht. Botox?

Hattie schaute auf ihre unberingten Hände. Sie waren sauber, hatten aber dringend eine Maniküre nötig, anders als die von Elise, deren Nägel makellos gepflegt und in einem sehr blassen Lavendelton lackiert waren.

»Okay. Ich erzähle es dir. Ich habe meinen Verlobungsring verpfändet. Damit ich ein Haus zum Renovieren kaufen konnte.«

»Aaah, richtig. Das alte Creedmore-Haus. Zwei Grundstücke neben Granny Hoffmans Strandhaus. Wie praktisch für euch beide.«

»Das ist die Wahrheit. Ich brauchte Bargeld. Davis hat den Wert meines Verlobungsrings geschätzt und mir ein faires Angebot gemacht, das ich ihm zurückzahlen werde, sobald ich das Haus auf Tybee verkauft habe.«

Elise' Oberlippe zuckte spöttisch. »Na klar. Als könnte sich Hank Kavanaughs irische Mischpoke einen Ring leisten, der auch nur annähernd vierzigtausend wert ist. Mich interessiert nur eins: Wie lange lässt du Davis schon ran?«

»Du bist ekelhaft«, sagte Hattie.

»Ich bin ekelhaft? Aber sicher«, entgegnete Elise, zerknüllte die Quittung und warf sie in Richtung Papierkorb – daneben. »Gib's zu, Hattie! Davis hatte schon immer eine Schwäche für dich. Immer.«

Hattie blinzelte. »Das stimmt nicht.«

»Mein Problem war, dass ich verfügbar war. Seine Eltern liebten mich. Und meine Mutter war hin und weg von ihm. Er kam aus einer alteingesessenen Familie mit einem erfolgreichen Unternehmen. Apropos Verlobungsring: Wusstest du, dass seine Mutter den für mich ausgesucht hat? Sie wollte sichergehen, dass ich den dicksten Stein in der Stadt bekomme. Hat geklappt.«

Elise beugte sich vor und fuchtelte mit ihrer linken Hand vor Hatties Gesicht herum. Es stimmte, der Diamant in der Platinfassung war so groß wie eine Radkappe.

»Aber leider war er auf dich scharf, nicht auf mich. Bei Davis war ich immer nur die Nummer zwei. Mit mir zusammen zu sein, war praktisch, mehr nicht.«

»Das ... das glaube ich nicht«, sagte Hattie. »Aber selbst

wenn das so wäre, habe ich ihn nie, nie im Leben irgendwie ermutigt.«

»Allein, dass du nicht verfügbar warst, hat ihn angemacht. Er wollte dich, weil du zu Hank gehörtest. Er war ja auch total verknallt in Lanier Ragan, weil er wusste, dass die was mit Holland Creedmore hatte.«

Hattie krallte die Hände um die Schreibtischkante. »Woher weißt du das?«

»Damals, auf der Highschool, bin ich mit Davis oft zum Strand hinter dem Haus seiner Großmutter gegangen, da haben wir Gras geraucht und rumgemacht. Als wir einmal abends da waren, sahen wir, dass Holland ein Mädchen zu Besuch hatte. Die beiden badeten nackt, sprangen immer wieder vom Anleger ins Wasser. Wir schlichen uns rüber, weil wir wissen wollten, wer das war. Direkt am Damm ist ein größeres Gebüsch. Dahinter haben wir uns versteckt und gewartet, und tatsächlich liefen sie nach einer Weile zum Haus zurück, beide splitterfasernackt. Ich wusste nicht, wer das Mädchen war, ich ging ja auf die Country Day. Davis meinte, es wäre die Frau seines Trainers. Er konnte den Blick nicht von ihr abwenden, und als ich nach unten guckte, hatte er den größten Ständer, den ich je gesehen habe.«

Elise' Lächeln erinnerte Hattie an ein Krokodil. »Von da an war Davis oft freitagabends am Strandhaus, wenn sein Spiel vorbei war. Dann trafen sich Holland und die Lehrerin nämlich immer am Anleger, weil die Creedmores spitzbekommen hatten, dass die Football-Spieler in ihrem Haus mit ihren Freundinnen rummachten, und deshalb die Schlösser ausgewechselt hatten. Es törnte Davis total an, die zwei zu beobachten. Er hat mich aufgefordert mitzukommen, aber so dumm ich damals auch war, das war mir dann doch zu pervers.«

»Du wusstest, dass Holland mit Lanier Ragan schlief, und hast kein Wort gesagt, als sie verschwand? Die ganzen Jahre hast du den Mund gehalten?«

Elise faltete die Hände auf ihrer Handtasche und starrte auf den dicken Diamanten an ihrem linken Ringfinger.

»Meine Eltern hätten mich umgebracht, und seine wären durch die Decke gegangen, wenn sie erfahren hätten, was wir da draußen trieben. Außerdem sagten alle, sie wäre mit irgendeinem Typen durchgebrannt.«

»Und das hast du geglaubt?«

»Ja, bis ich diese Woche im Fernsehen gesehen habe, dass ihre Leiche gefunden wurde. In Hollands Haus.«

»Hör zu, Elise«, sagte Hattie. »Du musst mit Detective Makarowicz sprechen und ihm erzählen, was du weißt. Das ist der Beweis: Holland Creedmore hat Lanier Ragan umgebracht.«

»Und wenn es nicht Holland war?« Elise' spitzes Kind bebte, ihre blassblauen Augen sahen tief in Hatties.

»Was soll das heißen?«

»Wir waren an dem Abend da«, sagte Elise. »Im Strandhaus von Davis' Großmutter. Wir hatten eine Flasche Wodka aus der Bar meines Vaters stibitzt und sind mit meinem Toyota raus nach Tybee gefahren. Davis wollte vögeln, aber ich nicht, weil er kein Kondom und nichts dabeihatte. Wir kriegten uns schwer in die Wolle. Er schimpfte, ich würde ihn nur heißmachen, und warf mir sonst was an den Kopf. Ich war so sauer, dass ich in mein Auto stieg und wegfuhr.«

»Und das war der Abend des Super Bowl?«, hakte Hattie nach. »Die Nacht, als Lanier verschwand?«

»Ja.«

»Bist du dir ganz sicher?«

»Absolut. Wir hatten den Fernseher an, tranken was und

machten rum. Ich habe keine Ahnung von Football, aber Davis war ein großer Fan der Patriots. Wir hatten sogar Partner-Trikots.«

»Hast du Lanier an dem Abend gesehen? Oder Holland?«

»Ich habe gar keinen gesehen. Kurz nachdem das Spiel angepfiffen wurde, war ich weg.«

»Und wie ging's weiter? Wie kam Davis nach Hause?«

»Er hat gesagt, er wäre nachts mit dem Fahrrad heimgefahren. Nach Wilmington Island. Das hat er im Sommer öfter gemacht.«

Hattie holte ihr Handy aus der Tasche.

»Moment mal! Wen rufst du an?« Elise bekam Panik.

»Makarowicz. Damit du ihm erzählen kannst, was du mir gerade gesagt hast.«

»Ganz bestimmt nicht.« Elise stand abrupt auf.

»Wenn du es nicht tust, erzähle ich es ihm.«

Elise stieg über die zerknüllte Quittung für den Verlobungsring. »Wenn du auch nur ein Wort von dem wiederholst, was ich dir gerade mitgeteilt habe, erzähle ich in der ganzen Stadt herum, dass du ein verlogenes Stück Scheiße bist. Dann mache ich dich und deine beschissene Firma fertig. Und bilde dir nicht ein, dass ich deinen angeblichen Verlobungsring nicht verticken könnte.« Sie machte auf dem Absatz kehrt und ging.

# 57.

### EIN ZEN-MOMENT

**W**as war das denn für ein fieses Klappergestell?«

Hattie sah hoch: Zenobia stand in der Tür.

»Kennst du noch Hanks Freund Davis Hoffman?«

»Der Junge, dessen Familie das Juweliergeschäft in der Stadt gehört? Ja, den kenne ich noch. Der war damals ganz schön verknallt in dich, oder?«

»Ganz, ganz früher. Das war seine Exfrau Elise. Sie hat sich in die Vorstellung verrannt, dass Davis und ich etwas miteinander hätten.«

Zenobias wieherndes Lachen heiterte Hattie ein wenig auf. »Haaaaha! Das möchte er wohl gerne.« Sie setzte sich auf den Stuhl, den Elise kurz zuvor geräumt hatte.

»Auch wenn Cass und du längst erwachsen und ausgezogen seid, bleibt ihr meine Kleinen. Ich spüre, dass dich noch mehr bedrückt. Was ist denn auf der Baustelle los, dass du so durch den Wind bist? Ich meine, abgesehen von der Leiche im Garten?«

»Ach, Zen.« Hattie lächelte schwach. »Allmählich glaube ich, Tug hatte recht, und das Haus der Creedmores hat wirklich ein schlechtes Karma.«

»Was weiß denn ein alter Knacker wie Tug Kavanaugh über Karma?«

»Ach, egal, wie man es nennt. Es kommt mir vor, als würde nichts funktionieren. Zuerst die Anzeigen, dann der Brand, dann die Leiche – und zwar nicht irgendeine, sondern die meiner Lieblingslehrerin von der Highschool.«

»Hm, ja, das ist echt traurig. Besonders für ihre arme Tochter, die die ganze Zeit nicht wusste, was mit ihrer Mama passiert war.«

»Lanier Ragan hat mir sehr geholfen, als mein Vater ins Gefängnis kam und Mom abhaute. Abgesehen von Cass und dir war sie meine größte Stütze. Und jetzt finde ich heraus, dass sie ein Doppelleben geführt hat. Ich meine – mit einem Jungen von der Highschool schlafen? Einem der Football-Spieler ihres Mannes?«

Zenobia schüttelte den Kopf. »Tja, das ist wirklich ganz großer Mist. Aber in der Bibel steht, dass wir alle Gutes und Schlechtes in uns tragen. Deine Lehrerin kann in ihrem Leben also durchaus Gutes getan haben. Und sie hatte es nicht verdient, den Kopf eingeschlagen zu bekommen und in eine alte Sickergrube geworfen zu werden.«

»Da hast du recht, Zen«, sagte Hattie.

»Du hast mir immer noch nicht erzählt, warum du dich so über diese Elise aufgeregt hast.«

Hattie verzog das Gesicht. »Dir kann ich nichts vormachen, was?«

»Das schlechteste Pokerface, das ich je gesehen habe«, sagte Zenobia. »Raus mit der Sprache!«

Mit wenigen Worten gab Hattie wieder, was Elise Hoffman ihr kurz zuvor anvertraut hatte.

»Das heißt, die beiden waren an dem Abend draußen am Strand, als Lanier Ragan verschwand? Und diese Frau behauptet, Davis wäre in die Lehrerin verknallt gewesen?«, fragte

Zenobia. »Und du glaubst, er könnte etwas mit dem Verschwinden zu tun haben?«

»Vielleicht. Ich habe sie gebeten, sich bei dem Detective zu melden, der die Ermittlung leitet, aber das will sie nicht. Sie hat mir mit allen möglichen Sachen gedroht, wenn ich zur Polizei gehe.«

»Und was machst du jetzt?« Zenobia sah sie genauso durchdringend an wie damals zu Schulzeiten. Es war der Blick, mit dem sie Cass und Hattie an Hausaufgaben und Ausgangsregeln erinnert und sich nach Liebeskummer und anderen Teenagerproblemen erkundigt hatte.

Hattie griff zu ihrem Handy. »Ich rufe ihn an und erzähle ihm alles, was ich gerade von Elise erfahren habe.«

»Gut. Und was machst du wegen der anderen Sachen, die dich runterziehen?«, fragte Zenobia. »Ich weiß nämlich, dass es nicht nur ums Haus geht. Problemhäuser hattest du schon öfter. Es geht noch um was anderes, stimmt's?«

Hattie biss sich auf die Lippe.

»Hör auf, mich für dumm zu verkaufen. Es geht um einen Mann, stimmt's? Um den gutaussehenden Innenarchitekten aus Kalifornien?«

»Mehr oder weniger. Er, tja, er will eine Beziehung mit mir.«

»Und was willst du? Er sieht gut aus, ist solo und hat wahrscheinlich eine Menge Geld auf der hohen Kante. Wo ist das Problem?«

»Tja, das stimmt alles. Aber irgendwas … passt nicht. Eher Kleinigkeiten. Heute habe ich erfahren, dass er einem unserer Leute gesagt hat, er solle einen verpfuschten Stromanschluss vertuschen, bevor der Inspector zu uns kommt. Zum Glück hat der Mitarbeiter Brandflecken an der Stelle gesehen, wo die Kabel abgezweigt wurden, und es Cass gezeigt, die es Tug erzählt hat.«

»Und Tug bekam einen Anfall, wozu er jedes Recht der Welt hat. Bei Elektrik muss man sich genau an die Vorschriften halten. Noch einen Brand kann niemand gebrauchen.«

»Das sehe ich auch so.«

Zenobia legte den Kopf schräg. »Da ist doch noch mehr!«

»Ja … Ich glaube einfach, dass … Er ist kein guter Mensch. Jedenfalls nicht für mich.«

»Kluges Mädchen.« Zenobia stand auf und streichelte Hatties Hand. »Du weißt, was richtig und falsch ist, Hattie Kavanaugh. Das hast du nicht von deinen Eltern gelernt, und ich kann es mir auch nicht auf die Fahnen schreiben, aber du hattest immer schon einen guten moralischen Kompass. Also vertrau dir!«

# 58.

## FAMILIENANGELEGENHEITEN

**A**uf dem Rückweg zur Insel rief Hattie Makarowicz an. Der Anruf wurde direkt auf seine Mailbox weitergeleitet, doch einige Minuten später rief er zurück.

»Hattie? Wie kann ich Ihnen helfen?«

»Ich … ähm … ich wollte fragen, wie Sie mit den Ermittlungen vorankommen. Haben Sie schon Holland Creedmore befragt?«

Längeres Schweigen am anderen Ende.

»Das ist keine reine Neugierde«, erklärte Hattie. »Es ist etwas passiert.«

Mak hustete und räusperte sich. »Okay, nur zwischen uns beiden, ja? Ich habe Holland junior zur Einvernahme mit auf die Dienststelle genommen und auch mit seinen Eltern gesprochen. Der Sohn gibt zu, dass er eine Affäre mit Lanier hatte. Angeblich hat sie ihm am fraglichen Abend eine Nachricht geschickt und gefragt, ob sie sich am Strandhaus treffen könnten – und ihm eröffnet, dass sie schwanger ist.«

»O mein Gott«, stieß Hattie aus.

»Nach seiner Aussage ist sie nie dort angekommen.«

»Glauben Sie ihm?«, fragte Hattie.

»Ich glaube Teile von dem, was er sagt«, gab Makarowicz zurück. »Seine Eltern haben eine noch unglaubwürdigere Geschichte.« Er fasste zusammen, was er von den Creedmores gehört hatte.

»Moment mal«, rief Hattie. »Wollen Sie behaupten, die beiden hätten Laniers Leiche gefunden, sie versteckt, sind noch mal hingefahren, und da war sie weg?«

»Verrückt, oder?«

Hattie hielt vor der Ampel an der Kreuzung Victory und Skidaway Road. Ihr Bungalow war nur wenige Straßenblocks entfernt. Am liebsten wäre sie nach Hause gefahren, hätte Ribsy geherzt und die ganzen Hässlichkeiten vergessen, die Elise Hoffman gerade im Büro von sich gegeben hatte. Aber ihr verdammter moralischer Kompass schickte sie zurück an den Strand.

»Hattie? Sind Sie noch dran?«

»Ja, ich bin da. Leider. Ich hatte eben Besuch von der Exfrau eines alten Freundes, dessen Familie auch ein Strandhaus auf Tybee hat. Es liegt zwei Grundstücke neben dem der Creedmores, und die Frau hat mir eine noch hanebüchenere Geschichte von jener Nacht erzählt.«

»Hat dieser geheimnisvolle Freund auch einen Namen?«

»Davis Hoffman. Er ist der Inhaber von Heritage Jewelers auf der Broughton Street. Hat zusammen mit meinem Mann den Abschluss an der Cardinal Mooney gemacht und mit Holland Creedmore unter Frank Ragan Football gespielt.«

»Und weiter?«

»Seine Exfrau heißt Elise. Die beiden kannten sich von der Highschool, so wie Hank und ich, nur dass Elise auf der Savannah Country Day war. Ich bin früher ein paarmal mit Davis ausgegangen, bevor ich mit Hank zusammenkam. Jedenfalls hat Elise erzählt, dass sie damals mit Davis oft zum Haus seiner Großmutter auf Tybee Island gefahren ist, um ungestört zu sein. Und da hätten sie Holland und Lanier gesehen – zusammen, ähm, und zwar splitternackt.«

»Interessant«, sagte Makarowicz. »Also wussten die beiden, dass Holland und Lanier ein Paar waren.«

»Ja. Und Elise sagt, Davis wäre damals schwer verknallt in Lanier gewesen. Dass er regelrecht von ihr besessen war. Er beobachtete Holland und Lanier, wenn sie sich im Steghaus trafen, es törnte ihn an.«

»Ist jemals was aus dieser … ähm … Schwärmerei geworden?«

»Das weiß ich nicht, und Elise weiß es, glaub ich, auch nicht. Sie ist ziemlich verbittert. Behauptet, er würde ihr noch Kindesunterhalt und Alimente schulden und hätte das Familienunternehmen vor die Wand gefahren.«

»Also hat sie ein Hühnchen mit ihm zu rupfen«, bemerkte der Detective. »Warum war sie bei Ihnen?«

»Sie hat sich in die irrige Vorstellung hineingesteigert, ich würde mit ihrem Exmann schlafen, weil sie eine Quittung über ein Darlehen von vierzigtausend Dollar gefunden hat, das er mir gegeben hat. Ich habe ihm meinen Verlobungsring verpfändet. Von dem Geld habe ich das Haus gekauft.«

»Alles kommt immer wieder auf das verfluchte Haus zurück«, sagte Mak.

»Sieht so aus«, pflichtete Hattie ihm bei. »Jedenfalls behauptet Elise, sie und Davis seien an dem Abend, als der Super Bowl lief, im Strandhaus seiner Großmutter gewesen. Sie hätten Gras geraucht, Alkohol getrunken und sich dann heftig gestritten. Elise ist angeblich in ihr Auto gestiegen und nach Hause gefahren.«

»Ohne ihren Freund?«

»Ja. Davis hat behauptet, er wäre in der Nacht mit dem Fahrrad zurückgefahren. Und sie sagt, sie hätten niemandem von

Holland und Lanier erzählt, weil sie großen Ärger gekriegt hätten, weil sie zur falschen Zeit am falschen Ort waren.«

»Hat die Exfrau Lanier an dem Abend gesehen? Oder Holland junior?«

»Nein.«

Wieder langes Schweigen am anderen Ende. »Und was glauben Sie?«

»Ich weiß nicht, was ich denken soll«, gestand Hattie. »Ich kenne Davis Hoffman seit über zwanzig Jahren. Zumindest dachte ich das.«

»Auf jeden Fall interessant, dass die beiden in der Mordnacht nur zwei Häuser weiter waren«, bemerkte Makarowicz. »Bloß verrät uns das immer noch nicht, wie Lanier in die Sickergrube geraten ist. Und ich frage mich auch, wenn die Exfrau so sauer auf ihn ist und ihn in der Hand hat, warum erzählt sie das alles Ihnen und nicht der Polizei?«

»Er ist und bleibt der Vater ihres Kindes. Und sie hat wahrscheinlich Angst vor einem Skandal. Savannah ist eine kleine Stadt, wissen Sie. Als ich gesagt habe, ich würde zur Polizei gehen, hat sie mir gedroht.«

»Womit?«

»Unwichtig«, versicherte Hattie dem Detective. »Was machen Sie nun?«

»Ich bin gerade auf dem Weg zum Bezirksstaatsanwalt. Ich glaube, ich habe genug in der Hand, um ihn zu überzeugen, dass er eine Grand Jury einberuft und zumindest die Eltern wegen Verheimlichung eines Todesfalls und Mittäterschaft anklagt«, erklärte Makarowicz. »Und ich überlege, ob ich noch mal mit Holland junior spreche. Abhängig davon, was er mir erzählt, würde ich auch noch ein Gespräch mit Ihrem Freund Davis Hoffman führen.«

»Bitte sagen Sie ihm nicht, woher Sie wissen, dass er in der Nacht auf Tybee war«, bat Hattie.

»Bestimmt nicht.«

## 59.

### DEADLINE-DRAMA

Es war Mo gelungen, Hattie den größten Teil des Vormittags aus dem Weg zu gehen. Er hatte sich zu seiner professionellen Einstellung beglückwünscht. Und als er Trae den morgendlichen Drehplan darlegte, war er stolz darauf, dem Arschloch die Faust nicht mitten in die grinsende geschminkte Fresse geschlagen zu haben.

Irgendwann würde er dem Kerl die Gesichtszüge neu sortieren, versprach er sich selbst. Aber nicht heute. Heute musste er die Nachricht von Rebecca überbringen, die sie ihm mitgeteilt hatte, als er sich gerade die erste Tasse Kaffee des Tages machte.

»Gute Neuigkeiten!«, hatte sie geflötet, als sie ihn um kurz vor sieben anrief. »Alle sind total begeistert von dem, was du da unten machst. Allerdings will Tony schnellstmöglich das Ergebnis sehen.«

»Wieso bist du überhaupt schon wach?«, fragte Mo. »Wo bist du?«

»Oh, ich bin in New York, Sponsoren treffen«, sagte Rebecca. »Noch mal im Klartext: Du drehst den endgültigen Rundgang durchs Haus am Freitag. Tony will ihn am Sonntag haben, zusammen mit der Einschätzung des Immobilienmaklers.«

»Das sind mit heute nur noch vier Tage«, protestierte Mo. »Wir haben immer noch einen gigantischen Krater im Garten.

Das Haus ist nicht annähernd fertig. Was du da verlangst, ist unmöglich, Rebecca.«

»Für jeden anderen, ja«, flötete sie. »Aber nicht für Mo Lopez.«

Auf der Fahrt nach Tybee erarbeitete Mo in Überschallgeschwindigkeit einen neuen Drehplan. Bewusst hatte er seine Gefühle für Hattie Kavanaugh beiseitegeschoben, doch jetzt, da sie direkt vor ihm stand, konnte er ihr nicht mehr aus dem Weg gehen. Falls sie sich tatsächlich noch daran erinnerte, was er in der Nacht zu ihr gesagt hatte, oder an diesen bescheuerten Kuss, war sie eine zu gute Schauspielerin, um sich etwas anmerken zu lassen.

»Okay, das Licht ist gut, deshalb gehen wir runter an den Anleger und drehen jetzt dort, statt wie geplant später. Ich sage euch jetzt, was ihr tun sollt«, verkündete er munter Hattie, Trae und dem Rest der Crew. »Die Jungs haben die alten Bretter des Anlegers geprüft. Sie sind wacklig, aber halten. Sie sind stabil genug, um euch und die Kameracrew zu tragen. Ihr geht runter bis ans Ende, zu dem Steghaus da draußen, und unterhaltet euch über den Blick auf die Insel.«

»Die heißt Little Tybee«, warf Hattie ein.

»Oder so. Hattie, du sagst, dass so ein Anleger ein großer Pluspunkt ist, wenn man am Wasser wohnt – man kann sich ein Boot vor die Tür legen, kann rüber zur Insel paddeln, angeln, Krabben fangen, bla bla bla. Aber der Anleger müsste erneuert werden, und das wäre nicht billig. Was würdest du schätzen, was eine Reparatur kostet – allein das Material?«

»Wir haben schon lange keinen Anleger mehr gemacht, aber ich würde sagen, mindestens vierzigtausend. Wenn das Steghaus auch renoviert würde, noch mehr.«

»Super. Sagen wir mal sechzigtausend.« Mo wies auf einen untersetzten Mann, der ein paar Meter entfernt stand. »Das ist Gary Forehand. Er hat eine Firma, Lumberlyke, die stellt uns das gesamte Material für den neuen Anleger zur Verfügung. Er geht mit euch da drauf, und ihr unterhaltet euch ein bisschen miteinander.«

»Hi, Gary«, sagte Hattie. »Vielen Dank für das Material.«

Forehand trug eine khakifarbene Hose mit Bügelfalten und ein Polo mit dem Logo von Lumberlyke auf der Brust. Lächelnd wischte er sich den Schweiß von der Stirn. »Gern geschehen. Ähm, ich war noch nie im Fernsehen, von daher …«

»Keine Sorge.« Hattie grinste ihn aufmunternd an. »Bis Mo mich für *Die Traumhaus-Profis* anwarb, hatte ich das auch noch nie gemacht.«

»Was ist mit mir?«, fragte Trae.

Mo ignorierte ihn. »Gary, du sagst was zum Material für den Anleger, dass es …«

»… witterungs- und verrottungsbeständig ist«, ergänzte Forehand, plötzlich ganz eifrig. »Und wir geben eine lebenslange Garantie darauf. Diese Art der Anwendung ist revolutionär, sie funktioniert besonders gut in Küstenregionen.«

»Super.« Mo warf einen Blick auf seine Notizen.

»Hallo?«, meldete Trae sich wieder zu Wort. »Was soll ich in dieser Einstellung machen?«

Mo sah ihm fest in die Augen. »Du gehst rüber zum Steghaus und machst total unrealistische, durchgeknallte Vorschläge für den Umbau …«

»Zuallererst: das Dach hochsetzen. Dann rundherum Insektenschutz, vielleicht ein paar niedrige Polsterbänke einbauen. Ein richtiges Waschbecken und einen kleinen Kühlschrank unter der Arbeitsfläche. So was Ähnliches habe ich mal für eine

Berghütte in Montana entworfen. An die Decke kommt ein sehr cooler Retro-Ventilator ...«

»Spendet Lumberlyke dafür auch das Material?«, fragte Hattie mit unbewegter Miene.

»Nein, nein, wir stellen ausschließlich das Baumaterial für den Steg«, sagte Forehand schnell. Er klang alarmiert.

»Ich dachte, das wäre klar.«

»Ist es«, versicherte Mo ihm.

Hattie nickte. »Wir erneuern den Anlegesteg. Das Dach des Steghauses kann angehoben werden, und wenn noch Geld übrig ist, können wir über den Insektenschutz reden, aber das ist alles, Trae.«

Genervt schüttelte der Innenarchitekt den Kopf. »Nicht mal ein Waschbecken?«

»Ich habe ein altes Edelstahlbecken im Bootshaus gesehen«, sagte Hattie. »Vielleicht kannst du ja aus dem Material von Lumberlyke eine Art Arbeitsplatte bauen. Und Bänke.« Sie warf Gary Forehand ein gewinnendes Lächeln zu. »Das wäre doch in Ordnung, oder?«

»Absolut.« Er strahlte sie an. »Zufälligerweise haben wir gerade eine Firma aufgekauft, die Terrassenmöbel aus recyceltem Plastik herstellt. Adirondack-Stühle, Tische, solche Sachen. Man könnte meinen, die wären aus Zedernholz. Oder sogar Teak. Ich habe einen Katalog dabei, wenn Sie sich das mal ansehen wollen ...«

»Plastikmöbel?«, warf Trae ein. »Ganz bestimmt nicht.«

»Warte mal!«, rief Hattie. »Reden wir gerade von TikiTeak? Ich liebe die Sachen! Letztes Jahr habe ich zwei Chaiselongues für das Poolhaus in Ardsley Park bestellt.«

»Ja, genau. TikiTeak ist unser neuster Ableger«, sagte Forehand.

Mo drehte sich zu Leetha um, die sich Notizen auf ihrem iPad gemacht hatte. »Wie sieht das Haus von hinten für dich aus?«

»Wir können loslegen«, sagte sie. »Wir müssen nur darauf achten, dass wir bei der Küchentür und der hinteren Veranda nicht zu weit aufziehen. Die Maler sind seit einer halben Stunde fertig.«

»Damit steht es fest«, verkündete Mo der versammelten Kameracrew und den Handwerkern. »Am Freitag drehen wir das Ergebnis.«

»Was?«, rief Hattie entsetzt. »Du hast gesagt, wir hätten sechs Wochen Zeit. Es sind noch keine vier herum. Wir bekommen das nicht bis Freitag fertig. Nicht nach dem Brand und dem ganzen anderen Mist ...«

»Muss aber«, sagte Mo. »Der Sender sitzt mir im Nacken, die wollen, dass alles so schnell wie möglich im Kasten ist, damit wir uns an die Postproduktion machen können. Außerdem muss das Haus eingerichtet sein. Das kriegst du doch hin, Trae, nicht?«

»Nein«, sagte der Designer. »Das ganze Haus einrichten, von null, während die Maler und Tischler noch drin sind? Das geht nicht. Ich bin Innenarchitekt, kein Zauberer.«

»Es gibt doch wohl Einrichtungshäuser in Savannah, oder?«, gab Mo zurück. »Die gute Nachricht ist, dass wir nur im Wohn- und Esszimmer, in der Küche und im unteren Schlafzimmer drehen. Konzentriere dich auf diese Räume. Dies ist ein Strandhaus, es muss nichts Ausgefallenes sein.«

»Unglaublich!«, entrüstete sich Trae. »Absoluter Irrsinn.«

Mo ignorierte das Geschimpfe und deutete auf Trae und Hattie. »Fangen wir an! Ich möchte, dass ihr die kleine Szene von eben noch mal nachspielt, komplett mit den liebevollen Neckereien über die Einrichtung. Gary, bist du bereit?«

»Liebevolle Neckereien?« Hattie funkelte Mo böse an.

»Ehestreit?« Vor sich hin grinsend ging er davon.

Hattie saß auf der hinteren Veranda und betupfte ihr sich auflösendes Make-up. Kurz nachdem die Dreharbeiten beendet worden waren, war der Anhänger mit der Raupe gekommen, gefolgt von einem Kipper voller Sand, und jetzt fuhr der Fahrer mit der Planierraupe immer wieder hin und her, um die Erde in der gefüllten Sickergrube zu ebnen. Von Cass hatte Hattie gehört, dass früh am nächsten Morgen eine Lkw-Ladung voll Mutterboden gebracht würde. Bald gäbe es keine Spuren mehr von der Stelle, wo Lanier Ragan siebzehn Jahre lang gelegen hatte.

Sie ertrug den Anblick nicht und wandte den Kopf ab. Schließlich stand sie auf und marschierte zielstrebig zum Fluss hinunter.

Den ganzen Nachmittag hatte sie an Elise Hoffman gedacht und überlegt, was hier vor vielen Jahren an jenem stürmischen Sonntagabend geschehen sein mochte.

Hattie schob sich an einem Gebüsch aus wild wuchernden Palmettopalmen und Oleander vorbei, um am Damm entlangzugehen. Dann blieb sie stehen und betrachtete das Haus im Norden ihres Grundstücks, das ebenfalls eine dramatische Verwandlung mitmachte. Vorher die unglückliche Nachahmung eines Nurdachhauses aus Zedernholz, wie es in den Siebzigern modern gewesen war, war es nun auf ein Betonfundament gesetzt worden. Hattie kannte die Bauherrin beziehungsweise Architektin Liz Demos. Die ging nach dem Prinzip vor, kleine Häuser in den gentrifizierten Vierteln von Savannah aufzukaufen und diese umzubauen. Es interessierte Hattie zu sehen, was Liz mit einem Projekt in dieser Größenordnung anstellen würde. Es gab Gerüchte, dass sie über eine Million Dollar für das umgebaute Haus verlangen würde.

Hattie hatte die Hoffnung, dass Liz' Projekt den Wert ihrer eigenen Immobilie steigerte. Eine Weile stand sie auf dem Damm und schaute nach Little Tybee hinüber. Ein Boot röhrte vorbei, dahinter ein grelloranger Reifenschlauch mit zwei winkenden Mädchen in Bikinis.

Am nächsten Grundstück ragte ein Steg in den Fluss. Die Ebbe gab den Blick auf einen schmalen Streifen Sandstrand frei, auf dem Tangklumpen und Austernharken lagen.

Hattie drehte sich um und schaute zum nächsten Haus hinüber, das Davis' Familie gehörte.

Das Strandhaus der Hoffmans war in den Sechzigerjahren des vergangenen Jahrhunderts von einem berühmten Architekten aus Atlanta entworfen worden, der sich eigentlich mit Ferienanlagen und vielstöckigen Hotels einen Namen gemacht hatte. Der grau gestrichene Betonbau glich dem Bug eines Schiffs, das auf den Fluss wies. Das Haus verfügte über mehrere Terrassen mit Edelstahlgeländern, großflächige Panoramafenster und Schiebetüren. Vor einer gefliesten Terrasse zog sich ein langes, schmales Schwimmbecken entlang, gesäumt von großen Topfpalmen. In der Nachbarschaft hieß das Haus nur »die Titanic«.

Hattie hörte die Geräusche eines Rasenmähers und sah einen Mann, der einen Mäher von der Seite des Hauses nach hinten schob. Sein Gesicht lag im Schatten einer Baseballkappe, er trug ein langärmeliges Shirt, eine kurze Hose und Sneaker. Zuerst schien er Hattie nicht zu bemerken, dann hielt er an, um den Auffangbehälter des Mähers zu leeren, und schaute hoch. Offensichtlich überrascht stellte er fest, dass er Gesellschaft hatte.

»Hattie?«

Sie hatte angenommen, er sei ein Landschaftsgärtner, doch zu ihrem Schreck war es tatsächlich Davis Hoffman.

Als er grinsend auf Hattie zukam, zog sich ihr Magen zusammen. »Wie geht's, wie steht's, Frau Nachbarin?«, sagte er. »Schön, dich zu treffen.«

»Oh, hallo«, erwiderte sie und hoffte, ihre Stimme klinge nicht so nervös, wie ihr zumute war. »Hab nicht damit gerechnet, dich hier zu sehen.«

»Ich habe auch nicht damit gerechnet, hier zu sein, aber meine Mutter rief mich völlig aufgelöst an, weil wir dieses Wochenende Besuch von Verwandten von außerhalb bekommen, da sollen Haus und Garten auf Vordermann sein, aber ihr Gärtner hat ein kaputtes Knie.« Davis wischte sich mit dem Unterarm über das verschwitzte Gesicht, und Hattie fiel auf, dass er einen dicken Verband an der rechten Hand hatte.

»Was hast du denn da gemacht?« Sie wies auf seine verletzte Hand.

»Ach …« Er starrte auf seine Hand, als nehme er sie gerade erst wahr. »Meine eigene Dummheit. Ich wollte letzte Woche ein paar Steaks grillen, da habe ich mit dem Grillanzünder wohl etwas übertrieben. Ich bin noch nach hinten gesprungen, aber offensichtlich nicht schnell genug.«

Hattie spürte, dass sie innerlich erstarrte. Auch Davis' Augenbrauen waren versengt. Zudem entdeckte sie eine große Brandblase knapp über dem Halsausschnitt seines verschwitzten T-Shirts. Derjenige, der den Container hinter ihrem Haus in Brand gesteckt hatte, könnte ähnliche Verletzungen davongetragen haben. Kurz bekam sie kein Wort heraus, dann bemühte sie sich, locker weiterzuplaudern.

»Das tat bestimmt weh. Ich habe eine Heidenangst davor,

mich zu verbrennen. Deshalb habe ich meinen Grill seit Jahren nicht angeworfen.«

»Es sieht schlimmer aus, als es ist«, sagte Davis. »Wie läuft es drüben bei dir? Ich bin ein paarmal mit dem Fahrrad vorbeigefahren, aber von der Straße aus kann man nicht viel sehen. Schon gar nicht, seitdem der Bulle in der Einfahrt steht.«

»Die Frist des Senders läuft bald ab, alle bekommen Panik«, verriet Hattie.

»Das schafft ihr schon. Das Haus sieht hinterher bestimmt super aus«, sagte Davis. »Willst du selbst hier wohnen, oder willst du es verkaufen?«

»Ich kann es mir nicht leisten«, sagte Hattie. »Ich muss mein Geld wieder rausbekommen, damit ich meine Kredite zurückzahlen kann. Und meinen Verlobungsring auslösen.«

Davis' verschwitztes Gesicht wurde rot. »Von mir aus brauchst du dich nicht zu beeilen.«

»Elise war heute bei mir im Büro«, berichtete Hattie. »Sie hat ein paar hässliche Andeutungen gemacht.«

Er wischte sich mit dem Unterarm über die Stirn und verzog das Gesicht. »Das tut mir leid. Aus irgendeinem Grund hat sie dich gefressen. Ihr beschissener Anwalt hat den Richter überredet, ihr Einsicht in die Geschäftsbücher zu gewähren, und den Rest kannst du dir wahrscheinlich denken.«

»Sie hat behauptet, der Laden hätte Schwierigkeiten«, sagte Hattie.

»Mein Gott! Die bekommt er, wenn sie weiterhin durch die Gegend läuft und so einen Blödsinn erzählt«, rief Davis. »Es war in letzter Zeit etwas holprig, mehr nicht. Mein Steuerberater hat mir einen schlechten Tipp gegeben, und ich habe das Gebäude an einen Investor verkauft, der es an einen Bauunternehmer weitervertickt hat, und der verdreifacht jetzt meine

Miete. Ich musste nur ein bisschen Geld herumschieben, das ist alles. Glaub mir, Heritage Jewelers steht nicht kurz vor der Pleite.«

»Das freut mich zu hören«, erwiderte Hattie. Das Gespräch kam ihr bemüht und anstrengend vor. Davis beobachtete ihre Reaktion, und sie belauerte ihn ebenso. Wer war er eigentlich? Ahnte er, was seine Exfrau ihr noch alles anvertraut hatte?

»Ich muss los«, sagte sie und schlug nach einem Moskito, der um ihren Kopf herumschwirrte. Als Hattie sich zum Gehen wandte, griff Davis nach ihrem Arm und hielt sie am Ellenbogen fest.

»Hattie? Stimmt was nicht?«

»Doch, doch, alles gut«, log sie.

Sein Griff wurde fester. »Wirklich? Wir kennen uns schon sehr lange, Hattie. Du kennst mich. Du glaubst den Scheiß doch nicht, den Elise über mich verbreitet, oder?«

»Nein.« Sie spürte, wie ihr ein Schweißtropfen den Rücken hinunterlief, dann der nächste. Bleib ruhig, sagte sie sich. Bleib cool.

»Gut.« Davis ließ sie los. »Meld dich mal, ja? Ich würde wirklich gerne sehen, was du mit dem Haus gemacht hast. Wer weiß? Vielleicht kaufe ich es sogar?«

»Mach ich.« Hattie hoffte, dass das leichte Beben in ihrer Stimme nicht verriet, wie ihr zumute war. Sie musste sich zwingen, langsam über den Damm zurückzugehen und nicht zu rennen.

# 60.

## LADIES NIGHT

**A**ls Hattie endlich wieder auf die Baustelle zurückkehrte, waren alle Arbeiter bereits verschwunden. Sie stieg in ihren Pick-up, schloss die Augen und atmete durch. Nach der Begegnung mit Davis Hoffman war ihr Mund trocken, ihr Puls raste. Fand sie es irgendwie bedrohlich, als er sie am Ellenbogen festgehalten hatte? Lauerte da eine Bösartigkeit, für die sie in den Jahren ihrer Freundschaft blind gewesen war?

»Hey!« Beim Klang von Cass' Stimme fuhr Hattie zusammen und griff sich an die Brust.

Ihre beste Freundin lehnte sich gegen den Pick-up. »Stimmt was nicht?«

Diese Frage wurde ihr gerade zum zweiten Mal innerhalb weniger Minuten gestellt. »Weiß ich nicht genau«, sagte Hattie.

»Du siehst aus, als hättest du ein Gespenst gesehen. Wo bist du denn hinmarschiert, als wir mit dem Drehen durch waren? Trae hat dich überall gesucht.«

Hattie überlegte. »Was machst du heute Abend?«

»Nach Hause fahren und chillen.«

»Du hättest nicht vielleicht Lust, zu mir zu kommen und da zu chillen?«

»Echt? Hast du nichts mit deinem neuen Traummann vor?«

»Nenn ihn nicht so.« Hatties Stimme war schärfer als beabsichtigt. »'tschuldigung«, sagte sie sofort und schüttelte den Kopf. »Ich bin bloß müde. Und nervös. Und um ehrlich zu sein, habe ich auch Angst.«

»Du?«

»Ja. Und, was sollen wir bestellen? Thai? Mexikanisch? Burger?«

»Was Gesundes«, schlug Cass vor. »Ich hole was von Whole Foods und komme damit zu dir.«

»Was Gesundes? Was ist denn mit dir los?«

»Erkläre ich dir später«, sagte Cass.

Als Cass mit dem Essen kam, hatte Hattie bereits geduscht und eine ausgefranste Trainingshose und ein altes T-Shirt von Hank angezogen.

Cass packte die Pappkartons mit Grünkohlsalat, Obstsalat und gegrilltem Huhn aus, während Hattie den Küchentisch deckte.

»Hab eine Weinflasche mitgebracht«, verkündete Cass, doch Hattie winkte ab.

»Ich trinke erst mal nichts. Wenigstens für ein paar Tage.«

»Das ist ja interessant.«

Die beiden Frauen aßen in geselligem Schweigen, während Ribsy unter den Tisch schlich und darauf wartete, dass etwas für ihn abfiel.

»Das hat mir gefehlt.« Hattie spießte ein Stück Ananas auf ihre Gabel.

»Mir auch«, sagte Cass. »Aber du warst die letzten Wochen stark eingespannt, ich beschwere mich nicht.«

Hattie dachte kurz darüber nach. »Es könnte sein, dass ich unser ehernes Freundschaftsgesetz gebrochen habe.«

»Könnte man sagen«, erwiderte Cass zögernd.

»Ich habe mich einfach … hinreißen lassen«, sagte Hattie.

»Verstehe ich. Trae Bartholomew ist eine ziemliche Naturgewalt«, erwiderte Cass. »Also, wenn man was für große, charmante, sexy Männer übrighat.«

»Hm. Eine tödliche Kombination.« Hattie ließ für Ribsy ein Stück Hühnchen fallen.

»Klingt ganz so, als würde der Charme nicht mehr so wirken. Weiß Trae das?«

»Nein. Ich bin wirklich ein Angsthase. Bin ihm heute so gut wie möglich aus dem Weg gegangen.«

»Ist was passiert?«, fragte Cass.

Hattie sah sich in der Küche um. Zum ersten Mal fiel ihr auf, dass der Besen und das Kehrblech in der Ecke standen. Hatte Mo tatsächlich in der letzten Nacht den Boden gefegt, während sie auf dem Sofa schnarchte?

»Ich glaube, es war eine Kombination aus verschiedenen Dingen. Ich will dich nicht mit Kleinigkeiten langweilen, aber als wir gestern Abend die Böden geschliffen haben, habe ich wirklich viel Champagner getrunken – viel mehr, als ich wollte, und dann wurde es ganz schön heiß.«

»Oooh! Wie heiß?«

»Sehr heiß. Zuerst haben wir ein bisschen herumgealbert – habe ich erwähnt, dass ich heftig angeheitert war? –, und ich bin auf Trae gefallen, vor Schreck hab ich geschrien, richtig laut, und ehe wir uns versahen, kam Mo aus dem Nichts ins Haus gestürzt, weil er dachte, ich würde ermordet oder so … Was Trae tierisch genervt hat. Er ist einfach abgehauen.«

»Aha. Ich komme nicht mehr mit«, sagte Cass. »Du warst betrunken. Und Trae auch?«

»Nein.«

»Er hat dich einfach zurückgelassen? Angetrunken, wie du warst? Wie bist du denn nach Hause gekommen?«

»Mo hat mich gefahren. Ich muss unterwegs eingeschlafen sein, aber er hat mich ins Haus gebracht und aufs Sofa gelegt. Ich erinnere mich nur noch verschwommen, aber ich bin mir ziemlich sicher, dass er sich über mich gebeugt und mich geküsst hat, bevor er ging.«

»So ein brüderliches Küsschen auf die Wange?«

»So eins nicht.«

»Und du bist dir sicher, dass du das nicht geträumt hast?«

»Ja! Ich habe danach meine Lippen betastet, und die waren feucht.«

»Wahrscheinlich dein eigener Speichel«, überlegte Cass. »Du sabberst immer, wenn du blau im Bett liegst.«

»Ich weiß es genau: Mo hat mich geküsst«, beharrte Hattie. »Er hat auch noch irgendwas gebrummt, dass Trae kein guter Mensch wäre. Dann hat er mich geküsst und gesagt, so würde er mich niemals behandeln. Und dann ist er gefahren. Aber es kann sein, dass er vorher noch den Küchenboden gefegt hat.«

»Was, glaubst du, hat das zu bedeuten?«

»Dass er den Küchenboden fegt? Vielleicht hatte Ribsy Dreck gemacht? Oder er hat einen Putzfimmel?«

»Du weißt genau, dass ich den Kuss meinte«, entgegnete Cass.

Seufzend schaute Hattie zur Seite. »Es war lieb. Und … schön. Als ich aufgewacht bin, dachte ich: Hätte ich den Kuss doch erwidert.«

»Keine schlechte Idee.«

»Auf gar keinen Fall. Solche Komplikationen kann ich nicht gebrauchen. Es ist jetzt schon schlimm genug mit Trae. Ich

457

fasse es nicht, dass er versucht hat, das mit der falsch angeschlossenen Lampe zu vertuschen.«

»Das ist noch das Geringste, was er angestellt hat. Während
du in der Stadt warst, haben Tug und ich eine nasse Stelle im
neuen Spülschrank in der Küche entdeckt. Beim Einbau der
neuen Spülmaschine hat wohl jemand aus Versehen eine Ab-
flussleitung getroffen, da ist Wasser aus dem Schrank gelaufen. Wir haben es rechtzeitig gemerkt, sonst hätte der gesamte
Schrank ausgetauscht werden müssen. Als ein Tischler Trae
auf das Leck hinwies, meinte er, das sei keine große Sache.«

»O Gott!« Hattie schob ihren Teller von sich. »Jetzt ist mir
schlecht. Wie kann er nur so was tun?«

»So lange alles chic aussieht und er eine gute Figur macht,
ist Trae der Rest egal. Er hat hier ja nichts zu verlieren. Tug hat
ihn zur Schnecke gemacht, aber Trae hat nur gelacht und ist
gegangen.«

»Habt ihr noch mehr gefunden, was er vertuscht hat?«,
fragte Hattie.

»Das war schon genug«, sagte Cass. »Was willst du jetzt mit
ihm machen?«

»Was soll ich tun? Ich habe einen Vertrag. Wir haben noch
drei Tage Zeit, um fertig zu werden, dann ist es vorbei, und
Trae Bartholomew und ich sind Geschichte.«

»Und was, wenn die Sendung bombenmäßig einschlägt und
der Sender eine zweite Staffel will?«

»Darüber kann ich mir jetzt keine Gedanken machen«, sagte
Hattie.

»Was glaubst du, wie er damit zurechtkommt?«

»Es wird ihm nicht das Herz brechen. Ich bin mir ziemlich
sicher, dass er in mir nie mehr als eine Sommeraffäre gesehen
hat.«

»Meinst du wirklich?«, fragte Cass.

»Vielleicht habe ich mich anfangs geschmeichelt gefühlt und geglaubt, ich wäre mehr als das. Aber jetzt kann ich wieder klar sehen.« Hattie warf Ribsy noch ein Hühnchenstück zu. Er fing es aus der Luft.

»Weißt du noch was? Trae hat nicht angerufen, um sich zu erkundigen, wie es mir geht.«

»Er ist so ein Arschloch«, sagte Cass. »Mo hingegen …«

»Ich dachte, du kannst Mo nicht leiden.«

»Das verdammte Haus kann ich nicht leiden. Und du musst zugeben, dass Mo ganz schön rumkommandiert.«

»Das sagt die Richtige.«

Cass stand auf und holte eine Wasserflasche aus dem Kühlschrank. »Du hast mir immer noch nicht erzählt, was dir heute solche Angst gemacht hat, drüben am Fluss.«

»Es fing mit dieser verdammten Sickergrube an. Ich muss ständig an Lanier denken …«

»Ab morgen früh sieht man nicht mehr, wo sie gewesen ist«, erwiderte Cass.

»Ich werde sie aber nicht vergessen. Und jetzt weiß ich viel mehr, als ich möchte.« Hattie fuhr sich durch die Haare. »Heute hat mich Elise Hoffman im Büro besucht, um ein Wörtchen mit mir zu reden.«

»Wer?«

»Die Exfrau von Davis Hoffman. So eine dürre Blondine, die zur Country Day ging.«

»Was wollte sie?«

»Sichergehen, dass ich nicht mit Davis schlafe.«

»Iih. Abartig. Wie kommt sie denn auf die Idee?«

Hattie unterrichtete Cass über die Eheprobleme der Hoffmans und das Darlehen über vierzigtausend Dollar.

Cass machte große Augen. »Du hast deinen Verlobungsring verpfändet? Um das Haus zu kaufen?«

»Irgendwoher musste das Geld ja kommen.« Hattie schaute auf ihren Teller, aus dem Fenster, überallhin, nur nicht in die unnachgiebigen Augen ihrer besten Freundin. »Ich habe sogar meinen Dad angepumpt.«

»O Mann. Warum hast du mir nichts erzählt?«

»Es war mir peinlich. Zuzugeben, was ich alles tun würde, um mich vor Tug zu beweisen. Und vor der Welt. Dass ich nach dem Reinfall in der Tattnall Street auch irgendwas kann.«

»Das war doch nicht deine Schuld! Das hat niemand gesagt.«

»Tug schon. Er hat viel Geld bei dem Projekt verloren, Geld, das Nancy und er nicht haben.«

»Was erzählst du da? Mom sagt, die haben es richtig dicke, und sie muss es wissen, sie führt ihnen ja die Bücher. Tug besitzt gut ein Dutzend Mietshäuser überall in der Stadt, dazu eine Einkaufspassage in Pooler.«

»Das kann nicht sein. Er hat seit über zehn Jahren keinen neuen Pick-up mehr gekauft und wohnt mit Nancy immer noch in dem Haus, das sie seit Hanks Kindheit haben. Er bringt fast jeden Tag ein Lunchpaket mit auf die Arbeit!«

Cass lachte sich scheckig. »Ja, weil er super sparsam ist. Die Kavanaughs leben so, weil sie es wollen.«

»O Mann«, sagte Hattie. »Und ich mach mir Sorgen, dass mein Schlamassel sie ins Armenhaus bringt.«

Cass legte den Kopf schräg. »Du musst dich immer vor anderen beweisen, oder? Du bist die klügste, fleißigste Frau, die ich kenne, Hattie, aber keiner hat eine schlechtere Meinung von dir als du selbst.«

Hattie kippte den Rest von ihrem Teller in Ribsys Napf, und der Hund stürzte sich darauf.

»Seit wann bist du denn zur Küchenpsychologin mutiert?«

»Komisch, dass du das sagst. Ich mache nämlich gerade eine Therapie.«

»Seit wann?«

Cass machte sich daran, die Reste wegzupacken. »Seit knapp sechs Monaten.«

»Und, hilft es dir?«

Sie nickte. »Glaub schon. Eigentlich war es Moms Idee.«

»Zen hat dich zum Seelenklempner geschickt?«

»Nach meiner letzten katastrophalen Beziehung mit dem Typen, den ich auf Tinder kennengelernt hatte und der dann verheiratet war, hat sie mich zur Rede gestellt und gefragt, ob es sein könnte, dass ich mein Leben absichtlich sabotiere.«

Hattie grinste. »Ist es nicht furchtbar, dass deine Mom immer recht hat?«

»Nicht immer«, gab Cass zurück. »Ich erinnere dich nur an diesen Haarglätter, den sie an mir ausprobiert hat. Oder an den Minivan, den sie sich gekauft hat, als wir kurz vorm Abschluss waren.«

»Wer könnte den alten Trecker schon vergessen?«

»Das schlimmste Auto aller Zeiten. Aber zurück zu Davis Hoffman. Wieso nimmt seine Exfrau an, dass du mit ihm schläfst?«

»Sie meinte, er hätte schon immer eine Schwäche für mich gehabt, schon damals auf der Highschool.«

»Ich muss gestehen, dass ich Davis Hoffman nie so richtig mochte. Ich hatte immer das Gefühl, er würde Hank und dich heimlich beobachten, wenn ihr zusammen wart – wie die Hauskatze, die das Streifenhörnchen belauert, um sich irgendwann draufzustürzen«, sagte Cass.

»Nettes Bild.« Hattie gab wieder, was Elise ihr sonst noch

erzählt hatte – über Davis' finanzielle Situation und den Abend von Lanier Ragans Tod, als das Pärchen auf Tybee war, zwei Grundstücke neben dem der Creedmores.

»Hast du das deinem Freund bei der Polizei gesteckt?«

»Ich habe ihn auf dem Weg nach Tybee angerufen. Cass, die ganze Geschichte wird immer verrückter. Mak hat Holland und seine Eltern in die Mangel genommen, und irgendwann hat Holland junior gestanden, dass er sich in jenem Herbst mit Lanier im Strandhaus getroffen hat. Angeblich hat Lanier ihm am Abend ihres Verschwindens eine SMS geschrieben, dass sie schwanger sei und ihn dort treffen wolle.«

»Du meine Güte«, flüsterte Cass.

»Den Rest verstehe ich selbst nicht richtig, aber irgendwie ist Hollands Mutter dahintergekommen, was los war, und auch zum Strandhaus gefahren.«

»Um ihren unschuldigen kleinen Jungen vor der bösen Lehrerin zu retten?«

»Und da wird es dann echt kurios. Holland schwört, er wäre zum Steghaus gegangen und hätte dort gewartet, aber Lanier sei nie aufgetaucht. Er hat sich betrunken und ist eingeschlafen. In der Zwischenzeit fährt seine Mutter nach Tybee, irrt dort im Dunkeln herum und stolpert über eine Leiche. Lanier, wie sich herausstellt.«

Hattie wiederholte den Rest der phantastischen Geschichte, wie die Creedmores die tote Lehrerin fanden, sie versteckten und wieder verloren.

»Die lügen doch wie gedruckt.« Cass schlug mit den flachen Händen auf den Tisch. »Der Junior hat sie umgebracht, und die Eltern haben es gedeckt. Überleg doch mal, Hattie! Wer wusste denn von dem Schachtdeckel im Garten? Wir auf jeden Fall nicht. Das müssen die Creedmores gewesen sein.«

»Wahrscheinlich hast du recht«, sagte Hattie. »Aber wenn nicht? Was, wenn Holland und seine Eltern wirklich die Wahrheit sagen? Was, wenn noch jemand anders damals dort war? Und was, wenn derjenige auch eine Schwäche für Lanier Ragan hatte?«

»Das sind ganz schön viele Wenns«, bemerkte Cass.

Hattie beugte sich über den Tisch. »Du wolltest wissen, warum ich heute Nachmittag Angst bekommen habe? Ich sag's dir: Ich bin runter zum Damm gegangen, weil ich wissen wollte, ob man vom Haus der Hoffmans das Steghaus der Creedmores sehen kann. Und Davis war da. Hat Rasen gemäht.«

»Und? Was hat dir daran Angst gemacht?«

»Er hatte einen dicken Verband an der rechten Hand und eine Brandblase auf der Brust. Er meinte, er hätte einen kleinen Unfall beim Grillen gehabt. Aber ich glaube, er hat gelogen, Cass. Ich glaube, er hat sich verbrannt, als er das Feuer in unserem Container gelegt hat.«

Cass öffnete die Flasche Chardonnay, die sie im Kühlschrank deponiert hatte, und schenkte sich ein Glas ein. Sie hielt sie Hattie hin. »Ein medizinisches Glas?«

»O Gott, nein.«

Cass setzte sich ihrer Freundin gegenüber. »Warum sollte Davis den Container anzünden?«

»Um uns Angst einzujagen oder damit wir das Projekt aufgeben? So lange das Haus im Besitz der Creedmores war, glaubte er sein Geheimnis wahrscheinlich sicher. Die würden bestimmt nicht da herumstochern, und wenn sie doch Laniers Leiche entdeckt hätten, hätten sie das niemals öffentlich gemacht, weil sie ja mitschuldig an ihrem Tod waren. Da wäre schnell die Verbindung zu Holland gezogen worden.«

Cass trank einen Schluck Wein. »Ganz schön steile Hypothese.«

»Eigentlich nicht. Davis hat mich zweimal angerufen – aus heiterem Himmel – und nach unseren Fortschritten bei der Renovierung gefragt. Er hat quasi angeboten, mir das Haus abzukaufen, und meinte, wenn er gewusst hätte, dass es zum Verkauf steht, hätte er auch ein Gebot abgegeben. Und er hat mich zweimal zum Essen eingeladen. Warum, nach so vielen Jahren?«

»Du bist halt eine heiße Frau.«

Hattie schnaubte verächtlich und wies auf ihre gekräuselten Haare und ihre Klamotten, die reif für die Altkleidersammlung waren. »Na klar.«

»Okay, nehmen wir an, Davis hat das Feuer gelegt, und nehmen wir an, er hat Lanier umgebracht. Wie hat er die Leiche in die Sickergrube bekommen? Woher wusste er überhaupt davon?«

»Das muss Makarowicz herausfinden«, sagte Hattie. »Er will den Bezirksstaatsanwalt auffordern, den Fall einer Grand Jury vorzulegen.«

»Ich hoffe, die verklagen die gesamte Familie«, sagte Cass. »Inklusive dieser alten Hexe Mavis.«

»Ich habe keine Lust mehr, mir darüber den Kopf zu zerbrechen«, gestand Hattie. »Komm, wir setzen uns ins Wohnzimmer, essen Junkfood und gucken irgendeinen Trash.«

Langsam breitete sich ein verschmitztes Grinsen in Cass' Gesicht aus.

»Hey, wusstest du, dass man die alten Folgen von Traes letzter Sendung online streamen kann? Am besten finde ich das Finale, wo er nur zweiter wird.«

»Super!«, sagte Hattie. »Wir können über den *Top-Designer*

lästern und uns überlegen, wie wir dieses verdammte Haus in
etwas mehr als einer Woche fertigkriegen und verkauft bekommen.«

# 61.

### DIE UHR TICKT

**Al**s Cass am nächsten Morgen durchs Esszimmer in die Küche ging, nahm Trae sie zur Seite.

»Hey!« Er hielt sie am Arm fest. »Hattie zeigt mir die kalte Schulter, und ich glaube, das hat was mit dir zu tun. Du hast bestimmt die Sache mit den verfluchten Küchenlampen gepetzt.«

Cass nahm seine Hand von ihrem Arm. »Deine Beziehung zu Hattie geht mich nichts an, aber dieses Haus – und die Qualität der Arbeit hier – geht mich eine ganze Menge an. Ich darf mir jetzt Gedanken machen, was wir vor der endgültigen Abnahme noch alles übersehen haben.«

»Braucht ihr nicht«, sagte Trae. »Darum habe ich mich gekümmert.«

Cass machte einen Schritt zurück. »Soll das etwa heißen, du hast den Inspector bestochen?«

»So läuft das nun mal«, sagte Trae. »Ein bisschen Schmiermittel hier und da, und auf einmal braucht man keine neuen Küchenschränke zu kaufen und muss nicht warten, bis sie eingebaut werden können. Dann braucht man auch keine Lampen wieder abzunehmen und extra Verteilerdosen zu holen. Mach die Augen auf, Cass, so läuft das nun mal.«

Sie schüttelte nachdrücklich den Kopf. »Wir machen das aber nicht so. Ein Fehler bei der Elektrik, und das ganze

Haus – es ist aus hundert Jahre altem Kiefernkernholz – geht in Flammen auf. Was ist, wenn ein Feuer ausbricht, und jemand kommt darin um? Unser Ruf steht auf dem Spiel, nicht deiner. Und was ist, wenn dieser Blödmann von Inspector beschließt, dass er uns nur die Abnahme erteilt, wenn wir ihn noch mal bezahlen? Und immer wieder?«

»Nicht mein Problem«, erwiderte Trae. »Ich habe die Aufgabe, das Haus zu einem Hingucker zu machen, egal, wie viel du und deine Leute verbocken.«

Er wollte gehen, doch in dem Moment öffnete sich die Tür zum Gästebad unter der Treppe, und Hattie kam heraus. Sie wischte ihre feuchten Hände an der Jeans ab.

Ihr Gesicht ließ keine Regung erkennen, doch ihrer Stimme hörte man die kaum unterdrückte Wut an. »Und ob das dein Problem ist, Trae. Jetzt muss ich nämlich Eriks Jungs sagen, dass sie jede einzelne Lampe wieder abnehmen sollen, die sie in deinem Auftrag aufgehängt haben, und richtig anschließen.«

»Nein! Das hält doch alles auf!«, protestierte Trae. »Die Bauabnahme ist in weniger als achtundvierzig Stunden. Wenn die Lampen neu angeschlossen werden, müssen alle Decken noch mal gespachtelt und gestrichen werden. Ich bekomme Möbel angeliefert, muss Gardinen und Bilder aufhängen. Da kann ich keine Elektriker brauchen, die überall auf Leitern rumstehen.«

»Das ist dein Problem.« Hatties Stimme war eisig.

Trae sah Cass an. »Könnten Hattie und ich vielleicht kurz unter vier Augen sprechen?«

»Gerne«, sagte Cass. »Ich geh mal los, deinen Schlamassel beseitigen.«

Als Trae und Hattie allein waren, nahm er ihre Hände in seine. »Hör mal, Hattie. Das war doch nur ein kleiner Stolperstein, den bekommen wir aus dem Weg. Ich weiß, dass du genervt bist, und ja, es war vielleicht nicht die beste Art, damit umzugehen, aber ich habe nur an uns gedacht: dass wir das Haus fertigbekommen und dick beim Sender einschlagen.«

»Es gibt kein Wir«, gab Hattie zurück. »Hat es nie gegeben.«

»Und was war an dem Abend?« Er wies mit dem Kopf in Richtung Wohnzimmer. »Was war das? Willst du mir erzählen, das wäre nichts gewesen?«

Hattie drehte sich zum Wohnzimmer um, wo ein Elektriker auf der Leiter stand und die Ventilatoren abbaute, die wenige Tage zuvor aufgehängt worden waren.

»Da hast du mich abgefüllt, damit du mich flachlegen konntest«, sagte sie. »Und als Mo reinkam und deinen Plan durcheinanderbrachte, bist du abgehauen und hast mich stehen lassen. Hast du dich überhaupt gefragt, wie ich nach Hause komme, nachdem du weggefahren bist?«

»*Sooo* blau warst du auch wieder nicht. Ich dachte, du bestellst dir ein Uber oder so. Du bist doch eine erwachsene Frau. Ich wusste, du schaffst das schon.«

Hattie grinste grimmig. »Doch, ich war so blau. Mo musste mir in sein Auto rein- und wieder raushelfen, und zu Hause bin ich auf dem Sofa eingeschlafen, nachdem er das übernommen hatte, worum du dich hättest kümmern müssen. Aber du hast ja nie an irgendwas Schuld und bist für nichts verantwortlich. Du bist ein armseliges Riesenbaby, Trae. Wir wissen beide, dass du nur hinter mir her warst, um öffentliche Aufmerksamkeit für *Die Traumhaus-Profis* zu bekommen. Auftrag erfüllt, nicht?«

Er wollte protestieren, machte den Mund aber schnell wieder zu.

»Tja, da bist du sprachlos, was? Nachdem wir das geklärt haben, können wir uns ja an die Arbeit machen. Ich muss dieses Fass ohne Boden fertigmachen und verkaufen.«

Überall im Haus auf der Chatham Avenue waren Handwerker. Eine Anhängerladung Bodenbelag von Lumberlyke war eingetroffen und wurde abgeladen; Hatties Zimmerleute machten sich daran, den alten Anlegesteg zu erneuern. Die Elektriker entdeckten vier weitere fehlerhafte Lampenanschlüsse und wechselten sie aus. Die Maler spachtelten die Decken und strichen sie ein letztes Mal.

Sobald die Lampenanschlüsse in der Küche ausgetauscht waren, schloss sich Trae dort ein. Auf allen vieren maß er das Rautenmuster aus, das er für den Holzboden entworfen hatte, und klebte den Boden ab.

Hattie und Cass arbeiteten den gesamten Tag mit den Tischlern, um die Schlafzimmer und das Bad im ersten Stock fertigzustellen. Sie brachten neue Fußleisten an, strichen die Fensterrahmen und lasierten die stark verschrammten Holzböden mit einer Schicht milchig weißer Farbe.

»Wahnsinn.« Cass stand in der Tür des Gästezimmers. Die Nachmittagssonne warf warmes Licht auf den schimmernden hellen Boden. »Ich glaube, dies war das muffigste, dunkelste Zimmer im ganzen Haus. Und jetzt würde ich am liebsten hier einziehen.«

»Es sieht auf jeden Fall deutlich besser aus und riecht auch besser, jetzt wo das Dach nicht mehr undicht ist und die Decke ausgebessert wurde. Und guck dir mal den Ausblick an!« Hattie wies auf die Erkerfenster an der Ostseite. »Kannst du dir vorstellen, hier im Bett zu liegen und den Sonnenuntergang zu genießen?«

»Ich kann mir gar nicht mehr vorstellen, im Bett zu liegen«, sagte Cass stöhnend und massierte sich das Kreuz. »Ich habe das Gefühl, seit achtzehn Stunden auf den Beinen zu sein und zu arbeiten.«

»Stimmt ja auch.«

Sie gingen über den Flur zur Treppe und blieben kurz stehen, um das Wohnzimmer von oben zu betrachten. Das neue Kaminsims war angebracht; die leicht gekalkten Ziegelsteine verliehen dem Raum eine würdevolle Athmosphäre. Die Bodendielen waren zweifach lackiert. »Sieht super aus«, sagte Hattie. »Wir kommen später wieder, schleifen noch mal leicht an und lackieren ein paarmal drüber. Bis dahin müssen wir allen einbläuen, dass sie die Schuhe ausziehen sollen, wenn sie hier herumlaufen.«

Sie gingen nach unten und zogen die Tür zum neuen Gäste-WC unter der Treppe auf. »Was können wir hier noch machen?«, fragte Hattie. »Sieht so nackt aus.«

Auf dem Boden waren grau-weiße Vintage-Fliesen im Kassettenmuster verlegt, die Wand war bis auf halbe Höhe verkleidet, darüber waren schlichte Rigipsplatten angebracht.

Cass lehnte sich in den Rahmen. »Darüber will ich schon die ganze Zeit mit dir sprechen. Trae hatte so eine Edeltapete bestellt, aber mir netterweise erst gestern erzählt, dass sie noch nicht geliefert wurde.«

Hattie setzte sich auf den Toilettendeckel und sah sich um. Sie hatte eine alte Kiefernkommode mit Marmorplatte gefunden, die als Spülunterschrank dienen sollte, doch ansonsten war der Raum nackt.

»Hier muss auf jeden Fall noch irgendwas rein«, überlegte sie. Dann schnippte sie mit den Fingern.

»Seekarten! Letztes Jahr habe ich bei einer Haushaltsauflösung in Brunswick einen ganzen Schwung davon gekauft. Die

Farben sind super, und viele sind von der südlichen Atlantikküste. Die kleben wir mit Kleister direkt auf den Rigips.«

»Gute Idee.« Cass nahm einen von zwei antiken Wandleuchtern aus Messing in die Hand, die auf dem Waschtisch lagen. »Die hat Trae draußen im Bootsschuppen gefunden, unter dem alten Spülstein. Die würden hier doch gut reinpassen, oder? Aber was machen wir mit dem Spiegel? Der ist auch noch nicht geliefert worden.«

»Hatten wir nicht noch einen Kommodenspiegel von einem der Zimmer oben?«, fragte Hattie. »Der könnte ungefähr die richtige Größe haben.«

»Aber der hat einen Mahagonirahmen. Ist das nicht zu schick im Vergleich zu diesem schlichten Kiefernholz? Was hältst du davon, wenn wir ein Seil um den Rahmen wickeln?«

»Klingt gut. Nein, ist super«, sagte Hattie.

»Was Trae wohl davon hält, wenn wir das hier entscheiden?« Cass hob eine Augenbraue.

»Wen interessiert das? Wir müssen fertig werden. Das ist mein neues Mantra.«


Den Rest des Tages verbrachten die beiden Frauen damit, Seekarten auszumessen, zu schneiden und an die Wände und sogar unter die Decke des Gäste-WC zu kleben. Als sie fast fertig waren, kam Leetha vorbei, um zu gucken, wie sie vorankamen.

»Oh, das gefällt mir!«, rief die Moderatorin. »Mal was anderes. Ich war gerade in der Küche. Ashtray krabbelt auf allen vieren herum und klebt den Boden ab.« Sie hielt ihr Handy hoch. »Musste schnell ein Foto machen, zur Feier des Anlasses.«

»Hat er gesagt, wann er fertig ist?«, fragte Hattie.

»Er behauptet, morgen früh wäre er durch«, antwortete Leetha und machte ein zweifelndes Gesicht. »Er will den Boden auf jeden Fall selbst streichen, weil er das keinem von den Malern zutraut.«

»Schön«, sagte Cass. »Unsere Jungs haben schon genug damit zu tun, das auszubessern, was er verbockt hat. Soll er doch die ganze Nacht auf dem Boden rumrutschen.«

# 62.

## QUEL SCANDALE!

**M**o saß in der Bar des Hotels Whitaker und ging bei einem Bourbon mit Wasser seine Notizen durch. Er hatte sich etwas zu essen bestellt und genoss nach einem weiteren trubeligen Tag die Gelegenheit, sich zu entspannen und einen freien Kopf zu bekommen.

Noch zwei Tage. Sein Magen knurrte. Zum Frühstück hatte er einen trockenen Bagel aus dem Verpflegungszelt gegessen, ans Mittagessen konnte er sich nicht erinnern. Da Hattie, Cass und sogar Trae auf die Tube drückten, um fertig zu werden, herrschte am Set das reinste Chaos.

Seit dem Abend, als Mo Traes iPad abgegeben hatte, war er noch mehrmals in diesem Hotel gewesen. Der Laden war ihm ans Herz gewachsen. Ihm gefiel die gediegene Atmosphäre, das Essen und die hervorragende Auswahl an Whiskeysorten. Doch vor allem genoss er es, sich nicht ständig mit den Ergebnissen seiner eigenen jämmerlichen Kochkünste quälen zu müssen.

Zu Mos Überraschung war auch Savannah selbst ihm ans Herz gewachsen, obwohl er sich wirklich bemüht hatte, seinem Charme zu widerstehen. Auf die Wärme und Schwüle konnte er verzichten, ebenso auf die verfluchten Mücken, doch die Stadt selbst mit ihren von moosbehängten Eichen gesäumten breiten Straßen, den ruhigen grünen Plätzen inmitten von eleganten Stadthäusern aus dem neunzehnten Jahrhundert, mit ihrer Gemächlichkeit und den unglaublich freundlichen Einwohnern, die war ihm verdammt ans Herz gewachsen.

Und Hattie Kavanaugh? Er empfand mehr für sie, als er sich eingestehen mochte. Er merkte manchmal, dass er sie unbewusst beobachtete, vor wie nach dem Dreh. Sie war hartnäckig und entschlossen, lustig, klug und ja, sexy. Wenn er abends das Material des Tages sichtete, fiel ihm auf, dass er vor allem Hattie betrachtete. Wie sie unbewusst ihren Pferdeschwanz drehte, wenn sie angespannt war, wie sie sich auf die Unterlippe biss, wenn sie sich konzentrierte. Alles an ihr fand er hinreißend. Doch in wenigen Tagen würde die Sendung abgedreht sein. Und dann? Es konnte Monate dauern, bis der Sender wusste, ob noch eine Staffel der *Traumhaus-Profis* folgen sollte, und bis dahin musste sich Mo ein Konzept für ein anderes Format überlegen.

Er war hin- und hergerissen. *Die Traumhaus-Profis* mit ihren unerwarteten Wendungen und der zusätzlichen Arbeit gingen ihm auf die Nerven. Aber was war, wenn dem Sender gefiel, was er ablieferte? Und noch eine Staffel bestellte? Dann würde Mo vielleicht in Savannah bleiben und gucken, ob sich etwas zwischen Hattie und ihm entwickelte.

Mo ließ die Eiswürfel in seinem Glas klirren und schaute zum Fernseher über der verspiegelten Thekenrückseite hoch. Als er sich hingesetzt hatte, lief ein lokaler Nachrichtensender, jetzt erkannte er den Trailer von *Headline Hollywood*.

Der Fernseher war stumm gestellt, doch offenbar sprach Antonio Sorrel, der männliche Teil des Moderatorenduos, ein ehemaliger Quarterback der Oakland Raiders. Es ging offenbar um die Trennung eines Promipärchens aus der Unterhaltungsbranche, denn man sah ein Foto des Paars im Blitzlichtgewitter, dann zerriss es in der Mitte. Als Nächstes kam das Polizeifoto eines ehemaligen Kinderstars aus den Neunzigern, der wegen Angriffs auf den Rausschmeißer eines angesagten Nachtclubs in Manhattan verhaftet worden war.

Und dann füllte Jada Watkins den Bildschirm. Sie saß auf einem Regiestuhl von *Headline Hollywood* und präsentierte das grobkörnige Foto von Trae Bartholomew und Hattie bei einem Kuss, das zwei Wochen zuvor heimlich beim Essen geschossen worden war. Ein zweites Foto war ein vom Sender zu Werbezwecken verbreitetes Szenenbild.

Die Einblendung am Bildrand unten verkündete: *STAR AUS DIE TRAUMHAUS-PROFIS – DRAMA IM WAHREN LEBEN.*

Dann kam ein kurzer Film, der das Haus auf der Chatham Avenue zeigte, entweder mit sehr großem Teleobjektiv oder, was wahrscheinlicher war, mit einer Drohne aufgenommen. Man sah den Wagen der Rechtsmedizin von Chatham County neben dem gähnenden Loch der Sickergrube, darunter die Unterschrift: MORD AN DREHORT VON HPTV IMMER GEHEIMNISVOLLER.

»Hey, Miss!«, rief Mo der Barkeeperin zu. »Könnten Sie den Fernseher mal kurz lauter stellen?«

Die Barkeeperin richtete die Fernbedienung auf das Gerät, drückte drauf und widmete sich dann dem nächsten Gast an der Theke.

Mo beugte sich vor, um besser hören zu können.

»Der seit langem ungelöste Vermisstenfall einer beliebten Lehrerin von einer Privatschule in Savannah, Georgia, rückte letzte Woche wieder in den Vordergrund, als die sterblichen Überreste der Frau in der Nähe eines Hauses entdeckt wurden, das für die kommende HPTV-Sendung *Die Traumhaus-Profis* vollständig renoviert wird«, sagte Jada Watkins mit gedämpfter, ernster Stimme. »In der Sendung trifft der beliebte Innenarchitekt Trae Bartholomew aus L.A., vor allem bekannt durch seinen zweiten Platz in der Sendung *Der Top-Designer*, auf ein neues Gesicht im Fernsehen. Es ist Hattie Kavanaugh, eine Bauunternehmerin aus Savannah, deren Unternehmen sich auf die Restaurierung historischer Häuser spezialisiert hat.«

Jada schlug die schlanken langen Beine übereinander. »Die Lehrerin Lanier Ragan verschwand vor siebzehn Jahren in einer stürmischen Nacht und hinterließ einen trauernden Ehemann sowie die gemeinsame dreijährige Tochter. Letzte Woche wurde ihr Grab überraschend entdeckt – im Hohlraum einer längst stillgelegten Sickergrube am Set von *Die Traumhaus-Profis*, und seitdem wird der Fall immer geheimnisvoller.«

Sie wandte sich an Sorrel, der im Regiestuhl neben ihr saß. »Antonio, bei der Produktion dieser neuen HPTV-Serie gibt es mehr Wendungen und Windungen als bei den Treppen in den berühmten alten Villen von Savannah.«

»So sieht es aus«, erwiderte Sorrel.

»Was für ein Blödsinn«, brummte Mo vor sich hin. »Und wer auch immer das Skript für diesen abgeschmackten Scheiß schreibt, müsste gefeuert werden.«

»Der Mord hat den Dreh von *Die Traumhaus-Profis* erschüttert, und Insider berichten, dass es in den letzten Tagen zunehmend Streit über die innenarchitektonischen Herausforderungen zwischen Trae und Hattie gab, die sich während des Drehs nähergekommen waren«, fuhr Jada fort.

»Aus gut informierten Kreisen habe ich gehört, dass die Entdeckung der Leiche nur der letzte von mehreren Vorfällen ist, die auf Tybee Island für Aufregung gesorgt haben. Die örtlichen Behörden haben Hattie Kavanaughs Firma mehrmals wegen

Verstößen gegen die Bauvorschriften und die Lärmschutzverordnung verwarnt, außerdem wurde das über hundertjährige historische Strandhaus durch ein Feuer mit noch ungeklärter Ursache stark beschädigt. Die Strafverfolgungsbehörden vermuten Brandstiftung.«

»Hu! Ein Brand, eine Leiche, was kommt als Nächstes?« Sorrel versuchte, ängstlich besorgt zu wirken, sah aber eher aus, als litte er an Verstopfung.

»Nun ja … Wir wissen aus sicherer Quelle, dass es beträchtliche Unstimmigkeiten zwischen Trae Bartholomew und dem Produzenten beziehungsweise Erfinder der Sendung gibt, Mauricio Lopez, dessen letzte Serie auf HPTV, *Garagen-Alarm*, nach nur einer desaströsen Staffel eingestellt wurde.«

»Desasrös?«, rief Mo. »Von wem haben die beiden diesen Schwachsinn?«

Eine zierliche Brünette zwei Barhocker weiter sah ihn an und schaute genauso schnell wieder weg. »Tut mir leid«, murmelte Mo, auch wenn das nicht stimmte.

»Derweil sind die Verantwortlichen im Sender angeblich sehr beunruhigt aufgrund der jüngsten Enthüllungen über Hattie Kavanaughs Familie. *Headline Hollywood* hat exklusiv erfahren, dass ihr Vater Woodrow Bowers, früher ein angesehener Banker, 2002 wegen Veruntreuung in Millionenhöhe verurteilt wurde. Er war damals selbst Vorsitzender der gemeinnützigen Einrichtung, der er schadete.«

»Oh, wow«, machte Sorrel.

Jada nahm ein Bein vom anderen und schlug sie in der anderen Richtung übereinander. »Im Prozess gestand Bowers, Geld der Wohlfahrtsorganisation unterschlagen zu haben, mit welchem kranke Kinder und obdachlose Familien unterstützt werden sollten, um seiner bei derselben Bank angestellten Geliebten teure Urlaube und eine Eigentumswohnung zu finanzieren.«

»Mein Gott!«, rief Mo. Aus dem Augenwinkel sah er, wie die Brünette ihren Cocktail mit dem Schirmchen nahm und sich an einen Tisch am Fenster setzte.

»Hmmm«, machte Antonio Sorrel. »Was sagt der Sender zu diesen Neuigkeiten?«

»Ich habe heute die stellvertretende Senderchefin von HPTV angerufen, Rebecca Sanzone, aber sie weigert sich, ein Statement zu den Enthüllungen über Hattie Kavanaugh abzugeben. Allerdings haben Darsteller bei Sendungen wie *Die Traumhaus-Profis* üblicherweise eine sogenannte Ethikklausel im Vertrag, die es dem Sender ermöglicht, den Vertrag zu kündigen, sollte dem Vertragspartner geschäftsschädigendes Verhalten vorgeworfen werden können«, führte Jada aus.

»Rebecca Sanzone sagte, ihr sei Hattie Kavanaughs Familiengeschichte nicht bekannt.« Jada sah ihren Co-Moderator an. »Wir bleiben auf jeden Fall an der Story dran, Antonio.«

»Es gibt keine Story«, knurrte Mo. Vor ihm stand ein blutig gebratener Cheeseburger mit Knoblauchpommes. Er musste ihm serviert worden sein, während er gespannt *Headline Hollywood* verfolgte. Mo schob den Teller von sich und bestellte die Rechnung.

# 63.

## INTIME DETAILS

**H**attie schlief, als Ribsy plötzlich bellte. Verschwitzt und erschöpft war sie um kurz nach neun heimgekommen, und nachdem sie geduscht und eine Tüte Popcorn aus der Mikrowelle gegessen hatte, legte sie sich aufs Sofa, um weiter in *Im Schatten des Mondes* zu lesen.

Doch jetzt bellte Ribsy, also schleppte sie sich zur Tür und knipste das Licht auf der Veranda an. Mo Lopez kam die Treppe hinauf.

Hattie öffnete ihm die Tür. »Mo? Ist was passiert? War was im Haus?«

»Nicht im Haus«, sagte er. »Kann ich kurz reinkommen?«

Hattie schaute an sich hinab. Sie trug ein Tanktop und eine kurze weite Pyjamahose. Ihr Haar war zu einem Knoten zusammengebunden.

»Ähm, ja. Ich hol nur kurz meinen Bademantel.«

Ribsy folgte Mo zu dem Sessel gegenüber vom Sofa und schob ihm die Schnauze zwischen die Beine.

»Lass das, Ribsy!«, schimpfte Hattie, die aus dem Schlafzimmer kam und den Gürtel des Bademantels zuband.

Mo schob die Hundeschnauze zur Seite und lenkte Ribsy ab, indem er ihn hinter den Ohren kraulte.

Hattie ließ sich aufs Sofa sinken und schlug die Beine unter. »Was ist denn? Ist ein bisschen spät für einen Besuch, oder?«

»Tut mir leid«, erwiderte Mo. »Es ist … äh … wichtig. Hast du heute Abend ferngesehen?«

»Nee. Bin erst vor einer Stunde nach Hause gekommen. Warum? Was ist los?«

Mo räusperte sich. »Ich weiß nicht, wie ich's dir beibringen soll. Am besten erzähle ich es dir einfach. Du erinnerst dich an die Journalistin von *Headline Hollywood*?«

»Jada Soundso? Was ist mit der? Hat sie wieder was über uns erzählt?«

»Ja, aber diesmal hat sie sich ordentlich was ausgedacht. Es ging darum, dass es rund um *Die Traumhaus-Profis* alle möglichen Probleme gibt: um den Mord natürlich, um die Gesetzesverstöße und um den Brand, der ganze Kram, dann um angebliche Spannungen zwischen Trae und dir und Trae und mir. Ich kann kaum glauben, dass du das nicht gesehen hast und dass dich noch keiner deswegen angerufen hat. Nicht mal Cass?«

»Mein Handy …« Hattie suchte auf dem Sofa herum. »Ich weiß nicht, wo es ist.« Sie stand auf und hob die Kissen an, auf denen sie gesessen hatte. »Hier ist es nicht.«

»Ich klingele schnell durch.« Mo zog sein Handy aus der Tasche und tippte auf Hatties Namen in seiner Kontaktliste. Sie hörten ein schwaches Summen aus der Richtung des Schlafzimmers.

Hattie ging dem Geräusch nach und kam mit dem Handy zurück. »Ich hab's in meiner Jeanstasche vergessen, auf dem Boden im Badezimmer.« Sie sah sich ihre verpassten Anrufe an.

»O-oh. Vier Anrufe von Cass, einer von Zenobia.« Sie sah Mo an. »Und einer von meinem Vater, der sich nie, wirklich nie bei mir meldet. Was soll das?«

»Irgendjemand hat Jada von deinem Vater erzählt. Von der Unterschlagung, und dass er im Knast war.«

Hatties Gesicht zog sich zusammen. »Sie hat meinen Vater ins Spiel gebracht? Im Fernsehen? Was hat der damit zu tun? Woher weiß sie das überhaupt?«

Mo stand auf und setzte sich neben Hattie aufs Sofa. »Das tut mir total leid. Wenn ich gewusst hätte, dass sie so was daraus macht, hätte ich niemals zugelassen, dass sie am Set auftaucht. Ich schwöre dir, ich dachte, sie wollte eine nette Story über Trae und dich machen …«

»Was noch? Was hat sie noch über mich gesagt?«

Hattie schaute auf ihr Handy. »Moment. Cass hat mir den Link zu der Sendung geschickt.«

»Das willst du nicht wirklich sehen«, sagte Mo schnell. »Ich fasse es für dich zusammen. Offenbar hat Jada Watkins Rebecca angerufen und sie nach ihrer Meinung über die Geschichte mit deinem Vater gefragt. Wegen der Ethikklausel in deinem Vertrag.«

»Mit meiner Ethik ist alles in Ordnung«, sagte Hattie. »Als mein Vater das Geld unterschlug, war ich fünfzehn. Ich hatte nichts damit zu tun. Warum, Mo? Warum macht mich jemand absichtlich so fertig?«

»Ich weiß es wirklich nicht.«

»Hast du mit Rebecca gesprochen?«

»Ich habe sie auf dem Weg hierher angerufen und eine Nachricht hinterlassen.«

»Stimmt das denn? Kann HPTV mich rauswerfen? Können die sich auf diese Ethikklausel berufen?«

»Nein«, sagte Mo sofort. »Ich bin der Einzige, der dir kündigen kann, und das tue ich nicht.«

»Kann der Sender unsere Show streichen?«

»Das wird er nicht tun. Wir haben einen Sendeplatz zur besten Sendezeit, und HPTV hat schon viel Geld in *Die Traumhaus-Profis* investiert. Die Werbung ist längst angelaufen.«

»Ich begreife es einfach nicht«, sagte Hattie. »Ist das mies. Wer tut so was?«

Ribsy winselte, sprang aufs Sofa und leckte seinem Frauchen tröstend über den Arm.

Mo rückte näher und klopfte ihr linkisch auf den Rücken. »Ich weiß, dass es pervers klingt, aber für den Sender ist selbst schlechte Werbung gute Werbung.«

»Das ist pervers«, sagte Hattie. »Ich steige aus. Das ist es alles nicht wert. Soll Trae das Haus fertig machen. Wenn wir es dann verkauft bekommen, kann ich dir und dem Sender wiedergeben, was investiert wurde.«

»Davon würde ich dir abraten«, sagte Mo eindringlich. »Natürlich regst du dich jetzt auf, aber wenn du bei den *Traumhaus-Profis* aussteigst, glauben die Leute, dass du wirklich was zu verbergen hast. Die Sendung und der Sender sind mir so was von scheißegal. Aber du nicht.«

»Nein?« Hattie suchte die Bestätigung in seinem Gesicht. »Wirklich nicht?«

Er beugte sich zu ihr hinüber. Seine Lippen streiften ihre. »Nein«, sagte er sanft. »Du bist mir wirklich nicht egal.«

»Du hast eine komische Art, das zu zeigen.«

»Ich habe versucht, jeglichen Anflug von Besetzungscouch zu vermeiden. Sich in die weibliche Hauptrolle zu verlieben, ist so ein Klischee. Und klappt selten auf lange Sicht.«

»Keine Ahnung«, sagte Hattie. »Was ist mit Tracy und Hepburn?«

»Abgesehen von denen.« Mo gab ihr einen innigeren Kuss. »Und von Bogie und Bacall.«

»Hmm, mein Lieblingsfilmpaar.« Hattie erwiderte den Kuss und wich kurz zurück. »Weißt du noch, als du mich letztens nach Hause gebracht hast? Ich hätte schwören können, dass du mich geküsst hast, kurz bevor du gegangen bist … «

»Weil du es wolltest«, entgegnete Mo.

»Ich?« Hattie war fassungslos. »Ich stand so neben mir, dass ich mir nicht sicher war, ob ich es nur geträumt hatte.«

»Du hat mich ausdrücklich aufgefordert, dich zu küssen. Also habe ich's getan.«

Er gab ihr noch einen Kuss. »Wäre es dir lieber, es wäre ein Traum gewesen?«

»Nein«, gestand Hattie und strich über sein stoppeliges Kinn. »Ich wollte, dass es Wirklichkeit war. Und ich wollte, dass es weitergeht.«

Sie legte die Hände auf Mos Wangen. »Du bist wirklich einer von den Guten, oder?«

»Ich versuch's.«

Sie küsste ihn innig, dann stand sie auf und hielt ihm die Hand hin. »Komm! Wenn wir's tun, dann in meinem schönen, gemütlichen Bett und nicht auf dieser alten durchgesessenen Couch.«

Mos Gesicht erhellte sich. »Tun wir's wirklich? In deinem Schlafzimmer?«

Lächelnd zog Hattie ihn auf die Füße. »Ist doch viel besser als auf der Besetzungscouch, oder?«

Ribsy sprang vom Sofa und folgte ihnen zur Schlafzimmertür. Hattie bückte sich und kraulte ihm den Hals. »Tut mir leid, Junge. Das ist nur was für Erwachsene.« Dann drückte sie vorsichtig die Tür zu.

»Hattie?«

Mo schob sich nah an ihr Ohr. Nachdem sie sich geliebt hatten, war sie sofort in seinen Armen eingeschlafen. Sie roch nach der rosafarbenen Babylotion, mit der seine kleinen Nichten sich gern nach dem Baden eincremten, aber an Hattie roch sie verdammt sexy.

»Hm?« Sie rührte sich.

»Dein Handy. Es summt.«

Ihr Kopf lag auf seiner Brust, er streichelte ihre nackte Schulter. Das war schön. Mo hatte vergessen, wie angenehm es war, mit einer Frau zusammen zu sein, die nach der Liebe noch kuschelte.

»Wie spät ist es? Schon Morgen?«

Er griff nach seinem eigenen Handy auf dem Nachttisch und schmunzelte. »Noch nicht mal elf Uhr.«

Hattie gähnte und rekelte sich. »Ist das alles?«

»Ich glaube, ich habe dich geschafft.«

Sie hob den Kopf und grinste ihn an. »Wir haben uns gegenseitig geschafft. Aber auf eine gute Art, oder?«

Er küsste sie wieder. »Allerdings. Musst du an dein Handy gehen?«

»Wahrscheinlich.« Seufzend setzte Hattie sich auf und hielt sich die Decke vor die Brust. Dann rieb sie sich die Augen und sah sich im Zimmer um. »Meine Klamotten? Ich weiß, dass ich was anhatte, als wir hier reingegangen sind.«

Mo tastete auf dem Boden neben dem Bett herum und fand sein eigenes Poloshirt, das er Hattie reichte. »Hier, nimmt das.«

Sie zog es sich über den Kopf und tappte zur Tür. Ribsy kam ins Schlafzimmer gesprungen und landete auf dem Bett. Er legte den Kopf auf Mos Brust, genau auf die Stelle, wo kurz zuvor Hattie gelegen hatte.

»Ich glaube, er ist eifersüchtig«, bemerkte sie.

Als sie zurückkam, machte sie eine säuerliche Miene. Sie hielt ihr Handy hoch. »Das war wieder mein Vater. Er hat geschrieben und angerufen. Ist supersauer wegen *Headline Hollywood.*«

Mo setzte sich im Bett auf und streckte die Hand nach Hattie aus. Ribsy knurrte und rückte genau zwanzig Zentimeter Richtung Fußende. »Rufst du ihn zurück?«

Hattie schüttelte den Kopf. »Was gibt's da zu sagen? Er guckt eigentlich nie Fernsehen. Er hat von der ganzen Sache nur erfahren, weil seine Exfreundin Amber angerufen und ihn zur Schnecke gemacht hat. Die hat sich nämlich geärgert, dass Jada sie im Fernsehen als seine Geliebte bezeichnet hat.«

Hattie rollte sich neben Mo zusammen. »Ich habe Cass geschrieben, dass ich über die Anschuldigungen Bescheid weiß, und sie hat zurückgesimst, dass es mit Sicherheit Trae war, der die Geschichte an Jada Watkins durchgestochen hat.«

Mo zögerte. »Eigentlich wollte ich dir das nicht sagen, aber ich glaube, er hatte was mit Jada, als sie zum Interview hier war.«

»Glaubst du?«

»Na ja, ich bin mir ziemlich sicher. Trae hatte sein iPad an dem Tag im Verpflegungszelt vergessen, deshalb habe ich es ihm ins Hotel gebracht und wollte es an der Rezeption abgeben. Als ich da war, habe ich beschlossen, etwas in der Lobby zu essen, und da habe ich Trae und Jada gesehen. Sie kamen Arm in Arm herein. Sehr … ähm … vertraut. Zum Schluss stiegen sie zusammen in den Fahrstuhl und knutschten herum.«

»Oh.«

»Der Typ ist ein Stück Scheiße«, knurrte Mo.

»Du hast ja keine Vorstellung.« Hattie erzählte, was sie auf der Gästetoilette unter der Treppe mitgehört hatte.

»Und dabei war er auch noch total stolz auf sich!«, sagte sie. »Aber wie kommt er dazu, Jada Watkins so eine Geschichte zu erzählen? Woher weiß er überhaupt von meinem Vater?«

Mo stöhnte und schlug sich vor die Stirn. »Oh, Scheiße. Scheiße, Scheiße, Scheiße. Es könnte sein, dass er es aus etwas geschlossen hat, das ich erzählt habe.«

Hattie erstarrte. Ihr stieg Galle hoch. »Du hast Trae von meinem Vater erzählt?«

»Nicht ausdrücklich.« Mo sah Hattie flehend an. »Das war kurz nach Beginn der Dreharbeiten, als er sich tierisch über dich aufregte, nach dem Motto: Warum ist sie so verkrampft, wenn es um Vorschriften geht?«

Hattie sprang aus dem Bett und ging auf und ab. »Und dann? Dann hast du einfach weitergetratscht, was ich dir im Vertrauen über meinen Vater erzählt habe?«

»Nein! Ich habe nur erwähnt, es könnte vielleicht was mit deinem Vater zu tun haben. Weil er Ärger mit dem Gesetz hatte, als du klein warst. Mehr habe ich nicht gesagt, das schwöre ich dir.«

»Aber es hat gereicht. Und jetzt weiß jeder in diesem verfluchten Land, dass mein Vater mal im Knast saß, weil er Witwen, kranken Kindern und Obdachlosen Geld gestohlen hat.«

Sie griff nach dem Saum des Poloshirts, riss es sich über den Kopf und schleuderte es mit beängstigender Wut nach Mo.

In der Mitte des Zimmers blieb sie stehen, die Arme über der nackten Brust verschränkt. »Das hier war ein Fehler. Tug sagt immer: ›Ist dir deine Ruhe lieb, liebe niemals im Betrieb‹ und ›Tauch deinen Füller nicht in Firmentinte‹. Und weißt du was? Er hat recht.«

»Hattie«, flehte Mo. »Es tut mir so leid. Ich wollte dir doch nicht weh tun. Das war ein bescheuerter Fehler. Bitte glaub mir!« Er griff nach ihrer Hand, doch sie schob ihn weg.

»Geh besser.« Sie deutete auf die Tür.

# 64.

### NACHFOLGEREGELUNG

**A**ls Hattie am nächsten Morgen in den Pick-up stieg, war Tug der Erste, der sie anrief.

»Wie geht's dir, Schätzchen?«, fragte er.

»Ich fühl mich … wie durch die Mangel gedreht. Wahrscheinlich hast du gestern Abend auch *Headline Hollywood* gesehen, oder?«

»Ich guck solchen Müll nicht, andere schon. Wo bist du?«

»Ich habe mich gerade ins Auto gesetzt.«

»Bleib da. Schmeiß die Kaffeemaschine an. Nancy hat Biscuits gebacken.«

»Nein, Dad. Ich muss zum Haus. Wir liegen jetzt schon so weit hinterm Zeitplan …«

»Darum kann sich Cass kümmern. Du bleibst, wo du bist, und machst mir einen Kaffee.«

Zwanzig Minuten später kam ihr Schwiegervater zur Tür herein, in der Hand einen mit Alufolie abgedeckten Teller, der nach warmen Brötchen und mit Salbei gewürzter Wurst roch.

»Komm her!« Er breitete seine kurzen Arme aus und drückte Hattie an sich. Sie war einen halben Kopf größer als der alte Mann, doch irgendwie fühlte sie sich bei ihm mit seiner bärenhaften Kraft sicher wie ein Kind.

Ohne etwas zu sagen, ließ er sie wieder los, und sie goss ihm einen Becher Kaffee ein, gab zwei Teelöffel Zucker und einen großen Schwung Kaffeesahne hinzu. Dann setzten sich die zwei an den Küchentisch.

Hattie nahm die Alufolie vom Teller und biss in das erste von Nancys Brötchen. Schnell wischte sie sich den Honig aus den Mundwinkeln.

»Hast du was von deinem Vater gehört?«

Tugs Frage überraschte sie.

»Er hat angerufen. Zweimal. In erster Linie ist er sauer, weil Amber in dem Beitrag als seine Geliebte bezeichnet wurde.«

Tug schmunzelte und trank einen Schluck Kaffee. »Hast du ihn zurückgerufen?«

»Nein. Ich denke, er wollte sich bloß Luft machen. Er hat nicht gerade viele Freunde.«

»Was für eine miese Tour von dieser Frau, etwas aus deiner Vergangenheit hervorzukramen, für das du überhaupt nicht verantwortlich bist.«

»Tja, jetzt ist es wieder in der Welt.«

»Darüber wollte ich mit dir sprechen. Ich möchte nicht, dass du dich wegen diesem Mist schämst oder aus der Bahn werfen lässt. Du hast nichts falsch gemacht. Ganz im Gegenteil. Du hast alles richtig gemacht.«

»Nein.« Vehement schüttelte Hattie den Kopf. »Das Haus, die bescheuerte Sendung, Trae Bartholomew … Das waren alles Fehler. Du hast ja versucht, mich zu warnen, aber ich wollte nicht hören.«

»War schon richtig, nicht auf mich zu hören. Ich war zu streng zu dir. Hör mal, das Haus auf der Chatham Avenue – was du und Cass da zusammen mit den anderen geleistet habt, das ist wirklich ein Wunder. Stimmt, ich war total dagegen, aber das war falsch. Man lernt nichts dazu, wenn man immer nur dasselbe macht. Manchmal muss man auch was wagen, so wie du, als du den Vertrag beim Fernsehen unterschrieben hast.«

Hattie knabberte an der Kruste ihres Biscuits. »Du bist süß, Tug.«

»Ich bin doch nicht süß!«, erwiderte er entrüstet. »Jeder macht Fehler. Schlimm ist es nur, wenn man sie nicht erkennt und nichts daraus lernt. Das hast du mir beigebracht, Hattie. Ich bin stolz auf dich.«

»Auf mich?«

Er nahm sich ebenfalls einen Biscuit, biss hinein und kaute langsam. »Ich bin ein alter Starrkopf, das weiß ich. Vielleicht ist es Zeit, dass ich mich zur Ruhe setze und die Firma an Cass und dich weitergebe.«

»Du kannst nicht in den Ruhestand gehen, Dad. Das erlaube ich dir nicht. Du bist Kavanaugh & Sohn. Du weißt mehr über den Bau und das Restaurieren alter Häuser, als ich je wissen werde. All unsere Subunternehmer, unsere Kunden – sie vertrauen dir. Sie haben Respekt vor dir.«

»Nein. Du hast dir auch ihren Respekt verdient, Hattie. Außerdem kann ich nicht immer so weitermachen mit der Arbeit. Nancy möchte mit mir reisen, bevor sie mich im Rollstuhl herumschieben muss. Und ich müsste mal nicht nur an anderen Häusern, sondern an unserem eigenen Haus alles reparieren, was nicht mehr funktioniert.«

Er tunkte seinen Biscuit in den Kaffee und schaute hoch. »Vielleicht können wir eine Art Zeitplan ausarbeiten, wie nennt man so was noch mal?«

»Meinst du eine Nachfolgeregelung?«

»Genau. Weißt du, ich habe jetzt Anspruch auf meine Lebensversicherung, aber ich dachte, ich warte, bis ich fünfundsechzig bin. In der Zwischenzeit spricht nichts dagegen, dass du die Ausschreibung der Aufträge übernimmst. Cass kann weiter die Planung machen. Und Zenobia leitet natürlich das Büro. Sie ist in Wirklichkeit das Gehirn der Firma, aber erzähl ihr das bloß nicht!«

»Dad, ich glaube nicht, dass ich die Mittel habe, dich auszuzahlen, auch nicht in drei Jahren. Die Autos, die Ausrüstung, das Büro … Immobilien in Midtown, auf der Bull Street, sind gerade sehr gefragt. Ich habe nicht ansatzweise eine Vorstellung, was man heute dafür bekommt.«

Tug grinste selbstgefällig. »Ich verrate dir ein kleines Geheimnis. Nicht nur das Büro gehört uns. Mir gehört die ganze Ladenzeile. Habe ich in den Siebzigern für Peanuts gekauft. Außerdem ist der Preis uninteressant, weil ich nicht verkaufe.«

»Solltest du auch nicht. Das ist schließlich deine Pension.«

»Ich schenke es dir«, sagte Tug.

Mit einem lauten Knall stellte Hattie den Kaffeebecher auf den Tisch. »Mir?«

»Wem soll ich die Firma sonst geben? Nancys nichtsnutzigen Neffen? Meiner Nichte? Die es nicht mal für nötig befand, eine Trauerkarte zu schicken, als Hank starb?«

»Ich weiß nicht, was ich sagen soll«, stammelte Hattie.

Tug aß den Biscuit auf und kam schwerfällig auf die Beine.

»Du brauchst gar nichts zu sagen. Du bist unsere Tochter. Von dem Tag an, als Hank dich zum ersten Mal mitbrachte. Und in der Familie sorgt man füreinander.«

»Danke.« Hattie blinzelte ihre Tränen zurück. »Ich werde nie vergessen, wie Nancy und du euch in den ganzen Jahren um mich gekümmert habt.«

»Dann los!« Tug zeigte auf die Tür. »Fahr raus nach Tybee. Bring die Arbeiten am Haus so gründlich zu Ende, wie ich es von dir kenne. Geh erhobenen Hauptes und lass dir von niemandem irgendeinen Scheiß erzählen. Schon gar nicht von diesem eingebildeten Innenarchitekten.«

»Von dem schon gar nicht«, stimmte Hattie zu.

# 65.

### EISKALTE SCHULTER

**K**aum hatte Hattie ihren Pick-up in der Auffahrt vor dem Creedmore-Haus abgestellt, kam Trae Bartholomew herüber.

Er riss die Fahrertür auf und hielt Hattie die Hand hin, um ihr herauszuhelfen.

Sie zuckte zurück. »Fass mich nicht an! Ich muss hier mit dir arbeiten, bis das Haus fertig ist, aber sobald die Kameras aus sind, sprichst du mich nicht an und guckst mich nicht mehr an. Du bist für mich gestorben. Ist das klar?«

»Ich hatte nichts mit dem Beitrag in *Headline Hollywood* zu tun«, protestierte Trae. »Ich hatte keine Ahnung, dass Jada irgendwas über deine Familiengeschichte weiß. Ich weiß doch selbst kaum was.«

»Okay.« Hattie schlug die Autotür zu. »Willst du behaupten, dass du nicht mit Jada Watkins geschlafen hast, als sie in der Stadt war und den Beitrag drehte? Ist das deine Art von Bettgeflüster?«

Trae Gesicht wurde unter der Schminke dunkelrot. »Woher weißt du …?«

»Ist doch egal«, fauchte sie. »Alles, was du sagst, ist mir egal. Weil ich jetzt genau weiß, dass du lügst, sobald du nur den Mund aufmachst.«

»He!«, rief er und lief neben Hattie her, die auf das Haus

zumarschierte. »Abgesehen davon, dass ich Jada nichts, ich wiederhole, überhaupt nichts von deinem Vater erzählt habe, erklär mir mal bitte, warum du glaubst, dass ich irgendwas tun würde, das negative Auswirkungen auf die Sendung hat. Die Sendung muss ein Erfolg werden, Hattie. Für uns beide.«

Sie blieb stehen und holte tief Luft. »Weißt du was, Trae? Heute Morgen ist mir klargeworden, dass die Sendung für mich kein Erfolg werden muss. Ich will nur mit diesem Haus fertig werden. Es soll das beste werden, was ich je gemacht habe, damit ich es verkaufen und wieder mein normales Leben führen kann. Selbst wenn der Sender die Show furchtbar findet, komme ich damit klar.«

»Red dir das nur ein«, murmelte Trae vor sich hin und verzog sich.

Cass wartete schon auf der vorderen Veranda. »Was hast du gerade zu Trae gesagt? Wie der geguckt hat! Der ist davongeschlichen wie ein geprügelter Hund.«

»Sagen wir, wir haben unsere neuen Sichtweisen ausgetauscht«, erwiderte Hattie.

»Irgendwie ahne ich, dass es um den Beitrag in *Headline Hollywood* ging. Hast du meine Nachrichten gestern Abend bekommen?«

»Ja«, bestätigte Hattie verlegen. »Sorry, dass ich nicht zurückgerufen habe. Ich bin auf der Couch eingeschlafen, kaum dass ich zu Hause war, und als ich mich endlich ins Bett geschleppt habe und sah, dass du angerufen hattest, hast du bestimmt schon geschlafen.«

Die Schilderung des vergangenen Abends war nicht gelogen, sagte sich Hattie. Sie hatte lediglich verschwiegen, dass Mo bei ihr im Bett gelegen hatte, bevor sie ihm Verrat vorwarf und ihn auf die Straße setzte.

»Schon gut«, sagte Cass. »Trotzdem ätzend. Du hättest mal hören sollen, was Mom über diese Zicke von Jada Watkins zu sagen hatte. Anschließend hätte sie sich eigentlich den Mund mit Seife auswaschen müssen.«

»Niemand legt sich ungestraft mit Zenobias Mädchen an, oder? Und, wie läuft es hier?«

»Trae muss gestern lange hiergeblieben sein und den Küchenboden fertig gemacht haben, und wenn er nicht so ein Widerling wäre, würde ich ihm sagen, dass es super aussieht. Ich gebe es nur ungern zu, aber in der Küche ist jetzt wirklich alles perfekt. Die Kochinsel, die Schiffslampen aus Messing, alles. Der Tapetenkleber unter unseren Seekarten ist getrocknet, deshalb habe ich schon den Spiegel aufgehängt, als ich heute Morgen herkam, und der Elektriker ist gerade im Gäste-WC und befestigt die Wandleuchten, die können wir also von unserer Liste streichen. Im Garten wurde Rollrasen gelegt. Von der Sickergrube ist nichts mehr zu sehen! Die Beete wurden angelegt. Und die Schreiner haben angefangen, das alte Steghaus auseinanderzunehmen. Sie kommen gut voran.«

»Das ist toll, Cass.« Hattie ging ins Wohnzimmer.

»Mo war sogar schon vor mir da«, berichtete ihre Freundin. »Er hat mich gefragt, ob ich wüsste, wo du bist. Er will heute Vormittag eine Szene mit dir und Trae drehen, in der ihr über die Küche redet. Lisa wartet schon in der Maske auf dich.«

Hattie runzelte die Stirn. »Steht aber nicht in der Dispo. Eigentlich sollte ich einen Rundgang mit der Maklerin machen, Carolyn Meyers, und mit ihr besprechen, zu welchem Preis das Haus angeboten wird.«

»Hast du heute Morgen nicht in deine E-Mails geguckt? Mo

hat um halb zwei heute Nacht eine überarbeitete Dispo geschickt. Hat wohl nicht viel geschlafen.«

Hattie biss sich auf die Zunge.


Lisa hatte Hatties Haare auf Wickler gedreht, jetzt trug sie bei Trae Eyeliner und Wimperntusche auf. Das Schweigen im Wohnwagen war ohrenbetäubend.

»Nicht mehr lange, was?« Lisa sah von einem zum anderen. »Noch zwei Tage?«

»Sieht so aus«, sagte Hattie.

»Der Job hier wird mir echt fehlen«, verkündete Lisa. »Und Savannah.«

»Woher kommst du denn?«, erkundigte sich Hattie, in erster Linie, um die Stille in dem kühlen Raum zu vertreiben.

»Gebürtig? Aus L.A. Aber jetzt wird so viel in Georgia gedreht, dass mein Freund und ich vor ein paar Jahren nach Atlanta gezogen sind. Er ist Toningenieur. Ich hätte nichts dagegen, hier auf Tybee zu bleiben. Das ist das Einzige, was mir von Kalifornien fehlt: der Strand. Was glaubt ihr, plant der Sender noch eine zweite Staffel dieser Show?«

»Keine Ahnung«, sagte Hattie.

Lisa schaute Trae an, der nur mit den Schultern zuckte.

Die Wohnwagentür wurde aufgerissen, Leetha steckte den Kopf herein. »Noch zehn Minuten, Leute.«

»Ich bin schon fertig«, rief Trae und stürzte nach draußen.

»Sieht aus, als hätte es sich zwischen dir und Trae ein bisschen abgekühlt, was?«, bemerkte Lisa.

»Ja.«

»Hey, ähm, ich habe die furchtbare Geschichte gestern Abend bei *Headline Hollywood* gesehen.« Lisa nahm die Lockenwickler aus Hatties Haaren. »Ich kann diese Jada Watkins nicht ausstehen. Und diese billigen Extensions, die sie drin hat! Wer ihr die Haare macht, müsste eigentlich verklagt werden.«

Sie klopfte Hattie auf die Schulter. »Mach dir keine Gedanken über das, was sie über deinen Vater gesagt hat. Solche Sachen, die vor zwanzig Jahren passiert sind, interessieren doch keinen mehr! Mensch, mein Vater hat viel schlimmere Dinge gemacht. Der hat sogar mal den Trailer meiner Stiefmutter in Brand gesetzt. Und sie war drinnen!«

Hattie lachte halbherzig. »Danke für die Aufmunterung, Lisa.« Sie schaute in den Spiegel. »Bin ich so weit? Ich glaube, Mo hat schlechte Laune, ich will nicht zu spät kommen.«

Lisa griff zu einer Tube. »Ich mach dir nur noch ein bisschen Farbe auf die Lippen.«


Schon zum dritten Mal drehten sie nun die Küchenszene. Alle waren angespannt.

»Los, Leute, das ist ja stinklangweilig, was ihr da anbietet«, schimpfte Mo. »Ihr müsst so tun, als würdet ihr euch mögen – zumindest, wenn die Kamera läuft. Gebt mir ein bisschen Action!«

»Das ist ein Küchenboden«, bemerkte Hattie. »Nicht *Das letzte Abendmahl.*«

»Ja, es ist nur ein unglaublicher, unverwechselbarer, selbst entworfener und gestrichener Boden, an dem ich achtzehn Stunden gearbeitet und mir den Rücken ruiniert habe«, gab Trae zurück. »Vergessen wir nicht, wie dieser Raum aussah, bevor ich hier gezaubert habe. Ein dreckiger, dunkler, vollgestellter … «

»Vergessen wir nicht, dass die Kücheninsel von mir ist, die antiken Schiffslaternen ebenfalls«, unterbrach Hattie ihn. »Alles, was dieser Küche Charakter verleiht, war meine Idee.«

»Sag das, Hattie!«, riet Mo. »Aber es muss lustig klingen. Du musst dich ein bisschen über seine harte Arbeit lustig machen, aber nicht auf böse Art, und Trae, du antwortest darauf, was du gerade gesagt hast. So was nennt man Geplänkel. Fangen wir an! Wir haben nicht den ganzen Tag Zeit für diese Szene.«

Beim Mittagessen fing Cass Hattie ab. »Was ist denn mit euch los?«

Hattie hatte Salat in eine Schale geschaufelt und aß jetzt im Schatten auf der Veranda, abseits der Crew. »Ich weiß nicht, wovon du redest.«

»Du und Mo! Gestern war er noch der Märchenprinz, der das Schneewittchen wachküsst. Heute geht ihr euch fast an die Gurgel. Ich kann es spüren, wenn Sex in der Luft liegt, Hattie Kavanaugh, also mach dir nicht die Mühe, es zu leugnen.«

Hattie sah sich um, sie wollte sichergehen, dass sie nicht belauscht wurde. Ein großer Möbelwagen kam langsam die Zufahrt hinunter auf das Haus zu. »Gott seid Dank. Das sind hoffentlich Traes Möbel.«

»Spuck's aus!«, drängte Cass.

»Mo kam gestern Abend vorbei, nachdem er den Beitrag in *Headline Hollywood* gesehen hatte. Er meinte, ich wäre bestimmt völlig durch den Wind.«

»Und?«

»Und dann meinte er, ich wäre das Einzige, was ihm wichtig ist. Und blöd, wie ich bin, bin ich drauf reingefallen, aber komplett.«

»Und?«

»Streng deine Phantasie an!«, sagte Hattie. »Ich war am Boden zerstört, verletzt …«

»Heiß …«

Hattie stritt es nicht ab. »Danach erzählte er mir, er hätte Trae mit Jada Watkins in der Lobby von Traes Hotel gesehen, sie hätten rumgeknutscht und wären zusammen nach oben gefahren. Ich habe natürlich gedacht, dass Trae Jada den Kram über meinen Vater erzählt hat, mir war bloß nicht klar, woher er das wusste, denn ich laufe mit Sicherheit nicht durch die Gegend und rede darüber.«

»So gut wie nie«, stimmte Cass zu.

»Dann gestand mir Mo, er hätte Trae gegenüber ›eventuell‹ so etwas erwähnt, als wir hier mit dem Drehen anfingen.«

»Oh, neiiiin. Warum denn das?«

»Er behauptet, es wäre eine gedankenlose Bemerkung gewesen, er hätte Trae nichts Genaueres erzählt. Aber woher sollte Trae es sonst wissen?«

»Hast du ihn darauf angesprochen?«

»Sobald ich am Set war. Er streitet alles ab, aber wir wissen ja beide, wie verlogen er ist. Ich meine, wer sonst weiß alles über die hässliche Leiche in meinem Keller?«

Cass hatte eine Idee. »Ah, überleg doch mal! Vielleicht jemand, der sein ganzes Leben in Savannah verbracht hat? Und der schon lange einen Groll gegen dich hegt? Der uns wahrscheinlich sogar das Ordnungsamt auf den Hals gehetzt und dir dann die Sache mit deinem Vater ins Gesicht gesagt hat? Wer würde dich am liebsten fertigmachen?«

»Oh. O mein Gott«, stieß Hattie aus. »Du hast bestimmt recht. Das muss Mavis Creedmore gewesen sein. Oh, verdammt nochmal! Da hat Trae ausnahmsweise mal die Wahrheit gesagt.«

»Was bedeutet, dass Mo höchstwahrscheinlich gar keine Schuld trifft«, schloss Cass.

»Ich bin so blöd«, sagte Hattie.

»Du nimmst mir die Worte aus dem Mund. Und, was machst du jetzt?«

»Da kann ich im Moment gar nichts machen«, entgegnete Hattie und wies auf den glänzend weißen Mercedes SL Cabrio, der hinter dem Möbelwagen vorgefahren war. Er hielt unten vor der Veranda. »Da kommt Carolyn Meyers«, sagte Hattie. »Es geht los!«

# 66.

## DER PREIS IST HEISS

Carolyn Meyers zog ihre Pumps aus und ließ sie an der Haustür stehen. Sie trug eine weiße Seidenhose und ein schwarzes Neckholder-Oberteil, das ihre sehnigen gebräunten Arme zur Geltung brachte. In den hellblonden Haaren steckte eine Sonnenbrille von Gucci. »Moment«, sagte sie und machte einen Schritt zurück, um die Tür zu fotografieren. »Ich lasse das später professionell von unserem eigenen Fotografen machen, aber schicke ihm vorher schon mal eine Übersicht der Motive. Ich kann nicht glauben, dass es dasselbe Haus sein soll, Hattie.«

»Ich auch nicht.« Hattie öffnete die Tür, damit die Immobilienmaklerin eintreten konnte.

»Wir haben die Böden abgedeckt, damit die Möbelpacker nicht alles zerkratzen, was gerade erst fertig geworden ist.«

»Gut«, sagte Carolyn. »Sind das alles Original-Hartholzböden, oben wie unten?«

»Ja«, bestätigte Hattie.

»Sind die Möbel in dem Umzugswagen, der gerade vorgefahren ist?«

»Das hoffe ich jedenfalls. Unser Innenarchitekt Trae hat schon einen Anfall bekommen, weil der Sender unsere Frist um eine Woche vorverlegt hat. Er hat Sorge, dass die von ihm bestellten Möbel nicht rechtzeitig hier sind.«

Die Maklerin runzelte die Stirn. »Möbliert wird es noch viel besser aussehen. Vielleicht warten wir mit den Fotos, bis es komplett eingerichtet und dekoriert ist?«

»Also, das ist wirklich beeindruckend«, sagte Carolyn, nachdem Hattie sie herumgeführt hatte. Sie standen in der Küche, die die größte Verwandlung hinter sich hatte, auch wenn Hattie das niemals laut zugeben würde. »Hier haben Sie wirklich hervorragende Arbeit geleistet. Das ist frisch, das ist klassisch, das ist ein Haus wie ein gutes weißes Hemd, das niemals aus der Mode kommt. Diese Küche ist das Meisterstück. Wirklich, der Boden ist zum Sterben schön.«

»Traes Idee und Handarbeit«, sagte Hattie. »So, Quintessenz: Welchen Preis können wir Ihrer Meinung nach verlangen?«

Carolyn holte einen großen Ordner aus der Tasche und nahm einen Ausdruck heraus. »Dies sind vergleichbare Angebote aus der Gegend. Zu Ihrem Glück gibt es gerade nicht viel Auswahl an Wassergrundstücken auf der Insel. Liz Demos' Haus ist erst in ein paar Monaten fertig, ihr wurden aber schon 1,2 Millionen dafür geboten, und sie hat angenommen.«

Hattie machte große Augen. »Dabei hat es nicht mal einen Anleger. Das Steghaus wird heute fertig, das wird spektakulär.«

Seufzend wies Carolyn aus dem Fenster. »Liz' Haus hatte aber keine Leiche im Garten verscharrt. Ich will es nicht schönreden, Hattie: Die Sache mit Lanier Ragan hat echt viel öffentliche Aufmerksamkeit bekommen, und leider schreckt das potenzielle Käufer ab.«

»Das kann ich verstehen«, sagte Hattie, die mit so was gerechnet hatte. Dennoch war es ein Schlag in die Magengrube, es von der Maklerin ausgesprochen zu hören. »Dafür ist dieses Grundstück deutlich größer. Und das Haus …«

»Ist einzigartig. Sie haben hier unglaubliche Arbeit geleistet, wie immer. Ich möchte Sie nur darauf vorbereiten, dass die Käufer zurückhaltend sein könnten. Unter anderen Umständen bin ich mir sicher, dass dieses Haus problemlos auf 1,4 Millionen geschätzt würde.«

»Aber so?«

Carolyn nestelte an der schmalen Goldkette in ihrem Ausschnitt herum. »Ich würde sagen, wir bieten es aggressiv für 890 000 an und sind darauf vorbereitet, uns noch runterhandeln zu lassen.«

»Okay.« Hattie ließ die Schultern sinken.

»Habe ich nicht irgendwo gehört, dass Sie es zum absoluten Schnäppchenpreis ersteigert haben, nachdem die Stadt es beschlagnahmt hatte? Selbst zu dem Preis werden Sie einen hübschen Gewinn machen.«

»Wir haben es wirklich zu einem super Preis bekommen, aber ziemlich viel Zeit, Geld und Mühe reingesteckt. Ich muss Darlehen zurückzahlen, die Rechnungen stapeln sich schon ...«

»Aber hierbei verlieren Sie kein Geld, oder? Wer weiß, vielleicht liege ich ja auch völlig falsch. Die Sendung bekommt so viel Aufmerksamkeit, da gibt es mit Sicherheit Menschen, die von dem Haus und der Geschichte dahinter fasziniert sind. Wenn es komplett eingerichtet ist und die Anzeige mit den Fotos online ist, kann es auch sein, dass die Interessenten sich gegenseitig überbieten. Alles schon erlebt.«

»Gut.« Hattie schluckte. »Dann stellen wir es für 890 rein.«

Carolyn strahlte. »Ich habe alle Unterlagen für die Maklerbestellung im Auto. Mir ist klar, dass Sie enorm unter Zeitdruck stehen. Füllen Sie doch alles in Ruhe aus und bringen Sie es mir ins Büro. Und sagen Sie Bescheid, sobald der Fotograf kommen kann.«

Die Küchentür wurde aufgestoßen, und Trae kam herein, gefolgt von zwei Männern, die jeweils in Plastik eingeschlagene Pakete trugen. »Hier durch!«, rief er, blieb kurz stehen und warf der blonden Maklerin sein verführerischstes Lächeln zu. »Oh, hallo!«

Sein Grinsen war wirklich seine stärkste Waffe. Er hatte äußerst gerade, strahlend weiße Zähne.

»Trae, das ist Carolyn Meyers, meine Maklerin. Carolyn, das ist Trae Bartholomew, der Innenarchitekt …«

»Ah, ich kenne Sie natürlich.« Carolyn streckte ihm die Hand entgegen. »Sie waren super bei *Der Top-Designer*. Ich habe gehört, diese Küche ist von Ihnen. Wirklich spektakulär.«

»Danke, Carolyn«, sagte Trae und schob sich eine verirrte Haarsträhne aus dem Gesicht. Er deutete auf die Pakete, die die Möbelpacker gerade abgesetzt hatten, und zwinkerte. »Warten Sie, bis Sie die absolut scharfen Rattan-Barhocker an der Kücheninsel sehen.«

»Carolyn wollte gerade fahren«, sagte Hattie.

Carolyn verstand den Wink. »Ich kann es nicht erwarten, das Haus zu sehen, wenn alles fertig ist«, sagte sie.

»Das war ganz schön unhöflich«, bemerkte Trae. »Selbst für deine Verhältnisse.« Er wandte sich zu den Möbelpackern um, die auf seine Anweisungen warteten. »Ihr könnt die Hocker direkt hier abstellen, aber der Rest der Sachen wird durch die Haustür reingebracht, ja?«

Als sie fort waren, riss Trae die Verpackung von den Barhockern.

»Du machst das automatisch, oder?«, sagte Hattie.

»Was?« Er knüllte das Papier zusammen und ging zum nächsten Hocker.

»Schöne Frauen anbaggern. Wahrscheinlich merkst du nicht mal, dass du das ständig tust.«

»Ah, jetzt verstehe ich. Du kennst doch den alten Spruch, oder? Wer nicht schießt, macht auch kein Tor.« Er sah sie an und lächelte sie ebenso an wie zuvor die Maklerin. Aber nur kurz.

»Das kannst du bei mir vergessen«, sagte Hattie. »Das Thema ist durch. Was ist mit den Möbeln? Ist alles da, was du bestellt hast?«

Das Lächeln wurde schwächer. »Nein. Ich habe noch nicht alles geprüft, aber eine Menge Sachen sind immer noch nicht lieferbar. Ich meine, die Aufbewahrungs- und die Polstermöbel sind da. Dazu die Möbel von Wohn- und Esszimmer, der Großteil vom Schlafzimmer und die Textilien. Aber mir fehlen sämtliche Lampen, Bilder, Teppiche, alle Accessoires. Und da ich das ganze Zeug als Leihgabe von den Lieferanten bekomme, kann ich da auch nicht anrufen und Druck machen. Das ist echt ein Dilemma.«

Ein Teil von Hattie hätte sich am liebsten über seine missliche Lage lustig gemacht. Doch sie hatten keine Zeit. Es blieb noch genau ein Tag, bis Mo das Endergebnis drehen wollte, und sie würden das Haus nur fertigbekommen, wenn sie zusammenarbeiteten.

»Okay, dann stellen wir erst mal das, was da ist, in die jeweiligen Räume. Hast du eine Liste, was du noch brauchst? Teppichgrößen?«

»Kann ich dir aufschreiben«, sagte Trae. »Aber wozu soll das gut sein?«

»In Savannah gibt es zwei richtig gute Kommissionsläden, und ich bin mit beiden Besitzern befreundet. Ich kann anrufen und gucken, ob sie bereit wären, uns was für den Dreh zu leihen.«

Argwöhnisch sah Trae sie an. »Hast du mir nicht heute Morgen noch klipp und klar gesagt, dass ich nie mit dir sprechen, geschweige denn dich ansehen soll? Warum willst du mir jetzt aus der Klemme helfen?«

Hattie holte tief Luft. »Wie Carolyn eben bemerkte, bekomme ich mein Geld umso schneller, je früher wir das Haus eingerichtet, fotografiert und ins Netz gestellt haben. Also gib mir bitte die Aufstellung, ja? Und lass Carolyn in Ruh. Sie ist verheiratet. Außerdem muss ich mich wohl bei dir entschuldigen. Für die Sache mit Jada Watkins. Da habe ich eventuell voreilige Schlüsse gezogen.«

»Moment!« Trae hielt sich eine Hand hinters Ohr. »Könntest du den letzten Teil noch mal wiederholen? Ein bisschen lauter? Ich will nur sichergehen, dass ich richtig verstanden habe, weil es tatsächlich kurz so klang, als hättest du Kreide gefressen.«

Hattie beugte sich vor. »Ich habe gesagt: ›Leck mich, Trae. Leck mich gepflegt am Arsch.‹«

Fünf Minuten später ging sie zu Trae, der gerade eine Matratze und eine Federkernbox die Treppe hoch schleppte. »Hör zu, ich glaube, wir können alles, was wir brauchen, bei *Clutter* bekommen. Und Leetha will die Kameracrew rüberschicken, um Begleitmaterial zu drehen. Wann bist du hier weg?«

»Hier weg? Bist du verrückt? Wir haben gerade mal mit dem Ausladen angefangen. Das dauert noch mindestens zwei Stunden.«

»Nicht gut«, sagte Hattie. »Normalerweise schließt der Laden freitags um fünf, aber Lynn war einverstanden, uns noch reinzulassen, wenn dafür ihr Name genannt wird. Jetzt oder nie. Wenn du willst, kann ich das auch ohne dich machen.«

»Du?« Er sah sie ungläubig an.

»Ja, ich. Ich richte seit Jahren Häuser ein, Trae. Aber wenn du dich nicht auf meinen Geschmack verlassen willst, ist das in Ordnung.« Sie wollte wieder nach unten gehen.

»Warte!« Er stellte die Kante der Federkernbox auf der obersten Treppenstufe ab. »Okay, ich habe keine anderen Optionen mehr. Die Liste liegt in der Küche auf der Insel. Schick mir Fotos von den Sachen, die du mitnimmst, ja?«

»In der Not schmeckt die Wurst auch ohne Brot, Trae. Diesmal musst du dich auf mich verlassen.«

# 67.

## VERSCHWUNDEN

**A**ls Hattie gerade auf die Straße fahren wollte, bog Detective Makarowicz in die Einfahrt zum Haus auf der Chatham Avenue ein. Er setzte zurück, bis sein Fenster auf einer Höhe mit ihrem war.

»Was ist mit Ihrem Kollegen passiert, der hier immer saß?«, fragte Hattie und wies auf den Straßenrand, wo an den Tagen davor der Streifenwagen gestanden hatte.

Ribsy kletterte vom Beifahrersitz auf ihren Schoß und steckte den Kopf aus dem Fenster, um den Polizisten zu begrüßen.

»Guter Junge«, sagte Makarowicz.

»Das ist Ribsy«, stellte Hattie vor. »Also, was ist mit dem Kollegen?«

»Tja, es ist Sommer. Touristenzeit. Der Chef will, dass alle Leute im Dienst sind. Deshalb haben wir niemanden übrig. Egal, sieht ja so aus, als hätten die Gaffer ihr Interesse an Ihnen verloren.«

»Sind Sie deswegen gekommen?«

»Nein.« Mak machte ein besorgtes Gesicht. »Ihr Freund hat sich aus dem Staub gemacht.«

»Welcher Freund?«

»Davis Hoffman. Ich versuche die ganze Zeit, ihn zu erreichen, weil ich ihn befragen will, aber er ist weg. Nicht im

Juweliergeschäft, nicht zu Hause. Ich weiß nicht, wo ich noch suchen soll.«

Hatties Nackenhaare stellten sich auf. »Haben Sie mit seiner Exfrau gesprochen?«

»Elise Hoffman sagt, sie würde ihn auch suchen. Er ginge nicht ans Telefon, wenn sie anruft.«

»Was ist mit seiner Mutter? Als ich ihn vor ein paar Tagen gesehen habe, hat er erzählt, sie hätte ihn gebeten, bei ihr Rasen zu mähen.«

Makarowicz zog eine Leidensmiene. »Mrs. Hoffman war nicht gerade entgegenkommend, als ich mich nach ihrem Sohn erkundigt habe.«

»Tja, klingt ganz nach Sylvia.«

»Ich dachte, ich fahre mal schnell rüber und frag Sie, ob Sie eine Idee haben, wo er stecken könnte.«

Hattie wies auf das hellgraue Haus zwei Grundstücke weiter. »Haben Sie schon auf der Titanic geguckt?«

»Mrs. Hoffman hat sich geweigert, mit den Zutritt zum Haus zu gestatten, aber ich bin eben schon mal die Zufahrt runtergegangen, weil ich sehen wollte, ob sein Wagen dort steht. Hab mich draußen umgesehen. Keine Spur von ihm.«

Eine Welle der Furcht rollte über Hattie hinweg. »Bevor ich bei Davis war, um meinen Verlobungsring zu verpfänden, hatte ich im Laufe der Jahre den Kontakt zu ihm so gut wie verloren. Er war eher Hanks Freund als meiner. Ich habe keine Ahnung, wo er steckt.«

Makarowicz nickte. »Könnte es sein, dass er sich aus dem Staub gemacht hat, nachdem Sie letztens mit ihm gesprochen haben?«

»Ich weiß es nicht«, sagte Hattie. »Ich habe versucht, locker zu bleiben, als ich die Verbrennungen auf seiner Hand und seiner Brust sah, aber vielleicht hat er gemerkt, dass ich mich erschrocken habe. Können Sie nicht sein Haus durchsuchen oder so?«

»Nicht ohne Durchsuchungsbeschluss, den ich nicht kriege, weil es noch nicht genug hinreichenden Tatverdacht gibt. Seine Exfrau hat einen Schlüssel, aber sie meint, bei ihm zu Hause sähe alles normal aus.«

»Davis weiß, dass Sie mit ihm reden wollen, oder?«

»Ich habe Nachrichten auf seiner Mailbox und in seinem Geschäft hinterlassen«, sagte Mak.

»Glauben Sie, er könnte … nun ja … gefährlich sein?«

»Ich kenne den Mann nicht. Sagen Sie es mir!«

Hattie biss sich auf die Unterlippe. »Allmählich glaube ich, dass ich ihn auch nie richtig gekannt habe. Davis war immer ein netter Kerl. Er war … einfach da. Nicht der Mittelpunkt des Geschehens, hielt sich eher am Rand. Cass meint, er hätte immer gelauert, auf den richtigen Moment gewartet, um aktiv zu werden, aber das ist mir nie aufgefallen.«

Es hupte hinter ihr, sie sah in den Rückspiegel. »Okay, Mak, das ist mein Kamerateam. Wir wollen in die Stadt.«

»Sagen Sie mir sofort Bescheid, wenn Sie Hoffman sehen oder von ihm hören.«

»Mach ich«, versprach Hattie. Wieder lief es ihr kalt über den Rücken, doch da drückte Leetha, die bei den Kameraleuten am Steuer saß, erneut auf die Hupe.

Lynn, die Inhaberin von Clutter, streifte durch die vollgestellten Gänge ihres Geschäfts, in dem man sein Hab und Gut auf Kommission verkaufen lassen konnte. Sie nahm Lampen und Bilder aus der Deko, und Leetha mit ihren Kameraleuten quetschte sich zwischen einen Berg aufgerollter Orientteppiche.

Draußen war es zu heiß, um Ribsy im Pick-up zu lassen, deshalb saß er in der Nähe der Ladentür und verfolgte das Treiben interessiert. Jedes Mal, wenn Hattie sprach, klopfte sein Schwanz auf den Boden.

»Achtet bitte darauf, dass die Tür zu ist«, mahnte sie. »Er büxt gerne aus.«

Sie wies auf ein Paar blau-weißer bauchiger Lampen. »Die hätte ich gerne auf der Konsole im Wohnzimmer.«

Lynn schlug die Ecke eines in Juwelentönen gehaltenen Heriz um, und Hattie hielt ihr den ausgestreckten Daumen hin. »Der passt gut ins Esszimmer. Was hast du fürs Wohnzimmer da? Trae will was Wuchtiges, Auffälliges, um ein Statement zu setzen.« Mit der Schuhspitze zeigte Lynn auf eine rot-grünblaue Teppichrolle. »Das ist ein Kashan in Palastgröße. Der Rand ist zwar etwas ausgefranst, aber da kann man ja ein Sofa draufstellen.«

»Ist gebongt.« Hattie schaute auf ihre Liste. »Wir brauchen auch Läufer für die Schlafzimmer. In Blau und Grün, und dann etwas in Erdtönen für einen größeren Teppich in drei mal vier. Hast du auch Dhurries da?«

»Da drüben.« Lynn deutete zur gegenüberliegenden Wand. »Ich sag Johnny, dass er sie nach draußen auf den Parkplatz bringen soll, dann kannst du sie ausrollen und sehen, welche dir gefallen.«

»Gut, weiter! Kunst. Ich brauche einen Blickfang über dem Kamin und noch so vier, fünf andere Bilder fürs Wohnzimmer.«

»Zeitgenössisch? Abstrakt? Traditionell?« Lynn wies auf die Gemälde und Drucke, die jeden Zentimeter Wand einnahmen.

»Wie ich Trae kenne, wahrscheinlich etwas Größeres, Zeitgenössisches über dem Kamin.«

»Wir haben gerade eine richtig große Küstenszene von Bert

John reinbekommen«, sagte Lynn und wies auf eine Leinwand, die an der Kasse lehnte. »Wunderbar verträumt.«

»Wenn das mein Haus wäre, würde ich sie sofort nehmen.« Hattie wandte sich an Leetha. »Können die Jungs das drehen? Ist das schönste Teil, was ich gesehen habe.«

»Schon passiert«, sagte Leetha.

»Wie wäre es mit mehreren Collagen von Chuck Scarborough nebeneinander?«, fragte Lynn. »Er malt auf Leinwand und klebt dann kleine Fundstücke darauf. Seine neue Serie hat das Thema Strand.«

»Sehr gut.« Hattie beugte sich vor, um eine Collage genauer zu betrachten. »Die drei hier würden gut ins Esszimmer passen.«

»Ich habe auch eine tolle Bellamy Murphy: einen Palmettowedel.« Lynn deutete auf eine großformatige Leinwand an der Rückseite ihres Geschäfts. »Ganz neu.«

»Wunderschön«, lobte Hattie. »Irgendwann kauf ich mir eins von ihren Bildern für mein eigenes Haus.«

»Was noch?«, fragte Lynn. »Irgendwelche Deko?«

»Ich brauche massenweise Bücher, am besten mit Ledereinband, aber ich nehme alles, was du hast. Coffee-Table-Formate. Hm. Vielleicht große Korallen oder besondere Muscheln? Kerzen? Ein paar blau-weiße Zierteller für die Wände über den Bücherregalen?«

Hattie ging Traes Liste durch und hatte innerhalb einer Stunde fast alles abgehakt.

»Halb sieben«, verkündete Lynn. »Zeit, zuzumachen und nach Hause zu gehen.«

Hattie umarmte sie dankbar. »Du hast mir das Leben gerettet. Du kennst doch Zenobia, unsere Büroleiterin, oder? Schickst du ihr eine Auflistung mit allen Leihgaben?«

»Dreißig Tage, das weißt du, oder? Länger kann ich nicht auf so viel Inventar verzichten, Hattie.«

»Das Haus ist hoffentlich deutlich schneller verkauft, aber klar, Ende nächsten Monats ist alles wieder zurück bei dir.«

Die Rückfahrt nach Tybee dauerte fast eine Stunde. Unterwegs dachte Hattie darüber nach, wie falsch es von ihr gewesen war, in der letzten Nacht Mo gegenüber auszurasten. Doch so falsch die Annahme auch gewesen war, dass er über ihren Vater geredet hatte, war sie dennoch zu dem Schluss gekommen, dass der Sex mit ihm ein Fehler gewesen war.

Unwichtig, ob der Sender entschied, noch eine zweite Staffel der *Traumhaus-Profis* zu drehen. Sie war alles andere als überzeugt, diese Erfahrung noch mal wiederholen zu wollen. Mit einem Geschäftspartner zu schlafen, war nie eine gute Idee. Selbst wenn er nett und lustig und loyal war und super küssen konnte. Besonders, wenn er gut küssen konnte, weil man dann – wer wusste das schon? – besonders versucht sein könnte, weiter mit ihm zu schlafen und immer wieder denselben Fehler zu machen.

Ihr Handy lag in der Konsole des Pick-ups. Hattie überlegte, ob sie Mo anrufen sollte. Sie könnte zugeben, dass sie ihm fälschlicherweise vorgeworfen hatte, über sie geredet zu haben. Das war deutlich einfacher, als es ihm ins Gesicht zu sagen. Als sie nach dem Handy greifen wollte, klingelte es.

Verflixt. Es war Mo.

Hattie zögerte, dann nahm sie das Gespräch an.

»Hey«, sagte sie.

»Hey. Wo bist du?«

»Auf dem Rückweg zum Haus. Wir haben den Kram geholt, den Trae noch braucht, um alles fertig zu machen. Leetha mit dem Kamerateam ist direkt hinter mir. Warum? Ist was passiert?«

»Nichts eigentlich. Ich … ähm … wollte nur mit dir reden. Über gestern Abend. Aber jedes Mal, wenn ich dich heute gesucht habe, waren immer so viele Leute da.«

Hattie schaute in den Rückspiegel. Leetha und ihr Team waren zwei Autos hinter ihr. »Jetzt bin ich allein.«

»Als Erstes: Ich würde dich niemals mit Absicht verletzen.«

»Das glaube ich dir.«

»Ja?«

»Klar. Mo, es tut mir leid, dass ich einen voreiligen Schluss gezogen habe. Ich hätte es besser wissen müssen.«

»Hm, ja. Okay. Gut, dass wir das geklärt haben.«

»Wolltest du sonst noch was sagen?« Hattie merkte, dass sie die Luft anhielt und auf die nächste Hiobsbotschaft wartete.

»Es wäre besser, wenn ich dir das persönlich unter vier Augen erzähle«, erwiderte Mo.

»Wenn es keinen Stau mehr gibt, müsste ich in einer Viertelstunde da sein.«

»Ja, aber ich bin auf dem Weg zum Flughafen. Rebecca hat beschlossen, mich heute Abend mit einem Besuch zu ›überraschen‹. Sie will beim Abschlussdreh morgen dabei sein.«

»Oh.« Eine Weile herrschte Schweigen.

»Wahrscheinlich wird nicht viel Zeit sein, morgen unter vier Augen zu sprechen, deshalb … ähm … wollte ich dir nur sagen, dass ich den Abend gestern nicht bereue. Ich weiß, dass du ihn für eine schlechte Idee hältst, und das tut mir leid, weil ich ihn wirklich toll fand. Selbst wenn es eine einmalige Sache gewesen sein sollte, tut es mir nicht leid. Ich glaube, das mit uns könnte funktionieren …«

»Nein«, unterbrach Hattie ihn. »Wir sind nicht Katharine

Hepburn und Spencer Tracy. Wir sind zu unterschiedlich. Wir haben völlig verschiedene Ziele.«

»So unterschiedlich sind wir gar nicht«, beharrte Mo. »Ich brenne für meine Arbeit. Ich bin total stur, aber auch loyal, und ich würde dich niemals belügen.« Er seufzte laut. »Hör mal, das können wir nicht am Telefon klären. Wir sehen uns morgen früh, ja? Denk noch mal drüber nach, was ich gesagt habe, okay?«

»Ich muss auflegen«, sagte Hattie und beendete das Gespräch, bevor er es tun konnte.

# 68.

SCHÖNER WOHNEN

**K**aum parkte der Lieferwagen hinter den Pick-ups in der Auffahrt, sprang Leetha vom Fahrersitz und wies die Kameraleute an, mit dem Drehen zu beginnen. »Das Licht ist gerade super«, begeisterte sie sich.

Trae hatte einen der Tischler eingespannt, damit er dablieb und half, Pick-up und Lieferwagen auszuladen. Man merkte regelrecht, dass er darauf wartete, alles zu kritisieren, was Hattie ausgeliehen hatte.

»Der Teppich ist total ausgebleicht«, ätzte er, als der Tischler ihn im Wohnzimmer ausrollte.

»Das ist der Tybee-Look«, sagte Hattie. »Ausgebleicht und verschossen, aber schön.«

»So wie ich«, meldete sich Leetha abseits der Kamera zu Wort.

Hattie nahm die beiden blau-weißen Bauchlampen und stellte sie auf die Konsole am hinteren Ende des Raums. »Die sind doch nicht original«, sagte Trae. »Sieht aber gut aus.«

»Hilf mir mal«, sagte sie zu ihm und hob eine Seite des großen abstrakten Gemäldes von Bert John an, um es über den Kamin an die Wand zu lehnen.

»Gut, die Bilder sind super. Besonders das hier. Wir lassen es einfach so stehen. Wirkt lockerer.« Er griff zu zwei großen

Sturmlaternen aus sandgestrahltem Glas, die Hattie ausgeladen hatte, und stellte sie rechts und links neben das Bild, dann trat er zurück, um die Wirkung zu begutachten.

»Okay«, sagte er. »Ja. Jetzt sehe ich deine Vision. Hast du gut gemacht, Hattie Paletti.«

Sie hob eine Augenbraue. »Gut?«

»Okay, super. So, und jetzt stylen wir das Haus so richtig.«

»Wo ist Cass?«, fragte Hattie.

»Ich habe sie in die Stadt geschickt, um die Verandamöbel zu holen. Was ich bestellt hatte, war nicht im Möbelwagen, deshalb haben wir beschlossen, uns was von ihrer Mutter zu leihen.«

»Gute Idee«, lobte Hattie. »Zenobia hat tolle dunkelgrün gestrichene alte Korbstühle. Kommt Cass heute Abend noch mal her?«

»Nein. Sie will morgen schon ganz früh kommen. Wollte noch in der Baumschule am Victory Drive vorbeifahren und ein paar Palmen und Pflanzen für die Veranda ausleihen.«

Sobald der gemietete Lieferwagen ausgeladen war, beendete Leetha die Dreharbeiten. »Wir haben viel mehr Material, als wir brauchen«, sagte sie. »Trae, morgen drehen wir als Erstes das Endergebnis, ja?«

Der Innenarchitekt gähnte ungeniert. »Das glaube ich kaum. Wir müssen noch die Fensterdekoration aufhängen, die Bücherregale müssen bestückt werden, Küche, Badezimmer und Veranden sind noch nicht fertig, die Betten müssen bezogen werden. Wenn du aufhörst, mache ich auch Schluss. Ist schon längst Cocktailzeit.«

»Ich kann noch ein bisschen dranhängen«, erbot sich Hattie. »Wenn du erklärst, wo alles hinsoll, kann ich das noch erledigen, bevor ich fahre.«

»Bleib nicht zu lange«, mahnte Leetha. »Du bist morgen um acht Uhr dran.« Sie schnippte mit den Fingern. »Mist. Fast vergessen. Ich sollte Mo Fotos vom heutigen Fortschritt schicken. Kannst du das noch schnell machen, Hattie?«

»Wahrscheinlich will er Eindruck bei Rebecca schinden, wenn er heute Abend mit ihr essen geht.«

Leetha zog eine Grimasse. »Uargh, erinnere mich nicht daran!«

Als Hattie das Haus für sich hatte, stellte sie ihre Playlist an, eine Mischung aus klassischem Neunziger-Rock und aktueller Countrymusik. Sie wirbelte durchs Haus, Ribsy ihr stets auf den Fersen, und bestückte Bücherregale, hängte Bilder auf, machte die Betten und packte Geschirr und Küchenzubehör aus. Sie dokumentierte ihre Arbeit, indem sie von jedem Zimmer Handyfotos machte. Als sie sich schließlich auf einen Rattanbarhocker sinken ließ und sich umsah, war es nach zehn Uhr.

Carolyn Meyers hatte gesagt, die Küche allein würde das Haus verkaufen, und Hattie fand zwar die Veranden am tollsten, besonders die obere mit dem Blick auf den Fluss, doch musste sie zugeben, dass die Küche wirklich eindrucksvoll geraten war.

Sie bereute schon jetzt, den wunderschönen alten Schrank für die Kücheninsel geopfert zu haben. Und wahrscheinlich würde sie nie wieder zwei Schiffslaternen aus Messing in der Größe finden, die jetzt darüber hingen.

Wenn Hattie mit der Renovierung eines alten Hauses fertig war, fühlte sie immer eine Mischung aus Stolz, Erschöpfung und Bedauern. Sie schüttelte sie ab und rief sich in Erinnerung, dass es noch viele alte Häuser und Einrichtungsgegenstände zu retten gab.

Dann griff sie zu ihrem Handy und machte sich daran, Mo die Fotos zu schicken.

Ribsy ging zur Hintertür und kratzte daran.

»Ach, ja«, sagte sie. »Vielleicht musst du mal pieseln. Warte noch kurz, dann machen wir hier Schluss. Morgen ist ein großer Tag, mein Junge, was?«

Sie fand die Flexileine und befestigte sie an Ribsys Halsband. Als sie die Hintertür öffnete, klingelte ihr Handy. Es war Mo.

»Hey! Du bist doch nicht immer noch im Haus, oder?«

Ribsy zog an der Leine, wollte unbedingt nach draußen.

»Doch. Moment … Ich gehe gerade mit Ribsy nach draußen, zum Pieseln.« Hattie schloss die Hintertür, trat auf die Veranda und ließ die Leine so lang, dass der Hund bis zur nächsten Eiche kam.

Die Sonne war schon vor Stunden untergegangen, eine leichte Brise raschelte im Eichenlaub und bewegte die Blätter der Sägepalmen. Hattie atmete tief durch und sog den Geruch von Salzwasser und Marsch ein. Es war fast Vollmond, und sie stand eine Weile da und genoss den Anblick der silberweißen Scheibe, die sich im dunklen Wasser des Back River spiegelte. In den letzten Wochen hatte sie so viel zu tun gehabt, dass sie sich keine Zeit genommen hatte, um innezuhalten und die leuchtende Schönheit dieses Teils der Insel wahrzunehmen. Ribsy allerdings beeindruckte der Ausblick nicht, er schnupperte eifrig in den Azaleensträuchern zu Füßen der Eiche.

»Die Fotos sehen toll aus«, sagte Mo.

»Ich hoffe, sie haben Rebecca gefallen.«

»Sie hat sie noch nicht gesehen. Ich habe sie in ihrem Hotel abgesetzt und bin dann direkt zu mir gefahren, weil ich noch einen Call mit einem Typen an der Westküste hatte.« Mo hielt kurz inne. »Ich sitze gerade an einem Angebot für ein neues Projekt.«

»Schön.« Hattie wollte nicht wissen, was Mo Lopez' nächstes Projekt sein könnte. Sobald *Die Traumhaus-Profis* im Kasten waren, säße er im nächsten Flugzeug nach Kalifornien.

»Ist Trae noch bei dir?«

»Soll das ein Witz sein? Er ist mit den anderen gegangen. Meinte, es wäre längst Cocktailzeit.«

»Das Arschloch«, brummte Mo. »Das heißt, du bist ganz allein im Haus? Mensch, es ist fast elf Uhr! Du weißt ja, dass du morgen früh dran bist, nicht? Ich muss noch was mit dir besprechen … «

In dem Moment hob Ribsy den Kopf, schnüffelte und schoss in Richtung Bootsschuppen davon.

»Ho!«, rief Hattie und ließ beinahe das Handy fallen. »Ich melde mich später. Ribsy gibt gerade Gas.«

# 69.

### DIE GRUBE

Ribsy zerrte an der Leine, zog sie immer länger. Das war typisch für den Hund. Wenn Hattie ihn allein in den Garten ließ, trabte er einfach davon und erledigte sein Geschäft. Doch sobald sie ihn an die Leine nahm, streunte er herum, besonders am Strand, wo es so viel Spannendes zu entdecken gab.

»Komm her, Junge!«, rief Hattie. »Es ist gut jetzt. Mom will ins Bett.«

Ribsy hob die Schnauze und schnupperte. Gleichzeitig stellte er die Ohren auf. Dann schoss er los, bis die Leine wieder spannte. Hattie lief ihm hinterher. »Ribsy! Bleib stehen!«

Der Hund ignorierte sie. Er flitzte in Richtung Damm und zog sein Frauchen hinter sich her.

»Ribsy! NEIN! Komm zurück! Komm her!«

In der Ferne sah sie etwas Weißes unter einem großen Farnbüschel blitzen und erkannte, dass ihr Hund die Fährte von einer Wildkatze aufgenommen hatte, die die Insel zu Hunderten bevölkerten.

»Ribsy! Ribsy!«, schrie sie. Ein normaler Mensch hätte den Hund losgelassen, doch wenn Ribsy einmal auf den Geschmack gekommen war, war er schnell wie der Wind, ein geborener Jäger. Hattie ertrug die Vorstellung nicht, was mit seiner Beute geschah, wenn er sie einholte.

Deshalb klammerte sie sich fluchend an der Leine fest, während der Hund den Damm entlang nach Norden hetzte. Er stürmte durch die Oleanderbüsche, die auf der Grenze zwischen Hatties und dem Nachbargrundstück standen. Sie folgte ihm und zuckte zusammen, als ihr die lanzettförmigen Blätter ins Gesicht schlugen.

Ribsy schlug eine andere Richtung ein, fort vom Damm. Er rannte in Richtung des dunkel aufragenden, fast fertiggestellten Hauses nebenan. Auf einer Sandfläche, die zur Vorbereitung für eine Terrasse oder sogar einen Pool begradigt worden war, stapelten sich Berge von Holz, Betonsteinen und Backsteinpaletten.

Ribsy blieb stehen. Stocksteif stand er da, die Schnauze in der Luft. Hattie stoppte ebenfalls, dankbar für die Pause. Ihre Arme taten weh, die Lunge brannte.

»Komm, mein Junge, jetzt hattest du deinen Spaß. Wir gehen zurück«, lockte sie ihn. Doch ehe sie sich versah, stürmte er wieder los, auf das dunkle Erdgeschoss des Hauses zu, das auf Betonsäulen gesetzt, rundherum jedoch noch nicht geschlossen war.

Sie konnte ihn nicht mehr sehen, aber hören, weil er plötzlich wie von Sinnen bellte. Ribsy zerrte heftig an der Leine, aus dem Bellen wurde ein hohes Kläffen. Hatte er die arme Katze da unten in die Enge getrieben? Hattie zog an der Leine und merkte anhand der Bewegungen am anderen Ende, dass der Hund sich gegen etwas warf.

»Ribsy!«, rief sie und ging näher heran. Jetzt stand sie direkt im noch offenen Haus und musste sich anstrengen, um im schwachen Licht etwas zu erkennen. Ribsy war in die Ecke gelaufen, hinter eine Palette mit Backsteinen, und stieß ein tiefes, kehliges Knurren aus. Ein kalter Schauer lief Hattie über den

Rücken. Sie griff nach dem Handy in ihrer Tasche, um die Taschenlampenfunktion zu aktivieren. Eine Männerstimme ließ sie innehalten.

»Hi, Hattie!«

Davis Hoffman trat hinter einem ein Meter fünfzig hohen Stapel Betonsteine hervor. Er richtete eine kleine Stiftleuchte auf sie, die er vorsichtig oben auf den Betonsteinen ablegte.

»Mein Gott, Davis!«, rief Hattie und fasste sich an die Brust. »Hast du mir einen Schreck eingejagt!«

Im schwachen Licht sah sie einen Mann, den sie kaum erkannte. Der alte Davis Hoffman von der Highschool war immer tadellos gepflegt und gekleidet gewesen. Die dunklen Haare des Mannes vor ihr hingegen waren lang und ungekämmt, der untere Teil des Gesichts war von gräulichen Bartstoppeln bedeckt, die Augen lagen tief in den Höhlen. Er trug ein schmuddeliges altes T-Shirt und eine Jeans.

Ribsy hockte einen guten Meter entfernt, den Blick starr auf den Fremden gerichtet, die Ohren wachsam aufgestellt.

Hatties Herz schlug wie wild, ihr Mund war trocken. Sie umklammerte den Griff von Ribsys Leine, ihre Handflächen waren feucht und rutschig. »Was machst du hier?«, krächzte sie.

Davis sah sich um. »Wonach sieht's denn aus?«

»Ich … keine Ahnung.«

»Komm, Hattie! Du weißt, dass ich mich vor den Bullen verstecke. Du hast sie mir schließlich auf den Hals gehetzt. Nachdem Elise bei dir war. Nachdem du gesehen hast, wie ich bei meiner Mutter Gras gemäht habe. Du wusstest, woher meine Brandverletzungen stammen.« Er schaute auf seine verbundene Hand.

»Du warst das«, flüsterte sie. »Du hast den Container angesteckt. Und du hast Lanier Ragan umgebracht.«

»Das war ein Versehen! Ich wollte nur mit ihr reden. Sie wollte sich mit Holland im Steghaus treffen. Ich habe gesehen, wie er an dem Abend im Gewitter mit einer Laterne rüberging. Dieser verdammte Spinner! Ich wollte Lanier warnen, ihr erzählen, wie er wirklich war. Als ich sie festhalten wollte, fing sie an zu schreien. Da habe ich ihr den Mund zugehalten, damit sie still ist, und dann ist irgendwas passiert. Es regnete so stark, sie muss ausgerutscht sein. Sie stolperte und fiel mit dem Kopf auf den Asphalt. Es hat stark geblutet, aber sie schrie die ganze Zeit ... Ich hatte Angst, dass Holland sie hört.«

»Davis«, sagte Hattie flehend. »Du musst zur Polizei gehen. Erzähl, wie es passiert ist. Dass es ein Unfall war, wie du gerade gesagt hast.«

»Nein. Die würden mich ins Gefängnis stecken. Weißt du, was das für meine Kleine bedeutet? Du weißt doch, wie das ist, Hattie, oder? Alle reden über dich, zeigen mit dem Finger auf dich. Das ist so demütigend. So beschämend. Das kann ich Ally nicht zumuten.«

Er machte einen Schritt auf Hattie zu, Ribsy knurrte warnend. Davis zog eine Pistole aus der Jeanstasche und betrachtete sie, als sähe er sie zum ersten Mal. Mit zitternden Händen richtete er die Waffe zuerst auf seinen Kopf, dann auf Hattie.

»Nein, Davis!«, rief sie.

Ribsy riss Hattie die Leine aus der Hand und stürzte sich auf Davis. Mit wildem Kläffen griff der Hund den Mann an. Davis wollte ihn mit der freien Hand abwehren, doch Ribsy schnappte nach ihm, umkreiste ihn, sprang ihm in den Rücken, zerrte an seinem Hemd. Davis verteidigte sich, indem er das Tier zur Seite schubste, doch Ribsy drehte sich um hundertachtzig Grad und stürzte sich erneut auf seinen Gegner.

Davis schwankte leicht, da sich die Leine um seine Beine

gewickelt hatte. Dann fand er sein Gleichgewicht wieder und schlug den Hund mit der Hand, in der er die Pistole hielt. Hattie schrie auf, und Ribsy versenkte die Zähne in Davis' bandagierter Hand. Der schrie vor Schmerz, stolperte und fiel wie in Zeitlupe zu Boden.

Entsetzt verfolgte Hattie, wie Davis sich aufsetzte und mit der Waffe auf Ribsy zielte. Hektisch sah sie sich um. In der Nähe stand eine Schubkarre mit einem Zementsack, auf den Steinen lag eine Schaufel. Sie griff zu der Schaufel und schlug mit der Rückseite blindlings nach Davis, ließ sie immer wieder auf seinen Kopf, seine Schultern und seinen Bauch niedergehen. Als er versuchte, sein Gesicht mit den Armen zu schützen, schlug sie erneut zu. Davis heulte, die Pistole flog durch den Raum und rutschte in Hatties unmittelbare Nähe.

Sie hob sie auf, stellte sich hin und richtete die Waffe auf Davis. »Wag es nicht noch mal, meinen Hund anzufassen!«

»Komm, Ribsy!«, rief Hattie. Er hockte vor Davis' Füßen und knurrte. Der Hund sah sie an, zögerte, dann trottete er an ihre Seite. Sie bückte sich und kraulte ihn hinter den Ohren, die Waffe weiterhin auf Davis gerichtet.

Ihre Beine zitterten heftig. Sie entdeckte einen leeren Zehnlitereimer neben der Schubkarre und ließ sich darauf sinken. Dann holte sie ihr Handy heraus.

Davis stöhnte leise und drückte sich die blutende Hand auf die Brust. »Was machst du da?«

»Den Detective anrufen, der dich schon länger sucht.«

Doch bevor sie das tun konnte, klingelte ihr Handy. Es war wieder Mo.

»Du wolltest mich doch zurückrufen«, sagte er. »Ich habe mir Sorgen gemacht. Ist alles in Ordnung?«

»Jetzt ja.« Hatties Stimme brach vor Anspannung. »Aber ich muss jetzt auflegen und die Polizei rufen.«

»Hattie? Wo bist du?«

»Auf dem Nachbargrundstück. Ich melde mich später. Versprochen.«

»Ruf die 911. Ich komme rüber.«

Sie legte auf, doch anstatt den Notruf zu wählen, rief sie Makarowicz an.

»Hey«, sagte sie, die Pistole weiterhin auf Davis gerichtet. »Ich habe Ihren Typen gefunden.«

»Meinen Sie Hoffman? Haben Sie Davis Hoffman gefunden? Wo sind Sie? Ist er noch da? Ist alles in Ordnung?«

»Ich bin in dem Haus direkt neben meinem. Wo die Baustelle ist. Ich glaube, er hat sich hier versteckt. Auf jeden Fall hat er mich mit einer Pistole bedroht, aber Ribsy hat ihn angegriffen, und ich habe ihn quasi mit einer Schaufel verdroschen. Davis, meine ich, nicht Ribsy. Wie schnell können Sie hier sein?«

»Bin schon unterwegs«, sagte Makarowicz.


»Ich hätte nie auf dich geschossen«, versicherte ihr Davis. »Du kennst mich doch, Hattie. Hätte ich nie getan.«

Sie sah ihn lange an und dachte an die Zeit zurück, als sie dreizehn, vierzehn waren. Sie erinnerte sich an glückliche Sommertage am Strand oder auf Davis' Boot im Meer, alle drei zusammen, Hattie, Hank und Davis.

»Nein. Ich kenne dich überhaupt nicht. Ich dachte, wir wären Freunde. Du, Hank und ich.«

»Im Ernst? Hank war mir immer total egal. Ich wollte nur dir nah sein, Hattie.«

»Und was ist mit Elise?«, fragte sie.

»Die war der Trostpreis. Sie wusste es, ich wusste es. Sie

wollte ein Kind; wir dachten, es würde helfen. Tat es aber nicht. Ich bin kaputt, mir ist nicht zu helfen.«

Er sah sie mit seinen glänzenden braunen Augen flehend an. »Ich bin hier heute hingegangen, um mich umzubringen. Aber es waren zu viele Leute da. Deshalb habe ich mich versteckt. Hab auf den richtigen Moment gewartet. Heute sollte es so weit sein. Du hättest mich einfach in Ruhe lassen sollen.«

»Damit du es dir leichtmachen kannst? Nie im Leben!«, sagte Hattie. Ihre Hände zitterten so heftig, dass sie die Ellenbogen auf die Knie stützen und die Pistole mit beiden Händen umfassen musste.

»Kannst du mir eine Frage beantworten?«, fragte sie.

Davis rieb sich mit der gesunden Hand über die Stirn. Im schwachen Licht konnte man erkennen, dass sich dort eine große Beule bildete. »Kommt drauf an, was du wissen willst.«

»Woher wusstest du von der Sickergrube?«

»Als Holland und ich neun oder zehn Jahre alt waren, haben wir immer Soldaten gespielt. Wir waren beste Freunde und spielten damals zusammen, wenn ich beim Haus meiner Großmutter war und er nebenan. Damals war mir noch nicht klar, wie krank er war. Seine Großmutter ließ regelmäßig Leute kommen, die die Grube leerten. Wir spielten gern Krieg, und Holland erlaubte mir, der amerikanische Soldat zu sein. Ich sollte in das Schützenloch steigen, er wäre der Nazi. Ich würde wie aus dem Nichts auftauchen und ihn erschießen. Aber er hatte mich reingelegt. Ehe ich mich versah, steckte ich in dem Schacht, und er legte eine dicke Sperrholzplatte darüber. Ich saß in der Falle. Konnte die Platte nicht wegschieben. Es war Sommer, und ich hockte heulend da drin und bettelte ihn an, mich rauszulassen. Er war die ganze Zeit da oben und lachte sich kaputt. Ich habe keine Ahnung, wie lange er mich eingesperrt hat. Eine Stunde? Irgendwann kam er zurück und ließ mich raus. Er drohte mir, wenn ich ihn bei seinen Eltern verpfeifen würde, würde er sich in unser Haus schleichen und mir mit einem Messer die Kehle aufschlitzen. Er war schon damals ein kranker Mistkerl, und später wurde er ein geiler kranker Mistkerl.«

Hattie verspürte einen Anflug von Mitleid für den neunjährigen Davis, der von Holland Creedmore schikaniert worden war. Dann dachte sie an das Schicksal von Lanier Ragan, und in ihrer Magengrube rührte sich eiskalte Wut.

»Wenn es wirklich ein Versehen war, wieso war Laniers Schädel dann eingeschlagen? Du hast gesagt, sie hätte geschrien, als sie fiel. An dem Sturz ist sie also nicht gestorben.«

Davis verstummte. Er legte den Kopf auf die Knie und weinte. Seine Schultern bebten.

Hattie wartete.

Als er den Kopf hob, glänzten Tränen auf seinen Wangen. »Ich hatte Angst, dass er sie hören könnte. Holland. Er hatte ihr mit dieser bescheuerten Laterne Signale gesendet. ›Komm! Schnell!‹ Wir hatten ein altes Buch übers Morsen gefunden und uns die Lichtsignale beigebracht. Wusstest du das?«

»Du hast meine Frage nicht beantwortet: Wie hast du sie umgebracht?«

»Da lag ein großer Stein, ein altes Stück Koralle oder so. Ich bin irgendwie durchgedreht. Ich habe das Ding genommen und damit zugeschlagen. Dann war sie still.«

»Du meinst, sie war tot, Davis. Du hast sie umgebracht. Und dann? Bist du weggelaufen und hast dich versteckt?«

»Nein! Ich habe überlegt, was ich machen soll. Es regnete so heftig. Ich bin zurück zu uns gegangen und hab gewartet, dass das Gewitter aufhört. Nach einer Weile bin ich wieder zum

Damm runtergeschlichen. Da lief plötzlich Hollands Mutter herum. Sie hatte eine Taschenlampe dabei und entdeckte die Leiche. Ich habe mich hinter den großen Oleanderbüschen versteckt und gewartet, wie es weiterging. Es dauerte nicht lange, da tauchte der alte Creedmore auf. Ich habe gesehen, wie Creedmores' Eltern eine Plane aus dem Gartenschuppen holten. In die haben sie Lanier gewickelt und in den Schuppen gebracht. Dann sind sie abgehauen und haben Laniers Auto mitgenommen. Es stand drüben in der Zufahrt.«

»Wann hast du die Leiche da weggeholt?«

»Sobald es hell wurde. Holland muss schon weg gewesen sein. Sein Auto war nicht mehr da. Ich hatte Angst, die Creedmores würden zurückkommen und die Polizei benachrichtigen. Ich dachte, wenn niemand wüsste, wo Laniers Leiche ist, würde man vielleicht denken, sie sei durchgebrannt. Dann sah ich drüben den großen Schachtdeckel. Der Regen hatte die Erde größtenteils weggeschwemmt, die sonst darauf lag. Im Schuppen fand ich ein Brecheisen, mit dem ich den Deckel irgendwie aufstemmte. Ich schob sie rein, dann holte ich einen Rechen und harkte die Erde wieder drauf. Anschließend bin ich zum Haus meiner Großmutter gegangen. Ich hatte ein bisschen Gras und einen Rest Wodka da, den habe ich getrunken und was gekifft, dann bin ich wahrscheinlich eingeschlafen.«

Aus der Ferne hörten sie eine Polizeisirene näherkommen. Ribsy reckte die Schnauze in die Luft und heulte.

Davis legte den Kopf auf die Knie und hielt sich die Ohren zu.

# 70.

## BLAULICHTEINSATZ 2.0

Das blitzende Blaulicht von vier Streifenwagen erhellte die Nacht auf Tybee. Makarowicz las Davis seine Rechte vor. Ein uniformierter Kollege führte ihn in Handschellen ab. »Ich muss zu einem Arzt«, jammerte Davis. »Meine Hände bluten, außerdem habe ich, glaub ich, eine Gehirnerschütterung.«

»Sobald Sie Ihre Aussage gemacht haben, bringen wir Sie in die Notaufnahme«, rief Makarowicz ihm nach und sah zu Hattie hinüber, die immer noch Ribsys Leine in der Hand hielt. »Ich weiß, dass es spät ist, und vielleicht stehen Sie unter Schock, aber ich brauche auch von Ihnen eine Aussage.«

»Hattie?« Mos Stimme durchschnitt die Dunkelheit. Er eilte vom Damm auf Hattie zu. Dankbar lehnte sie sich gegen ihn. »Alles okay?«

»Ja«, brachte sie heraus. »Ich bin müde, aber okay.«

Mo sah den Detective an. »Kann ich sie nach Hause bringen?«

»Leider nicht. Sie muss mit mir auf die Dienststelle.«

Hattie gestattete sich, kurz den Kopf an Mos Schulter zu legen. »Was hat er gesagt?«, fragte er. »Hat er irgendwas gestanden?«

Sie brachte ein schwaches Lächeln zustande. »Er hat alles gestanden, inklusive den Mord an Lanier Ragan und die Entsorgung ihrer Leiche in der Sickergrube. Außerdem hatte er eine Waffe dabei.«

»Hat er dir weh getan?«

»Nein. Erzähl ich dir später.« Sie bückte sich und kraulte Ribsy hinter den Ohren. »Der Junge hier bekommt morgen das größte Steak, das es im Supermarkt gibt.«

»Aber erst mal …« Mak wies auf seinen Streifenwagen.

Hattie schloss die Augen und seufzte. Mo legte ihr den Arm um die Taille. »Soll ich dich zur Polizei begleiten? Ich bin auch ganz still. Ich möchte nur nicht, dass du allein bist.«

Hattie schaute Makarowicz fragend an, der nickte. »Okay. Das wäre schön«, sagte sie.


Stunden später klopfte Mo ihr vorsichtig auf die Schulter. »Hey. Du bist zu Hause.«

Sie öffnete die Augen einen Spaltbreit und gähnte. »Das war schon das zweite Mal in dieser Woche, dass du mir zur Hilfe eilen musstest, Mo.«

»Gern geschehen.«


Stunden später setzte sie sich auf und guckte panisch auf den Wecker neben ihrem Bett. Es war nach neun Uhr. Ribsy schlief am Fußende, Sonnenlicht fiel durch die schmalen Ritzen ihrer Bambusjalousie. Hattie schlurfte ins Bad und spritzte sich kaltes Wasser ins Gesicht. Sie war total verschwitzt.

»Hey!«, rief Mo vor der Badezimmertür. »Alles okay bei dir?«

»Ich habe meinen Dreh verpasst!« Sie öffnete die Tür und schaute nach draußen. »Bist du die ganze Nacht hiergeblieben?«

»Ja. Ich konnte dich einfach nicht allein lassen. Aber deine Couch ist echt scheiße.«

Er reichte ihr einen Becher Kaffee. »Ich habe mit meinem Chef, also mir selbst über den Dreh heute Morgen gesprochen und ihm alles erklärt. Er hat gesagt, du dürftest ausnahmsweise später kommen. Hast du Hunger?«

»Total! Aber ich muss jetzt zum Haus. Es ist noch so viel zu tun.«

»Darum kann sich Trae kümmern. Er ist dir was schuldig. Wie wär's mit Frühstück?«

»Lass mich eben kurz duschen. Kannst du Ribsy rauslassen und ihm was zu fressen geben?«

»Unter einer Bedingung.«

»Und die wäre?«

»Wenn du geduscht hast, darf ich mir deine Zahnbürste ausleihen.«


Sie fuhren in Hatties Pick-up nach Tybee und standen zehn Minuten vor The Breakfast Club Schlange, bis sie die letzten beiden Hocker an der Theke ergattern konnten.

Als Mo Shrimps und Grütze bestellte, tat Hattie entsetzt. »Haben wir endlich einen richtigen Südstaatler aus dir gemacht, Mo Lopez?«

»Shrimps und Grütze gibt's auch in Kalifornien«, sagte er. »Schmeckt da nur anders.« Er warf ihr einen Seitenblick zu. »Magst du mir von gestern Abend erzählen?«

Während sie ihren Kaffee trank, fasste sie die Ereignisse des Vorabends zusammen.

»Wie geht es jetzt weiter?«

»Nach Aussage von Makarowicz wird Davis wegen Mordes, Brandstiftung und versuchter Entführung angeklagt. Und was der Staatsanwaltschaft noch so einfällt.«

»Als du unter der Dusche warst, habe ich kurz mit Rebecca

telefoniert«, sagte Mo. »Makarowicz hat heute Morgen eine Pressekonferenz abgehalten, in der er die Verhaftung von Davis Hoffman verkündet hat. Natürlich überlegt Rebecca längst, wie sie die jüngsten Ereignisse quotenträchtig ausschlachten kann. Sie will, dass wir eine zusätzliche Folge drehen, so eine Art Epilog, der mehr in Richtung True Crime geht.«

Vorsichtig stellte Hattie ihren Kaffeebecher auf den Tresen. »Okay, aber ich lese vorher das Drehbuch und genehmige es. Wir machen das auf meine Art oder gar nicht.«

»Ernsthaft?«

»Absolut ernsthaft. Ich habe in meinem Leben so einiges mitgemacht. Ich möchte nicht, dass diese Story noch mehr gehypt wird, als sie es eh schon ist. Und ich mache es nur, wenn Emma Ragan ihr Einverständnis dazu gibt. Ich will ihr Leid nicht ausnutzen.«

Das Essen wurde serviert. Mo stürzte sich wie verhungert auf sein Frühstück. Hattie pickte an ihrem Omelett herum und biss ein wenig vom Toast ab. »Und?«

»Okay«, sagte Mo. »Hört sich gut an.«

# 71.

SHOWTIME

Hattie stand im Vorgarten des Creedmore-Hauses und strahlte. »Ich erkenne es nicht wieder. Mir fehlen die Worte.«

Bei Tageslicht betrachtet, war die Verwandlung sensationell. Die vorher abgesackte, verrottete Veranda stand stolz da, fedrige grüne Farne hingen in Körben zwischen den Säulen, große, mit roten Geranien und rankendem Efeu bepflanzte gusseiserne Blumenkübel flankierten die frisch gestrichene Eingangstür. Die polierten Messinglaternen funkelten in der Sonne.

Hattie drehte sich zur Kamera. »Als ich dieses Haus zum ersten Mal sah, war es mit Sperrholz vernagelt. Die Stadt hatte es beschlagnahmt. Das Schätzchen hat über hundert Jahre auf dem Buckel, und das konnte man sehen.«

Cass trat zu ihr vor die Veranda, und Hattie wandte sich ihr zu. »Cass, du warst beim ersten Mal ziemlich geschockt von dem Haus, stimmt's?«

»Ja, ich wollte nicht mal aus dem Auto steigen, so schlimm sah es aus. Es war so zugewachsen, dass man gar nichts sehen konnte. Ich war überzeugt, dass da nichts mehr zu retten ist.«

»Es war gruselig.« Trae schüttelte sich übertrieben.

»Der erste Stock war total schief«, erklärte Hattie, als die drei gemeinsam die Treppe hinaufstiegen. »Das Haus glich einer alten Dame mit schief aufgesetztem Hut.«

»Guckt mal hier!« Trae drückte die Haustür auf. »Erinnert ihr euch an den hässlichen Bodenbelag? Ich war echt überzeugt, dass hier nichts mehr zu retten ist.«

»Aber ich wusste, dass sich darunter ein Hartholzboden verbirgt. Die meisten alten Cottages auf Tybee Island sind aus Fichtenkernholz gebaut. Die Böden abzuschleifen und neu zu lackieren hat zwar eine Menge Schweiß gekostet, aber das hat sich total gelohnt.« Hattie wies auf Wohn- und Esszimmer. »Und seht mal, wie toll der Kamin geworden ist!«

»Ich liebe die weiß getünchten Steine, mit denen wir den Look aufgelockert haben. Dadurch sieht es aus, als hätten wir die in Savannah typischen grauen Ziegel verwendet«, sagte Trae. »Und der dicke Eichenast, den du aus einem gefällten Baum hast schneiden lassen, funktioniert echt gut als Sims.«

Sie zogen von einem Zimmer zum nächsten, immer in Begleitung der Kameras, und erklärten, wie sie das alte Strandhaus renoviert und restauriert hatten. Schließlich erreichten Hattie und Trae die Küche.

»Es war wirklich eine Bruchbude«, bemerkte Trae.

»Ich hatte gehofft, einen Teil der Originalschränke retten zu können, aber letzten Endes ist der Holzboden das einzig alte Element hier drin«, sagte Hattie.

»Den habe ich abgeschliffen, abgeklebt und in einem Rautenmuster gestrichen.« Trae rieb sich den Rücken. »Da habe ich mir wirklich den Allerwertesten abgearbeitet. Den Boden find ich natürlich besonders toll. Ich glaube, ich weiß, worauf du am stolzesten bist, Hattie.«

Sie zeigte auf die Kücheninsel, auf der ein Kristallkrug mit Limonade und eine einfache Holzschüssel voller Meyer-Zitronen standen, die von einem Baum im Garten stammten. »Mein Lieblingsstück hier ist die Kücheninsel. Dieser antike Apothekenschrank stammt aus einem alten Laden auf der Broughton Street im Zentrum von Savannah. Er steht schon seit Jahren bei mir herum. Wir haben eine neue Marmorplatte draufsetzen lassen, dann haben wir, weil es so gut zum Thema ›historisches Savannah‹ passt, die alten Schiffslaternen aus Messing als Pendelleuchten darüber gehängt. Weißt du, was unsere Immobilienmaklerin Carolyn Meyers gesagt hat, Trae? Die Küche wäre das Brutzeln, das das Steak verkauft.«

Auf das Stichwort hin trat Carolyn mit einer Ledermappe unter dem Arm in die Küche. »Ihr zwei, ich kann es gar nicht erwarten, das Angebot online zu stellen. Das Haus wird wunderschön aussehen, und ich bin mir sicher, dass wir kein Problem haben werden, unseren Preis zu bekommen. Ich rechne sogar mit einer Bieterschlacht.«

Trae hielt die Hintertür auf, die drei gingen auf die rückwärtige Veranda.

Hattie deutete auf den Ausblick durch die Bäume. Im Garten lag grellgrüner Rollrasen, und in der Ferne glitzerte das Sonnenlicht auf dem Wasser. Ein Verband Pelikane glitt vorbei.

»Das ist der eigentliche Knüller da hinten«, rief sie. »Der Blick auf den Back River und Little Tybee. So muss ein Strandhaus sein. Da kann man sich doch direkt vorstellen, wie man an einem Frühlingstag rüberpaddelt, oder? Oder am Ende des Stegs eine Angelschnur oder eine Krabbenfalle ins Wasser wirft?«

»Man kann aber auch einfach im Steghaus abhängen, ein alkoholisches Getränk zu sich nehmen oder den Fang des Tages grillen … Unten gibt es sogar eine Essecke«, erklärte Trae. »Und das Grundstück ist so groß, dass ohne Probleme Platz für einen Swimmingpool und ein Gästehaus wäre, wenn der zukünftige Besitzer noch einen oben draufsetzen wollte.«

Hattie entdeckte Mo neben dem Kameramann. Er nickte ihr zu und hielt ihr einen ausgestreckten Daumen hin.

Sie hakte Trae unter. »Fürs Erste ist unsere Arbeit hier getan, Trae. Das alte Strandhaus wurde erfolgreich auf den Kopf gestellt. Danke fürs Zuschauen!«

»Tschüs!« Trae winkte.

»Schnitt!« Mo trat hinter der Kamera hervor. »Die Abschlussparty steigt in dreißig Minuten!«

Zum Abschluss der Dreharbeiten der *Traumhaus-Profis* war ein Foodtruck von Papa's Barbecue bestellt worden, der hinter dem Haus parkte. Im Haus und auf den Veranden mischten sich die Mitarbeiter der Filmproduktion mit den Handwerkern. Es gab Koteletts, Krautsalat, Kartoffelsalat, Brunswick Stew und Bananenpudding. Im Kühler stand eiskaltes lokales Craft-Beer, an einem Getränkespender konnte man süßen Eistee zapfen.

Rebecca saß auf einem Klappstuhl auf der Veranda, betupfte ihre verschwitzte Stirn mit einer Papierserviette und schaute angewidert auf den Grillteller in ihrer Hand, den ihr gerade jemand gereicht hatte.

»Sooo«, sagte sie und schaute zu Hattie, Cass, Mo und Trae hinüber. »Das ist gut gelaufen, oder?«

»Ja?« Mo nahm einen Schluck aus seiner Bierflasche. »Das ist ein ziemlich schwaches Lob.«

»Versteh mich nicht falsch«, sagte Rebecca. »In der Postproduktion werdet ihr mit Sicherheit noch zaubern, ich fand nur, die große Nachher-Show wäre … keine Ahnung … ein bisschen spannender?«

»Wir haben aus einer total kaputten Bruchbude in weniger als sechs Wochen ein absolutes Schmuckstück gemacht.«

Mo wurde lauter, je wütender er wurde. »Die Vorher-Nach-her-Aufnahmen werden der Hammer sein. Wir hatten jede Menge Drama in der Staffel: Hattie, die das Haus ersteigern musste, dann die Entdeckung des Portemonnaies ...«

»Wir haben buchstäblich die Leiche im Keller gefunden und nebenbei einen alten Mordfall gelöst, Becc«, fügte Trae hinzu.

»Hm, ja, ich glaube schon, dass das die Spannung steigert«, gab Rebecca zu.

»Und vergiss nicht unsere Romanze inklusive Trennung.« Trae zeigte auf Hattie. »Denk an die ganze öffentliche Auf-merksamkeit, die das der Sendung gebracht hat. Ich kann mein Hotelzimmer mitten in Savannah nicht verlassen, ohne dass mich jemand anspricht und wissen will, wann Hattie und ich uns endlich verloben.«

»Nie im Leben«, beeilte sich Hattie zu sagen.

Cass deutete mit ihrer Bierflasche auf Rebecca. »Leute, ich bekomme so ein Gefühl, dass sie uns etwas sagen will. Und zwar nichts Gutes. Stimmt's, Rebecca?«

Rebecca tauchte einen Plastiklöffel in ein Schälchen mit Ba-nanenpudding, strich das meiste davon aber wieder herunter, bevor sie aß.

Sie ließ den Löffel sinken und zog eine Grimasse. »Warum ist hier alles so süß? Ich wundere mich, dass noch nicht jeder einen Zuckerschock vom bloßen Angucken hat.«

»Rebecca?«, hakte Mo nach. »Warum bist du wirklich hier? Hat Tony schon was von dem Rohmaterial gesehen, das ich dir geschickt hatte?«

»Ich hatte gehofft, dass wir das in etwas privaterer Runde be-sprechen könnten.« Rebecca schaute in die Gesichter, die sich auf sie konzentrierten.

»Offensichtlich hat Cass also recht. Du hast keine guten

Nachrichten für uns. Spuck's aus! Sag's uns! Wir haben alle ein Interesse an der Sendung. Worum geht's?«

»Tony hat ein bisschen vom Anfangsmaterial gesehen. Er hat gerade unglaublich viel zu tun. Ich kann nur berichten, dass er nicht gerade überwältigt war. Ich habe ihm gesagt: ›Warte noch ein bisschen, Tony. Mos Leute haben wirklich hervorragende Arbeit geleistet‹, aber er will nichts davon wissen. Die Sache ist die: Wir sind uns nicht sicher, dass uns das Format die demographische Gruppe bringt, die wir brauchen.«

»Was bedeutet das?«, wollte Mo wissen.

»Also, wir werden auf jeden Fall unsere Zusage für sechs Folgen einhalten, da braucht sich niemand Sorgen zu machen.«

Mos Gesichtsausdruck entspannte sich leicht.

»Aber nicht am Mittwochabend. Tony hat einen Blick in Byrons neue Sendung werfen können, *Hilfe, bei uns spukt's!*, und ich muss sagen, Mo, das Konzept zieht alle Register der neuen Richtung, in die der Sender will. Es ist düster und cool und sichert uns den Zugang zu der schwer zu greifenden Gruppe der achtzehn- bis dreißigjährigen Männer. Und es ist eine ganz neue Form des Erzählens. Wir sind unglaublich gespannt darauf.«

Mo schloss die Augen und legte den Kopf in den Nacken, um Rebeccas Bombe zu verdauen. Schließlich beugte er sich vor. Sein Kiefer war so angespannt, dass er weh tat.

»*Hilfe, bei uns spukt's?* Heißt der Sender nicht Home Place TV? Ich muss dich wirklich bitten, Rebecca. Glaubst du ernsthaft, dass dir eine Sendung von dem Kerl, der sich *Bulldozer in Bayonne* ausgedacht hat, die Zuschauer am Mittwochabend zurückholt? Was habt ihr geraucht?«

Rebecca stand auf und strich den Stoff ihres sehr engen Bleistiftrocks glatt. Sie kippte den Teller mit Essen in einen

Plastikmülleimer. »Ich wusste, dass du das nicht gut aufnehmen würdest, aber Tony hat darauf bestanden, dass ich dir die Nachricht überbringe, und zwar persönlich. Wie gesagt, wir stehen zu unserer Zusage. Im Moment planen wir Testvorführungen, sobald du mit der Postproduktion fertig bist. Wenn es keine größeren Überraschungen gibt, halten wir einen Sendeplatz am Sonntagnachmittag frei.«

»Was? Nach den Wiederholungen von *Mein neuer alter Wohnwagen*? Oder als Vorspann von *Garagenschnäppchen*?«

Rebeccas große schwarze Handtasche aus Krokodilleder begann durchdringend zu piepsen. Sie griff hinein und warf einen Blick auf ihr Handy. Kurz darauf kam eine schwarze Limousine über die Zufahrt zum Haus gerumpelt. »Das ist mein Fahrer. Mo, wir können ja noch darüber sprechen. Hattie, Cass? Tolle Arbeit! Unser Marketingteam hat schon einige Ideen für Werbeveranstaltungen im Herbst, mit denen ihr *Die Traumhaus-Profis* promoten könnt. Fachmessen, Jahrmärkte, so was. Wir hören uns. Trae – wir sehen uns nächste Woche, richtig?«

Der Innenarchitekt lächelte. »Ich bringe dich eben zum Auto.«

Hattie sah den beiden nach, die zum wartenden Auto schlenderten. »Jahrmärkte?« Sie zog sich die falschen Wimpern ab. »Da muss ich passen.«

Cass nestelte in ihren Haaren herum und löste die Extensions, die Lisa ihr am Morgen mühselig hineingearbeitet hatte. »Fachmessen? Von wegen!«

Mo trank noch einen Schluck Bier, dann warf er die Flasche in die Recyclingtonne. »Das tut mir echt leid, ihr beiden. Wir waren alle mit Leib und Seele dabei. Und gerade haben wir offiziell einen reingewürgt bekommen. Ich hätte es wissen müssen.«

»Aber sie hat gesagt, dass *Die Traumhaus-Profis* trotzdem gesendet werden. Das ist doch eine gute Nachricht, oder?«, fragte Hattie.

»Schon, aber der Sendeplatz, den wir bekommen, ist das Todesurteil«, sagte Mo. »Falls es nicht noch irgendein Wunder gibt, müssen wir realistischerweise wohl sagen, dass *Die Traumhaus-Profis* eine Eintagsfliege bleibt.«

»Das war's mit meiner Karriere im Showbiz.« Cass knöpfte das schwarze Spitzenoberteil mit dem tiefen Ausschnitt auf, in das die Kostümbildnerin sie gesteckt hatte. Darunter kam ein schwarzes Tanktop mit der Aufschrift »MAMAS LETZTER VERSUCH« zum Vorschein. Sie warf die Bluse über die Lehne eines Schaukelstuhls. »Wer will noch was vom Bananenpudding?«

# 72.

BYE-BYE, LOVE

Hattie und Mo saßen auf den von Zenobia ausgeliehenen Schaukelstühlen auf der mit Insektengitter geschützten Veranda. Außer ihnen war niemand mehr da. Der letzte Lastwagen mit gemieteter Ausrüstung war schon vor Stunden abgefahren. Die Mitglieder der Crew hatten sich gegenseitig umarmt, Nummern ausgetauscht und versprochen, Kontakt zu halten. Cass und Trae hatten sich mit einem kühlen, flüchtigen Nicken voneinander verabschiedet, ehe jeder seiner Wege gegangen war.

Hattie und Mo hatten sich eine halbe Flasche Wein aus den Resten der Party gesichert und waren die Treppe zur Veranda im zweiten Stock hinaufgestiegen.

Die Sonne ging über dem Back River unter und tauchte den Himmel in einen sanften Reigen von Kobaltblau, Violett, Kupfer und Gelb, vor dem die Baumgipfel von Little Tybee einen starken Kontrast bildeten.

»Wie geht es jetzt weiter?«, fragte Hattie.

»Meinst du, mit uns?« Mo griff nach ihrer Hand, doch sie verschränkte nur ihren kleinen Finger mit seinem.

»Ich meinte, mit der Sendung.«

»Ah. Nächste Woche beginnen wir in L.A. mit der Postproduktion. Ich habe noch ein paar andere Eisen im Feuer …

HPTV ist nicht der einzige Sender, für den ich arbeite. Ich habe sogar …«

»Ich muss das Haus verkaufen«, unterbrach Hattie ihn. »Ich wache ständig mitten in der Nacht auf und mache mir Sorgen.«

»Das schaffst du schon. Ich wette, es ist längst verkauft, wenn die erste Folge der *Traumhaus-Profis* im Herbst ausgestrahlt wird. Du hast meine Frage noch nicht beantwortet. Was ist mit uns?«

Hattie trank einen Schluck Wein. Dies war der Moment, den sie gefürchtet hatte, seit die Dreharbeiten vor einigen Stunden aufgehört hatten. Warum war sie nicht mit den anderen aufgebrochen? Warum war sie hiergeblieben und setzte sich nun mit unangenehmen Fragen und unmöglichen Szenarien auseinander? Sie versuchte es mit Ablenkung. »Du wirst in L.A. sitzen und dir ein neues Projekt ausdenken, und ich hocke wie immer in Savannah und reiße ein stinkendes altes Badezimmer ab oder krieche auf verrottetem Küchenboden herum.«

Mo schlang seine Finger um ihre. Hattie entzog sie ihm nicht. »Vielleicht komme ich mal reingestolpert und besuche dich.«

Es dauerte einen Moment, bis sie seine Anspielung auf ihre zufällige Begegnung im Haus auf der Tattnall Street begriff. Dann lachte sie verzagt. »Kommt mir vor, als sei das Ewigkeiten her.«

»Sind aber nur zwei Monate. In der Zeit ist viel passiert«, bemerkte Mo. »Wollen wir nicht einfach mal gucken, was vielleicht möglich ist? Hm? Ich habe mein Airbnb noch etwas länger gemietet, ich kann ein paar Tage dranhängen. Ich dachte, wir könnten …«

»Nein«, sagte Hattie.

»Lass mich mal ausreden«, protestierte Mo. »Wir könnten

ein bisschen was zusammen machen. Nur wir zwei. Vielleicht mal raus aus diesem Hochofen, den ihr Sommer in Savannah nennt. Wir könnten in die Berge nach North Carolina fahren. Nach Cashiers. Da soll es deutlich kühler sein als hier. In Cashiers gibt's ein Hotel mit Wellnessbereich und super Essen. Wanderst du gern? Tiere sind da auch willkommen, wir könnten Ribsy mitnehmen.«

Hattie ließ seine Hand los und schaute in den dunkler werdenden Himmel, die Arme vor der Brust verschränkt, ein Verteidigungsmechanismus, um ihr Herz davor zu schützen, es an diesen Fremden zu verlieren, der buchstäblich in ihr Leben gestürzt war.

Schließlich sah sie ihn an. »Du hast es selbst gesagt: Du fliegst zurück nach L.A. Wie hast du *Die Traumhaus-Profis* noch mal genannt? Eine Eintagsfliege. Das trifft auch auf uns zu, Mo. Das war eine einmalige Geschichte.«

Mo stand so schnell auf, dass sein Stuhl heftig schaukelte und nach hinten kippte.

»Was ist eigentlich mit dir los, Hattie? Du bist der furchtloseste Mensch, den ich je kennengelernt habe, egal ob Mann oder Frau. Du nimmst es mit Holzfäule, Termiten, korrupten Inspektoren und Leichengruben im Garten auf, mit Brandstiftern und Vandalen. Gestern Abend hast du eigenhändig einen bewaffneten Irren ausgeschaltet. Warum bist du so ein Angsthase, wenn es um mich geht?«

»Bin ich nicht!«, gab sie zurück.

»Beweis es! Fahr mit mir weg.«

Sie schüttelte den Kopf. »Warum?«

Er stellte den Schaukelstuhl wieder hin. »Ich mache mir was aus dir, und ich glaube, dir geht es genauso. Darum. Aber du gibst uns nicht mal eine Chance.«

»Weil wir keine haben«, erwiderte Hattie traurig. »Wir sind buchstäblich durch einen ganzen Kontinent getrennt. Mal angenommen, wir fahren wirklich ein Wochenende lang weg. Wie geht es dann weiter? Du hast deine Arbeit und Familie in L.A. Du musst auf jeden Fall dahin zurück. Ich nicht. Meine Wurzeln, mein Leben sind hier in Savannah. Tug hat mir diese Woche gesagt, dass er das Geschäft in den nächsten zwei Jahren an mich weitergeben will. Ich bin nicht wie du, Mo. Ich kann nicht an einem Tag zu einem Meeting nach New York fliegen und am nächsten zurück nach L.A.«

Er kniete sich vor sie auf den Boden und nahm ihre Hände in seine. »So was verlange ich doch auch gar nicht von dir. Ehrlich nicht. Ich habe eine super Idee und glaube, dass sie funktionieren kann, aber nur, wenn du mitmachst.«

Hattie biss sich auf die Lippe und sah ihn an. Sie wollte mit den Fingern durch seine dunklen Haare fahren, mehr Küsse von ihm bekommen, bei Sonnenuntergang einen langen Strandspaziergang mit ihm machen und den ganzen Sonntagvormittag im Bett verbringen, doch sie wusste, dass das alles Flüchtigkeiten waren.

Auf Mauricio Lopez zu verzichten, war eventuell das Schwerste, was sie je hatte tun müssen. Der Verlust von Hank war das Schlimmste gewesen, aber da hatte sie ja keine Wahl gehabt, oder? Er war ihr genommen worden, im Bruchteil einer Sekunde. Sieben Jahre hatte sie gebraucht, um einen anderen Mann zu finden, der so gut, so anständig und lieb wie Hank Kavanaugh war. Und jetzt musste sie ihn gehen lassen.

»Ich kann nicht«, sagte sie und ließ ihn los. »Du sagst doch, du machst Reality TV, ja? Wir wissen beide, dass es fake ist. Innenarchitekten in Designerjeans, die vor der Kamera den Vorschlaghammer schwingen. Notdürftig angeschlossene Lam-

545

pen. Gespielte Liebesgeschichten. Das ist deine Realität. Aber meine ist es nicht.«

Hattie stemmte sich aus dem Schaukelstuhl und warf einen letzten Blick auf den Himmel. Jetzt war nur noch ein letzter schwach orangeroter Streifen am Horizont zu sehen.

»Flieg zurück nach L.A., Mo«, sagte sie müde.

»Das mache ich, aber ich komme zurück, Hattie«, sagte er. »Und dann hörst du dir an, was ich zu sagen habe.«

# 73.

Hattie klappte ihren Laptop zu und rieb sich die Augen. Den ganzen Vormittag hatte sie sich Immobilienanzeigen angesehen, aber es war nicht viel im Angebot.

»Irgendwas gefunden?«, fragte Zenobia und legte im Vorbeigehen einen Stapel Rechnungen auf Hatties Schreibtisch.

»Nichts, was wir uns leisten könnten.« Hattie blätterte die Rechnungen durch. »Mist. Die ganzen Lieferanten vom Creedmore-Haus wollen ihr Geld, sofort.«

»Das sind über zwölftausend allein für die Fenster«, bemerkte Zenobia. »Das Holz noch mal achttausend, und das ist schon günstiger, weil ich Guerry gefragt habe, ob er noch ein bisschen weiter runtergehen kann. Scotty Efird will sein Geld auch gestern.«

»Ich dachte, wir hätten die Klimaanlage im Gegenzug für Werbung gratis bekommen«, wandte Hattie ein.

»Schon, aber Scottys Leute arbeiten nicht umsonst, er hat uns nur die Anlagen geschenkt. Nicht die Arbeitskosten. Das sind noch mal sechstausend.«

»Verdammt«, fluchte Hattie.

Ihr Telefon klingelte, sie nahm ab. Es war Al Makarowicz.

»Hallo, Al«, grüßte sie. »Wie sieht es auf Tybee aus? Gibt's neue Schwerverbrecher zu jagen?«

»Oh, ja, hab 'ne Menge zu tun mit Fahrraddieben und unachtsamen Fußgängern. Und gestern habe ich einen geschnappt, der sich mit einem Zwölferpack Bier in der Jogginghose aus dem Supermarkt verdrücken wollte. Bin gerade auf dem Weg nach Savannah und dachte, Sie hätten vielleicht Lust, mitzukommen.«

Hattie sah sich im Büro um. Es war fast zwölf Uhr. Tug war in seinem Büro und hatte die Jalousien runtergelassen. Machte wahrscheinlich ein Nickerchen.

»Verraten Sie mir denn, um was es geht?«, fragte sie.

»Das sehen Sie dann schon.«

Hattie wartete draußen vor dem Büro, als Makarowicz mit seinem Streifenwagen vorfuhr.

»Lange nicht gesehen«, sagte sie und rutschte auf den Beifahrersitz. »Hat sich in Ihrem großen Fall was getan? Ich hab am Sonntag den Artikel von Molly Fowlkes in der *Morning News* gelesen. Ist wahrscheinlich eine gute Nachricht, dass Davis sich schuldig bekennen will, oder?«

»Wird das County und die Stadt einen Haufen Geld sparen«, sagte Makarowicz. »Und es erspart ihm die Todesstrafe. Die Staatsanwaltschaft fordert lebenslänglich ohne Bewährung.«

»Ein Teil von mir hofft, dass er im Knast verrottet, aber seine kleine Tochter tut mir trotzdem leid«, sagte Hattie. »Was passiert mit den Creedmores?«

»Der Alte und Dorcas haben ihre Aussagen widerrufen, kaum dass wir Davis Hoffman weggeschlossen hatten. Aber ich habe ihr Geständnis aufgenommen, und Hoffman hat eine eidesstattliche Erklärung unterschrieben, dass er gesehen hat, wie sie die Leiche von Lanier Ragan wegtrugen. Wenn es nach mir geht, werden sie sitzen.«

»Was ist mit Holland junior? Lassen sie den einfach laufen?«

»Das gefällt mir genauso wenig wie Ihnen, aber wir können nur hoffen, das die Grand Jury ihn und seine Eltern wegen Verheimlichung eines Todesfalls und Justizbehinderung bei der Ergreifung eines Verbrechers anklagt. Auf Verheimlichung gibt es bis zu zehn Jahre, Justizbehinderung zwölf Monate.«

Hattie sah aus dem Fenster des Streifenwagens. Sie fuhren auf der Bull Street nach Süden. Mak bog links auf die East 57. ab, überquerte die Abercorn Street und hielt einen Block weiter vor einem Backsteinhaus mit schmiedeeisernem Einbruchschutz vor den Fenstern und einer Gipsstatue der Jungfrau Maria auf der Veranda.

»Was machen wir hier?«, fragte Hattie.

»Ich dachte, wir könnten Mavis Creedmore einen kleinen Besuch abstatten«, sagte Makarowicz. »Ich möchte noch ein paar Kleinigkeiten klären, die mich schon länger beschäftigen.«

»Wieso glauben Sie, dass die fiese alte Eule mit Ihnen spricht?«, fragte Hattie.

Makarowicz deutete auf die Dienstmarke an seinem Gürtel. »Die Generation hat noch Respekt vor Gesetzeshütern.«


Der Detective drückte auf die Klingel und wartete. »Wer ist da?«, hörte man die alte Frau durch die dicke Holztür rufen.

»Die Polizei Tybee, Miss Creedmore.«

Die Tür öffnete sich einen Spaltbreit, und Mavis spähte heraus, die Augen hinter den dicken Brillengläsern unerbittlich und schwarz wie Kaffeebohnen. »Ich wohne nicht auf Tybee und hab die Polizei auch nicht gerufen.«

»Nein, Ma'am, aber es betrifft das Grundstück, das sie dort besessen haben.«

»Was ist damit?« Mavis zog die Tür weiter auf. Als sie ihren zweiten Besuch erkannte, blickte sie finster drein. Mit einem knochigen Finger zeigte sie auf Hattie.

»Die da hat das Strandhaus unserer Familie gestohlen. Die hat auf meiner Veranda nichts zu suchen. Mit Ihnen rede ich, aber nicht mit der.«

»Ich habe genauso viel Recht, hier zu sein, wie Sie, als Sie sich auf mein Privatgrundstück geschlichen haben«, giftete Hattie zurück. »Sie können froh sein, dass ich Ihnen in der Nacht nicht die Bullen auf den Hals gehetzt habe.«

Widerwillig öffnete Mavis Creedmore die Tür ganz und trat auf ihre Betonveranda. Ihre dünnen weißen Haare waren antoupiert und zu einem zarten Knoten zusammengebunden, darunter schimmerte rosa Kopfhaut durch. Sie trug eine kurzärmelige weiße Bluse, eine dunkelblaue Stoffhose und geschnürte schwarze Straßenschuhe.

»Was wollen Sie dann hier?«, fragte sie Makarowicz. »Na los, spucken Sie's aus! Ich will nicht, dass meine Nachbarn denken, ich wäre so eine Verbrecherin wie meine zwielichtigen Cousins.«

»Es geht um Lanier Ragans Portemonnaie«, sagte Makarowicz.

»Hab die Frau nie kennengelernt.«

»Aber Sie haben ihr Portemonnaie bei sich am Strandhaus gefunden, nicht wahr, Miss Mavis?«

»Dazu sag ich nichts.«

Makarowicz schüttelte den Kopf. »Miss Mavis, das hier ist eine ernste polizeiliche Angelegenheit. Es geht um einen Mord, der auf einem Grundstück im Besitz Ihrer Familie stattgefunden hat. Würden Sie jetzt bitte meine Fragen beantworten, oder ist es Ihnen lieber, wenn ich Ihnen Handschellen anlege und sie vor den Augen Ihrer Nachbarn auf die Rückbank des

Streifenwagens verfrachte, um Sie zur weiteren Befragung zur Dienststelle zu fahren?«

Mavis trat einen Schritt zurück. »Das können Sie nicht machen, oder?«

Er griff nach den Handschellen an seinem Gürtel. »Wollen Sie's herausfinden?«

»Na gut«, zischte die alte Frau. »Ja, ich habe das Portemonnaie gefunden. Vielleicht ein Jahr oder so, nachdem die Frau verschwand.«

»Und Sie sind nicht auf die Idee gekommen, das zu melden?«

»Nein.«

»Warum nicht?«

»Ich habe es im Bootsschuppen gefunden, als ich eine Krabbenfalle gesucht habe. Wenn Holland mit seinen Leuten dort war, war anschließend alles durcheinander. Mein Onkel hätte einen Anfall bekommen, wenn er gesehen hätte, in welchem Zustand sie das Haus hinterließen. Woher sollte ich wissen, wie das Ding dahin gekommen war? Ich hatte keine Ahnung, was es zu bedeuten hatte. Ich hab's mit ins Haus genommen und mir angeguckt, und in dem Moment kam der große Holland mit seiner nichtsnutzigen Frau. Dabei war das gar nicht ihr Wochenende. Ich wollte ihnen nicht zeigen, was ich gefunden hatte, deshalb habe ich's in den Schlitz für die Rasierklingen im Badezimmer gesteckt. Und nicht mehr dran gedacht.«

Ungläubig sah Makarowicz sie an. »Sie haben auch nicht mehr dran gedacht, als die Leiche gefunden wurde? Sie haben sich nicht gefragt, wie die Leiche in die Sickergrube gelangt ist und wer sie da hineingetan hat? Oder woher überhaupt jemand von der Grube wusste, die schon lange nicht mehr genutzt wurde?«

Mavis senkte den Blick auf ihre Schuhe, die auf einmal spannender zu sein schienen als das vorwurfsvolle Gesicht des Detectives.

Hattie konnte sich nicht mehr zusammenreißen. »Siebzehn Jahre, Mavis! Siebzehn Jahre lang hat Lanier Ragans Tochter sich damit gequält, was wohl mit ihrer Mutter geschehen sein mag. Und fast die ganze Zeit haben Sie's gewusst! Sie sind ein furchtbarer Mensch, wissen Sie das? Fast genauso schlimm wie Ihre nichtsnutzigen Cousins. Wie können Sie morgens überhaupt noch in den Spiegel gucken?«

»Runter von meiner Veranda!«, knurrte die alte Frau.

Mit der Schuhspitze stieß Hattie gegen die Madonna aus Gips. Sie kippte um und zerbrach in fünf Teile.

»Ups.«

Als Makarowicz ein paar Minuten später zum Streifenwagen kam, saß Hattie noch immer schnaubend vor Wut auf dem Beifahrersitz.

»Sie hätten ihren dürren Arsch in den Knast werfen sollen wie den Rest dieser ätzenden Familie«, stieß sie aus, während Mak den Wagen anließ und die Klimaanlage auf die höchste Stufe drehte.

»Ich gebe zu, dass es ein gutes Gefühl gewesen wäre, aber die Wahrheit ist doch, dass kein Richter und keine Geschworenen in dieser Stadt eine achtzigjährige weiße Lady verurteilen werden, nur weil sie eine gehässige alte Hexe ist. Manchmal muss es reichen, die Wahrheit zu kennen.«

»Wie machen Sie das?«, fragte Hattie voller Staunen über die Ruhe des Detectives.

»Was meinen Sie? Mit Menschen wie ihr klarkommen?«

»Ja. Das alles. Leute, die stehlen, lügen, vergewaltigen, morden. Wie schaffen Sie es, nicht durchzudrehen?«

»Es ist nicht immer alles schlimm. Manchmal kann ich einem Kind sein gestohlenes Fahrrad wiederbringen oder jemanden einbuchten, der seine Frau misshandelt hat. Grundseminar Verbrechensbekämpfung.«

Er schaute zu Hattie hinüber. »Haben Sie noch Zeit für einen weiteren Besuch? Ist nicht weit.«

»Klar.«


Im Foxy Loxy holten sie sich je einen Eiskaffee und gingen damit in den Verzehrbereich. Die junge Frau saß unter einem Schirm an einem Tisch und las ein Buch. Sie glich einer zarten blonden Elfe mit Tätowierungen.

»Detective Mak!«, rief sie, stand auf und umarmte ihn.

Makarowicz errötete und wies auf Hattie: »Emma Ragan, das ist Hattie Kavanaugh.«

Hattie war sofort befangen. »Hallo, Emma«, sagte sie. »Schön, Sie endlich kennenzulernen.«

»Nein, ich freue mich, *Sie* kennenzulernen«, gab Emma zurück. »Ich habe gehört, Sie kannten meine Mom.«

»Ja, sie war meine Lieblingslehrerin.« Hattie setzte sich an den Tisch und legte den Kopf schräg. »Sie haben viel Ähnlichkeit mit ihr, wissen Sie?«

»Das höre ich oft.«

Makarowicz reichte Emma einen Umschlag. Das Mädchen öffnete ihn und zog einige Fotos heraus, die sie auf dem Tisch verteilte. Eines war offenbar bei einem Termin in der Schule aufgenommen worden, es zeigte ein kleines Mädchen in einem blauen Rüschenkleid, ein anderes war eine Familienaufnahme von einem gutaussehenden jungen Paar mit seiner Tochter.

»Das bin ich. In meinem Lieblingskleid.« Emma tippte auf

das Bild und zog ein anderes nach vorn. »Ich auf der Schaukel bei uns im Garten.« Eine weitere Aufnahme zeigte Lanier Ragan, die einen Säugling in einer Decke an sich drückte. »Das habe ich noch nie gesehen«, sagte sie.

»Das sind Kopien, und nicht gerade gute«, entschuldigte sich Makarowicz. »Die Originale aus dem Portemonnaie kann ich Ihnen erst geben, wenn der ganze gerichtliche Kram erledigt ist.«

Emma nickte. »Und der Ehering meiner Mutter?«, fragte sie voller Hoffnung.

»Dürfte nicht so lange dauern. Der Anwalt von Davis Hoffman will der Familie eine in die Länge gezogene Gerichtsverhandlung ersparen.«

»Aber sie wandern alle ins Gefängnis für das, was sie meiner Mom angetan haben, oder?«, fragte Emma. »Auch die Creedmores?«

»Die Staatsanwaltschaft hat mir versichert, dass sie für alle die Höchststrafe verlangen wird, aber das hängt natürlich am Richter oder der Richterin. Sie sind bereit, eine Aussage als Opfer abzugeben, nicht wahr?«

Emma reckte das Kind. »Auf jeden Fall. Mein Vater auch.«

Sie wandte sich an Hattie. »Jetzt, wo alles vorbei ist, werde ich einen Gedenkgottesdienst für meine Mutter abhalten. Er will auch kommen. Finden Sie das in Ordnung?«

Hattie dachte an die brüchige Beziehung zu ihrem eigenen Vater, die im Laufe der Jahre immer kühler und distanzierter geworden war. Wäre es anders gelaufen, wenn er sich früher bei ihr gemeldet hätte? Wenn er Reue gezeigt hätte? Wahrscheinlich würde sie das nie erfahren. Ihr letzter Besuch bei ihm hatte ihr nur bewiesen, wie groß die Distanz inzwischen war. Es war zu spät.

»Ich weiß es nicht, Emma«, beantwortete sie die Frage der jungen Frau. »Er ist der einzige Verwandte, den sie noch haben, oder?«

»Ja.«

»Ich kann Ihnen nicht sagen, was richtig oder falsch ist. Aber wenn er Sie sehen möchte und Sie glauben, dass er sich ändern kann, oder wenn Sie ihm verzeihen können, könnten Sie ihm noch eine Chance geben.«

Emma schob die Fotos zurück in den Umschlag. »Hat meine Therapeutin auch gesagt.«

Sie schaute Makarowicz an. »Danke für die Bilder! Ich habe nicht viele von ihr. Beziehungsweise von uns als Familie.«

Der Polizist hustete und räusperte sich. »Wissen Sie, nur weil Sie einen geliebten Menschen verloren haben, heißt das nicht, dass Sie selbst kein Recht hätten zu leben.«

»Das habe ich inzwischen verstanden«, sagte Emma leise und stand auf, um ihr Buch und den Umschlag in ihren Rucksack zu packen.

»Passen Sie auf sich auf, ja?«, sagte Mak. »Und melden Sie sich mal.«

Als Laniers Tochter sich zum Gehen wandte, spürte Hattie ein stechendes Schuldgefühl.

»Emma?«

Die junge Frau kam an den Tisch zurück.

Hattie holte ihre Geldbörse aus der Tasche, öffnete sie und zog das grüne Skapulier heraus.

»Das war im Portemonnaie Ihrer Mutter, zusammen mit den Fotos. Ich wusste, dass es falsch war, aber aus irgendeinem Grund habe ich es behalten, statt es bei der Polizei abzugeben.«

Sie hielt es Emma hin. »Hier. Das gehört Ihnen.«

Emma nahm das Skapulier entgegen, legte es in Hatties Hand zurück und schloss vorsichtig deren Finger darum.

»Behalten Sie es. Sie haben mir meine Mutter zurückgebracht. Ich finde, das ist ein guter Tausch.«

# 74.

## EISBRECHER

**Z**wei Wochen vergingen. Hattie saß an ihrem Schreibtisch bei Kavanaugh & Sohn und suchte wieder ein altes Haus zum Renovieren. Cass rollte mit ihrem Schreibtischstuhl zu ihr herüber. »Können wir reden?«

»Klar. Worüber?«

»Mehrere Sachen. Zum einen war ich heute bei der Staatsanwaltschaft und habe eine Aussage als Opfer gemacht. Zu Holland Creedmore und dem, was er mir angetan hat.«

»Das finde ich super, Cass.« Hattie warf einen kurzen Blick zu Zenobia hinüber, die gerade telefonierte, und senkte die Stimme. »Wie war es?«

»Keine Sorgen wegen Mom. Ich habe ihr gestern Abend endlich alles erzählt. Sie hat ein bisschen geschimpft, weil ich es so lange für mich behalten habe, aber dann meinte sie, ich wäre ja noch ein Kind gewesen, Kinder würden sich manchmal unlogisch verhalten, und dann haben wir beide geweint.«

»Ich bin froh, dass du es ihr endlich gesagt hast.«

»Das war die Idee meiner Therapeutin. Egal, heute habe ich mich bei der Staatsanwaltschaft mit einer Frau getroffen, die Sexualverbrechen strafrechtlich verfolgt. Sie ist echt cool. Ungefähr unser Alter, ganz offen und ohne Vorurteile. Die schlechte Nachricht ist, dass die Verjährungsfrist bereits abgelaufen ist, weil ich es nicht innerhalb von sieben Jahren angezeigt habe. Deshalb kann Junior nicht wegen dem angeklagt werden, was er mit mir gemacht hat.«

»Mist«, sagte Hattie.

»Schon, aber die stellvertretende Staatsanwältin meinte, man könnte meine Aussage vielleicht der Strafakte beifüge, die dem Richter oder der Richterin übergeben wird. Selbst wenn es nichts bewirkt, hätte ich zumindest etwas getan. Und weißt du was? Kaum war ich bei der Staatsanwaltschaft raus, hatte ich das Gefühl, als sei eine große Last von mir genommen. Keine Schuldgefühle mehr, keine Scham. Ich fühle mich wirklich leichter.«

Hattie drückte ihre beste Freundin. »Cass, ich bin so stolz auf dich!«

»Ich bin irgendwie auch stolz auf mich.«

»Wie wär's mit einem Mädelsabend, zur Feier des Tages?«, schlug Hattie vor. »Wir könnten Mexikanisch kochen, und wenn du lieb bist, darfst du mir zwischen zwei Margaritas auch helfen, die Küchenrückwand zu fliesen.«

»Arbeitest du wieder an deiner Küche? Wieso denn das?«

»Vielleicht aus Langeweile? Ich war so stolz auf die Küche, die wir auf der Chatham Avenue renoviert haben, dass ich dachte, was hält mich denn davon ab, das auch in meiner eigenen Küche zu machen? Wir hatten noch ein paar Pakete Fliesen übrig, und den Granit für die Arbeitsflächen hatte ich eh schon da, das stand bei mir im Garten seit … «

»Seit Hanks Tod«, ergänzte Cass leise. »Als Hank starb, haben die Uhren in deinem Haus angehalten.«

»Irgendwie schon«, stimmte Hattie zu. »Ich habe keinen Sinn mehr darin gesehen, das Haus nur für mich selbst zu verschönern. Aber in der letzten Woche hatte ich plötzlich einen richtigen kreativen Schub. Egal, kommst du heute Abend rüber oder nicht?«

»Hm, eventuell habe ich schon was vor.«

»Eventuell? Was denn?«

»Kommt drauf an. Es gibt da jemanden, den ich vielleicht ein bisschen mag, und er will mit mir ausgehen, aber das muss ich zuerst mit dir klären.«

»Mit mir? Ich bin doch nicht deine Mutter. Du brauchst keine Genehmigung von mir, um auf ein Date zu gehen.«

»Irgendwie schon.« Cass sah schuldbewusst drein. »Es geht um Jimmy.«

»Jimmy Cates? Unser Dachdecker?«

»Ehemals dein Jimmy Cates«, sagte Cass. »Ich tu das nicht, wenn … «

»Klar gehst du mit ihm aus«, sagte Hattie. »Wir hatten nur ein einziges Date. Er ist nett, aber für mich war er eher so eine Art … «

»Eisbrecher?«

Beide mussten lachen. »Es hätte nie geklappt mit uns«, sagte Hattie. »Aber ihr beiden? Kann ich mir gut vorstellen.«

»Stört es dich wirklich nicht?«

Hatties Handy klingelte. Sie schaute aufs Display.

»Das ist Carolyn Meyers!«, rief sie. »Drück die Daumen, dass sie gute Neuigkeiten hat!«

»Hattie!«, rief die Immobilienmaklerin. »Wir haben ein Angebot für das Haus.«

»Danke, Jesus, Maria und Josef«, stieß Hattie aus. »Ich bin mit Cass und Zen im Büro. Ich stelle Sie auf Lautsprecher, ja?«

»Kein Problem. Hallo, die Damen!«, grüßte Carolyn. »Wir haben ein Angebot für die Chatham Avenue bekommen, cash

auf die Hand, ohne Finanzierung. Das bedeutet: kein Wertgut-
achten, keine Hypothekenbewilligung, sondern ein schneller
Abschluss.«

»Wie hoch ist es?«, fragte Hattie.

»Acht-fünfundsiebzig«, sagte Carolyn. »Sicher, das ist weniger als erhofft, aber die würden sofort beurkunden, ohne
irgendwelche Bedingungen.«

»Kennen die Leute die … ähm … die Geschichte des Hauses?«

»Ja, und es stört sie nicht.« Carolyn schmunzelte. »Sie wohnen in Michigan, aber der Mann ist hier aufgewachsen. Es ist
Holland Creedmores Cousin.«

»Aah, der miese Yankee«, sagte Hattie.

»Genau. Er hatte es aufgegeben, sich auf die Entfernung mit
Mavis und Holland senior zu streiten. Als er erfuhr, dass die
Stadt die Immobilie beschlagnahmt und an Sie verkauft hatte,
war er fuchsteufelswild. Hat Ihre Fortschritte auf Social Media
verfolgt. Und sobald er die Verkaufsanzeige sah, hat er angerufen.«

»Ist ja unglaublich«, sagte Cass.

»Ich habe eben lange mit ihm telefoniert«, erklärte Carolyn.
»Seine Frau und er sind überglücklich, das Haus wieder in der
Familie zu haben. Sie finden es wunderschön, wie Sie ihm wieder Leben eingehaucht haben, und was sie am allerschönsten
finden, ist die Gewissheit, dass sie sich nie wieder mit ihrem
Cousin und ihrer Cousine aus Savannah herumschlagen müssen. Und, was sagen Sie?«

Hattie hatte sich während des Gesprächs Notizen gemacht,
das Preisangebot unterstrichen und Ausrufezeichen dahinter
gesetzt.

»Ich sage: ja. Total. Ich nehme an.«

»Super. Dann setze ich gleich den Vertrag auf und maile ihn rüber. Unterschreiben Sie einfach und schicken Sie ihn mir zurück. Welcher Übergabetermin würde Ihnen passen?«

»Wie wär's mit morgen?«

Carolyn lachte. »Das wäre vielleicht etwas übereilt. Ich weiß, dass die Familie vorhat, dieses Wochenende herzufliegen. Schauen wir mal, ob wir die Besichtigung und den Vertragsabschluss nächsten Freitag über die Bühne bekommen.«

»Für mich okay«, sagte Hattie.

Sie legte auf und griff nach Cass' Händen. »Verkauft, verkauft, verkauft!«, jubelte sie und tanzte mit ihrer Freundin durchs Büro. »Wir haben das Haus verkauft! Wir haben das Haus verkauft!« Die beiden hüpften zu Zenobia hinüber und forderten sie auf, mitzufeiern. »Verkauft, verkauft, verkauft!«

»Ist ja gut, Mädels, aber jetzt reicht es mit der Feierei«, sagte Zen schließlich und trennte sich von den beiden jungen Frauen. »Ich muss arbeiten.«

»Versprich mir, dass du mich als Erstes morgen früh anrufst«, flüsterte Hattie Cass zu. »Ich will genau wissen, wie dein Date mit Jimmy gelaufen ist.«

»Sieht aus, als wären wir heute zu zweit, Ribsy.« Hattie warf ihrem Hund ein Stück Fleisch aus dem Burrito zu, den sie sich bei ihrem Lieblingsmexikaner auf dem Victory Drive geholt hatte, und gab sich alle Mühe, nicht in Selbstmitleid zu versinken.

»Besser allein sein als mit dem Falschen zusammen, oder?«, fragte sie den Hund, der zur Antwort mit dem Schwanz wedelte.

Sie fuhr mit der Hand über die Granitarbeitsfläche. Am Nachmittag hatte sie zwei ihrer Maler bestochen, damit sie

sie ins Haus trugen und anbrachten. Die weiße Platte mit den hellgrauen Einschlüssen schimmerte im harschen Licht der nackten Glühbirne.

»Ich hätte die Messinglaternen besser für meine eigene Küche behalten«, nörgelte sie. »Aber jetzt habe ich wenigstens eine Ausrede, neue Lampen zu suchen.« Sie nahm eine Fliese aus dem Karton und legte sie zu den anderen. »Zeit, den Fliesenkleber anzurühren, stimmt's, Kumpel?«

Statt ihr zu antworten, stellte Ribsy die Ohren auf und lief bellend durchs Haus zur Eingangstür.

Kaum hatte Hattie die Tür geöffnet, sprang der Hund dem Gast in die Arme. Lachend hockte sich Mo auf die Veranda, und Ribsy wedelte mit dem ganzen Körper und leckte ihm ekstatisch kläffend übers Gesicht.

Mo schaute zu Hattie hoch. »Wenigstens einer freut sich, mich zu sehen.«

Sie war sprachlos. »Mo? Was machst du hier?«

»Ich habe Neuigkeiten. Habe versucht, dich anzurufen, aber konnte dich mal wieder nicht erreichen. Weißt du überhaupt, wo dein Handy ist?«

»Oh, Mist. Ich glaube, ich hab's in meiner Arbeitshose vergessen, nachdem ich geduscht hatte.«

»Ich habe dich vorgewarnt, dass ich wiederkomme«, sagte Mo. »Lässt du mich rein?«

»Möchtest du was essen?« Hattie wies auf die Aluschale in der Küche. »Das sind schwarze Bohnen mit Reis, dazu Chips und Guacamole.«

»Nein, danke.« Mo sah sich um. »Sieht aus, als bekäme der Schuster endlich vernünftige Schuhe.«

»Ja …« Plötzlich war sie befangen. »Ich kann die Fliesen, die in der Chatham Avenue übrig waren, ja nicht wegwerfen. Hey, weißt du was? Wir haben das Haus verkauft. Carolyn hat mich heute Nachmittag angerufen.«

»Das ist super!«, freute sich Mo. »Bekommst du das, was du haben wolltest?«

»Fast«, erwiderte Hattie. »Das Angebot liegt nur ein bisschen drunter, deshalb war ich einverstanden. Die Leute müssen nicht finanzieren. Freitag wird beurkundet.«

Mo hob eine Augenbraue. »Das ist schnell. Wissen sie von der Leiche?«

»Allerdings. Wie sich herausstellte, handelt es sich bei dem Käufer um den vielgeschmähten Cousin aus dem Norden. Nach Carolyns Aussage beruht die Abneigung auf Gegenseitigkeit.«

Mo lehnte sich an den Schrank. Er trug eine verblichene blaue Jeans und ein T-Shirt der Dodgers, das schon bessere Tage gesehen hatte. Unter den Augen hatte er dunkle Ringe, und seine Frisur war herausgewachsen, doch er grinste so lässig und ließ den Blick so anzüglich über ihren Körper wandern, dass Hatties Magen einen unfreiwilligen Purzelbaum machte.

»Du hast mir gefehlt, Hattie«, sagte Mo.

Immer schön unverbindlich bleiben, redete sie sich ein. »Möchtest du was trinken? Ein Bier oder ein Glas Wein?«

Mo legte den Kopf schräg.

»Habe ich dir auch gefehlt?«

Hattie holte eine Flasche Wein aus dem Kühlschrank und schenkte zwei Gläser ein. Sie hoffte, dass ihre zitternden Hände sie nicht verrieten. Ein Glas reichte sie Mo, dann antwortet sie demonstrativ überzeugt: »Hast du nicht.«

Er stellte sein Glas auf der Theke ab und zog sie an sich. Zuerst schlang er die Arme um ihre Taille, dann küsste er sie.

»Du lügst«, murmelte Mo und nahm Hatties Gesicht in die Hände, um sie erneut zu küssen und ihre Lippen mit der Zunge zu ertasten. Seine Küsse waren warm und süß. Hattie wurde klar, dass es sinnlos war, Mo Lopez zu widerstehen.

»Okay, vielleicht hast du mir ein bisschen gefehlt.«

Seine Hände wanderten unter ihr Shirt, und sie schmolz dahin.

»Als ich heute die Nachricht bekam, dass das Haus verkauft ist, wollte ich dich sofort anrufen.«

»Hast du aber nicht. Warum nicht?«

»Das kann doch niemals funktionieren … «

Mo unterbrach seinen Kuss. »Würdest du mal zuhören? Zum einen habe ich viel über deine Theorie nachgedacht, wonach man niemals im Betrieb lieben soll. Das ist Blödsinn. Viele erfolgreiche Menschen in dieser Branche arbeiten zusammen. Du selbst arbeitest mit deinem Schwiegervater, deiner besten Freundin und ihrer Mutter in einer Firma.«

»Das ist was anderes. Das ist Familie.«

»So anders auch wieder nicht. Außerdem sind wir ein gutes Team, Hattie. Gib's zu! Manchmal gehen wir einander auf den Geist, klar, aber so was passiert bei jedem kreativen Projekt.«

Mo drückte den Mund auf ihr Ohr und küsste ihr Ohrläppchen, dann arbeitete er sich langsam an ihrem Hals hinab und hielt mit den Lippen auf ihrem Schlüsselbein inne. »Weißt du, warum wir so ein gutes Team sind?« Mit einer Hand öffnete er ihren BH, sein Daumen streifte ihren Nippel.

»Wegen der sexuellen Anziehungskraft. Die kannst du nicht leugnen. Die ist immer in der Luft, wenn wir zusammen sind. Wie diese verfluchten Mücken.«

Seine Finger beschrieben langsame Kreise um ihre Nippel, dann küsste er sie wieder.

Krampfhaft suchte Hattie nach einem Grund, sich ihm zu entziehen, obwohl sie ihn am liebsten angesprungen hätte.

»Was hast du für eine Neuigkeit?«, brachte sie hervor.

Sie spürte, wie seine Lippen sich zu einem Lächeln verzogen. Er drückte die Stirn an ihre.

»Erinnerst du dich an die Sendung, für die ich dich eigentlich haben wollte – direkt nach unserer ersten Begegnung auf der Tattnall Street?«

»*Die Retter von Savannah?*«

»Genau. HPTV wollte das Konzept ja nicht, aber ich wusste, dass es eine super Idee war. Während wir *Die Traumhaus-Profis* gedreht haben, habe ich das Format weiterentwickelt. Jetzt haben mein Agent und ich es einem anderen Sender präsentiert. Ich wollte dir bei der Party nach den Dreharbeiten davon erzählen, aber du wolltest nicht zuhören. Du hast mich weggeschickt.«

»Aber jetzt bist du wieder da.«

»Zu deinem Glück bin ich sehr hartnäckig. Anfang der Woche hatten wir ein Treffen mit der Programmleitung von Apple. Hattie, die nehmen es!« Er packte sie an den Schultern. »Apple will *Die Retter von Savannah* machen!«

»Und das heißt …, dass du hier noch eine Serie drehst? In Savannah?«

Mo verdrehte die Augen. »Ja, das heißt es. Wenn wir in Omaha drehen, funktioniert es nicht.«

»Ich wusste gar nicht, dass Apple Reality-Shows macht«, bemerkte Hattie.

»Ist auch neu. Und jetzt pass auf: Das soll nicht nur einmal wöchentlich zu streamen sein, sondern es soll auch einen wöchentlichen Podcast geben, und wenn es gut läuft, vielleicht sogar Heimwerkervideos. Das Konzept nennt sich vertikale Integration. Ich brauche natürlich einen Moderator oder eine Moderatorin, also jemanden, der Ahnung von Denkmalschutz hat. Jemanden, der Savannah wie seine Westentasche kennt. Hättest du da eine Idee?«

»Schon, aber ob ihr euch die Frau leisten könnt?«

Mo berührte ihr Kinn. »Ich habe gehört, dass sie teuer ist, aber zu Recht. Also, was sagst du? Würdest du mit mir zusammenarbeiten?«

»Mit dir?«

»Als gleichberechtigte Geschäftspartnerin. Du würdest moderieren und als ausführende Produzentin genannt. Wir hätten die vollständige kreative Kontrolle über *Die Retter von Savannah* und ein richtig großes Budget. Keine Rebecca mehr, die hinter den Kulissen die Strippen zieht. Ach ja, Cass könnte mit dir zusammen moderieren. Apple gefällt auch die Idee, dass Tug mit vor der Kamera steht, falls ihm das nicht unangenehm ist.«

»Kein Innenarchitekt aus L.A.? Keine unechte schmalzige Liebesgeschichte?«

»Mit Sicherheit kein Innenarchitekt aus L.A. Und die Liebesgeschichte findet nur zwischen dir und mir statt.« Wieder küsste er sie.

»Was passiert mit den *Traumhaus-Profis*?«

»Die Rechte liegen ja bei mir«, sagte Mo. »Falls das Format unerwarteterweise doch die erste Staffel überleben sollte und HPTV eine zweite dranhängen will, müssen die es mir abkaufen. Es sei denn, du sehnst dich nach einem Wiedersehen mit Trae Bartholomew.«

Hattie erschauderte. »Nein, danke.«

Sie griff nach ihrem Weinglas und trank einen Schluck. »Darf ich darüber nachdenken?«

»Es macht dir wirklich Spaß, mich zu quälen, oder?«, jammerte Mo. »Ich komme den ganzen Weg von L.A. hergefahren, um dir das Neuste mitzuteilen, und du musst noch mal drüber nachdenken?«

»Du bist *selbst* gefahren?«

»Am Anfang dachte ich, es wäre eine gute Idee, aber ich gebe zu, dass ich kurz vor Amarillo Bedenken bekam. Ich bin auf einen Autohof gefahren und hab mir erst mal fünf Stunden Schlaf gegönnt. In Oklahoma City wollte ich einen Stopp einlegen, aber dann bekam ich die zweite Luft und bin einfach weitergefahren.«

»Das ist ja verrückt. Warum machst du so was? Du wusstest doch gar nicht, ob ich zusagen würde. Ich weiß selbst nicht mal, ob ich zusage.«

»Es ist mir wichtig, dass du an mich glaubst, Hattie. An uns. Hm, was meinst du?«

Sie machte einen Schritt zurück, um ein wenig Abstand zu diesem Mann zu schaffen, der sie irgendwie immer wieder in seine Pläne und Träume einbezog.

»Ich würde es gerne machen«, sagte sie. »Aber was ist, wenn das alles nicht funktioniert? Mo, ich bin jetzt endlich an einem Punkt angelangt, wo ich glaube, mit meinem Leben klarzukommen, wie es ist. Heute hat Cass gesagt, in diesem Haus hätten alle Uhren angehalten, als Hank starb, und das stimmt.«

Mo sah sich im Zimmer um, registrierte den Eimer mit Fliesenkleber auf dem Boden, den Karton mit den Fliesen auf der Arbeitsfläche. »Als ich das letzte Mal hier war, lagen noch Sperrholzplatten auf den Schränken. Das ist doch ein Fortschritt, oder?«

»Schon. Wahrscheinlich wird mir Hank immer fehlen, aber ich habe genug getrauert. Ich habe meine Arbeit, meinen Hund, meine Freunde. Das reicht mir. Aber dir wird das niemals reichen. Du drehst eine Sendung ab und brichst zu deinem nächsten großen Projekt auf. Und ich bin allein, und wieder bleiben alle Uhren stehen.« Sie schüttelte entschieden den Kopf. »Das schaffe ich nicht noch mal. Nein.«

Mo raufte sich die Haare und nahm ihre Hand. »Okay, gut. Komm mal mit!«

»Wohin?«, fragte Hattie unsicher, während er sie durchs Wohnzimmer führte. Ribsy folgte ihnen aufgeregt bellend. Mo öffnete die Tür und gab dem Hund ein Zeichen. »Du bleibst drinnen.«

Sie gingen über die Veranda zur Auffahrt, wo ein silberner Audi parkte. Mo zog die Beifahrertür auf, das Licht ging an.

Hattie beugte sich vor und schaute hinein. Das Auto war vollgestopft mit Umzugskartons. Mo hatte seine Kuriertasche neben die Tennisschuhe in den Fußraum geworfen. Er wies auf die Rückbank, wo sich Golfschläger, Koffer, ein Kleidersack, noch mehr Kartons und eine leicht angeschlagene Topfpalme drängten.

»Was ist das alles?«

»Das ist geschätzt mein halbes Leben beziehungsweise alles, was ins Auto passte. Der Rest ist eingelagert. Ich habe meine Eigentumswohnung vermietet, mit Kaufoption.«

Mo streckte die Arme nach Hattie aus und schlang sie um ihre Taille. »Das bin ich, Hattie Kavanaugh, und ich sage dir, dass ich voll auf Risiko gehe. Das bin ich, der dir verspricht, dass es keine gespielten Liebesgeschichten und stehengebliebene Uhren mehr gibt. Das bin ich, der dir verspricht, dass es mehr Streit, mehr enge Deadlines, aber auch mehr Spaß gibt.

Und mehr super Sex.« Er küsste sie auf die Stirn, auf die Nasenspitze, dann fanden seine Lippen wieder ihre.

Hattie dachte daran, was Makarowicz zu Emma Ragan über Liebe und Verlust und das Weiterleben gesagt hatte. Sie hakte die Daumen in die Gürtelschlaufen von Mos Jeans, als sei es das Normalste der Welt, und gab nach. In der Einfahrt des Hauses, das sie mit ihrer verlorenen Liebe geteilt hatte, stellte sie zu ihrer Verwunderung fest, dass sie die Liebe genau hier wiedergefunden hatte.

»Gut«, sagte sie in einer Pause zwischen zwei Küssen, weil Ribsy im Haus bellte. Sie verschränkte ihre Finger mit Mos. »Gut. Ich gehe auch voll auf Risiko.«

# Danksagung

Einen Roman zu recherchieren und zu schreiben ist immer harte Arbeit, aber das während einer Pandemie zu machen, ist ein Herkulesaufgabe. Deshalb bin ich den folgenden Personen ganz besonders dankbar für ihre Ratschläge und ihr Wissen: G. M. Lloyd, der Amtsärztin Dr. Carol Terry von Gwinnett County, Gordon Center, Billy Winzeler und Bob Timm, Anita Corsini, Alyssa Kaufman Kopp, Brittany Bailey, Scott Efird und Carolyn Stillwell. Jedwede Fehler oder falsche Darstellungen gehen allein auf meine Kappe.

In diesem Jahr (2022) habe ich mein dreißigjähriges Jubiläum als veröffentlichte Autorin; *Ein Fundament aus Liebe* ist mein dreißigstes Buch. Es ist ein großer Segen, so eine Karriere zu machen und dabei von meiner Familie, meinen Freunden und meinem Verlagsteam unterstützt zu werden.

Stuart Krichevsky ist und bleibt der allerbeste Literaturagent der Welt, deshalb ein Dank an ihn und seine Mitarbeiter bei SKLA. Meg Walker von Tandem Literary ist eine Marketing-Superheldin und eine liebe Freundin / Schwester. Ewig dankbar bin ich der gesamten Mannschaft von St. Martin's Press, angeführt von der unerschütterlichen Jennifer Enderlin, die zu meinem großen Glück meine Verlegerin *und* Lektorin ist. Dankbar bin ich auch für das Publicity-Talent von Jessica Zimmerman und das Marketing-Mojo von Erica Martirano und natürlich für ein abermals umwerfendes Cover von Michael Storrings.

Großen Dank an meine Schwestern von *Friends and Fiction*: Patti Callahan Henry, Kristin Harmel und Kristy Woodson Harvey, auf die ich mich verlassen kann, wenn es mal schwer wird, und an die große Community von *Friends and Fiction* mit 60 000 Followern.

Es wäre eine lächerliche Untertreibung zu behaupten, dass das vergangene Jahr eine Herausforderung war. Niemals hätte ich es ohne die Liebe und Unterstützung meiner wunderbaren Familie geschafft. Tom Trocheck ist mein Fels und meine Zuflucht, und Katie und Mark, Griffin und Molly und Andy sind das Licht meines Lebens.

Wie immer ein großes Dankeschön an meine lieben Leserinnen und Leser, denn sie machen es möglich, dass meine Kindheitsträume wahr werden und ich mir seit dreißig Jahren Geschichten ausdenken kann.

Mary Kay Andrews
**Das Glück wartet am Strand**

Letty und Maya, ihre vierjährige Nichte, müssen nach einem Schicksalsschlag ganz neu anfangen: Ihr altes Leben haben sie zurückgelassen, im sonnigen Florida suchen die beiden nach einem neuen Zuhause. Übergangsweise landen sie in einem kleinen Motel am Strand. Je mehr Letty und Maya sich dort einleben und an die eigenwilligen Stammgäste gewöhnen, desto schwerer fällt es ihnen, wieder zu gehen. Auch Joe, der häufiger im Motel nach dem Rechten sieht, kann sich sein Leben bald nicht mehr ohne sie vorstellen. Aber Letty muss sich erst ihrer dunklen Vergangenheit stellen. Wird sie sich auf die Liebe und ihr neues Leben einlassen können?

*Roman*
Aus dem amerikanischen Englisch
von Andrea Fischer
560 Seiten, broschiert
978-3-596-70639-6

Weitere Informationen finden Sie auf
*www.fischerverlage.de*

Kristin Emilsson
**Ein Sommer zum Träumen**

### Ein unverhofftes Sommerglück

Es gibt kaum etwas, das Julia noch weniger mag als Mittsommer. Okay, Weihnachten, aber das sieht sie dank Petter mittlerweile anders. Nachdem die beiden endlich ein Paar geworden sind, könnte doch eigentlich alles so schön sein. Aber nun steht das Mittsommerfest vor der Tür. Entgegen ihres Plans, in Stockholm zu bleiben, landen die beiden schließlich auf Gotland – im Ferienhaus von Petters Chefin Laura. Traute Zweisamkeit bleibt dort leider auf der Strecke, und zu allem Überfluss verbringt Petter plötzlich verdächtig viel Zeit mit seiner Chefin. Und so dauert es nicht lange, bis Julia ziemlich eifersüchtig wird …

Aus dem Schwedischen
von Stefanie Werner
384 Seiten, broschiert
978-3-596-70887-1

Weitere Informationen finden Sie auf
*www.fischerverlage.de*

Kate Galloway
**Liebe macht keinen Urlaub**

**Raus aus der Komfortzone, rein in den Urlaub!**
Hals über Kopf bucht Felicity einen exklusiven Sommerurlaub: Wellnessabenteuer an einem geheimen Ort. Doch statt nach Bali geht es mit dem schlechtgelaunten Oliver und zwei anderen Frauen nach Schottland. Auf dem Programm: wandern bis die Füße abfallen, schlafen unter den Sternen, baden in eiskalten Lochs und zu sich selbst finden. Kurzum: Felicitys absoluter Horror. Doch je mehr Tage ins Land ziehen, desto attraktiver wird die schottische Wildnis. Oder liegt es womöglich an Oliver?
Die perfekte Romanbegleitung für den Sommer, Liebesglück inklusive ...

*Roman*
Aus dem Englischen
von Heidi Lichtblau und Lene Kubis
368 Seiten, Klappenbroschur
978-3-596-70845-1

Weitere Informationen finden Sie auf
*www.fischerverlage.de*